P. J. Lehmann

Wiederkehr der Götter – Der Preis des Lebens

Jennifer Lehr, Jahrgang 1986, schloss 2007 eine Lehre als Friseurin ab. Das Schreiben ist eine große Leidenschaft, weshalb sie 2018 auch die Adminrolle in einem Fantasy-Geschichten-Forum übernahm.

Patrick Hahmann wurde 1991 nahe Augsburg geboren und lebt dort noch heute. Schon immer faszinierten ihn fantastische Welten und Geschichten, weshalb er einen Posten als Moderator in einem Fantasy-Geschichten-Forum innehat. Zum Schreiben gelangte er erst 2017, als ihn eine Operation und die damit verbundene Freizeit in ebendieses Forum verschlug.

P. J. Lehmann ist das Gemeinschaftsprojekt von Jennifer Lehr und Patrick Hahmann, das seinen Anfang in einem Foren-RPG fand. Nachdem dieses beendet war, wurden die Charaktere der beiden Autoren in Form von Iouna und Halvar zu neuem Leben erweckt. Das Projekt »Wiederkehr der Götter« war geboren! Aus einer geplanten Erzählung wurde schnell eine ganze Welt und eine Geschichte, die sich nicht mehr in einem Buch erzählen ließ. P. J. Lehmann versucht durch gute Recherche sowie mit Hilfe ausgefeilter und glaubwürdiger Charaktere, den Leser in die Handlung zu ziehen und ihn durch diese zu führen.

P. J. Lehmann

Wiederkehr der Götter – Der Preis des Lebens

Roman

PIPER

Mehr über unsere Autoren und Bücher:
www.piper.de

Wenn Ihnen dieser Roman gefallen hat, schreiben Sie uns unter Nennung des Titels »Wiederkehr der Götter – Der Preis des Lebens« an empfehlungen@piper.de, und wir empfehlen Ihnen gerne vergleichbare Bücher.

ISBN 978-3-492-50430-0

Redaktion: Franz Leipold
Satz auf Grundlage eines CSS-Layouts von digital publishing competence (München) mit abavo vlow (Buchloe)
Covergestaltung: saje design, www.saje-design.de
Printed in Germany

MITTLAND

YVEIH
CARRAN
DELYVEIH
DELCARRAN
GOLDPORT
GOLDBACH
WESTWALD
WEYHERN
MARKTBRUCK
FELSBURG
STEINBACH
KAUFMANNSTHAL
KOSSE
GRÜNWEID
DORNSTEIN
DORNHÖME
ROSENHAIN
BLUMENAU
OSTWEHR
SONNENFESTE
N
SCHWARZBRUCH
REICHENBACH
FALKENBERG
PRACHTHAFEN
UNGEZÄHMTE
WILDNIS

Danksagung

An der Entstehung eines Buches – oder einer ganzen Buchreihe – sind neben dem Autor noch viele andere Menschen beteiligt. Dennoch steht meist nur ein Name auf dem Cover. Selbst wir haben uns als Autorenduo dazu entschlossen, einen gemeinsamen Namen zu wählen – auch um zu zeigen, dass es eine gemeinschaftliche Arbeit ist und das Werk zusammen entstanden ist.

Auf diesem Wege wollen wir uns bei all jenen bedanken, die uns auf dem langen Weg vom ersten Satz bis zu den veröffentlichten Büchern begleitet haben:

Elke Hittinger, Christiane Bauer und Veronika Heid vom PIPER-Verlag, die uns immer tatkräftig unterstützt haben und jederzeit für unsere vielen Fragen offen waren. Zudem danken wir ihnen für das entgegengebrachte Vertrauen in unser Werk und die stets professionelle und freundliche Zusammenarbeit.

Wir danken Franz Leipold für die gute Zusammenarbeit und die tolle Redaktion für unsere Werke. Für die kleinen Anmerkungen und die Ideen, die uns geholfen haben, die Geschichte von Iouna und Halvar noch besser zu machen.

Natürlich gilt unser Dank nicht zuletzt auch unseren Familien: Unseren Ehepartnern Sabine und Robin für die Geduld, die sie mit uns haben, und für das Kinderhüten, wenn Mama Jenna am Text arbeitet. Patricks Geschwistern Robin (nein, das ist nicht der gleiche Robin wie Jennas Ehemann) und Becky für die Unterstützung bei der Organisation von

Lesungen und der Verbreitung unseres Werkes. Auch ohne euch wären wir nicht da, wo wir jetzt sind!

Zu guter Letzt sind wir unseren Freunden und Autorenkollegen aus dem Forum dankbar, die uns Rückhalt und ehrliches Feedback gaben, um unseren Text überhaupt in einen Zustand zu bekommen, dass wir ihn guten Gewissens einem Verlag vorlegen konnten: Anne Schneider, Miles Floßdorf, Tanja Schmidt, Georg Sensenbach und Tatjana Karg.

Vielen Dank euch allen sowie allen anderen Lesern für die unermüdlichen Kommentare, das rastlose Aufdecken von Logiklücken und die ehrlichen Reaktionen, die uns allzeit geholfen haben, einzuschätzen, ob eine Textstelle wirkt, wie sie soll!

Ohne die Hilfe all dieser Menschen wäre unsere Buchreihe nicht das, was sie ist und auch wenn nur ein Name – P. J. Lehmann – auf den Covern (für die wir uns ganz herzlich bei saje-design bedanken wollen) steht, so haben auch sie einen großen Anteil an unserem Werk.

Wir wissen eure Hilfe sehr zu schätzen!

Patrick und Jennifer//P. J. Lehmann

Kapitel I: Böses Erwachen

Nach einer schlaflosen Nacht, in der Halvar dem Knistern des Feuers gelauscht und sich in den Untiefen seiner Gedanken verloren hatte, blendeten ihn die grellen Strahlen der Morgensonne. Stöhnend versuchte er, sie mit der Hand abzuhalten, während er sich etwas aufsetzte. Er fühlte sich noch matter als am Abend zuvor und hoffte kurz, dass der letzte Tag nur ein schrecklicher Albtraum gewesen war. Aber als er die dampfenden Überreste des Scheiterhaufens vor sich entdeckte, atmete er stockend ein und wandte den Blick ab. Es war kein Traum. Es war bittere Realität.

Alles, was von Iouna übrig war, waren die drei Gegenstände, die er ihrer Familie zurückbringen wollte. Das Buch mit den Versen Athans, ihr Siegelring und der Dolch, der sie und Heinrich getötet hatte. Mühsam zwang sich Halvar zum Aufstehen. Sein Rücken und sein Kopf schmerzten, und vor seinen Augen schwebte ein Schleier, der den sonnendurchfluteten Wald zu einem verschmierten Gemälde verkommen ließ. Mit einem Husten versuchte er erfolglos, die Trockenheit aus seinem Rachen zu vertreiben. Um die irreführenden Nebelschwaden aus seinem Blickfeld zu bekommen, rieb er sich die Augen, aber es gelang ihm nicht. Leise seufzend, zögerte Halvar den Moment hinaus, sich den Überresten der Prinzessin zu nähern. Als ob das etwas an der Tatsache änderte, dass sie ihn nie wieder lachend begrüßen, ihm nie wieder einen guten Morgen wünschen würde.

Mit geschlossenen Augen nahm er noch einen tiefen Atemzug der frischen Waldluft. Eine Mischung aus feuchtem Laub, Erde und Rauch drang in seine Nase, durchsetzt mit einer winzigen Spur Blut, das an ihm haftete. Dann zwang er sich, die Lider zu öffnen und sich seinem Versagen zu stellen.

Das Feuer musste heißer gebrannt haben, als er es erwartet hatte. Kein Stück Holz war unversehrt geblieben, nichts außer Asche war noch zu sehen. Vielleicht hatte Xhar ihm das Verbrennen des Anhängers übel genommen und die Flammen intensiver werden lassen. Oder der Gott hatte Mitleid und wollte Halvar den Anblick eines halb verbrannten Leichnams der Prinzessin ersparen. Der Hüne vermochte es nicht zu sagen. Er hatte es aufgegeben, die Götter einschätzen zu wollen. Es passte nicht zusammen. Warum ermöglichte der Totengott ihm ein Gespräch mit seiner verstorbenen Familie, nur um ihm dann wieder alles zu nehmen?

Seufzend schlurfte Halvar zu dem kleinen Berg Asche hinüber und kniete sich auf den Boden. Geradezu erschrocken stellte er fest, dass sich das Antlitz der jungen Frau noch immer in der Asche erkennen ließ. Von ihrer Stirn bis hin zu ihrem zarten Kinn. Der Anblick erinnerte an ein Stück Papier, das nach dem Verbrennen immer noch zeigte, was darauf geschrieben stand.

Der trübe Dunst, der weiterhin seinen Blick verzerrte, musste ihm einen makabren Streich spielen. Abermals wischte er sich über die müden Augen und wollte den Schleier loswerden, doch das Gesicht blieb und schien auch von dem leichten Wind unbeeindruckt.

War sie noch da? Verborgen unter der Asche, wie der Phönix, von dem sie gesprochen hatte? Würde sie daraus auferstehen? Vielleicht musste er sie nur befreien und ...

Halvar streckte langsam die Hand aus, behutsam, um nichts zu zerstören. Mit zitternden Fingern versuchte er, ihr den Dreck aus dem Gesicht zu fegen und die weiche Haut der Frau freizulegen, die sein totes Herz wieder zum Schlagen gebracht hatte. Doch kaum hatte er ihre Wange berührt, begann die Illusion zu zerfallen. Die Ascheprinzessin fiel in sich zusammen wie sein letzter Lebenswille. Welch grausames Spiel wurde hier mit ihm gespielt?

Mit hängendem Kopf krallte sich Halvar in die Reste des Scheiterhaufens. Der kurze Moment der Hoffnung hatte die erdrückenden Gefühle des Verlusts und des Versagens nur noch verschlimmert. Selbst die Wut war verflogen. Er konnte nicht einmal mehr zornig sein.

Geschlagen ließ er sich aus der knienden Position nach hinten fallen und blieb reglos neben Iounas letzter Ruhestätte sitzen. Das Empfinden der Leere in seinem Inneren wurde unerträglich. Er konnte nicht mehr – wollte nicht mehr. Ungehindert liefen die Tränen nun über die Wangen des Ritters, verfingen sich in seinem zerrupften Bart oder tropften unbeirrt auf die Erde. Es dauerte eine ganze Weile, bis er sich wieder fasste und die mit Asche beschmutzte Hand betrachtete. Wortlos starrte der Isvintari sie an. Konnte er wirklich einfach so den Brauch seiner Heimat vollziehen? Ohne Iounas Wissen um seine Gefühle? »Ich habe sie geliebt ...«, raunte er heiser und bestätigte die Tatsache noch einmal für sich selbst. Iouna würde es nie erfahren, aber ihm genügte es. Es *musste* ihm genügen! Langsam führte Halvar seine Hand zur Stirn und legte den Zeige-, Mittel- und Ringfinger darauf. Behutsam zog er sie nach unten in Richtung seiner Augen und hoffte, sie würden eine Spur aus Asche hinterlassen. Als er bei den Brauen angelangt war, führte er nur den mittleren Strich weiter über seinen Nasenrücken. Noch einmal atmete er durch. Mehr konnte er nicht tun, um ihr seine Liebe zu gestehen. Auch wenn es keinen Sinn mehr hatte. Nur eine Sache blieb zu tun, bevor er sich auf den Weg zum Ende seines Lebens machen konnte.

Halvar raffte sich auf und löste ein großes Stück Rinde von dem Baum, unter dem er gesessen hatte. Er legte es auf den Boden neben der Feuerstelle und begann vorsichtig, die

Überbleibsel der Flammen mit den Händen auf das improvisierte Boot zu schaufeln. Langsam und behutsam sorgte er dafür, dass alle Asche ihren Weg auf das Holz fand. Anschließend trug er das traurige Paket ans Ufer und watete, ohne auf seine Stiefel oder seine Kleidung zu achten, hinein in den großen Weststrom. Bald schon stand er knietief im Fluss. Kurz zögerte er. Noch immer wollte er sie nicht hergeben. Noch immer hoffte er, Iouna würde einfach aus dem Wasser auftauchen und ihm sagen, es wäre alles nur ein schlechter Traum gewesen. Aber das geschah nicht. Sie war fort. Für immer.

Eine ganze Weile stand Halvar im kalten Nass und weigerte sich, Iouna auf ihre letzte Reise zu schicken. Er schaute in sein erbärmlich wirkendes Spiegelbild auf der erstaunlich ruhigen Oberfläche, und ihm wurde klar, dass er genauso aussah, wie er sich fühlte. Müde. Gebrochen. Am Ende. Aber immerhin zeigte es ihm auch, dass die drei Striche auf der Stirn deutlich zu erkennen waren und seine Trauer für alle sichtbar nach außen trugen.

Noch einmal starrte er die Asche in seinen Händen an. Er konnte Iouna nicht einfach so in den Fluss setzen. Aber das war es, was sie sich gewünscht hatte. Sie hatte es ihm erzählt, und er wollte ihr wenigstens eine ordentliche Bestattung verschaffen – soweit es ihm möglich war. Sie hatte mehr verdient, als von einem einsamen Mann an Athan übergeben zu werden, aber viele Alternativen hatte er nicht. Ihre Asche mit nach Delyveih zu nehmen war kaum zu bewerkstelligen. Wer wusste schon, was ihm unterwegs widerfahren würde? Vielleicht würde dabei verhindert, dass Iounas Asche den Weg ins Wasser fand.

Der Hüne musterte das kleine Schiff in der Hand und zögerte den Abschied noch ein wenig hinaus. Erst als er spürte, wie die Kälte seine Beine zum Zittern brachte, überwand er sich und setzte das Holzstück auf die schmalen

Wellen. »Es tut mir leid, Prinzessin«, flüsterte er dabei mit gebrochener Stimme.

Sofort wurde die Rinde von der Strömung erfasst und schwamm tanzend davon. Früher oder später würde das kleine Boot umkippen und ihre Asche dem Element Athans übergeben. Vielleicht würde sie sogar das Meer sehen, was sich Halvar für sie wünschte. Mehr konnte er nicht für Iouna tun. Er blickte dem Treibgut nach, bis es hinter einer Flussbiegung verschwunden war, und nahm dann einen tiefen Atemzug. Mit hängendem Kopf schlurfte er zurück an Land und verfluchte seine frierenden Beine. Ein Mann aus Isvinter – dem Reich des ewigen Eises – fror, weil er in kaltem Wasser stand. Wie jämmerlich!

Mit einem letzten Blick auf den Weststrom riss Halvar sich von seiner verlorenen Liebe los. Er war gerade dabei, seine Habseligkeiten einzusammeln, als ihn das Wiehern von Pferden aufhorchen ließ. Flüchtig erinnerte er sich daran, dass Heinrich und die beiden Wachen laut Phillip beritten unterwegs gewesen waren. Vermutlich hatten sie die Tiere in einigem Abstand zum Lagerplatz angebunden, um sich unauffällig nähern zu können.

Rasch folgte der Hüne den Lauten und fand wie erwartet drei Schimmel, die unweit des Weges an einem Baum angebunden waren. Es machte nicht den Eindruck, als hätten die unliebsamen Besucher vorgehabt, längere Zeit hier zu verbringen.

Nun bleibt ihr für immer.

Vorsichtig näherte er sich den unruhigen Tieren und erkannte schnell, dass sie ein Brandmal mit dem Siegel von Kosse trugen. Dies machte es unmöglich, eines davon zu nutzen, denn er würde sofort als Pferdedieb auffallen. Trotzdem wollte er die Pferde nicht einfach ihrem Schicksal überlassen und befreite sie von ihrem Zaumzeug. Mit einem Klaps ließ er die Wappentiere Athans frei und beobachtete, wie sie davonliefen, bevor er sich auf den Weg nach Yveih machte.

Mit festen Schritten kämpfte er sich weiter durch das Unterholz. Er achtete nicht darauf, ob Äste ihm ins Gesicht schlugen oder Zweige an seiner Hose hängen blieben. Eigentlich konnte Halvar auf der Straße weiterreisen, aber er wollte fürs Erste keinen anderen Menschen sehen – und *gesehen werden* wollte er schon gar nicht. Es interessierte ihn zwar nicht im Geringsten, wie dreckig und blutverschmiert er aussah, doch er wusste genau, dass er dadurch nur unnötige Aufmerksamkeit erregen würde.

Vögel zwitscherten unterdessen in den Bäumen, und die Sonne warf ihre Strahlen durch das Blätterdach des Waldes. Halvar hatte gehofft, es würde regnen. Die Welt sollte mit ihm trauern, aber das tat sie nicht. Das Leben um ihn herum ging unbeirrt weiter, völlig unbeeindruckt vom Tod der jungen Prinzessin. Im Gegensatz zu ihm schien es niemanden zu interessieren, dass Iounas Dasein viel zu früh beendet worden war.

Rastlos wanderte er weiter am Ufer entlang, ohne jemals stehenzubleiben. Kein Hunger überkam ihn, und nur das Kratzen im Rachen erinnerte ihn daran, dass er etwas trinken musste. Doch erst als er Übelkeit verspürte und das Pochen in seinem Kopf immer stärker wurde, zwang er sich, eine Pause zu machen. Rasch würgte er ein paar Schlucke des klaren Flusswassers hinunter und musste sich bemühen, dass er es bei sich behielt. Daraufhin setzte er sich hustend ins feuchte Gras und gönnte sich und seinen Füßen einen Moment Erholung. Es half auch nichts, wenn er wegen seiner Erschöpfung nicht in Yveih ankam. Er hustete erneut und hatte das Gefühl, dass ein riesiger Klumpen in seiner Brust saß.

Die Sonne hatte mittlerweile ihren höchsten Stand längst überschritten und wanderte bereits wieder in Richtung der Berge, die sich im Westen deutlich gegen den Horizont abhoben. Der Hüne wusste, dass er etwas essen musste, wenn er die Reise nach Delyveih beenden wollte. Es lag noch ein gutes Stück Weg vor ihm. Zunächst kramte er die kümmerlichen Reste der Verpflegung heraus, die Heinrichs Besuch überstanden hatten. Es war nicht mehr viel, kaum genug für einen weiteren Tag und sicherlich zu wenig für die ganze Strecke.

Kurz zuvor hatte Halvar einen alten Wegweiser auf einem überwucherten Pfad gesehen, der auf ein kleines Dorf weiter flussabwärts verwiesen hatte. Dort würde er sicherlich seine Vorräte aufstocken können, sofern er jemanden fand, der mit ihm Handel treiben wollte. Immerhin sah der einstige Ritter nicht gerade vertrauenerweckend aus. Sein Hemd war vollgesogen mit Blut und Schweiß, beschmiert mit Asche und den Innereien des Herzogs. Selbst sein Gesicht zu waschen hätte daher nicht viel gebracht, und er wollte es auch gar nicht. Die Trauerstreifen auf der Stirn sollten so lange wie möglich erhalten bleiben.

Halvar massierte seine Schläfen und träufelte etwas kaltes Wasser in seinen Nacken. Doch die erhoffte Linderung der Kopfschmerzen blieb aus. Murrend raffte sich der Hüne wieder auf, verfluchte seine brennenden Glieder und schlurfte langsam weiter.

Bald darauf sah er die Häuser des Dorfes durch den Wald. Ein Stapel Baumstämme und mehrere Rauchschwaden nahe dem Ufer deuteten darauf hin, dass hier ein Köhler sein Geschäft betrieb. Als er sich näherte, erkannte Halvar die halbkugelförmigen Meiler, in denen die gefällten Bäume zu Holzkohle verarbeitet wurden. Diese war leichter zu transportieren als Scheite und erzeugte eine größere Hitze, wie sie beispielsweise beim Schmieden vonnöten war.

Auch Halvars Vater Arn hatte einst einen Teil seiner Holzernte an die ansässigen Köhler vertrieben. Eine Zeit, die schon lange vorüber war.

Die Dämmerung würde bald hereinbrechen. Die Bewohner hatten ihre Arbeiten eingestellt, und waren bereits zu Hause bei ihren Familien. Etwas, das der Hüne vermisste. Es gab wenig, was an das wohlige Gefühl herankam, zu geliebten Menschen heimzukehren und freudig erwartet zu werden. Iouna hatte ihm dieses Gefühl für eine kurze Zeit gegeben, genau wie Khyla und Lillian zuvor. Doch keiner von ihnen war mehr in der Lage, es jemals wieder zu tun. Es betrübte ihn, die flackernden Lichter hinter den geschlossenen Fensterläden zu sehen, die für ein Heim und eine glückliche Familie standen.

Plötzlich war das Lachen eines Kindes zu hören, das noch über den Dorfplatz tobte und ein Huhn jagte. Die Mutter des Jungen rief seinen Namen und verlangte, dass er umgehend ins Haus kam.

Halvar blieb stehen. Er wollte nicht, dass die junge Frau ihn bemerkte, deshalb beobachtete er das Geschehen lieber aus sicherer Entfernung. Schluckend sah er ihr dabei zu, wie sie ihr Kind liebevoll in die Arme schloss und mit ihm in der Hütte verschwand.

Es war ein einfaches Leben im Dorf. Einfach, aber glücklich.

Halvar riss sich aus seiner Starre. Er musste sich beeilen, wenn er noch einen Händler finden wollte. Vorsichtig trat er auf den Dorfplatz und sah sich um. Er zählte acht Wohnhäuser, einen Werkzeugschmied und eine kleine Taverne.

Kein Händler.

Vermutlich kamen die meisten Waren von außerhalb, oder die Leute bauten selbst Gemüse an und hielten sich Tiere. Brummend nahm er zur Kenntnis, dass er wohl an diesem Tag keine Vorräte mehr kaufen konnte. Vielleicht gab es in der Taverne wenigstens noch etwas zu essen für diesen Abend. Auch wenn er keinen Hunger hatte, musste er versuchen, ein wenig zu sich zu nehmen, um bei Kräften zu bleiben.

Im Gasthaus war nicht viel los, wie er schnell feststellte, nachdem er die Türe geöffnet hatte. Lediglich zwei Männer saßen am Tresen, die ihm einen kurzen Blick zuwarfen und sich schleunigst wieder um ihre Krüge kümmerten. Sicherlich war ihnen der Anblick des blutverschmierten Hünen nicht geheuer. Neben den beiden standen noch drei weitere freie Stühle an der Theke, und an der gegenüberliegenden Wand des kleinen Raumes fanden sich noch einmal drei Tische. Eine Treppe führte nach oben und eine Türe in die Küche.

»K... Kann ich Euch helfen?«, fragte der Wirt sichtlich verunsichert. Sein schütteres graues Haar trug er kurz, wohingegen sein Bart buschig und voll war. Der hagere Mann wirkte verloren in der viel zu großen Schürze.

»Gibt's noch etwas zu essen?«, wollte Halvar wissen und hielt sich nicht lange mit unnötigem Geplänkel auf.

»Nichts Warmes«, gestand der Inhaber der Taverne. »Etwas Brot und Schinken kann ich Euch noch anbieten.«

»Das reicht«, stimmte Halvar zu und stapfte müde zu einem der Tische. Er setzte sich mit dem Rücken zur Wand und Blick zur Eingangstür auf den wackeligen Stuhl und wartete, bis der Wirt ihm seine Bestellung brachte.

»Verzeiht, wir haben nicht mehr mit Besuch gerechnet«, erklärte der Mann die magere Bewirtung, während er drei Scheiben Brot und ausreichend Schinken auf einem Holzbrett auf den Tisch stellte. »Normalerweise kommen nur ab und an Händler hier vorbei, die eine Nacht bei uns verbringen.« Er fuhr fort zu erzählen, dass er nicht von der Taverne leben konnte und sie nur nebenbei betrieb. Die meiste Zeit half er noch bei der Herstellung der Holzkohle.

Halvar konnte sich nicht entsinnen, den Mann nach seiner Lebensgeschichte gefragt zu haben, aber er nahm sie schweigend zur Kenntnis. Vermutlich war sein Redeschwall der Nervosität geschuldet, die Halvar öfters seiner Umgebung angedeihen ließ.

»Möchtet Ihr vielleicht noch etwas trinken?«, fragte der Wirt auf einmal, nachdem er sich geräuspert hatte.

Beinahe amüsierte es Halvar, dass diese Frage erst so spät kam. Er überlegte einen Augenblick, ehe er nickte und sich einen Krug Met orderte. Nun brauchte er auch nicht mehr auf das Trinken zu verzichten.

Emsig nickend, eilte der Alte davon und holte, was bestellt worden war.

Während Halvar aß, beobachtete er die beiden anderen Männer, die am Tresen saßen. Offenbar fühlten sie sich nicht wohl in seiner Gegenwart. Aber wer konnte es ihnen verübeln? Noch bevor der Wirt mit Halvars Krug zurückgekehrt war, legten sie ein paar Münzen auf den Tisch und verabschiedeten sich. Kaum waren sie verschwunden, räusperte sich der Besitzer der Taverne erneut.

»Sie müssen nach Hause zu ihren Frauen«, versuchte er klarzumachen, dass es nicht an Halvar lag. Doch er wusste es besser, schließlich waren ihm die angewiderten Blicke nur allzu gut bekannt, die man ihm zuwarf, wenn sein entstelltes Gesicht bemerkt wurde. Aber an diesem Abend war alles an seiner Erscheinung abstoßend.

»Sie haben wahre Alben geheiratet«, scherzte der Wirt, während er den Met einschenkte. Er war merklich bemüht, zu verhindern, dass Halvar sich beleidigt fühlte.

Dieser biss die Zähne zusammen und strengte sich ebenso an, den Mann nicht einfach anzuschreien, dass er endlich mit seinem Geschwätz aufhören sollte. Er wollte nichts von Ehefrauen hören, die auf ihre Gatten warteten. Plötzlich erregte das knarrende Geräusch von Holz die Aufmerksamkeit des Hünen, als jemand die Treppe herunterkam.

»Großvater?«, fragte eine jung klingende Frauenstimme. »Brauchst du Hilfe?«

»Nein, Kind, es geht schon«, lehnte der Alte ab. »Unseren einen Gast schaffe ich gerade noch alleine.«

Halvar wandte den Kopf und musterte den lächelnden Wirt.

»Lass mich servieren!«, forderte die Frau, die anscheinend seine Enkelin war, und eilte ihrem Großvater zu Hilfe. »Du verschüttest ja noch alles, so wie du immer zitterst.«

Lautlos atmete der Hüne durch und fragte sich, ob sie es ernst meinte oder den alten Mann nur aufzog.

Lachend gab dieser nach und ließ sie gewähren.

Kurz darauf stand die junge Frau von vielleicht fünfzehn Wintern neben seinem Tisch und stellte den Krug ab. Die dunklen Haare hatte sie zu zwei Zöpfen geflochten, die ihr bis auf die Brust fielen. Sie trug ein einfaches rotes Kleid, das schon bessere Tage gesehen hatte, und lächelte Halvar unsicher an. Es war ihr anzusehen, dass sie sich bemühte, das Lächeln aufrechtzuerhalten. Ihr nervös über Halvars Gesicht wandernder Blick verriet ihre Anspannung. Bei all den Narben, dem Dreck und den Trauerzeichen war es nicht einfach, sich zu entscheiden, was man zuerst anstarren sollte.

Er zwang sich ebenfalls zu einem Lächeln, um ihr die Höflichkeit ein wenig zu erleichtern. Sie konnte schließlich nichts dafür, dass er aussah, wie er aussah.

»Was bekommst du?«, fragte er und löste seinen Geldbeutel vom Gürtel. Darin befand sich noch immer genug Geld für die restliche Reise, obwohl er Heinrich fünf seiner Goldstücke hingeworfen hatte. Im Nachhinein war das keine gute Idee gewesen. Vielleicht konnte er sie auf dem Rückweg nach Falkenberg wieder aufsammeln – falls die Nordmänner in Delyveih ihn gehen ließen.

»Zwanzig Kupferstücke«, meinte die Kellnerin und beobachtete ihn dabei, wie er zweiundzwanzig von diesen aus dem Beutel fischte und auf den Tisch legte. Wortlos nickte der Hüne ihr zu, um zu signalisieren, dass sie das überschüssige Geld ebenfalls einstecken durfte.

»Habt Dank, Herr«, meinte sie höflich und ließ ihn dann wieder alleine.

Geistesabwesend aß er auf und dachte nach. Wie Iounas Familie wohl auf ihren Tod reagieren würde? Thorvid? Das Herzogpaar? Er wollte es sich nicht ausmalen, aber er würde es noch früh genug erfahren. Blieb nur zu hoffen, dass sie ihm Glauben schenkten und ihn nicht als ihren Mörder hinstellten.

Innerlich lachte er abfällig, als er daran dachte, dass es eigentlich nur passend wäre, wenn man ihm auch den Mord an der zweiten Prinzessin, die er geliebt hatte, zur Last legen würde. Immerhin war er nicht unschuldig daran. Er hatte den Mann schließlich verschont, der sie an Heinrich verraten hatte. Eine Entscheidung, geboren aus der Furcht, Iouna würde ihn ablehnen, wenn er den Kopfgeldjäger umbrachte. Vielleicht wäre dieses Risiko es wert gewesen. Es hätte ihm zwar wehgetan, wenn sie ihn deshalb verstoßen hätte, aber ... wahrscheinlich würde sie dann noch leben. Allerdings hatte Phillip erzählt, dass Heinrich bereits gewusst habe, was der Kopfgeldjäger ihm mitteilen wollte. Wie auch immer, nun war es zu spät.

Halvar lehnte sich in seinem Stuhl zurück und atmete durch. Die Mischung aus Met und vollkommener geistiger und körperlicher Erschöpfung taten ihre Wirkung, und er döste ein. Es war bei weitem kein Schlaf, der ihn heimsuchte, aber die kurze Phase der Entspannung genügte bereits, um seinen Geist mit grausamen Bildern seiner Vergangenheit zu füllen. Krieg und Leid in seiner Heimat, blutiges Fleisch, das er hinunterzuwürgen versuchte, der Tod seiner Familie und jener der Prinzessin. All diese Erinnerungen blitzten vor seinem inneren Auge auf und quälten ihn.

Dann spürte er etwas, das sich an seinem Gürtel zu schaffen machte, und Halvar riss die Augen wieder auf. Kein Zweifel, er bildete es sich nicht ein. Seitdem Iouna ihn bei seiner Ankunft in Delyveih bestohlen hatte, war er äußerst vorsichtig geworden, was Taschendiebe anging. Und dieser stellte sich nicht einmal besonders geschickt an.

Wortlos griff er schnell hinter sich und bekam eine zarte Hand zu fassen. Er drehte sich langsam um und blickte in die entsetzten Augen der jungen Frau, die ihn zuvor bedient hatte.

»I… Ich …«, fing sie an, unterbrach sich jedoch, als sie erkannte, dass sie kaum eine Möglichkeit hatte, sich herauszureden. Immerhin war sie auf frischer Tat erwischt worden. Ihre Lippen bebten, und Tränen sammelten sich in ihren Augen, als Halvar sie mit seinem Blick durchbohrte.

»Was soll das?«, rief der Wirt empört und kam durch die Küchentür getreten. »Lasst meine Enkelin los!«

Skeptisch musterte der Hüne den älteren Mann, der entschlossen dort im Türrahmen stand und offenbar nichts von den diebischen Anwandlungen seiner Enkelin wusste.

»Hört Ihr nicht!«, mahnte er Halvar noch einmal. »Das hier ist kein Bordell!«

Sofort ließ Halvar den Arm des Mädchens los, das sogleich einen Schritt zurückwich. Er wollte nicht den Eindruck erwecken, ein verirrter Freier oder Schlimmeres zu sein. Ein wenig bewunderte er den Mut des Wirts, der seine Familie so entschlossen verteidigte, obwohl er im Zweifelsfall nicht den Hauch einer Chance gegen ihn besaß.

»Sie hat …«, wollte Halvar ihre Tat aufdecken, aber da bemerkte er den flehenden Blick des Mädchens. Er erinnerte sich an Iouna, die einst hatte stehlen müssen, um zu überleben. Wer wusste schon, wie es um das Dorf wirklich bestellt war? Der Winter lag noch fern, aber es war nicht leicht, Vorräte anzulegen, wenn man kaum genug für den täglichen Bedarf besaß. Niemand sollte andere bestehlen müssen, um zu überleben, und sie wirkte nicht wie jemand, der dies lediglich zu seiner Bereicherung tat. Schon ihre Kleidung sprach dagegen, und selbst ihrem Schuhwerk schien sie entwachsen.

»Merle hat *was*?«, hakte ihr Großvater nach und blickte sie strafend an.

»Es ist nichts passiert«, erwiderte Halvar mit ruhiger Stimme. Immerhin stimmte das ja sogar, nachdem er sie bei ihrer Tat unterbrochen hatte. »Schon gut.«

»J… Ja«, bestätigte Merle rasch und warf Halvar einen unsicheren Blick zu. »Ich bin nur gestolpert, und unser Gast hat mich festgehalten.«

Gute Ausrede.

»Oh«, meinte der Wirt und räusperte sich. »Dann verzeiht meinen Gefühlsausbruch. Es ist nämlich nicht immer leicht, wenn man ein hübsches Mädchen in der Familie hat, das von Männern angefasst wird. Gerade Fremde versuchen, das auszunutzen.«

»Verstehe«, entgegnete Halvar nur, woraufhin Merles Großvater sich erneut entschuldigte und wieder in der Küche verschwand.

»Danke«, flüsterte das Mädchen, den Blick beschämt auf den Boden gerichtet.

»Warum bestiehlst du deine Gäste?«, wollte er ebenso leise wissen, bemühte sich aber, dabei freundlich zu klingen. Er konnte sich gar nicht vorstellen, wie er reagiert hätte, wenn er damals Iouna auf die Schliche gekommen wäre. Vermutlich nicht so, dass daraus auch nur eine Freundschaft hätte entstehen können. Der Tod seiner Familie lag noch nicht lange zurück, und Halvar war ohne seinen Freund in einem fremden Land gestrandet.

»I… Ich …«, murmelte Merle. »Wir haben es hier nicht leicht. Die fahrenden Händler verlangen immer mehr für ihre Waren und zahlen immer weniger für die unseren … Ich sah, wie viel Geld Ihr bei Euch tragt und …«

Kurz musterte Halvar das Mädchen. Sie schien die Wahrheit zu sagen. Trotz allem konnte er nicht anders, als Mitleid für sie zu empfinden. Vielleicht, weil er all seine Wut bereits aufgebraucht hatte – oder weil sie ihn schlicht an eine Prinzessin erinnerte, die aus ähnlichen Gründen gestohlen hatte. Um zu überleben, nicht mehr und nicht weniger.

»Habt ihr ein Zimmer frei?«, fragte Halvar leise, ohne auf ihre Worte einzugehen.

Sie schien verdutzt wegen des plötzlichen Themenwechsels und nickte verwirrt.

»Ich möchte eine Nacht bleiben«, sagte Halvar und kramte ein Goldstück aus dem Geldbeutel hervor. Vorsichtig legte er es vor das Mädchen auf den Tisch und wartete ihre Reaktion ab.

»D... Das ist viel zu viel«, stammelte sie und starrte wie gebannt auf die Münze. »Darauf kann ich unmöglich rausgeben.«

Außerhalb des Adels und der reichen Kaufleute waren goldene Münzen fast nicht zu finden. Ein Silberling war in einem Dorf wie diesem meist das wertvollste Geldstück, das ein Mensch in Händen halten durfte. Der Goldtaler war ein Hundertfaches eines solchen wert.

»Dann behalte sie eben«, murmelte Halvar und bemühte sich, dabei gleichgültig zu wirken.

»Was?«, hinterfragte sie seine Worte. »Nein, das ... das geht doch nicht!«

Er lächelte kurz. »Doch«, entgegnete er bestimmt.

»U... Und was wollt Ihr noch dafür?«, fragte sie und schluckte, offenbar in Erwartung eines unmoralischen Angebots. In Anbetracht der Summe hätte sie das kaum ausschlagen können.

Doch Halvar hatte andere Pläne. Er war nicht daran interessiert, dic Not der jungen Frau auszunutzen. »Sorg dafür, dass morgen ausreichend Proviant für mehrere Tage bereitsteht, wenn ich abreise«, forderte er lediglich und versuchte, sie durch ein weiteres Lächeln zu beruhigen.

Skeptisch blickte sie zu ihm auf und nickte, als sie bemerkte, dass dies wirklich alles war, was er verlangte. Sie bedankte sich mehrfach, ehe sie ihm das bescheiden eingerichtete Zimmer zeigte. Neben einem Bett mit einfacher

Strohmatratze bot es nur einen Stuhl und einen Tisch, aber mehr benötigte er auch nicht.

Immer noch wirkte das Mädchen nervös, als erwartete sie, Halvar würde sie doch noch in das Bett zerren. Aber er tat nichts dergleichen, weshalb sie ihm rasch eine gute Nacht wünschte und ihn alleine ließ.

Der Hüne warf seine Tasche auf den Tisch. Dabei öffnete sie sich, und ein kleines Fläschchen rollte heraus. Es war der Trank, den er von Maria erhalten hatte.

Ein Schlafmittel, hat sie gesagt …

Er öffnete die Ampulle, und der Geruch von starkem Alkohol schlug ihm entgegen. Schnell verschloss er sie wieder, behielt sie aber weiterhin in der Hand. Seufzend setzte er sich auf das Bett und lehnte sich an die Wand. Die kleine Unterhaltung mit Merle erinnerte ihn daran, wie anders Iouna ihn behandelt hatte. Ohne Vorbehalte, ohne Angst. Die Trauer über den Tod der Prinzessin eroberte abermals seinen Geist. Er schluckte und dachte an die erste Nacht mit Iouna in der Taverne. Dort hatte er ebenfalls so auf dem Bett gesessen und die junge Frau beim Schlafen beobachtet. Halvar fragte sich, ob sie das mitbekommen hatte. Wenn ja, schien es sie nicht gestört zu haben, da sie friedlich geschlummert hatte, bis der fremde Kopfgeldjäger in das Zimmer eingedrungen war.

Wieder betrachtete er das Fläschchen in seiner Hand und entfernte den Stopfen. Was hatte er schon zu verlieren? Maria war immer freundlich zu ihm gewesen, und vielleicht verschaffte ihm der Sud wenigstens *eine* erholsame Nacht. Mit einem Zug leerte er den Trank der Wahrsagerin. Angewidert verzog er das Gesicht, dann schluckte er ihn hinunter. Es genügte zwar nicht, um seine Sinne noch weiter zu trüben, aber zumindest lenkte ihn der bittere Geschmack kurz ab. Dem Brennen im Rachen nach zu urteilen, war es doch Gift, das die Alte ihm angedreht hatte, wobei auch das ihn nicht gestört hätte. Hustend stellte er das Behältnis wieder auf den Tisch und schüttelte sich flüchtig.

Was für ein Gebräu ...

Die Ablenkung währte nur kurz. Bald darauf war er mit den Gedanken erneut bei seinem größten Fehler angelangt, seitdem er in Mittland lebte. Dabei fielen ihm langsam die Augen zu, und er konnte sich nur wenig gegen die sich einschleichende Dunkelheit wehren.

»Hey, Halvar!«

Langsam öffnete Halvar seine Augen und suchte nach der Quelle der Stimme.

»Wach auf!«

Verwirrt blinzelte er Iouna an, die mit verschränkten Armen vor ihm stand und ihn grimmig betrachtete.

»Ich scheine ja spannende Dinge zu erzählen, wenn du einfach einschläfst!«, beschwerte sie sich schmollend.

Noch immer wusste er nicht, was los war. Warum stand sie vor ihm?

»W... Was ...?«, stammelte er verwirrt.

Das konnte unmöglich die Prinzessin sein, er hatte ihren Leichnam selbst auf den Scheiterhaufen gelegt. Mit beiden Händen rieb er sich über sein Gesicht, um endgültig aufzuwachen.

»Du hast geträumt, Halvar«, antwortete sie lächelnd. »Und es schien kein guter Traum gewesen zu sein.«

Geträumt? War das alles doch nur ein Traum gewesen? Ihr Tod? Heinrichs grausames Ende? Unauffällig strich er sich über die Wange und fühlte seine Narben. Alles war wie immer. Hastig sah er sich um und erkannte die kleine Waldlichtung nahe dem Tempel, auf der sie ihr Lager aufgeschlagen hatten.

»Ich gehe zum Waschen an den Fluss«, erklärte sie, während sie ihren Beutel zusammenpackte und sich über die

Schulter warf. »Ich bin vor Sonnenuntergang wieder zurück.«

Überrascht musterte er sie. Es kam ihm so bekannt vor. Diese Worte hatte sie zuvor schon einmal benutzt. Geistesabwesend nickte er vor sich hin und sah ihr dabei zu, wie sie sich zum Wasser aufmachte. Kurz nachdem sie zwischen den Bäumen verschwunden war, erhob er sich vom Waldboden, wo er an einen Stamm gelehnt geschlafen hatte. Wiederholt betrachtete er seine Umgebung und verstand nicht, was geschehen war. Hatte er alles wirklich nur geträumt? Halvar überlegte, was er tun sollte, und entschloss sich dann, ihr zu folgen. Schon einmal hatte er gefühlt diese Entscheidung getroffen, und auch wenn er den Ausgang bereits kannte, so war es keine seiner schlimmsten Erinnerungen gewesen. Abgesehen davon, wollte er nicht, dass ihr etwas zustieß. Sie in einem wirren Traum zu verlieren genügte.

Langsam näherte er sich dem Fluss, an dessen Ufer er sie erwartete. Etwas in ihm versuchte, ihn davon abzuhalten, sich dem Strom zu nähern.

Es ist falsch!

Aber er ignorierte die Stimme, die ihn aufforderte, umzudrehen und am Lagerfeuer auf sie zu warten. Der Drang, sie zu sehen, war stärker als alle Vernunft.

Bald war er am Ufer angekommen und ließ den Blick schweifen. Sie war nirgends zu finden. Erneut schrie ihn eine innere Stimme an, dass er umkehren sollte. Immer und immer wieder. Er schüttelte den Kopf, um die fremde Zunge aus seinen Gedanken zu vertreiben, und schlug sich durch das hohe Gras am Ufer.

Dann sah er sie.

Bis zur Hüfte stand die junge Frau im Wasser und benetzte ihre blasse Haut damit. Auch in seinem Traum war das geschehen, aber diesmal wandte er sich nicht umgehend ab, sondern beobachtete fasziniert die Tropfen, die sich einen Weg über ihre Brüste bahnten.

Verschwinde!

Weiterhin ignorierte er den Rat, den die Stimme ihm gab.

Du solltest nicht hier sein! Kämpfe dagegen an! Das bist nicht du!

Plötzlich drehte sie ihren Kopf und sah ihm direkt ins Gesicht.

»Halvar?«, fragte sie in einem lasziven Tonfall. »Gefällt dir, was du siehst?«

Das ist nicht sie!

Er öffnete den Mund, um irgendetwas zu sagen, schloss ihn jedoch wieder, als sie sich ihm gänzlich zuwandte.

»Willst du reinkommen?«, flötete sie ihm zu und spritzte sich etwas Wasser auf den Oberkörper.

Entgegen allem, was sein Körper ihm mitteilte, zwang er sich, den Kopf zu schütteln und ihr unmoralisches Angebot abzulehnen. Er glaubte einfach nicht, dass sie das tatsächlich gesagt hatte. Noch immer nackt stand sie da, spielte mit den Fingern an der Wasseroberfläche und legte den Kopf auf die Seite. »Wirklich nicht?«, schmollte sie, weshalb er sich erneut überwinden musste, es zu verneinen.

»In Ordnung, dann komme ich eben zu dir«, erwiderte sie grinsend und schlenderte ans Ufer, ohne auch nur darüber nachzudenken, ihren Körper zu verhüllen. Sie biss sich auf die Unterlippe, als sie an ihm vorbei stolzierte und mit der Hand über seine Brust strich. Erst jetzt bemerkte Halvar den Stoffhaufen auf dem Boden, der sich als ihr Kleid herausstellte. Mit geübtem Griff zog sie es an ihrem makellosen Körper hoch und richtete es aus. »Hilfst du mir?«, forderte sie ihn auf. »Ich komme nicht an die Schnüre.«

Nachdem Halvar genickt hatte, drehte sie sich herum, angelte mit der rechten Hand ihren Zopf und zog ihn über die Schulter. Die noch ungebundene Korsage und der tiefe Ausschnitt enthüllten ihren Rücken bis knapp über den Steiß.

Halvar ließ sich absichtlich Zeit, die beiden Schnüre festzuziehen, wobei er mit den Augen einen kleinen Wassertropfen verfolgte, der ihren Hals hinabrann.

Wie in meinem Traum ...

Er kämpfte gegen das Bedürfnis an, ihn durch einen Kuss in ihren Nacken aufzuhalten. Schon einmal hatte er dieses Gefühl gehabt. Schon einmal hatte er sich beherrscht. Und er musste es wieder tun! Schnell wollte er einen Schritt zurückweichen, aber seine Beine gehorchten ihm plötzlich nicht mehr. Unaufhaltsam näherte sich sein Gesicht dem Nacken der Prinzessin. Noch immer schrie ihn eine Stimme an, es zu unterlassen, aber er konnte ihr nicht gehorchen. So sehr er auch dagegen ankämpfte, seine Lippen berührten ihre Haut und küssten diese zärtlich.

Erschrocken zuckte Iouna zusammen und drehte sich herum. »Halvar, was ...«, fing sie an, aber er unterbrach sie durch einen weiteren Kuss auf den Mund. Nach kurzem Widerstand erwiderte sie seinen Kuss und schob ihn dann sanft von sich. »Nicht«, flüsterte sie, »was tust du denn?«

Er verstand nicht, warum sie auf einmal so abweisend war, aber er wollte ihrem Wunsch nachkommen. Sein Körper allerdings war anderer Meinung und zog sie wieder zu sich heran. Es schien, als hatte er keine Gewalt mehr über seine Arme und Beine.

Erneut schob Iouna den Mann von sich und widersetzte sich dem Annäherungsversuch. »Nein!«, fauchte sie. »Lass mich in Ruhe!«

Ohne auf ihre Worte zu hören, zerrten die Hände des Hünen am Kleid der jungen Frau, die sich nun heftig zu wehren begann. Erschüttert musste Halvar sich selbst dabei zusehen, wie er ihre Hände beiseitewischte und scine Finger im Kleid vergrub. Mit einem Ruck zerriss er den Stoff, der ihren Körper verhüllte.

»Halvar!«, schrie sie panisch. »Nein!«

Verzweifelt versuchte sie, ihn von sich wegzuschieben, drückte ihre Hand in sein Gesicht und hielt mit der anderen die Kleidungsfetzen über ihrer Brust zusammen. Er konnte fühlen, wie sich ihre Fingernägel in seine Haut bohrten und dort tiefe Kratzer hinterließen. Wieder wollte er sich stoppen, aber er fühlte sich wie ein Gefangener in seinem eigenen Körper. Machtlos beobachtete er, wie er ihr die Faust ins Gesicht schlug, was ihre Schreie jäh verstummen ließ. Als sie kurz taumelte, schloss sich seine Hand um ihren Hals. Nur ein Röcheln der Prinzessin entrang sich dem eisernen Griff. Er wollte ihr sagen, dass es ihm leidtat, dass all dies nicht sein Ziel war und was er wirklich empfand, aber nichts davon kam über seine Lippen. Im Gegenteil. »Du gehörst mir!«, knurrte er und stieß sie von sich, sodass sie unsanft auf dem Rücken landete.

Mit aufgeplatzter Wange lag sie da. Tränen sammelten sich in ihren Augen, als sie zu ihm aufsah. »Warum tust du das?«, wimmerte sie, während ihr Blut zu Boden tropfte.

Er wusste keine Antwort darauf. Er wollte das nicht tun. Er wollte nicht, dass ihr etwas zustieß, und noch weniger, dass *er* es war, der es ihr antat. Dennoch konnte er sich nicht zügeln. Der Stoff, der ihre Brust bedeckt hatte, war verrutscht und offenbarte sie ihrem Peiniger. Langsam ging Halvar auf sein Opfer zu, ohne Kontrolle darüber, was er tat. Mit jedem Schritt, den er machte, spürte er seine unfreiwillige Erregung wachsen. Bald riss auch er sich sein Hemd vom Leib und ging weiter auf die weinende Frau zu.

»Bitte«, flehte sie, »hör auf!«

All sein Wille half nichts. Halvar konnte sein ihm fremdes Ich nicht aufhalten, das seine Hose öffnete und sich zu Iouna hinunterkniete.

Rücklings versuchte die Prinzessin, dem Hünen zu entkommen, und trat nach ihm. »Nein«, schrie sie weiter, »bitte, hör auf!«

Aber er hörte nicht auf. Grob packte er ihre Beine und zog sie auseinander, wobei der Rock des Kleides nach oben rutschte. Zwischen ihren Schenkeln kniend, musste Halvar entsetzt zusehen, wie seine Hand erneut an den Hals der weinenden Prinzessin griff. Mit einer raschen Bewegung brachte er seinen Körper über den ihren.

Unfähig, sich zu wehren, krallte sie beide Hände in den Arm des Hünen. Ein tränenerstricktes Röcheln folgte, welches das Ende ihrer Jungfräulichkeit begleitete.

»Du wirst meinen Erben tragen!«, hörte Halvar sich selbst sagen. »Ob du willst oder nicht!« Er wollte nicht so sein wie alle anderen, die sich um sie stritten. Er wollte sie nicht nur benutzen, um einen Erben zu zeugen. Dennoch tat er in diesem Moment genau das.

Nur ein leises Wimmern drang aus der Kehle der verzweifelten Prinzessin, deren blutige Tränen nach wie vor auf den Waldboden tropften. Jede seiner Bewegungen fügte ihr Leid und Schmerz zu. Halvar wollte aufhören, sie in Ruhe lassen, aber es gelang ihm nicht.

»Nun sieh dich an!«, sprach plötzlich eine ihm wohlbekannte Stimme.

Ohne von der jungen Frau abzulassen, wandte Halvar seinen Kopf, um zu sehen, wer ihm da in die Quere kam.

»Du bist genau, wie sie alle behaupten!«, spottete Ivar grinsend und kam auf ihn zu. Der Mann, der einst sein Leben gegeben hatte, um Halvar zu retten, und dessen Axt der Hüne bis zu diesem Tag bei sich trug.

Noch immer musste Halvar mit ansehen, wie er sich Iouna aufzwang. Noch immer wimmerte sie jedes Mal, aber jedes Keuchen der Prinzessin war schwächer als das vorherige. Langsam lockerte sich ihr Griff um seinen Unterarm und ihre Augen begannen, in ihren Höhlen zu zittern. Erst als ihre Hände kraftlos zur Seite fielen und ihr Leib all seine Spannung verlor, ließ Halvar ihren Hals los. Rasch beendete der Körper des Ritters seine schmutzige Arbeit, ehe er sich wieder erhob und seine Kleidung richtete. Und während er auf die leblose Frau hinuntersah, spürte er, wie er die Kontrolle über seine Glieder zurückerlangte. Benommen trat er einen Schritt zurück. Panik machte sich in ihm breit. Seine Hände zitterten, und Übelkeit stieg in ihm auf, als er betrachtete, was er angerichtet hatte. Angewidert von sich selbst, wollte er sich abwenden, aber er schaffte es nicht. Er konnte nicht ertragen, was er der Frau, für die er so viel empfand, angetan hatte.

»Schön zu sehen, dass du versuchst, deine Familie zu ersetzen«, spottete Ivar, der urplötzlich vor ihm stand.

»Ich habe nicht ...«

»Nein, hast du nicht. Darum liegt sie jetzt auch hier im Dreck. Benutzt und für deine eigenen Zwecke missbraucht.«

Energisch schüttelte Halvar den Kopf. Er hatte versucht, zu widerstehen, aber war gescheitert. »Ich wollte das nicht!«, schrie er seinen alten Freund an.

Ivar lachte nur und fuhr sich mit der Hand durch das schulterlange hellblonde Haar, das ausnahmsweise nicht geflochten war. »Natürlich nicht«, meinte er nickend. »Passiert ist es aber dennoch! Du hast dich auch nur halbherzig dagegen gewehrt.«

Halvar ließ den Kopf sinken. Unbestreitbar war es das. Die tiefen Kratzer in seinem Gesicht und an seinem Arm zeugten davon.

»Aber gib dir nicht alleine die Schuld«, fuhr der Blonde fort. »Sie hat es dir nicht leicht gemacht. Sie war so nett zu dir ... Und dunkles Haar hat sie auch noch.«

Er tat, als würde er überlegen, und zeigte dann auf Halvar. »An wen erinnert uns das?«, fragte er gespielt unwissend.

»Es ist nicht so, wie du denkst!«

»So? Wie ist es dann?«, knurrte Ivar den Ritter an, der nur schweigend und mit bebenden Lippen den Kopf schüttelte. Die Ähnlichkeit zwischen Iouna und Khyla war unverkennbar, aber er wollte sie nicht deshalb. Er wollte sie, weil sie anders war als die Frauen, denen er seit Ivars Tod begegnet war.

»Du glaubst, *anders* zu sein, aber eigentlich bist du schlimmer!«, warf Ivar ihm vor, als könnte er seine Gedanken lesen. »Gestehe es dir ein, Halvar, du bist ein Monster – und das nicht nur äußerlich!«

Erneut schüttelte der Ritter energisch den Kopf und machte einen Schritt von Ivar weg. »Nein! Ich bin kein Monster!«

Wieder lachte sein alter Freund laut und trat zur Seite. Hinter ihm war deutlich der baumelnde Leib Heinrichs zu erkennen. Ohne Arme und mit aufgeschlitztem Bauch hing der Herzog frei in der Luft. Anklagend knarrte das Seil, das den entstellten Leichnam trug.

»Sieh, was du getan hast!«, brüllte Ivar und wies mit der Hand auf den toten Herzog. »Das ist das Werk eines Monsters!« Dann griff er Halvar an die Schulter und drehte ihn mühelos herum, sodass die noch immer bewusstlose Iouna wieder in sein Sichtfeld rückte. »Genau wie *das*!«, führte der Blonde weiter aus. »Sieh es ein, *Ritter*! Du bist ein Monster und wirst eines bleiben!«

Unbeirrt schüttelte Halvar den Kopf. Er wusste, wer er war und wer er sein wollte.

»In dieser Welt ist kein Platz für Kreaturen wie dich! Für tollwütige Hunde, die alles zerstören und mit ihrem Wahn anstecken. Die Menschen werden dich hassen, sie werden dich überall verfolgen! Ergib dich und füge dich in dein Schicksal!«

Gerade als der Hüne fragen wollte, welches Schicksal das sein sollte, surrte ein goldener Pfeil durch die Luft und durchbohrte den Kopf des blonden Isvintari. Wie einst bei seinem Tod hatte das Geschoss den Schädel durchdrungen und war knapp unter Ivars rechtem Auge wieder ausgetreten, das nun seltsam verdreht in seiner Höhle hing. Schockiert griff er sich ins Gesicht und ertastete die Spitze des

Pfeils. Blut quoll aus der Wunde, und ein greller Schrei war alles, was er noch zustande brachte, bevor sich sein Körper in goldenem Licht auflöste. Klirrend fiel der Pfeil zu Boden, während ein zweiter die Prinzessin traf.

Halvar konnte nicht einmal »nein« rufen, da entwich auch Iouna ein Kreischen, das nicht von ihr kommen konnte – ähnlich wie bei Heinrichs Ableben. Diese Schreie waren anders. Und Iouna verging ebenso wie Ivar in einem goldenen Lichtkegel.

Eine Stimme drang Halvar in die Ohren, die ihm seltsam bekannt vorkam, aber dennoch fremd erschien. »Wenn das sein Schicksal wäre, dann wüsste ich das!«, verkündete sie, und für einen Moment war es still.

Halvar bemerkte, dass der Fluss und der Wald um ihn herum verschwunden waren. Nur eine formlose Dunkelheit umgab ihn. Aus der Finsternis trat eine Frau von etwas über dreißig Wintern. Ein goldener Haarreif mit silbernen Verzierungen schmückte ihr ebenso goldblondes, kurzes Haar. Kein Stoff verhüllte ihren anmutigen Körper, aber wabernde Zeichnungen und Linien aus scheinbar flüssigem Gold und Silber verbargen ihn. Stetigen Änderungen ausgesetzt, flossen die Muster über ihre Haut und umspielten die Konturen ihrer schmalen Figur. In der linken Hand hielt sie einen Bogen, der dieselben Zeichnungen und Färbungen wie ihre Haut aufwies.

»Kehrt in eure Finsternis zurück, aus der ihr gekrochen seid!«, meinte sie bestimmt und blickte in die letzten Strahlen des goldenen Lichts, die von Ivar und Iouna noch übrig waren und sich allmählich in der Dunkelheit verloren.

Verwirrt blinzelte Halvar die Frau an und versuchte zu verstehen, wer sie war. »Was …«, fing er seine Frage an, verstummte jedoch abrupt, als sie sich ihm zuwandte und ihn mit ihren goldenen Iriden fixierte.

»Glaube nicht an das, was du gesehen hast!«, meinte sie mit ernstem Blick.

»Aber ...«, stotterte Halvar, »es war so real!«

Die wirbelnden Muster in ihrem Gesicht folgten der kopfschüttelnden Bewegung nur zögerlich, wie Öl, das auf dem Wasser schwimmt. »Du kennst die Wahrheit«, merkte sie an. »Sie sind tot!«

Sofort schossen Bilder durch den Geist des Ritters. Bilder von Ivar, wie der Pfeil seinen Kopf durchschlug und sich der Schnee um ihn herum rot färbte. Bilder von Iouna, die in seinen Armen lag, leblos und blutverschmiert.

»Dein Freund würde nie so etwas über dich sagen, denn er glaubte an dich«, erklärte die Frau. »Sonst hätte er dich nicht befreit.«

Erneut tauchten Bilder vor Halvars innerem Auge auf. Eine Zellentür, die sich öffnete. Ivars Silhouette, die sich gegen das schwache Licht des Ganges abzeichnete. Seine Stimme, die ihn leise aufforderte, ihm zu folgen. Keinen Moment hatte Halvars Freund gezögert; keinen Moment hatte er geglaubt, was über den Hünen gesagt worden war. Als sich die Gelegenheit geboten hatte, versuchte er, den gefallenen Ritter zu retten. Es war ihm gelungen, aber er hatte dafür mit seinem Leben bezahlt.

Die Stimme der unbekannten Besucherin ließ die Szenen, die Halvar sah, verschwinden und sie rückte wieder in seinen Fokus. »Und *du* hättest Iouna niemals so etwas angetan. Dieses Erlebnis liegt bereits in der Vergangenheit und hat deine wahre Natur gezeigt«, stellte sie klar. »Sie können nicht sehen, was in deiner Zukunft liegt, und quälen dich, indem sie Vergangenes verderben. Indem sie dich verwirren und so Macht über dich erlangen.«

Zum dritten Mal sah er Dinge vor sich. Er sah Iouna, wie sie ihm ein kleines Mädchen in den Arm gab und sein vernarbtes Gesicht mit Schlamm bedeckte. Er sah Iouna, wie sie mit ihm tanzte und ihn über seine Herkunft ausfragte. Er sah sie, wie ihr eine Träne über die Wange lief, als er ihr die Schwertlilie überreicht hatte. Wer auch immer diese Frau war, sie hatte recht. Das, was er gesehen hatte, konnte nicht die Wirklichkeit gewesen sein. »Wer bist du?«, fragte er sie deshalb leise.

Amüsiert kicherte die Fremde und legte den Kopf auf die Seite. »Du weißt, wer ich bin«, behauptete sie. »Immerhin habe ich dich mitgenommen, Kopfgeldjäger!«

Für einen kurzen Augenblick schien ihr Gesicht zu altern. Ihr Haar wurde weiß und formte sich zu einem Dutt.

»Maria ...«, stellte Halvar verblüfft fest.

Xhar hatte angedeutet, dass die alte Frau eine Stellvertreterin Nornas war. Ihre silbrig-goldene wahre Gestalt wies jedoch auf weit mehr hin. »I... Ihr seid Norna?«, äußerte er seine Vermutung. War auch das nur ein Traum oder sprach die Herrin des Schicksals tatsächlich mit ihm. Und wenn ja ... warum?

»Das bin ich«, antwortete sie lächelnd. »Als Maria kann ich unter Menschen wandeln.«

Halvar allerdings hatte keinen Grund, zu lächeln. Sie war die Herrin des Schicksals, und wenn nicht *sie,* wer hätte dann gewusst, welche Zukunft auf Iouna gewartet hatte. »Ihr habt es gewusst«, klagte er sie deshalb an. »Ihr habt gewusst, was mit ihr geschehen würde, genau wie Xhar! Warum habt ihr uns nicht gewarnt?« Seine Stimme wurde mit jedem Wort lauter, bevor sie beim Gedanken an den Tod der Prinzessin zu versagen begann. »Ich hätte sie niemals alleine gelassen, wenn ich ...«, brachte er noch hervor, ehe seine Kehle den Dienst versagte.

Mit eleganten Bewegungen kam Norna auf den Ritter zu, der jedoch vor ihr zurückwich. Er wollte nicht mehr in ihrer Nähe sein.

»Du wärst jetzt auch tot, wenn du es gewusst hättest!«, rechtfertigte sie das Verhalten der Götter und blieb stehen. »Das konnten wir nicht zulassen.«

Der Hüne schnaubte verächtlich und rieb sich über das Gesicht. Er wandte sich von der Schicksalsgöttin ab, um die langsam aufquellenden Tränen in seinen Augen vor ihr zu verbergen – auch wenn er vermutete, dass sie seine Gedanken ohnehin lesen konnte. »Was nützt mir mein Leben, wenn ich es mit niemandem teilen kann?«, fragte er leise und atmete durch, bevor er sich ihr wieder zuwandte. »Warum tut ihr mir das an? Warum muss ich leben und jeden Menschen verlieren, der mir etwas bedeutet? Warum lasst ihr mich nicht einfach sterben?« Nur sein Wille verhinderte noch, dass ihm die Tränen über die gezeichneten Wangen liefen. Er zwang sich dazu, standhaft zu bleiben, aber seine zitternde Stimme verriet, dass ihm das nicht mehr lange gelingen würde.

Erneut lächelte sie mitleidig und senkte den Blick. »Oh Halvar, du weißt nicht, wo du hineingeboren wurdest und wie sehr dich die Götter lieben«, hauchte Norna. »Wir sind nicht diejenigen, die Leid über dich bringen. Man neidet dir die Zuneigung, die wir alle dir entgegenbringen. Deine Stärke ist dein Fluch. Diese Schatten, die ich vertrieb, sind diejenigen, die dich quälen: Hass, Neid und Wollust. Sie wollen dich brechen, um an deinen Körper heranzukommen. Deswegen schwächen sie dich mit Albträumen und mit Verlusten. Sie haben sich an deine Fersen geheftet und folgen dir überall hin.«

Wie konnte sie von Liebe und Zuneigung der Götter reden, wenn alles, was er je erhalten hatte, Schmerz und Trauer war? Ja, sein Körper war stark und kräftig, aber war das ein Leben wert, das von ewigen Verlusten geprägt war?

»Warum habt ihr das alles geschehen lassen?«, fragte er verunsichert.

Norna seufzte leise und fuhr mit den Fingern der linken Hand über ihren rechten Oberarm. Dic Muster auf ihrer Haut bildeten Wirbel und strömten wild durcheinander. Es wäre ein beeindruckender Anblick gewesen, wenn der Grund ihres Tuns nicht so grausam dahergekommen wäre.

Sie schien beinahe beschämt über die Tatsache, dass sie den Tod Iounas nicht hatte verhindern können.

»Aus dem gleichen Grund, warum ich nicht verhindert habe, dass du siehst, was passiert, wenn du ihnen nachgibst«, erklärte sie und machte eine ausschweifende Handbewegung, woraufhin das Flussufer wieder für einen Augenblick sichtbar wurde. Noch immer deutete ein goldenes Licht auf das Schauspiel hin, das sie mit einem Pfeil beendet hatte. »Es musste geschehen. Sei es, um dich zu warnen, oder Iouna ...« Sie unterbrach sich einen Moment, ehe sie weitersprach. »Mein Fluch ist es, vieles zu wissen, aber wenig Einfluss zu haben. Selbst ich sehe nicht alles voraus. Jede Begegnung, jede Entscheidung trefft ihr Menschen in einem bestimmten Moment oder aus einem Gefühl heraus, und sogar mir bleibt manchmal nichts anderes übrig, als mich anzupassen«, führte sie mit sanfter, aber eindringlicher Stimme aus. »Ich konnte weder den Tod deiner Familie verhindern noch den von Iouna. Nicht jetzt und nicht damals. In keiner möglichen Zeit oder Variante.«

Halvar schwieg und blickte auf den dunklen Boden. Wenn nicht einmal Norna ihren Tod vereiteln konnte, wie hätte er es dann vermocht? Diese Erkenntnis traf ihn hart. Offenbar war es ihm einfach nicht möglich, die Menschen zu retten, die er liebte. Nur er musste leben. Nach einem Moment der Stille, den Norna ihm gönnte, blickte er sie an. Sie schwebte plötzlich genau auf Augenhöhe vor ihm. Ihre goldenen Iriden leuchteten ihn an. Sie legte ihre Hand auf seine Wange und wischte die Träne fort, die inzwischen entkommen war. »Meine Brüder jedoch können sich um so manches Schicksal herumwinden. Vertraue uns einfach«, forderte sie mit sanfter Stimme.

Er schluckte und rang sich ein Nicken ab. Es fiel ihm schwer, den Göttern Vertrauen zu schenken, doch sowohl Xhar als auch Norna hatten sich ihm gezeigt. Er wusste, dass dies ein Zeichen ihrer Wertschätzung war. Daher versuchte er, seine Enttäuschung zu ignorieren. »Und was wollen die Schatten mit meinem Körper?«, hakte er nach, bemüht, sich auf das Gespräch einzulassen. »Und warum erst jetzt?« Immerhin hatte er bereits achtundzwanzig Winter erlebt, in denen er ab und an ähnlich schwach und anfällig gewesen war.

Norna erwiderte den Blick und lächelte kurz. »Ihr Einfluss auf die Welt wird stärker. Ihr Gefängnis beginnt zu bröckeln, weil ...« Erneut brach sie ab. Sie schien ihm nicht alles erzählen zu wollen. »Dein Körper ist anders ... besonders«, fuhr sie kurz darauf fort. »Wie bei einem Begabten erträgt er die Belastung von Magie. So wurdest du gemacht, aber leider bedeutet das auch, dass er die Hülle für einen Schatten sein kann. Ihre Körper zerfallen. Sie brauchen neue Gefäße, um an die Oberfläche steigen und erneut die Welt ins Chaos stürzen zu können.«

Magie? Sprach sie von der Waffe, die Xhar ihm versprochen hatte? Reue überkam ihn. Vielleicht hatte er vorschnell gehandelt und sein Amulett zu früh in die Flammen geworfen. Aber trotz allem war Iouna weg. Egal, was er getan oder auch nicht getan hatte – sie war tot. Seine Gedanken kehrten zu der Prinzessin zurück, die vor wenigen Augenblicken noch wimmernd auf dem Boden gelegen hatte. Sie sollte einer dieser Schatten gewesen sein? Nur eine Illusion? Er hatte nicht vor, sich als Hülle für einen Schatten missbrauchen zu lassen. All diese neuen Informationen waren zu viel für ihn. Er nickte nur, wobei er sich nicht sicher war, alles verstanden zu haben. »Was soll ich jetzt tun?«, wollte er von Norna wissen. »Ich kann es nicht mit den Schatten aufnehmen ...«

»Weil dir dein Wille fehlt!«, erklärte die Göttin geduldig. »Sie haben deine derzeitige Schwäche ausgenutzt, die der Tod der jungen Frau verursacht hat, denn ihr angeborenes Leuchten vertreibt jene in hüllenloser Gestalt. Du musst kämpfen, Halvar! Aber du wirst dabei nicht alleine sein.«

Halvar senkte den Blick. Sie hatte recht. Egal, was mit ihm geschehen war, er war stets stark geblieben. Seine größte Schwäche war immer die Frau, die er liebte. Bisher wurde diese Tatsache gegen ihn genutzt. Schon nach Khylas Tod hatte er sich geschworen, keine andere Person mehr an sich heranzulassen, aber Iouna hatte die Eisschicht durchbrochen, die er um sein Herz gelegt hatte – und war nun ebenfalls tot. Er konnte sich nicht vorstellen, dieses Risiko und diesen Verlust noch ein drittes Mal zu ertragen. »Nicht allein?«, fragte er deshalb verwirrt. Seine Stimme zitterte. Er wusste nicht, ob er die Antwort wirklich hören wollte.

Norna schwebte etwas von ihm weg und sah ihn wieder mitleidig an. Langsam schüttelte sie den Kopf.

»Ich würde dir so gerne mehr verraten, dich beruhigen, aber ich kann und darf es nicht«, meinte sie mit einem traurigen Lächeln. »Ich darf nichts tun, was deinen freien Willen beeinflussen würde. Was ich tun kann, sind Begegnungen schaffen, aber alles weitere liegt dann in den Händen der Menschen. Dennoch ... ganz ohne Entschädigung für alles will ich dich auch nicht gehen lassen. Deshalb erlaube ich dir, mir eine Frage zu stellen.«

Eine Frage? Was sollte man die Herrin der Zeit und des Schicksals fragen? Hätte er Iounas Tod verhindern können? Gab es eine mögliche Zukunft für ihn, die es wert war, erlebt zu werden? Hatte er seine Seele verdammt mit dem, was er Heinrich angetan hatte? Auf einmal musste er lächeln, als ihm eine andere Frage einfiel. Sie war so einfach, so offensichtlich, da die Göttin selbst ihm den Hinweis dazu gegeben hatte. »Sechs Kinder?«, war alles, was er sagte.

»Verlass dich nicht zu sehr auf die Weissagung«, mahnte die Herrin des Schicksals amüsiert. »Sie sollte dir Hoffnung und Zuversicht schenken! Ein Licht in der Finsternis sein, aber manchmal variieren die Dinge so stark, dass nicht jedwede Aussicht zutrifft. Keine Zukunft ist jemals in Stein gemeißelt! Grundsätzlich steht einer kinderreichen Familie nichts im Weg, wenn du sie *willst.*«

Nur die Tatsache, dass alle Frauen tot sind, die ich je geliebt habe.

Leise kicherte Norna, wobei krause Wellen durch die Zeichnungen auf ihrer Haut liefen. »Mach dir darüber keine Gedanken«, gluckste sie, nachdem sie offensichtlich seine Gedanken gelesen hatte. »Frauen sind wahrhaftig nicht dein Problem.«

Mit hochgezogener Augenbraue wollte Halvar fragen, was sie meinte, als sie ihre Hand vor sein Gesicht hielt und ein helles, goldenes Licht ihn blendete. Es umfing ihn vollständig. Bald sah er nichts anderes mehr außer dem Leuchten der Göttin. »Schlafe ruhig, Ritter. Du brauchst deine Kräfte«, drangen ihre letzten Worte an sein Ohr, bevor Stille herrschte.

In diesem Moment war er zufrieden. Nur das goldene Licht war zu sehen. Kein Laut störte die Ruhe. Selbst seine Trauer und sein Selbsthass waren für einen Augenblick verschwunden. Alles, was er fühlte, war Entspannung. Entspannung, wie sie nur erholsamer Schlaf bringen konnte. Sehr lange hatte er diesen vermisst. Nur in den kurzen Zeiten, in denen er in Iounas Nähe geschlafen hatte, war er von Albträumen verschont geblieben.

Ihr Leuchten ...

Er atmete tief ein und schloss die Augen. Als er sie wieder öffnete, war Norna nicht mehr zu sehen; stattdessen sah er eine saftige grüne Wiese vor sich, die jäh an einer steilen Klippe endete. Nur das Zwitschern der Vögel und das Rauschen der Wellen durchbrachen die Stille. Eine mächtige Felsformation dominierte den Horizont. Halvar erkannte sie sofort wieder. Es waren die Eisklauen, die das Land Isvinter vom ewigen Eis im Norden trennte. Die unnatürlich gezackten Gipfel des Gebirges ragten unverkennbar in den Himmel auf. Doch das konnte nicht Halvars Heimat sein, denn hier sollten Schnee und Eis dominieren und keine grünen Wiesen existieren.

Plötzlich gesellte sich ein neuer Gesang zu dem der Vögel. Es war die Melodie, die Iouna ihm auf der Harfe vorgespielt hatte, und eine zarte Frauenstimme sang das passende Lied dazu. Erneut lauschte er der Geschichte der einsamen Sirene, während er sich nach der Sängerin umsah. Bald entdeckte er eine junge Frau in einem hellen Kleid, die auf einer Decke im Gras saß und ein Buch las.

Vorsichtig näherte er sich der fast weißblonden Frau, um deren linken Arm sich eine tätowierte Schlange wand. Sie drehte sich zu ihm herum und lächelte ihn freundlich an. Das hellhäutige Gesicht des Mädchens sah dem von Iouna sehr ähnlich und zeigte einen schwachen goldenen Schimmer. Ihre strahlend grünen Augen unterschieden sich jedoch von jenen der Prinzessin. Schlitzförmige Pupillen fixierten Halvar, der mit hochgezogener Augenbraue die Singende beobachtete. Sie öffnete den Mund, um etwas zu sagen, aber ihre Lippen bewegten sich nur stumm. Sie sah glücklich aus und richtete ihre ungewöhnlichen Augen schnell wieder auf das Buch, das Halvar ebenfalls kannte. Iouna hatte es dem alten Herzog Johann von Falkenberg auf dem Sterbebett vorgelesen. Die Lehren Athans. Verse und Formeln, die junge Frauen auf ihrem Weg begleiten sollten.

Im nächsten Moment fühlte Halvar eine Hand an der seinen und wandte sich ihr zu. Noch während er sich herumdrehte, schien die Zeit wie im Flug zu vergehen. Die Sonne verschwand hinter dem Horizont, und ein heller Vollmond leuchtete über der Wiese. Vor ihm stand eine weitere junge Frau, die eine blutrote Robe trug; die Kapuze hatte sie tief in ihr Gesicht gezogen. Erst als sie diese zurückzog, war ihr ebenfalls lächelndes Antlitz zu erkennen, das dem der Sängerin glich. Doch es war nicht von goldenem Schimmer geziert, und auch ihre Augen waren von einem schlichten Braun. Ihr dunkles Haar war zu zwei Zöpfen geflochten, die über ihre Schultern fielen. Wortlos drehte sie sich herum und zog Halvar an der Hand zu einer kleinen Anhöhe. Oben angekommen, zeigte sie stumm in die Ferne, wo sich ihm ein unglaubliches Schauspiel eröffnete. Nie hätte er gedacht, die Nordlichter noch einmal wiederzusehen. Immer wieder faszinierten ihn die tanzenden Lichter, wie gebannt starrte er gen Himmel. Er spürte, wie seine Begleiterin seine Hand drückte und ihren Kopf an seine Schulter lehnte. Es war ein schönes Gefühl; obwohl ihm die junge Frau unbekannt war, hatte er nicht den Eindruck, dass es falsch war. Plötzlich gab sie Halvar einen Kuss auf die Wange. Es war kein Kuss, der eine romantische Beziehung andeutete, aber dennoch Zuneigung bekundete. Anschließend stellte sie sich vor ihn hin, überkreuzte die Arme auf der Brust und löste sich in schwarzen Rauch auf.

Verwirrt verfolgte Halvar die Schwaden mit seinem Blick, bevor sich Zeit und Ort erneut viel zu schnell zu verändern schienen.

Nach nur wenigen Augenblicken stand er in strahlendem Sonnenschein auf einem ausladenden Balkon und wieder sah er eine Frau vor sich. Ihr dunkelblondes Haar war locker hochgesteckt, sodass es die Stickarbeit in ihrer Hand nicht behinderte. Sie saß auf einem Stuhl, summte leise vor sich hin und schien die Ruhe des Ortes zu genießen. Lediglich ein sanfter Wind wehte vom weithin sichtbaren Meer und brachte den Stoff auf ihrem Schoß zum Rascheln, den sie mit einer Fliege bestickte. Als sie Halvar bemerkte, sah sie zu ihm auf, wobei ihm ihre unterschiedlichen Augenfarben auffielen. Ein braunes und ein blaues Auge strahlten ihn fröhlich an. Kurz zwinkerte sie ihm zu, bevor sie in Richtung des Wassers deutete und sich dann wiederum ihrer Arbeit widmete.

Der Hüne folgte ihrem Zeichen und trat an das Geländer, das plötzlich nachzugeben schien. Er fand sich an einem wunderschönen Strand wieder, dessen heller Sand sich bis an den Horizont erstreckte. Das Geräusch eines galoppierenden Pferdes ließ ihn herumfahren. Er sah ein weißes Ross auf sich zukommen, geritten von einer weiteren jungen Frau, deren langes dunkelbraunes Haar im Wind wehte. Kurz vor ihm brachte sie das Tier zum Stehen. Grüne Augen blickten zufrieden auf ihn herab. Die Reiterin stieg aus dem Sattel und machte einen kleinen Hüpfer in die Arme des Hünen, der sie überrascht auffing. Während sie sich an ihn drückte, überkam ihn ein Gefühl des Stolzes. Er konnte nicht sagen, warum oder worauf er eigentlich stolz war.

Sie löste sich sanft aus der Umarmung und kletterte schnell wieder auf ihr Pferd. Mit einem Ruck an den Zügeln trieb sie es an und warf noch einen letzten Blick zu Halvar zurück, bevor der Schimmel sie weiter in Richtung Horizont trug. Kurz sah er der Reiterin hinterher, ehe ein dumpfes Grollen seine Aufmerksamkeit forderte. Gerade noch schaffte er es, sich zu der Welle zu drehen, die auf ihn zukam, als sie ihn auch schon erfasste und herumwirbelte. Plötzlich verwandelte sich das wilde Wasser in eine stetige Kreisbewegung. Verdutzt stellte er fest, dass er sich in einem Festsaal befand. Weißer Marmor dominierte die Umgebung, umrahmt von hohen Säulen, und er machte die Bewegung als Tanz zu fröhlicher Musik aus. Schnell senkte Halvar den Kopf und blickte in die eisblauen Augen einer hübschen schwarzhaarigen Frau. Die Farbe ihrer Iriden stand der seiner eigenen in nichts nach. Musternd sah sie ihn an, und er erkannte, warum ihm seine Kameraden im Krieg nachgesagt hatten, dass sein Blick die Seele durchdrang. Er lächelte unwillkürlich, als das eisige Blau ihn fixierte. Die junge Frau drehte sich unter seiner Hand hindurch, wie Iouna es an ihrem Geburtstag getan hatte. Das in Schwarz gehaltene Kleid besaß rote Nähte und weiße Verzierungen am weit ausgeschnittenen Rücken und erinnerte stark an das der toten Prinzessin.

Nachdem sie ihre Drehung vollendet hatte, machte sie einen leichten Knicks und schenkte ihm ein schüchternes Lächeln, das in ihm das Bedürfnis weckte, die Fremde in den Arm zu nehmen. Also tat er es einfach, woraufhin sie die Umarmung erwiderte und ihren Kopf an seine Brust legte. Wieder spürte er, dass nichts Falsches dabei war, und blickte über die Frau in seinen Armen hinweg. Etwas entfernt entdeckte er eine leicht unscharfe Gestalt. Ihr Gesicht war von einem dunklen Nebelschleier verhüllt, aber ihr langer schwarzer Zopf ließ erahnen, um wen es sich handeln konnte. Die Figur flackerte, als ob sie nicht in diese Welt gehörte. Andauernd wechselte ihr Aussehen von einer unbeschwerten Frau im rot-schwarzen Kleid zu einer Schwangeren, die behutsam über ihren Bauch strich.

Auf einmal verstummte die Musik, und die Kronleuchter im Saal erloschen. Halvar fühlte, wie sich die Tänzerin, die er umarmte, von ihm löste und in der Dunkelheit verschwand. Eine gefühlte Ewigkeit stand er allein in der Finsternis, bis ihm bewusst wurde, dass seine Augen geschlossen waren. Als er sie öffnete, wurde er von einem altbekannten grellen Leuchten geblendet. Wie schon in seinem Traum nach dem Angriff des Bären trat eine Gestalt aus dem Licht, das anschließend verblasste.

Der unbekannte junge Mann war ähnlich groß wie Halvar, und sein Körperbau glich dem des Hünen. Sein Gesicht war bis auf einige kurze Stoppeln rasiert. Das schwarze Haar war an den Seiten sehr knapp gehalten und wurde nach oben hin etwas länger, erreichte jedoch nie mehr als zwei Fingerbreit. Auf der nackten Brust des Jünglings prangte ein tätowierter Phönix, dessen flammende Schwingen sich bis über seine Schultern erstreckten. Der rechte Flügel verlief sich in schwarze Linien, die sich wie Tentakel um den Arm des Unbekannten schlangen. »Du hast dich genug ausgeruht!«, behauptete er und sah mit eisblauen Augen auf den sitzenden Halvar hinab. »Zeit, sich in Bewegung zu setzen, alter Mann!«

Alter Mann?

»Wer bist du?«, verlangte der Ritter mit hochgezogener Augenbraue zu erfahren, blieb aber demonstrativ sitzen.

»Der Phönix.«

»Was?«, hakte Halvar nach. »Was für ein Phönix?«

Der junge Mann lachte kurz und forderte ihn erneut auf, sich zu erheben. Murrend kam Halvar dem nach und raffte sich auf.

»Was für ein Phönix?«, wiederholte er seine Frage mit Nachdruck.

»*Der* Phönix«, lautete die unbefriedigende Antwort des jungen Mannes. »Der auserkorene Beschützer der Welt. Ohne mich werdet ihr die Schatten niemals besiegen!«

Wieder diese Schatten. Noch immer verstand Halvar nicht, was – oder wer – damit gemeint war, aber es schien wirklich wichtig zu sein.

»Also«, fuhr der selbsternannte Phönix fort, »wach auf!« Mit diesen Worten stieß er Halvar gegen die Brust, sodass er wie eine Puppe nach hinten geschleudert wurde. Ein Wirbel aus Dunkelheit verschlang ihn, woraufhin der junge Mann verschwamm und langsam verschwand.

Erschrocken fuhr Halvar hoch und wich zurück. Mit einem dumpfen Schlag traf sein Schädel auf die Wand, und ein scharfer Schmerz durchzuckte ihn. Fluchend griff er sich an den Hinterkopf und versuchte, das Pochen zu vertreiben. Als er einen Blick auf seine Hand warf, konnte er im Zwielicht des Mondscheins aber kein Blut entdecken. Verwirrt sah er sich um; dann erinnerte er sich an das kleine Zimmer in einem winzigen Dorf am Ufer des Weststroms. Noch immer saß er auf dem Bett. Allein. Mehrere Jahre lang war das alltäglich gewesen. Der Kopfgeldjäger war allein gereist, hatte allein geschlafen und nur geredet, wenn es sich nicht vermeiden ließ. Iouna hatte es geschafft, dass er sich nach ihrer Gesellschaft sehnte und eben *nicht* mehr allein sein wollte. Halvar dachte zurück an den Moment, als er den Zettel unter seinem Teller gefunden hatte. Damals hatte er die Bedeutung des Augenblicks für sein Leben nicht ansatzweise einschätzen können. Immerhin war es ein Auftrag gewesen, wie er ihn bereits etliche Male erhalten hatte – zumindest auf den ersten Blick. Nie hätte er erwartet, dass er eine Prinzessin jagen sollte, die noch dazu so … besonders war.

War …

Ihre Abwesenheit wurde ihm erneut schmerzlich bewusst. Er hatte versagt, sie allein gelassen – und sie hatte dafür bezahlen müssen. Auch wenn ihn Norna in seinem Traum von der Schuld freigesprochen hatte, so wollte er ihre Worte nicht so einfach annehmen. Seufzend rieb sich Halvar die Augen. Sie brannten noch genauso, wie am Tag zuvor, der Schlaf hatte kaum Erholung gebracht – wenn er überhaupt richtig eingeschlafen war und nicht nur fantasiert hatte. Das Gefühl erholsamen Schlafs, das ihn zusammen mit dem goldenen Licht ereilt hatte, war wohl ebenso ein Traum gewesen wie der Trost der Göttin.

Der Mond hatte nicht einmal den höchsten Stand erreicht, was für eine kurze Nacht sprach. Langsam griff er nach Iounas Dolch an seinem Gürtel. Andächtig hielt er die blutverkrustete Waffe in der Hand und strich mit dem Daumen über die Klinge. Sie war noch immer scharf, auch wenn sie ihren Glanz verloren hatte. Zu verschmutzt war sie, um ihre frühere Eleganz auszustrahlen.

Halvar drehte das fein gearbeitete Stück vor sich und machte sich Vorwürfe, dass er der Prinzessin nicht gezeigt hatte, wie sie sich damit verteidigen konnte. Vielleicht wäre es ihr dann gelungen, den wahnsinnigen Herzog abzuwehren. Sein Blick wanderte zu den Narben, die seinen linken Unterarm zierten. Jede von ihnen stand für einen Auftrag, den er ausgeführt hatte, für ein Opfer seines Blutes an Xhar.

Dadurch hatte er versucht, um dessen Segen für die kommende Aufgabe zu bitten. Selbst im schwachen Mondlicht erkannte er jene Narbe, die er sich vor der Jagd nach Iouna zugefügt hatte. Was, wenn er sie nie gefunden hätte? Vermutlich würde sie weiterhin in Lothars Burg sitzen und den Herzog irgendwann heiraten müssen. Halvar wusste, dass sie das nicht gewollt hätte, aber immerhin wäre sie so noch am Leben. Geistesabwesend fuhr er mit der Dolchklinge die Linie nach, die sich lückenlos in die anderen einreihte. Die vom Herrn der Fliegen versorgte Wunde lag genau daneben; die schwarzen Fäden, mit denen Xhars Magie den Schnitt vernäht hatte, waren gut zu sehen.

Es ergab alles keinen Sinn. Im Tempel hatte Halvar das Gefühl gehabt, der Totengott wäre auf seiner Seite. Auch Nornas Worte wiesen darauf hin. Doch warum hatte Xhar ihn dann nicht gewarnt? Ihm gesagt, er solle sich beeilen, um Iouna zu retten? Wäre Halvar nur ein klein wenig schneller gelaufen, hätte er sie vor Heinrich erreichen können.

Plötzlich riss ihn ein wohlbekannter Schmerz aus seinen Überlegungen. Blut lief seinen Unterarm hinab und tropfte vom Ellenbogen auf das Bett.

Halvar hatte – völlig in Gedanken versunken – die Klinge des Dolches immer fester über seine Haut gezogen, sodass er Iounas Narbe erneut aufgetrennt hatte. Leise fluchend griff er nach dem ohnehin schmutzigen Hemd und presste es auf die frische Wunde. Der Schnitt war nur oberflächlich, und die Blutung ließ bald nach.

Der einsame Isvintari nahm einen tiefen Atemzug. Jeden Tropfen seines Lebenssaftes hätte er gegeben, wenn es Iouna wieder zurückbringen würde. Er hätte es sein sollen, den die Klinge durchbohrte. Er hätte es sein sollen, der sein Leben gibt, um die zu schützen, die er liebte. Und doch war erneut er es, der allein zurückblieb.

Mit einem wütenden Schrei schleuderte er die Waffe an die Wand neben dem Fenster, wo sie mit einem dumpfen Schlag im Holz steckenblieb.

Halvar rutschte vom Bett und zog sich an. An Schlaf war ohnehin nicht mehr zu denken, sodass er sich genauso gut wieder auf den Weg machen konnte. Er sammelte seine wenigen Habseligkeiten ein, zog den Dolch aus dem Balken und verstaute alles. Dann öffnete er die Zimmertür und fand zu seinem Erstaunen einen Stoffbeutel davor liegen. Als er hineinblickte, stahl sich ein Lächeln auf seine Lippen. Es war der gewünschte Proviant: Schinken, Käse, Brot und sogar etwas geräucherten Fisch hatte Merle ihm eingepackt. Genug für die nächsten Tage. Offenbar wollte sie nicht bis zum nächsten Morgen warten, um ihre fürstlich entlohnte Aufgabe zu erfüllen.

Immerhin etwas.

Zufrieden mit dem Mädchen packte er alles ein und stieg dann die Stufen zum Schankraum hinunter. Wider Erwarten fand er ihn nicht verlassen vor. Der Wirt sah ihm überrascht entgegen. »Verlasst Ihr uns schon wieder?«, wollte er wissen. »Ihr habt Euch doch gerade erst hingelegt!«

Fragend blickte Halvar den Mann an. Er verstand nicht, was dieser mit seiner Frage bezweckte.

»Ihr habt kaum geschlafen!«, konkretisierte der Hausherr seine Sorge.

»Lang genug«, krächzte der Hüne und schlurfte zum Ausgang.

»Ja, aber ...«, begann der Wirt erneut, unterbrach sich jedoch, als er merkte, dass sich sein Gast nicht umstimmen lassen wollte. »Dann ... eine gute Reise.«

Halvar nickte, öffnete die Türe und trat nach draußen.

»Und danke für Eure ... Spende«, rief ihm der Großvater der jungen Merle kleinlaut hinterher.

Halvar lächelte innerlich, ehe er sich mit einem weiteren Nicken verabschiedete und rasch die Taverne verließ. Der

Geruch des verkohlten Holzes aus den Meilern lag in der kühlen Nachtluft, die Rauchschwaden waren noch vor dem von Sternen erleuchteten Himmel zu erahnen. Halvar zog sich die Kapuze vom Kopf, denn er würde sie nicht brauchen. Ein letztes Mal überprüfte er, ob er alles eingepackt hatte, bevor er sich auf den Weg nach Norden machte. Nur das Rauschen des Flusses zu seiner Linken begleitete seine Schritte durch die wolkenlose Nacht. Das Schweigen der Vögel zu dieser Tageszeit ließ sich besser mit Halvars Gemütszustand vereinbaren als ihr unaufhörliches Gezwitscher.

Geistesabwesend schlurfte er voran, bis er nach einiger Zeit an einer verlassenen Holzhütte vorbeikam. Er erkannte sie als eine alte Wassermühle. Das defekte Mühlrad hing noch immer im Wasser, aber es drehte sich nicht. Insgesamt schien das Bauwerk immer noch in gutem Zustand, und Halvar warf mehr aus Gewohnheit als aus Interesse einen Blick durch eines der verschmutzten Fenster. Das Mondlicht tauchte den Innenraum in einen unheimlichen Schein. Dieser enthüllte, dass es durchaus wohnlich war und eine schöne Lagerstätte abgeben konnte, wenn er einen Unterschlupf für einige Nächte gebraucht hätte. Früher als Kopfgeldjäger hatte er öfter in verlassenen Hütten gehaust. Meist, wenn eines seiner Ziele in einem nahegelegenen Dorf gewohnt hatte. Wortlos drehte er sich um und setzte den Weg fort. Viele Meilen lagen noch vor ihm, und er wollte Iounas Familie nicht unnötig lange warten lassen. Obwohl es nach all der Zeit, in der sie verschwunden war, auf ein paar Tage zusätzlich nicht mehr ankam. Zumal sie ohnehin nicht mit ihm dort eintreffen würde.

Der Gedanke daran ließ erneut Trauer und Wut in ihm aufsteigen. Was nützte es, ein Ritter zu sein und einen Eid zu schwören, andere zu beschützen, wenn man nicht da war, kaum dass sie den Schutz auch benötigten? Rasch atmete er tief durch und zwang sich, schneller zu gehen. Noch immer hielt er den Fluss, der ihn an sein Ziel führen würde, zu seiner Linken und watete teils durch seichtere, von Schilf bewachsene Bereiche hindurch. Er sah es nicht ein, wegen nasser Füße einen Umweg zu laufen. Nach einer Weile erkannte er die Umrisse eines alten Ruderbootes zwischen den Schilfrohren im schlammigen Uferbereich des Weststroms. Damit könnte er sich einfach von der Strömung treiben lassen und wäre deutlich schneller in Delyveih, auch wenn es nicht ungefährlich für ihn war. Der Hüne eilte zu dem Boot und untersuchte es. Der Bug war ein gutes Stück im Matsch versunken, doch kein Wasser hatte sich im Inneren angesammelt. Sorgfältig betastete er die Bohlen, suchte morsche oder lecke Stellen, die auf den ersten Blick nicht zu entdecken waren. Missmutig dachte er darüber nach, ob er die Reise in einer uralten Nussschale fortsetzen wollte. Lohnte es sich, das Risiko einzugehen, dass sein Gefährt unterwegs auseinanderbrach? Der Mond stand voll am Himmel und beleuchtete den Fundort gut. So erkannte Halvar den eingebrannten Schriftzug auf den Brettern. »Aurora«, las er leise vor, was dort geschrieben stand. Der Name des Schiffes, das ihn einst von Isvinter nach Mittland geschmuggelt hatte! Wie gebannt starrte der Hüne die Buchstaben an. War dies *das* Boot, auf dem er damals an Land gerudert war? Wie konnte es so gut in Schuss sein? Wie kam es so weit flussaufwärts? Jemand musste es an diesen Ort gebracht haben! Anders war auch das fehlende Regenwasser im Schiff nicht zu erklären – es konnte noch nicht lange hier gelegen haben.

Plötzlich durchbrach ein seltsamer Laut das monotone Plätschern des Wassers und riss ihn aus seinen Gedanken. Sofort fuhr er herum und spähte in die Dunkelheit. Mit der Axt griffbereit am Gürtel lauschte er. Wieder ein Geräusch. Halvar konnte es nicht zuordnen, aber es klang wie ein Lachen. Nicht wie ein menschliches, eher wie das eines Tieres oder einer Mischung daraus. Ein fröhliches Klicken und Glucksen drang aus dem Schilf. Das Plätschern des Wassers ließ keinen Zweifel daran, dass sich jemand – oder etwas –

dort aufhielt. Die Oberfläche kräuselte sich, als ob einige große Fische knapp darunter schwammen.

Halvar zog die Waffe aus der Schlaufe und hielt sie fest in der Hand. Zögerlich machte er einen Schritt auf das sich bewegende Wasser zu. Das Klicken wurde immer lauter und bald mischte sich ein seltsamer Singsang darunter, den er nicht einordnen konnte. Was geschah hier? Spielten seine müden Sinne ihm einen Streich? Verwirrt rieb er sich die Augen, befühlte seine Ohren, doch konnte er weder etwas Ungewöhnliches entdecken, noch änderte sich seine Wahrnehmung.

Ein Plätschern ließ ihn herumfahren. Im Licht des Vollmonds stieg ein befremdliches Wesen langsam aus dem Wasser. Der Körperbau war grundsätzlich menschlich, aber die grüne Haut glänzte schuppig und nass. Verwirrt starrte Halvar das Geschöpf an. Seine Gesichtszüge wirkten sanft, fast weiblich, während es ihn aus kleinen schwarzen Augen musterte. »Was bist du?«, sprach er leise vor sich hin, bekam aber keine Antwort.

Neugierig legte die Gestalt ihren kahlen Kopf auf die Seite, wodurch sie drei Schlitze an ihrem Hals offenbarte.

Kiemen?! Ist das eine ... Sirene?

Noch nie hatte er eine von ihnen gesehen und sie immer für Sagengestalten gehalten. Im Gegensatz zu den anderen Tierwesen, die östlich von Mittland hausten, waren die Bewohner der Meere beinahe unbekannt. Nicht einmal die Wanderer, Forscher des Ordens, hatten einen nennenswerten Wissensschatz über die Bewohner der Tiefe anlegen können.

Langsam machte Halvar einen Schritt zurück. Er hatte keine Angst vor ihr, aber dennoch ging er einer Auseinandersetzung lieber aus dem Weg. Sofort stellten sich große Flossenkämme auf, die den Kopf der Sirene anstatt Haaren zierten, und sie fauchte ihn an. Kleine, spitze Zähne zeigten sich, die bestens geeignet waren, Fische zu fangen und festzuhalten.

Der Hüne blieb stehen und musterte das Wesen, das den Mund scheinbar zufrieden wieder schloss und ein klickendes Geräusch von sich gab.

Der Singsang, den Halvar bereits zuvor vernommen hatte, wurde lauter, und das unnatürliche Plätschern des Flusses wies auf Bewegung hin. Erneut wandte Halvar sich um und sah eine der scheinbaren Sirenen aus dem Wasser steigen. Ihr folgten noch weitere, und etwas in seinem Inneren drängte ihn, so schnell wie möglich davonzulaufen. Doch das Klicken und Glucksen sowie die darüber beinahe unterbewusst mitschwingende Melodie schienen ihn zu beruhigen.

Lauf!

Er erinnerte sich an die Geschichten, die man sich über die Wesen erzählte. Singend lockten sie Seeleute in die Falle, ertränkten und fraßen sie ... sagte zumindest der Volksmund. Rasch drehte Halvar sich im Kreis. Er war von den Tiefenbewohnern umzingelt und erkannte, dass er einen Fehler gemacht hatte, falls die Legenden stimmten.

»Was wollt ihr?«, fragte er eine beinahe weiße Sirene leise, bekam aber außer einem leeren Blick keine Antwort. Als das Fischwesen einen Schritt auf ihn zumachte, riss er seine Axt hoch, die er noch immer umklammert hielt.

Augenblicklich fauchten die Kreaturen in einem unheimlichen Chor und stellten allesamt ihre Flossenkämme auf.

Halvar drehte sich weiter im Kreis und betrachtete jede Einzelne von ihnen. Der Singsang war verstummt; nur das Zischen, das sie äußerten, war noch zu hören. Es wirkte jedoch nicht aggressiv, nicht wie eine Drohgebärde, sondern eher wie ein ablehnender Aufschrei. Schluckend ließ er die Axt sinken in der Erwartung, dass sie über ihn herfallen würden. Doch nichts dergleichen geschah. Die Sirenen beruhigten sich wieder. Nachdem er die Waffe wieder an seiner Hüfte verstaut hatte, war alles wie zuvor.

Sie tun mir nichts ...

»Was wollt ihr?«, fragte er erneut, woraufhin die im Mondlicht leuchtende weiße Wasserbewohnerin ungelenk niederkniete, um irgendetwas vor sich auf den Boden zu legen. Dann erst bemerkte Halvar, dass ihre Finger durch eine dünne Haut verbunden waren. Er konnte nicht erkennen, was es für ein Gegenstand war. Das Geschöpf wich zurück, anscheinend eine Aufforderung an ihn, näherzukommen. Vorsichtig machte er einen Schritt auf sie zu. Da keine Reaktion kam, ging er langsam weiter, behielt die Sirene aber im Auge. Überrascht werden wollte er nicht. Bald war er an der Stelle angekommen, entdeckte, was sie abgelegt hatte, und hob es auf. Es handelte sich um ein kleines Bündel aus Algenblättern, das jedoch zu schwer war, als dass es *nur* die Pflanzen hätten sein können.

Unwillkürlich zitterten seine Hände, während er begann, das Paket auszuwickeln. Lage um Lage entfernte er die schleimigen Blätter und blickte sich immer wieder um, doch keine der Sirenen bewegte sich.

Dann kam etwas Unerwartetes zum Vorschein. Ein Kompass – nein, *der* Kompass, den er aus Isvinter mitgebracht hatte und der mit Iouna im Feuer verbrannt war. Er erkannte ihn wieder, denn immer noch war die Kerbe deutlich sichtbar. »Was bei allen ...«, fragte er sich leise und untersuchte das Navigationsgerät in seinen Fingern.

Das konnte nicht sein. Er hatte ihn verbrannt, er war zerstört! Eingeschmolzen oder vollkommen verglüht. Vielleicht sollte das eine Art Friedensbekundung sein? Ein Zeichen, dass er ihnen vertrauen konnte? Unsicher wog er den Kompass in der Hand.

Glucksend zog die scheinbare Anführerin der Sirenen seine Aufmerksamkeit wieder auf sich und streckte ihren vernarbten Arm aus. Offenbar hatte sie irgendwann einmal eine Verletzung davongetragen. Sie zeigte auf das Ruderboot, das noch immer im Schlamm steckte.

»Ich soll ... damit weiterreisen?«, versicherte sich Halvar vorsichtig. Es war ihm nicht klar, was genau die Sirenen eigentlich von ihm wollten. Er konnte sich nicht vorstellen, dass sie nur gekommen waren, um ihm ein Stück verloren geglaubte Ausrüstung zurückzugeben.

Ein von einem sanften Gurren begleitetes Nicken seitens der Sirene bestätigte seine Vermutung.

»Aber ich kann nicht ...«, setzte er Widerspruch an, doch ein kurzes bestimmtes Fauchen unterbrach ihn.

Erneut zeigte die hellhäutige Sirene auf das alte Beiboot.

Halvar schluckte und näherte sich seinem auserkorenen Fortbewegungsmittel. Die Wasserwesen wichen zurück und machten ihm gerade so viel Platz, dass er das hölzerne Gefährt erreichen konnte. Er brauchte einen Moment, bis er es aus dem Schlamm befreit hatte. Noch immer lag es im seichten Wasser auf Grund, und es widerstrebte ihm, es in den tieferen Bereich zu schieben. Dennoch setzte er dazu an, aber seine Besucher ließen es gar nicht erst zu.

Kurz zischte die Herrin der Sirenen und zeigte ein drittes Mal auf das Boot, was Halvar als Zeichen verstand, sich hineinzusetzen. Zögerlich kletterte er in das wackelige Gefährt und fühlte sich augenblicklich an seine Ankunft in Mittland erinnert. Viel war seitdem geschehen und dennoch hatte er genauso wenig wie damals.

Mit einem sanften Ruck setzte sich die kleine Aurora in Bewegung, als die Sirenen gemeinsam begannen, sie in den Fluss zu schieben.

Angespannt kauerte Halvar auf der Sitzbank und krallte sich mit der einen Hand am Rand des Bootes und mit der anderen am Kompass fest, während seine neu gewonnenen Freundinnen ihn durch das kühle Nass schoben. Nur ihre Köpfe ragten aus dem dunklen Wasser. Kurz darauf setzte der ominöse Singsang wieder ein, der ihn wie zuvor beruhigte. Er entspannte sich etwas und wartete gespannt, wo sie ihn hinbringen würden. Vielleicht wurde er den ganzen Weg bis nach Yveih gezogen, sodass er sich zumindest keine Sorgen mehr darum machen brauchte, dass Iounas Hab und Gut bei ihrer Familie ankam. Was auch immer dort mit ihm selbst geschehen mochte!

Es dauerte nicht lange, bis der Hüne in der Mitte des gewaltigen Weststromes einige große Felsen entdeckte. Unbeirrt hielten die Sirenen darauf zu und ignorierten seine Warnrufe völlig. Wollten sie ihn nun doch ertränken? Dann hätten sie wahrlich einen leichteren Weg wählen können. Einige Augenblicke später hörte er das Kratzen der Steine unter dem Bootskiel, spürte den Widerstand und wurde unsanft von der Sitzbank geworfen.

In Erwartung eines kalten Strudels, der über ihn hereinbrechen würde, kniff er die Augen zusammen, aber nichts geschah. Lediglich das leise Plätschern der Wellen gegen die hölzernen Bohlen war zu hören. Halvar setzte sich auf, überrascht, eine Kiesbank zu sehen, auf die sein Gefährt geschoben worden war. Die Felsen ragten links und rechts von ihm in den Himmel, während sich vor ihm eine schmale Insel auftat. Wie ein Torbogen umrahmten die Steine den kleinen Zugang.

»Was soll das?!«, rief er, bekam aber keine Antwort. Stumm starrten die dunklen Augen der Sirenen ihn an. Ihm war klar, dass er hier aussteigen sollte. Seufzend kam er dem nach und wollte gerade fragen, was er dort zu tun habe, da sah er eine Gestalt im hellen Kies liegen. Sein Herz begann schneller zu schlagen, als er die langen schwarzen Haare entdeckte, die um die scheinbar bewusstlose Person wie eine Pfütze ausgebreitet waren.

Das konnte unmöglich sie sein!

Geistesabwesend steckte er den Kompass in seine Tasche und ging schwer schluckend einen Schritt auf die Frau zu.

Konnte es sein? Nein! Er durfte sich keine falschen Hoffnungen machen! Halvar nahm einen tiefen Atemzug und tat den nächsten Schritt. Zitternd ballte er seine Hände zu Fäusten. Bestimmt war es nur ein Trick der Sirenen. Ein Trick, ihn in Sicherheit zu wiegen und ihm doch eine der ihren unterzujubeln, die ihn aus dem Hinterhalt angriff, wenn er nicht damit rechnete.

Halvar blieb stehen und betrachtete die junge Frau, die dort im Kies lag, beschienen vom Licht des Vollmonds. Sie war nackt und lag mit dem Rücken zu ihm auf der Seite. Sanfte Bewegungen ihres Oberkörpers verrieten ihm, dass sie lebte. Das schwarze Haar gab ihm einen Hinweis darauf, wer sie sein *konnte*.

Er begann, an seinem Verstand zu zweifeln. Hatte er nicht die *tote* Prinzessin zusammen mit dem Kompass verbrannt? Hatte er sich das nur eingebildet? Seine Augen blinzelten müde, bevor er sich endgültig der Bewusstlosen näherte und sich zu ihr hinunterkniete. Einen Moment zögerte er. Sein Herz drohte, in der Brust zu zerspringen, als er seine Hand sanft auf ihre Schulter legte und sie auf den Rücken drehte. Erschrocken zog er die Finger zurück, als er in Iounas hübsches Antlitz blickte. Trotz all seiner Hoffnung, sie könnte es sein, sagte ihm sein Verstand, dass dies unmöglich war. Dennoch lag sie hier vor ihm. Sogar die beiden Muttermale in ihrem Gesicht waren da. Ein kleines neben dem Auge und ein weiteres auf dem Wangenknochen. Doch sie konnte es nicht sein! Nirgendwo Blut, das ihre zarte Haut besudelte, und auch ihre Brust war unversehrt. Keine Wunde prangte dort, wo der Dolch sie durchbohrt hatte; ebenso wie der Rest ihres Körpers keinerlei Verletzungen oder Ähnliches aufwies. Selbst die kleinen Narben an ihren Beinen waren verschwunden.

Sie war makellos. Aber wie kam sie hierher? War das nur wieder ein Traum? Ein grausames Spiel von Göttern und Schatten, die ihn benutzen wollten? Oder hatten die Sirenen seine Schwäche erkannt und täuschten ihn, um schließlich … was auch immer die Geschöpfe mit ihren Opfern taten.

Halvar rieb sich die Augen. Iouna lag immer noch da. Deutlich hob sich ihre nackte Brust bei jedem ihrer langsamen Atemzüge. Verunsichert kniete er neben der Frau, die er so gerne für Iouna gehalten hätte. Hier liegen lassen konnte er sie nicht, denn auch wenn er sich nur einbildete, dass diese Frau wie sie aussah, brauchte sie Hilfe. Iouna wäre niemals an einem Menschen vorbeigegangen, der Unterstützung benötigte. Sogar ihm hatte sie geholfen.

»Was sie letzten Endes umgebracht hat«, erinnerte er sich, da *er* es gewesen war, der Lothars Arm gebrochen hatte.

Entgegen aller Vorsicht strich er sachte über ihre Wange und musste sich zusammenreißen, nicht in Tränen auszubrechen. Behutsam schob er seinen Arm unter die Knie der Bewusstlosen und umgriff mit der anderen Hand ihre Schultern. Mit Bedacht hob er sie aus dem Kies und trug sie zum Boot. Mit der Frau im Arm, die unmöglich Iouna sein konnte, stieg er hinein und setzte sich, wie gebannt ihr Gesicht anstarrend. Hinter sich hörte er ein Blubbern, das ihm verriet, dass die Sirenen anscheinend zufrieden waren. Einen kurzen Blick warf er über seine Schultern, um sich dessen zu vergewissern, ehe er sich wieder der jungen Frau zuwandte. Er konnte sie nicht so entblößt lassen. Schnell kramte er sein zweites, sauberes Hemd aus dem Beutel und begann, es ihr anzuziehen. Bemüht, sie weder zu verletzen noch unsittlich zu berühren, fädelte er ihre Arme durch die Ärmel und streifte es ihr über. Kaum war er fertig, setzte sich das Wasserfahrzeug wieder in Bewegung und wurde gegen die Strömung flussaufwärts geschoben. Er war zu beschäftigt damit, *sie* in den Armen zu halten, dass er nicht hinterfragte, warum sie ihn in *diese* Richtung vorantrieben. Innerlich hoffte er, dass sie nicht nur eine verkleidete Sirene war, die seine Schwäche ausnutzen wollte. Trotzdem konnte er seinen Blick nicht von ihrem Gesicht nehmen.

Bitte, bitte, lass es sie sein ...

Beinahe verzweifelt wiederholte er die Bitte im Geist, während die Sirenen das Boot weiter flussaufwärts zogen. Bald erkannte er, wohin er gebracht wurde – an die alte Mühle am Ufer des Flusses.

Kapitel II: Die Mühle

»Ich bin nun an dich gebunden – und du an mich. Du bist ein Teil von mir«, hallte es in Iounas Erinnerung wider, während Vogelgezwitscher zu ihren Ohren durchdrang. Erschrocken riss sie die Augen auf, wodurch die Schwärze gleißendem Licht wich. Sie fühlte sich, als sei sie von einem Doppelgespann überrollt worden. Zudem konnte sie ihre Umgebung zunächst nur unscharf erkennen. Flackernd und schemenhaft baute sich vor ihr ein Raum auf, der von den Strahlen der Sonne beschienen wurde. Staub tanzte in der Luft. Sie lag bis zum Hals zugedeckt in einem Bett und war nicht fähig, auch nur einen Finger zu rühren. Nachdem ihre Augen an Schärfe gewonnen hatten, erkannte sie vor dem Bett einen rechteckigen Tisch mit vier Stühlen, rechts eine Kochstelle und die Eingangstür links gegenüber der Schlafstelle.

Wo war sie? Und noch wichtiger war die Frage: Wie war sie dorthin gekommen? Lebte sie wieder oder befand sie sich in einem Traum, der ihr ein zweites Leben vorgaukeln sollte? Die schmerzenden Glieder sprachen für Ersteres.

Iouna glaubte nicht, dass Xhar ihr eine Lüge erzählt hatte oder ihre Arme und Beine in seinem Reich so steif sein würden, dass es einer Totenstarre glich. Ihre rechte Hand war schmerzhaft verkrampft. Sie spürte darin den Anhänger, den Xhar ihr mitgegeben hatte, schaffte es aber nicht, die Faust zu öffnen. Schwankend versuchte sie, sich aufzurichten. Ihr Gleichgewichtssinn schien sich noch im Strudel zu befinden, in den sie der Totengott geworfen hatte.

Kaum stützte sich Iouna auf ihre Arme, spürte sie einen heftigen Widerstand. Sie konnte sich nicht frei bewegen und besaß nur wenig Spielraum. Er reichte gerade aus, um sich etwas aufrichten zu können. Sie erkannte, dass sie an das Bett gefesselt war. Verwirrt und verängstigt zerrte sie an den beiden Seilen, die sich um ihre Handgelenke schlossen, aber sie waren zu dick, um sie einfach durchzureißen.

»Ist je…« Iouna wollte jemanden rufen, wusste aber nicht, ob es eine gute Idee war, auf sich aufmerksam zu machen. Sie wusste noch nicht einmal, wer sie hierher geschafft hatte. Erst als ihr die Decke von ihrem Oberkörper rutschte, fiel ihr auf, dass sie Halvars Hemd trug. Jenes, das er an ihrer Feier getragen hatte. War sie von ihm an das Bett gebunden worden?

Auf einmal erinnerte sie sich. Sie war in seinen Armen gestorben! Wenn sie wieder lebte, musste das sehr verwirrend für ihn sein. Vor allem, da sie keine Ahnung hatte, wie das vonstattengegangen war. War sie einfach vor ihm aufgetaucht? Waren ihre Wunden urplötzlich geheilt? Xhar hatte kein Wort über die Art und Weise ihrer Rückkehr verloren.

Sie durchforstete noch einmal ihr Gedächtnis und erinnerte sich, Halvar gesehen zu haben, kurz bevor sie ins Totenreich gekommen war. Hatte er sie verbrannt? Aber wie konnte sie dann einen Körper besitzen? Oder hatte es damit zu tun, dass sie einen anderen brauchte, da der Gott des Todes etwas von Magie erzählt hatte? Jedoch spürte sie nichts davon. Ganz im Gegenteil. Sie kam sich ungemein menschlich vor, obwohl ihre Beschwerden spürbar nachließen.

Erneut zog sie an den Fesseln und versuchte, Halvars Namen zu rufen. Es war nichts zu machen. Je fester sie an den Seilen zog, desto enger wurden sie. Schließlich gab sie auf und wollte sich entnervt zurücklehnen, als plötzlich die Tür der Hütte aufging. Erschrocken fuhr sie herum und erkannte Halvar, der sich unter dem niedrigen Rahmen hindurchduckte und mit seiner Schulter die Holztür aufdrückte. Einerseits erleichtert, andererseits auch verunsichert, schaute sie ihn an. In seinen Armen trug er einen Stapel Holz, den er achtlos auf den Boden fallen ließ, während er ihren Blick erwiderte. Der Ritter war vollkommen verschmutzt. Sein dunkelgraues Hemd wirkte beinahe schwarz und war völlig verkrustet, genauso wie sein Gesicht und so ziemlich alles an ihm. Iouna konnte aus der Entfernung nicht sagen, ob es sich dabei um bloßen Schmutz oder auch um Blut handelte, aber ihr Innerstes sagte ihr, dass es vermutlich von allem etwas war. Hinzukamen die verschmierten Aschestreifen auf seiner Stirn, die von Trauer erzählten. Trug er sie wegen ihr?

Vor ihrem letzten Atemzug war ihr der Kampflärm nicht entgangen, deshalb war sie jetzt gleichermaßen erleichtert, ihn in einem Stück vor sich zu sehen. Für den Moment verdrängte sie daher die vielen Fragen über das Wie und Warum. Sie war wieder lebendig, und das war keine alltägliche Begebenheit. Aber was nun?

Halvar stand einfach nur da und starrte sie an.

Wer wollte es ihm verübeln? Iouna konnte ihre Erleichterung, bei ihm zu sein, kaum in Worte fassen. Am liebsten hätte sie ihm alles gleich erklärt, aber vorerst musste ein zaghaftes Lächeln ausreichen und das fragende Zupfen an den Fesseln. Sie wollte ihn nicht erschrecken oder gar mit ihren Erzählungen überfallen.

Der Blick des Ritters blieb starr, während er die Tür hinter sich schloss und auf einen der Stühle zuging. Sichtbar erschöpft ließ er sich auf ihm nieder und schaute sie immer noch an. Es war trotz Schmutz unschwer zu erkennen, wie müde er aussah. Sein Gesicht wirkte fahl und blass. Seine Augen waren nur halb geöffnet, und es hatten sich dunkle Ränder unter ihnen gebildet.

Iouna bekam ein schlechtes Gewissen, obwohl sie keine Schuld an dem trug, was ihr zugestoßen war. Zumindest nicht gänzlich. Sie hatte sich den Dolch zuletzt aus der Brust gezogen, der ihr Todesurteil unterschrieben hatte, aber das war zu seinem Schutz geschehen. Ihr Lächeln schwand aus ihrem Gesicht. Es tat ihr leid, was passiert war.

»Was bist du?«, fragte Halvar schließlich, und erstaunt sah sie ihn an. Hatte er gerade nach dem Was gefragt? Verwirrt legte sie ihren Kopf schief. Hielt er sie für ein Trugbild?

Nach einem tiefen Atemzug, mit dem sie die Tränen der Verwirrung und Erleichterung zurückhielt, setzte sie zu einer Antwort an. Dabei versuchte sie, so behutsam wie möglich zu sprechen, da sie nicht wollte, dass ihm irgendetwas noch mehr zusetzte. »Ich bin Iouna!«, brachte sie leise hervor.

»Juna ist tot!«, antwortete Halvar kalt, wobei seine Augen von seiner Trauer zeugten.

Sie lächelte kurz, als sie bemerkte, dass er ihren Namen immer noch nicht richtig aussprechen konnte. Vehement schüttelte sie ihren Kopf und wollte sich an den Brustkorb fassen, aber die Fesseln verhinderten das abermals. »Nein!«, erwiderte sie. »Du siehst mich doch vor dir sitzen.«

Halvar schien sie genauer zu mustern, was sie hoffen ließ, aber so einfach zu überzeugen war er nicht. Dennoch glaubte sie, dass kurz ein Lächeln über sein Gesicht huschte, während er sich dem Fenster zuwandte. Iouna wusste nicht, ob dies abwertend gemeint war.

»Doch ...«, erwiderte er und wandte sich ihr wieder zu. »Du siehst ihr ähnlich, aber ... dein Haar ist zu dunkel. Ich weiß nicht, *was* du bist, aber Juna bist du nicht!«

Iouna sah den Hünen mehr als verwirrt an. Dann lehnte sie ihren Kopf nach vorne, sodass ihr Haar teilweise über ihre Schultern fiel. Halvar hatte recht! Sie wusste nicht, wie das möglich war, aber zuvor hatten hellere, fast rotbraune Strähnen ihr Haar durchzogen, die gänzlich verschwunden waren. Es war bis zu den Spitzen so schwarz, dass es einem mondlosen Himmel glich. Als seien ihre Haare noch nie der Sonne ausgesetzt gewesen.

Erstaunt schaute sie wieder auf und überlegte. »Wenn ich nicht ich bin, wer soll ich denn sonst sein?«

Halvar zuckte mit seinen Schultern und wich ihrem fragenden Blick aus. »Eine Sirene?«, mutmaßte er.

»Eine Sirene?«, wiederholte Iouna und unterdrückte kurzerhand ein leises Lachen. Sie kannte die Geschichten über diese Wesen, aber noch nie war sie für ein solches gehalten worden.

»Xhar ...«, setzte sie an, »... ließ mich gehen. Er sagte, dass er mit mir verbunden sei und ich mit ihm. Vielleicht liegt es daran. Sein Haar ist ebenso schwarz wie meines.«

»Xhar?«, antwortete er und richtete sich erstaunt auf.

»Ja, Xhar ließ mich zurückkehren!«, fügte Iouna ihren vorherigen Worten leise hinzu.

Halvar war anzusehen, dass er der Äußerung nur wenig Glauben schenken konnte. »Er hat ... was?«, entgegnete er skeptisch.

So einfach war das alles nicht in ein paar Worten zu erklären. Aber dann fiel Iouna der Anhänger ein, der sich noch in ihrer Hand befand. Sie rutschte etwas zurück und lehnte sich sitzend gegen die Holzwand, um ihre Hände neben sich legen zu können. Vorsichtig öffnete sie ihre verkrampfte Hand und warf sich mit einer schwungvollen Bewegung aus dem Handgelenk heraus die hölzerne Fliege auf den Schoß. »Du sollst es dir noch einmal überlegen«, meinte sie eindringlich.

Sichtbar müde bewegte sich Halvar und stand auf. Mit ungläubigem Blick kam er auf sie zu, aber Iouna bemerkte, dass er einen gewissen Abstand zu ihr wahrte. Er setzte sich auf die Bettkante, die dem Raum zugewandt war, da die andere Seite mit der Wand abschloss. Kurz schaute er sie an, ehe er den Anhänger von der Decke aufnahm.

Iouna bemühte sich, keine schnelle Bewegung zu machen. Es war das erste Mal, dass er sich wie ein scheues Tier verhielt.

Skeptisch betrachtete er den Anhänger und ballte schließlich eine Faust darum.

Sie hoffte, dass er ihn als seinen wiedererkennen würde. Und kaum hatte sie diesen Gedanken zu Ende geführt, schaute er sie fragend an. »Juna?«

Stoßhaft atmete sie aus und nickte. »Du wolltest doch, dass ich bei dir bleibe!«

Keine Reaktion. Halvar starrte sie an, als hätte sie etwas Falsches gesagt, dabei war das seine letzte Bitte an sie gewesen. Im Grunde ein Beweis dafür, dass sie es wirklich sein musste, egal wie unmöglich es schien.

Um die Unterhaltung voranzutreiben, hob sie wiederholt ihren Arm, um auf die Seile an ihren Handgelenken aufmerksam zu machen.

Halvar blinzelte verwirrt, und Iouna wurde sich gewahr, dass seine Müdigkeit mit ein Grund sein musste, dass er alles so gefasst aufnahm. Wer konnte sonst glauben, dass eine Person einfach von den Toten zurückkehrte? Das hätte sie selbst nicht einmal für möglich gehalten und sie gab zu, dass sie immer noch nicht wusste, ob es Wirklichkeit war.

Langsam griff Halvar an seinen Gürtel, an dem die Axt in der Schlaufe hing.

Geduldig wartete sie ab, bis er mit der Schneide das Seil zu ihrer Rechten durchtrennt und seine Waffe wieder weggesteckt hatte. Währenddessen sagte er nichts, sondern betrachtete sie abschätzend, und sie erwiderte seinen Blick fragend. »Warum hast du mich gefesselt?«, wollte sie verlegen wissen.

»Ich kann nicht glauben, dass du sie bist«, antwortete er ernüchternd.

Nun war sie es, die kurz lächelte. Ihr ging es damit nicht anders. Aber je länger sie hier saß, desto weniger kam ihr alles wie ein Trugbild vor. Würde der Halvar, der in ihrem Traum vorkam, ihre Existenz hinterfragen? Wohl kaum! Daher nahm sie all ihren Mut zusammen und hob vorsichtig ihre Hand, um seine Wange zu berühren. Als sie seine Haut spürte, entwich ihr trotz aller Zurückhaltung ein erleichtertes Seufzen. Er war echt, genauso wie sie.

Der Hüne hingegen schreckte zuerst vor ihr zurück, ließ aber die Berührung schließlich zu. Dabei fixierte er sie mit seinen eisblauen Augen. Erst nach einem kurzen Augenblick schien er selbst zu glauben, dass sie weder ein Traum noch ein Trugbild war, und er legte seine Hand über ihre.

Als sie ansetzen wollte, etwas zu sagen, nahm er sie ruckartig in den Arm und drückte sie fest an sich. Während er sein Gesicht in ihrem Haar vergrub, legte sie ihren Arm um seinen Nacken, wobei ihr auffiel, dass ihre linke Hand nicht folgen konnte. Um diesen Augenblick aber nicht zu unterbrechen, beschwerte sie sich nicht. Ganz im Gegenteil. Sie lehnte sich an seine Schulter und atmete erleichtert aus.

Halvar ließ lange Zeit nicht von ihr ab und drückte sie weiterhin genauso beharrlich wie zu Beginn, sodass Iouna zu lachen anfing. Der sichtlich verwirrte Ritter ließ sie erst in diesem Moment los und erkundigte sich, was nicht stimmte. Immer noch amüsiert, hielt sie ihm ihren linken Arm hin.

»Oh …«, stieß er aus und befreite sie umgehend von der letzten Fessel.

»Danke«, flüsterte sie und rieb sich zunächst die schmerzenden Handgelenke.

Danach sah Iouna zu Halvar auf, und sie bemerkte eine Bewegung in seinen Schultern. Wollte er sie erneut umarmen oder …? Gewehrt hätte sie sich nicht dagegen. Es war ein schönes, wenn auch etwas seltsames Gefühl, wieder zu leben und bei dem Menschen zu sein, den sie am wenigsten verlassen wollte. Und es erleichterte sie, dass es ihm ähnlich ging, obwohl sie nicht wusste, warum. Sie erinnerte sich, dass ihr vieles plötzlich unwichtig vorgekommen war, nachdem sie sich in der Finsternis befunden hatte – vor allem die Tatsache, dass der Mensch mit seinen Gefühlen hinter dem Berg hielt. Aber zurück bei ihm waren ihre Lippen wieder genauso versiegelt wie zuvor. Vielleicht war sie nur nicht lange genug tot gewesen, um sich dahingehend zu ändern. Selbst Xhars Worte halfen ihr nicht weiter, dass sie ihr Leben ausschließlich von außen betrachtet hatte. Sie besaß eine zweite Chance, etwas, was es davor noch nie gegeben hatte – soweit sie wusste. Ob Xhar und Athan diesen Handel schon einmal vollzogen hatten, hatte sie nicht gefragt. Wie es auch war, sie lebte und wirkte gesund. Ihr Körper erholte sich, das Brummen in ihrem Kopf verschwand. Da ihr das immer mehr bewusst wurde, musste sie tief durchatmen, denn ihren Tod selbst würde sie niemals vergessen. Hinzukam, wie es weitergehen sollte. Was war während ihrer Abwesenheit geschehen? Wie lange war sie weg? Halvar sah aus, als sei er geradewegs aus einem Krieg heimgekehrt. Und wo befanden sie sich? So viele Fragen schwirrten in ihrem Kopf herum, und immer wieder drängte sich ihr die Tatsache auf, wie froh sie sein konnte. Kurz in ihren Gedanken versunken, schluckte sie trocken.

»Willst du etwas trinken?«, fragte Halvar verunsichert. In seinem Blick lag Sorge.

Langsam nickte sie, aber bevor er aufstand, nahm sie ihm die vorherige Entscheidung ab, die er anscheinend verworfen hatte, und umarmte ihn. Sie umklammerte seinen Hals und zog sich an ihm hoch. Sie spürte, wie auch er noch einmal seine Arme um sie legte und sie drückte. »Ich dachte ...«, flüsterte sie betroffen in sein Ohr, »ich wäre für immer fort.«

Halvars Griff wurde fester. »Ich auch«, antwortete er leise, und sie gab ihn frei. Er stand auf und begann, sich in den wenigen Schränken umzuschauen, die im Zimmer herumstanden. Anscheinend suchte er einen Becher, um ihr etwas zu trinken einzuschenken, was Iouna die Gelegenheit bot, ihre Umgebung genauer zu betrachten.

Es war ein kleines Haus, in dem sie sich befanden. Es wirkte verlassen, da sich überall dicke Staubschichten niedergelassen hatten. Während sie vorsichtig die Decke von ihren Beinen schob, fiel ihr zu ihrem Erschrecken auf, dass sie bis auf Halvars Hemd nichts trug. Das Gute war, dass es ihr zumindest bis zur Mitte ihrer Oberschenkel reichte. Es war wohl zu viel verlangt gewesen, sie angezogen zurück in die Welt zu schicken. Bei dem Gedanken daran, dass Halvar sie hatte anziehen müssen, schoss ihr umgehend die Schamröte ins Gesicht. Doch allem Unbehagen zum Trotz musterte sie zunächst ihren Körper. Sie wollte sichergehen, dass alles so war wie vorher. Dazu zog sie kurz das Hemd nach vorne, um einen Blick drunter zu werfen. Es schien ihr Körper zu sein, aber fühlte sich dennoch vollkommen fremd an. Die Proportionen stimmten, nur ihre Haut sah aus, als bestünde sie aus Porzellan: glatt, weiß und absolut ebenmäßig. Sie musste zugeben, dass sie das störte. Hätte sie wie eine Puppe aussehen wollen, hätte sie zu Hause bleiben können, denn dort wäre sie wie eine behandelt worden. Ihre Hülle wirkte wie neu geboren. Kein Makel war zu finden, nicht einmal die vielen Narben an ihren Schienbeinen waren noch vorhanden.

»Warum nur …«, murmelte sie leise.

»Tut mir leid, aber ich konnte dich nicht so liegenlassen«, erwiderte Halvar auf ihre Worte hin, weshalb sie den Kragen losließ und ihn verwirrt anschaute. »Ich hatte nur noch das Hemd«, fuhr er fort.

Dachte er etwa, sie meinte ihn? »Nein! Das Hemd ist in Ordnung«, erwiderte sie rasch, die Wangen leicht gerötet. »Ich meinte meinen Körper.« Mit ihren Händen machte sie eine ausladende Bewegung vom Kopf bis zu den Knien.

Unterdessen hatte Halvar einen hölzernen Becher in einem der Schränke gefunden und füllte diesen mit Wasser aus einem Eimer. »Was ist damit?«, fragte er skeptisch und hob seine rechte Braue.

»Es ist irgendwie nicht meiner«, beschwerte sie sich, auch wenn ein neuer Körper besser war als ein Häufchen Asche. Sie hatte nicht darum gebeten, die Spuren der Vergangenheit zu tilgen.

Halvar reichte ihr den Becher, den sie in einem Zug leerte. Ihre Kehle hatte sich staubtrocken angefühlt, was nicht verwunderlich war, denn sie hatte noch nie etwas zu trinken bekommen.

»Er sieht aus wie deiner«, gestand er, und augenblicklich starrte sie ihn an.

Woher wollte er das wissen? Dann fiel es Iouna wieder ein, was er deutlich an ihrer Mimik erkennen konnte. Der Erkenntnis auf die Schliche gekommen, ließ sie ihre Schultern hängen und schaute ihn an. »Der Fluss«, meinte sie und lächelte unsicher.

Halvar wirkte genauso verlegen und nahm ihr rasch den Becher ab. »Möchtest du noch etwas?«, wechselte er eilig das Thema.

Iouna schüttelte verneinend den Kopf und rutschte vorsichtig vom Bett. Obwohl es abwegig war, hatte sie das Gefühl, eine halbe Ewigkeit gelegen zu haben.

Der Hüne stellte den Trinkbecher auf dem Tisch ab und half ihr, sich aufzurichten, auch wenn sie sicher war, das alleine zu schaffen. Es handelte sich dabei um eine lieb gemeinte Geste, und ihm erneut nahe zu sein, empfand sie nicht als schlimm. Sie überlegte sogar kurz, sich gebrechlicher zu geben, als sie war, aber sie wollte seine Gutmütigkeit nicht ausnutzen. »Ich würde gerne raus«, sagte sie. »Ich würde gerne sehen, wo wir sind.«

Nachdem Halvar gemerkt hatte, dass Iouna auch ohne ihn laufen konnte, ging er vor und öffnete die Tür. Augenblicklich drang die Sommerhitze in das Haus, und der Gesang der Vögel war klarer zu hören. Draußen eröffnete sich ein erstaunlicher Anblick, getaucht in das rötliche Licht des Sonnenuntergangs. Eine grüne Wiese breitete sich vor ihnen aus, und ein Fluss verlief neben dem Gebäude, in dessen Wasser ein riesiges Holzrad eintauchte.

»Es ist nur eine alte Mühle«, meinte Halvar resigniert, aber für Iouna war es etwas anderes.

»›Nur‹ würde ich nicht sagen«, erwiderte sie und schaute sich alles haarklein an.

Halvar hingegen blickte auf sie hinunter. »Sondern?«, verlangte er zu wissen, weshalb sie ihn mit einem erleichterten Gesichtsausdruck bedachte.

»Keine Herzöge, keine Stadt, keine anderen Menschen!«, erklärte sie ihm beruhigt.

»Nur eine Prinzessin und ein Ritter«, kam von dem Hünen zurück, doch Iouna schüttelte den Kopf. Diese Vorstellung widerstrebte ihr hier. Es war immerhin kein Schloss, was ihr ganz recht war. Sie hatte gesehen, was ihr der Adelstitel eingebracht hatte. »Keine Prinzessin«, widersprach sie ihm deshalb, »und kein Ritter! Ein einfacher Mann und eine einfache Frau, keine Titel und Ränge.«

Halvar lächelte sie an. »Nur Juna und Halvar«, korrigierte er, was die junge Frau darauf aufmerksam machte, dass sie tatsächlich allein waren. Aber nicht nur das fiel ihr auf, sondern einmal mehr Halvars Aussehen. Um sich auf andere Gedanken zu bringen, zupfte sie kurz an seinem Hemd. »Was ist geschehen?«, verlangte sie zu wissen, wobei ihr Gesichtsausdruck von erleichtert zu besorgt wechselte.

Er zögerte sichtlich mit seiner Antwort. »Heinrich wird keine Frauen mehr ermorden«, antwortete er und schaute ihr dabei nicht in die Augen.

Iouna atmete tief durch. »Das ist gut«, flüsterte sie beruhigt. »Dann sind wir wirklich allein, und ich muss mir keine Sorgen mehr machen.«

Ihre Antwort überraschte Halvar.

Iouna wusste, was er damit sagen wollte: Er hatte ihn getötet. Doch nichts anderes hatte der Herzog in ihren Augen verdient. Zwar bekam sie gleichzeitig ein schlechtes Gewissen, so über einen Menschen zu denken, aber wenn es etwas nicht zu verzeihen gab, dann seine Tat an ihr und alle vorangegangenen Morde an unschuldigen Frauen.

»Nein«, antwortete Halvar unterdessen. »Musst du nicht.«

»Es tut mir leid, dass du das überhaupt miterleben musstest. Ich meine, ich bedauere seinen Tod nicht, sondern nur, dass du ihn erledigen musstest, auch weil er dich sonst getötet hätte.«

»Ich bedaure lediglich, dass ich zu spät gekommen bin.« Halvar klang bei diesen Worten sehr leise, und Iouna hatte das Gefühl, er gab sich die Schuld. Um ihm die zu nehmen, stellte sie sich vorsichtig vor ihn hin und schaute ihn an.

»Das war nicht deine Schuld«, erwiderte sie bestimmt. »Du warst ja nicht einmal lange weg. Er hätte mich sieben Jahre lang jeden Tag erwischen können. Jedes Mal, wenn ich die Augen öffnete, rechnete ich insgeheim damit. Und es war mir klar, dass ich es nicht überleben würde, falls es passieren sollte. Und doch habe ich es überlebt ... irgendwie. Ich bin hier, und du auch.«

»Ja«, antwortete Halvar mit leiser Stimme und ließ es sich nicht nehmen, sie noch einmal an sich zu drücken. Iouna wollte nicht, dass er von einem schlechten Gewissen gequält wurde. Dabei wanderte ihr Blick auf seinen Unterarm, der frisch vernäht aussah, aber anders, als sie es getan hätte. Außerdem befand sich ein frischer Schnitt neben der geschlossenen Wunde.

»Was ist mit deinem Arm passiert?«, fragte sie und hoffte, diese Verletzungen waren nicht beim Kampf gegen Heinrich entstanden.

»Das ... war Xhar«, antwortete Halvar. »Als ich im Tempel war, hat er die Wunde versorgt. Die andere war ein Versehen.«

Iouna nickte verstehend. Sie erinnerte sich. Halvar hatte den Schrein besucht, bevor sie ... Kurz hielt sie inne, schaute ihm aber dann in die Augen. »Hast du dich dort verletzt?«

Er nickte und erklärte, dass der Tempel – abgesehen von der versehentlichen Verletzung – ein Opfer verlangte. Wenig begeistert blickte die junge Frau drein, als Halvar ihr gestand, dass dies Blut sei, aber kaum jemand opferte in Isvinter dafür sein eigenes. Er sah das jedoch anders, worüber sie erleichtert war. Trotzdem drängte sich ihr dabei eine weitere Frage auf. »Hast du dort wenigstens gefunden, wonach du gesucht hast? Erkenntnis oder Vergebung?«

Wieder nickte er. »Beides«, war seine Antwort, und sie quittierte das mit einem Lächeln. Dann hatte diese Nacht zumindest etwas Gutes gehabt.

Aber nicht nur die Wunden fielen ihr an ihm auf, sondern wiederholt auch die Striche mitten auf seiner Stirn, die jetzt allerdings kaum noch zu erkennen waren. Iouna erinnerte sich an den isvintarischen Brauch, auf diese Weise seine Anteilnahme am Tod eines nahestehenden Menschen zu zeigen. Wenn die Striche für sie standen, wusste sie nicht, wie viel sie in diese Geste hineininterpretieren durfte. Das musste nicht zwangsläufig bedeuten, dass er mehr für sie empfand.

Vorsichtig hob sie ihre Hand und wischte mit ihrem Zeigefinger über die aschgrauen Überreste.

»Die Streifen ...«, sprach der Hüne zögerlich, und es wirkte, als hätte er sie vollkommen vergessen.

Iouna rang sich ein Lächeln ab und versuchte so gut sie konnte, die Striche zu entfernen. »Ist denn jemand gestorben?«, fragte sie leicht amüsiert, aber ohne den Brauch ins Lächerliche zu ziehen. Sie wollte vergessen machen, woran sich beide nur ungern erinnern ließen.

Er lachte leise. »Bis vor wenigen Stunden ...«

Er half ihr und wischte sich selbst noch einmal über seine Stirn, aber im Grunde verteilten beide die Asche nur weiter auf seiner Haut.

»Da wird nur ein Bad im kalten Fluss helfen«, stellte Iouna fest und musterte ihn wiederholt von Kopf bis Fuß. »Am besten gleich samt Kleidung.«

»Vielleicht«, meinte Halvar belustigt und ergänzte, dass er bereits halbherzig versucht hatte, den Schmutz loszuwerden, aber ein erneutes Bad hatte vermutlich noch einen Moment Zeit.

Da es nichts Besonderes zu sehen gab, entschied Iouna, wieder ins Haus zu gehen. Dort hatten sie genug Zeit, alles weitere zu besprechen, vor allem, was nach ihrem Tod geschehen war und was Xhar ihr erzählt hatte. Die Tatsache, dass sie vom Blut Athans abstammte, behielt sie erst einmal für sich. Ihr war klar, dass sie dadurch auch eine Verbindung zu Xhar besaß, aber Halvar wollte sie vorerst nicht davon erzählen. Es war schon schwierig genug, ihm klarzumachen, dass sie nicht anders war als andere Frauen. Zu gestehen, dass sie von einem Gott abstammte, würde es nicht leichter machen, die Kluft zwischen ihnen zu überwinden. Trotzdem berichtete sie ihm davon, dass die Götter ihren Körper wissentlich für irgendeinen Krieg verändert hatten, wovon sie aber nur wenig spürte. Weder wusste sie, worin diese Veränderung bestand, noch welche Auswirkungen Xhars Segen haben würde.

Halvar gestand ihr im Gegenzug, Norna begegnet zu sein, die ihm ebenfalls gesagt hatte, dass die Götter irgendetwas planten. Zumindest kam es ihm so vor.

Iouna hörte ihm aufmerksam zu, konnte sich aber aus dem, was er erzählte, keinen Reim machen. Die Götter prophezeiten ihnen einen Krieg, einen Kampf gegen irgendwelche Schatten. Sie hatten ihnen aber nicht gesagt, wohin sie als Nächstes gehen oder was sie nun tun sollten. Vielleicht bedeutete dies, dass sie erst einmal in der Mühle bleiben konnten. Zumindest, bis irgendein erneutes Auftauchen der Götter oder ein Zeichen ihnen den weiteren Weg wies. Immerhin beruhigte es Iouna, dass die Götter keine Macht über ihren freien Willen besaßen. Wenigstens etwas.

Freier Wille ...

Dabei musste Iouna daran denken, dass sie ihr Leben eigentlich eintauschen wollte, aber dies für Xhar nicht zur Debatte gestanden hatte. Auch eine der Kleinigkeiten, die sie zunächst für sich behielt. Gerade erst von den Toten zurückgekehrt, konnte sie Halvar nicht erzählen, dass sie die zweite Chance beinahe nicht genutzt hätte. Das alles hatte Zeit – wenn es überhaupt erzählt werden musste.

Schließlich legte sich Iouna müde und erschöpft von all den neuen Erkenntnissen wieder ins Bett. Sie fühlte sich, obwohl sie zuvor geschlafen hatte, reichlich ausgelaugt. Während sie sich ausruhte, wollte Halvar die Gelegenheit nutzen, um sich im Fluss zu säubern. Kaum hatte er die Hütte verlassen, schlief die junge Frau schlagartig ein, nicht ohne zuvor dafür gebetet zu haben, dass sie an gleicher Stelle wieder aufwachen würde.

***

Immer noch konnte Halvar es nicht glauben, dass Iouna wieder zurückgekehrt war. Xhar, dessen Anhänger er nach wie vor in der Hand hielt, hatte sie anscheinend zurückgeschickt. Es gab so viele Anzeichen dafür, dass sie wirklich die Prinzessin war. Das hölzerne Amulett und der Kompass, die beide das Feuer nicht hätten überstehen dürfen, sowie die Tatsache, dass sie seine letzten Worte an sie kannte. Dennoch weigerte sich sein Verstand, zu akzeptieren, dass sie wieder bei ihm war. »Das ist unmöglich ...«, stammelte er vor sich hin, während er am Ufer des Flusses hockte, um Hände und Gesicht von Blut und Dreck zu befreien. Das Hemd hatte er grob ausgewaschen und zum Trocknen über das alte Wasserrad gehängt. Nun fielen die letzten Sonnenstrahlen des Tages durch das Blätterdach des Waldes. Es war ihm schwergefallen, Iouna aus den Augen zu lassen. Noch immer fürchtete er, sie würde wieder verschwinden oder sich nur als Einbildung herausstellen. Aber er war sich bewusst, dass er sie nicht durchgehend bewachen konnte, und er wollte sie nicht andauernd mit der Vergangenheit konfrontieren. Jedes Mal, wenn sie ihn ansah, spürte er, wie der Anblick des Blutes sie unruhig werden ließ. Also musste es ab! Auch wenn das bedeutete, sie für kurze Zeit alleine zu lassen.

Er wusste nicht so recht, was er tun sollte. Konnte er Iouna noch behandeln wie früher? Schließlich hatte ein Gott sie gesegnet, was nicht alle Tage vorkam. Sollte er sich bei Xhar entschuldigen? Immerhin hatte er das Amulett seines Gottes verbrannt. Selbst wenn er den zurückerhaltenen Anhänger als Zeichen der Vergebung deuten konnte, war es vermutlich besser, dem Herrn der Fliegen ein kurzes Gebet zu widmen, was er in aller Stille – ausgerechnet am Wasser – tat.

Nachdem er zumindest seinem Gott gegenüber sein Gewissen beruhigt hatte, ließ er sein Hemd zum Trocknen liegen und trottete zurück in die Hütte.

Leise öffnete er die Tür, duckte sich unter dem Türrahmen durch und schloss sie vorsichtig wieder. Iouna lag zusammengerollt auf dem Bett und atmete ruhig und gleichmäßig. Ein leichtes Lächeln huschte über sein Gesicht, als er bemerkte, wie friedlich sie aussah. Mit einem prüfenden Blick betrachtete er die verbliebenen Vorräte, die er zusammen mit Iounas Sachen auf dem Tisch platziert hatte. Es war nicht mehr übermäßig viel, aber für diesen Tag sollte es noch reichen. Kein Grund also, sie noch einmal allein zu lassen. Schon als er das Feuerholz geholt hatte, war ihm nicht wohl dabei gewesen, aber es half ja nichts. Zufrieden damit setzte er sich wieder auf den Stuhl neben dem Bett, lehnte sich zurück und verschränkte die Arme.

Er wusste nicht, was er tun sollte, also blieb er einfach sitzen und beobachtete sie. Wie schon in der Taverne in Falkenberg sah er der Prinzessin beim Schlafen zu. Der Moment war ähnlich und trotzdem völlig anders. Damals hatte er sich Gedanken darum gemacht, ob er sie wiedersehen würde, wenn sie in Yveih ankamen. Nun dachte er darüber nach, warum sie überhaupt zurück war. Es machte ihn unglaublich glücklich und gleichzeitig auch unsicher. Er war froh, den Menschen wiederzuhaben, der ihm mehr bedeutete als alles andere in dieser Welt, aber er konnte nicht leugnen, dass es ihn extrem verwirrte, mit einer vermeintlich Toten zu reden.

Mit der Zeit verschwanden die letzten Strahlen der Sonne, die sich noch durch die zugezogenen Vorhänge kämpften, und die Hütte versank in Dunkelheit.

Langsam spürte Halvar, wie ihm die Lider zufallen wollten. Die vorherigen albtraumhaften Nächte machten sich bemerkbar, dennoch weigerte er sich einzuschlafen. Er wollte Iouna nicht aus den Augen lassen und keinen weiteren Albtraum erleben. Wenn er so darüber nachdachte, konnte er sich an kein einziges Mal erinnern, bei dem er in ihrer Nähe einen solchen gehabt hatte. Abgesehen von dem in der Taverne, der als einer begonnen, aber sich zu einer Vision Xhars gewandelt hatte.

Wieder lächelte er. Allein ihre Anwesenheit schien ihn zu beruhigen. Dennoch ... kein Schlaf!

Iouna wälzte sich inzwischen unruhig hin und her und sprach undeutliche Worte.

»*Sie träumt*«, stellte er fest. »*Und das vermutlich nicht gut.*«

Leider hatte er Nornas Trank gegen Albträume bereits verbraucht, und so blieb ihm nichts anderes übrig, als zu hoffen, dass sie halbwegs gut schlafen konnte.

Immer öfter musste er blinzeln und sich zwingen, wachzubleiben.

Plötzlich stieß Iouna einen spitzen Schrei aus, im nächsten Moment saß sie aufrecht im Bett.

Halvar wurde aus seinem Halbschlaf gerissen und wäre beinahe vom Stuhl gefallen. Sofort stand er auf und eilte zu ihr. Behutsam setzte er sich neben die schwer atmende junge Frau an den Rand des Bettes und nahm ihre Hand. Er erkannte die Zeichen eines bösen Traumes, wenn er sie sah, wurde er doch lange genug selbst von ihnen geplagt.

»Alles in Ordnung«, versuchte er, sie mit sanfter Stimme zu beruhigen. »Es war nur ein Traum.«

Nur schemenhaft erkannte er, wie sie mit der freien Hand das Hemd nach unten zog und ihre Brust untersuchte. Sie musste von ihrem Tod geträumt haben.

Halvar konnte sich vorstellen, dass dieses Ereignis nicht spurlos an ihr vorüberging. Er selbst träumte ab und an von den Brandeisen, die ihn zum Gezeichneten gemacht hatten, und zu sterben war vermutlich noch traumatischer.

Ohne ein Wort zu sagen, blickte sie ihn an. Ihr Atem ging zitternd. Gerade, als er sie in den Arm nehmen wollte, kam sie ihm zuvor und klammerte sich an seinen Hals.

Sanft erwiderte er die Umarmung und drückte Iouna an sich, die ihr Gesicht in seiner Schulter vergrub. Er spürte deutlich, wie sie mit sich kämpfte, ihre Tränen für sich zu behalten, weshalb er sie noch etwas enger an sich zog. »Nur ein Traum«, wiederholte er leise und hielt sie einfach weiter fest.

»Es war kein Traum«, hauchte sie und presste ihr Gesicht fester an ihn, »sondern eine Erinnerung!«

Eine grausame Erinnerung. Halvar konnte sich nicht vorstellen, wie es war, sich an den eigenen Tod zu erinnern, aber es war gewiss schrecklich. Da er nicht wusste, was er darauf sagen sollte, streichelte er sanft ihren Rücken, um sie etwas abzulenken. Sie ließ ihn unterdessen nicht los, entspannte sich jedoch ein wenig, sodass er vorsichtig fortfuhr. »Schlaf weiter«, flüsterte er. Dabei war ihm klar, dass es sicherlich das Letzte war, was sie tun wollte. Jedoch war sie zu schwach, um darauf verzichten zu können. Manchmal hatte man Glück, und der Traum kehrte nach dem erneuten Einschlafen nicht wieder. Leider hatten sie keine andere Wahl, als zu hoffen, dass es diesmal auch zutreffen würde.

Iouna drückte ihr Gesicht weiter an ihn und schüttelte energisch ihren Kopf.

Sachte strich er ihr über diesen. »Doch, Juna. Ich weiß, es ist schwer, aber du musst zu Kräften kommen.«

Noch immer zeigte sie keine Reaktion.

»Bitte«, fügte er leise hinzu.

Wortlos rückte sie näher an ihn heran und zog die Beine an.

Mit einer Hand angelte Halvar die Bettdecke und legte sie ihr über die Schultern. Eingerollt kuschelte sie sich an seine Brust. Es war ein schönes Gefühl, ihre Nähe und ihr Vertrauen zu spüren, und er legte erneut die Arme um sie und streichelte über ihr Haar.

Nach kurzer Zeit atmete sie ruhig und gleichmäßig. Erleichtert, dass sie schlief, versuchte er, sie vorsichtig wieder hinzulegen, um es ihr bequemer zu machen. Doch sie erwachte dabei. »Nein«, grummelte sie halb schlafend. »Bleib bei mir.«

Unwillkürlich musste er lächeln. Er hatte es zu ihr gesagt, und sie hatte es getan. Wie also konnte er ihr diesen Wunsch ausschlagen? Leise setzte er sich vollends aufs Bett und lehnte sich an die Wand, woraufhin Iouna sich zu ihm zog und ihren Kopf auf seinen Oberschenkel legte. Halvar kraulte weiter den Rücken der jungen Frau, die sich zufrieden einrollte und endlich einschlief.

»Versprochen«, flüsterte er ihr zu.

***

Iouna erwachte müder, als sie eingeschlafen war. Der Albtraum hatte sie stark mitgenommen. Ihr Ableben erneut zu erleben war eines der Dinge, auf die sie verzichten konnte. Sie wusste nun, wie sehr jemanden Träume mitnehmen konnten. Wieder das Metall auf ihrem Brustkorb zu spüren, das warme Blut und das Knacken zu hören, das war grausam. Zusammengerollt lag sie am oberen Ende des Bettes und war mit ihrem Kopf auf Halvars Schoß eingeschlafen. Noch immer hatte er seinen Arm über ihre Taille gelegt, sodass sie sich gar nicht bewegen wollte. Wer wusste schon, wann sich wiederholt die Gelegenheit bot, ihm so nah zu sein? Er atmete ruhig. Daher ging Iouna davon aus, dass er ebenfalls schlief; als sie jedoch ihren Kopf anhob, sah er auf sie hinunter und lächelte. Etwas überrascht, erwiderte sie den freundlichen Blick. Irgendwas sagte ihr, dass er nicht aufgewacht, sondern noch gar nicht eingeschlafen war. Prompt meldete sich ihr schlechtes Gewissen. War sie schuld an seiner schlaflosen Nacht?

»Bleib bei mir!«, nuschelte er müde, weshalb Iouna innehielt. Es waren die gleichen Worte wie vor ihrem Tod.

»Hast du überhaupt geschlafen?«, fragte sie leise. »Oder habe ich dafür gesorgt, dass du nicht mehr schlafen konntest?«

Der Hüne schüttelte seinen Kopf. Ihm war deutlich anzusehen, dass er unter Schlafmangel litt. Bereits bei ihrem Erwachen am Vortag schien er müde gewesen zu sein. »Ich konnte nicht«, gab er zu.

»Warum nicht?«, erwiderte sie besorgt.

Halvar rieb sich blinzelnd die Augen. »Ich wollte da sein, falls du noch einmal schlecht träumst.«

Vorsichtig richtete sich Iouna auf und warf ihre Stirn in Falten. »Ich hätte dich vermutlich wach gemacht ... Du musst etwas schlafen!«

»Ich will auch nicht träumen«, murmelte Halvar leise und schüttelte erneut den Kopf.

Die Prinzessin schaute bekümmert und dachte nach. Irgendwann musste er einmal schlafen. »Und wenn ich währenddessen auf dich aufpasse, wie du auf mich?«, schlug sie vor. »Wenn du schlecht träumst, bleibe ich einfach neben dir wach.«

Ein kaum vernehmliches Lachen drang aus Halvars Mund. »Das wäre schön«, antwortete er ebenso leise wie zuvor.

Iouna richtete sich vollständig auf und lehnte mit ihrer Schulter gegen die Wand, um mit Halvar auf gleicher Augenhöhe zu sein. »Dann leg dich schlafen.«

Er drehte ihr das Gesicht zu und schaute sie unverwandt an. Geradezu nachdenklich und musternd wirkte sein Blick dabei, was die junge Frau leicht verunsicherte. »Was ist?«, hauchte sie fragend und versuchte, ebenso aus ihm schlau zu werden wie er anscheinend aus ihr. Zögerlich hob er seine Hand und strich ihr eine verirrte Strähne aus dem Gesicht. Als diese ihre Nasenspitze berührte, schloss sie ihre Augen und lehnte ihren Kopf gegen seine Handfläche. Waren ihre Gefühle nicht offensichtlich genug, so sehr, wie sie jede Berührung von ihm genoss? Und auch er schien nicht gänzlich abgeneigt zu sein, denn immerhin berührte er sie immer und immer wieder. Vielleicht war das am Fluss doch keine Einbildung gewesen, als er das Kleid zugebunden hatte? Am liebsten hätte sie ihn einfach danach gefragt, was er für sie empfand, aber sie fürchtete sich zu sehr vor der Antwort. Wenn er doch nicht mehr für sie fühlte ... Sie würde sich lächerlich machen! Die Frage musste unausgesprochen im Raum stehen bleiben. Also öffnete sie wieder ihre Augen und schaute ihn an. Nachdem er immer noch nicht auf ihre Frage antworten wollte, nahm sie seine Hand von ihrer Wange und senkte sie etwas. Iouna konnte die Ansätze der Rose darauf erkennen, die das eingebrannte Symbol seiner Ehe war. Hin- und hergerissen, ob sie einen Annäherungsversuch wagen sollte, bemühte sie sich, seine Vergangenheit für einen Moment auszublenden. Er hatte bejaht, dass nur er und sie hier in der Hütte waren. Dass sie alle anderen weglassen wollten. Rang, Titel und andere Menschen ...

Während ihr Herz laut pochte, rutschte Iouna dichter an ihn heran und schaute wieder auf. Mit allem Mut, den sie aufbringen konnte, war sie es, die ihre Hand hob und behutsam über seine vernarbte Wange strich. Sie hatte so etwas noch nie getan. Sie wusste nicht einmal, wo sie ansetzten sollte, aber sie rang sich dazu durch, sich seinem Gesicht zu nähern. Dabei sah sie unsicher auf seinen Mund. Ab einem gewissen Moment gab es kein Zurück mehr. Auch Halvar sollte begriffen haben, was sie vorhatte. Einen Fingerbreit vor seinen Lippen stoppte sie, um abzuwarten, was er tat. Kurz bewegte sich der Hüne etwas auf sie zu, sodass es Iouna als Aufforderung sah, den letzten Abstand zu überwinden. Sanft legten sich ihre Lippen auf die seinen und vollendeten den Kuss. Ihren ersten, denn noch nie zuvor hatten ihre Lippen die eines Mannes berührt. Und wider Erwarten waren seine Lippen sanfter und weicher, als sie es einem Mann seiner Statur zugestanden hätte. Einzig der Bart fühlte sich etwas rau an, als er ihre Nase und ihr Kinn berührte.

Zart erwiderte er den Kuss, fast halbherzig, und als sich Iouna aufrichten wollte, um ihm näherzukommen, wandte er den Kopf ablehnend zur Seite. Abrupt schrak sie zurück. War sie doch zu weit gegangen?

»T... Tut mir leid, ich ... habe seit Tagen nicht geschlafen, ich ...«, wandte er ein, ohne sie anzusehen.

Iouna stieß ein leises Lachen aus, das aber mehr davon zeugte, dass sie ihre eigene Dummheit betrauerte. »Du musst dich nicht entschuldigen«, antwortete sie und rutschte etwas von ihm weg. »I... Ich kann das verstehen.«

Trotzdem konnte sie nicht leugnen, dass sie eine gewisse Demütigung verspürte, weil sie sich so weit hatte bringen lassen. Sie war so naiv! Das kam wohl davon, wenn man solche Dinge nur aus Büchern kannte.

Fluchtartig entfernte sie sich von ihm, gerade so langsam, dass er nicht das Gefühl bekam, sie wolle ihm ausweichen. Ihre Gefühle taumelten irgendwo zwischen Bedauern und Ärger über sich selbst. Das war also ihr neues Leben, das gleich mit einem Sprung in einen Fettnapf begann! Wie sollte sie Halvar ab jetzt gegenübertreten? Sich entschuldigen? Es ignorieren und totschweigen? So tun, als hätte diese Situation niemals stattgefunden? Iouna wusste, dass sie das nicht konnte, geschweige denn schaffen würde. Es würde ihr ewig nachhängen, allein, weil sie noch nie mit diesen Gefühlen konfrontiert worden war. Verliebt sein, Liebe, das war alles ein nicht zu erreichendes Ziel gewesen. Allmählich glaubte sie zu verstehen, was Gudrun damit gemeint hatte, dass manche Männer einige Frauen einem Kampf aussetzten. Wie sollte sie mit seiner Vergangenheit Schritt halten?

»Nein, warte! Bleib ...!«, forderte Halvar, aber Iouna kam sich lächerlich vor, wenn sie dies in Betracht zog.

»Du solltest dich ausruhen!«, fuhr sie ihm über den Mund und schaute sich vage noch einmal um. »Während du schläfst, räume ich auf. Vielleicht kann ich diesem Haus etwas Leben zurückgeben. Bitte ... Du musst dich nicht rechtfertigen.«

Ihn zu unterbrechen erschien ihr leichter. Gleichauf eine Ablehnung zu hören, hätte jeglichen Stolz und alle Selbstachtung in ihr zerstört.

»Nein, ich ...«, wandte er ein und wollte aufstehen, aber Iouna scheute so sehr seine Worte, dass sie sich der Treppe zuwandte, die in das obere Stockwerk führte. »Vielleicht sollte ich unter dem Dach anfangen«, lenkte sie ungeschickt vom Thema ab und stieg die Stufen hoch, wobei ihr trotz aller Selbstbeherrschung ein Wimmern entwich.

»Juna«, erklang es hinter ihr, als sie oben ankam. »Warte doch!«

Abrupt wandte sie sich der Treppe zu, nachdem sie unter dem Dach angekommen war, und wartete darauf, dass Halvar in ihr Blickfeld rückte. »Ich hätte das nicht tun sollen«, erklärte sie frei heraus, während immer mehr Tränen in ihre Augen schossen.

Sie hatte alles riskiert, und das war das Ergebnis davon. Er wollte ihr wahrscheinlich den Umstand seiner Ablehnung erklären, aber Iouna wollte es gar nicht wissen.

»Nein, hör mir zu«, bat Halvar und stieg weiter die Stufen hinauf.

Nachdem er vor ihr stand, hob Iouna ihre Hand. »Du glaubst wahrscheinlich immer noch nicht, dass ich Iouna bin. Mein Tun würde vermutlich auch zu einer Sirene passen. Erst verführe und dann verschlinge ich dich. Warum sollte jemand einer Toten glauben?«

Um ihn nicht pausenlos ansehen zu müssen, begann sie, wahllos Kisten auf ein kleines Bett zu stellen, dass sich direkt neben ihr befand.

»Hör mir zu!«, erwiderte er energischer, und Iouna hielt inne. Was sollte sie letztlich auch anderes tun, als sich seine Erklärung anzuhören, die ihr sagte, dass er ein verheirateter Mann war, selbst wenn die Ehefrau nicht mehr lebte?

Als sie ihn anblickte, atmete er tief durch. »Seit deinem ... Ich habe nicht geschlafen. Nicht wirklich.« Er wählte seine Worte mit Bedacht, was es nicht einfacher für Iouna machte. »Ich hatte Träume, die sehr real waren. Träume, die genau so begonnen haben und dann ... grausam endeten. Ich wollte nicht erneut aufwachen und dich verloren haben. Es ... Es tut mir leid, aber das alles überfordert mich. Ich habe dich sterben sehen, habe dich bestattet und doch ... stehst du vor mir. Zurückgebracht von Sirenen. Ja, es schien wahrscheinlicher, dass du ... dass du eine von ihnen warst, weil ...« Halvar seufzte und fuhr sich müde über sein Gesicht. »Ich konnte mir nicht vorstellen, dass eine Frau wie du etwas an einem Mann wie mir finden würde!«

Die Prinzessin schwieg. Sirenen hatten sie zurückgebracht? Kein Wunder, dass Halvar nicht glauben konnte, dass sie es war, die vor ihm stand. Iouna selbst musste sich fragen, ob sie überhaupt diejenige war, für die sie sich hielt. Vermutlich wusste Halvar nicht mehr, was Wirklichkeit oder was Einbildung und Wunschdenken war. Aber warum hatten sie Sirenen zurückgebracht? Sie erinnerte sich an das befremdliche Keckern, aber sie hätte es nie für möglich gehalten, dass diese Wesen tatsächlich existierten. Die Fragen, wie diese Sirenen aussahen und was sie genau getan hatten, schluckte sie hinunter. Darum ging es in diesem Moment nicht. »Ich bin ich!«, beharrte sie auf ihr Dasein und sah den Hünen vor sich an. »Und nur, weil du ... Deine Narben haben den Vorteil, dass die Menschen nicht auf Anhieb sehen, wie aufrichtig du bist. Ich fühle mich wohl und sicher in deiner Nähe, weil ich weiß, dass du niemandem Anerkennung schenkst, nur weil er einen Titel besitzt. Du hast mich als Frau stets mit Respekt behandelt, mich beschützt und du hast mich *nie* allein gelassen. Was sollte sich eine Frau mehr von einem Mann wünschen?«

Diese Worte sollten ihm beweisen, dass sie sah, wie er wirklich war. Iounas nach Antworten fordernder Blick schmolz dahin, und sie fühlte auf einmal Besorgnis in sich aufkeimen. Bei allem, was ihr widerfahren war, hatte sie Halvars Seite vergessen. Nicht die Tatsache, dass er Heinrich aus dem Weg geräumt hatte, aber doch, wie es ihm mit ihrem Ableben ergangen sein musste. Ihr tat schon der Tod des alten Herzogs von Falkenberg leid ... Wie musste sich dann erst jemand fühlen, in dessen Armen eine wirklich vertraute Person verstarb? Auch dass er völlig desinteressiert an ihr war, erschien ihr plötzlich nebensächlich und nicht ganz der Wahrheit entsprechend. So wie er dastand, ein müder und überforderter Mann, wusste er tatsächlich nicht mehr, was er tun sollte. Sie konnte sich nicht einmal vorstellen, was das für Umstände für ihn sein mussten. Erst recht, da seiner Familie eine Rückkehr nicht vergönnt gewesen war. Das war ungerecht. Etliche Nächte mussten es gewesen sein, die er kein Auge zugemacht hatte – und sie machte sich Gedanken über einen halbherzigen Kuss.

»Ich weiß nicht ...«, entgegnete er unsicher.

Iouna ging ein paar Schritte auf ihn zu. Zögerlich ergriff sie seine rechte Hand und legte sie auf ihren Brustkorb, damit er ihr wild schlagendes Herz spüren konnte.

»Es mag unvorstellbar für uns beide sein, aber ich bin wieder hier«, sprach sie leise und sah ihm dabei in die Augen. »Und genauso unvorstellbar ist es wahrscheinlich für dich, dass jemand ehrliche Gefühle für dich hegen könnte, aber genau das tue ich. Trotzdem weiß ich, dass ich es vermutlich nicht tun sollte. Nur ich ... ich kann jene ebenso wenig beeinflussen wie die Tatsache, dass sie mich zurückgeschickt haben, obwohl ich es letztlich nicht gewollt habe. Ich habe versucht, beides zu ändern, aber es ging nicht.«

»W... Was? Du hast ... Warum wolltest du nicht?«, kam betrübt über seine Lippen, was Iouna als Aufforderung sah, über seinen Handrücken zu streicheln, auf der sich die Rose befand.

»Als mein Leben von Xhar gewogen wurde«, setzte Iouna zur Wahrheit an, »stand die Waage in der Mitte still. Die Konsequenz war, dass er mich deshalb nicht zurückschicken konnte. Und da ich ... davon ausging, dass du nie das Gleiche empfinden würdest, wollte ich bei Xhar bleiben, hatte ihn aber gebeten, jemand anderen zurückzuschicken, damit du wieder jemanden um dich hast, den du wahrlich liebst.«

»Damit ich ... Was?«

Es schien fast so, als verwirrten ihre Worte Halvar zunehmend. Die junge Frau wusste auch nicht, wie sie ihm das alles erklären sollte, ohne ihre Tat beim Namen zu nennen. »Ich bat ihn, dir dein Kind wiederzugeben. Ich wollte, dass er anstatt mich Lillian zurückschickt, aber genau diese Worte brachten meine Waage zum Kippen«, erklärte sie gehetzt und unsicher, weil sie Halvar nicht die Gelegenheit bieten wollte, ihre Rückkehr zu hinterfragen. »Xhar meinte nur, dass das geschenkte Leben nicht verhandelbar sei, und warf mich zurück in die Welt der Lebenden. E... Es tut mir leid, dass ...«

Iounas Worte wurden davon unterbrochen, dass Halvar sie an sich heranzog und umarmte. »Das muss es nicht«, erwiderte er leise, aber bestimmt. »Lillian hat Erlösung gefunden, dafür bin ich dankbar.« Noch einmal verstärkte sich sein Griff um ihren Körper. »Genau wie dafür, dass du hier bist.«

Erleichtert entwich ihr ein Wimmern, und Tränen rannen ihr über die Wangen.

Halvar hielt sie unterdessen einfach nur fest und strich beruhigend über ihren Rücken. Seiner Brust so nah, hörte sie, dass auch sein Herz viel schneller schlug als sonst. Ihre Zugeständnisse schienen nicht spurlos an ihm vorüberzugehen. Aber das taten seine bei ihr ebenso wenig. Nachdem sie sich etwas beruhigt hatte, löste sie sich vorsichtig aus der Umarmung und sah ihn an. »Vielleicht solltest du dich jetzt hinlegen und ein wenig schlafen«, schlug sie vor und lächelte unsicher.

Halvar sah sie an und umschloss mit seiner Hand ihre Wange, von der er die Tränenspuren sanft entfernte. Er sagte dabei nichts, aber Iouna erkannte, dass er sich ausruhen wollte. Beschwichtigend lehnte sie noch einmal ihr Gesicht in seine Hand. Danach merkte sie, wie jene zu ihrem Kinn wanderte und Halvar es leicht anhob. Es schien, als wollte er den Kuss von zuvor nicht so auf sich beruhen lassen. Iouna schloss ihre Augen und wehrte sich nicht gegen seine Annäherung. Kurz darauf spürte sie seine Lippen auf ihren, und sie erwiderte seinen Kuss, der genauso zärtlich war wie der zuvor. Plötzlich wurden sie in ihrem innigen Zusammensein erneut unterbrochen. Ein lauter werdendes Knarzen erweckte ihre Aufmerksamkeit, und sie lösten sich voneinander. Das benachbarte Bett brach unter der Last der darauf befindlichen Kisten zusammen. Es dauerte einen kurzen Moment, aber dann begannen sie, gemeinsam zu lachen.

»Das meiste in diesem Haus scheint schon bessere Tage gesehen zu haben«, stellte Iouna fest und untersuchte vorsichtig das Bett, das vollständig unbrauchbar aussah. Allerdings traf diese Äußerung nicht nur auf Gegenstände zu.

»Das Dach ist auch undicht«, wandte Halvar ein und zeigte auf die Stelle über dem Bett.

»Vielleicht sollten wir uns morgen darum kümmern«, fuhr Iouna fort und sah ihn erneut an. »Zuerst solltest du dich ausruhen, sonst ergeht es dir genauso wie dem Bett.«

»Ich will nicht träumen«, wiederholte er eher kleinlaut; zu schlafen schien ihm viel Überwindung zu kosten.

Iouna konnte das verstehen, aber seiner Gesundheit zuliebe musste er die Furcht vor den Albträumen ignorieren. »Ich kann bei dir bleiben, während du schläfst. So wie du bei mir geblieben bist.«

Halvar lächelte und nickte. »Damit würde es mir besser gehen.«

»Ich habe gesagt, dass ich auch für dich da bin, wenn du Albträume hast. Daran hat sich nichts geändert.«

Iouna ergriff seine linke Hand und stieg mit ihm die Treppe hinab. Unten angekommen, sah sie den Hünen auffordernd an, damit er sich endlich hinlegte. Sie selbst setzte sich auf die Kante und rutschte etwas an die Wand heran, die auf der anderen Seite den Zugang zur Schlafstätte versperrte. Als er zögerte, sich zu ihr zu legen, streckte sie ihre Hand nach ihm aus. Er hatte sie nach ihrem Albtraum festgehalten und nicht losgelassen. Das Gleiche wollte sie auch für ihn tun. Er sollte ebenfalls das Gefühl haben, dass sie das Erlebnis mit Heinrich hinter sich lassen konnten und ihren Tod nicht länger betrauern mussten, sondern dass etwas Neues anfing, was sie einander durch den jeweiligen Kuss bewiesen hatten.

Sichtlich erschöpft, ließ sich Halvar ins Bett sinken; er wollte sich neben sie legen, aber sie rückte provokativ näher an ihn heran. Mit einem der Kissen in ihrem Rücken sorgte Iouna dafür, dass sie leicht angelehnt dalag, ehe sie erneut die Hände des Hünen ergriff und andeutete, dass er sich an sie lehnen sollte. Er sah sie unsicher an, als sie seine linke Hand zu ihrer Taille unterhalb der Decke führte und die andere über ihren Bauch legte. Während er etwas näher rutschte, begann ihr Herz wie wild zu schlagen, vor allem, als er sie erneut prüfend ansah. Sie mahnte ihr Herz, sich zu beruhigen. Halvar sollte ruhen und einschlafen, jedoch nicht von wildem Gehämmer wachgehalten werden. Behutsam, als könnte er irgendetwas an ihr kaputtmachen, umfasste er sie, wodurch sie ihren rechten Arm unter ihm hervorzog und seinen Kopf sachte auf ihrer Brust platzierte. Sie begann, sanft seinen Nacken zu streicheln, und fuhr mit ihren Fingerspitzen über die vernarbte Haut. Vielleicht verschaffte ihm dies Linderung, und er konnte besser einschlafen. Ein kurzer Ruck folgte, und der Hüne umfasste sie etwas fester, während seine Atmung immer ruhiger wurde. Anscheinend machte sie nicht alles falsch.

Nachdem er näher an sie herangerückt war und die Arme um sie geschlungen hatte, strich sie mit ihrer anderen Hand genauso sanft über seinen rechten Arm. Sie spürte jede Narbe auf seiner Haut, doch sie störten sie nicht im Geringsten. Er mochte vielleicht als Gezeichneter bekannt sein, aber für sie war es nur ein Beweis dafür, dass das Äußere nichts über einen Menschen aussagte. Sie liebte den Ritter, der immer mehr an Körperspannung verlor und ruhiger wurde. Vorsichtig lehnte sie daher ihre Wange an seinen Kopf und atmete tief durch. Sie waren beide ziemlich mitgenommen von den Geschehnissen der letzten Tage und hatten nur einander. Bei dieser Erkenntnis schloss sie ihre Augen, und obwohl sie erst vor Kurzem aufgestanden war, überfiel sie die

Müdigkeit erneut, sodass sie mit Halvar zusammen einschlief.

***

Sanft knarrte das Holz der Fensterläden im nächtlichen Wind, als Halvar erwachte. Er setzte sich auf und rieb sich murrend über das Gesicht. Einmal mehr war sein Schlaf von Albträumen unterbrochen worden, die ihm zum Spott Dinge zeigten, die er sich mehr wünschte als alles andere. Sofort sehnte er sich zurück zu den Momenten, in denen er Iouna in dem Kiesbett gefunden und sie geküsst hatte, flehte innerlich, es wäre mehr als nur ein Traum. Doch das war es nie.

Plötzlich riss ihn ein leises Seufzen neben ihm aus den traurigen Gedanken. Erst jetzt spürte er den warmen Körper an seiner Seite, hörte das dezente Atmen, das eindeutig zur Prinzessin gehörte. Eine ganze Weile starrte er die in der Dunkelheit nur schemenhaft erkennbare Frau neben sich an. Doch es brauchte noch eine sachte Bewegung und den sanften Griff ihrer Finger nach den seinen, bis er begriff, dass seine Erinnerungen diesmal kein hämischer Traum waren. Mit einem tiefen Atemzug versuchte er, sein Herz zu beruhigen, das so schnell schlug, als wollte es die junge Frau neben ihm aus ihrem Schlaf reißen.

»Es ist wahr«, murmelte er vor sich hin, bemüht, sie nicht zu wecken. »Sie ist zurück!«

Noch immer fiel es ihm schwer, das zu glauben und sich bewusst zu machen, dass sie sich geküsst hatten – *endlich* geküsst hatten. Sie erwiderte seine Gefühle. Und auch wenn er sich weiterhin nicht im Klaren darüber war, *warum* sie ein zweites Leben erhalten hatte, so war er doch unendlich dankbar dafür. Vorsichtig drückte er ihre Hand. Er wollte sie nie wieder loslassen, nie wieder verlieren und nie wieder ohne sie sein. Was auch immer die Zukunft bringen sollte, er würde alles dafür tun, dass es ihr gut ging und sie an seiner Seite bleiben konnte. Langsam beruhigte sich sein Herzschlag – wenn auch nicht gänzlich. Doch diesen Rest schob Halvar auf die Aufregung, Iouna nähergekommen zu sein. Behutsam drückte er ihr einen Kuss auf die Wange, was Iouna zufrieden brummend hinnahm und sich ein wenig mehr in die Decke einrollte. Er sah lächelnd dabei zu und blickte sich noch einmal in der alten Mühle um. Für die nächste Zeit konnten sie hier verweilen, ohne sich Gedanken über eine Unterkunft machen zu müssen. Sie hatte gesagt, sie wolle nicht mehr Prinzessin und Ritter sein; dank Phillip würde ihre Familie wohl davon ausgehen, dass sie nicht zurückkommen wird. Sicherlich würde Iouna sie nicht in diesem Glauben lassen – dafür war sie ihrem Blut zu sehr verbunden, und das verstand Halvar. Doch vielleicht konnten sie wenigstens ein paar Tage die Zweisamkeit und Ruhe hier genießen, ehe sie sich erneut auf den Weg machten.

Mit einem leisen, erleichterten Seufzen legte Halvar sich hin. Während der dringend nötige Schlaf ihn wieder übermannte, platzierte er einen Arm um Iouna und betete, dass sein erneutes Erwachen kein böses werden würde.

***

Lächelnd sah sie dabei zu, wie Halvar sich am nächsten Morgen aufrichtete, nachdem er einen ganzen Tag durchgeschlafen hatte. Iouna hatte ihn nie für lange Zeit alleingelassen, aber nachdem sie am späten Nachmittag des vorherigen Tages wieder aufgewacht war, putzte und räumte sie die alte Mühle auf. Sie genoss die Zeit an der Seite des schlafenden Hünen, wollte aber nicht gänzlich untätig sein.

Nun setzte sich Halvar an den Rand des Bettes. Irgendwo standen seine Stiefel, die er am Vortag dort abgestellt hatte.

Sie hatten sich geküsst, aber was nun? Seither hatten sie es nicht mehr wiederholt oder darüber gesprochen.

Ihr Lächeln verflog; nachdenklich fuhr sie mit ihren Fingerspitzen über ihre Lippen. Sie betrachtete dabei den Rücken des Mannes, mit dem sie ihren ersten Kuss geteilt hatte. Kaum hatte sich Halvar die Stiefel angezogen, drehte er sich lächelnd zu ihr herum und küsste sie erneut.

Iouna war davon so überrascht, dass sie beinahe vergaß, den Kuss zu erwidern. Mit großen Augen sah sie ihn an. War es ihnen ab jetzt vergönnt, das nach Belieben zu wiederholen? Für die junge Frau war solch ein inniger Umgang mit einem Mann neu, deshalb wollte sie nicht gleich zu viel einfordern, um ihn nicht zu vergraulen; außerdem wusste sie nicht, ob er ihr nun glaubte, dass sie wirklich Iouna war.

»Ist alles in Ordnung?«, verlangte Halvar zu wissen, nachdem Iounas Gesichtsausdruck ihm aufgefallen war.

»Ja«, wandte sie rasch ein und erwiderte sein Lächeln. »Ich wollte nur sichergehen, dass du nicht mehr denkst, ich könnte ein Trugbild oder Ähnliches sein.«

»Vielleicht sollte ich etwas fragen, was eine Sirene nicht wissen kann«, schlug er amüsiert vor, und Iouna schoss die Schamröte ins Gesicht.

»D... Du hast mich also wirklich für eine von ihnen gehalten?«, fragte sie erstaunt. Er hatte es angedeutet, aber nicht ausgesprochen. »Sehen sie mir so ähnlich?«

Der Hüne lachte und schüttelte seinen Kopf. »Nein. Sie waren ... ganz anders als in den Sagen.«

»Wenn sie mich zu dir gebracht haben, sind sie uns vermutlich nicht böse gesinnt«, mutmaßte Iouna und ließ sich erst einmal die Wesen beschreiben, wenn sie schon für eine von ihnen gehalten worden war. Erstaunt hörte sie, dass sie weniger menschlich aussahen und nicht sprechen konnten. Tieren viel ähnlicher als dem Menschen, schienen sie eine Mischung aus Fisch und Frau zu sein. Etwas mulmig war Iouna zumute, dass ausgerechnet Sirenen sie zurückgebracht hatten, aber immerhin hatten sie ihr kein Leid zugefügt. Ganz im Gegenteil: Sie führten ihren Ritter zu ihr und ließen nicht von ihm ab, bis er begriffen hatte, was sie von ihm wollten. Dazu brachten sie ihm sogar seinen eigenen Kompass zurück, den er eigentlich mit Iouna bestattet hatte.

»Nun gut«, stimmte sie schließlich zu. »Dann stell mir eine Frage, deren Antwort nur *ich* kennen kann.«

Halvar dachte kurz nach und räusperte sich, nachdem ihm eine eingefallen war. »Was habe ich dir am Tag der Feier mitgebracht?«

Iouna lächelte. »Meinst du als Geschenk oder allgemein an diesem Tag? Denn ich erinnere mich an eine Schwertlilie und an eine Flasche Met in der Taverne. Und an dein Hemd, das ich tragen durfte, das hattest du auch irgendwie ... mitgebracht.«

Halvar lächelte bloß und küsste sie wiederholt sanft, was Iouna diesmal schneller begriff als beim letzten Mal und angemessen erwidern konnte.

»Willkommen zurück«, flüsterte Halvar, als er kurz von ihren Lippen abließ, was sie mit einem erneuten Kuss beantwortete, den sie inniger werden ließ. Sie ahnte, dass er sich nicht seine Stiefel angezogen hatte, um nichts zu tun. Trotzdem wollte sie ihm sein Aufstehen so schwer wie möglich gestalten.

»Wir brauchen etwas zu essen«, meinte er dann bedauernd und wollte sich erheben. Natürlich hatte er recht; also ließ sie lächelnd von ihm ab, damit er aufstehen konnte.

»Willst du, dass ich mitkomme oder hierbleibe?«, ging sie noch einmal sicher.

Halvar atmete tief durch und rang sich zu einer Antwort durch. »Ich denke, du kannst hier warten«, antwortete er zögerlich.

Sie nickte und lächelte unsicher. Wegzugehen schien ihm schwerzufallen, was Iouna verstehen konnte, wenn sie daran dachte, was beim letzten Mal geschehen war. Ihr fiel es genauso schwer, alleine zu sein, aber sie wollte ihm deswegen nicht noch ein schlechtes Gewissen machen. »Du musst ja nicht allzu weit fortgehen.«

»Ich beeile mich«, versicherte er ihr. »Und es weiß ja auch niemand, dass du ... hier bist.«

Den letzten Satz sprach er mehr zu sich selbst als zu ihr, aber das entsprach wohl der Wahrheit. Eine Tote wurde sicherlich nicht gesucht, und die Mühle schien schon vor langer Zeit verlassen worden zu sein. Beide profitierten sie von ihrem einsamen Leben zuvor und konnten es umso besser in Zweisamkeit ergänzen. Während er auf die Jagd ging, wollte sie sich das alte Lager und die Werkstatt ansehen, die an den Hauptraum angrenzten. Vielleicht fanden sie noch nützliche Dinge, die sie hier verwenden konnten. »Ich warte auf dich«, wiederholte sie beschwichtigend und schob dann ihre Beine vom Bett.

»Gut«, antwortete Halvar zufrieden und verließ daraufhin das Haus.

Somit stand sie da. Alleine und mit einem neuen Tag vor sich. Aber dieser unterschied sich von allen anderen. Tief atmete sie ein und betrachtete die Mühle. Sollte das vorerst ihr Heim werden, bis sie ein Zeichen bekamen, die Reise fortzusetzen? Wenn ja, dann wartete viel Arbeit auf sie. Daher begann Iouna sich umzusehen. Was war brauchbar und was diente höchstens noch dem Feuer? Nachdem sie es am Vortag geputzt hatte, ließ sich einiges besser einschätzen.

In der Werkstatt fand sie etliche Werkzeuge. In den Schubladen alte rostige Ketten und Nägel. Nur ein Gegenstand darunter erweckte ihre Aufmerksamkeit. Eine silberne Halskette stach unter den rotbraunen Gegenständen hervor. Sie war in der Mitte zerrissen und sollte anscheinend repariert werden. Vorsichtig betrachtete Iouna die Verschlüsse. Die Kette selbst war nicht mehr zu gebrauchen, aber wenn sie die Enden aufbiegen konnte, dann …

Halvar konnte seinen Anhänger Xhars nicht umlegen, da ihm die Kette dazu fehlte. Daher ruhte die hölzerne Fliege auf dem Tisch des Wohnhauses. Aber wo sollte sie ein Band oder etwas Ähnliches herbekommen? Gerade, als Iouna den Gedanken verwerfen wollte, fiel ihr eine Haarsträhne über die Schulter, und sie erinnerte sich an den Brauch ihres Landes, das Haar abzuschneiden, um etwas daraus für den Ehemann zu fertigen. Deswegen hatte sie Gudrun auch verboten, ihre Längen zu kürzen, nachdem diese sich darüber beschwert hatte.

Nachdenklich strich sie über die Strähne.

War das zu aufdringlich? Zu verbindlich, wenn Iouna ihr Haar nutzte, um daraus eine Kette zu fertigen?

Energisch schüttelte sie den Kopf und verwarf jeden Zweifel. Sie besaß ein zweites Leben und wollte ihre Zeit nicht mehr damit verschwenden, dass sie solche Dinge infrage stellte. Also nahm sie einen der Nägel in die Hand und bog die Verschlüsse auf, wobei sie darauf achtete, die winzigen Zähne nicht zu verbiegen, die sich in das Metall verkeilt hatten. Sie sollten wieder in einen geflochtenen Zopf beißen, um den Anhänger zu halten.

Iouna ergriff eine schmale Partie ihres Haares aus dem Nacken, wo ein Schnitt nicht so schnell auffiel, und begann, einen strammen Zopf zu flechten. Es dauerte eine Weile, bis sie ihn beendet hatte. Sie war sich nicht sicher, ob die Klammern ausreichen würden, damit er sich nicht wieder auffädelte. Iouna musste beide Enden irgendwie verschließen, aber sie wusste nicht womit. In der Mühle stand kein Leim herum, den man normalerweise aus Hirschhorn oder Ähnlichem gewann, also musste sie wohl improvisieren. Plötzlich fiel ihr ein, dass die Mühle an einem Waldrand lag. Was war störender und klebriger als Harz? Vor allem, wenn man sich einmal kurz an den falschen Baum gelehnt hatte. Also beschloss sie, dass sie den Zopf abtrennen würde, sobald sie einen harzenden Baum gefunden hatte. Dazu musste sie auch außerhalb des Hauses nicht lange suchen. Die Fichte gegenüber der Mühle bot dazu genug Tropfen des gelblichen Sekrets, sodass Iouna ihr halbes Haupt damit hätte zusammenkleben können.

Zurück in der Mühle suchte sie nach einer Klinge, womit sie ihren Zopf abschneiden konnte; dabei fielen ihr die Sachen auf, die Halvar neben dem Anhänger abgelegt hatte. Darunter musste auch ihr Dolch sein, wenn er ihn noch besaß. Ohne einen Gedanken an Vergangenes zu verschwenden, eilte sie zum Tisch. Das Heft mit dem Pferdekopf ragte deutlich sichtbar unter ihrem Beutel hervor. Sie ergriff ihn und … Blut! Abrupt ließ Iouna die Klinge zu Boden fallen und stolperte einige Schritte zurück, während das Messer klirrend auf die Holzdielen fiel. Es dauerte keinen Wimpernschlag, da ereilten sie Atemnot und Schwindel, während sie an der Wand hinter sich Halt suchte. Umgehend konnte sie den Schmerz, der von dieser Waffe ausging, wieder in ihrer Brust spüren. Verschreckt starrte sie auf die dunkelrot verkrustete Klinge hinunter, die noch immer leicht tanzte, bevor sie zum Erliegen kam. Für einen kurzen Moment hatte sie vergessen, dass es ihre eigene Waffe gewesen war, mit der man sie getötet hatte.

War das ihr Blut, das an der Schneide haftete?

Iouna presste sich so heftig an die Wand und drückte ihren Rücken dagegen, als hätte sie dadurch nach draußen vordringen können. Ein kurzes Wimmern kündigte einen Schwall von Tränen an, aber sie kämpfte dagegen an. Zu sterben war nicht einfach gewesen, aber an die Art und Weise erinnert zu werden, war ein immer wiederkehrender Albtraum. Verängstigt schloss sie ihre Lider, damit sie das Geschenk nicht sehen musste, das für sie Erinnerung, Warnung und Last war.

Just in diesem Moment ging die Tür auf. Halvar schien sich tatsächlich beeilt zu haben. Jedoch schaute sie ihn nicht an, denn dazu hätte sie ihre Augen öffnen müssen und die Gefahr war zu groß, dass sie den Dolch dabei erblickte. Sie hörte, wie er die Hütte betrat und sich umschaute. Er musste sie sehen, dessen war sie sich sicher. Danach vernahm sie feste Schritte und wie etwas auf den Tisch abgelegt wurde. Es klang stumpf und gedämpft; danach kamen seine Schritte wieder näher, und sie wurde wortlos in den Arm genommen. Erst als sie an seiner Brust lehnte, die ihr ohnehin den Blick in den Raum versperrte, getraute sie sich, ihre Augen wieder zu öffnen. Plötzlich brachen alle Dämme, und die Tränen flossen ungehalten an ihren Wangen hinab. »Kannst du ihn wegbringen?«, japste sie stockend. Sie wollte diesen Gegenstand nicht mehr um sich haben. Zumindest für die nächste Zeit nicht.

Immer fester drückte er sie an sich, ehe er sie plötzlich vorsichtig an ihrer Taille umfasste und hochhob. Ohne ein Wort zu sagen, trug er sie aus der Hütte und stellte sie auf den kleinen Wiesenabschnitt vor der Mühle. Kurz küsste er ihren Haaransatz, dann lief er zurück in das Haus. Verwirrt und schwer atmend blieb die Prinzessin draußen, aber kurze Zeit später kam Halvar wieder heraus und hielt ihr seinen Dolch hin, den er aus seinem Stiefel gezogen hatte. Er fragte nicht, wofür sie ihn brauchte, sondern verharrte einfach vor ihr. Zögerlich nahm sie die Klinge entgegen, aber die Tatsache, dass er diesen Dolch anscheinend gegen ihren eintauschen wollte, verschaffte ihr Erleichterung. Sie tat ein paar tiefe Atemzüge, versuchte, sich zu beruhigen, und schließlich gelang ihr das auch. »Es tut mir leid«, hauchte sie leise, »dass ich mich so anstelle.«

Sanft begann er, ihre Wange zu streicheln, von der immer noch Tränen ihren Weg ins Gras zu ihren Füßen fanden. »Muss es nicht«, sagte Halvar, und dies ließ ihr Wimmern erneut aufflammen.

Vehement schüttelte sie ihren Kopf, als könnte sie so der Trauer verbieten, ihren Geist heimzusuchen. »Dir sind vermutlich viel schlimmere Dinge widerfahren, und ich jammere wegen einer blutverschmierten Waffe herum; dabei weiß ich doch, wie ich getötet wurde.«

Noch einmal nahm Halvar sie in den Arm und lehnte seinen Kopf behutsam gegen ihren. »Das ist nicht dein Blut«, meinte er. Erstaunt hob Iouna ihre Brauen.

Nicht ihres? Wessen ... Dann fiel es ihr ein. Der Mann, der sie schützend im Arm hielt, hatte ihr gesagt, dass Heinrich kein Hindernis mehr sei und dass sie sich frei bewegen konnte. Das bedeutete wohl, dass das Blut vom Herzog stammte. Sie wusste nicht warum, aber auf einen Schlag hörte ihre Trauer auf, und ihr Herzschlag mäßigte sich. Es grenzte an Ironie, dass Heinrich vermutlich durch die Waffe gestorben war, durch die auch sie ihren Tod gefunden hatte. Dennoch verschaffte es ihr eine tiefe Genugtuung. »Danke«, sprach sie viel ruhiger, »und danke.«

»Gerne«, antwortete Halvar. Anscheinend kannte er den Grund für ihre Worte. Nach einem weiteren Kuss auf ihre Stirn gab er sie wieder aus seiner Umarmung frei. Iouna rieb sich über ihr Gesicht, um die letzten Tränenspuren zu beseitigen. »Was hast du gefangen?«, fragte sie räuspernd, um das unliebsame Thema zu wechseln.

An ihrer Hand zog er sie wieder ins Haus. »Einen Hasen«, erwiderte Halvar, und tatsächlich lag ein Exemplar bereits mit abgezogenem Fell auf dem Tisch.

Als Iouna ans Essen dachte, fiel ihr ein, dass man aus den Innereien auch noch etwas kochen konnte. »Daraus kann ich was machen«, verkündete sie stolz und schaute Halvar von der Seite an.

»Das dachte ich mir schon«, kam von ihm zurück, und er sah auf sie hinunter.

Kurz erwiderte sie sein Lächeln, dann lief sie zur Kochstelle, kniete sich hin, griff nach dem letzten Stück Holz und wog es kurz in ihrer rechten Hand. »Das wird nicht für den Hasen reichen«, stellte sie fest und schaute Halvar fordernd an, der seine Brauen hob. »Da wirst du noch Holz besorgen müssen, während ich das Essen vorbereite.«

»Ich könnte den Hasen zerlegen.«

»Das schaffe ich schon allein«, erwiderte sie mit dem Dolch in der Hand. »Überlass das Kochen der Frau! Du warst Holzfäller, also kümmere du dich um das Holz.«

Als sie am Tisch vorbeiging, legte sie das Messer neben den Hasen, ehe sie Halvar rücklings aus der Tür schob. Wenn er das Haus noch einmal verließ, blieb ihr genug Zeit, sich wieder um die Kette zu kümmern. Eine willkommene Ablenkung zu dem vorherigen Schreck, die sie gut gebrauchen konnte. Iouna musste so tun, als sei all das Vergangene nur ein böser Traum gewesen. Fernab der Realität, denn diese machte sie glücklich. Vielleicht half das. Zudem lief sie nicht Gefahr, dass er ihre geflochtene Haarsträhne im Nacken hinterfragte, wenn sie ihn schnell wieder loswurde. »Ohne Feuer gibt es kein Essen!«, fuhr sie fort und schaute grinsend zu ihm hinauf. *»Schüren können wir es später zusammen!«* Die letzten Worte waren in der Muttersprache des Hünen gesprochen, deren Doppeldeutigkeit er sie gelehrt hatte. Halvar sah über ihre Wortwahl überrascht aus und setzte zu einer Antwort an, die er aber wieder verwarf. Stattdessen lächelte er sie an, während er verdutzt den Kopf leicht schieflegte.

Ein leises Grunzen entglitt der Prinzessin, als sie den gänzlich stummen Mann vor sich sah, der zwar ansonsten auch nicht viel sprach, dem es nun jedoch beide Sprachen verschlagen zu haben schien. Und bevor er doch noch irgendetwas erwidern konnte, schlug sie ihm die Tür vor der Nase zu. »Beeil dich mit dem Holz!«, rief sie ihm nach, ehe sie sich laut lachend ans Werk machte.

Diesmal hatte sie keine Probleme damit, den fingerbreiten Zopf aus ihrem Nacken zu kürzen, den sie eilig mit Harz verklebte, bevor Halvar zurückkehren konnte. Dann entzündete sie das Feuer mithilfe der Feuersteine aus dem Kompass, der mit ihr ein zweites Dasein bekommen hatte, und nahm den Hasen aus. Das Tier selbst sollte über der offenen Flamme schmoren, die Innereien sammelte sie in einem kupfernen Topf, der später für eine Suppe gebraucht wurde. Das bäuerliche Leben war nicht sonderlich kompliziert, aber wesentlich anstrengender, als in einem Schloss mit vielen

Dienstboten zu sitzen, in dem sie sich um nichts Gedanken machen musste. Vor allem nicht, wie das Essen auf den Tisch kam. Im verwilderten Kräuterbeet vor dem Haus sammelte sie Beifuß und etwas Sauerklee. Viel mehr fand sie aber nicht. Erst als dies erledigt war, widmete sie sich erneut der Kette. Sie kehrte in die Werkstatt zurück, fädelte den Anhänger auf den Zopf, steckte die beiden Enden in die aufgebogenen Klammern und klopfte diese mit dem Hammer vorsichtig zu. So lange, bis sie sicher war, dass es halten würde. Dabei musste sie das alte neue Schmuckstück immer wieder drehen, damit es gleichmäßig wurde. Kaum hatte sie die Enden verschlossen, hörte sie die Tür der Mühle aufgehen. Bei einem Blick durch das Fenster stellte sie fest, dass die Sonne bereits ziemlich tief stand und bald untergehen würde. Wohin mit der Kette, fragte sie sich, und versteckte sie schließlich in der Schublade vor sich.

»Das verlangte Holz!«, rief Halvar, der anscheinend Ausschau nach ihr hielt.

Rasch lief Iouna ins Wohnhaus zurück und legte lächelnd zwei Scheite auf die Glut. Als sie sich erhob und ihm zuwandte, erkannte sie, dass irgendetwas seltsam war. Er grinste verschlagen und hatte die rechte Hand wie am Abend der Feier hinter seinem Rücken verborgen.

»Warst du wieder Blumen pflücken?«, hakte sie deswegen nach.

»Diesmal nicht«, antwortete er immer noch grinsend, und Iouna hob ihre rechte Braue.

Sie machte ein paar Schritte auf ihn zu, während er einen zurückwich. »Was hast du in der Hand?«, verlangte sie energisch zu wissen und versuchte erneut, seinen Rücken zu erreichen. Durch einen seitlichen Schritt wich er ihr einmal aus, blieb aber dann stehen, als sie ihn umkreiste.

»Ein Geschenk«, antwortete er, und sie erkannte, dass er einen hölzernen Armreif in der Hand hielt.

Vollkommen verdutzt blieb auch Iouna stehen und nahm das Mitbringsel zögerlich entgegen. »Ein Armreif ...«, wiederholte sie das Offensichtliche. »Wie hast du ...? Wo hast du ...?«

»Geschnitzt«, erhielt sie als knappe Antwort.

Ungläubig schaute sie den Mann vor sich an, der immer neue Talente von sich preisgab. Vorsichtig, als könnte sie ihn aus Versehen zerbrechen, musterte sie das ungefähr zwei Finger breite Stück. »Danke ...«, murmelte sie, weil sie nicht wusste, was sie sonst sagen sollte. Denn wie schon bei der Blume waren solche Geschenke dünn gesät in ihren Kreisen. Gold und Silber standen außer Frage, aber selbstgemachte oder sehr persönliche Aufmerksamkeiten waren die Ausnahme. Sie kam nicht umhin, die seltsamen Zeichen auf dem Holz zu bemerken, weshalb sie Halvar fragend anschaute. Sie konnte Vint sprechen, aber die alten mystischen Zeichen, die das Volk oft benutzte, kannte sie nicht. »Was sind das für Muster?«

»Es sind Runen. Aus meiner Heimat«, antwortete er.

»Und was bedeuten sie?«, wollte sie leise wissen, denn ohne Grund befanden sie sich sicherlich nicht auf dem Reif.

»Das kostbarste Gut, das es in Isvinter gibt, ist nicht Gold. Es ist Holz! Es spendet Wärme und Schutz. Daher sind die wertvollsten Geschenke jene, die aus Holz sind. Es ist Brauch bei uns, einer Frau seine Zuneigung durch einen solchen Armreif zu zeigen. Die Runen dienen dazu, die Art der Gefühle zu offenbaren.«

»Die da wären?« Iouna konnte gar nicht beschreiben, wie sehr ihr Herz plötzlich anfing zu schlagen.

Halvar nahm vorsichtig ihre Hand und ließ sie mit dem Zeigefinger über jede einzelne der vier Runen fahren, wobei er sie benannte. »Diese bedeutet ›groß‹, diese ›ewig‹, die dritte ›unsterblich‹.« Bei der letzten Rune pausierte er und gab ihre Hand frei, ehe er sachte ihr Kinn umfasste, um es etwas anzuheben. »Und die vierte ›Liebe‹«, gestand er ihr zum Schluss, weshalb ihr ein glückliches Seufzen entglitt, bevor sie ihn küsste.

Im selben Moment streifte sie den Armreif über ihre linke Hand – die Seite, die angeblich dem Herz am nächsten war. Schnell gewann der Kuss an Intensität. Iouna umfasste Halvars Hals und Nacken, wobei sie sich dazu hinreißen ließ, ihn sanft in die Unterlippe zu beißen. Aber gerade, als er sie näher an sich zog, fiel ihr die Kette ein. Deshalb schob sie ihn wieder von sich und lächelte. »Ich glaube, ich habe auch etwas für dich.«

»Für mich?«

Nickend lief die junge Frau nach hinten in die Werkstatt, um ihr Geschenk aus der Schublade zu holen. Und ebenso schnell kehrte sie wieder zu ihm zurück, wobei sie alles wie er zuvor hinter ihrem Rücken verbarg. »Ich denke, Xhar würde wollen, dass du ihn trägst.« Nach dieser kurzen Erklärung hielt sie ihm ihre improvisierte Kette hin, woran der hölzerne Anhänger baumelte.

Nun war es Halvar, der überrascht dreinblickte. Sein Blick wechselte zwischen ihr und der Kette hin und her. »Das ist ... danke«, antwortete er leise.

»Ich hoffe, sie hält«, gab Iouna unsicher zu bedenken, da sie nicht wusste, ob sie ein ähnliches Geschick wie Halvar im Anfertigen von Schmuckstücken besaß. Als sie versuchte, ihm die Kette umzuhängen, fiel ihr schnell auf, dass sie kaum an seinen Kopf herankam, aber anstatt sich einfach zu ihr herunterzubeugen, drängte er sie in Richtung Tisch. Er nahm sie vorsichtig an ihrer Hüfte und setzte sie auf der Platte ab, ehe er sich genau vor sie stellte. Erst jetzt beugte er den Kopf ein wenig zu ihr hinunter. Sie musste sich dennoch strecken, um die Kette über sein Haupt streifen zu können. Kaum ruhte der Anhänger wie gehabt auf seiner Brust, streichelte Halvar über ihre Wange und begann, ihren Hals zu küssen, was sie lächelnd geschehen ließ. Überrascht von seinen Berührungen, stützte sie sich rücklings auf das Holz;

dabei fühlte sie, wie er umgehend mit einer Hand an ihren Rücken fasste, um sie so wieder näher an sich zu drücken. Währenddessen fand die andere auf ihrem Oberschenkel Platz.

Tief atmete Iouna ein, als sein Mund sie immer weiter abwärts küsste. Das waren gänzlich neue Erfahrungen für sie. Bereitwillig legte sie ihren Kopf in den Nacken, während ihre Hände begannen, seinen Rücken zu streicheln. Langsam glitten seine Finger an ihrem Oberschenkel hinunter, und sie wehrte sich nicht. Stattdessen säuselte sie seinen Namen und atmete immer schwerer, als er behutsam ihre Knie auseinanderdrückte, um zwischen ihre Beine zu gelangen. Vollkommen neue Töne kamen über ihre Lippen. Leises Seufzen und Raunen drangen aus ihrer Kehle, aber auch sein Atem ging immer schwerer. Angetrieben davon, weiter von ihm berührt zu werden, umfasste sie fest seinen Nacken und lehnte sich noch ein Stück zurück. Halvar küsste den Bereich oberhalb ihres Schlüsselbeines, ließ aber kurz davon ab, um seine Lippen auf ihre zu drücken. Immer inniger und fordernder wurden ihre Annäherungen, bis Iouna unter leisem Seufzen beinahe gänzlich auf dem Tisch lag. Ihr Herz sprang fast aus der Brust, ihre Gedanken überschlugen sich dabei. Liebe bedeutete wohl nicht nur, bei jemandem sein zu wollen und alles mit ihm zu teilen, sondern ebenso, ihm alles von sich zu schenken. Ganz gleich, worauf dieser Moment hinauslief, sie wollte dem Mann vor sich nichts verweigern. Sie hatte viel zu lange darauf warten müssen, so von ihm angefasst zu werden. Instinktiv rutschte sie deshalb näher an ihn heran und drückte ihr Becken merklich an seines.

Halvar ließ sie spüren, dass auch er mehr begehrte; er presste sich noch stärker an sie und zog sie zu sich heran.

Iounas Sehnsucht nach ihm stieg mit jeder Berührung. Es fühlte sich für sie an, als wüchse ein Flammenmeer in ihr heran, das drohte, sie gänzlich zu verzehren. Allmählich bildete sie sich sogar ein, dass sie das Feuer riechen konnte.

Feuer, drang eine leise Stimme zu ihr durch, und sie richtete sich abrupt auf. »Halvar«, sprach sie erschrocken und schaute an ihm vorbei. »Der Hase verbrennt!«

Umgehend rutschte sie vom Tisch hinunter, schob ihn leicht beiseite und richtete sich rasch das Hemd. Dann eilte sie zur Kochstelle, von der deutlich dunkler Rauch aufstieg. Schnell nahm sie das Tier aus den Flammen, anscheinend gerade noch rechtzeitig, bevor es ungenießbar wurde. Lächelnd wandte sie sich danach Halvar zu, der sich derweil auf einen der Stühle gesetzt hatte und sie verwirrt ansah.

»Tut mir leid«, sprach sie leicht verlegen. Es war sicherlich einer der ungünstigsten Momente, um aufzuspringen und an das Essen zu denken, aber wie Halvar zuvor gesagt hatte – sie mussten etwas zu sich nehmen.

Er lächelte sie an und schien nicht böse zu sein. »So viel dazu, der Frau das Kochen zu überlassen!«, erwiderte er bloß, und Iouna schaute ihn grinsend, aber mit leicht schockiertem Gesichtsausdruck an.

»Nur ...«, setzte sie an, wurde aber von ihrem eigenen Lachen unterbrochen, »weil der Mann sie abgelenkt hat.«

Erneut grinste Halvar, und sie verschränkte ihre Arme vor sich. »Aber ich werde mich bessern«, drohte sie und versuchte, grimmig dreinzuschauen. »Dann werde ich mich eben nicht mehr ablenken lassen und mich rein auf meine Arbeit als Frau konzentrieren.«

»Soso«, meinte er und stand wieder auf. »Ich bin gespannt.«

Langsam kam er auf sie zu, umfasste sacht ihre Wangen und küsste sie.

Die junge Frau erwiderte es lächelnd, hielt aber Abstand zu ihm, um sich nicht noch einmal in Versuchung führen zu lassen, dass mehr als ein Kuss daraus wuchs. Kurzerhand schob sie ihn von sich. Als sie zum Fenster blickte, bemerkte sie, dass sich der Himmel deutlich verdunkelte. »Es zieht ein

Gewitter auf«, sagte sie. »Wir sollten essen und rasch alles Dringende erledigen, bevor das Unwetter losbricht.«

Damit sprach sie das vermeintliche Loch im Dach der Mühle an, das wohl für das morsche Bett verantwortlich war.

Halvar überlegte nicht lange und erklärte sich bereit, das Dach zu reparieren, sobald sie gegessen hatten.

Iouna hingegen wollte sich um die anfallende Wäsche kümmern, darunter auch um das Hemd, das sie seit Tagen trug. Es konnte nicht schaden, es einmal zu reinigen und danach vor das Feuer der Kochstelle zu hängen. Also genossen sie, was vom Hasenbraten nicht verbrannt war, ließen sich die Suppe schmecken und beeilten sich, um den schwarzen Wolken zuvorzukommen, die über ihre Köpfe hinwegzogen. Die Prinzessin nahm sich eine dünne Stoffdecke mit hinaus, damit sie sich nach dem Bad im Fluss und dem mühseligen Reinigen der Kleidung in irgendetwas einwickeln konnte. Der Wasserlauf hinter dem Haus war tief genug, immerhin musste er einst ein riesiges Holzrad antreiben, sodass sie an der tiefsten Stelle fast bis zum Hals im Wasser stand. Doch zuvor versicherte sie sich von unten, dass Halvar wohlbehalten auf dem Dach angekommen war, das er über das Mühlrad bestiegen hatte.

»Fall bloß nicht runter!«, rief sie ihm besorgt nach.

»Ich werde mir Mühe geben!«, antwortete er konzentriert und stieg immer höher auf dem Dach empor.

***

Vorsichtig balancierte Halvar über die Dachbalken und versuchte, nicht ins Leere zu treten. Der Aufstieg war durch das alte Mühlrad nicht schwierig gewesen. Es war noch immer stabil genug, um sein Gewicht zu tragen. Die Schindeln ihrer Hütte hingegen waren nicht mehr die besten. Viel konnte er nicht tun, um das Dach zu flicken, da zwar Werkzeuge, aber kaum Baumaterialien vorhanden waren. Schritt für Schritt schob er sich voran, bis er bei der undichten Stelle angelangt war. Zu seinem Glück war der Ursprung des Problems weit einfacher, als zunächst angenommen. Ein etwa armdicker Ast eines Baumes war den Tonschindeln zu nahe gekommen und hatte einige davon verschoben. Schnell zog Halvar seine Axt aus der Schlaufe am Gürtel und begann, das Holz zu durchtrennen. Sie diente als Waffe und Werkzeug, und er war froh, dass er sie nicht für ein paar Münzen versetzt hatte. Damals wollte er seine Schulden auf diese Weise abbezahlen, aber jemand hatte ihm geholfen. So konnte er die verzierte Waffe behalten und sein Leben wieder halbwegs in den Griff bekommen. So gut das eben in seiner Situation möglich gewesen war.

Niemals hätte er gedacht, noch einmal die Liebe einer Frau zu spüren oder selbst Liebe zu empfinden. Körperliche Zuneigung war einfach, wenn man Geld besaß, und daran hatte es ihm in den letzten Jahren selten gemangelt, aber die tiefe Verbundenheit zu einer Person, die man liebte, war unvergleichlich mit allem anderen. Ebenso musste die Tatsache, dass Iouna seine Gefühle erwiderte, erst noch vollständig zu seinem Verstand durchdringen. Er fragte sich, was geschehen wäre, wenn er den Kuss in ihren Nacken vollendet hätte, als er ihr am Fluss geholfen hatte, ihr Kleid anzuziehen. Nach allem, was er nun wusste, wäre sie wohl nicht ohne ihn allein geblieben. Aber hätte das ihr angeblich notwendiges Ableben verhindert oder es nur etwas verzögert? In jedem Fall wäre sie jetzt mit ihm hier, doch vielleicht ohne den neuen Körper, den Xhar als wichtig bezeichnet hatte.

Anscheinend war das wirklich der beste Weg gewesen, selbst wenn es grausam erschien.

Nach wenigen Schlägen war der Ast entfernt. Halvar warf ihn hinunter auf die Wiese neben das Haus. Anschließend schob er die Dachabdeckung wieder dahin zurück, wo sie hingehörte. Nachdem die Schindeln unbeschädigt waren, sollte dies ausreichen, um das Problem zu beheben. Zufrieden warf er einen raschen Blick über den Rest des Daches, erkannte aber keine weiteren reparaturbedürftigen Stellen mehr. Also wandte er sich um und ging vorsichtig zum Wasserrad zurück, von wo aus er nach unten steigen wollte. Da fiel sein Blick auf die badende Iouna im Fluss, und er hielt inne. Fast bis zum Hals war sie im Wasser und tauchte immer wieder kurz unter. Einen Moment beobachtete er sie. Nicht, weil sie badete, sondern weil sie glücklich aussah. Es freute ihn, sie so zu sehen. Lächelnd spielte er mit dem Anhänger um seinen Hals. Noch immer tat es ihm leid, das Amulett in die Flammen geworfen zu haben. Xhar hatte Iouna zurückgeschickt, aber woher hätte er das wissen sollen? Langsam wanderten seine Finger die aus ihrem Haar geflochtene Kette hinauf. Er kannte die Bräuche in Delyveih, war er doch lange genug dort gewesen. Er wusste genau, was es hieß, wenn eine Frau ihr Haar abschnitt und etwas daraus herstellte, um es einem Mann zu schenken. War sie sich so sicher, dass er der Richtige war? Er hoffte es, denn *er* war sich sicher. Für nichts in der Welt würde er sie noch einmal hergeben. Sie war alles, was er hatte – alles, was er brauchte und wollte.

»Schaust du wieder heimlich zu?«, hörte er ihre amüsierte Frage aus dem Wasser.

Ertappt lächelte er, bis ihm einfiel, dass es eigentlich keinen Grund mehr gab, sie nicht anzusehen. Hätte der Hase nicht schon zu lange über dem Feuer gehangen ... »Nein«, rief er ihr zu. »Nicht heimlich.«

Lächelnd sah sie zu ihm hinauf, während das erste Donnergrollen aus der Ferne zu hören war. Nach kurzem Zögern wanderte sie zügig ans Ufer und kam heraus, ohne sich zu bemühen, ihren Körper vor seinen Blicken zu verhüllen. In der Hand hielt sie das Hemd, das er ihr angezogen und das sie nun gewaschen hatte. Überrascht von ihrer Offenheit, sah er ihr schweigend zu, wie sie zu der Decke schlenderte, die sie in der Wiese platziert hatte. Auf ihrer nackten Haut glänzten die wenigen Sonnenstrahlen, die den Weg durch die aufziehende Wolkendecke noch fanden. »Und noch mal: Nicht runterfallen!«, rief sie ihm zu, während sie sich die Decke umwickelte.

Vorsichtig kletterte Halvar am Wasserrad hinunter und ging zu Iouna hinüber, die gerade das frisch gewaschene Hemd auswrang.

»Nicht runtergefallen!«, stellte sie lächelnd fest. »Und das trotz der Ablenkung.«

Ohne ein Wort zu sagen, nahm er sie hoch, sodass sie in seinen Armen lag, und trug sie vorsichtig zurück zur Hütte. Lachend beschwerte sie sich darüber, umschlang aber gleichzeitig seinen Hals und zog sich an ihn heran. An der Tür angekommen, drückte er Iouna fest an sich und ging geduckt seitlich hindurch. Drinnen trug er sie zum Bett, und sie warf unterwegs das nasse Hemd über einen der Stühle. Er ließ sich auf der Matratze nieder, sodass sie auf seinem Schoß saß. Noch immer hatte sie ihre Arme um seinen Nacken gelegt. Sie richtete sich etwas auf, ehe sie sich zärtlich küssten. Als sie voneinander abließen, umgriff er sanft ihre Hüfte und hob sie neben sich auf das Bett, wo sie sich sofort einrollte und ihn anlächelte.

»Dein Kleidungsstil lässt nach«, meinte er scherzhaft und zeigte auf die grobe Decke, die sie um ihren Körper gewickelt hatte.

»Nur weil jemand meine Kleidung verbrannt hat!«, meinte sie grinsend und streckte ihm die Zunge heraus. In der Tat hatte er alles dem Feuer übergeben, was er nicht ihrer Familie übergeben wollte. Darunter ihr zu groß geratenes Hemd und das zweite Paar Stiefel, das sie bei einem Schuster reparieren lassen wollte – wenn sie jemals das Geld dazu besessen hätte.

Schuldbewusst nickte er, dann umspielte ein Lächeln seine Lippen. Wie hätte er auch wissen sollen, dass Iouna diese noch einmal brauchen würde? »Ich werde morgen sehen, ob ich etwas für dich auftreiben kann«, versprach er. »In der Nähe ist ein kleines Dorf, vielleicht haben sie etwas Kleidung übrig.«

Einen Moment war es ruhig, ihr frecher Gesichtsausdruck wurde ernster. Wieder rollte ein Donner über den Himmel. Inzwischen war das letzte Tageslicht von den dunklen Wolken vertrieben worden, und die Dunkelheit hatte auch die Hütte erobert. Nur das flackernde Feuer im Ofen erhellte ein wenig den Raum.

»Es ist seltsam, dass sich ein Mann in meiner Gegenwart einmal Gedanken darüber macht, was ich trage, und nicht darüber, wann ich es auszuziehen habe«, meinte sie nachdenklich, als das Grollen in den Wolken verstummt war. Wind kam auf, der an den Fenstern rüttelte und die Türe zum Klappern brachte.

»Ich bin anders«, erwiderte Halvar, während er sich erhob und einen der Stühle gegen die Tür klemmte, sodass sie fest verschlossen war.

»Ich weiß«, hörte er sie sagen, und als er sich wieder zu ihr herumdrehte, erkannte er im schwachen Licht, dass sie ohne ihre Decke auf dem Bett lag. »Könntest du das und unser Hemd vor das Feuer hängen?«, flüsterte sie.

Wortlos tat er, was sie ihm aufgetragen hatte; dann kehrte er zu seiner Liebe zurück, die ihm zugewandt seitlich auf dem Bauch lag und nur ihre Beine und Hüfte etwas unter die zweite Decke schob. Er setzte sich wieder an die Bettkante und sah sie an. Erste Regentropfen prasselten gegen das Fenster, ein Blitz erhellte für einen Moment den Wohnraum.

Halvar erkannte Iounas unsicheren Blick, bevor das Leuchten des Blitzes erlosch und ein Donner die Stille zerriss.

»Stimmt etwas nicht?«, fragte sie verunsichert, als es wieder ruhig war.

Mit einem Lächeln schüttelte er den Kopf. »Alles in Ordnung«, versicherte er ihr und griff nach ihrer Hand. »Ich will dich nur nicht ... drängen.«

»Drängen?«, hakte sie nach und versuchte dabei, das lauter werdende Geräusch des Regens zu übertönen.

Halvar blickte auf den Boden vor sich und nickte. Er wollte nicht so sein wie die Herzöge, die an ihr gezerrt hatten und nur darauf bedacht waren, möglichst schnell einen Erben zu zeugen. »Ich möchte nicht, dass du etwas tust, weil du meinst, es tun zu müssen«, raunte er gerade so laut, dass sie es hören konnte. Er war sich bewusst, wie das auf sie wirken musste, aber er wollte nicht noch einmal alles kaputtmachen, was sie sich aufgebaut hatten.

Hinter sich spürte er die Bewegung, als sie sich aufsetzte und näher an ihn heranrückte. Sie umklammerte seinen Oberkörper und presste ihre Brust an seinen Rücken. Ihre Wärme drang durch das Hemd an seine Haut. Er schloss die Augen und genoss ihre Anwesenheit.

Ihre Hände wanderten unter den Stoff und strichen über seine Brust, während sie sich noch etwas weiter aufrichtete und ihr Gesicht an sein Ohr brachte. »Du drängst mich nicht!«, säuselte sie hinein, ehe sie begann, seinen Hals zu küssen. »Wenn ich weniger Glück gehabt hätte, dann wäre ich nicht einmal hier. Ich versuche, mein neues Leben zu leben, anstatt es zu verschwenden.«

Halvar brummte zufrieden und legte den Kopf auf die Seite, um ihr die Küsse an seinem Hals zu erleichtern. Die zarten Finger der Prinzessin suchten, begleitet von einem Donnergrollen, nach dem Ende des Hemdes und zogen es über seinen Kopf. Achtlos flog es neben das Bett, während Iouna sich wieder an Halvar drückte. Erneut fühlte er ihre Wärme an seinem Rücken und ihre fordernden Lippen an seinem Hals. Ein genießerisches Raunen verließ seine Kehle, als sie sacht in seine Haut biss. Ihr rechtes Bein hatte sie neben ihm über die Bettkante geschoben, wo es nun in Reichweite seiner Hand war. Sanft streichelte er ihren Unterschenkel, was sie mit einem verhaltenen Lachen bedachte. Langsam wanderte er mit den Fingern zum Knie und weiter hinauf zum Oberschenkel. Iouna gab ein leises Seufzen von sich, als sie seine Berührung spürte. »Demnach ... Willst du da sitzen bleiben?«, flüsterte sie.

Wollte er nicht. Mit einem Ruck drehte er sich herum und warf sie gleichzeitig nach hinten um. Einen Augenblick verharrte er, während ein Blitz ihren makellosen Körper erleuchtete. Mit dem darauffolgenden Knall des Donners beugte er sich zu ihr hinunter und küsste sie liebevoll.

Sie schlang ihre Arme um seinen Nacken und zog ihn zu sich herunter. Mit einer Hand stützte er sich neben ihr ab und streichelte mit der anderen ihre Wange. Immer fordernder wurden die Küsse, immer schwerer ging sein Atem, genau wie der ihre.

Sie richtete sich ein wenig auf und rutschte weiter in die Mitte des Bettes, wobei sie seine Wangen umfasste und ihn mit sich zog. Widerstandslos folgte er ihren Händen, die ihn zwischen ihren Beinen zurück zu ihrem Mund führten. Sacht drückte er Iouna auf das Laken, wo sie seine Hüfte umklammerte und ihre Füße hinter ihm verschränkte. Langsam löste er den Kuss und ließ seine Lippen über ihre Wange zu ihrem Hals wandern. Wie bereits am Nachmittag zuvor, legte sie ihren Kopf in den Nacken und atmete immer heftiger, während er sich zu ihrem Schlüsselbein vorantastete. Vorsichtig löste Halvar sich aus ihrer Umklammerung und fuhr mit der linken Hand ihren Oberschenkel entlang.

Er fühlte ihr Verlangen, und auch seines stieg. Sie gab sich seinen Berührungen hin und begehrte spürbar mehr. Wie wild schlug sein Herz, als seine Finger sanft ihren Oberkörper erkundeten. Leise stöhnend bog Iouna ihren Rücken durch und schob ihm ihr Becken entgegen. Noch einmal richtete er sich auf und brachte seine Lippen nah an ihre. Ein unsicheres Lächeln zog dabei über sein Gesicht, bevor er die Prinzessin, die sein totes Herz wieder zum Schlagen gebracht hatte, erneut mit einem liebevollen Kuss bedachte.

Schnell wurde auch dieser fordernder und bald darauf fuhr Iouna mit ihren Händen von seiner Brust über seinen Bauch zum Bund seiner Hose.

Zitternd atmete er durch, als sie begann den Knoten zu lösen, der sie hielt. Es kostete all seinen Willen, sie nicht einfach gewähren zu lassen und ihre Liebe zu spüren. Aber er musste sich selbst beweisen, dass er nicht der Kerl aus seinem Traum war. Er musste sich beweisen, dass er die Kontrolle über sich hatte, und ihr, dass er nicht so war wie die andern Männer, die sie beanspruchten. Er war nicht auf Erben aus, er wollte sie glücklich machen. »Nicht!«, keuchte er, woraufhin sie ihn fragend ansah.

Verwirrung machte sich auf ihrem Gesicht breit, die er sogleich mit einem Kuss wegzuwischen suchte. »Wir müssen das nicht sofort tun«, erklärte er, obwohl sein Körper sehr wohl dieser Meinung war. »Wir haben Zeit.«

Ein mühsames Lächeln sollte ihrer Frustration Einhalt gebieten.

Kurz musterte sie das Gesicht des Mannes über ihr. »Haben wir, aber dennoch bin ich vollkommen nackt und friere. Der Stoff dämpft deine Wärme.«

Noch immer lächelnd streichelte er liebevoll ihre Wange und küsste sie erneut, während der Wind an den Fenstern rüttelte. Wieder wanderten ihre Hände über seinen Bauch nach unten und begannen, die Schnürung der Hose zu lösen. Zu keiner Zeit unterbrach sie dabei den Kuss. Diesmal ließ er sie gewähren und half ihr, das lästige Kleidungsstück zu seinem Hemd neben dem Bett zu befördern. Sie hatte sich aufgesetzt, um die Knoten endgültig zu lösen, und so beförderte er sie mit einem energischen Kuss zurück auf den Rücken. Leise lachte sie, als er wieder damit begann, sich zärtlich nach unten vorzuarbeiten. Von der Wange führte der Weg seiner Lippen über Hals und Schlüsselbein bis zu ihrer

Brust. Jeder seiner Berührungen wurde von einem sachten Seufzen der jungen Frau und einem Aufbäumen ihres Körpers begleitet. Er spürte ihre Hände, die nach Halt suchend über seine Schultern strichen, bevor sie das Laken neben ihr fanden. Unbeirrt setzte Halvar seinen Weg fort und wanderte mit seinen Lippen über ihren Bauch zu ihrer Hüfte. Wieder bog sie ihren Rücken durch und schob ihm ihr Becken entgegen. Ein zärtlicher Biss an die Innenseite ihres Oberschenkels entlockte ihr ein leises Raunen, das fast im Prasseln des Regens unterging. Ein einzelner Kuss auf ihren Unterleib sandte eine Welle durch ihren Körper, und ein merklich lauteres Stöhnen entrang sich ihrer Kehle.

Halvar genoss ihre Hingabe und hörte nicht auf, ihr Becken mit zärtlichen Berührungen seiner Lippen zu liebkosen.

Iouna ließ keinen Zweifel daran, dass ihr gefiel, was er tat. Deutlich schob sie ihm ihre Hüfte entgegen und krallte sich mit einem tiefen Raunen im Laken des Bettes fest. Auf einmal umfasste sie den Kopf des Ritters und zog ihn wieder nach oben. Sie holte sich den Kuss, den sie ersehnte, und biss ihm zärtlich in die Unterlippe. Ihr Atem ging heftig, stoßweise, und ihr Gesicht glühte förmlich. Halvar rutschte etwas weiter hoch und legte sich seitlich neben sie. Verwirrt sah sie ihn an, aber er erstickte ihre Zweifel mit einem Lächeln. »Vertrau mir«, flüsterte er und schob seinen linken Arm unter ihrem Nacken hindurch, sodass sie mit dem Rücken an seiner Brust lehnte. Beruhigt erwiderte Iouna sein Lächeln, küsste ihn noch einmal und schloss die Augen. Ihre Finger strichen währenddessen sachte über den Arm, der ihr als Kissen diente. Erneut umspielte sie zaghaft die unebenen Narben auf seiner Haut, bis ihre Hand die seine erreichte. Sanft ergriff er sie, und die beiden verschränkten ihre Finger ineinander. Iouna zuckte überrascht zusammen, als Halvar seine freie Hand auf ihren Bauch legte und begann, sie liebevoll zu streicheln. Begleitet von einem Kuss, ließ er seine Finger über ihren Körper gleiten. Zufrieden schnurrte sie unter seinen Berührungen, und als er ihre Brust erreichte, schlang sie den rechten Arm um seinen Nacken. Das Schnurren wandelte sich schnell in erregtes Stöhnen, das rasch an Intensität gewann. Sanft erstickte er ihre Laute mit einem weiteren Kuss, während seine Hand sich den Weg zwischen ihren Brüsten entlang bahnte. Zärtlich legte er seine Finger um ihren Hals und ... *Schreie* ... Erinnerungen tauchten aus seinem Unterbewusstsein auf. Erinnerungen an den Traum der Schatten. Erinnerungen an das, was er dort getan hatte.

Ruckartig zog er seine Hand zurück und atmete erschrocken aus. Für einen Moment war es still. Nur der grollende Donner und die Regentropfen waren zu hören, die auf die Hütte trafen. Dann spürte Halvar, wie Iouna ihre Finger aus seinem Nacken nahm und ihm dabei liebevoll über die Wange strich. Sie griff nach seiner zitternden Hand und führte sie zurück zu ihrer Brust. Dort presste die junge Frau sie an sich, sodass er ihren schnellen Herzschlag spüren konnte. »Ich vertraue dir«, hauchte sie leicht außer Atem und lächelte verlegen. Sie drehte leicht ihren Kopf und forderte einen weiteren Kuss.

»Ich vertraue dir«, wiederholte er ihre Worte innerlich.

Das Wissen darum beruhigte ihn, sodass die Erinnerungen rasch aus seinem Geist verschwanden und es nach kurzer Zeit wieder nur Iouna für ihn gab. Erneut wurden die Berührungen ihrer Lippen fordernder. Leicht ihm zugewandt, lag sie unverändert auf der Seite. Ihr Kopf ruhte auf seinem Arm, und ihr eines Bein hatte sie etwas angezogen, um sich abzustützen.

Sie nahm ihre Hand von der seinen, die noch immer auf ihrer Brust ruhte, und erlaubte ihr, den Weg auf ihrem Körper fortzusetzen.

Kurz verweilte er, wo er war, bevor er wieder begann, die Finger wandern zu lassen. Er führte sie über ihren Bauch zu ihrer Hüfte, wo er erneut einen Moment ausharrte, um ihr einen weiteren Kuss zu schenken. Ohne von ihr abzulassen, strich er auf ihrem Oberschenkel hinab bis zum Knie. Zärtlich umfasste er dieses und hob ihr Bein sanft an. Widerstandslos machte sie die von ihm vorgegebene Bewegung mit, bis ihr Bein über seinen ruhte.

Halvar spürte, wie Iounas Anspannung anstieg, und intensivierte seinen Kuss. Erst als sie sich wieder entspannt hatte, begann er, seine Hand an der Innenseite ihres Oberschenkels zurück nach oben zu führen.

Iounas Atmung beschleunigte sich noch einmal. Bei der ersten Berührung ihres Unterleibs holte sie tief Luft und stieß ein leises Stöhnen aus. Ein reflexartiges Zucken ging durch ihre Beine, weshalb Halvar innehielt, um ihr Zeit zu lassen, sich an die für sie unbekannte Vertrautheit zu gewöhnen. Ein zärtlicher Kuss sorgte dafür, dass sie ihre letzte Scham aufgab und mit geschlossenen Augen die sanften Bewegungen seiner Finger genoss. Sie suchte seine Nähe und presste ihren Rücken an seinen Bauch, während ihre Hand sich in seinen Oberschenkel krallte. Ihr Seufzen gewann an Intensität, genau wie seine Berührungen. Immer wieder bäumte sie sich auf und bald wiegte sie ihr Becken im Rhythmus seiner Finger. Ihr Stöhnen ging beinahe im tiefen Grollen des Donners unter, während sie sich gleichermaßen an seine Hand und seine Hüfte drückte.

Er spürte ihre Wärme und ihre weiche Haut an seinen Lenden. Ihre Nähe machte es nicht leichter, sein eigenes Verlangen hinter das Ihre zu stellen. Aber sie vertraute ihm, und das war zu diesem Zeitpunkt mehr wert, als alle körperlichen Freuden es sein konnten.

Immer fester krallte die junge Frau sich in seinen Oberschenkel und umklammerte seine Hand, während ihre Atmung immer heftiger wurde und ihre Stimme in ein wimmerndes Stöhnen überging. Ein leidenschaftlicher Kuss begleitete Iounas letztes Aufbäumen, ehe sie ihre Spannung verlor und die Bewegung ihrer Hüfte verebbte. Mit geschlossenen Augen lag sie entspannt auf seinem Arm und verlangsamte ihre Atemzüge deutlich. Sanft küsste er ihren von Schweißperlen benetzten Hals, wobei er erneut ihr Herz spürte. Es schlug schnell, schien sich aber mit jedem Schlag zu beruhigen. »Ist dir jetzt warm?«, fragte Halvar und sah lächelnd zu ihr hinunter.

Iouna stieß ein erschöpftes Lachen aus. »Jetzt verstehe ich, worauf der Kräuterhans hinauswollte ...«, fing sie an, aber unterbrach sich kurz, um durchzuatmen. » ... als er meinte, dass eine Decke etwas anderes ist als ein wärmender Körper.«

Fragend schaute er sie an, woraufhin sie mit einem Kichern von Halvars erster Nacht im Kerker von Burg Falkenberg erzählte; dabei hob sie träge ihr rechtes Bein von seinen. Sie erklärte, wie sie beinahe damals schon neben ihm gelegen hätte und stattdessen dafür gesorgt hatte, dass man ihn in ihre Kemenate brachte. Auch er musste lachen bei der Vorstellung, dass ihr erstes Näherkommen fast passiert wäre, ohne dass er bei Bewusstsein gewesen war.

Halvar angelte die Bettdecke und zog sie über sie beide, obwohl Iouna noch sichtlich warm war. Liebevoll ergriff sie die rechte Hand des Ritters, die er inzwischen wieder auf ihrem Bauch platziert hatte. Zufrieden lächelnd rollte sie sich in seinen Arm ein und schmiegte sich an ihn. Wortlos lagen beide dort und genossen ihre Nähe, bevor Halvar ihren gleichmäßigen Atem auf seinem Arm spürte, auf dem sie seelenruhig eingeschlafen war. Vorsichtig, um sie nicht zu wecken, drückte er ihr einen flüchtigen Kuss auf den Hinterkopf und schloss die Augen. Nur das Tosen des Sturms draußen war noch zu hören, als er ebenfalls in einen tiefen Schlaf fiel.

***

Iouna lag schon eine ganze Weile wach neben Halvar und versuchte zu verstehen, was geschehen war. Gerade noch stahl er ihr den ersten Kuss, und kurz darauf lagen beide fest umschlungen im gleichen Bett. Vor wenigen Tagen hätte sie sich nicht einmal erhofft, dass er ähnlich wie sie fühlte, aber … Es ging so zügig voran, dass ihre Gedanken weiterhin in der vergangenen Nacht festhingen, als er sie berührt hatte wie niemand vor ihm. Das Gefühl, das sich dabei in ihr ausgebreitet hatte, war ihr ebenso unbekannt gewesen, aber es glich einer heftigen Welle, die alles mit sich reißen wollte: jeden Anstand, jede Zurückhaltung, die man ihr mühsam anerzogen hatte. Erst langsam begriff sie, dass es wohl genau das war, was Mann und Frau näher zueinander brachte. Das Verlangen, zu berühren und berührt zu werden. Nähe zu spüren, was in ihrem Fall noch vorherrschender war als alles andere; denn sie hegten Gefühle füreinander und waren sich nicht fremd. Diese Dinge mit dem Mann zu erleben, der sie liebte, machte es ihr schwer, ihm nicht das zu entlocken, dem er in der vergangenen Nacht abgeschworen hatte. Sie konnte seinen schweren Atem in ihrem Nacken spüren und wie seine Hand sich regelrecht in ihrer verbissen hatte, während die andere lustvollere Bereiche erkunden durfte. Trotzdem hatte sie innerlich gehofft, dass er von seinem Vorsatz ablassen würde, aber dem war nicht so gewesen. Dabei kostete es sie all ihre Überwindung, sich ihm bewusst nackt zu zeigen, auch wenn sie wusste, dass es für ihn nicht mehr allzu neu gewesen sein durfte. Und trotzdem hatte sie ein leichtes Zittern seiner Hände bemerkt, während er sie anfasste. Iouna hatte nie davon gelesen oder gehört, dass ein Mann eine Frau einfach nur berührte, ohne sein Werk zu vollenden. Ihr wurde immer vermittelt, dass diese Zweisamkeit nur einem Zweck diente, aber das konnte nicht stimmen, wenn sie Halvars Handeln betrachtete.

Noch leicht schlaftrunken lehnte sie mit ihrem Kopf auf seiner Brust und spielte mit dem Fliegenanhänger des Totengottes. »Ich weiß noch so wenig …«, murmelte sie geistesabwesend.

»Wovon?«, erklang es müde von Halvar, der anscheinend von ihrer Spielerei an seiner Kette wach geworden war, aber seine Augen geschlossen hielt.

Iouna fühlte sich ertappt und blickte zu ihm auf. »Von der Liebe«, gestand sie, während ihr Kopf wieder auf seine Brust sank. »Vom Leben an der Seite eines Mannes ... und dessen Liebe.«

»Dort gibt es mehr, als man dir beigebracht hat«, murmelte Halvar erneut, was Iouna lächeln ließ, obwohl er es wegen seiner geschlossenen Augen nicht sah.

»Die Ehe dient der Liebe nicht, und die Liebe dient keinem«, wiederholte Iouna ein Zitat ihrer Mutter, die es wiederum von ihrer Mutter hatte. Demnach sollte sie nicht darauf hoffen, dass sie ihren Ehemann lieben würde, denn Gefühle solcher Art nutzten niemandem in ihren Kreisen.

»Die Liebe dient den Liebenden«, verbesserte er das Zitat auf Vint, wodurch die junge Frau einen Moment brauchte, um es zu verstehen. Erneut lachend, schob sie sich vorsichtig auf Halvar und verschränkte ihre Arme auf seinem Oberkörper, sodass sie ihren Kopf auf sie legen konnte.

»Es ist aber nicht alles schlecht beim Adel«, säuselte sie mit süffisantem Grinsen ebenfalls in seiner Sprache. *»In dieser Art Leben würde ich dir dienen, Sir Halvar Dahl. Nur als Ehefrau eines Herzogs stünde ich über dir, und das wäre ohne Liebe zum Ehemann wohl gefährlich, wenn alle Ritter solche Liebhaber wären wie du.«*

Halvar drückte sie an sich und betrachtete sie lächelnd, woraufhin Iouna sich etwas abstützte, um ihm einen Kuss geben zu können.

»Es gibt gewisse Lektüren in der Bibliothek des Ordens ...«, erklärte er, immer noch nicht recht gewillt, gänzlich wach zu werden.

Iouna sah ihn überrascht, aber gleichermaßen amüsiert an; sie konnte sich darunter nicht wirklich etwas vorstellen. Meinte er romantische Bücher? Eine Lektüre hörte sich mehr nach einem Lehrbuch an. »Gewisse Lektüren?«, hinterfragte sie deshalb neugierig.

»Manche Damen schätzen die Dienste eines Ritters auch beim Schüren ihres Feuers.«

Mit gespielter Empörung schaute Iouna drein, als er ihr grinsend verriet, dass der Orden Bücher darüber besaß, über das niemand in Mittland öffentlich sprach. Romantische Bücher, die über einen Kuss hinausgingen, waren für junge Frauen verboten. Sie sollten dadurch nicht auf seltsame Ideen kommen. »Und du hast sie gelesen?«, fragte Iouna zögerlich.

Halvar nickte. »Es schadet nicht, zu wissen, wie man seine Frau zufriedenstellt.«

Iouna errötete erneut, musste aber gleichzeitig anfangen zu lachen. Irgendwie wollte es nicht recht zu dem wortkargen Mann neben ihr passen, dass er solche Bücher las. Nicht, dass sie ihm keine Lektüren zutraute, aber dann womöglich welche, die sich mehr auf seinen Eid und den Kampf konzentrierten. Schriften über die Liebe wurden immer Frauen zugeschrieben, nur durften sie nicht zu offenherzig sein. Selbst das Buch mit dem Ritter und der Schwester, das sie in Falkenberg gelesen hatte, sollte verdeutlichen, wie übel Liebe enden konnte. Überhaupt wurde die Liebe zwischen Mann und Frau lediglich angedeutet, aber nie ausgeschrieben.

Halvar sah sie fragend an, und sie versuchte, sich zu beruhigen. »Es ist nichts«, sagte sie und atmete tief durch. »Ich wusste nur nicht, dass Männer des Ordens so etwas lesen. Es ist seltsam, zu wissen, dass Ritter darüber mehr erfahren als Frauen.«

»Der Orden ist in vielen Dingen etwas offener.«

Iouna nickte verstehend und atmete noch einmal tief durch. Wiederholt wurde ihr klar, dass er in den meisten Dingen viel mehr Erfahrung besaß. Ein Ritter und eine unerfahrene Prinzessin. Das hätte auch aus einem ihrer Bücher stammen können, nur war bei ihnen das tragische Ende abgewendet worden. Aber worauf sollte all das hinauslaufen? Konnte sie ein zweites Mal davor davonlaufen, wer sie war? Und das, ohne dass man sie fand? Etliche Für und Wider schossen ihr durch den Kopf, die einen erbitterten Kampf führten. Nur bei einem war sie sich sicher, und das waren ihre Gefühle für Halvar. Für keinen Thron der Welt würde sie ihn wieder aufgeben. An ihn und niemand anderen klammerte sie sich, mit ihm würde sie alle kommenden Stürme überstehen können. Ihr Fels, der allen Fluten strotzte. Aber kaum trafen Iounas Lippen auf seine, verspürte sie das gleiche Vibrieren ihres Körpers wie am Abend zuvor, wodurch auch ihr Herz wieder zu rasen begann. Deshalb ließ sie von ihm ab, bevor sie ihn mit ihren Gefühlen überfiel. Aber als sie auf Abstand ging, umfasste er behutsam ihr Kinn und zog sie für einen weiteren Kuss an sich heran. »Du scheinst ruhig geschlafen zu haben«, flüsterte sie schließlich und wechselte das Thema, nachdem er ihren Mund wieder freigegeben hatte.

»Ja«, antwortete ihr Fels ebenso leise mit einem Lächeln und gleichauf bedachte er sie mit einem weiteren zärtlichen Kuss.

»Ich auch«, erwiderte sie seufzend und spürte, wie seine Arme über ihren Rücken glitten, um sie festzuhalten. »Diesmal gab es keinen Albtraum.«

»Nein«, stimmte er ihr zu und drückte sie wiederholt.

»Was machen wir denn jetzt?«, verlangte die junge Frau zu wissen, da sie mit ihren Sorgen und Zweifeln nicht hinter dem Berg halten konnte. Sie wollte sichergehen, dass es auch sein Wunsch war zu bleiben, denn nach Delyveih wollte sie nicht umgehend weiterreisen.

»Jetzt sorgen wir dafür, dass wir hier eine Weile leben können«, meinte Halvar und hob etwas seinen Kopf, um sie ansehen zu können. »Oder möchtest du nach Hause?«

Erschrocken fuhr Iouna hoch. Ein vehementes Kopfschütteln untermauerte ihre Antwort. In Delyveih wäre sie wieder eine Prinzessin und er ein Ritter. Das war das Letzte, was sie jetzt wollte. Die Gedanken, die ihr verrieten, dass sie immer noch ihre Familie vermisste, schob sie beiseite. Auch die Gedanken an drohende Kriege, dass jeder glauben musste, sie sei tot, wurden von ihr verdrängt. »Ich will nicht zurück. Nicht jetzt, vielleicht später. Ich will nirgendwohin, wo man mich von deiner Seite reißt.«

Wieder huschte ein Lächeln über das Gesicht des Ritters. »Dann bleiben wir vorerst.«

Iouna genoss jeden Moment, in dem sie seine Haut auf ihrer spürte und er sie sanfter berührte, als man es für einen Mann seiner Statur für möglich gehalten hätte. Schnurrend schmiegte sie sich an ihn, während ihre Hände langsam an seinem Oberkörper hinunter zu seiner Hüfte glitten. »Dann sollten wir eine Möglichkeit finden, wie wir den Winter überstehen«, nuschelte sie leise.

»Feuer schüren«, antwortete Halvar scherzhaft, woraufhin Iouna zu lachen begann. Sie wusste oder ahnte, dass, wenn ihre Liebe immer mehr an Gewicht gewann, das Tun zwischen einem Mann und einer Frau nicht ausbleiben würde. Sie war nicht dumm. Wenn Halvar sich nicht so sehr zurückgehalten hätte, dann wäre es bereits in der vergangenen Nacht geschehen. Sie war bereit, ihm alles von sich zum Geschenk zu machen. Trotzdem würde es bedeuten, dass Dinge geschehen konnten, die ihr Leben komplizierter machen würden – noch komplizierter, als es ohnehin bereits war.

»Aber ...«, setzte sie deshalb zögerlich an, »bei all dem, was geschehen kann und wird ... Wenn das Feuer zu hoch schürt oder die Flammen um sich schlagen ... Was passiert dann?«

»Ich fürchte weder Feuer noch Flammen«, beruhigte er sie lächelnd.

Tief atmete sie aus und legte ihren Kopf wieder auf seine Brust. Erneut begann sie, an dem Anhänger herumzuspielen, der sie an ihren Tod erinnerte. Es war keine schlechte Erinnerung, da Xhar es gewesen war, der sie zurückgeschickt hatte, aber trotzdem musste sie über seine Worte nachdenken. Sie hatte einen neuen Körper bekommen, der zu einem bestimmten Zweck gebraucht wurde.

Magie ... Athan ...

Ihr Körper sollte Magie beherbergen, aber noch fühlte sie davon nichts. Weder geriet ihre Handfläche in Brand wie bei Titus, noch fühlte sie etwas anderes.

»Was ist?«, fragte Halvar, als er ihren Blick bemerkte.

Iouna war in Gedanken versunken. Athan wollte, dass sie seine Erblinie fortsetzte. Aber wie genau stellten sich die Götter das vor? Ließen sie die beiden deswegen in der Hütte zurück, damit Iouna ihrem Wunsch nachkommen konnte? Sollte Halvar der Vater ihrer Kinder sein? Xhar hatte all die Hinweise und Forderungen in wenig klare Worte gefasst. »Ach nichts«, wehrte sie ab, angelte nach der Decke, die ein Stück unter sie geraten war, und zog sich diese schüchtern über den Kopf. »Ich mache mir Sorgen um nicht gesäte Pflanzen.«

Halvar zog ihr lachend die Decke weg und umfasste sanft ihr Kinn, damit sie zu ihm hochrutschte. »Was ist los?«, bohrte er lächelnd weiter.

»Athan verlangt etwas von mir. Deshalb lebe ich wieder«, gestand sie leise und schaute ihm dabei tief in die Augen.

Halvar schwieg kurz und erwiderte ihren Blick, allerdings wirkte seiner fragend.

»Ich denke, es ist nichts, das eilt.«

Noch einmal folgte ein musternder Blick seitens des Hünen, aber schlussendlich nickte er und fragte nicht mehr nach.

Für Iouna sollte es kein Leben nach ihren Wünschen geben. Man hatte ihr nie eine Wahl gelassen. Aber jetzt, da sie selbst entscheiden konnte, wusste sie nicht, was sie genau wollte. Alles und nichts. Trotz des neuen Lebens war ihr bewusst, dass sich nichts planen ließ. Ein Leben bestand aus einer Aneinanderreihung von Begegnungen und schicksalhaften Entscheidungen. Sie hatte sehr viele Bücher über die Liebe gelesen und wusste daher genau, dass es selten eine wirklich richtige Entscheidung gab – oder eine wirklich falsche. Sie wurden alle für den Moment getroffen, die Handlungen oftmals von Gefühlen geleitet, die nie falsch sein konnten, solange es um aufrichtige Emotionen ging. Daher küsste Iouna den Mann, den sie liebte, bereits wieder inniger. Er wehrte sich nicht gegen die erneuten Annäherungen, die Iouna dadurch Gestalt annehmen ließ, dass sie mit ihren Lippen von seinem Mund zu seinem Hals glitt, während er seine Augen schloss.

Urplötzlich knurrte ihr Magen. Der Hunger, der sie hörbar heimsuchte, hätte sich keinen unpassenderen Augenblick aussuchen können. Grinsend öffnete Halvar wieder seine Augen und schaute sie an, während sie sich ein leises Lachen nicht verkneifen konnte. Wenn etwas peinlich war, half meist selbst darüber zu lachen mehr, als es zu vertuschen.

»Hast du Hunger?«, fragte der Hüne amüsiert.

Egal, welche Antwort sie ihm gab, sie war sich bewusst, dass das, was sie gerade begonnen hatte, ohnehin nicht fortgesetzt würde. »Vielleicht etwas, aber ich bin viel zu müde, um mir darüber Gedanken zu machen.«

»Zu müde?«, wiederholte Halvar unter ihr und rutschte plötzlich zur Bettkante.

»Was ... Wo?«, setzte Iouna an und spürte seine Hände, die sie festhielten, und wie er nach einem kurzen Ruck aufstand. Reflexartig schlang sie ihre Beine um ihn, um nicht auf halber Strecke verloren zu gehen, während der Hüne zur Tür lief und mit einer Hand den Stuhl entfernte, der den Ausgang versperrte.

»Halvar ... Nicht!«, beschwerte sie sich halbherzig. »Wenn uns jemand sieht ...«

Kaum waren sie draußen, spürte sie schon die wärmenden Strahlen der Sonne auf ihrem Rücken.

»Wer sollte uns sehen?«, erwiderte er, aber bevor sie antworten konnte, wanderte seine rechte Hand zu ihrem Nacken, und er erstickte jedwede Widerrede durch einen Kuss. Dabei blieb er nicht einmal stehen, sondern hielt geradewegs auf den Fluss zu.

Als Iouna die Richtung erkannte, ließ sie von ihm ab und schaute hinter sich. »Halt, warte ...«, schrie sie mehr amüsiert als entsetzt. »Das Wasser wird eisig ...«

Sie kam nicht dazu, ihren Satz zu beenden, denn das Wasser auf ihrer aufgewärmten, verschwitzten Haut ließ ihre Stimme zu einem spitzen Schrei hochfahren.

Halvar umklammerte fest ihren Rücken und tauchte mit ihr unter, nachdem er einen tiefen Atemzug genommen hatte. Kurzerhand presste sie alle Luft aus ihren Lungen, da sie von dem Untertauchen vollkommen überrascht wurde. Sie sah nichts anderes vor Augen als die aufsteigenden Luftblasen. In dem nur leicht trüben Wasser konnte sie Halvar direkt vor sich sehen, der ihr unverwandt in die Augen sah und lächelte. Fast zeitgleich tauchten sie auf, aber sie musste sich zunächst von den verirrten Haarsträhnen in ihrem Gesicht befreien. Ihr Zittern machte deutlich, wie kalt das Wasser war und dass sie das erneute Bad vollkommen überrascht hatte. Lächelnd peitschte sie etwas Wasser in Halvars Gesicht und verschränkte dann ihre Arme vor sich. »Das war aber nicht sehr ritterlich«, sprach sie mit bebenden Lippen.

»Hier bin ich auch kein Ritter«, erwiderte er und nahm sie in den Arm.

»Seltsam«, flüsterte Iouna und fuhr mit ihrer linken Hand über Halvars Brust bis zu seiner Taille. »Ich dachte, gestern Nacht hätte dieser die Oberhand über alles gehabt.«

»Vielleicht«, gab er nach kurzem Schweigen zu und lächelte.

Iouna löste sich sanft aus seiner Umarmung und wandte sich dem Ufer zu. »Aber wenn er hier nicht existiert, dann darf er sich auch gerne heraushalten«, fuhr sie fort und schaute kurz zurück, bevor sie die Wiese betrat. »Denn die Prinzessin tat es ja auch.«

Mit einem schelmischen Grinsen wrang sie ihr Haar aus und lief zurück ins Haus. Dort streifte sie sich kurzerhand das getrocknete Hemd über. Halvar kam ihr kurz danach hinterher. Mit dem Rücken noch der Tür zugewandt, spürte sie plötzlich, wie er eine Hand um ihre Taille schlang und mit der anderen ihr Kinn leicht anhob, um sie zu küssen. Während er zärtlich ihren Hals umfasste, konnte Iouna spüren, dass seine andere Hand weiter südwärts wanderte, über ihren Bauchnabel hinweg zu ihrem rechten Oberschenkel, was ihre Atmung erneut ins Stocken geraten ließ. Angetrieben davon, legte sie ihre Arme um seinen Nacken und lehnte sich an ihn. Gebannt hielt sie inne, erwiderte seinen Kuss, aber hatte seine Worte nicht vergessen. In der Nacht hatte er sich zurückgehalten, ihr Verlangen nicht gestillt, sodass die junge Frau den Entschluss fasste, dass eine kleine Rache folgen musste. Auch wegen des unfreiwilligen Bades. Während der Hüne die Innenseite ihres Oberschenkels erreicht hatte und langsam wieder nach oben glitt, löste sie sich kurz von seinen Lippen.

»Hast du nicht gesagt, dass wir Zeit haben?«, säuselte sie, während sie einen weiteren Kuss nur andeutete.

»... ja, schon«, erwiderte Halvar vage, während seine Hand weiterwanderte. Kurz bevor er sein augenscheinliches Ziel erreicht hatte, ließ sie seinen Nacken los und drängte seine Hand vorsichtig zur Seite.

»Dann eilt es ja nicht!«, erwiderte sie kalt, obwohl ihr rasendes Herz sie in diesem Moment Verräterin schimpfen wollte. Trotzdem drehte sie sich zu ihm um, richtete ihr

Hemd und lächelte ihn spitzbübisch an. »Wir sollten den Tag noch nutzen, solange die Sonne am Himmel steht.«

Iouna konnte sehen, wie sich Unglaube in seinem Gesicht breitmachte. Sie wollte ihn zwar nicht enttäuschen, aber zwischen Tür und Angel war nicht das, was sie sich vorgestellt hatte. »Schau mich nicht so an«, sprach sie schlichtend. »Jetzt müsste ich dich gehen lassen, aber wenn der Tag vorbei ist, darf ich dich behalten.«

Halvar ließ sie los, senkte kurz den Blick zu Boden, ehe er ihr wieder in die Augen schaute. Sie konnte nicht sagen, was er dachte, aber sie glaubte zu wissen, dass er sich noch immer nach mehr sehnte.

»Du kannst mich immer behalten«, erwiderte Halvar leise, und betrübt musterte sie sein Gesicht.

»Ist es das, was du jetzt willst?«, fragte Iouna, bevor sie wusste, was sie genau formulierte. »Ich meine, so sehr, dass es nicht ein wenig mehr Zeit hat?«

Nervös begann sie, mit ihren Fingern herumzuspielen, um für sich selbst die Scham zu überspielen, weil sie mit ihm darüber verhandelte, wann sie sich näherkamen. Der Rachegedanke war verflogen, stattdessen machte sich Unsicherheit in ihr breit. Viel hatte sie einem Mann nicht zu geben, solange Rang und Titel nicht im Vordergrund standen. Aber wenn Iouna ihm ihren Körper verschrieb, dann sollte dies in vollkommener Ruhe geschehen und nicht mit dem Wissen, dass noch gejagt und gekocht werden musste.

Nach einer kurzen Pause gab Halvar ihr recht, was sie erleichtert aufatmen ließ. Verlegen schaute sie zu ihm auf und küsste ihn, bevor sie ihn bat, auch nach Brennholz Ausschau zu halten, denn mit irgendetwas musste sie ein neues Feuer entfachen. Sich der Doppeldeutigkeit ihrer Worte bewusst, trat sie von ihm weg und lächelte ihn an. »Und nun geh schon. Je eher du aufbrichst, desto früher kehrst du zurück«, forderte sie ihn auf. »Ich warte hier auf dich.«

Er zog die Brauen hoch und lächelte. »Ich beeile mich!«

Halvar verließ die Hütte, nachdem er sich fertig angekleidet hatte, und ihre Gedanken kreisten darum, wie es weitergehen sollte. Sie glaubte tief in Ihrem Inneren nicht, dass die Götter sie zusammengeführt hatten, um ein glückliches Leben in einer alten Mühle zu führen. Wofür sollten sonst die ganzen Vorhersagen sein, gerade bei ihr, dass sie Magie beherrschen müsste? Ein Gefühl von Machtlosigkeit machte sich in ihr breit. Wer wusste schon, was sie noch alles mit ihr vorhatten?

Eilig verwarf sie die düsteren Gedanken wieder. Sie wollte nicht wütend auf die Götter sein oder an ihnen zweifeln; immerhin hatten sie ihr eine zweite Chance gegeben. Es war viel mehr, als andere Menschen bekamen, und vor allem hätte sie ansonsten Halvar niemals näherkommen können. Je mehr sie darüber nachdachte, umso weniger wollte sie glauben, dass es Xhar und Athan übel mit ihr meinten. Gestärkt und positiv gestimmt ging sie ihr Tagwerk an. Dies verschaffte ihr auch Ablenkung von all den Begebenheiten, die noch in der Zukunft lagen. Es brachte nichts, sich über Dinge Sorgen zu machen, die man nicht beeinflussen konnte. Also widmete sie sich dem Hausputz und kleineren Reparaturen. Dem Bett im oberen Stockwerk war allerdings nicht mehr zu helfen, deshalb zog sie die alte Strohmatratze in die andere Ecke des Raumes, damit sie das morsche Holz trotz der Feuchtigkeit verbrennen konnte. Dabei blieb sie an einem scharfkantigen Stück Holz hängen und riss sich die rechte Handfläche auf. Sofort schoss Blut aus dem schmalen Spalt, aber kaum hatte sie zu fluchen begonnen, schloss sich die Wunde von allein und verschwand spurlos. Nur das Rot in ihrer Handfläche zeugte davon, dass sie sich verletzt hatte. Ungläubig und mit wachsender Verwunderung betrachtete sie ihre Hand. Stockend atmete sie ein und aus, rannte die Stufen hinunter in den Wohnbereich, wo ein Eimer Wasser stand, in dem sie das Blut von ihrer Haut entfernte. Verwirrt starrte sie auf die Stelle, die wie durch Zauberei verheilt war. Nichts mehr war zu sehen.

Das kann nicht sein …

Iouna schaute sich um. Hatte sie sich das Ganze vielleicht nur eingebildet? Bedeutete von den Toten zurückzukehren, dass sie allmählich den Verstand verlor? Was hatten Xhar und Athan mit ihr gemacht?

Vollkommen verunsichert über ihre Wahrnehmung, sah sie sich um und entdeckte Halvars Dolch auf dem Tisch. Eilig ging sie darauf zu und nahm ihn in die rechte Hand. Einen kurzen Moment zögerte sie, dann fuhr sie mit der geschliffenen Klinge über ihren linken Unterarm. Der stechende Schmerz hielt nur einen kurzen Augenblick an, genau so lange, wie das Blut aus der Wunde hervorquoll. Dann geschah das Gleiche wie zuvor. Die Wunde verheilte! Nicht einmal eine Narbe blieb zurück, aber dazu hatte sie die Klinge auch nicht tief genug durch ihr Fleisch gezogen. Wie paralysiert ließ sie das Messer fallen. Heilte alles an ihr? Leicht schockiert sank sie auf den Boden und starrte ins Nichts. Wollte der Totengott oder Athan auf diese Weise sichergehen, dass sie nicht umgehend wieder starb? Sicherten sie sich ab? Und vor allem: Wie sollte sie das ihrem Ritter erklären? Nicht Mensch, nicht Gott; nicht Fisch, nicht Fleisch. Irgendetwas in der Mitte von allem. Unfähig, ihre Arbeit fortzusetzen, blieb sie für einen Moment einfach auf dem Boden sitzen und dachte nach.

Unverwundbar?

Noch ein paar Mal testete Iouna ihre neu gewonnene Fähigkeit, ehe sie sich damit abfand, dass alles im Nu verheilte. An Hausarbeit war nicht mehr zu denken. Das musste sie Halvar zeigen. Aber wo blieb er?

Der Tag raste an ihr vorbei. Immer häufiger blickte sie nervös aus dem Fenster, um nachzusehen, ob Halvar nicht endlich zurückkehrte. Es war fast schon dunkel, als sie plötzlich vor dem Haus das Wiehern von Pferden vernahm und kurz darauf das Scheppern von Metall.

***

Geduckt hockte Halvar im Unterholz und beobachtete das Kaninchen, das wenige Meter von ihm entfernt über die Lichtung hoppelte. Die Kapuze seines Mantels hatte er sich tief ins Gesicht gezogen, um seine Tarnung zu verbessern und seine Haut vor der Sonne zu schützen. Es war unwahrscheinlich, dass er das Tier mit bloßen Händen einfangen konnte, aber ein gezielter Wurf der Axt würde für das Abendessen sorgen – sofern er traf. Er nahm sich vor, ein paar Fallen aufzustellen, sollten sie wirklich länger in der Hütte verweilen.

Der Ritter wartete reglos ab, bis seine Beute in Reichweite kam, bevor er sich vorsichtig aufrichtete. Langsam hob er die Axt an, um sie auf sein Opfer zu schleudern. Ein dumpfes Geräusch und ein kurzes Quieken verkündeten die erfolgreiche Jagd. Zufrieden brummend, eilte Halvar zum erlegten Wild. Rasch stellte er sicher, dass das Tier tot war, ehe er es mit einem Stück Seil, das er aus der Mühle mitgebracht hatte, an seinem Gürtel festband. Den Beutel, in dem er seine Habseligkeiten transportiert hatte, hatte er ebenfalls mitgenommen, um eventuell ergatterte Kleidung hineinzupacken.

Das Kaninchen war etwas mager, aber für diesen Tag würde es ausreichen, um sie beide satt zu machen. Vielleicht gelang es ihm auf dem Rückweg, noch ein zweites zu erwischen, sodass für den nächsten Morgen bereits vorgesorgt war. Er hob die Axt wieder auf und fädelte den Schaft in den Ring an seinem Gürtel.

Auf dem Weg durch den Wald hatte er die Rauchschwaden des Köhlerdorfes über den Baumwipfeln entdeckt, wo er sich erhoffte, Kleidung für Iouna zu finden. Mit seiner Jagdbeute am Gürtel brach er in die entsprechende Richtung auf. Unterwegs erinnerte er sich an die vergangene Nacht.

Konnte er wirklich mit Iouna in der alten Mühle leben? Wieder von vorne anfangen und vielleicht sogar eine Familie gründen? Sie hatte ihm gezeigt, dass sie ihm vertraute. Er konnte verstehen, dass sie lieber auf die abendliche Ruhe warten wollte, obwohl es ihn viel Willenskraft gekostet hatte, seine eigenen Triebe zu ignorieren. Er war froh, es dennoch getan und sie nicht weiter gedrängt zu haben.

Wir haben Zeit …

Es war ja nicht so, dass ihnen nur eine Nacht blieb; außerdem hatte er nicht den Eindruck, dass ihr an diesem Abend nach weniger Zuneigung gelegen war. Bereits am Morgen hatte sie seine Nähe gesucht, und sie waren nur vom Hunger unterbrochen worden. Erneut war es ihm schwergefallen, von ihr abzulassen, aber die Vorräte wurden knapp und es ließ sich nie sagen, wie lange eine Jagd dauerte und ob sie überhaupt von Erfolg gekrönt war.

Halvar freute sich darauf, Iouna wiederzusehen. Sie interessierte sich nicht dafür, wie er aussah, verurteilte ihn nicht für Dinge, die er getan oder nicht getan hatte, und versuchte nicht, seine Vergangenheit zu vertuschen. Auch wenn sie nicht viel fragte, konnte er spüren, dass sie dies aus Respekt tat und nicht aus Desinteresse. Mit der Zeit würde sie alles erfahren, aber es war für ihn nicht leicht, darüber zu sprechen, deshalb wollte er lieber noch damit warten. Genauso wie mit einigen anderen Dingen, die sie betrafen. Halvar war froh, sie an seiner Seite zu haben, auch wenn er sich nicht sicher war, ob sie die Tarnung aufrechterhalten konnten. Immerhin war sie eine Prinzessin. Konnte man sie wirklich zu einer einfachen Frau degradieren? Sieben Jahre hatte sie als solche bereits gelebt, bevor Halvar auf sie getroffen war. Damals war sie alleine gewesen, ohne irgendjemanden, aber nun würde er bei ihr bleiben. Er hoffte, dass dies das bäuerliche Leben erleichtern würde, auch wenn er nicht das Gefühl hatte, dass sie es vermisste, eine Prinzessin zu sein.

Die nächsten Tage würden es zeigen. Nun galt es zuerst einmal, Kleidung für sie zu besorgen. Obwohl es in der momentanen Situation durchaus nicht unpraktisch war, dass sie stets nur leicht bekleidet herumlief, konnte er sich vorstellen, dass sie es vorzog, ordentliche Kleider zu besitzen.

»Hält sie ja niemand davon ab, trotzdem nur mein Hemd zu tragen«, dachte Halvar und musste grinsen.

Er brauchte eine ganze Weile, bevor er das Dorf am Flussufer erreichte. Bei Tageslicht waren auch die bestellten Felder zu erkennen, die sich hinter den Wohnhäusern erstreckten. Ein grünes Kleid hing auf einer Wäscheleine und wehte im sanften Wind. Vielleicht konnte er es seiner Besitzerin abkaufen?

Ausgerechnet grün …

Allerdings entdeckte er niemanden, den er fragen konnte. Nirgendwo. Der Ort schien verlassen zu sein. Für einen Moment blieb er stehen und ließ den Blick schweifen. Was war hier los? Nur die dampfenden Meiler deuteten darauf hin, dass er sich die Begegnung mit den Dorfbewohnern nicht eingebildet hatte. Langsam und mit gezogener Waffe näherte er sich dem Dorfplatz. Nur das Rauschen des Flusses war zu hören. Noch immer zeigte sich niemand. Nicht einmal ein Huhn war zu sehen. Plötzlich hörte er ein Geräusch hinter sich und fuhr herum. Die Tür eines der Wohnhäuser war ein Stück aufgeschwungen. Hatte ihn jemand beobachtet? Vielleicht waren die Köhler der Meinung, er wollte sein Geld zurück? Leise näherte er sich dem offenstehenden Haus und klopfte an den Türrahmen. »Hallo?«, rief er in die Stille. Keine Antwort. Mit einem leichten Stoß öffnete er die Tür ganz und spähte hinein. Die einfache Hütte bestand nur aus einem menschenleeren Wohnraum, der genauso spärlich eingerichtet war wie die alte Mühle. Ein Bett, eine kleine Kochstelle samt Esstisch, auf dem noch zwei Teller und Becher standen, sowie ein Kleiderschrank. Am Tisch fanden sich zwei Stühle, von denen einer umgefallen war.

Ein leises Miauen verriet ihm, warum sich die Tür bewegt hatte. Eine schwarze Katze kam mit aufgestelltem Schwanz zu ihm herüber und rieb ihren Kopf an seinem Bein. Im Gegensatz zu den meisten Menschen scherten sich Tiere nicht um sein Aussehen. Er ging in die Knie und kraulte das Fellknäuel hinter den Ohren, was diesem ein zufriedenes Schnurren entlockte. Lächelnd erhob er sich wieder und stieg vorsichtig über den pelzigen Besucher hinweg.

Die Katze miaute erneut und stolzierte zum Bett, wo sie es sich bequem machte. Halvar fiel auf, dass Brot auf den Tellern lag. Misstrauisch ging er zum Esstisch und untersuchte die Nahrungsmittel. Sie waren unverdorben, konnten also noch nicht lange dort liegen. Nachdenklich brummte er vor sich hin. Irgendetwas stimmte nicht. Das Dorf schien in der kurzen Zeit seit seinem letzten Besuch verlassen worden zu sein. Von einem Moment auf den anderen. Aber warum? Niemand ließ Nahrung zurück, wenn es keinen triftigen Grund gab, schnell das Weite zu suchen. Rasch warf er das Gebäck zum Kaninchen in den Beutel. Essbar war es noch, und zusätzliche Verpflegung konnte nie schaden. Erneut sah er sich um. Das Bett war leer, abgesehen von der Katze, und der Tisch bot nichts Brauchbares mehr. Er öffnete die Tür des Kleiderschranks, die laut knarrte, aber er fand keine Kleidung vor.

Nachdenklich verließ er die Hütte. Sein Blick wanderte zu einem einzelnen Schuh, der auf dem Dorfplatz lag. Er biss die Zähne zusammen. Was war hier passiert? Er konnte spüren, dass etwas nicht stimmte. Zu viele Kleinigkeiten wiesen darauf hin. Angespannt beschloss Halvar, das Gasthaus aufzusuchen, wo er Merle und ihren Großvater getroffen hatte. Er hoffte, dass die Begegnung nicht nur seinem müden Geist entsprungen war. Je näher er der Taverne kam, desto unbehaglicher fühlte er sich. Verlassene Dörfer waren ihm nicht unbekannt. Krankheiten, Krieg und auch das schwarze Banner konnten dafür sorgen, dass eine Siedlung, eine Stadt oder gar ein ganzer Landstrich entvölkert wurde, aber keine dieser Möglichkeiten ergab einen Sinn. Am Gasthaus angekommen, schob er vorsichtig die Tür auf. Sofort schlug ihm der Geruch von Blut entgegen. Er umklammerte seine Axt fester und spähte angespannt in den Schankraum. Die zugezogenen Vorhänge ließen nur wenig Licht herein, doch es genügte. Deutlich waren die Körper zu sehen, die teils übereinandergestapelt im Raum verteilt lagen. Der blutige Boden glänzte im Schein der Sonne, die durch die offene Tür strahlte, und Halvar wurde endgültig klar, warum er niemanden angetroffen hatte. Mit zusammengebissenen Zähnen trat er ein, den Schaft seiner Waffe weiterhin fest umklammert, denn er rechnete damit, angegriffen zu werden. Die Toten würden sich so weit im Süden zwar nicht mehr erheben, aber die Verursacher dieses Blutbades konnten noch vor Ort sein. Vorsichtig stieg er über den Körper eines Mannes hinweg, der flach auf dem Bauch lag. Eine tiefe Wunde an seinem Hinterkopf zeugte von einem gewaltsamen Tod. Auch alle anderen Leichen wiesen ähnliche Verletzungen auf. Die Kleider der Frauen waren teils zerrissen, die Röcke hochgeschoben, sodass Halvar sich ein Bild machen konnte, was hier geschehen sein musste. Er schluckte. Wut und Ekel überfielen ihn, wobei ihm übel wurde. Im Krieg hatte er derartige Überfälle auf Dörfer miterlebt, aber nie daran teilgenommen. Zwar konnte er nur wenige seiner Mitstreiter von einer solchen Tat abhalten, doch war er nie untätig danebengestanden. Behutsam ging er weiter, vorbei an einem umgefallenen Tisch, hinter dem die Beine eines Kindes hervorragten. Er warf einen flüchtigen Blick auf den eingerollt daliegenden Jungen, dessen blutige Finger noch immer auf der klaffenden Bauchwunde lagen. Es war der Junge, der bei Halvars erster Ankunft im Dorf das Huhn gejagt hatte. Nicht einmal die Kinder waren verschont geblieben.

Aber ich bin das Monster ...

Ein Ritter sollte den Schwachen beistehen, aber erneut war Halvar zu spät gekommen. Er konnte dem Knaben und den anderen Dorfbewohnern nicht mehr helfen, weshalb er rasch den Tresen umrundete und die Küche betrat.

Der Wirt, der ihn vor einigen Tagen noch bedient hatte, lag neben der Feuerstelle. Seine rechte Hand umklammerte ein Messer, mit dem er offenbar erfolglos versucht hatte, die Angreifer abzuwehren. Wenige Schritte von ihm entfernt fand Halvar schließlich auch Merle. Der alte Mann hatte sich den Eindringlingen in den Weg gestellt, um sie zu schützen, genau wie Halvar es erwartet hatte. Leider war die junge Frau nicht entkommen. Sie lag leblos auf dem Rücken, die leeren Augen starr zur Decke gerichtet. Ihr Kleid war zerrissen und entblößte ihre Brust. Der hochgeschobene Rock zeigte deutlich, wie ihre letzten Augenblicke ausgesehen haben mussten.

Stoßweise atmete Halvar aus und starrte den tiefen Schnitt an, der sich quer über ihre Kehle zog. Erinnerungen an Lillian tauchten in seinem Geist auf, und er schluckte schwer. Wieder bohrte sich das Röcheln seiner sterbenden Familie in seinen Kopf. Auch wenn die beiden nichts dagegen hatten, dass er sein Leben fortführte, ließ ihn ihr Ableben nicht los. Mit zusammengebissenen Zähnen wandte er sich ab und versuchte, seine grausamen Gedanken zu verdrängen.

Doch er bekam das schüchterne Lächeln des Mädchens nicht aus dem Kopf. Sie hatte sich bemüht, ihn nicht anzustarren, und auch wenn sie ihn bestehlen wollte ...

Dann fiel Halvar die Goldmünze ein. War all das hier wegen des Geldstücks passiert, das er ihr überlassen hatte? Nein, das durfte nicht sein! Er wollte etwas Gutes tun und nicht ...

Mit einem Kopfschütteln vertrieb er den Gedanken, die Schuld an diesem Massaker zu tragen, und wandte sich noch einmal Merle zu. Rasch zog er ihr Kleid zurecht, sodass es zumindest ihre Nacktheit bedeckte, ehe er sich kurz die Augen rieb.

Plötzlich schreckte er hoch, als er sich erinnerte, dass Iouna allein in der Hütte war. Falls die Täter diesen Weg eingeschlagen hatten … Er musste zurück! Hastig ließ er die Taverne und die Überreste der ehemaligen Bewohner dieses Ortes hinter sich. Wer auch immer sie getötet hatte, konnte noch nicht weit gekommen sein. Das Blut war zu frisch, und es hatten sich kaum Fliegen auf den Körpern niedergelassen.

Als er an dem Kleid vorbeikam, das auf der Wäscheleine hing, hielt er einen Augenblick inne. Nachdem es niemand mehr brauchen würde, stopfte er es in seinen Beutel und eilte dann zurück zu Iouna. Er hoffte, dass es noch nicht zu spät war.

Nur weil er keinen der Angreifer gesehen hatte, hieß das nicht, dass sie in Sicherheit war. Aufgrund der Jagd war er einen Umweg gelaufen; daher war es möglich, dass jemand bis zur alten Mühle gelangt war, ohne von ihm bemerkt worden zu sein. So schnell er konnte, eilte er durch den Wald und ignorierte das aufkommende Brennen in seinen Muskeln. Er musste zu Iouna kommen, musste sehen, dass es ihr gut ging.

Schwer atmend kam er endlich bei ihrem neuen Zuhause an. Mit verkrampftem Gesicht betrachtete er die beiden Pferde, die auf der Wiese vor der Mühle standen und grasten. Kurz musterte er sie, bevor er sich weiter näherte, die Axt fest in der Hand. Er hielt geradewegs auf den Eingang zu, als zwei Männer um die Ecke der Hütte bogen. Einer trug Gambeson und Kettenhemd sowie einen einfachen Helm und war mit einer geladenen Armbrust bewaffnet. Der andere war in einen Plattenpanzer gekleidet, der zweifellos vom Orden stammte. Die goldenen Verzierungen an den

Schulterplatten zeugten davon, dass er einst einem Bewahrer gehört hatte. Der Waffenrock Kosses, den beide Männer trugen, bewies jedoch, dass nicht mehr der ursprüngliche Eigentümer in der Rüstung steckte. Kein Ritter würde einen solchen tragen. Er war senkrecht geteilt, wobei die rechte Seite rot und die linke weiß war. Mittig darauf prangte die Rose von Kosse, die genau gegensätzlich eingefärbt war.

Der Soldat in der fremden Rüstung war deutlich kleiner als sein Begleiter und für den Nahkampf ausgestattet. Blut befleckte die Klinge seines Speers.

Halvar hoffte inständig, dass es von den getöteten Dorfbewohnern stammte und nicht von Iouna. Er umklammerte die Axt fester und ließ den Blick zu dem anderen Mann wandern.

Der Größere hielt die gespannte Armbrust in Händen, und beide trugen zudem ein Schwert als Zweitwaffe an der Seite.

Noch hatten sie Halvar nicht bemerkt. Sie unterhielten sich anscheinend über die Zeit, als sie geholfen hatten, eine Lieferung aus der ungezähmten Wildnis nach Rosenhain zu bringen.

Doch ehe Halvar eine Chance hatte, sich zu verstecken, verstummte ihr Gespräch, und sie starrten ihn an.

»Halt!«, rief der Armbrustschütze und zielte auf ihn. »Keinen Schritt weiter!«

»Sie sagte, dass sie nicht allein hier ist«, meinte der andere, »aber sie hat nichts von diesem ... Monster gesagt!«

Wieder hatte er Iouna alleingelassen, und wieder waren die Männer des Herzogs aufgetaucht. Sie hatte versichert, sie würde auf ihn warten, und jetzt war sie erneut in Schwierigkeiten geraten. Blieb nur zu hoffen, dass es ihr dieses Mal gut ging.

Ihr werdet sehen, was für ein Monster ich bin, wenn ihr Iouna etwas getan habt.

Halvar verzog sein Gesicht zu einer wütenden Fratze und starrte den Mann an.

»Leg die Axt hin!«, befahl der gerüstete Speerkämpfer und richtete seine Waffe auf ihn.

»Wo ist sie?«, verlangte Halvar zu erfahren. Er nahm seinen Blick nicht von seinem Gegenüber.

»Drinnen, gut bewacht und *noch* unversehrt!«, verkündete der Kleinere, und Halvar hoffte, dass dies der Wahrheit entsprach. »Aber das wird sich ändern, wenn du die verdammte Axt nicht loslässt!«

Auf einmal sah Halvar Merle vor sich, wie sie geschändet und ermordet auf dem Boden lag. Und nun hatten diese Bastarde dasselbe bei Iouna vor. Niemals! Das würde er nicht zulassen! Allerdings fragte er sich, was die Soldaten hier wollten und *warum* Iouna noch unversehrt war. Stumm machte er einen Schritt auf die beiden zu.

»Ich sagte stehen bleiben!«, keifte der Schütze. Sichtlich nervös zielte er auf Halvars Brust. Die lange, dünne Spitze des Bolzens war gemacht, um Kettenhemden und leichte Harnische zu durchschlagen, würde aber an ungepanzerten Zielen, wie Halvar eines war, vergleichsweise wenig Schaden anrichten – zumindest im Vergleich zu Geschossen, die für ungerüstete Feinde gedacht waren. Die Männer waren eindeutig für eine Schlacht gerüstet.

Halvar mochte schlecht ausgerüstet sein, aber er war sicherlich besser ausgebildet und erfahrener als die gewöhnlichen Soldaten.

»Jetzt bleib endlich stehen!«, schrie der Mann mit der Armbrust und offenbarte damit seine Unsicherheit. Er hätte längst geschossen, wäre er ein erprobter Kämpfer. »Was glaubst du, wer du bist?«

Mit düsterem Blick starrte Halvar ihn an. »Rache ist Gerechtigkeit!«, zitierte er den Leitspruch der Vollstrecker und spielte damit gleichzeitig auf die ermordeten Dorfbewohner an. Er hatte keinen Zweifel daran, dass diese Männer dafür verantwortlich waren.

Einen kurzen Moment waren die Soldaten abgelenkt und tauschten einen vielsagenden Blick aus. Das war der Augenblick, auf den Halvar gewartet hatte. Blitzschnell hob er den Arm und warf die Axt nach dem Schützen. Mit einem Knall prallte sie gegen den Helm des Mannes, dessen Kopf zurückgerissen wurde. Er stieß einen überraschten Schrei aus und fiel benommen zu Boden, schaffte es aber noch, den Bolzen abzufeuern. Surrend zischte er an Halvars Ohr vorbei. Der Hüne verzog keine Miene und fixierte umgehend den anderen Feind.

Entsetzt starrte der Speerkämpfer den nun unbewaffneten Ritter durch sein Visier an und hob dann seine Waffe. Geschützt von der gestohlenen Rüstung eines Bewahrers, rückte er langsam vor und näherte sich vorsichtig seinem Gegner.

Halvar war klar, dass er kaum eine Chance gegen den voll ausgerüsteten Mann hatte, sollte dieser ernsthaft angreifen. Besonders nicht ohne seine Axt, aber er hatte keine andere Möglichkeit gesehen, den Schützen auszuschalten. Aber er wusste, welche Wirkung ein Vollstrecker auf gewöhnliche Soldaten hatte, und auch wenn er nicht deren typische Rüstung oder Waffe trug, konnte er sich dennoch so verhalten. Vielleicht gelang es ihm, den Speerkämpfer so weit einzuschüchtern, dass er ihn ausschalten konnte. An seinem rechten Stiefel befand sich noch immer Iounas Dolch, den er dort mit sich herumtrug. Schnell hob er das Bein und zog die Klinge aus dem Schaft, ohne den Blick von seinem Gegner zu nehmen. Mit erhobener Waffe ging er unbeirrt auf den Gerüsteten zu, als trüge *er* einen Plattenpanzer.

Der Mann ließ seinen Speer vorschnellen, aber Halvar wich dem Angriff problemlos aus. Er versuchte, nach dem Schaft zu greifen, schaffte es jedoch nicht, den Speer festzuhalten. Der zweite Stoß schoss unter seinem rechten Arm hindurch und ritzte seine Brust an. Dort klemmte der Hüne den Schaft mithilfe des Dolches ein, ergriff ihn mit der freien Hand und zog ruckartig daran.

Überrascht strauchelte der Soldat und stolperte auf Halvar zu, der mit einem schnellen Schritt seine linke Schulter gegen den Kopf seines Widersachers rammte.

Der Hüne legte sein ganzes Gewicht in den Stoß und riss den Mann zu Boden. Krachend landete er auf ihm. Keuchend versuchte der Soldat, Halvar von sich zu schieben, der jedoch die Oberhand behielt. Er wischte die Hände des Soldaten beiseite und packte seinen Widersacher. Mit der Linken hielt er den Kopf fest, während er mit der rechten gezielt den Dolch in den Sehschlitz stach. Ein markerschütternder Schrei verriet ihm, dass die Klinge ihr Ziel gefunden hatte. Blut quoll unter dem Helm hervor, woraufhin Halvar noch einmal zustach und den Dolch herumdrehte. Die Schreie wurden panischer, verzweifelt kratzten die Finger des Getroffenen über Halvars Arme, erreichten jedoch nichts. Ruckartig zog Halvar die Waffe aus dem Helm und rammte sie ein drittes Mal ins Gesicht seines Feindes, der urplötzlich verstummte. Schlaff fielen seine Arme zur Seite, woraufhin Halvar sich erhob. Schwer atmend, fixierte er den Armbrustschützen, der sich in der kurzen Zeit des Zweikampfes von dem Treffer der Axt etwas erholt hatte.

Sichtlich benommen, versuchte der Soldat, seine Armbrust nachzuladen.

Halvar ging mit raschen Schritten auf ihn zu und erreichte ihn gerade, als er die Schusswaffe zum Zielen anlegte. Mit einer schnellen Bewegung schlug er sie beiseite, sodass auch dieser Schuss ihn verfehlte; dann hämmerte er dem Mann den Knauf des Dolches ins Gesicht. Mit der linken Hand griff Halvar in den Nacken seines taumelnden Gegenübers. Leicht fand er die Lücke zwischen Kettenhemd und Helm und trieb die Klinge von Iounas Dolch hinein. Warmes Blut lief ihm über seine Hand, während der Sterbende röchelnd und gurgelnd versuchte, den Fremdkörper aus seiner Kehle zu entfernen. Halvar tat ihm den Gefallen nicht, sondern drehte seine Waffe herum, wodurch ein weiterer Schwall Blut aus der Wunde strömte. Dann endlich zog er den Dolch zurück und ließ den Mann los, der sofort zusammensackte; seine letzten Atemzüge wurden von seinem eigenen Blut erstickt.

Rasch wandte er sich von dem Sterbenden ab und hob die Axt auf, die zwischen ihnen auf dem Boden lag. Anschließend steckte er den Dolch wieder in den dazugehörigen Schaft und eilte zur Eingangstür der Mühle. Dort entfernte er rasch den Hasen und seinen Beutel vom Gürtel und ließ beides achtlos im Gras liegen. Mit der Axt in der Hand stieß er die Tür auf.

Im Inneren sah er seine Befürchtung wahr werden.

Umringt von fünf Männern, alle in den Farben des Herzogtums Kosse gekleidet, saß Iouna mit weit aufgerissenen Augen auf einem Stuhl am Tisch und blickte in Richtung Tür. Hinter ihr stand einer der Eindringlinge, hielt ihr mit der einen Hand den Mund zu und mit der anderen ein Messer an den Hals. Die verbliebenen vier richteten sofort ihre Speere auf Halvar und verhinderten, dass er näher herankam.

»Dein Weib war so nett, uns als Gäste aufzunehmen«, spottete der hinter Iouna Stehende. »Wir dachten, wir warten auf den Herrn des Hauses, bevor wir die Feier beginnen.«

»Lass sie los!«, zischte der Ritter und wechselte einen kurzen Blick mit Iouna.

Ihr Haar hing zerzaust und wirr in ihr Gesicht, und ihre braunen Augen fixierten die seinen. Sie wirkte erschrocken, aber unverletzt.

»Nein, ich glaube nicht, wir …«, fuhr der scheinbare Anführer fort, aber seine Worte wandelten sich zu einem spitzen Schrei. Schnell zog er seine Hand vom Mund seiner Geisel zurück und fluchte laut. Iouna hatte ihn gebissen. Die anderen Soldaten wurden von dem Schrei abgelenkt und sahen zu ihm. Die junge Frau nutzte den Moment der Verwirrung.

»Töte sie!«, schrie Iouna.

»Halt's Maul!«, fuhr der Kerl sie an und packte sie am Kiefer.

Noch immer hatte Iouna die Messerklinge an ihrem Hals, und nach einer schnellen Bewegung ihres Kopfes drang sie tief in ihr Fleisch.

Entsetzt sah Halvar dabei zu, wie die zarte Haut seiner Liebsten aufgeschnitten wurde. Aber noch ehe er einen Ton über seine Lippen brachte, bemerkte er, dass sich die Wunde genauso schnell verschloss, wie sie ihr zugefügt wurde.

»Sie können mir nichts tun!«, presste sie in Halvars Sprache durch ihre halb geschlossenen Zähne.

Ihre Worte weckten Halvar aus seiner Starre. Er machte einen Schritt nach vorne und packte einen der Speere. Mit einem Ruck zerrte er den überraschten Soldaten zu sich und schlug ihm die Axt ins Gesicht. Auf der Stelle verlor der Mann seinen Helm, begann zu taumeln und ließ seine Waffe los. Ein zweiter Hieb spaltete den Schädel seines Opfers mit einem unschönen Knacken. Blut und Knochenreste flogen durch den Raum, und erschrockene Rufe der verbliebenen Männer begleiteten das dumpfe Geräusch des fallenden Körpers.

Mehr knurrend als atmend wandte sich der Ritter dem Nächsten zu.

»Steht nicht nur herum!«, keifte der Anführer. »Bewegt euch, ihr Idioten!«

Kurz zögerten die drei Soldaten, dann schickten sie sich an, Halvar zu umkreisen. Er musste verhindern, dass sie hinter ihn gelangten.

Iouna begann plötzlich, sich heftig zu wehren, und schlug ihrem Bewacher den Hinterkopf gegen die Nase.

Dieser ließ sie einen Augenblick los, den sie nutzte, um vom Stuhl aufzuspringen.

Halvar wollte zu ihr gelangen und wischte den Speer eines der Männer vor ihm mit der Axt zur Seite, aber der Soldat, der sie gefangen hielt, war zu schnell.

»Hiergeblieben!«, brüllte er die junge Frau an und erwischte sie an den Haaren.

Sie schrie auf, als der Mann ihren Kopf zurückriss, sodass sie nach hinten stolperte.

Hilflos musste Halvar mit ansehen, wie Iounas Peiniger sie auf den Stuhl zwang. Seine Bemühungen, sich ihr zu nähern, endeten abrupt, als sich die Klinge des Mannes hinter ihm durch seinen Oberschenkel bohrte. Sofort gab sein Bein nach, und er fiel auf die Knie, was der dritte Speerkämpfer nutzte, um seine Waffe in Halvars rechter Schulter zu versenken. Mehr als ein leises Raunen erlaubte er sich nicht. Niemals würde er ihnen die Genugtuung geben, einen Schmerzensschrei von ihm zu hören. Stattdessen blickte er zu Iouna und hoffte nur, dass sie es schaffte, zu entkommen.

»Nein!«, kreischte sie und wollte wieder aufspringen, aber der Soldat hinter ihr hielt noch immer ihre Haare fest. Gewaltsam schob er ihren Kopf nach vorne und drückte ihn auf die Tischplatte. Erneut bäumte sich die junge Frau auf, weshalb der Eindringling all seine Kraft aufwandte, um ihren Kopf auf den Tisch zu schlagen.

Entsetzt beobachtete Halvar die Tat, während der dritte Speer in seine linke Schulter gestoßen wurde. Nur dumpf drang der Schmerz zu seinem Bewusstsein durch, das vollauf mit dem Anblick seiner verstummten Liebe beschäftigt war. Er spürte, wie sein Blut warm an seinem Körper hinablief, aber das Gefühl der Kälte, das sich in ihm ausbreitete, konnte es nicht überdecken. Sollte er sie erneut verlieren? Nein! Das würde er nicht zulassen!

Verzweifelt versuchte er, sich noch einmal aufzurichten, aber dies sorgte nur dafür, dass die Waffen sich tiefer in sein Fleisch bohrten. Er sah an sich hinunter und erkannte die Spitze des Speers, die aus seinem Bein ragte. Seine Axt glitt ihm aus der Hand und fiel klirrend zu Boden, woraufhin die Hütte in Stille versank. Nur das schwere Atmen des Ritters war noch zu hören.

Reglos lag Iouna auf dem Tisch. Ihr Gesicht war von ihren Haaren verdeckt. Es war nicht zu erkennen, ob sie atmete oder nicht. Wieder hatte er versagt. Wieder hatte er sie nicht beschützen können. Wieder war sie einem Fremden ausgeliefert, und er konnte nichts dagegen tun.

»Endlich ...«, meinte der Anführer, der noch immer seine Finger in Iounas Haar vergraben hatte. Er hob die junge Frau vom Tisch und warf sie sich unsanft über die Schulter. Sie regte sich nicht.

»Ich bringe sie nach oben«, verkündete er. »Ihr bleibt hier und sorgt dafür, dass unser ... Freund am Leben bleibt. Einen schnellen Tod hat er nicht verdient!«

Halvar starrte einfach nur geradeaus und hörte die Schritte, die davon zeugten, dass Iouna die Treppe hinaufgetragen wurde. Er wusste genau, was sie mit ihr vorhatten. Doch erst einmal wollten sie sich um ihn kümmern – und das würde er ihnen nicht leicht machen! Er musste Zeit schinden. Zeit für Iouna, damit sie erwachte und vielleicht entkommen konnte.

»Was machen wir mit ihm?«, fragte der Kerl hinter Halvar, nachdem die Schritte verstummt waren.

»Bringen wir ihn einfach um!«, antwortete der, dessen Speer in der rechten Schulter des Ritters steckte. »Die Kleine interessiert mich mehr!«

»Aber Georg hat gesagt ...«, meinte der Erste erneut, wurde aber von dem vor Halvar unterbrochen.

»Mir egal, was Georg sagt! Der vergnügt sich oben mit der kleinen Hure, und wir sollen so lange auf den Kerl hier aufpassen, damit er ihm nicht währenddessen den Kopf abreißt?! Ich bin nicht abgehauen, um jetzt *seine* Befehle zu befolgen!«

Deserteure?

»Fasst sie nicht an!«, zischte Halvar, was die Aufmerksamkeit der Männer auf ihn zog.

Irgendwie musste er Georg wieder herunterlocken.

»Du hältst dein Maul!«, blaffte der linke Deserteur ihn an und drehte den Speer in der Wunde.

Der Ritter zeigte keine Regung. Er rief sich die heiligen Verse des Ordens in den Sinn. Er war ein Vollstrecker, darauf trainiert, seinen Feinden keine Schmerzen oder Emotionen zu zeigen. *»Wenn die Ordnung aus dem Gleichgewicht gerät, wenn Grausamkeit und Willkür herrschen, ist es unsere Aufgabe einzugreifen«,* sagte er im Geiste vor sich hin, um seine Gedanken in eine andere Richtung zu lenken. *»Ohne Gnade, ohne Rücksicht auf Rang und Namen fällt unsere Mordaxt jene, die das Gleichgewicht gefährden. Wir sind der letzte Ausweg und die letzte Instanz einer jeden Verhandlung.«*

Stumm ertrug er die Pein, welche die Bewegung in seinem Fleisch verursachte, und starrte den Mann durchdringend an. Unsicher blickte dieser zu seinen Kumpanen.

»Richard, nimm ihm die Waffen ab! Wir sichern ihn so lange!«

Quälend langsam verstärkte sich das Brennen in Halvars Oberschenkel, als die Klinge des Speers herausgezogen wurde. Er hörte die zögerlichen Schritte des Soldaten, als dieser näherkam.

Komm nur …

Doch er kam nicht. Die Schritte verstummten, Richard schien zu zögern.

»Jetzt stell dich nicht so an! Bei der Kleinen im Dorf hast du auch nicht gezögert, ihr näherzukommen!«, scherzte der Erste grinsend.

»Das war etwas anderes!«, wehrte sich Richard, tapste aber unsicher um Halvar herum. »Die hat sich nicht gewehrt!«

Der Vollstrecker nahm mit stoischer Miene zur Kenntnis, dass Richard wohl Merles Schänder und Mörder war. Ruhig atmend, biss er die Zähne zusammen und wartete ab. Er hatte nicht vor, den Tod des Mädchens ungesühnt zu lassen.

Kurz darauf stand Richard hinter ihm und zog den Dolch aus dem Schaft am Stiefel. Er warf ihn auf den Tisch, trat neben den Hünen und bückte sich nach der Axt. Als er danach greifen wollte, zog der Ritter seine Schultern zurück und befreite sich so von den Speeren, die ihn festhielten. Schnell ergriff er den Arm des Soldaten und zerrte ihn zu sich hinunter, bevor die anderen beiden verstanden, was geschah.

Richard leistete erstaunlich viel Widerstand, aber Halvar war ihm deutlich überlegen. Er drückte ihn auf die Knie neben sich, und Richard begann, um Hilfe zu schreien. Doch der Hüne gab den Männern keine Möglichkeit, zu reagieren, und warf Richard vor sich auf den Boden. Mit der linken Hand hielt er seinen Arm fest, während die rechte den Kopf des Strampelnden zur Seite zog und seinen Kragen entblößte. Halvar wusste, dass er keine Zeit hatte, seinen Gegner durch Würgen oder Schläge außer Gefecht zu setzen; deshalb versenkte er kurzerhand seine Zähne in dessen Hals. Schnell wurden die Schreie zu einem Gurgeln, als der Ritter den eisernen Geschmack von Blut wahrnahm. Die beiden anderen Deserteure rammten ihre Speere zurück in seine Schultern und versuchten, ihn von Richard wegzuschieben. Er spürte Metall, das über seine Knochen schabte, und gab nach. Jedoch nicht, ohne seinem Opfer ein Stück Fleisch aus dem Hals zu reißen und zusammen mit einem Schwall Blut vor die Füße der Soldaten zu spucken.

Röchelnd und sich windend, presste Richard seine Hand auf die Wunde und kroch von Halvar weg zur Wand, wo er sich keuchend anlehnte, während sich sein Waffenrock langsam rot färbte. Zufrieden erlaubte sich Halvar ein kleines Lächeln, als er den Todeskampf von Merles Mörder beobachtete.

Im nächsten Moment polterten stürmische Schritte die Treppe herunter.

»Was ist hier los?!«, verlangte Georg gereizt zu erfahren, und der Ritter wandte ihm sein blutverschmiertes Gesicht zu.

Der Anführer der Gruppe war noch vollständig angezogen, stellte Halvar grimmig fest, also schien er sein Ziel vorerst erreicht zu haben. Nun musste er sie nur beschäftigen, bis Iouna aufwachte. Vielleicht konnte sie oben entkommen.

»Er ... Er hat Richard gebissen!«, keifte der linke Soldat ungläubig.

»Er ist mehr ein Tier als ein Mensch!«, ergänzte der andere. »Er reagiert kaum und ...« Der Deserteur beendete den Satz nicht, sondern blickte zu Richard.

Georg kniff die Augen zusammen und musterte den aufrecht knienden Ritter. Langsam kam er auf Halvar zu, der noch immer von zwei Speeren gehalten wurde, und zog sein Schwert. Er umkreiste den Hünen mit genügend Abstand, sodass dieser ihn nicht erreichen konnte, und strich mit der Klinge über dessen kahlen Schädel.

»Erinnert ihr euch an Herzog Hannibals Worte?«, fragte er in die Runde. »Sein Bruder wurde ermordet und sah aus, als hätte ihn ein Tier angefallen.«

Heinrich ...

Im Gegensatz zu Richard kam Georg ihm nicht zu nahe, sondern blieb hinter ihm stehen.

Wie schon zuvor, versuchte Halvar, sich von den Speeren zu befreien. Mit beiden Händen griff er nach den Schäften der Waffen und schob sie aus seinem Körper. Er bäumte sich auf, und es gelang ihm sogar, aufzustehen. Sein verletztes Bein beschwerte sich über die Belastung, der es ausgesetzt war, aber er zwang es, zu gehorchen. Wieder versuchte er, den Schmerz zu ignorieren, der durch seine Schultern schoss.

Wenn die Ordnung aus dem Gleichgewicht gerät, wenn Grausamkeit und Willkür herrschen, ist es unsere Aufgabe einzugreifen.

Die beiden Soldaten begannen zu fluchen. Sie stemmten ihr ganzes Gewicht gegen seine Bewegung.

All seine Kraft reichte nicht aus, um zu verhindern, dass die Klingen sich erneut in die verletzten Schultern bohrten.

Ohne Gnade, ohne Rücksicht auf Rang und Namen fällt unsere Mordaxt jene, die das Gleichgewicht gefährden.

Sein gesundes rechtes Bein war leicht nach hinten versetzt und trug alle Last, als Georg die Sehnen in seiner Kniekehle durchschnitt. Schlagartig verlor er die Spannung in dem Bein und knickte weg. Der plötzlich fehlende Widerstand ließ die Speerträger nach vorne stolpern, und mehr zufällig als geplant trieben sie den kalten Stahl durch Halvars Körper.

Wir sind der letzte Ausweg und die letzte Instanz einer jeden Verhandlung …

Er sackte zusammen und fiel nach hinten um, wobei seine Schultern sich vom Stahl der Waffen lösten. Hart landete er auf dem Rücken und verdrängte mit zusammengebissenen Zähnen den Schmerz. Der Ritter erinnerte sich daran, sie lange genug ablenken zu müssen, bis Iouna erwachte – falls sie erwachte. Aber diesen Gedanken verbannte er schnell wieder in sein Unterbewusstsein. Sie würde aufwachen. Ganz bestimmt!

»Aber Tiere hängen ihre Beute nicht an einem Baum auf!«, fuhr Georg fort und bohrte sein Schwert durch den rechten Unterarm des Hünen in den Holzboden. »Ich glaube, wir haben das Monster gefunden, das unseren Herzog umgebracht hat.«

Noch während er sprach, hob er den Speer auf, den Richard zuvor benutzt hatte.

»Wie kommst du darauf?«, fragte einer der anderen Männer.

Bewegungsunfähig lag der Ritter auf dem Boden und atmete schwer. Mit der verbliebenen Hand versuchte er, die Spitze von Georgs Waffe wegzuwischen, aber diesem gelang es dennoch, auch Halvars linken Arm zu durchbohren und so zu fixieren. Anschließend kniete er sich zu seinem Kopf hinunter und meinte: »So viele entstellte Hünen laufen vermutlich nicht herum.«

»Das heißt, *der* ist schuld, dass wir in den Krieg hätten ziehen sollen?«, hakte der andere nach.

Halvar erkannte das Grinsen im Gesicht des Deserteurs, als dieser die Vermutung bestätigte.

»Hab ich recht, mein teurer Freund?«, zischte er Halvar an und schlug ihm ins Gesicht.

Lange genug beschäftigen ...

Das Brechen seiner Nase trieb dem Ritter die Tränen in die Augen, sodass er die Umrisse des Soldaten nur noch verschwommen vor sich sah. Nach außen hin zeigte er keine Regung, sondern knurrte nur. »Rache ist ... Gerechtigkeit!«

Georg hielt kurz inne und musterte Halvar, dessen Sicht wieder klarer wurde.

»Glaubst du, er ist wirklich einer von ihnen?«, erkundigte sich der Soldat, der den rechten Speer hielt. »Er hat immerhin drei von uns getötet!«

Kurz schwieg er und warf einen Blick auf Richard, der reglos und mit leeren Augen an der Wand neben der Kochstelle lehnte, ehe er sich korrigierte. »... vier.«

»Nein«, widersprach der Linke, »wenn er ein Vollstrecker wäre, hätten wir ihn nie besiegt.«

Georg seufzte leise. »Ihr Idioten!«, schimpfte er. »Das ist doch nur ein Märchen, damit arme kleine Soldaten wie ihr sich einscheißen, wenn sie geschickt werden! Es ist mir völlig egal, ob er einer von denen ist oder nicht.«

Wieder musterte der Deserteur den Ritter vor sich auf dem Boden, bevor er weitersprach. »Außerdem trägt er keinen Ring«, stellte er nach einem Blick auf seine Hände nachdenklich fest, ehe er den linken Hemdsärmel aufriss. »Und eine Tätowierung hat er auch nicht!«

Nicht mehr ...

Georg sah Halvar wiederholt in die Augen. »Er verarscht uns«, meinte er zu wissen und schlug ihm erneut ins Gesicht.

Wieder trübte sich der Blick des Hünen, und er musste husten, als ihm sein Blut in den Rachen lief. Benommen drehte er den Kopf zur Seite und spuckte es Georg röchelnd auf die Stiefel.

»Setzt ihn auf den Stuhl, bevor er erstickt!«, befahl dieser und drehte das Schwert in Halvars Fleisch.

Noch immer zwang sich der Ritter, keinen Ton von sich zu geben, denn diese Genugtuung würde er den Männern nicht gönnen.

Der Anweisung ihres Anführers folgend, näherten sich die zwei Deserteure Halvar, entfernten die Waffen, die ihn fixierten, und zwangen ihn, sich aufzurichten. Vergeblich versuchte er, sich zur Wehr zu setzen, aber seine verwundeten Glieder verweigerten ihren Dienst.

»Steh auf!«, zischten die Soldaten und zerrten grob an ihm, bis er wieder aufrecht dasaß.

Sie wiederholten ihre Anweisung und versuchten, ihn auf die Beine zu ziehen, was aber nicht gelang. Ohnehin hätten sie sein Gewicht nicht mehr getragen.

»Dann haltet ihn eben fest«, meinte Georg, ehe er sich grinsend abwandte. »Ich suche uns etwas zum ... Spielen.«

Er verschwand durch die Tür, die den Wohnraum mit der eigentlichen Mühle verband.

Die zwei Soldaten hielten jeweils einen Arm des Hünen fest. Seine Verletzungen verhinderten, dass er sich befreien konnte. Stumm standen die Männer hinter ihm und schienen nicht recht zu wissen, was sie tun sollten.

Halvar zwang sich, seinen Widerstand aufrechtzuerhalten, da er nicht wollte, dass einer von beiden zu Iouna ging. Seine Kräfte schwanden langsam dahin, gemeinsam mit seinem Blut, sodass es seinen Aufpassern leicht fiel, ihn zu fixieren.

Kurz darauf kehrte Georg zurück und brachte eine rostige Kette mit, ein paar der alten Seile sowie das Werkzeug, das sich in der Werkstatt befunden hatte. Wuchtig platzierte er alles auf dem Tisch und wies dann seine Gefolgsleute an, Halvar mit den Schnüren zu fesseln. Georg warf sie herüber, woraufhin die Männer begannen, die Handgelenke des Ritters mit jeweils einem davon zu umwickeln. Tief schnitten die Fesseln in sein Fleisch. Als die Männer fertig waren, hatte Georg das Werkzeug ordentlich auf dem Tisch drapiert und kam mit der Kette zum Hünen.

Wie das Tier, für das sie ihn hielten, wurde Halvar an den Seilen gehalten, während der Anführer der Deserteure versuchte, die Kette über einen der Deckenbalken zu werfen.

Nach dem dritten gescheiterten Versuch lachte Halvar leise. »Zu klein?«, nuschelte er spöttisch, wobei ihm etwas Blut aus dem Mund lief. »Soll ich dir helfen?«

Sofort schlug ihm der Mann zu seiner Rechten auf die klaffende Wunde am Unterarm, was einen brennenden Schmerz durch seinen Arm sandte, und sein Lachen wurde gezwungener.

Fluchend nahm Georg einen Stuhl zur Hilfe, woraufhin es ihm endlich gelang. Leider stand er zu weit weg von Halvar, als dass er ihn hätte umtreten können. Klirrend fielen beide Enden der Kette von der Decke und schwebten knapp über dem Kopf des Gefangenen. Sofort fädelten die beiden Soldaten hinter ihm die Fessel durch die eisernen Glieder und begannen damit, seine Arme nach oben zu ziehen. Der Ritter wehrte sich, so gut es ging, aber die Verletzungen forderten ihren Tribut, und schließlich gelang es ihnen, seine Hände über seinem Kopf festzuhalten.

Aufgehängt wie ein Stück Vieh beim Schlachter, saß er dort und spürte, wie seine Finger langsam taub wurden.

»So, mein hässlicher Freund«, meinte Georg dann. »Sehen wir mal, was du so weißt.« Er wanderte zurück zum Tisch, wo er nachdenklich über die bereitgelegten Werkzeuge strich.

Halvar erkannte einen Hammer und eine Zange sowie Iounas Dolch.

Der Deserteur griff nach dem Schlagwerkzeug und kehrte zu seinem Opfer zurück. »Fangen wir einfach an. Wie ist dein Name?«, fragte er betont freundlich und positionierte sich links neben Halvars Beinen.

Beharrlich schwieg dieser und starrte vor sich auf den Boden. Er sah es gar nicht ein, irgendetwas zu erzählen.

»Hör zu, wir haben zwei Möglichkeiten«, erklärte Georg. »Entweder du redest, oder ich werde dir mehr Schmerzen zufügen, als du jemals gespürt hast.«

Halvar lachte. Georg schien vergessen oder noch nicht bemerkt zu haben, dass die größte Schwäche seines Gefangenen nicht Schmerzen waren. Er hob etwas den Kopf und schaute dem Deserteur ins Gesicht. »Viel Erfolg«, wünschte er.

Oft genug war er verletzt gewesen, um zu wissen, dass nur wenig an die Verbrennungen auf seiner Haut heranreichen würde. Das Feuer im Ofen war erloschen, sodass sie kein Metall zum Glühen bringen konnten. Auch schwand so langsam das Licht aus der Hütte.

Wütend verzog Georg das Gesicht. Einen Moment war es still, und Halvars Worte schwebten im Raum, ehe der Soldat den Hammer auf das linke Schienbein des Ritters schlug. Das dumpfe Geräusch des brechenden Knochens schwängerte die Luft. Der Verletzte biss die Zähne zusammen, um den Schmerz zu unterdrücken. Dennoch presste er die Atemluft durch seine Lippen und senkte den Kopf etwas.

Wenn die Ordnung aus dem Gleichgewicht gerät, wenn Grausamkeit und Willkür herrschen, ist es unsere Aufgabe einzugreifen.

Die zwei Deserteure neben ihm lachten auf, als er weiterhin bemüht war, ihnen die Genugtuung seines Leides nicht zu geben.

»Zäher Bursche«, meinte Georg anerkennend, bevor er dasselbe beim anderen Bein wiederholte.

Wieder brach ein Knochen und wieder musste Halvar all seinen Willen aufbringen, die Schreie hinunterzuschlucken.

Ohne Gnade ... ohne Rücksicht auf Rang ... und Namen fällt unsere Mordaxt jene ... die das Gleichgewicht gefährden.

»Weglaufen kann er schon mal nicht mehr«, stellte der Mann links von ihm fest.

»Der kann bald gar nichts mehr«, versprach Georg. »Also, wie viel hat Falkenberg dafür bezahlt, dass du unseren Herzog ausweidest wie ein Reh?«

Stumm starrte der Hüne sein Gegenüber an. Dieser atmete einmal genervt durch, bevor er auf das gebrochene Bein des Ritters stieg und sein Gewicht darauf verlagerte.

Wir sind der letzte Ausweg ... und die letzte Instanz einer ... jeden Verhandlung ...

»Sprich!«, schrie er Halvar ins Gesicht.

»Willst du ... meinen Namen nicht ... mehr wissen?«, erwiderte dieser bemüht und verzog den Mund zu einem schiefen Grinsen.

Einen Augenblick blinzelte der Soldat den Ritter ungläubig an. Dann stieß er einen zornigen Schrei aus und hämmerte sein Werkzeug seitlich gegen dessen Kinn.

Das Splittern des Kiefers dröhnte in seinem Kopf, und ihm wurde kurz schwarz vor Augen. Blut füllte seinen Mund und tropfte auf die Brust.

Wenn die Ordnung ... aus dem Gleichgewicht gerät, wenn Grausamkeit und ... Willkür herrschen, ist es unsere Aufgabe einzu...greifen.

Nur verschwommen konnte er Georg noch erkennen, der wütend den Hammer in die Ecke der Hütte schleuderte und sich dann zum Tisch begab. Kurz darauf kam er mit der

Zange und Iounas Dolch zurück und stellte sich breitbeinig vor sein wehrloses Opfer. Wortlos setzte er die Spitze der Klinge zwischen Halvars Schlüsselbeinen an und bohrte sie durch Stoff und Fleisch, bis sie auf die Rippen des Hünen traf.

Wieder weigerte sich dieser, einen Laut von sich zu geben.

Ohne Gnade ... ohne Rücksicht auf ... Rang und Namen fällt unsere ... Mordaxt jene, die das Gleichgewicht gefährden.

Langsam und genüsslich grinsend zog der Folterer die Schneide an Halvars Oberkörper hinunter, bis er am Bauchnabel angelangt war. Der Schnitt war nicht tief genug, um die Bauchdecke zu durchdringen, aber es genügte, um Halvar ein Röcheln zu entlocken.

»Hast du etwas gesagt?«, spottete der Mann rechts von ihm. »Jetzt bist du nicht mehr so stark, was?«

Wir sind der... letzte Ausweg und die ... letzte Instanz einer jeden Verhandlung ...

Über den Spruch des Kumpanen lachend, legte Georg die Klinge auf den Kopf seines Opfers und verkündete, was er mit Halvar anstellen würde, sollte dieser sich weiterhin weigern zu sprechen. Er verstand es kaum, wollte es auch gar nicht wissen. Selbst wenn er dazu noch in der Lage gewesen wäre, hätte er nichts gesagt. Blut lief aus den zahlreichen Verletzungen, die man ihm beigebracht hatte, und breitete sich in einer dunklen Pfütze um ihn herum aus. Übelkeit und Schwindel stiegen in ihm auf und wäre er nicht angebunden worden, hätte er bereits nicht mehr gesessen. Das Geschehen um ihn herum verschwamm zu einem unverständlichen Brei aus Tönen und trüben Bildern. Nur der Gedanke an Iouna ließ ihn noch bei Bewusstsein bleiben. Auch wenn er ihr nur ein paar Momente erkaufen konnte, vielleicht genügte es. Es musste einfach. Sie konnte nicht zurückgeschickt werden, um dann so zu enden. Das durfte einfach nicht sein.

Wenn die Ordnung aus dem ... Gleichgewicht gerät ... wenn Grausamkeit und Willkür ...

Er bekam kaum noch mit, was sie mit ihm anstellten, spürte nur ab und an neue Quellen des Schmerzes aufflammen. An seinem Kopf, an seiner Brust ...

Hilflos und mit halb offenem Mund saß er da, unfähig ihn zu schließen, und hörte entfernt Georg sagen, er solle sein Maul aufmachen. Geistesabwesend schüttelte er den Kopf, wodurch sein gebrochener Kiefer eine Welle des Schmerzes losschickte. Sein Blick wurde zunehmend trüber. Nur noch schemenhaft erkannte er, wie ein Mann einen Dolch in seinen Mund schob. Er spürte die Kälte auf der Zunge, schmeckte den Stahl der Waffe zwischen seinen Lippen.

Schmerz durchzuckte seine Wange, als die Klinge das Fleisch durchschnitt. Mit nun geschlossenen Augen ertrug er die Tortur.

Ohne ... Gnade, ohne Rücksicht ... auf Rang und Namen fällt ... unsere ...

Plötzlich spürte er etwas an der Zunge. Es zwickte sie ein und zerrte grob daran. Noch einmal zwang er sich, die Lider zu öffnen, und erkannte die Zange, der er das Gefühl zu verdanken hatte.

»Nachdem du ja nicht sprechen willst«, drang eine Stimme durch den Nebel aus Schmerz und Blut an sein Ohr, »brauchst du die ja nicht mehr!«

Zwischen all den Qualen spürte er den Schnitt kaum noch, der widerstandslos durch Fleisch glitt, bis der Zug der Zange plötzlich abriss. Sein Mund fühlte sich seltsam leer an, während sein Bewusstsein endgültig in den Abgrund der Bedeutungslosigkeit stürzte.

Wir ... sind der letzte ...

***

Kalte Finsternis umgab Iouna, die sie schon einmal gespürt hatte. Nur bezweifelte sie, dass sie diesmal tot war. So einfach hätten es ihr diese Männer nicht gemacht, und so einfach würden sie es auch Halvar nicht machen. Die Furcht, die in ihr anwuchs und sie immer weiter in die Tiefe ihrer Gedanken riss, war kaum zu ertragen. Einmal in ihrem Leben schien sie alles zu besitzen, was sie jemals gewollt hatte, und schon entriss ihr es das Schicksal wieder. Die Schreie in ihrem Inneren vermochten sie nicht zu wecken oder aus dem Dunkel zu reißen, was ihr das Gefühl verlieh, dass sie sich in einem Gefängnis befand. Immer wieder ermahnte sie sich dazu aufzuwachen, aber es kam ihr vergebens vor. Sie betete zu den Göttern, flehte, sie sollten ihr helfen.

Sie werden ihn töten ...

Ihre Gedanken kreisten nicht um sie selbst, sondern ausschließlich um Halvar, der sich in der Gewalt der Deserteure befand, die sie als Druckmittel benutzten. Sie hatte gesehen, wie diese Fremden ihren Fels bereits wie ein Sturm in die Knie gezwungen hatten, und jede Sekunde der Bewusstlosigkeit bedeutete, dass sie Schlimmeres mit ihm anstellen würden. Wieder bedrohten sie Männer, die ihrem eigenen Wahnsinn anheimgefallen waren, obwohl sie gedacht hatte, einmal würde es anders laufen. Sie konnte ihrem Leben nicht entkommen, nicht einmal in den abgelegensten Gegenden war sie sicher. Immer versuchten andere, ihren Vorteil aus ihrer Person zu ziehen.

»Du musst es nur wollen«, erklang eine Stimme aus der Düsternis heraus, die sie nur allzu gut kannte.

»Ich will ja«, antwortete Iouna lauthals dem Gott der Toten, der sich in ihrem Geist breitmachte. »Ich will ja erwachen!«

»Nein, noch beherrscht dich die Angst davor, was dich erwarten könnte. Leg sie ab und nutze das, was ich dir mitgegeben habe.«

»Und was soll das sein?«, schrie die junge Frau Xhar an, ohne seine Gestalt vor sich zu sehen. Seine Stimme war wie ein Echo – überall.

»Meine Selbstheilung, den Willen und meine Stimme. Du musst nach Rache verlangen und nach dem Tod.«

»Rache und Tod?«, wiederholte sie jammernd. »Ich … Ich habe noch nie jemanden getötet.«

»Töte alle bis auf einen. Einen brauchst du, um ein Leben gegen ein anderes einzutauschen. Sie ermorden dich, wenn sie keinen Nutzen mehr in dir sehen, und bis dahin ist der Ritter ebenfalls tot. Diese Männer haben das Geschenk des Lebens nicht verdient. Nimm es ihnen weg! Rette deines und das des Isvintari!«

»Nichts wäre mir lieber, als sie brennen zu sehen und in der Verdammnis zu wissen, aber …«

»Dann schick sie in die Verdammnis!«, brüllte sie der Gott auf einmal an, wodurch sie den schmerzenden Druck wieder in ihrem Körper spüren konnte. »Ihr Recht auf Leben ist verwirkt! Du stammst von einem Gott ab, beleidige mein Blut nicht, indem du an Zweifeln festhältst. Sie sind unwürdig. So wie alle Seelen, die Kinder aus dem Leben reißen!«

»Kinder?«, wiederholte Iouna und spürte, wie die Wut in ihr weiter anwuchs. »Was ist mit Kindern?«

»Glaubst du, ihr seid ihre ersten Opfer oder werdet die letzten sein?«, raunte Xhar leise und ließ diese Aussage im lichtlosen Raum schweben. Ihr war das geronnene Blut an den Männern aufgefallen. Sie hätte blind sein müssen, wenn es das nicht wäre, aber immerhin waren es Soldaten. Nein. Vielmehr Dämonen. Iouna atmete innerlich tief durch. Das Bedürfnis, noch einmal zu sterben, besaß sie nicht, und sie konnte nicht darauf bestehen, dass Halvar immer derjenige war, der sein Leben riskierte, um ihres zu retten. Er hatte bereits genug für sie getan. Jetzt war es an ihr, Gleiches mit Gleichem zu vergelten. Nicht noch einmal würde sie unterliegen!

Urplötzlich riss sie ihre Augen auf, und die Stimme des Gottes erstarb in einem letzten Widerhallen.

Töte sie … Töte sie alle bis auf einen!

Iounas Herz raste. Blanke Wut stieg in ihr hoch, da riss sie das Knarzen der Treppe aus ihrem Zorn. Erst in diesem Moment begriff sie, dass sie auf der alten Matratze im oberen Stockwerk lag. Die Schritte auf dem Holz verstummten. Als die junge Frau aufschaute, erkannte sie einen der Männer mit einer Kerze in der Hand, die er auf dem Boden abstellte. Ohne Umschweife legte er seinen Mantel ab und warf ihn zur Seite. »Wie ich sehe, bist du aufgewacht«, flüsterte er und zog sich den Waffenrock über den Kopf.

»Was habt ihr mit Halvar gemacht?«, fragte die Prinzessin mit zittriger Stimme.

»So heißt er also. Mach dir keine Sorgen. Er hat es bald hinter sich und du auch.«

Ein Schluchzen entwich ihrer Kehle, während der Fremde einen Schritt auf sie zuging und sein Kleidungsstück arglos zum Mantel legte.

»Warum tut ihr das?«, verlangte Iouna zu wissen. »Wir haben euch nichts getan.«

Vehement schüttelte der Soldat seinen Kopf. »Dein Geliebter hat unseren Herzog getötet, und das auf ziemlich bestialische Weise. Er hat verdient, was wir ihm antun.«

»Und was ist mit mir? Euer Herzog hat ... Was immer Halvar mit ihm gemacht hat, er hatte es verdient!«

Leise begann der Mann vor ihr zu lachen.

Selbst im Dunklen konnte sie sehen, wie die Blicke des Mannes an ihrem Körper hafteten. Zuerst zog sie das Hemd etwas weiter über ihre nackten Beine, bevor sie sich an die Worte von Xhar erinnerte. Ein Opfer war, wer sich zum Opfer machen ließ. Ihre Furcht und ihre Trauer schlugen um, sie konnte für diese Männer nichts weiter als Verachtung aufbringen. Nicht noch einmal würde sie in einer Auseinandersetzung so sehr unterliegen, wie sie es bei Heinrich getan hatte. Sie musste Kraft aus ihrem neuen Leben schöpfen. Aus all dem Guten. Einem Leben, das sie mit Halvar verbringen konnte, wenn sie beide das überstehen würden. Sie mussten!

»Sieh dich an«, nuschelte der Deserteur weiter. »So jung und doch blind wie ein Maulwurf. Anders kann ich mir nicht erklären, warum eine Adelstochter wie du mit solch einem Monster verkehrt. Du bist doch die Gesuchte, oder nicht? Das Mädchen mit dem schwarzen Haar.«

»Halvar ist hier nicht das Monster!«, widersprach Iouna leise, aber bestimmt und ohne auf seine Frage einzugehen.

»Damit meinst du wohl, dass wir die Bösen sind.«

Der Soldat kniete sich zu ihr hinunter und strich mit seiner rechten Hand über ihre Waden. »So zart wie Seide«, murmelte er. Dabei zog er einen Dolch aus seinem Stiefel und hielt ihn der Prinzessin vor das Gesicht. Dadurch wollte er anscheinend verhindern, dass sie sich wehrte, während seine Finger zu ihren Oberschenkeln glitten und langsam das Hemd nach oben schoben.

»Nein«, flüsterte sie. »Ich bin hier das Monster!«

Mit einer ruckartigen Bewegung fasste sie dem Mann an den Hals. Überrascht von ihrem plötzlichen Widerstand, erschrak er und ließ seinen Arm reflexartig zur Seite schnellen. Dabei streifte er mit der Klinge ihre Schulter und schnitt ihr tief in die Haut. Kurz schrie sie, aber der Schmerz verging, bevor sie sagen konnte, dass es wehgetan hatte. Im wenigen Licht, das die Kerze am Boden spendete, schaute sie der Mann plötzlich ungläubig an und begann schneller zu atmen. Der Grund dafür erschloss sich der jungen Frau erst, als sie zu dem aufgeschlitzten Stück Stoff schaute, wo die Wunde umgehend zu einer schmalen Narbe verheilte. Mit ihrem Daumen an seinem Kehlkopf stand sie auf und zog den verblüfften Mann mit sich, der sie mit weit aufgerissenen Augen anstarrte. Sie betete zu Athan, dass der Deserteur ihr eigenes Zittern nicht bemerkte. Sie durfte keine Angst zeigen. »Ich will, dass du stirbst«, flüsterte die Prinzessin mit leiser Stimme. »Niemand fasst mich an, wenn ich es nicht will! Niemand, hörst du?!«

Sie spürte das trockene Schlucken unter ihrem Daumen, der an der Kehle des Mannes verweilte. Die Augen des dunkelhaarigen Deserteurs weiteten sich, während Iouna unverwandt und zornig in seine stierte. Irgendetwas geschah mit ihr, das konnte sie spüren. Es fühlte sich an, als würde ihr Gesicht wärmer, und je mehr sie dieses Gefühl überkam, desto entsetzter schaute der Fremde drein. Er wollte etwas sagen, aber just in diesem Moment drückte Iouna wieder fester zu. Dem Mann floss zunehmend Blut aus der Nase, und das Weiß seiner Augen färbte sich allmählich rot. Krächzend umfasste er ihren ausgestreckten Arm, aber ihm schien die Kraft zu entschwinden.

»Für meine Stimme ist nur empfänglich, wer den Tod fürchtet …«, erinnerte sich Iouna an Xhars Worte. Das hieß wohl, dass der Deserteur die Verdammnis fürchtete, egal wie gleichgültig er sich zuvor gegeben hatte.

Wie ein Kampf zwischen einem Kind und einem Erwachsenen kam ihr diese Situation vor, nur dass sie diesmal nicht in der schwächeren Position war. Sie fühlte die aufsteigende Wärme überall in sich und vernahm ein Flüstern in ihrem Inneren, als richteten tausend Stimmen ein Stoßgebet gen Himmel. Kurz betrachtete sie ihre Schulter, an der die Narbe immer heller wurde. Ein zufriedenes Lächeln formte sich in ihrem Gesicht, während sie mit ihrem Kopf zu dem zitternden Deserteur herumfuhr. »Ich bin gesegnet von Xhar«, fuhr sie fort und zog ihn näher an sich heran, sodass sie an sein Ohr gelangte. »Er wartet auf dich!«

Die Hände des Mannes begannen faltig zu werden, das brünette Haar ergraute, sein Gesicht wurde immer fahler. Iouna meinte, ein Wimmern zu vernehmen, als sie von seinem Ohr abließ und er seinen Blick erneut nicht von ihren Augen lösen konnte. Immer mehr Blut floss aus ihm heraus, und ein schmales Rinnsal bildete sich unterhalb seiner Nase und der Ohren. Zusätzlich quollen seine Augen deutlich hervor, was Iouna beinahe davon abgelenkt hätte, dass ein leises Plätschern auf dem Boden verriet, dass er nicht nur an Lebenssaft verlor. Kurz tat er ihr leid. Sie wollte nicht so grausam sein, ein wahres Monster gar, aber dann rief sie sich ins Gedächtnis, was sie Halvar vermutlich angetan hatten und was sie mit ihr vorhatten. Diese Männer hätten sich nacheinander an ihr vergangen und sie danach getötet. Sie musste ihnen Furcht einflößen, die Deserteure paralysieren, denn eine andere Möglichkeit blieb ihr nicht. Im Nahkampf war sie nicht geübt. Die Angst, die sie in ihr verursachen wollten, musste sie gegen die Männer richten. Sie musste diesen Abschaum mit seinen eigenen Waffen schlagen und noch furchteinflößender sein als diese Männer.

Iouna trat einen Schritt von dem Deserteur zurück und ließ dabei seinen Hals los. Röchelnd fiel er auf seine Knie und versuchte zu sprechen. »Schwarz ...«, brachte er als Einziges heraus, und die Prinzessin verfinsterte ihren Blick wieder.

»Empfindest du den schnellen Tod jetzt nicht als Erlösung?«, fragte sie ihn mit vibrierender Stimme. Je mehr Worte sie aussprach, desto mehr begann sich sein Kopf unnatürlich zu verformen. Er blähte sich auf, und seine Knochen fingen an zu knacken. Die junge Frau versuchte, jedwede Reue in sich zu ersticken, und zog tief ihre Brauen ins Gesicht. »Ich erlöse dich!«, zischte sie wütend, und genau in diesem Moment zerplatzte sein Kopf in unzählige Fetzen, die den Boden mit neuem Blut, Fleisch und Knochensplittern besudelten – ebenso wie Iouna selbst. Dann war es still. Fast lautlos fiel der Körper des Mannes zur Seite, und der Geruch von Blut stieg Iouna in die Nase. Das Gefühl von Übelkeit übermannte sie, sodass sie sich übergeben musste. Sie hoffte, dass das niemand hörte, aber die Eindringlinge waren anscheinend beschäftigt, denn sie ließen ein lautes Gelächter hören.

Reiß dich zusammen!

Iouna musste gegen den Würgereiz ankämpfen, aber das fiel ihr schwer. Noch einmal machte sie sich klar, dass alles von ihr abhing. Hier war kein Platz für Schwäche! Nicht, wenn sie die Nacht überleben wollte. Nicht, wenn sie das zusammen mit Halvar überleben wollte! Iouna fing an, sich einzureden, dass diese Männer keine Menschen waren. Es machte ihr schließlich auch nichts aus, Hasen auszunehmen oder früher beim Schlachten von Hoftieren zu helfen. Da war ebenso viel Blut geflossen. Diese Männer waren keine Menschen! Es waren Schweine!

Sie schaute zur Treppe und spukte noch einmal vor sich, ehe sie sich aufrappelte. Aber was jetzt? Sie konnte nicht alle auf die Weise töten, wie den Deserteur zuvor. Sie wusste nicht einmal, wie sie das genau vollbracht hatte. Daher schien es keine gute Idee zu sein, sich mehreren Männern gleichzeitig zu stellen. Aber vielleicht konnte sie ihnen so viel Angst einjagen, dass sie aus der Mühle verschwanden. Deshalb ergriff sie zitternd mit beiden Händen den Toten an seinen Beinen. Mit aller Kraft, die sie besaß, zerrte sie den Leichnam in Richtung Treppe. Es war erstaunlich, wie schwer jemand war, wenn er nicht mehr lebte.

Das Schleifen des Metalls, das über den Holzboden kratzte, war deutlich zu hören und ließ die Männer im Erdgeschoss nun doch verstummen. Zu ihrem Glück hatten sie die Feuerstelle erneut entfacht, sodass das Licht von unten ausreichte, um sicher bei der Treppe anzukommen.

»Georg? Ist alles in Ordnung?«, rief einer der Männer amüsiert hinauf. »Bist du etwa schon fertig?«

Erneutes Gelächter erklang.

Iouna wartete einen Moment, bis sie den leblosen Körper an der ersten Stufe aufrichtete. Es kostete sie einige Mühe, und dabei verteilte sich weiter Blut auf dem Hemd, das sie trug. Sie wandte ihren Blick vom fehlenden Kopf ab und versuchte, den Würgreflex zu unterdrücken. »Georg geht es nicht so gut«, antwortete sie statt seiner und schubste die Leiche vornüber die Treppe hinunter. »Ich glaube, er hat bei meinem Anblick seinen Kopf verloren.«

Polternd rollte die Leiche die Treppe runter. Unten angekommen, präsentierte Georg den anderen seinen fehlenden Kopf. Ein kurzer Moment verstrich, dann begann Iouna, leise zu summen, und stieg die ersten Stufen hinab. Die Melodie, die sie dabei von sich gab, beruhigte sie etwas, denn die Nervosität breitete sich in ihr aus wie das Meer bei ansteigender Flut. Sie sah, wie die Männer sich von der Treppe entfernten, und ging langsam weiter, einen Schritt nach dem anderen. Kurz ließ sie ihren Blick durch den unteren Raum schweifen. Sie entdeckte einen Mann, der auf dem Fußboden neben dem Aufgang lag. Zusammengesackt lehnte er an der Wand, und Blut war ihm aus dem Hals gesickert, aber an seinen starren Augen erkannte sie, dass er bereits das Schlimmste hinter sich hatte. So gingen diese Männer also miteinander um. Sie halfen sich nicht einmal, sondern ließen den anderen einfach liegen und sterben.

Langsam schmiegte sich ihre blutbeschmierte Hand um den Balken neben sich, der als Geländer diente. Beim Hinunterschreiten entdeckte Iouna die Fremden an der gegenüberliegenden Wand. Noch immer summte sie vor sich hin und das so lange, bis sie unten angekommen war. Der eine Deserteur versuchte, zum Tisch zu gelangen, wo er zuvor seinen blutigen Speer abgelegt hatte, aber als Iouna ihr Summen zu einem Keckern anschwellen ließ, hielt er inne. Die junge Frau wusste nicht, woher all diese neuen Geräusche kamen, aber vermutlich hatte es mit dem zu tun, was Xhar ihr gesagt hatte. Es handelte sich um Instinkte, und diesen musste sie folgen.

Leicht legte sie ihren Kopf auf die Seite und musterte die Soldaten. Iouna ahnte, dass sie krampfhaft überlegten, was sie tun sollten, und vorsichtig drehte sie sich in den Raum hinein. Zuerst wollte sie sichergehen, dass es Halvar einigermaßen gut ging, aber diese Hoffnung wurde jäh zerschmettert, als sie nach rechts blickte. Ihr Herz blieb fast stehen. Halvar baumelte unweit von ihr wie ein Stück Vieh von der Decke. Seine Arme waren angekettet und gewaltsam in der Luft gehalten, während der Rest von ihm nach hinten geneigt dahing. Er blutete aus etlichen Wunden, wodurch sich eine dunkelrote Pfütze unter ihm gebildet hatte, die zeigte, dass sich nicht mehr allzu viel Blut in ihm befinden konnte. Ein spitzer Schrei entfuhr ihr, der schnell zu einem lauten Dröhnen anwuchs, das die gesamte Hütte erbeben ließ. Mit einem Mal schwanden all ihre Entschlossenheit und all ihr Mut. Reines Entsetzen und Wut machten sich in ihr breit. »Was habt Ihr mit ihm gemacht?«, schrie Iouna mit donnernder Stimme, während ihre Beine kurz ihren Dienst versagten. Immer noch schreiend sank sie zu Boden. Ihre Hände weilten zitternd auf dem Holz. Sie bekam plötzlich keine Luft, und so formte ihre Kehle ein klägliches Wimmern, das den Deserteuren sichtlich durch Mark und Bein fuhr, so erschrocken wie sie dastanden. Iouna versuchte einzuatmen, aber ihr ganzer Körper krampfte sich zusammen, und selbst ihr ansonsten so zartes Gesicht verzog sich zu einer hässlichen Fratze.

Immer noch blieben die beiden Deserteure wie angewurzelt stehen und taten nichts. Von einem Moment zum nächsten hatte man ihr alle Zuversicht genommen. Jedwede Hoffnung starb in ihr, jemals ein anderes Leben führen zu können als das einer verfolgten Person. Und nun hatte sie auch den Mann mit hineingezogen, der es in ihren Augen am wenigsten verdient hatte. Bei einem weiteren Blick zu Halvar erkannte sie die schrecklichen Details seiner Folter. Haut war ihm vom Haupt geschnitten worden, und sein Kiefer besaß eine unnatürliche Haltung. Sie hatten ihn bei lebendigem Leib gequält, als sei er ein Nichts. Wütend und von Trauer beherrscht, schrie und kreischte sie erneut alles aus sich heraus, und die beiden Männer wurden immer blasser.

In ihrer überschäumenden Wut biss sich die Prinzessin verzweifelt auf die Unterlippe, so lange, bis sie ihr eigenes Blut schmecken konnte. Es war einerlei, denn sie wusste, dass ihre Wunden im nächsten Moment verheilen würden. Mehr ein Fluch als ein Segen der Götter in diesem Moment.

»Was machen wir jetzt?«, hörte sie einen der Männer flüstern.

»Sterben!«, schrie ihnen die junge Frau verzweifelt entgegen, während ihre Fingernägel über den Dielenboden kratzten. Ihr Zorn ließ ihr Herz rasen, und sie blendete den Schmerz aus, den das Brechen und Einreißen ihrer Nägel verursachte. Alles um sie herum sollte brennen. Kurz verfluchte sie Xhar und Athan, die sie zurückgebracht hatten, nur damit sie Zeuge dieses grausamen Spektakels werden konnte.

Iouna sah, wie der Soldat vor ihr nach dem Schwert auf dem Tisch griff und auf sie zulief. Aber anstatt sich zu wehren, blieb sie sitzen und schaute bloß zu ihm auf, damit er ihr in die Augen sehen musste, während er mit erhobener Klinge näher kam. Noch bevor er einen Hieb mit dem Schwert gegen sie führen konnte, zersprang hinter dem anderen das Fenster, und das gleiche Keckern erklang, das Iouna zuvor von sich gegeben hatte. Eine seltsame Gestalt baute sich hinter dem zweiten Soldaten auf, umgriff von hinten seinen Hals und hielt ihn so gefangen, bevor er reagieren konnte. Der Wind peitschte in den Raum und brachte das Feuer zum Flackern. Plötzlich ertönte das Wiehern der Pferde, das sich schnell entfernte, was wohl bedeutete, dass sich die Reittiere losgerissen hatten. Erschrocken blieb der Deserteur mit dem Schwert stehen und fuhr zum Fenster herum. Die Gestalt ähnelte einer Sirene, so wie Halvar sie beschrieben hatte. Fauchend starrte sie den Mann vor sich an, der die Klinge etwas sinken ließ. Weiteres Keckern und Zischen drangen in die Hütte. Es war unmöglich zu sagen, wie viele der Fischfrauen draußen in der Dunkelheit lauerten. Wütend richtete sich Iouna auf und hielt sich schwach am Tisch fest. Kamen sie ihr zu Hilfe, und wenn ja, für was? Halvar war ...

Urplötzlich erklang ein leises Röcheln aus der Richtung des Ritters, und Iouna drehte sich zu ihm herum. Blut floss aus seinem Mund. Es dauerte einen Moment, bevor sie begriff, dass Halvar noch nicht tot war. Auch der bewaffnete Soldat schaute zu dem Hünen und schien genauso überrascht von dieser Tatsache zu sein. Wieder bei Sinnen, wollte der Mann sein Werk vollenden, und ungeachtet seines Kameraden, entschied er sich anscheinend zuerst dafür, die Sirene anzugreifen. Aber kaum einen Schritt getan, spuckte das grünlich schimmernde Wesen ihm etwas ins Gesicht. Ein Sekret verkleisterte ihm urplötzlich die Augen, sodass er nichts mehr sehen konnte. Dem Deserteur blieb nichts anderes übrig, als das Schwert fallenzulassen, und Iouna hob es eilig auf, um damit Halvar von seinen Fesseln zu befreien. Brüllend kratzte sich der Soldat unterdessen im Gesicht herum, warf dabei panisch den Tisch und einen Stuhl um, schaffte es aber nicht, den seltsamen Kleister wieder loszuwerden.

Im Augenwinkel sah Iouna eine weitere Sirene mit bläulich schuppiger Haut durch das zerbrochene Fenster steigen und den taumelnden Mann zu Boden schlagen. Der noch Stehende ergab sich währenddessen schreiend und beteuerte seine Unschuld.

Iouna war das egal.

Mit der schweren Waffe in der Hand befreite sie ihren Ritter und versuchte, seinen Fall etwas zu bremsen, was ihr nur mäßig gelang. Halvar riss sie fast mit zu Boden, aber mit aller verfügbaren Kraft und Vorsicht legte sie seinen Kopf behutsam auf ihren Beinen ab und schaute dann wieder auf.

Die Sirenen hielten derweil die letzten verbliebenen Deserteure in Schach.

Aus Halvars Mund schwappte eine Welle voll Blut, das sich ungehalten auf ihrem Schoß ausbreitete. Erst da bemerkte sie, dass sie ihm anscheinend auch die Zunge abgeschnitten und seine Wange durchtrennt hatten.

Wie sollte es weitergehen? Wie sollte sie nach diesen Grausamkeiten mit den Männern verfahren, die noch lebten?

Weinend saß sie da. Tränen tropften auf das blutverschmierte Gesicht des Ritters. Nur schwach nahm Iouna einen Puls wahr, der bei jedem röchelnden Atemzug langsamer wurde. Jeden Augenblick konnte es vorbei sein. Panik breitete sich in ihr aus und verdrängte die Wut. Sie war nicht bereit für so etwas. Sie konnte ihn nicht gehen lassen, da sie doch gerade erst zurückgekehrt war. Wimmernd und schluchzend strich sie über seine Wangen, atmete tief ein und aus. In diesem Moment war ihr alles egal. Vor allem, dass sie sich nicht allein in dem Haus befand. Die Sirenen, die sie angeblich ans Ufer eines Flusses gelegt hatten, waren ihr zu Hilfe geeilt, was sie hätte hinterfragen können, jedoch tat sie es nicht. Sie nahm es hin, weil sich ihr Geist gegen eine andere Tatsache sträubte. Sie wollte nicht, dass Halvar in ihren Armen starb.

Als ihre Verzweiflung am größten war, kam die bläuliche Sirene auf sie zu. Es war dieselbe, die den einen Deserteur bewusstlos geschlagen hatte. Sie hatte ihn an seinen Armen gepackt und schleifte ihn neben den Hünen.

»Lasst mich gehen, ich flehe euch an«, bettelte der Übriggebliebene, den Iouna gekonnt überhörte.

Die Fischfrau stellte ihren flossenartigen Kamm auf, der das Haupthaar ersetzte, und gurrte sie seltsam an. Iouna hatte keine Ahnung, was sie von ihr wollte, aber als sie auf den bewusstlosen Mann hinunterschaute, erinnerte sie sich an Xhars Worte. Sie sollte alle außer einen töten. Die Frage war: Warum?

Noch einmal verwies die Sirene auf den Peiniger und trat ihn sogar mit ihren breiten, von Schwimmhäuten gezierten Füßen. Ein Stöhnen entwich dem Soldaten dabei und kündigte an, dass er wieder zu sich kam; jedoch sah Iouna nur die Sirene an, die ihren Blick erwiderte. Die schwarzen Augen durchbohrten sie geradezu. Auf einmal meinte Iouna, etwas in ihrem Kopf hören zu können, das klang wie: *»Ein Leben gegen ein Leben!«*

Auch das hatte Xhar ihr gesagt. Wiederholt versuchte Iouna, ihr Schluchzen zu unterdrücken, dann fasste sie dem erwachenden Deserteur mit einer Hand ins Gesicht, während die andere noch auf Halvars Wange ruhte. Sie spürte den Herzschlag des Soldaten; er war wesentlich stärker als der des Hünen, was sie nicht wunderte. *Was* sie aber wunderte, war, dass sie regelrecht *hören* konnte, wie das Leben in ihm floss. Sie spürte das Blut durch seine Adern strömen und glaubte sogar, Furcht wahrnehmen zu können. Das lag daran, dass er langsam die noch verklebten Augen öffnete, während Iouna ihren Griff verstärkte und ihre Fingernägel in seine Haut bohrte. Sie gönnte ihm sein Leben nicht. Er hatte es verwirkt, weil er Halvar gequält und gefoltert hatte. Der Verlust ihres Ritters wog mehr als alles andere, und sie drängte ihre sonst so gutmütige Art beiseite. Was nutzte einem alle Güte, wenn man sie niemals zurückgezahlt bekam? Wenn nichts außer Schmerz in der Welt lauerte?

Wütend starrte sie den Mann neben sich an. Sie begann, sich zu wünschen, dass er anstelle von Halvar sterben würde. Der Deserteur sollte seinen letzten Atemzug tätigen, aber nicht der Ritter, der sie öfter als einmal gerettet hatte.

Je stärker sie sich das wünschte, und je mehr sie daran dachte, desto wärmer wurden ihre kalten Finger. Blut lief an den Wangen des Soldaten herunter, während sie sein rohes Fleisch an ihren Fingerkuppen ertasten konnte. Der Deserteur begann, unter ihrer Hand dumpf zu schreien.

»Ein Leben gegen ein Leben.« Iouna wiederholte diese Worte laut und lehnte sich zu dem Soldaten hinüber. Halvars Kopf ruhte derweil immer noch auf ihrem Schoß, wo er auch bleiben sollte. Die Sirene sorgte dafür, dass das Opfer sich nicht wehren konnte, und setzte sich auf den Mann, um seine Arme auf dem Boden zu halten, während Iouna ihren Mund über den des Deserteurs brachte. Dabei ließ sie ihre Hand aus dem Gesicht nach unten gleiten und drückte mit ihr seinen Kiefer auf. »Sag Xhar einen Gruß«, nuschelte sie rachsüchtig und schaute dem am Boden Liegenden in die Augen, in denen sich ihr Antlitz widerspiegelte. Mit Augen, worin kein Weiß mehr zu erkennen war, sondern nur Finsternis herrschte. Die Adern hatten sich bis zu ihrem Jochbein schwarz verfärbt, was wohl an dem Segen des Totengottes lag. Fast wäre sie über ihren Anblick erschrocken, darum schaute sie lieber auf die zitternden Lippen nieder und atmete ein. Immer tiefer sog sie den Atem des anderen Mannes in ihre Lungen, der sich heftig zu wehren begann, aber die Fischfrau hielt ihn ohne große Mühe fest.

Je mehr Iouna dem Soldaten den Atem stahl, desto fahler wurde seine Haut. Sie trocknete aus, aber nicht nur sie – der gesamte Körper zerbröselte zunehmend. Das Leben floss aus dem weit geöffneten Mund direkt in Iouna, die all die verbliebene Kraft fühlen konnte. Aber sie wollte sie nicht für sich. Sie nahm ihrem Feind alles, was er geben konnte, bis nur noch eine leere Hülle übrig blieb, ein Körper wie morsches Holz. Erst dann widmete sie sich wieder Halvar, dessen Herzschlag kaum noch spürbar war. Dagegen nahm sie deutlich die Schreie des letzten Deserteurs wahr, der noch von der anderen Sirene festgehalten wurde. Unter seinem ungläubigen Blick lehnte sich Iouna zu Halvar hinunter und schenkte ihm den Atem des toten Deserteurs. Diese Männer schienen nichts an ihm heil gelassen zu haben, aber das sollte sich bald ändern – das hoffte sie zumindest. Es dauerte einen Moment, und sie wollte unter Tränen beinahe schon aufgeben, aber als sie ein drittes und viertes Mal ausatmete, begann Halvars Kiefer, sich wieder zu begradigen. Die fehlende Haut an seinem Kopf wuchs nach, die Wunde an seinem Bauch schloss sich wieder, und gebrochene Knochen fügten sich hörbar in ihre Positionen. Der Herzschlag des Hünen normalisierte sich. Ein Hauch von Erleichterung machte sich in der jungen Frau breit, aber ... Als Iouna glaubte, sie hätte alles geheilt und alles wieder in Ordnung gebracht, schaute sie langsam auf. Immer noch von Rachsucht geplagt, fixierte sie den Mann in der Ecke. Was, wenn ein Leben nicht ausreichte?

Behutsam schob sie Halvars Kopf von ihrem Schoß und richtete sich auf.

»Bitte nicht ...«, wimmerte der Deserteur, aber diese Worte hatten auch ihr keine Gnade beschert. Mit ihren nackten Füßen durch das Blut und die Scherben watend, näherte sie sich dem Soldaten und betrachtete ihn. »Mach den Mund auf!«, forderte sie kalt, und als er kopfschüttelnd seine Lippen aufeinanderpresste, verfuhr sie mit ihm genauso wie mit dem anderen. Gewaltsam brach sie seinen Kiefer auf, während ihn die Sirene in die Knie zwang. Erbarmungslos raubte sie auch diesem Widersacher das Leben.

Wo sind jetzt ihr Mut und ihre Stärke? Wo die Überlegenheit und das Lachen?

Ebenso wie der Erste wurde auch dieser Körper morsch, seine hellblonden Haare fielen aus, und die Haut ergraute. Iouna versuchte, die Tatsache auszublenden, dass sie diese Männer getötet hatte. Hätte sie es nicht getan, dann wäre sie geschändet und ermordet worden.

Rasch wandte sie sich wieder Halvar zu, setzte sie sich auf ihn und beugte sich zu ihm hinunter. Diesmal besaß sie keine Scheu und küsste den Mann, für den auch das zweite Leben sein sollte.

Steh auf ... Bitte!

Tränen verließen ihre Augenwinkel und tropften auf Halvar nieder, während sie seine Lungen mit ihrem Odem füllte. Immer weiter und weiter, aus der Angst heraus, es könnte nicht genug sein. Sie gab ihm alles und mehr. Ängstlich schloss sie ihre Augen, weil ihr allmählich schwindelig wurde, aber Halvar erwiderte weder den Kuss, noch öffnete er seine Augen oder sagte etwas. Er musste genesen – vollständig! Ihre Gedanken kreisten um nichts anderes. Doch als ihr schwarz vor Augen wurde, spürte sie Hände, die sie vom Ritter wegzuzerren versuchten. Fest umklammerte eine Sirene sie hinterrücks und zog sie von Halvar herunter, während Iouna endgültig das Bewusstsein verlor.

***

Ein salziger Geschmack auf seinen Lippen weckte Halvar auf. Er spürte einen kalten Wind, der unangenehm an ihm nagte.

Was war passiert? War er tot? War er in der Schattenwelt?

Vorsichtig sog er die kühle Luft ein und öffnete die Augen. Er brauchte einen Moment, um sich zurechtzufinden. Über sich sah er eine Holzdecke, die vom flackernden Licht des Herdfeuers beleuchtet wurde. Eine Kette hing von einem Balken herunter und zauberte tanzende Schatten auf diesen. Langsam erinnerte der Ritter sich an das, was geschehen war. Aber warum spürte er keine Schmerzen? Behutsam griff er sich an den Unterkiefer. Das Knacken des Knochens hatte sich in sein Gedächtnis eingebrannt wie die Runen einst in sein Gesicht, aber er konnte kein Anzeichen einer Verletzung ausmachen. Genauso wenig fand er die Spur eines Schnittes an seiner Wange oder auf seinem Schädel, auch wenn sich die Haut seltsam fremd anfühlte.

Habe ich geträumt?

Ein Blick auf seine blutverschmierte Hand bewies das Gegenteil; darauf deutete auch die tiefrote Pfütze unter ihm hin, die er bemerkte, als er den Kopf nach rechts drehte. Ein zerbrochenes Fenster lieferte die Antwort darauf, woher die kühle Luft stammte. Obwohl er keinerlei Schmerzen fühlte, bewegte er sich zunächst nur sehr bedächtig und wandte vorsichtig den Kopf nach links. Eindringlich starrten ihn die leeren Augenhöhlen eines vertrockneten Leichnams an. Überrascht schreckte er hoch und setzte sich leicht auf. Mit dem Finger drückte er gegen den morschen Schädel des Toten, der wie die Asche eines ausgebrannten Lagerfeuers in sich zusammenfiel. Ähnlich wie das letzte Abbild der Prinzessin nach ihrer Bestattung.

Wie lange hatte er geschlafen? Hatte er überhaupt geschlafen? War er aufgewacht oder waren dies nur seine ersten Momente in der Schattenwelt? Nein, er fühlte sich nicht tot. Im Gegenteil, er fühlte sich sogar sehr lebendig – fast wie neugeboren.

Neugeboren …

Das Wort lenkte seine Gedanken zurück zu Iouna. Ging es ihr gut?

Hoffentlich …

Sofort raffte er sich auf und sah sich kurz im Zimmer um. Neben den beiden Männern, die er selbst getötet hatte, erkannte er noch einen ausgezehrten Körper, der an der Wand unter einem weiteren zerstörten Fenster lehnte. Was mochte hier wohl passiert sein? Halvar wandte sich zur Treppe, dabei stieg er über den kopflosen Leichnam eines Deserteurs hinweg. Die blutigen Hände ließen darauf schließen, dass es Georg war. Inständig hoffte Halvar, dass es sich nur um sein eigenes Blut und das des Toten handelte und nicht Iounas Blut war, das an den Händen des Mannes klebte.

Eilig erklomm er die Stufen in das Obergeschoss und rief nach ihr. Nichts. Keine Antwort, keine Prinzessin. Nur Blut. Überall war Blut.

Bitte nicht …

Allein die Tatsache, dass er sie nicht sah, machte ihm Mut. Vielleicht war sie ihnen doch entkommen. Sein Blick fiel auf rote Fußabdrücke, die sich durch den Raum zogen und nass im Mondlicht glänzten. Die Größe und die Schrittlänge passten zu denen von Iouna, und er folgte ihnen mit den Augen. Sie führten die Treppe hinunter, weshalb er sich sofort wieder herumdrehte und die Stufen hinabhetzte.

Die Spuren verloren sich im unteren Bereich des Hauses. Es schien, als wäre sie einfach verschwunden. Es gab keine Spuren, die zur Tür in die eigentliche Mühle oder zum Ausgang wiesen.

Halvar nahm einen tiefen Atemzug und überlegte einen Moment. Sie musste dennoch die Hütte verlassen haben, daher entschloss er sich, draußen nach ihr zu suchen.

Ohne Rücksicht auf die am Boden liegenden Körper verließ er ihr zwischenzeitliches Zuhause. Noch immer lagen die beiden Männer, die ihn zuerst hatten aufhalten wollen, draußen im Dreck. Die Pferde allerdings waren verschwunden, und nur ihre Spuren im weichen Boden zeugten davon, dass sie da gewesen waren.

Ein bekanntes Plätschern und Klicken zog seine Aufmerksamkeit auf sich.

Sirenen ...

Er suchte das Ufer des Flusses ab, konnte aber keines der Wesen entdecken. Langsam wanderte er um das Gebäude herum in Richtung des alten Mühlrads. Nach nur wenigen Schritten erstarrte er.

Die schattenhafte Gestalt des Totengottes stand am Ufer und hielt Iouna in den Händen.

Nein!

Blut bedeckte die junge Prinzessin, deren Arme leblos herunterhingen. Das brennende Herz Xhars schlug langsam, und jedes Pochen sandte eine Welle durch Iounas Körper, die ihre Haut kurz schwarz verfärbte. Der Blick des Herrn der Fliegen war auf Halvar gerichtet, der ihn ungläubig anstarrte. Noch ehe Halvar etwas sagen konnte, erhob sich plötzlich eine weitere Figur aus dem Wasser und trat neben Xhar. Beide Männer waren deutlich größer als der Ritter, sodass er einmal in den Genuss davon kam, wie es war, wenn man zu jemandem aufschauen musste.

»Wie geht es …«, begann der Hüne eine Frage, schaffte es aber nicht, sie zu Ende zu formulieren.

»… dir?«, vollendete die Person, die zuvor aus dem Wasser gekommen war, den Satz.

Die blauen Augen des schwarzhaarigen Mannes, dessen Haare ordentlich zu einem langen Zopf geflochten waren, blickten ernst auf den Ritter hinunter. Bläulich schimmerte seine Rüstung im Mondlicht, während er die Arme vor dem Körper verschränkte und auf eine Antwort zu warten schien.

Verwirrt stand der Hüne da. Er glaubte, dass man ihm ansehen würde, wie es ihm ging. Bei allem, was geschehen war, hatte er noch keine Zeit gehabt, über sich selbst nachzudenken, sondern betrachtete erneut Iouna. Obwohl ihr Hemd und ihr Gesicht mit Blut verschmiert waren, hob und senkte sich ihr Brustkorb im Takt der schwarzen Wellen. Sie atmete ruhig und regelmäßig und sah friedlich aus.

Sie schläft!

Erleichtert, dass es ihr gut ging, wanderte sein Blick zwischen Xhar und dem anderen Mann hin und her. »Gut, denke ich«, beantwortete der Ritter die Frage, schaute aber sofort wieder zu Iouna.

Ihr Schoß war blutverschmiert, ebenso wie ihre Beine. »Haben sie …?«, begann er die Frage, deren Antwort er fürchtete.

»Nein«, beruhigte ihn Xhar. »Sie ist wohlauf, wenn sie geschlafen hat.«

Erleichtert lächelte Halvar und rieb sich über das Gesicht. Wieder fand er, dass etwas seltsam war. Plötzlich fiel es ihm auf. Ungläubig betastete er seine Wange und warf dann hektisch einen Blick auf seinen Handrücken. Rot und klebrig haftete das Blut an der glatten Oberfläche und bildete beim Trocknen feine Muster. Hastig wischte er den Film von seiner Hand und erstarrte beim Anblick seiner makellosen Haut. »Was ...?!«, stammelte er ungläubig und sah dann Xhar fragend an.

»Das soll er also sein ... dein Auserwählter?«, sprach der Fremde und ignorierte den Ritter.

Auserwählter?

»Ja«, bestätigte die dunkle Stimme des Totengottes knapp.

Der Andere betrachtete Halvar skeptisch. »Du weißt, wie ich zu den Isvintari stehe. Wir haben siebenhundert Jahre auf Menschen wie sie gewartet. Ich hoffe, du hast damals eine weise Entscheidung getroffen.«

»Welche Entscheidung?«, fragte der Hüne und zog eine Augenbraue nach oben.

»Auf mich macht er nicht den Eindruck, als könnte er dieser Aufgabe gerecht werden – bisher!«, fuhr der Mann fort, ohne auf die Frage des Hünen einzugehen.

Der schwarze Nebel, der Xhar umgab, schien kurz auf der Stelle zu schweben, bevor er sich in seinen knochigen Leib zurückzog; gleichzeitig veränderte sich das Äußere des Gottes. Das brennende Herz wurde von Fleisch umschlossen und dieses wiederum von einem dunklen Gewand, dessen große Kapuze über dem skelettierten Schädel erschien. Der Herr der Fliegen ließ die junge Frau los, aber noch bevor Halvar reagieren konnte, um sie aufzufangen, stellte er fest, dass sie gar nicht fiel. Sie schwebte einfach vor dem Gott in der Luft, während dieser sich die Kapuze vom Kopf zog und nun ein menschliches Gesicht offenbarte. Pechschwarzes Haar umrahmte das Antlitz Xhars und fiel lose über seine Schultern. Aus dunkelroten Augen sah er den Ritter an, wobei er die Arme wieder unter Iouna legte, als würde er sie tragen.

»Noch unterscheidet ihn auch nicht viel von einem gewöhnlichen Sterblichen«, sagte er mit tiefer, aber normaler Stimme.

Nicht viel?

Xhar und der Mann aus dem Wasser ähnelten einander auf erstaunliche Weise. Nur die Augenfarbe unterschied sie, denn der andere hatte ebenso eisblaue Augen wie der Hüne selbst.

»Athan ...«, stellte Halvar leise fest, als er die göttlichen Zwillinge erkannte.

Der Angesprochene warf Halvar einen ernsten Blick zu, sagte aber nichts.

Dass zwei Götter vor ihm standen, verwirrte Halvar, genauso wie die Tatsache, dass sie über ihn sprachen, als sei er gar nicht da.

»Ein ungebrochener Wille mag vorhanden sein, aber wie du siehst, ist das nicht viel wert, wenn er sich nicht anständig zur Wehr setzen kann!«, bemerkte der Gott des Lebens und sah seinen Bruder vorwurfsvoll an.

»Das eine geht nicht ohne das andere«, antwortete Xhar emotionslos. »Es würde ihn sonst verzehren.«

»Mich verzehren?«, versuchte Halvar erneut eine Erklärung zu erhalten. »Wovon sprecht Ihr, Herr?«

Ein kleines Lächeln breitete sich auf dem Gesicht des Totengottes aus. Wortlos drehte er sich zu Athan und reichte ihm Iouna. Anschließend wandte er sich wieder an Halvar. »Folge mir«, forderte er ihn auf.

Der Hüne tat, wie ihm geheißen, und trat neben den Gott, der sich nur wenige Schritte von seinem ungleichen Bruder entfernte, am Ufer des Flusses stehen blieb und auf das Wasser blickte.

»Was ist mit ihr?«, erkundigte sich Halvar, als Xhar einige Augenblicke schwieg. »Was ist geschehen?«

»Sie hat euch beide gerettet. Es geht ihr gut, aber sie hat es etwas übertrieben. Das Heilen deiner Verletzungen und Narben hat sie sehr angestrengt. Sie braucht jetzt Schlaf.«

Erleichtert atmete Halvar durch, ehe er registrierte, was er soeben erfahren hatte. »*Sie* hat mich geheilt?«, fragte er ungläubig.

»Mit etwas Hilfe meiner Flusswächter!«, warf Athan ein, woraufhin das bekannte Klicken einer Sirene ertönte. Scheinbar waren diese Iouna zu Hilfe gekommen, wofür er dankbar war.

»Ihr Tod war nicht umsonst«, erläuterte der Totengott nickend. »Sie kann nun die Gaben ihrer Herkunft nutzen.«

Verständnislos sah der Hüne zu seinem Herrn auf und fragte nach, was er damit meinte.

»In ihren Adern fließt das Blut meines Bruders«, fuhr Xhar fort. »Ihr alter Körper war zu schwach, die Magie zu tragen, die ihre Abstammung mit sich bringt. Durch meinen Segen ist sie nun in der Lage, Wunden zu heilen und Leben zu tauschen.«

»Sie ... ist mit den Göttern verwandt?«

Der Totengott nickte. »Sie ist die letzte weibliche Nachfahrin eines einst großen Volkes«, erklärte der Herr der Fliegen. »Gewisse Umstände sorgten dafür, dass sie ihre Heimat verlassen mussten. Nur wenige sind übrig geblieben, und sie ist die Herrscherin dieses Volkes, solange kein anderes Mädchen geboren wird.«

»Ich verstehe nicht«, gab Halvar zu und sah seinen Gott hilfesuchend an.

»Das musst du auch nicht, Todesritter. Noch nicht«, erwiderte Xhar. »Alles, was du wissen musst, ist dies: Sie ist wichtig, genau wie du. Ihr beide müsst eine Schlacht führen, die über das Schicksal einer alten Welt entscheiden kann.«

Halvar saugte die neuen Informationen auf und erkundigte sich dann, ob Iouna wusste, was Xhar ihm gerade erzählt hatte, was dieser bestätigte.

Schweigend nahm Halvar dies hin und fragte sich, warum sie ihm nichts davon erzählt hatte. Vertraute sie ihm doch nicht genug, oder wollte sie nur nicht, dass ihre Herkunft noch stärker zwischen ihnen stand, als sie es ohnehin schon tat? Reglos stand er neben Xhar, der noch immer zum anderen Ufer blickte, und dachte darüber nach, was dieser ihm offenbart hatte. Kurz war es still, bevor Xhar weitersprach. »Die Macht, die ich dir versprach, ist gefährlich«, erklärte er langsam. »Sie kann deine Feinde verzehren ebenso wie dich selbst. Es ist allein dein Wille, der dich davor bewahrt.« Xhar drehte sich wieder zu Halvar und öffnete die Finger vor dessen Gesicht. Eine kleine blutrote Flamme loderte in der Handfläche des ewigen Richters. »Die Flammen der Verdammnis«, fuhr er fort. »Sie werden dir gehorchen. Dein Wille wird sie kontrollieren und ihre Macht lenken, denn du hast bewiesen, dass er stark genug ist.«

Halvar starrte das Feuer in der Hand seines Herrn verständnislos an. Womit hatte er dies bewiesen? Warum war gerade er der Auserwählte Xhars? Warum sollte gerade *sein* Wille stark genug sein?

»Nur wenige überstehen eine solche Folter, ohne gebrochen zu werden«, beantwortete Xhar seine nicht gestellten Fragen. »Nur dein Wille, Iouna zu schützen, war es, der dich hat durchhalten lassen, bis sie erwachte.«

Ein kleines Lächeln stahl sich auf sein Gesicht. Sein Plan, die Männer abzulenken, hatte also funktioniert – falls man das einen Plan nennen konnte.

Noch immer loderte die kleine Flamme vor seiner Nase, als er zögerlich die Hand danach ausstreckte. Er erwartete, sich die Haut zu versengen, fühlte jedoch nur eine angenehme Wärme, die seine Finger hinaufkroch und sich gemächlich bis zu seiner Schulter ausbreitete.

»Nimm, was dir zusteht!«, forderte Xhar ihn auf, woraufhin er langsam mit geschlossenen Augen die Faust um das magische Feuer ballte.

Sofort eroberte das Gefühl der Wärme seinen ganzen Körper. Als er die Lider wieder öffnete, bemerkte er, dass das Feuer ebenso seinen ganzen Leib umhüllte. Instinktiv machte er einen Schritt zurück, erkannte aber schnell, dass die Flammen keine Gefahr für ihn darstellten.

»Sie gehorchen dir«, erinnerte ihn der Gott des Feuers. »Sie verbrennen nur, was du ihnen befiehlst, und kein Feuer wird dir je wieder Schaden zufügen.«

Tatsächlich ging der kleine Ast neben Halvar sofort in Flammen auf, als er es seiner neuen Waffe befahl. Wie einen zusätzlichen Sinn konnte er die rotschwarze Macht in sich spüren; es kam ihm so vor, als ob er sie schon immer besessen hätte. Es würde nicht lange dauern, bis er lernte, diese Kräfte zu kontrollieren.

»Damit kann er jetzt wohl sicherstellen, dass sich die Geschichte nicht noch einmal wiederholt und ich alles verliere, was von meinem Blut übrig ist«, rief Athan hinter ihm.

Halvar ließ die Flammen um seinen Körper erlöschen und wandte sich dem Herrn des Lebens zu. »Ihr seid nicht der Einzige, der sein Blut verloren hat!«, warf er dem Gott vor, der ihn daraufhin mit einem wütenden Blick bedachte.

»Dann kannst du ja verstehen, wie ich dem Volk gegenüberstehe, das sie getötet hat«, zischte er. »Deinem Volk! Ungefähr genauso wie du dem Mörder deiner Familie gegenüberstehen würdest!«

In der Tat konnte er das verstehen. Doch es gab einen Unterschied. »Ja«, stimmte Halvar ihm zu. »Aber nicht seinen Kindern.«

Er kannte die Kinder des Mannes, der Khylas und Lillians Tod befohlen hatte. Lange hatte er sie beschützt und genug Zeit gehabt, sie kennenzulernen. Niemals würde er ihnen die Taten ihres Vaters oder ihrer Vorfahren anlasten.

»Ein Volk ist ein Volk!«, merkte Athan gereizt an. »Selten unterscheidet sich ein Einzelner vom Rest. Es liegt euch im Blut, alles zu vernichten, oder willst du das leugnen?!«

Tatsächlich hatte Isvinter mehr Krieg und Leid verursacht als irgendetwas anderes. Hilfesuchend wandte sich Halvar zu Xhar um, der nur dastand und eine kleine Flamme in seiner Hand flackern ließ, als wolle er dem Hünen damit etwas sagen.

»Ich bin anders«, stellte Halvar klar und tat es seinem Herrn gleich. »Jetzt mehr denn je!«

Athan musterte schweigend das Seelenfeuer in Halvars Hand. »Sie ist alles, was ich noch habe, alles, was von *mir* in dieser Welt noch übrig ist. Die einzige Frau ihrer Familie. Die Einzige, die Leben schenkt.«

Halvar konnte die Verzweiflung in der Stimme des Gottes hören, auch wenn er sich bemühte, sie zu verbergen. Er konnte das Gefühl des endgültigen Verlustes nachvollziehen. »Sie ist auch alles, was *ich* noch habe ...«, versicherte er Athan leise und betrachtete Iouna in dessen Armen.

»Eine weitere Mutter können wir nicht zurückbringen«, sagte der Wassergott nickend. »Sie muss es jetzt sein. Sie ist alles, was uns bleibt.«

»Das ist er auch!«, mischte sich nun Xhar wieder ein. »Einen wie ihn wird es nicht mehr geben!«

Einen wie mich?

»Es gäbe nicht einmal *ihn*, wenn ich nicht gewesen wäre!«, fuhr Athan seinen Bruder an. »Ich habe deinen Ritter vor dem Tod bewahrt, dir in deiner Wahl vertraut! Aber bisher bin ich nicht überzeugt!«

»Was?«, unterbrach Halvar das Gespräch der beiden Götter wenig höflich.

Athan sah zu Halvar hinüber. »Du wärst mit deiner Mutter gestorben, wenn Xhar dich nicht auserwählt hätte«, erklärte er. »Von den Toten hätte er dich aber nicht zurückbringen können, also musste dich jemand heilen. Das war ich.«

Halvars Gedanken überschlugen sich. Warum hatte sein Herr ihn ausgesucht? Warum konnte er ihn nicht zurückschicken, aber Iouna schon? Anscheinend konnte der Totengott seinen fragenden Blick deuten, denn er beantwortete, was Halvar wissen wollte.

»Die Waage eines Neugeborenen ist neutral. Wie bei Iouna ist es so nicht möglich, die Seele zu segnen«, meinte er. »Zudem wärst du ins Wasser zurückgekehrt, genau wie deine Liebe. Es wäre ein kurzes Leben gewesen.«

Halvar nickte verstehend. Sich als Säugling in einem Fluss wiederzufinden wäre ein Todesurteil, besonders wenn das Gewässer eiskalt war.

Nicht, dass das heute anders wäre ...

»Also übertrug ich dir meinen Segen, der dich zu dem gemacht hat, was du heute bist, und bewahrte dich somit vor dem Tod!«, fuhr Athan fort.

Ein kleines Lächeln eroberte das Gesicht des Ritters. Der Gott des Lebens hatte ihn gesegnet, aber seine Gebete galten dessen Bruder. Ein interessantes Zusammenspiel der ungleichen Zwillinge.

»Uns läuft die Zeit davon. Entweder du und sie oder ... Xhar kann nur segnen, wer sich in seinem Reich befindet und ich, wer unter den Lebenden weilt.«

»Die Geschichte ihrer Waage kennst du bereits«, entgegnete Xhar. »Ihre Selbstlosigkeit hat sie gerettet. Eine wahre Mutter.«

»Ihr neuer Körper ist durch den Segen meines Bruders nun stark genug, die Magie zu tragen«, wiederholte Athan noch einmal.

Anscheinend benötigte es einen göttlichen Segen, um ebensolche Mächte zu beherbergen. Auch klärte sich dadurch auf, warum Halvar das Feuer der Verdammnis nutzen konnte. Kurz fragte er sich, ob all die Magier – wie zum Beispiel Titus – ebenfalls gesegnet waren oder ob es noch weitere Arten von Magie gab. Halvar blickte erneut auf seine geheilte Hand. Er war in der Tat anders. Gesegnet vom Leben und erwählt vom Tod. Das genaue Gegenteil der jungen

Frau, die noch immer in den Armen des Herrn der Meere lag.

Einen kurzen Moment schwiegen alle, und nur das Plätschern des Wassers durchdrang die Stille vor der alten Mühle, bevor Athan weitersprach. »Ihr müsst nach Schwarzbruch! Der Norden zieht gen Süden, und Thorvid hat Rache geschworen!«

»Schwarzbruch?«, hakte Halvar nach.

»Ja«, meinte Xhar nickend. »Thorvid weiß von den Briefen, die Lothar geschrieben hat, und er gibt ihm die Schuld an Iounas Tod – genau wie du.«

»Phillip«, erinnerte sich der Hüne. Anscheinend hatte die Nachricht seines Informanten Iounas Bruder erreicht.

»Die Armee Raiks ist schon lange auf dem Weg, genau wie die Soldaten aus Kosse«, erzählte Athan. »Hannibal ist der Meinung, dass sein Bruder einem Hinterhalt Lothars zum Opfer gefallen sei, dass seine Briefe ihn nur herauslocken sollten, damit du ihn umbringen konntest und der Konkurrent um Iounas Hand ausgeschaltet war.«

Konkurrenz hat er dennoch!

»Du musst Iouna ihrem Bruder vor Augen führen, damit er von seiner Rache ablässt!«, trug der Gott des Lebens dem Ritter auf.

Halvar nickte zustimmend und ging auf Athan zu, in dessen Armen noch immer Iouna schlief. Sanft strich er ihr über die Wange, was sie mit einem winzigen Lächeln quittierte. Ebenfalls lächelnd, sah Halvar zum Herrn des Wassers auf. »Können wir den Krieg abwenden?«, fragte er.

»Vielleicht«, war die unklare Antwort. »Das Schicksal ist nicht festgeschrieben, aber einen Versuch ist es wert.«

Wieder nickte Halvar. Auch für einen Vollstrecker, der als Todesbote über die Schlachtfelder streifte, war es das oberste Ziel, Kriege zu verhindern oder möglichst schnell zu beenden. Iounas Rückkehr konnte viele Leben retten, aber gleichzeitig war damit auch der Grund für Heinrichs Tod verschwunden. Tief im Inneren war Halvar sich bewusst, dass er sich seiner Tat irgendwann stellen musste, spätestens dann, wenn er vor der Waage seines Herrn stand.

»Pack zusammen, was du brauchst«, forderte Athan ihn auf und deutete mit dem Kopf in Richtung der Hütte.

Halvar nickte erneut und ließ Iouna in der Obhut des Gottes. Eilig betrat er die Mühle und suchte alles zusammen, was er mitnehmen wollte. Auf dem Tisch lag noch das Werkzeug, das Georg benutzt hatte, um ihn zu foltern. Der Hammer rief die Erinnerungen an das Geräusch brechender Knochen zurück. Ein leichtes Kribbeln verbreitete sich in seinem Mund, als er die Zange und Iounas Dolch betrachtete. Prüfend biss er sich auf die Zunge und stellte fest, dass sie dort war, wo sie hingehörte. Er nahm die Klinge, die der Prinzessin und ihm so viel Schmerz bereitet hatte, und steckte sie zurück in den Schaft an seinem Stiefel. Obwohl Iouna wieder da war, würde Raik die Waffe zurückerhalten, selbst wenn er nie erfahren würde, *warum* Heinrich durch sie gestorben war. Das Büchlein mit Athans Versen war bei der Auseinandersetzung vom Tisch gefallen und lag nun unbeachtet auf dem Boden.

Sie wird es wiederhaben wollen.

Vorsichtig, um die Seiten nicht zu beschädigen, packte er es mit den Vorräten in eine der Decken auf dem Bett; ebenso das Kleid, das er Iouna mitgebracht hatte. Dabei fiel ihm auf, dass sein eigenes Hemd die Bezeichnung nicht mehr verdiente. Er erinnerte sich an den Schnitt auf seiner Brust, der den Stoff zerteilt hatte. Vorerst musste es genügen, da er nichts anderes hatte. Sein zweites Hemd trug schließlich Iouna derzeit. Er durchsuchte jeden der Deserteure und fand einige Kupfer- und Silbermünzen sowie seine Axt, die unter einem der vertrockneten Körper lag. Er fädelte sie durch die Schlaufe an seinem Gürtel. Zusätzlich nahm er dem Toten noch einen Dolch ab und steckte ihn neben seine Waffe. Grob packte er das Kettenhemd des zerfallenden Leichnams und befreite es von den Überresten. Iouna konnte es nutzen, auch wenn es zu groß war. Halvar hatte noch sein eigenes, und in einen Ringpanzer der Deserteure würde er ohnehin nicht passen. Rasch beförderte er beide Rüstungen und seinen Helm zu dem Rest, den er mitzunehmen gedachte, schnürte sein Bündel, warf es sich über die Schulter und nahm die zweite Decke sowie einen Speer unter dem Arm mit.

Vor der Tür erwarteten ihn die göttlichen Zwillinge bereits. Zwischen den beiden schwebte Iouna, getragen von Xhars Magie, und schien noch immer nicht wach zu werden.

»Wenn du sie von dem Blut befreien willst, wäre jetzt der richtige Zeitpunkt dafür«, meinte Athan und stieß einen Pfiff aus, woraufhin ein braunes Pferd aus dem Wald getrabt kam. »Ansonsten könntet ihr zu sehr auffallen, wenn ihr auf andere Menschen trefft.«

Halvar nickte und besah sich das Pferd; vermutlich handelte es sich um eines der beiden Tiere, die die Deserteure mitgebracht hatten.

Schnaubend blieb der Hengst neben dem Gott des Lebens stehen, der seinem Wappentier über die Blesse strich, während Halvar sein Bündel und den Speer am Sattel befestigte. Nur die lose Decke breitete er auf dem Boden aus, um Iouna später darin einzuwickeln.

Wortlos ging er anschließend zu ihr, woraufhin Xhar sie sanft in seine Arme gleiten ließ. Er presste sie fest an sich, als er zum Wasser stapfte. Am liebsten hätte er sie nie wieder losgelassen, sich nie wieder von ihr entfernt. Er spürte ihren Herzschlag und sah zu, wie sich ihre Brust langsam hob und senkte. Sanft legte er sie am Ufer des Flusses ab, dann warf er einen unsicheren Blick zu den beiden Göttern. Nur ungern wollte er sie in der blutgetränkten Tunika lassen, aber einfach ausziehen wollte er sie auch nicht.

»Wenn sie aufwacht, ist der Anblick von getrocknetem Blut schlimmer als der einer bloßen menschlichen Hülle«, sagte Athan, und Halvar nahm dies als eine Art Erlaubnis hin.

Vorsichtig befreite er sie von seiner Tunika und warf diese ins seichte Wasser, um zumindest die groben Flecken zu entfernen. Liebevoll begann er, das Gesicht der jungen Frau von Blut und anderem Schmutz zu befreien; anschließend wusch er ihre Beine und den Rest ihres Körpers. Seine Berührungen erinnerten ihn an die Nacht zuvor, in der sie sich nahegekommen waren. Auch wenn diese Nähe nun eine weitaus weniger schöne Ursache hatte, war er froh, überhaupt noch bei ihr sein zu können.

Nachdem sein Werk vollbracht war, nahm er sie sacht hoch und trug sie zurück zu der Decke, in die er sie fest einwickelte. Er wollte nicht, dass sie fror, aber dies sollte von nun an kein Problem mehr sein. Für Feuer konnte er jederzeit selbst sorgen. Noch einmal ließ er es kurz in seiner Hand aufflammen, bevor er die Tunika aus dem Wasser fischte und sein zerfetztes Hemd dagegen eintauschte.

Halvar sah diesen Moment als passend an, seine neue Gabe das erste Mal zu nutzen. Nur einen Augenblick brauchte das magische Feuer der Verdammnis, um alle Feuchtigkeit aus dem Stoff zu vertreiben. Wie Xhar versprochen hatte, war das Kleidungsstück unversehrt und trocken. Zufrieden mit dem Ergebnis näherte er sich wieder der Prinzessin, als Xhar ihn aufhielt.

»Du musst eure Spuren verwischen«, erklärte er und deutete auf die alte Mühle.

Der Gott hatte recht. Es würde sonst allzu viele Fragen aufwerfen, wenn man eine Hütte voller verstümmelter und vertrockneter Soldaten aus Kosse finden würde.

Halvar stimmte zu. Dann zerrte er die beiden Toten, die im Freien lagen, zu den anderen in die Hütte hinein. Ein letztes Mal sah er sich im Inneren ihres kurzzeitigen Zuhauses um. Wenigstens eine kleine Weile war ihnen ein ruhiges Leben als gewöhnliche Menschen vergönnt gewesen. Da er nichts mehr fand, was es wert war, mitgenommen zu werden, stellte er sich in die Mitte des Raumes und konzentrierte sich auf die Hitze, die er deutlich in sich fühlte.

»Kein Feuer wird mir je wieder schaden«, rief er sich Xhars Worte ins Gedächtnis.

Die unnatürliche Wärme bahnte sich ihren Weg durch seinen Leib, bis seine Hände in Flammen standen. Kurz darauf brannte sein ganzer Körper, aber noch hielt das Feuer sich zurück. Erst als er ihm befahl, das Holz anzugreifen, tat es dies. Wie ein hungriges Monster griffen die rotschwarzen Feuerzungen der Schattenwelt das alte Gebäude an, und wenige Augenblicke später stand der größte Teil davon in Flammen. Halvar stand inmitten des Infernos, das er entfesselt hatte, und ein kleines Lächeln huschte über sein Gesicht. Eine schöne Überraschung für den Nächsten, der versuchen sollte, ihm Iouna wegzunehmen.

Kurz betrachtete er das Flackern der Flammen, die sich durch die Dachbalken fraßen, ehe er wieder nach draußen ging.

»Dies ist erst der Anfang«, begrüßte ihn Xhar, als der Hüne aus dem Rauch trat. »Ihr beide seid noch nicht vollkommen! Seelenspalter wird dein sein, wenn die Zeit gekommen ist, und Iouna ist noch keine Mutter eines Volkes.«

Fragend blickte Halvar seinen Herrn an und wollte wissen, wann das sein würde.

»Wenn ihr bewiesen habt, dass ihr dieser Macht würdig seid«, lautete die kryptische Antwort Xhars.

Inzwischen hatte Halvar gelernt, dass aus den Göttern nicht mehr herauszukriegen war als das, was sie einem sagen wollten. Daher nahm er es nickend zur Kenntnis und näherte sich dem Pferd, neben dem Athan mit der fest eingepackten Iouna stand. Lange war er nicht mehr geritten, deshalb agierte er etwas zögerlicher, als man es von einem Ritter erwarten würde. Kaum saß er fest im Sattel, reichte der Meeresgott seine Nachfahrin zu ihm hinauf.

Halvar fielen die dunkel hervortretenden Adern an den Händen und Unterarmen Athans auf. Die beinahe schwarzen Linien auf seiner hellen Haut erinnerten ihn an erfrorenes oder infiziertes Gewebe. Konnte der Gott des Lebens tatsächlich krank werden? Er konnte es sich nicht vorstellen, es musste einen anderen Grund dafür geben. Vorsichtig nahm der Hüne seine Liebste entgegen und bettete sie sanft zwischen seine Arme. Angelehnt an seine Brust, saß die junge Frau mit ihm im Sattel und schlummerte noch immer.

Alles war bereit. Sie mussten die kurze Zeit der Zweisamkeit hinter sich lassen und den langen Weg nach Falkenberg antreten. Nebeneinander standen die göttlichen Brüder vor dem Reittier und verschränkten die Arme vor der Brust.

»Reitet nun los«, meinte Xhar. »Ihr habt etwas Zeit, bevor die Armee eintrifft, aber wartet nicht zu lange. Erholt euch, sammelt neue Kräfte und wachst zusammen.«

Worauf sollte ich warten?

»Diesmal müsst ihr ohne göttliche Hilfe zurechtkommen«, erklärte Athan. »Fritz von Reichenbach wäre nun wohl etwas zu auffällig, da er wirklich tot ist.«

Mit diesen Worten wandelte sich sein Aussehen kurz in das eines alten Mannes. Scheinbar war Norna nicht die Einzige, die sich als jemand anderes ausgab, um den beiden zu helfen. Daraufhin blickte Halvar auf das Bündel an seiner Brust. »Danke«, murmelte er leise.

Die Götter hatten ihm nicht nur seine Liebe zurückgegeben, sondern auch sein Leben gerettet und ihn von den falschen Anschuldigungen in seinem Gesicht befreit. Ihm war bewusst, dass dieses einfache Wort des Dankes diese Taten nicht aufwiegen würde, aber mehr konnte er den Herren über Leben und Tod momentan nicht anbieten.

»Du musst uns nicht danken«, erwiderte Athan. »Mit deinen Narben ist deine Vergangenheit getilgt. Dein altes Leben ist vorbei, und dein neues beginnt.« Er deutete auf

Iouna. »Wir haben euch zusammengeführt, der Rest … liegt bei euch.«

Halvar nickte. Nichts wünschte er sich mehr, als den Rest seines Lebens mit der Prinzessin zu verbringen, und er würde alles dafür tun.

Ohne ein weiteres Wort verschwanden die Götter vor seinen Augen. Athan zerfloss zu Wasser, dass sich seinen Weg in den Fluss bahnte. Xhar hingegen zerplatzte zu einem Schwarm Fliegen, die sich in die Luft erhoben und im Wald bald nicht mehr zu sehen waren. Wieder allein, drehte Halvar sich noch einmal zu der Mühle um, deren Dach bereits weitestgehend eingestürzt war. Funken stoben in den dunklen Himmel, als er sein Reittier in die gewünschte Richtung lenkte.

Der Hengst machte nicht den Eindruck, müde zu sein, daher beschloss Halvar, die Nacht zu nutzen und möglichst viel Weg hinter sich zu lassen, ehe Iouna erwachte. Ob Athan das Tier auch gesegnet hatte?

Sanft schaukelte er auf dem Pferd auf und ab, während er darüber nachdachte, was alles geschehen war. Iouna hatte seine Wunden und Narben geheilt, Xhar hatte ihm die Macht des Verdammnisfeuers geschenkt, und Athan hatte ihm eröffnet, dass er ihn gesegnet hatte. Vielleicht erklärte dies auch seine Augenfarbe. Ob Iouna wusste, dass die Augen, die ihr so sehr gefielen, denen Athans glichen? Wieder huschte ein Lächeln über sein Gesicht. Er schloss einen Moment die Lider und genoss das Gefühl, die Prinzessin ganz nah bei sich zu haben.

Wenn es nur so ruhig bleiben könnte …

Kapitel III: Unverhoffter Zuwachs

Alles, was Iouna wahrnahm, war ein gleichmäßiges Schaukeln, das sie sanft aus dem Schlaf holte. Sie versuchte, sich an das Vergangene zu erinnern, aber sie brauchte einen Moment, um die Bilder hervorzuholen, die ihr Unterbewusstsein verdrängen wollte. Lediglich das Rauschen der Blätter im Wind und das Wiehern eines Pferdes machten ihr klar, dass sie sich nicht mehr in der Hütte befand. Langsam öffnete sie die Augen. Zuerst sah sie nur leicht verschwommen einen Waldweg vor sich, ebenso wie den Kopf des Pferdes, auf dem sie saß. Sie versuchte, sich zu bewegen, aber da jemand sie fest in eine Decke eingewickelt hatte, war ihr das nicht möglich.

Wo war sie? Und zu wem gehörten die Arme, die sie geradezu einschlossen?

Die des Hünen konnten es nicht sein, denn die Haut desjenigen, der sich hinter ihr befand, wies keine Narben auf. Das hieß, die Person hinter ihr war nicht Halvar! Benommen richtete sie sich auf und versuchte, sich herumzudrehen. Als es ihr nach dem zweiten Anlauf gelang, einen Blick auf den Mann zu erhaschen, musste sie feststellen, dass sie vor einem Fremden saß. Sie kannte die Person nicht. Umgehend machte sich Angst in ihr breit. Was, wenn dieser Kerl einer von Kosses Männern war? Seine Tätowierung am linken Unterarm verriet zumindest, dass es sich um keinen normalen Soldaten handeln konnte. Iouna war unfähig zu sagen, wie viele dieser Deserteure sich in den Wäldern herumgetrieben hatten, selbst wenn in der Hütte keiner mehr übrig geblieben war. Wie von selbst stemmte sie daher ihre Arme gegen die Enge, um sich zu befreien. Skeptisch schaute der fremde Ritter dabei auf sie herunter, tat aber nichts. Vielleicht dachte er, dass sie sich nicht allzu sehr wehren würde, da er ihr körperlich überlegen war. Jedoch hielt sie das nicht auf, es weiter zu versuchen. Kaum hatte sie ihre Arme befreit, begann sie, sich vom Mann hinter ihr abzustoßen. »Nehmt Eure Hände weg!«

»Ich bin's ...«, antwortete der Fremde.

»Ich kenne Euch nicht!«, krakeelte Iouna geradezu und wehrte sich heftiger. Mit aller Kraft versuchte sie, vom Pferd zu rutschen, das der Mann im gleichen Moment anhielt.

»Geht weg!«, schrie sie ungehalten und schaffte es tatsächlich aus dem Sattel. Ihre Gedanken glitten umgehend zum Hünen, der nicht zu sehen war. Wo war Halvar? Noch in der Hütte? Tot?

Die Hände des Fremden griffen nach ihr und versuchten, sie festzuhalten, aber bevor er sie an ihren Schultern ergreifen konnte, drehte sie sich herum und biss ihm panisch in die Hand. Als ihr dabei die Decke vom Körper rutschte, stellte sie fest, dass sie gänzlich unbekleidet war. Entsetzt ergriff sie den Stoff vom Boden, um sich die Decke eilig wieder umzuhängen, und rannte so schnell sie konnte in die entgegengesetzte Richtung. Sie wollte ihrem Entführer entkommen und nach Halvar sehen. War seine Heilung nicht geglückt? Sie hatte doch gesehen, wie sich seine Wunden geschlossen hatten.

»Warte ...«, erklang es hinter ihr lautstark, und sie hörte, wie auch der Mann vom Pferd stieg. »Warte doch, Juna!«

Diese Stimme ...

Iouna hielt inne und drehte sich zu dem Reiter um. Die Stimme klang wie Halvars, aber das war nicht möglich. Der Mann vor ihr wies keinerlei Narben auf. Aber dennoch ... sein Haar war schwarz, der Bart glich dem des Hünen und ...

er nannte sie Juna. »Halvar?«, fragte sie zögerlich. »Das ist unmöglich!«

»Anscheinend nicht!«, entgegnete er und fixierte ihre Augen.

»Wie?«, erwiderte sie ungläubig und war vollkommen verwirrt. »Dein Gesicht ...«

»... wurde von dir geheilt«, beendete er ihren Satz.

»Von mir?«, japste sie mit hoher Stimme.

Dann fiel es ihr ein. Sie hatte nicht wie verlangt ein Leben geopfert, sondern zwei. Vielleicht hatte das eine Leben schon genügt, um ihn zu retten, sodass das zweite sein Antlitz wiederherstellen konnte. Verwirrt schaute die Prinzessin auf und bemerkte immer mehr Details, die ihr bei ihrer übereilten Flucht nicht aufgefallen waren. Die Größe und die Tatsache, dass der Mann vor ihr anscheinend ein Ritter war, stimmten überein. Deutlich setzte sich eine Tätowierung von seinem linken Unterarm ab, die man durch Halvars Schnitte nicht mehr hatte sehen können. Durch die hochgekrempelten Ärmel der Tunika aber konnte Iouna einen direkten Blick auf sie werfen. Die Mordaxt prangte deutlich vor einem Schild, das von einem Banner umrahmt wurde. Ihre Zweifel schwanden zunehmend, und ihr Verlangen, vor ihm wegzurennen, verebbte.

Sprachlos starrte Iouna Halvar an. Er sah geheilt wesentlich jünger aus, wobei zuvor sein Alter kaum auszumachen gewesen war. Nun schaute sie einem jungen Mann ins Gesicht, der ihr vertraut und fremd zugleich erschien. Ihre Gefühle änderten sich nicht schlagartig, weil er wieder aussah, wie er aussehen sollte, aber sie hatte sich an die Narben gewöhnt und kannte ihn nicht anders.

Unaufhaltsam kam der Hüne näher, langsam und vorsichtig. Anscheinend wollte er sie nicht erschrecken.

»Was ist denn passiert?«, fragte Iouna leise. Sie konnte sich nur noch an die Hände der Sirene erinnern, die sie von ihm weggezogen hatten. Zusammenfassend erzählte Halvar, dass sie ihn vollständig geheilt und damit gerettet hatte. Xhar war danach aufgetaucht und hatte ihm die Macht über das Feuer übertragen, die er in seiner rechten Hand demonstrierte.

»Feuer?«, wiederholte sie verwirrt. Iouna verstand zunächst nur die Hälfte und schaute Halvar fragend an. Noch einmal ließ er eine Flamme in seiner Hand lodern, wodurch ihr bewusst wurde, dass nicht nur sie von einem Gott gesegnet worden war. Bei ihm handelte es sich trotz seiner Kräfte um Athans Segen, wie er ihr schilderte. Der Gott des Lebens schien anwesend gewesen zu sein, während sie geschlafen hatte, und hatte seine Bedenken gegenüber der Wahl seines Bruders geäußert. Neben allem Verwirrenden schien aber eines klar zu sein, nämlich dass auf irgendeine Art und Weise Halvar und sie miteinander verbunden waren. Immerhin sollte das magische Feuer ihrer gemeinsamen Sicherheit dienen. Hinzu kam noch eine weitere Tatsache: Die Götter hatten Halvar verraten, dass der Norden sich nach Süden aufgemacht hatte. Iouna ahnte, dass das letztlich mit ihrem Ableben zu tun haben musste, und stimmte zu, Schlimmeres zu verhindern. Krieg war selten eine gute Lösung, erst recht nicht, wenn man an das Volk dachte, das darunter leiden musste.

Als Halvar direkt vor ihr stand, strich er ihr eine verirrte Haarsträhne hinter ihr Ohr.

Starr nahm sie die Berührung hin, was ihm sicherlich nicht verborgen blieb. »Ich habe … ein Kleid für dich gefunden«, erklärte er leise und wirkte auch etwas distanziert.

»D… Danke!«, erwiderte sie zögernd und musterte ihn ein weiteres Mal. Ein zaghaftes Lächeln eroberte ihr Gesicht, während Halvar sich dem Pferd zuwandte und nach dem versprochenen Kleid kramte. Es war nichts Besonderes, wirkte recht bäuerlich, aber Iouna hinterfragte die Geste nicht. Sie ahnte, dass er es vor dem Überfall besorgt haben musste. Kurz schaute sie sich um, aber da sie allein waren, wickelte sie die Decke von sich und nahm das Kleid zur Hand. »Starr mich nicht so an! Das alles kennst du bereits«, sagte sie in einem belustigten Tonfall, als sie sich das Kleid überstreifte.

Er lächelte, aber sah anscheinend nicht ein, seinen Blick von ihr zu wenden.

»Wo reiten wir überhaupt hin?«, lenkte sie vom Thema ab.

»Nach Schwarzbruch«, antwortete er wenig begeistert und erklärte ihr, woher die Deserteure kamen und was Heinrichs Bruder Hannibal mit den Soldaten vorhatte.

»Du willst der Schlacht entgegenreiten?«

»Die Bewohner der Stadt können nichts dafür, dass ihr Herzog eine haarlose Ratte ist.«

Damit hatte Halvar wohl recht. Im Grunde waren sie für den Feldzug mitverantwortlich, der sich gegen Falkenberg richtete. Sie war der Auslöser gewesen, und Halvar hatte Heinrich getötet. Obwohl es um diesen nicht schade war, konnte man nachvollziehen, dass der Bruder auf Rache sann. Nickend stimmte sie daher dem Plan vorerst zu und ließ sich auf das Pferd helfen.

Bis zum Mittag ritten sie meist schweigend Richtung Süden. Immer wieder schaute Iouna zurück und musterte das ihr unbekannte Gesicht. Sie versuchte, sich an ihn zu gewöhnen, aber das war gar nicht so einfach. Ab und an überkamen sie sogar Zweifel, ob es wirklich Halvar war, auch wenn es lächerlich erschien, da alles auf ihn hinwies – vor allem seine Augen.

Halvar hatte noch nie durch übermäßig viel Konversation geglänzt, aber nicht einmal sie sagte etwas. Die Stimmung wirkte daher sehr unterkühlt, und die überschwängliche Begrüßung, die nach solch einem Erlebnis üblich gewesen wäre, blieb aus. Vage konnte sie die Kette an seinem Hals sehen, die sie für ihn gemacht hatte, und noch immer trug sie seinen Armreif – beides Zeichen ihrer gegenseitigen Zuneigung. Um ihre Gedanken von dem Geschehenen abzulenken, schaute sie sich um. Irgendeine Sache musste sie doch anmerken können, ohne dass es gespielt wirkte. Sie betrachtete erneut seinen Unterarm und entdeckte die Tätowierung der Vollstrecker. »Scheint so, als sei der Ritter nun endgültig wieder zum Leben erwacht«, merkte sie an und lächelte verlegen.

»Aber dennoch gilt er als tot«, antwortete er ebenfalls mit einem Lächeln, das jedoch nicht seine Augen erreichte. »Zumindest für den Orden.«

Skeptisch musterte ihn die junge Frau. »Wie kann das sein, dass du lebst, aber tot sein sollst?«, wollte sie wissen, auch wenn sie ahnte, dass die Antwort ihr nicht gefallen würde.

Ein kurzes Schweigen verriet ihr, dass Halvar nach Worten suchte. »Weil ich offiziell nie entkommen bin. Sir Halvar Dahl wurde als Verräter und Königsmörder hingerichtet.«

Betreten schaute Iouna wieder auf den Weg und lehnte sich mit ihrem Rücken an seine Brust. Sie konnte einige Teile seiner Geschichte zusammenzählen. In der Taverne hatte er ihr erzählt, dass eine der Leibwachen König Harald getötet hatte. Dass sie ihn als Schuldigen auserkoren hatten ... Zuzugeben aber, dass Halvar entkommen war, hätte vermutlich einige Fragen seitens des Ordens aufgeworfen, sodass König Viktor ihn für tot erklärt haben musste.

»Sie haben mir meinen Siegelring abgenommen und an den Orden gesendet als Beweis dafür, dass ich tot bin.«

»Das alles tut mir leid für dich«, kam es leise und betrübt über ihre Lippen, während sie den Schild seiner Tätowierung nachfuhr. Schweigend nahm er es hin, und somit erstarb erneut jedwedes Gespräch. Erst nach einer gefühlten Ewigkeit folgte ein »Danke« seitens des Hünen, was Iouna dazu brachte, sich zu ihm herumzudrehen.

»Für was?«, hinterfragte sie lächelnd, denn ändern konnte sie nichts an seiner Vergangenheit.

»Dass du bei mir bist«, kam zögerlich zurück, und besorgt warf sie ihre Stirn in Falten.

Musternd betrachtete sie den Mann vor sich, der kein anderer als Halvar sein konnte, auch wenn sein Antlitz nun anders aussah. »Ich müsste dir dafür danken, dass du bei mir bist«, erwiderte Iouna wehmütig. »Du tust so viel für mich. Du begleitest und beschützt mich, was niemals der Fall wäre, wenn ...«

Die Prinzessin brach ihre Worte ab und schaute betreten auf den Boden neben dem Pferd.

Mein Glück wurde aus dem Unglück so vieler geboren, dass es fast falsch ist, dieses anzunehmen.

Halvar griff indessen um und nahm die Zügel des Pferdes in seine rechte Hand, sodass er die andere um Iounas Taille legen und sie dadurch an sich drücken konnte. Die junge Frau war sich klar darüber, dass sie keine Schuld am Schicksal seiner Frau und seiner Tochter traf, dass sie es auch nicht ändern konnte – das hatte sie ja versucht. Und dennoch hinterließ ihre Liebe einen bitteren Nachgeschmack, denn sie hätte es niemals gegeben, wenn seine Familie noch am Leben wäre.

Nach Stunden auf dem Pferd ging allmählich die Sonne unter. Der Nebel des Schweigens hatte sich über sie gelegt. Mit abschätzigen Blick sah Iouna hinauf in das dichte Blätterdach, das nur wenig von den abendlichen Sonnenstrahlen hindurch ließ.

»Sollen wir rasten?«, erklang es hinter ihr, und Iouna nickte.

»Ich glaube, das Pferd braucht auch eine Erholung von uns.«

Kurzerhand bogen sie von der Straße in einen schmaleren Pfad ab, der sie geradewegs am Waldrand entlangführte. Mit den Bäumen um sie herum waren sie nicht gleich zu entdecken, aber auch nicht zu weit weg, um am nächsten Tag ihren Weg fortzusetzen. Die Wiese, die sich vor ihnen ausbreitete, war hüfthoch, zumindest für Iouna. Das Gras bot eine wesentlich angenehmere Liegestelle als feuchter Waldboden, und das trockene Wetter hatte dafür gesorgt, dass die Kleidung beim Liegen nicht nass wurde. Abgesehen davon, versteckten sich sicherlich einige Tiere zwischen den hohen Halmen.

Halvar stieg zuerst vom Hengst und griff dann nach ihrer Hüfte, um ihr herunter zu helfen. Vorsichtig hielt sie sich dabei an seinen Schultern fest. Sie spürte, wie der Hüne umgriff. Er schlang seine Arme um sie, anstatt sie einfach vor sich abzusetzen, und ließ sie langsam an seinem Oberkörper nach unten gleiten. Als beide sich auf gleicher Höhe in die Augen sehen konnten, musste Iouna lächeln. Noch immer schaffte er es, sie verlegen dreinblicken zu lassen, und vermutlich lief sie gerade rot an. Sein neues Aussehen machte es ihr nicht leichter. Iouna löste ihre rechte Hand von seiner Schulter, da Halvar sie anscheinend nicht umgehend loslassen wollte, und strich ihm zärtlich über die Wange. Es fühlte sich anders an als vorher, was wohl kein Wunder war. Nichts schien mehr von den Narben übrig zu sein, nur noch vor ihrem inneren Auge konnte sie die Zeichen sehen, die sein Gesicht entstellt hatten.

Halvar schloss als Folge ihrer Berührungen die Augen und lächelte sacht. Nach kurzem Zögern überwand die junge Frau ihre Scheu gegenüber dem fremden Anblick und beugte sich leicht nach vorne, um ihn zu küssen. Seltsamerweise fühlte sich das nicht fremd für sie an, sondern sehr vertraut. Er erwiderte den Kuss, und allein daran hätte sie ihn wiedererkannt. Die Art, wie seine Lippen ihre umspielten und wie schnell sie an Leidenschaft gewannen. Endlich konnte sie all die düsteren Gedanken zurückdrängen und eine gewisse Erleichterung zulassen. Als er sie vor sich abstellte, umarmte sie ihn so fest es ihr möglich war und legte dabei ihren Kopf gegen seine Brust. Kurz überfiel sie die Trauer, die sie empfunden hatte, als sie ihn gefoltert an den Seilen hängen sah. Ein Bild, das sie nicht allzu schnell vergessen würde; deshalb vergrub sie ihr Gesicht in dem Hemd, um die einzelnen Tränen zu verstecken. Der Hüne erwiderte ihre Umarmung, und als sie seine Arme an ihrem Rücken spürte, entwich ihr trotz der Zurückhaltung ein Wimmern. Sie realisierte erst spät, dass sie es überstanden hatten – zumindest teilweise. Der Gang nach Falkenberg stand ihnen bevor, aber Iouna wollte den Hinweg dazu nutzen, um sich ein wenig zu erholen. Auch wenn sie versuchte, das Geschehene zu überspielen, würden sie die Bilder verfolgen. Immerhin hatte sie andere Menschen getötet. Sie hatte dadurch zwar das richtige Leben gerettet, ebenso ihr eigenes, aber Mord blieb Mord, egal wie sie es betrachtete. Dies lastete auf ihr, und es würde einige Zeit dauern, ehe sie das überwinden würde. Nach allem, was ihnen die Götter bereits offenbart hatten, ahnte sie tief in ihrem Inneren, dass dies nicht das letzte Mal gewesen war, dass sie ihr Leben mit Blut verteidigen musste. Es gab daher nur zwei Möglichkeiten für sie: daran zu wachsen oder daran zu zerbrechen. Als Nordfrau bevorzugte sie die erste Möglichkeit. Als Tochter Athans musste sie über diesen Dingen stehen! Sie musste das Gute in dem sehen, was so manches Schlechte hinterließ. Der Tod der Deserteure hatte zur Folge, dass sie kein Leid mehr verursachen konnten. An dieser Erkenntnis hielt sie fest.

Irgendwann löste sich Iouna aus Halvars Umarmung und sah ihn an. »Jemand sollte sich um das Abendessen kümmern, bevor es zu dunkel ist«, sagte sie.

»Wir beide!«, stellte Halvar klar und schaute dabei sehr ernst drein. Sein Blick ließ keinen Widerspruch zu. »Ich lass dich nicht mehr allein! Ich hab dich zweimal allein gelassen und zweimal …«, kam es lauter über seine Lippen, als vermutlich beabsichtigt.

Iouna zuckte kurz zusammen. Auf einmal wurde ihr klar, auch an ihm war nicht alles spurlos vorbeigegangen. Und sein ungeplanter Gefühlsausbruch überraschte anscheinend beide. Halvar wandte sich ab und atmete einmal tief durch. »... zweimal fast verloren«, flüsterte er, und sie nickte verstehend. Sie schienen beide Zeit zu brauchen. Nur der Segen der Götter war dafür verantwortlich, dass sie noch lebten.

»Ich komme mit. Das ist mir auch lieber«, erwiderte sie lächelnd. »Nur werden wir nichts fangen. Ich bin ein Trampel, was die Jagd angeht. Ich bin besser im Fischen.«

»Wir jagen nicht zum Vergnügen«, wies sie der Hüne zurecht und lächelte kurz. Iouna zog ihre rechte Braue hoch und begann, Richtung Waldrand zu laufen. »Das ist wahr«, rief sie zurück. »Diesmal sitzt du auch nicht irgendwo im Dickicht und jagst junge Frauen. Bei Wild solltest du dich geschickter anstellen.«

»Solange mich kein Bär anfällt ...«, kam es zurück. Iouna schaute hinter sich und sah, wie Halvar ebenfalls grinste. Seine Laune besserte sich wieder.

Zusammen schlichen sie lautlos durch das hohe Gras in der Hoffnung, dass ihnen etwas Essbares vor die Füße lief.

***

Wieder einmal schlug sich Halvar – dicht gefolgt von Iouna – durch das Unterholz. Diesmal jedoch waren beide darauf bedacht, sich möglichst unauffällig zu bewegen. Er blieb stehen, hob seine rechte Hand, in der er den Speer trug, und signalisierte der jungen Frau damit, ebenfalls zu verharren, was sie sofort tat. Einen Augenblick war es still, nur das Säuseln des Windes und das Zwitschern der Vögel in den Baumwipfeln war zu hören. Die Prinzessin stand angespannt zwischen den Sträuchern und bemühte sich, leise zu sein. In der Hand hielt sie den Dolch, den Halvar dem Deserteur in der Hütte abgenommen hatte. Eine kleine Waffe, aber besser als keine.

Ein Rascheln im Gebüsch riss den Ritter aus seinen Gedanken.

Beute!

Stumm deutete er auf die Stelle, wo er ihr Abendessen vermutete, und Iouna begann, sich langsam zur anderen Seite des Strauchs vorzutasten. Auf sein Zeichen hin schüttelte sie die Äste des Gewächses, woraufhin ein Eichhörnchen panisch herausgeschossen kam. Wie erhofft, rannte es auf Halvar zu, der es jedoch mit dem Speerstoß verfehlte. Eilig hüpfte es den nächsten Baum hinauf, was Iouna mit einem Kichern quittierte. »Mein Meisterjäger!«, gluckste sie. »Aber ein Eichhörnchen reicht vermutlich auch nicht für uns beide.«

»Besser als *kein* Eichhörnchen«, stellte Halvar fest, dann musste er grinsen. »Komm weiter. Irgendetwas müssen wir essen.«

Die beiden beschlossen weiterzugehen, um doch noch etwas Essbares für den Abend zu finden, aber nur ein einzelnes Eichhörnchen fand den Weg an Halvars Gürtel.

»Wir könnten es noch mit Fischen versuchen«, schlug die Prinzessin vor. »Vielleicht haben wir da mehr Glück.«

Beide wussten, wo sich der Fluss befand, und nicht zuletzt dank Halvars Kompass war es ein Leichtes, den Weg zu finden. Nach kurzer Zeit hörten sie bereits das Rauschen des Wassers und folgten ihm ans Ufer.

Dort angekommen, zog Iouna den Saum ihres Rockes nach oben und verknotete ihn, sodass der Stoff nur noch bis zur Mitte ihrer Oberschenkel reichte. Als sie fertig war, lächelte sie ihn an. »Wir Nordleute sind auch nicht ganz hilflos.«

Er erwiderte das Lächeln und sah ihr dabei zu, wie sie leichtfüßig die Böschung hinab ins Wasser lief. Barfuß watete sie so weit hinein, bis es ihre Knie bedeckte.

Halvar betrachtete Iouna, wie sie reglos dastand und auf Beute lauerte. Sie hatte sich nicht verändert. Noch immer war sie dieselbe junge Frau, die er kennen- und lieben gelernt hatte, aber *er* hatte sich verändert. Eigentlich hatte *sie* ihn verändert. *Sie* hatte seinem Leben wieder einen Sinn gegeben und *sie* hatte seine Vergangenheit aus seinem Gesicht gestrichen. Narben erzählten eine Geschichte. Nun war beides aus seinem Antlitz verschwunden, und ein neuer Anfang war ihm geschenkt worden. Allerdings konnte er spüren, dass es Iouna nicht leichtfiel, noch *ihren* Halvar in ihm zu sehen. Immerhin sah er wieder so aus wie vor dem Tod des alten Königs Harald – ohne Brandmale und ohne alte Wunden. Insgeheim hoffte er, dass sie sich an sein Aussehen gewöhnen würde. Ihre Nähe fehlte ihm.

»Hab ich dich!«, riss sie ihn aus seinen Gedanken. Triumphierend hielt sie einen Fisch über ihren Kopf. »Fang!«, rief sie dem Ritter zu, der näher ans Wasser trat. Gezielt warf sie ihm das zappelnde Tier zu, und er beendete seinen Kampf mit einem schnellen Stich seines Dolchs. Nach kurzer Zeit folgte ein weiterer Fisch, mit dem ebenso verfahren wurde. Zufrieden mit ihrer Ausbeute stapfte sie wieder aus dem Wasser, während er den Fang neben dem Eichhörnchen an seinem Gürtel verstaute.

»Lernt eine Prinzessin aus Yveih auch das Fischen?«, fragte er grinsend. Innerlich wollte er widersprechen, als sie den Knoten in ihrem Rock löste und ihre nackten Beine wieder verhüllte, schwieg aber.

»Eigentlich nicht, aber Thorvid brachte es mir bei!«, erklärte sie.

»Nachdem du geflohen bist?«

»Nein, bereits als Kind«, stellte sie klar. »Es war, als würde er mich darauf vorbereiten, was auf mich zukommen würde.«

Nachdenklich kratzte sich Halvar am Kopf. Thorvid war deutlich älter als seine Schwester und hatte bestimmt schon einige Dinge mitbekommen, die vor ihr geheim gehalten wurden. »Vielleicht wusste er bereits mehr«, mutmaßte Halvar und sah zu Iouna hinunter.

Nickend lachte sie kurz. »Er dachte schon früh weiter als viele andere«, bestätigte sie seine Aussage. »Ein Talent und ein Fluch zugleich.«

Gerade als Halvar fragen wollte, was sie mit »Fluch« meinte, unterbrach ein quäkendes Geschrei die Unterhaltung. Verwirrt sahen die beiden sich an. »Ist das ein Säugling?«, fragte Halvar und zog eine Augenbraue hoch.

»Klingt fast so, ja«, stimmte Iouna ihm zu.

Es war ungewöhnlich, das Schreien eines Säuglings mitten im Wald zu hören, blieben die Mütter doch meist mit ihnen zu Hause. Sollte hier irgendwo eine verirrte Mutter herumlaufen? Halvar lauschte weiter und bemerkte, dass die Laute von flussaufwärts kamen – aus Richtung des Flusses. Leise teilte er diese Erkenntnis Iouna mit. Angestrengt beobachteten beide den Weststrom, als ein winziges Boot vorbeifuhr. Deutlich war das Geschrei eines kleinen Kindes zu hören, das sich auf diesem befinden musste.

»Was bei Xhar ...«, fing Halvar an und schaute zu Iouna, die schockiert auf das Wasserfahrzeug starrte. »Juna!«, sprach er sie an.

»Wir müssen ihn da rausholen!«, sagte sie leise und monoton.

Verdutzt blickte Halvar zwischen der Prinzessin und dem Boot hin und her. Was sollte das alles? Bevor er sie fragen konnte, lief sie auf das Wasser zu.

»Lauf weiter flussabwärts ... Wenn ich das Boot verfehle, dann musst du ihn rausfischen!«, wies sie ihn an, während sie bereits hineinwatete.

»W... Was?«, erwiderte er. »Das geht nicht!«

Überrascht blieb Iouna stehen und drehte sich um. »Warum nicht?!«, fragte sie energisch.

»Weil ich nicht schwimmen kann ...«, gab er zerknirscht zu und blickte beschämt zu Boden.

Er hasste es, ihr und dem Säugling nicht helfen zu können, aber es ergab auch keinen Sinn, es zu versuchen und dabei selbst zu ertrinken.

»Was?!«, rief sie beinahe verzweifelt, wartete jedoch nicht weiter ab, sondern wandte sich wieder dem Boot zu und sprang in ihrem Kleid ins Wasser.

Hilflos musste Halvar mit ansehen, wie sie auf das Boot zuschwamm. Er wusste, dass sie nicht ertrinken konnte, aber dennoch hoffte er, dass alles gut gehen würde.

Nach wenigen Schwimmstößen erreichte sie ihr Ziel, klammerte sich ans Boot und begann, es ans Ufer zu schieben. Sie schien hektisch zu sein, was Halvar nicht verstand. Der Säugling schrie zwar immer noch, aber er lag sicher im Inneren des hölzernen Schiffchens.

Er eilte zu der Stelle, an der sie vermutlich ankommen würde, und ging ihr einige Schritte im seichten Wasser entgegen. Sichtlich außer Atem erreichte Iouna das rettende Ufer. Halvar half ihr, das Boot auf den steinigen Grund zu ziehen. Erst jetzt bemerkte er, dass das Wasser auch *im* Kahn stand. Mehrere Löcher waren in das Holz geschlagen worden. Viel länger hätte das schreiende Kind nicht überlebt.

»Was soll das?«, sagte er leise vor sich hin, während Iouna sich neben ihm ins flache Wasser setzte und mit den Händen nach hinten abstützte. Nach kurzem Verschnaufen beantwortete sie seine Frage. »Das machen sie mit Absicht …«, erklärte sie. »Das ist so etwas wie eine Wasserbestattung, um Athan zu beschwichtigen!«

Halvar half ihr aufzustehen und sah sie verständnislos an. »Bestattung? Eines lebenden Kindes?«

Liebevoll nahm Iouna den noch immer schreienden Säugling aus dem Boot und wiegte ihn sanft im Arm. Das Kind war in eine dunkle Decke gewickelt, nur sein Kopf lag frei. In dem Kahn erkannte Halvar ein hölzernes Kästchen, auf dem das kleine Wesen gelegen hatte.

»Die Asche der Mutter«, erklärte Iouna, als sie seinen Blick bemerkte. »Wenn eine Mutter bei der Niederkunft stirbt, dann geben manche Anhänger Athans dem Kind die Schuld. Als sei es ein Unglücksbringer, da es seine Wiege getötet hat.«

Ungläubig sah er sie an. Wie konnte man solch ein unschuldiges Wesen beschuldigen, seine Mutter umzubringen? »Sie *töten* das Kind?!«, stellte er schockiert fest, was die Prinzessin mit einem Nicken bestätigte.

»In Athans Lehren wird die Frau als die Lebensspenderin angesehen«, fuhr sie dann fort. »Wenn sie stirbt, ist das Kind der Mörder. Und wie verfährt man mit Mördern?«

Fassungslos starrte Halvar das kleine Kind in den Armen der Prinzessin an, die das Schiffchen mit dem Fuß zurück in den Fluss schob. Die sterblichen Überreste der Mutter sollten ihre Bestattung bekommen.

»Das sind falsche Interpretationen. Und sie sind auch verboten, aber einige halten sich nicht daran«, meinte sie wehmütig.

Mit zusammengebissenen Zähnen nuschelte Halvar in der Sprache seiner Heimat. »*Und sie nennen uns unzivilisiert!*«

Er drehte sich herum und begann, das Ufer entlang flussaufwärts zu gehen, während Iouna hinter ihm weitersprach. »Böse Dinge geschehen überall, aber wir haben es verhindert ...«, philosophierte sie, unterbrach sich aber, als sie bemerkte, dass er sich auf den Weg machte. »Was hast du vor?«

»Den Vater suchen!«, verkündete er, ohne stehenzubleiben.

So schnell es ihr mit dem Kind im Arm möglich war, versuchte sie, ihn einzuholen. »Und was willst du tun?«

Wortlos blieb er stehen und drehte sich zu ihr um. Er warf ihr einen vielsagenden Blick zu. In seinen Augen war der Vater der Mörder und nicht das Neugeborene.

»Nein«, flüsterte sie. »Du wirst ihn nicht töten, auch wenn er es vermutlich verdient hätte! Diese Leute sind wirr und fehlgeleitet. Ihr falscher Glaube treibt sie zu solchen Taten.«

Wut stieg in ihm auf. Nicht auf Iouna, aber auf den Vater, der sein Kind lieber den Wellen übergab, als sich selbst darum zu kümmern. Dabei gab es hier im Süden keine Winter, bei denen die Menschen neben ihren Herdfeuern erfroren. »Wirr und fehlgeleitet?«, schimpfte er deshalb. »Und das erlaubt ihnen über ein Leben zu urteilen, das gerade erst begonnen hat? Ihr falscher Glaube ist nur ein Grund mehr, sie zu ...«

»Du bist ein Isvintari und ich eine yveihische Prinzessin«, unterbrach sie ihn, »und trotz der Vergangenheit unserer Länder hab ich dich nicht auf dem Fußboden des Kerkers sterben lassen. Es geht darum, das Leben zu schätzen. Es ist gegen meinen Glauben, einen anderen einfach so zu töten, aber selbst ich musste drei Menschen das Leben nehmen, um mindestens zwei andere zu bewahren.« Sie sah ihn ernst an, als sie den Preis nannte, den sein gerettetes Leben gefordert hatte. »Unser bisheriger Weg ist mit Leichen gepflastert, deshalb bin ich froh, dass wir dieses eine Leben retten konnten, ohne dafür ein anderes zu nehmen. Aber bitte ...« Sie drehte sich um und begann, zurück in den Wald zu laufen, von wo sie gekommen waren. »... geh nur und suche den Mann. Ich laufe derweil zum Schlafplatz zurück und halte den Kleinen warm – alleine und schutzlos!«

Halvar wusste genau, dass sie diese Worte absichtlich und gezielt so gewählt hatte, aber dennoch verfehlten sie ihre Wirkung nicht. Er konnte sie nicht alleinlassen. Angespannt schluckte er seine Wut hinunter. »Juna, warte ...«, rief er gerade laut genug, damit sie es hörte.

Einen Augenblick zögerte sie, ging dann aber weiter.

»Ein Vater sollte seine Familie schützen!«, fuhr er fort und hoffte, dass sie stehen bleiben würde. »Und nicht sein Kind …«

Er brach den Satz ab. Allein der Gedanke daran, Lillian in ein löchriges Boot zu setzen und sie auf ihre letzte Fahrt zu schicken, schmerzte ihn.

Endlich blieb Iouna stehen. Verhalten drehte sie sich wieder zu ihm herum und kehrte zu ihm zurück. »Wenn das Schicksal will, dass der Mann seine gerechte Strafe erhält, wird es so sein, aber wir werden ihn nicht durch den Wald jagen«, sagte sie sanft, aber bestimmt. »Warum nimmt dich das so mit?«

Halvar sah traurig zu ihr hinunter, dann schweifte sein Blick in die Ferne. »Weil ich nicht hier wäre, hätte mein Vater diesem fehlgeleiteten Glauben angehört«, klärte er sie leise auf.

Es dauerte kurz, bis sie verstand, was er ihr damit sagen wollte. Erschrocken blickte sie zu ihm auf. »Das tut mir leid …«, flüsterte sie, und beide richteten ihre Augen auf den Boden. Schweigend standen sie da, bis sie die restliche Strecke überwand, die sie trennte. Das Geschrei des Säuglings war leiser geworden, und er schien sich etwas zu beruhigen. Vielleicht war Halvar nicht der Einzige, der sich in Iounas Nähe besser fühlte. Mit einer Hand hielt die junge Frau das Kind und strich mit der anderen sanft über Halvars Wange, bevor sie ihn am Bart zu sich nach unten zog. »Kein Töten, solange unser Leben nicht in Gefahr ist. Bitte …«, hauchte sie und küsste ihn.

Beruhigt erwiderte er ihre Zärtlichkeit und lächelte sie anschließend an. Mit einem Nicken versprach er ihr, was sie forderte. »Ist es ein Prinz oder eine Prinzessin?«, fragte er, um das Thema zu wechseln.

»Was wäre dir denn lieber?«, säuselte sie mit einem verschmitzten Grinsen.

»Jeder Mann braucht einen Stammhalter«, stellte Halvar fest, auch wenn dieser nicht zwangsläufig das erstgeborene Kind sein musste. Er hatte Lillian über alles geliebt und hätte sie für nichts in der Welt eingetauscht. Inzwischen war er froh, dass kein weiterer Nachwuchs aus seiner Ehe mit Khyla entsprungen war, der dann in seine Zelle gestoßen worden wäre, um in seinen Armen zu verbluten. Dennoch hatte er sich immer viele Kinder gewünscht.

Vorsichtig untersuchte Iouna das kleine Wesen auf ihrem Arm und teilte ihm dann mit, dass der Findling tatsächlich ein Junge war.

Dabei bemühte sie sich, dass kein Wassertropfen aus ihrem Haar auf den Knaben fiel. Noch immer war ihr Kleid triefnass, und mit Sicherheit würde sie bald frieren. Halvar entzündete ein kleines Feuer in seiner Hand und bevor Iouna fragen konnte, was er vorhatte, war alles Wasser aus ihrer Kleidung und ihren Haaren vertrieben.

»Warum verbrennen wir nicht?«, fragte sie und sah ihn überrascht an.

»Weil ich es nicht will«, erklärte er und wiederholte die Worte, die Xhar an ihn gerichtet hatte.

Verblüfft nahm sie es zur Kenntnis, aber die Skepsis war ihr ins Gesicht geschrieben.

Halvar fühlte sich, als müsste er sie überzeugen, dass von ihm keine Gefahr für sie ausging; deshalb hielt er ihr seine geöffnete Hand hin. Einen Augenblick schaute sie etwas verständnislos, verstand aber schließlich, was er wollte, und legte ihre freie Hand hinein, während sie den Knaben immer noch mit der anderen festhielt. Sanft umschloss er ihre zarten Finger und hielt sie fest, bevor er die Flammen entfachte. Zunächst nur sehr schwach, gewannen sie langsam an Stärke, bis sich das Feuer auf seine Augenhöhe erstreckte.

Fasziniert beobachtete Iouna das Schauspiel. Als Halvar es beendete, betrachtete sie ihre unversehrte Hand. »Einmal gebrannt habe ich ja bereits«, flüsterte sie. »Gut zu wissen, dass es ein Feuer gibt, das mich heil lässt.«

Lächelnd stimmte er ihr zu, und die beiden machten sich wieder auf den Weg zu dem Platz, den sie als Nachtlager auserkoren hatten.

»Wenn wir nichts zu essen für den Kleinen finden, hätten wir ihn auch im Fluss lassen können ...«, beklagte sich Iouna unterwegs leise.

Er wusste, dass sie recht hatte, aber ihm fiel nichts ein, wo sie Nahrung für ihren neuen Begleiter hernehmen sollten. Blieb nur zu hoffen, dass der Knirps bis zum nächsten Tag durchhielt und dass sie dann schnell eine Ziege oder eine andere Milchquelle finden würden. Vielleicht trafen sie auf ein Dorf und konnten dort die Dienste einer Amme in Anspruch nehmen.

»Wie willst du ihn nennen?«, wollte Halvar plötzlich wissen, während Iouna das Kind beim Gehen in den Armen wiegte, um es wenigstens etwas zu beruhigen.

»Für gewöhnlich bestimmt der Vater den Namen«, antwortete sie und lächelte ihn an.

Halvar lächelte zurück, sagte aber nichts. Er war nicht der Vater; eben dieser hatte dem Knaben vermutlich keinen Namen gegeben, sondern ihn einfach verstoßen.

Iouna schien zu ahnen, was er dachte. »Aber uns wird schon einer einfallen.«

Halvar schien zuversichtlich. Ein Name war das geringste Problem des Kleinen.

Stumm stapften sie im weniger werdenden Licht durch den Wald und folgten dem Weg zurück zum Lager. »Du hättest mir ja auch früher sagen können, dass du nicht schwimmen kannst!«, durchbrach Iouna schließlich das Schweigen.

»Ich wusste nicht, dass das wichtig ist«, verteidigte sich Halvar und lachte kurz.

»Ich hätte es einfach nicht angenommen«, meinte sie. »Bei uns lernen die Kinder das sehr früh.«

Wenig überraschend, wenn man den Gott des Wassers anbetet.

Er schob einen Ast zur Seite und wartete, bis Iouna mit ihrem Paket an ihm vorbeigelaufen war. Schnell trat er wieder neben sie. »Bei uns nicht«, klärte er sie auf. »Es gibt keinen Grund, schwimmen zu lernen. Das Wasser ist so eisig kalt, dass niemand darin überlebt und so gut wie keine Chance besteht, dass derjenige es wieder an Land schafft. Und selbst *wenn* er es an Land schafft, erfriert er dennoch.«

Selbstverständlich gab es Ausnahmen, wie manche Seeleute oder die wenigen Glücklichen, die neben einer der heißen Quellen lebten, aber der Großteil der Bevölkerung scherte sich nicht um seine Schwimmkünste.

»Das ist irgendwie verständlich ...«, gab sie zu. »Trotzdem hättest du es mal erwähnen können. Du weißt fast alles über mich, aber ich habe das Gefühl, ich kratze bei dir immer nur an der Oberfläche.«

Da hatte sie recht. Es gab viele Dinge, die sie nicht über ihn wusste – und bei einigen hoffte er, dass es auch so bleiben würde. Dennoch wollte er keine unnötigen Geheimnisse vor ihr haben. Wo er anfangen sollte, wusste er allerdings nicht. »Was willst du denn wissen?«, fragte er daher und sah zu ihr hinunter.

Iouna blieb stehen und beobachtete den Säugling in ihrem Arm, der sich wieder für einen Moment beruhigt hatte. »Du hast mir nie von Khyla und Lillian erzählt, abgesehen von ...« Sie sprach die Worte nicht aus, aber er wusste, was sie meinte.

Kurz überlegte er, was er erläutern sollte. »Ich ... habe Khyla bereits als Kind kennengelernt«, fing er zögerlich an, da es sich seltsam anfühlte, ihr von seiner Familie zu erzählen. »Sie war die Tochter des Barons der Stadt. Ich habe sie das erste Mal im Garten ihres Vaters gesehen, als wir Holz für das Herrenhaus geliefert haben.«

Erstaunt blinzelte die junge Frau ihn an. »Du warst *wirklich* Holzfäller?«

»Ja«, bestätigte er und lachte kurz. »Ist das so schwer zu glauben?«

»Gab es viele Holzfäller in Isvinter?«, fragte sie frotzelnd.

So ernst er konnte, sah er sie an. »Nein, nur meinen Vater.« Es gelang ihm nicht, die strenge Fassade aufrechtzuerhalten, als Iouna zu lachen begann. Grinsend beobachtete er die Prinzessin, die das Findelkind noch immer im Arm wiegte.

Kurz darauf verlor ihre Miene wieder etwas von ihrer Fröhlichkeit. »Wie kommt der Sohn eines Holzfällers zu der Tochter eines Barons?«, wollte sie wissen.

»Nachdem das Holz abgeladen war, durften wir miteinander spielen«, erklärte er. »Der Baron war zwar nicht begeistert davon, dass seine Tochter mit einem Kind von einfachem Stand spielte, aber er ließ uns gewähren, als er sah, wie fröhlich sie wirkte. Es dauerte bis zu meinem sechzehnten Winter, bis aus der Freundschaft mehr wurde ...« Allerdings war »mehr« zu diesem Zeitpunkt noch nichts weiter als junge Schwärmerei gewesen. »Dann kam der Krieg«, fuhr er fort. »Ich war einer der Jungen, die in die Armee eingezogen wurden. Ich musste ihr versprechen, zurückzukommen.«

Ein kleines Lächeln huschte über sein Gesicht, als er an ihre Worte von damals dachte. Obwohl er sich sicher war, dass Iouna es in der Düsternis nicht gesehen hatte, bemühte er sich, es schnell wieder verschwinden zu lassen. Es fühlte sich falsch an, in der Gegenwart seiner Prinzessin in den Erinnerungen an das Leben vor ihr zu schwelgen. »Das habe ich getan ...«, flüsterte er weiter. »Sogar als Ritter. Der Orden hat mich gleich nach dem Krieg rekrutiert, und ich habe die Prüfungen bestanden, ohne je Knappe gewesen zu sein.« Für einen Moment unterbrach er seine Erzählung und warf einen Blick auf den Kompass, um sicherzugehen, dass sie noch in die richtige Richtung marschierten. Mit der freien Hand erzeugte er eine kleine Flamme, um das Navigationsgerät besser sehen zu können. Zufrieden mit der Route führte er seine Erklärung fort. »Als ich wieder zu Hause ankam, war sie noch immer da und wartete auf meine Rückkehr. Der Rang des Ritters hatte mich in einen – wenn auch niedrigen – Adelsstand erhoben, der es mir vor dem Gesetz erlaubte, um ihre Hand anzuhalten, was ich auch tat.«

»Und dann bekamst du die Erlaubnis des Barons?«, hakte Iouna nach, was Halvar ein leises Lachen entlockte.

»Nein«, klärte er sie auf. »Ein Ritter von niederem Rang – noch dazu des schwarzen Banners – war ihm nicht gut genug. Erst als ich das Turnier gewann, das König Harald zu seinem dreißigsten Thronjubiläum veranstaltete, stiegen meine Chancen. Der Sieg brachte mir die Beförderung zum Hüter.«

Der Rang eines Hüters stand über dem eines gewöhnlichen Ritters und erlaubte dem Ordensbruder, einen Pagen oder Knappen auszubilden.

Verstehend nickte sie und fragte, ob er die Erlaubnis *dann* bekommen hätte.

Er konnte nicht sagen, was sie dachte, ihre Augen verrieten ihm nichts. »Nein«, widersprach er erneut. »Das Jawort ihres Vaters habe ich erst erhalten, nachdem Harald mich in die Königswache berufen hatte. Damit ging natürlich die Beförderung zum Garderitter einher. Ich weiß nicht, ob es an meinem schnellen Aufstieg in den Rängen des Ordens oder an der Tatsache lag, dass ich Mitglied von Haralds Wächtern war, aber dann sagte er zu. Dafür musste ich eine Woche lang jeden Tag vor seinen Toren stehen.«

Lächelnd legte Iouna ihren Kopf auf die Seite und sah zu ihm auf. »Ungebrochener Wille ...«, stellte sie fest, während sie endlich am Lager ankamen. »Dann müsstest du ja eigentlich etwas über Kinder wissen.«

Tatsächlich hielt sich sein Wissen über Säuglinge in Grenzen. Er hatte aufgrund seiner Tätigkeit als Königswache wenig dieser Zeit von Lillian mitbekommen, und Khyla hatte die Fürsorge übernommen. »Ich weiß, wie man sie zeugt …«, nuschelte er deshalb in seinen Bart.

»Das hilft uns nichts«, antwortete Iouna amüsiert. »Er ist ja schon da.«

Das Lachen der beiden war leise, erfüllte aber dennoch die kleine Lichtung.

Iouna setzte sich mit dem Säugling im Arm auf eine der Decken und versuchte, ihn weiterhin zu beruhigen.

Unterdessen trat Halvar an das bereits aufgetürmte Holz und entfachte es mit dem magischen Feuer des Totengottes. Schnell flackerten die Flammen beachtlich in die Höhe und verbreiteten eine angenehme Wärme. Er setzte sich dann neben Iouna auf die Decke, und sie sah ihn lächelnd an.

»Kannst du ihn einmal halten?«, wollte sie wissen. Sie reichte ihm das kleine Bündel, das in Halvars Händen noch zierlicher wirkte als ohnehin schon.

Er überlegte, ob man diese Ansammlung aus einer Frau, einem Mann und einem Kind bereits als Familie ansehen konnte. Es fühlte sich an, als hätten sie einige wesentliche Schritte zum Gründen einer solchen übersprungen; außerdem war dieser Abend ganz anders verlaufen, als er es sich erhofft hatte. Gedanklich sehnte er sich nach Iounas Nähe, die er in der alten Mühle gespürt hatte. Stattdessen saßen sie jetzt hier mit einem Kind, das nicht ihres war, für das sie sich aber dennoch verantwortlich fühlten. Sanft wiegte er das kleine Wesen im Arm, aufhören zu schreien wollte es jedoch nicht. Auch die Bewegungen des Hünen vermochten es nicht, den Knaben verstummen zu lassen.

Iouna war unterdessen aufgestanden und hatte die Hände hinter dem Kopf verschränkt, während sie auf und ab lief. »Wir können nicht bis zum Morgen warten«, verkündete sie. »Wir brauchen umgehend Nahrung für den Kleinen, oder er übersteht die Reise nicht.«

Halvar wusste, dass sie recht hatte. Nickend stimmte er ihr zu. »Ich habe leider keine Idee ...«, musste er zugeben.

»Wir brauchen eine Kuh oder eine Ziege!«, überlegte sie laut. »Irgendwo muss es doch Milch geben!«

»Nachts im Wald?«, fragte Halvar skeptisch.

Es gefiel ihm nicht, ihre Hoffnungen zu zerstören, aber er wusste einfach nicht, woher sie Milch für den Findling nehmen sollten. Da er an manchen Stellen noch leicht verschmiert war, konnte er höchstens einen Tag alt sein, also bei Weitem zu jung, um von dem Fleisch oder Fisch zu essen. Etwas anderes hatten sie aber nicht bei sich, und außer Wasser konnten sie ihm nichts anbieten, das er trinken konnte, doch davon würde er nicht überleben. »Wir können nur das Lager abbrechen und ein Dorf ...«, fing er an zu sprechen, verstummte jedoch, als er Iounas entsetzten Blick bemerkte.

***

Je lauter das Kind schrie, desto deutlicher wurde das Ziehen in ihren Brüsten. Da sie so angestrengt nach einer Lösung gesucht hatte, war es ihr nur nicht gleich aufgefallen. Irritiert sah sie Halvar an, bevor sie ihr Kleid am Kragen leicht nach vorne zog und mit der einen Hand ihre Brust berührte. Als sie die Hand wieder aus dem Stoff gehoben hatte, setzte sich ein feuchter Film auf ihren Fingerspitzen ab. »Was ...?«, murmelte sie fassungslos.

Halvar sah sie immer noch genauso verwirrt an wie zuvor. »Was ist?«, wollte er wissen, aber diese Frage konnte sie nicht wirklich beantworten.

»Ich ...«, setzte sie an. »Sie machen mich zu einer Mutter, ohne dass ich eine bin!«

Für Iouna war klar, dass dies ein Streich der Götter sein musste. Xhar hatte Halvar gesagt, dass sie noch keine Mutter eines Volkes sei, aber eine werden würde. Anscheinend fingen sie damit an, indem sie aus ihr eine Amme für das Findelkind machten, bevor die Prinzessin sich Größerem stellen sollte.

»Du meinst …«, setzte Halvar an, und Iouna konnte sehen, wohin sein Blick wanderte.

Mit vermutlich hochrotem Kopf ertrug sie seinen musternden Blick, den sie ihm nicht einmal verübeln konnte. Sie spürte, wie ihr Körper die Aufgabe bereits annahm, ohne sie zu fragen. Es war ähnlich wie mit dem Heilen, wobei ihre Gedanken und Hoffnungen das Handeln übernahmen. Seufzend gab sie nach. Ein Kind zu stillen hatte sie noch nie gemacht, aber es war sicherlich nicht so schwer oder brauchte so viel Überwindung, wie drei Leben auszulöschen. Wenn der Knabe überleben sollte, musste sie wohl tun, wozu sie auserkoren war. »Dreh dich bitte um«, bat sie Halvar daraufhin schüchtern und begab sich in den Schneidersitz. Es war ihr zunächst unangenehm, wenn er sie in dieser Lage sah. Sie begegnete immer mehr Dingen, die man sie nie gelehrt hatte, und das brachte sie an etliche Grenzen – an die Grenzen ihrer Geduld, ihres Glaubens und ihrer Scham. Das Schicksal hatte einen eigensinnigen Sinn für Humor, ausgerechnet sie zu einer *Mutter* zu machen, obwohl sie noch Jungfrau war.

Mit dem Neugeborenen auf ihrem Schoß wand sie sich aus den Ärmeln des Kleides und versuchte zu imitieren, was sie ab und an bei den Ammen im Schloss oder bei den Frauen auf den Bauernhöfen gesehen hatte.

Vorsichtig hob Iouna den Säugling an. Entgegen jedweder Vermutung schien der Junge sehr wohl zu wissen, was er tun musste, und abrupt verklang sein Schreien, während sie einen Schrei unterdrückte. Unkontrollierte Flüche verließen kaum hörbar ihre Lippen, aber so verschaffte sie sich Luft in einer Situation, die nicht befremdlicher hätte sein können – zumindest für sie.

Halvar hingegen war die Ruhe selbst, saß mit dem Rücken zu ihr gewandt und nahm schweigend die Tiere aus, um sie dann über dem Feuer zu braten. Dass er die Tatsache ohne Weiteres hinnahm, dass sie ein Kind stillen konnte, beruhigte sie mehr, als wenn er es mit Worten versucht hätte. Tief atmete Iouna ein und aus, während sie auf den immer ruhiger werdenden Knaben hinunterschaute. Es war nicht schlimm, dass ihre Abstammung sein Überleben sicherte, aber die junge Frau fühlte sich vom Leben – nicht minder von ihrem Gott und Stammvater – übergangen. Normalerweise wuchsen Mütter in ihre Rollen hinein, konnten sich lange Zeit auf eine Geburt und ein Kind vorbereiten. Sie jedoch wurde in dieses Dasein hineingeworfen. Sie wollte an dem Willen der Götter nicht zweifeln, aber ein wenig Zynismus sollte ihr vergönnt sein.

Nach einer gewissen Zeit erkundigte sich der Hüne, ob er ihr helfen konnte, was Iouna ein leises Lachen entlockte. Wie stellte er sich diese Hilfe vor? Sollten sie sich abwechseln? Aber Iouna merkte allmählich, dass ein kühler Wind aufzog und sie vollkommen ungeschützt dasaß. »Du könntest mir die Decke umhängen«, gestand sie kleinlaut. Iouna wollte sich eigentlich nicht allzu kindisch benehmen, denn Halvar war bereits Vater gewesen und kannte vermutlich dieses Bild.

Halvar stand auf und kam zu ihr herüber. Wortlos setzte er sich hinter sie, sodass sie ihre Knie auf seine Oberschenkel ablegen konnte. Auf diese Art konnte sie sich anlehnen und seine Wärme in ihrem Rücken spüren. Es war erstaunlich, dass sein Körper eine so unnatürliche Hitze annehmen konnte, dass andere glaubten, er würde unter hohem Fieber leiden. Jetzt erschloss sich für Iouna auch der Zusammenhang von Fritz von Reichenbach und seinem Kutscher vollständig. Von Xhar ging dieselbe Wärme aus.

»Wie wäre es mit Hallet?«, schlug Iouna plötzlich vor; sie wollte dem Säugling diesen Namen geben. Sie wusste nicht genau, wie sie auf den Namen kam, aber ein Bestandteil, so fand sie, sollte vom Hünen kommen.

»Hallet?«, wiederholte Halvar den Namen, und Iouna nickte leicht.

»War nur ein spontaner Einfall, da er ja keinen Vater hat, der ihm einen Namen geben kann. Somit spiegelt sich zumindest der Name seines Retters in seinem wider.«

»*Du* hast ihn gerettet«, erwiderte Halvar leise.

»Und wer rettet mich stetig?«, konterte sie lächelnd und betrachtete den eingeschlafenen Jungen an ihrer Brust.

Halvar stieß ein leises Lachen aus, während sie den Jungen behutsam in seine Decke wickelte und ablegte in der Hoffnung, er würde nicht umgehend wieder aufwachen. Aber gut genährt schlief er anscheinend tief und fest. Die junge Frau lehnte sich danach wieder an die Brust ihres Ritters, der seinen Kopf auf ihrem ruhen ließ. »Was machen wir denn mit ihm?«, fragte sie mit geschlossenen Augen.

»Vielleicht eine Familie ... finden?«, antwortete Halvar zögerlich; vermutlich war ihm ebenso klar wie ihr, dass sie ihn nicht für immer behalten konnten. Iouna war nicht die Mutter, Halvar nicht der Vater, und abgesehen davon, bewegten sie sich auf eine Schlacht zu. Ein gänzlich ungeeigneter Ort für ein Neugeborenes. Es war nur eine Frage der Zeit, wann sie ihn abgeben mussten, damit er sicher und behütet aufwachsen konnte. Es wäre auch kaum möglich gewesen, ein Kind aufzunehmen, da nicht einmal diejenigen, die es gerettet hatten, klar definiert waren. Halvar war nicht Iounas Gatte, und als Prinzessin einen Knaben aufzuziehen, der nicht einmal ihr eigener war, hätte wohl kaum jemand in ihrer Familie gebilligt. »Solange wir Hallet nicht einfach auf der Schwelle eines Waisenhauses ablegen, bin ich damit einverstanden«, murmelte sie leise und streckte sich nach Halvars Hals, um ihn dort zu küssen. In den Jahren ihrer Flucht hatte sie genug dieser Häuser sehen dürfen, die alles andere boten als ein wärmendes Zuhause.

Halvar schlang seine Arme indessen um sie. »Machen wir nicht«, flüsterte er.

Beruhigt von dieser Tatsache, öffnete sie die Augen und schaute ins Feuer. »Wir sind ihnen zu langsam. Zumindest fühlt es sich so an. Wahrscheinlich dauert ihnen Nachwuchs auf natürlichem Weg zu lange.« Iouna konnte sich einen leicht amüsierten Tonfall nicht verkneifen.

»Wir kennen uns noch nicht so lange, dass es auf natürlichem Weg ... funktioniert hätte«, antwortete Halvar ebenfalls leicht amüsiert.

»Ähnlich wie in der Burg, wo die Bediensteten schneller waren als alle anderen.«

Ein Lachen seitens des Hünen erklang, was auch Iouna ein Lächeln entlockte. »Sie sind uns alle einen Schritt voraus ...«, murmelte Halvar kurz darauf leise vor sich hin, weshalb sie sich noch etwas fester an ihn lehnte.

»Warum sollten wir uns auch beeilen«, ergänzte sie, »wenn doch die Götter für alles sorgen?«

Halvar nickte stumm und stand auf, um einen prüfenden Blick auf das Feuer zu werfen, damit die Fische und das Eichhörnchen nicht verbrannten. Dann kramte er nach kurzem Nachdenken in seinem Beutel etwas hervor, was Iouna gut kannte. »Mein Buch«, stellte sie überrascht fest. Sie hatte schon geglaubt, auch das hätte der Hüne am Tag ihres Todes verbrannt. Lächelnd nahm sie es entgegen und machte deutlich, dass ihr ein Fisch ausreichen würde, der Rest sollte Halvar zugutekommen. Wie schon zuvor, war sich die junge Frau sicher, dass er mehr Appetit besaß als sie.

Doch Halvar legte ihr das Eichhörnchen neben den Fisch und schüttelte den Kopf. »Du musst für zwei essen«, erklärte er, und Iouna begann zu lachen.

»Ich bin nicht schwanger«, erwiderte sie amüsiert. »Das Kind ist bereits da.«

»Aber es isst mit dir«, antwortete er und ließ keine Widerrede gelten. Ein zaghaftes Lächeln huschte daraufhin über ihr Gesicht, da er sich wieder einmal mehr um sie sorgte als um sich selbst. Kurz ereilte sie der Gedanke, ob dies genauso wäre, wenn sie tatsächlich ein Kind erwarten würde, aber dann verwarf sie ihn wieder. Immerhin wollte er nicht so sein wie alle anderen und sie nur dazu benutzen, um *seinen* Stammhalter zu bekommen.

»Wir werden ein paar Sachen brauchen ...«, warf Iouna ein, nachdem sie fertig gegessen hatten. »Hallet kann nicht ewig in einer Decke eingewickelt bleiben. Und wir selbst sehen auch aus, als hätten wir ihn eher den Eltern gewaltsam entrissen anstatt gerettet.«

Halvar nickte zustimmend und holte seine lederne Gürteltasche hervor, um zu sehen, was sie noch übrig hatten. »Im nächsten Dorf werde ich etwas besorgen.«

»Jetzt wirst du noch schneller dein Erspartes los«, bemerkte Iouna mit leicht wehmütigem Blick.

Plötzlich holte er etwas aus dem Beutel hervor und rückte näher an sie heran. »Das macht nichts«, wiegelte er ihren Einwand ab und schloss den Lederbeutel wieder. »Der gehört dir«, fuhr er dann fort und reichte ihr den Ring.

Es war ihr Siegelring, den sie bis dahin gar nicht vermisst hatte; eine ganze Weile starrte sie ihn einfach nur an. Zögernd nahm sie ihn an sich und als sie ihn über ihren Ringfinger streifte, spürte sie erneut das Gewicht des Adels auf sich lasten. Aber sie sagte nichts. Vielleicht wäre es ihr sogar lieber gewesen, er wäre schlichtweg mit ihr verbrannt und verschwunden.

Halvar stellte umgehend klar, warum er ihn bei sich trug. Anscheinend wollte er ihn ihrer Familie übergeben, damit ihr Tod besiegelt werden konnte. Aus dem gleichen Grund war das Buch in seinem Besitz gewesen.

»Dann ist alles so wie vorher«, stellte sie leise fest, wusste jedoch nicht, ob sie darüber wirklich glücklich sein sollte.

Halvar lächelte und zog sie kurzerhand an sich heran, um sie in den Arm zu nehmen. »Nicht alles«, dementierte er ihre Worte, und Iouna schaute zu ihm auf.

»Das ist wahr«, säuselte sie leise und fuhr mit ihrem Handrücken sanft über seine Wangen. Allmählich gewöhnte sie sich an sein neues Aussehen, das vermutlich mehr als nur eine Frau ansprach, aber genau das schürte auch neue Ängste in ihr. Was, wenn er sie nicht mehr brauchen würde, da er nun genug andere haben konnte? Mit ihnen wäre es vielleicht einfacher als mit ihr. Durch Rang und Namen voneinander getrennt, wäre es mit einer nicht adligen Frau für ihn bestimmt leichter. Ungehindert der aufkeimenden Bedenken setzte sie sich auf und küsste ihn. Doch bevor mehr daraus werden konnte, unterband sie das leidenschaftlich werdende Lippenbekenntnis und legte sich neben ihn. Wenn es stimmte, was Mütter über Kinder erzählten, würden die Nächte unruhig werden, und Schlaf hatten beide mehr als nötig.

Kapitel IV: Ein falsches Wort

Nur wenige Stände fanden sich an diesem Nachmittag auf dem Marktplatz des kleinen Bergarbeiterdorfes, das die drei Reisenden am nächsten Tag weiter flussaufwärts erreicht hatten. Iouna schlenderte neben Halvar über die Straßen und trug ihren neuen Schützling unbeirrbar vor sich her. Er hatte bereits ein paar Windeln für Hallet, Schuhe für Iouna sowie eine weitere Decke erstanden und betrachtete nun die Waren der Schneiderin vor sich.

»Sucht Ihr etwas Bestimmtes?«, fragte die Frau, die etwa in Halvars Alter sein musste. Ihr freundliches Lächeln und die zwei roten Zöpfe, die unter ihrer Haube hervortraten, ließen sie weit angenehmer erscheinen, als es der Schneider in Schwarzbruch war. Auch die Preise ihrer Werke waren deutlich günstiger als in der Hauptstadt.

»Kleidung«, antwortete er wenig präzise.

»Da hast du dir ja den richtigen Stand ausgesucht!«, meinte Iouna neben ihm, was beiden Frauen ein Lachen abgewann. Anschließend klärte sie die Handwerkerin auf, was sie kaufen wollten. Ein Nachthemd für sie und Alltagskleidung für Halvar. Schnell war das Schlafgewand gefunden, doch wie so oft hatte die Schneiderin nichts in Halvars Größe auf Lager.

»Wenn ich Euch kurz vermessen darf, sehe ich in der Werkstatt nach, ob sich dort etwas findet«, erklärte die Rothaarige und deutete auf ihren Faden.

Zustimmend nickte Halvar, woraufhin die Schneiderin begann, um ihn herumzuhüpfen und seine Maße zu nehmen.

Es war ungewohnt, dass sie sich nicht an seinem Äußeren störte. Er war nicht mehr von Narben bedeckt, und es war ein seltsames Gefühl, auf einmal nicht mehr gemieden zu werden, obwohl er es von Iouna bereits kannte. Sie war etwas Besonderes, und er bezweifelte, dass die Frau, die gerade ihren Messfaden um seine Unterarme schlang, genauso reagieren würde, wenn Iouna sein Gesicht nicht wiederhergestellt hätte. Halvar fragte sich, was wohl im Kopf von Iouna vorging. Überwog die Tatsache, dass er für sie fremd wirkte, oder verstärkte sein neues altes Aussehen ihre Zuneigung?

Als das Maßnehmen endlich vollendet war, kletterte die rothaarige Frau wieder von ihrem Hocker und erbat sich einen Augenblick. Rasch verschwand sie in ihrer Werkstatt.

Während die Schneiderin suchte, beobachtete Halvar nachdenklich Iouna, die den schlafenden Hallet beinahe beiläufig im Arm hielt. Er erinnerte sich an Nornas Traum. Sollte es wirklich sein, dass Iouna die zukünftige Mutter seiner prophezeiten Kinder war? Der Gedanke daran ließ ihn lächeln. Nichts wäre ihm lieber gewesen, als sie zu seiner Ehefrau zu machen. Er wollte für immer bei ihr sein und überlegte, was *ihr* Vater für seine Erlaubnis verlangen würde. Immerhin bekleidete dieser einen deutlich höheren Rang als ein Baron, und Halvar war offiziell nicht einmal mehr am Leben. Zudem war er ein Isvintari – eigentlich ein Feind Delyveihs –, was seine Chancen auch nicht steigerte. Innerlich seufzend musste er sich eingestehen, dass es ein schwieriges Unterfangen werden würde, um die Hand seiner Prinzessin anzuhalten. Doch es war nicht das erste Mal, dass er sich einer aussichtslos scheinenden Aufgabe stellte. Er wusste schlicht nicht, wie er ihren Vater überzeugen konnte – aber er kannte den Mann ja auch noch nicht.

Alles zu seiner Zeit.

»Das hier könnte passen!«, sprach die Schneiderin hinter ihm und riss ihn aus seinen Überlegungen. »Das ist das *einzig* Vorrätige, das Euch passen könnte.«

Halvar drehte sich zu ihr herum und erkannte, dass sie tatsächlich ein helles Hemd im Arm trug. Wortlos nickte er und tauschte die ehemals edle Tunika kurzerhand gegen das langärmlige Leinenhemd. Die Tätowierung des Ordens hatte er vorsorglich unter einem gekauften Verband verborgen, um keine Aufmerksamkeit zu erregen, auch wenn die Schneiderin seinen Arm nicht beachtete. Das Hemd passte, deshalb beschloss Halvar, es gleich anzubehalten. Er bezahlte für die beiden Kleidungsstücke jeweils drei Silbermünzen, und das ungleiche Paar verabschiedete sich von der Schneiderin.

Zufrieden mit der Marktausbeute schlenderten sie zu dem Gasthaus zurück, wo sie ihr Pferd untergestellt und ein Zimmer für die Nacht gemietet hatten. Als einziges Fachwerkhaus stach die Taverne zwischen den einfachen Holz- und Lehmziegelhütten deutlich heraus und machte einen deutlich besseren Eindruck als der ärmliche Rest des Bergabeiterdorfes.

Gemeinsam betraten sie den zweckmäßig eingerichteten Schankraum, wo der Wirt gerade dabei war, die Tische abzuwischen. Der ältere, nicht sonderlich große Herr mit einem stattlichen Schnurrbart sah ausgezehrt aus und hatte wohl schon mehr als einen Becher Met in seinem Leben getrunken.

»Seid gegrüßt«, rief er ihnen überraschend freundlich entgegen, und die beiden erwiderten die Begrüßung.

Verblüfft betrachtete der Mann Iouna, die mit Hallet vor der Tür gewartet hatte, als Halvar die Übernachtung im Voraus bezahlte. »Ihr habt gar nicht erwähnt, dass Ihr mit Weib und Kind reist«, warf er dem Ritter regelrecht vor.

Kurz blickte sich das vermeintliche Ehepaar an. Iouna schien seine Reaktion abzuwarten und es nicht abstreiten zu wollen. Auch Halvar hatte nicht vor, den Mann zu berichtigen. Zum einen war es das, was er sich wünschte, nämlich eine Familie zu sein, und zum anderen war es die beste und plausibelste Erklärung für das Auftreten der drei. »Ist das wichtig?«, fragte er stattdessen und sah den Wirt an.

»Nein«, meinte dieser lachend, »aber meine Gisela freut sich immer, wenn Kinder im Haus sind.«

Halvar beschränkte sich auf ein kleines Lächeln und wollte mit Iouna nach oben. Bereits auf dem Weg zur Taverne hatte sie angemerkt, dass Hallet unruhig wurde. Vermutlich würde der Junge bald seine Nahrung einfordern.

»Kinder?«, meldete sich eine weibliche Stimme vom anderen Ende des Schankraumes. Ein kurzer Blick enthüllte eine rundliche Dame mit kurzen grauen Locken. Die Schürze, die sie sich vor den Bauch gebunden hatte, verriet, dass die Küche ihr Reich war. »Ruf mich doch, Karl!«, wies sie den Wirt zurecht.

»Die beiden sind gerade erst angekommen, Weib!«, wehrte sich dieser.

Sie winkte ab und kam mit einem glücklichen Gesicht zu Iouna gewatschelt. Ohne um Erlaubnis zu fragen, warf sie einen Blick auf das kleine Bündel, dass Iouna vor sich hertrug. »Aber das ist ja ...«, flüsterte sie erstaunt, ehe sie sich an Halvar wandte und ihm angedeutet gegen den Unterarm schlug.

Überrascht zog er eine Augenbraue nach oben und wollte gerade fragen, was das sollte, als dic Alte ihn anfuhr. »Wie könnt Ihr das arme Ding so kurz nach der Niederkunft schon herumlaufen lassen?«

»Was?«, war alles, was Halvar in seiner Verblüffung hervorbrachte. Der guten Frau zu erklären, dass Iouna das Kind nicht geboren hatte, schien ihm zu riskant.

Aber Gisela wartete seine Antwort ohnehin nicht ab, sondern zog ihm das neu erstandene Nachthemd vom Arm und begann, die Prinzessin die Treppen zu den Schlafräumen hinaufzuschieben. »Sie gehört in ein Bett!«, verkündete sie und drängte Iouna voran.

»Moment, wartet … Halvar?«, versuchte sie zu widersprechen, aber die Wirtin ließ ihr keine Wahl.

»Euer Gatte wird sicherlich gleich nachkommen!«, würgte sie jeden Protest der augenscheinlichen Ehefrau ab, und kurz darauf waren beide Frauen im Obergeschoss verschwunden.

Verdutzt blieb Halvar allein mit Karl zurück, der lauthals zu lachen begann. »Da seht Ihr, was ich tagtäglich mitmachen muss!«, scherzte er und zwirbelte sich den Schnurrbart. »Aber sie ist eine gute Seele, und ich bin mir sicher, sie wird Eure kleine Familie in den nächsten Wochen nicht aus den Augen lassen.«

»Wochen?«, hinterfragte der Hüne die Zeitangabe.

So lange konnten sie nicht bleiben! Ein paar Tage Ruhe konnten sie sich in dem kleinen Dorf gönnen, so schnell marschierten Armeen nicht und der Weg war lang, aber *Wochen* kamen nicht infrage. Ihm war zwar bewusst, dass Frauen nach einer Geburt einige Zeit im Bett verbringen sollten, aber Iouna hatte das Kind ja nicht zur Welt gebracht.

»Ja, das Kindbett dauert seine Zeit, mein Guter!«, erklärte der Wirt.

Stumm nickte Halvar und versuchte, das Thema zu wechseln, indem er etwas zu essen für Iouna und sich bestellte.

»Sehr wohl«, ging Karl darauf ein und deutete zur Treppe. »Geht ruhig, Isabelle wird es nach oben bringen.«

Halvar nickte und machte sich auf den Weg zu dem angemieteten Zimmer; er überlegte, wie lange sie diese Fassade aufrechterhalten konnten. Schließlich war es nicht möglich, dass Iouna wochenlang im Bett lag, während ein Krieg vor der Tür stand, den nur sie verhindern konnte. Nur ihr Tod war es, der Delyveih gegen Falkenberg und Kosse aufgebracht hatte. Der Beweis, dass sie am Leben war, konnte nur durch ihre Anwesenheit erbracht werden. Vielleicht entkamen zumindest die Männer aus ihrer Heimat auf diese Weise der Schlacht. Er hätte kein Problem damit, Lothar an Hannibal auszuliefern, um Heinrichs Bruder zu besänftigen, aber vermutlich reichte ihm das nicht. Immerhin war es nicht Lothar gewesen, der Iounas Mörder umgebracht hatte.

Vor der Tür angekommen, klopfte er kurz, bevor er mit eingezogenem Kopf eintrat. Iouna saß mit Hallet auf dem Bett, während Gisela damit beschäftigt war, das Bettzeug der zweiten Schlafstätte hinter ihren Rücken zu stopfen, sodass sie aufrecht angelehnt sitzen konnte. Sie trug bereits das Nachthemd und war bis zur Hüfte unter ihrer Decke verschwunden. Auf dem anderen Bett stapelten sich ihr Gepäck sowie Iounas Kleid. Die junge Frau schien etwas überfordert von der Behandlung der Wirtin, die mit einem letzten Klopfer ihr Werk für beendet erklärte.

Skeptisch betrachtete Halvar Iouna und den Rest des Raumes.

»Ihr bekommt gleich ein neues Bettzeug«, versprach Gisela, als sie seinen Blick bemerkte. »Ihr müsst nicht frieren.«

Ich friere nicht.

Mit einem kurzen Nicken bedankte er sich bei der Wirtin und machte einen Schritt zur Seite, sodass sie hinausgehen konnte. Er sah ihr nach, bis die Tür ins Schloss gefallen war. Dann wandte er sich wieder Iouna zu, die mit verwirrtem Blick zu ihm aufsah. »Was machen wir jetzt?«, fragte sie leise.

Halvar ging zu ihr hinüber und setzte sich an die Kante ihres Bettes. »Sie erwarten von uns, dass wir das Kindbett abwarten«, erklärte er ihr.

»Das dauert Wochen ...«, flüsterte sie, und es war ihr anzumerken, dass sie dies ebenso inakzeptabel fand wie er.

Er stimmte ihr zu und beobachtete die junge Frau, wie sie den Säugling im Arm wiegte. Dieser war deutlich ruhiger geworden, seit er seine Nahrungsquelle erschlossen hatte, aber langsam schien er wieder hungrig zu werden.

»Ein paar Nächte können wir bleiben«, schlug er vor. »Die Erholung schadet uns nicht, und es wird ohnehin dauern, bis deine Brüder und Hannibal in Schwarzbruch eintreffen.«

Nachdenklich streichelte Iouna über Hallets Wange.

»Und was erzählen wir ihnen?«, wollte sie dann wissen. »Ich habe das Gefühl, dass die Wirtin mich nicht allzu oft alleine lassen wird.«

Halvar rieb sich die Augen, während der Säugling klarmachte, jetzt essen zu wollen.

»Ich weiß es nicht«, gab er zu. »Vermutlich wäre es das Beste, sie in dem Glauben zu lassen …«

Einen Augenblick kniff sie ihre Augen zusammen, als sie das Findelkind an ihre Brust anlegte. »Es gäbe auch einiges zu erklären, wenn wir es mit der Wahrheit versuchen …«, stimmte sie ihm zu. »Abgesehen davon, wissen wir nichts über den legitimen Vater des Jungen. Er könnte aus der Nähe stammen.«

Wieder nickte Halvar. Es war nicht unwahrscheinlich, den Vater in diesem Dorf zu finden. Vermutlich war dieser flussabwärts gegangen, um das Boot loszuschicken – andernfalls wäre es am Dorf vorbeigekommen. Unter Menschen, die nicht diesen verdrehten Lehren Athans gehorchten, galt das Ertränken eines Säuglings natürlich als schweres Verbrechen.

Ein Klopfen an der Tür unterbrach ihre Unterhaltung. Halvar strich Iouna kurz über den Kopf, bevor er sich erhob und die Tür öffnete. Sein Körper verdeckte die Sicht auf die Stillende, sodass er sich keine Sorgen machte, dass sie jemand sah, der sie nicht sehen sollte. Vor dem Zimmer stand ein junges Mädchen; das blonde Haar reichte ihr in krausen Strähnen bis zu den Schulterblättern. In ihren zarten Händen hielt sie ein Holzbrett mit Brot, Wurst und Käse sowie einem Krug Wasser. »I... Ich bringe das Essen«, stammelte sie.

Halvar erkannte sie als Isabelle und schätzte sie auf etwa vierzehn Winter. Innerlich war er froh, sie wenigstens nur durch seine Größe zu erschrecken. Vermutlich hätte sie das Abendessen fallengelassen, hätte sein Gesicht noch so wie vor wenigen Tagen ausgesehen. Mit einem Lächeln bedankte er sich und nahm ihr die Speisen ab.

»Meine Großmutter kommt gleich mit dem Bettzeug«, fügte sie nun ebenfalls lächelnd hinzu.

Erstaunt, wie schnell sie sich wieder gefasst hatte, nickte er noch einmal dankend und schloss dann die Tür, nachdem sie sich abgewandt hatte. Vorsichtig kehrte er mit dem Abendessen zu Iouna zurück, stellte das Brett auf dem Nachttisch ab und setzte sich wieder an die Bettkante.

»Fang ruhig schon einmal an«, schlug sie vor, ohne von Hallet aufzusehen. »Ich glaube, wir brauchen noch ein bisschen.«

Er brummte eine Zustimmung und schnitt eine Scheibe Brot herunter. Ein Stück davon hielt er Iouna zusammen mit etwas Wurst hin.

Einen Moment brauchte sie, bis sie seine Geste bemerkte und ihn anblickte. »Jetzt sitzt du auf der anderen Seite und willst mich füttern?«, fragte sie amüsiert.

»Ich kann es auch lassen«, erwiderte er grinsend und schob sich das Stück Brot selbst in den Mund. »Aber wundere dich nicht, wenn dann nichts mehr übrig ist.«

Auch den Rest der Scheibe belegte er mit der geräucherten Wurst, aber gerade als er abbeißen wollte, ergriff Iouna seine Hand, die das Brot hielt, und zog sie zu sich. Lächelnd ließ er sie gewähren.

Fest sah sie ihm in die Augen, während sie einen großen Bissen nahm. Mit vollem Mund grinste sie ihn an, als er sein verstümmeltes Abendessen betrachtete.

»Hast du vielleicht Hunger?«, wollte er belustigt wissen und biss selbst ab.

Lachend bejahte sie dies, woraufhin Halvar abwechselnd die Prinzessin und sich selbst mit einem Stück Wurstbrot bedachte. Bald darauf war Hallet in Iounas Armen eingeschlafen. Vorsichtig legte sie ihn neben sich auf das überschüssige Kissen. »Er sieht so zufrieden aus, wenn er schläft«, stellte sie leise fest und sah dann Halvar an.

»Warum auch nicht«, gab dieser zurück. »Er hat alles, was er braucht ...« Einen Augenblick sah er Iouna an, ehe er in seiner Muttersprache ergänzte: *»... und darf in deinen Armen einschlafen.«*

Iouna lachte gedämpft und stellte noch einmal sicher, dass der Säugling gut zugedeckt und sicher auf seiner improvisierten Schlafstätte lag, bevor sie behutsam auf Halvars Schoß kletterte und sich dort hinkniete. Sie umfasste sanft sein Gesicht und küsste ihn. *»Wir haben noch ein zweites Bett, in dem ich dich in den Schlaf wiegen kann«*, hauchte sie ihm ebenfalls in seiner Sprache ins Ohr und kehrte dann zu seinem Mund zurück.

Schnell fanden die Lippen der beiden einander, und ihre Berührungen wurden fordernder. Die Hände des Ritters glitten unter den Saum des Nachthemds. Über die Knie von Iouna hinweg strichen sie nach oben, und gerade als er die Mitte ihrer Schenkel erreicht hatte, klopfte es an der Tür.

Gisela ...

Sofort ließ sich Iouna von den Oberschenkeln des Hünen gleiten, begleitet von einem leisen Seufzen. Eilig begab sie sich wieder in die ihr zugedachte Position in ihrem Bett, bevor sie den Störenfried hereinbat. Wie erwartet, stapfte die Wirtin mit dem neuen Bettzeug ins Zimmer und legte es auf das freie Bett. Anschließend stellte sie das Gepäck, das darauf platziert war, auf den Boden und richtete leise den Schlafplatz. Als sie fertig war, wandte sie sich an Halvar. »Könntet Ihr meinem Mann eventuell kurz mit einem Fass helfen?«, flüsterte sie. »Unser Sohn ist noch nicht wieder aus der Mine zurück, und er ist nicht mehr der Jüngste.«

Er warf einen kurzen Blick zu Iouna, die bedauernd den Kopf senkte.

So wichtig konnte das verdammte Fass auch nicht sein. »Hat das nicht Zeit bis morgen?«, fragte er deshalb.

»Doch natürlich«, antwortete sie seufzend. »Aber der alte Sturkopf von meinem Mann will das unbedingt noch heute erledigen, und so, wie ich ihn kenne, bringt er sich dabei um.«

»Hilf ruhig«, warf Iouna vom Bett aus ein. »Ich warte hier auf dich.«

Er wollte sie nicht alleine mit Hallet zurücklassen. Er wollte bei ihr bleiben und die wenige Zeit ausnutzen, die ihnen vergönnt war. Was, wenn jemand sie erkannt hatte? Wenn wieder jemand in ihr Zimmer eindrang und versuchte, sie zu entführen? Auch wenn sie sich inzwischen deutlich besser wehren konnte als in der Taverne in Schwarzbruch, fühlte er sich unwohl bei dem Gedanken. Dies war der Prinzessin offensichtlich auch nicht entgangen. »Es ist ja im gleichen Gebäude«, beruhigte sie ihn.

Seufzend gab er nach und folgte Gisela nach unten.

»Eine nette Familie habt Ihr«, meinte die Wirtin unterwegs freundlich.

Dieses Wort schwebte über ihm, und er wusste nicht, ob es gut oder schlecht war. Die Illusion war zwar mehr, als er jemals erwartet hätte, aber sie reichte ihm nicht. Dic Zukunft war unsicher. Was in Schwarzbruch geschehen würde, wusste er nicht, und selbst wenn Iouna es schaffen sollte, den Krieg abzuwenden, würden ihre Brüder sie wohl mitnehmen. Was dann aus ihm werden würde, war unklar, genauso wie Hallets Schicksal – wobei er sich um dessen Zukunft wenig sorgte. Iouna würde den Knaben nie in schlechte Hände geben und ihn im Zweifelsfall auch selbst aufziehen.

Trotz seiner Gedanken brummte er zustimmend, während sie ihm den Weg zu Karl wies. Dankbar nahm der alte Mann die Hilfe des Ritters an und zeigte ihm, wo er das Fass hinhaben wollte. Der Hüne folgte schweigend seinen Anweisungen und rollte es aus dem Hinterhof in den Schankraum.

Wieder fragte er sich, ob er dieses Leben leben könnte; einfache Handarbeit, ohne sich oder seiner Familie einer Gefahr auszusetzen. *Wenn* er denn eine Familie haben sollte. Er wusste, dass er seine Prinzessin niemals freiwillig hergeben würde, egal was ihre Brüder oder ihr Vater davon hielten. Genauso wusste er auch, dass es schwierig werden würde, mit ihr zusammen zu sein, wenn ihre Familie dagegen war. Natürlich konnte er mit ihr fliehen, aber das würde sie beide wieder in die Situation des ewigen Davonlaufens bringen. Sie könnten sich nirgends niederlassen, denn früher oder später würde sie jemand erkennen. Zudem schwebten noch die ominösen Worte der Götter über ihnen. Offenbar hatten sie eine Aufgabe zu erfüllen. Wehmütig dachte er an die kurze Zeit, die sie allein in der alten Mühle verbracht hatten. Einen einzigen Tag lang konnten sie alles um sich herum vergessen und waren nur füreinander da. Einen einzigen Tag lang konnten sie das Leben leben, das sie sich wünschten. Einen einzigen Tag lang war alles in Ordnung gewesen. Aber offenbar sah das Schicksal nicht vor, dass sie länger für sich allein sein durften. Deserteure, ein Säugling und nun ein elendes Fass – alles schien nur darauf aus zu sein, ihn von seiner Liebe zu trennen.

Es wird euch nicht gelingen!

Zu allem Überfluss mussten sie auch noch zu Lothar zurückkehren, der mit Sicherheit nicht erfreut sein würde, Halvar wiederzusehen. Und wer wusste schon, ob er nicht weiter an seinem Vorhaben festhielt, Iouna zu heiraten. Immerhin waren ihre Brüder unterwegs, und wenn dies ein Gutes hatte, dann war es, dass sie niemals zulassen würden, dass der Herzog von Falkenberg ihre Schwester ehelichte. Zumindest Thorvid wusste, warum der Arm des Adeligen gebrochen war, und er hatte auch Kenntnis von den Briefen an Heinrich. Kurz fragte er sich, ob Lothar überhaupt noch am Leben war. So, wie er Iounas Bruder bei ihrer kurzen Begegnung kennengelernt hatte, war dieser nicht bereit, so eine Tat ungestraft zu lassen.

»Genau wie die Tatsache, dass ich sie nicht beschützt habe«, dachte Halvar, während er das Fass an seinen Platz wuchtete. Dann riss ihn der Dank des Wirtes aus seinen Gedanken.

Karl versprach, für die Hilfe das nächste Essen zu spendieren, woraufhin Halvar sich wieder aufmachte, zu Iouna zurückzukehren. Leise, um Hallet nicht zu wecken, öffnete er die Tür und schob seinen massigen Körper hinein. Im schwachen Licht einer einzelnen Kerze war Iouna zu erkennen. Ruhig und gleichmäßig atmend lag sie in ihrem Bett neben dem Säugling.

Enttäuschung keimte in ihm auf, als er feststellte, dass sie tief und fest schlief.

So viel zum Thema: »Ich warte auf dich.«

Auch wenn er die Nacht lieber neben ihr im Bett als allein im anderen verbracht hätte, setzte er sich leise darauf. Wecken wollte er sie nicht, und irgendwie konnte er verstehen, dass sie sich endlich einmal in einem ordentlichen Bett ausschlafen musste. Dennoch konnte er nicht leugnen, dass er sich von diesem Abend etwas mehr erhofft hatte. Missmutig zog er sein Hemd aus, warf es achtlos auf den Boden und wollte die Kerze löschen, als Hallet ein leises Quengeln von sich gab. Er schien zu träumen. Sacht strich Halvar ihm über die Wange und hoffte, die nächtlichen Schrecken zu vertreiben. »Keine Angst«, flüsterte er. »Wir lassen dich nicht allein.« Kurz lächelte er und warf einen Blick zur selig schlummernden Iouna. »Auch wenn du ein anstrengendes Kerlchen bist.«

Aufgeregte Rufe drangen durch den Schleier des Schlafes an Halvars Ohr. Er brauchte einen Moment, bis er verstand, dass er die Stimmen, die er hörte, nicht träumte. Müde öffnete er die Augen und drehte sich herum, sodass sein Blick auf Iouna fiel, die sich gerade in ihrem Bett aufrichtete.

»Was ist denn da unten los?«, nuschelte sie vor sich hin und nahm gleichzeitig Hallet auf den Arm.

»Ich sehe nach«, erwiderte Halvar und setzte sich an den Rand der Matratze.

Ohnehin war ihm an diesem Morgen nicht nach Reden zumute, da seine Enttäuschung über den Verlauf des gestrigen Abends nicht weichen wollte. Lange Zeit hatte er nicht mehr das Gefühl gehabt, sich nach einer Frau zu sehnen, aber die letzten Wochen mit der Prinzessin hatten das geändert. Er wollte das Bett mit ihr teilen – auf *jede* Weise. Es kam ihm wie eine Ewigkeit vor, dass er in der Mühle darauf verzichtet hatte, um ihr zu beweisen, dass er anders war. Nun kam er ihr nicht einmal mehr näher als ins Nachbarbett. Auch wenn noch nichts zwischen Iouna und ihm passiert war – zumindest nichts, was weiterreichende Konsequenzen haben könnte – brachte sie ein Kind mit. Wie würde ihre Familie darauf reagieren? Wie auf ihn, einen Isvintari? Immer wieder kreisten seine Gedanken um die Begegnung mit Iounas Familie. Wer wusste schon, ob er ihr dann *überhaupt* noch nahe sein konnte. Er hoffte, dass sich bald alles klären würde.

Schnell zog er sich an und trat vor die Tür, wo kein Mensch zu sehen war. Nur das geschäftige Treiben im Schankraum war zu hören. Mit schweren Schritten stieg er die Treppe hinunter und erkannte eine aufgelöste Gisela, die zwischen den Tischen umherstreifte. Etliche Männer und Frauen saßen im Raum oder liefen umher.

»Jetzt seid doch mal ruhig!«, rief ein dicker Mann in die Menge und versuchte, sich Gehör zu verschaffen. »Hört mir doch zu!«

Das hektische Tun nahm kein Ende, sodass nicht einmal Halvars Anwesenheit auffiel. Er lehnte sich neben der Treppe an die Wand, verschränkte die Arme vor der Brust und beobachtete das Schauspiel.

Weiterhin vergeblich fuchtelte der Dicke mit den Händen und bat um Aufmerksamkeit.

Plötzlich drehte sich Gisela zu dem Ritter um, der seine Tätowierung noch immer unter einem Verband verborgen hatte, und atmete erleichtert auf, als sie ihn erkannte. Unruhig schob sie sich durch die Menge und eilte zu ihm. »Bitte, Ihr müsst uns helfen!«, flehte sie ihn an.

»Noch ein Fass?«, antwortete der Hüne gelangweilt.

»Nein!«, fiel sie ihm beinahe ins Wort und schüttelte energisch den Kopf. »Es ist die Mine! Ein Stollen ist eingestürzt!«

Überrascht von der schlechten Nachricht, zog er eine Augenbraue nach oben und stellte sich wieder ordentlich hin.

»Unser Sohn ist unter den Verschütteten ...«, schluchzte sie. »Ihr müsst uns helfen! Bitte!«

Zustimmend nickte er und blickte wieder nach vorn.

Endlich schaffte es auch der dicke Sprecher, die Leute zu beruhigen, und erklärte, was geschehen war. Er teilte die Anwesenden in mehrere Gruppen ein und erläuterte seinen Plan, wie er die Bergleute retten wollte. Halvar verstand nicht viel von seinem Vortrag, der mit Fachbegriffen gespickt war, aber er stimmte zu, mit als Erstes in den Stollen zu steigen. Unverzüglich marschierten die Helfer los, und er schloss sich an. Er hatte keine Zeit, Iouna mitzuteilen, wohin er ging, doch er hoffte, Gisela würde das übernehmen.

Kurz darauf erreichten sie den Eingang der Mine. Hacken, Schaufeln, Hämmer und Lampen fanden sich in einem kleinen Schuppen neben dem schwarzen Loch, das in die Tiefe des Berges führte. Man drückte dem Ritter einen Hammer und eine blecherne Lampe in die Hand und wies ihm den

Weg in die Finsternis. Nur zögerlich betraten ein paar der Männer die Eisenerzmine.

»Bewegt euch!«, rief jemand von hinten. »Sie leben vielleicht noch!«

»Vielleicht aber auch nicht!«, widersprach einer. »Und am Ende rennen wir auch nur in unser Verderben. Wer weiß, ob nicht noch mehr einstürzt!«

Anscheinend war der Mut der tapferen Helfer nur so lange vorhanden, wie die Frauen es mitbekamen. Hinterher würden die größten Feiglinge die größte Klappe haben. Genervt schob Halvar einen der Jammerlappen aus dem Weg und bahnte sich den Weg ins Dunkel. Er musste sich tief beugen, um in den niedrigen Tunnel zu passen, und kroch mehr, als dass er ging.

»Wartet, Fremder«, hörte er eine Stimme. »Wir kommen mit!«

So gut es ging, sah Halvar sich um. Er erkannte zwei Lichter, die hinter ihm brannten. Als die beiden aufgeholt hatten, setzten sie ihren Weg in den Berg fort. Einer der Männer trug eine Schaufel, der andere eine Hacke.

Schon bald tropfte Wasser von den Wänden. Das leise Plätschern mischte sich unter die dumpfen Schritte der stummen Retter. Mit der Zeit stieg das kühle Nass immer weiter an, was Halvar ein unangenehmes Gefühl bescherte. Misstrauisch beobachtete er das knöcheltiefe Wasser, als einer seiner Begleiter meinte: »Keine Sorge, das ist noch normal. Viel höher steigt es hoffentlich nicht.«

Zustimmend brummte der Hüne und duckte sich tiefer, um unter einem Stützbalken durchzukommen.

»Das Wasser nagt an den Balken«, erklärte der andere Begleiter. »Wenn sie nicht rechtzeitig ausgetauscht werden, geben sie nach, und der Gang stürzt ein.«

Wieder signalisierte Halvar knapp seine Zustimmung, ehe er abrupt stehenblieb. Nur wenige Schritte vor ihm lag der eingefallene Teil des Tunnels. Steine und Geröll jeder Größe versperrten den Weg.

»Na, dann los«, meinte der Schaufelträger und begann, den losen Schutt abzutragen.

Bereits nach wenigen Schaufelladungen war die Spitzhacke gefordert, den Stein zu lösen.

Halvar hielt etwas Abstand und wartete, bis er an der Reihe war.

Wenigstens halten die zwei die Klappe.

Allein das Klopfen des Metalls auf dem Stein schallte durch den niedrigen Gang, als das Gestein plötzlich ins Rutschen geriet.

»Pass auf!«, rief der mit der Schaufel, bevor das Getöse der fallenden Steine alle Worte verschlang.

Auch Halvar stolperte einige Schritte zurück, wobei er das Gleichgewicht verlor und im Wasser landete. Wieder eroberte die Stille den Stollen, gefolgt von Finsternis. Alle Kerzen waren erloschen. Erst nach einem kurzen Moment hörte er aufgeregtes Plätschern. Orientierungslos rappelte er sich auf und ließ eine kleine Flamme in seiner Hand erscheinen. Es war ihm wichtiger, zu sehen, wo er hinlief, als seine Kräfte geheim zu halten.

Schnell erkannte er, dass einer der Männer im Wasser lag, begraben unter einem der Holzbalken; verzweifelt versuchte er, sein Gesicht über Wasser zu halten. Der Balken lag auf seiner Brust und verhinderte größere Bewegungen; er schaffte es kaum zu atmen. Eilig kroch Halvar zu ihm und hob seinen Kopf nach oben. Gierig sog der Mann, den Halvar als den Schaufelträger erkannte, Luft ein und hustete dann.

»Danke«, keuchte er und starrte kurz die Flamme an, sagte aber nichts dazu, sondern fragte, was mit seinem Bruder sei. Halvar blickte sich um und entdeckte einen Arm, der unter mehreren großen Felsen herausragte. Dieser Mann konnte unmöglich noch leben, weshalb er nur kurz den Kopf schüttelte.

Der Überlebende schloss die Augen und fluchte dann. »Erst nehmen die Götter mir Frau und Kind und dann auch noch meinen Bruder!«

Hellhörig geworden, blickte der Hüne dem Mann ins Gesicht. »Frau und Kind?«, fragte er und beschloss, erst die Antwort abzuwarten, bevor er den Verletzten befreien würde.

»Könnt Ihr mich *bitte* befreien?«, keifte der Verschüttete seinen Retter an.

»Sobald ich eine Antwort habe«, entgegnete Halvar ruhig. Er ahnte bereits, worauf dieses Gespräch hinauslaufen würde.

»Verdammt noch mal!«, schimpfte der Schaufelträger. »Meine Frau starb vor wenigen Tagen bei der Geburt unseres Sohnes!«

Halvar biss die Zähne zusammen und zischte eine Beileidsbekundung. »Und der Knabe?«, erkundigte er sich weiter, ohne Anstalten zu machen, den Mann zu befreien.

»Er ... Er hat es nicht geschafft.«

In diesem Moment beschloss Halvar, seine Vermutung auf die Probe zu stellen. »Ich habe ihn gefunden«, verkündete er und starrte den Verwundeten an. »In einem löchrigen Boot!«

Entsetzt riss der Mann die Augen auf, was eigentlich bereits genug Geständnis war. »Ich habe nicht ...«, stotterte er. »... Nein! Es ist nicht, wie Ihr glaubt!«

»Wie war es dann? Hast du dein Kind nicht auf die letzte Reise geschickt? Wolltest du deinen Sohn nicht elendig ertrinken lassen?«

Kein Ton drang mehr über die Lippen des Verschütteten, der Halvar nur bestürzt anstarrte.

»Du bist ein Mörder!«, stellte der Vollstrecker leise fest.

»Nein, bitte!«, begann Hallets Vater nun zu flehen. »Tötet mich nicht! Ich wollte das nicht!«

Natürlich nicht.

Etwas in ihm wollte die Flamme in seiner Hand ins Gesicht des Verletzten drücken und sein Leben beenden, aber Iounas Worte hallten durch sein Gedächtnis. *»Kein Töten, solange unser Leben nicht in Gefahr ist ... bitte«*, war ihre Forderung gewesen, und er hatte vor, sein Versprechen zu halten. »Ich kann dich nicht töten«, meinte er missmutig, woraufhin ein Funke Hoffnung in den Augen des mörderischen Vaters aufblitzte. Ein kleines Lächeln huschte über das Gesicht des Vollstreckers, als er das Schlupfloch in seiner Zusicherung erkannte. »Aber retten muss ich dich auch nicht«, verkündete er und ließ den Kopf des Mannes los.

Jäh verschwand der Funke wieder, und das Flehen des Kindermörders verkam zu einem Röcheln, als das Wasser über seinem Gesicht zusammenschlug.

Halvar ignorierte die Geräusche des Sterbenden und überprüfte den Geröllhaufen vor sich. Zu seiner Überraschung hatte das Abrutschen des Gesteins einen Durchgang geschaffen. Etwas sagte Halvar, dass es hinter dem Schutthaufen noch Überlebende geben würde, daher zwängte er sich durch die Öffnung, während hinter ihm das Röcheln des Ertrinkenden erstarb.

***

Halvar war schon eine ganze Zeit lang verschwunden und noch immer nicht zurückgekehrt; deshalb beschloss Iouna nachzusehen, was dort draußen vor sich ging. Auch Hallet fühlte sich anscheinend von dem Krach gestört und begann zu weinen. Rasch erhob sie sich, zog sich ihren Mantel über und nahm den Säugling auf den Arm. Sachte wiegte sie ihn, damit er sich beruhigte, und öffnete die Tür zum Flur. Ein Schwall von Stimmen schallte ihr entgegen, und sie schienen über irgendetwas glücklich zu sein. Barfüßig lief Iouna die Treppe hinunter, ehe sie verstand, über was die Anwesenden sprachen. Als sie unten angekommen war, stand Halvar zwischen ihnen und blickte zu ihr, während Gisela gleich darauf laut wurde. »Ihr sollt doch im Bett bleiben!«, krakeelte sie über die Stimmen der anwesenden Männer hinweg, was die Prinzessin geradezu überging. Fragend erwiderte sie den Blick von Halvar, der zwischen den Menschen des Dorfes stand.

»Ich wurde von dem Lärm geweckt«, antwortete Iouna abwesend.

»Das tut mir leid«, entschuldigte sich der Wirt. »Ein Stollen ist eingebrochen, und dabei wurden Männer verschüttet. Euer Gatte hat einige retten können.«

Erleichtert atmete die junge Frau aus. Es ging weder um sie oder Halvar noch um den Knaben. Noch immer starrte Halvar Iouna regelrecht an, aber sie konnte seinen Blick nicht deuten. Sie merkte nur, dass er zwischen ihr und Hallet wechselte.

»Ich habe nicht jedem helfen können«, gestand er kalt, und der Wirt versicherte ihm, dass dies auch niemand verlangt hatte. Der Sohn des Wirts war gerettet, obwohl sein verstauchtes Bein seine Arbeit in der Mine und im Gasthaus einige Zeit behindern würde. Auch die Schürfwunden am ganzen Körper sollten ihn erst einmal ans Bett fesseln. Doch noch saß der Mann auf einem Stuhl und wurde von seiner Mutter etwas gesäubert, da Erde und Sand seinen Körper fast vollständig bedeckten. Iouna sah von dem dunkelhaarigen Verletzten, der ab und an einen Schmerzenslaut von sich gab, zu Halvar. Gedanklich fragte sie ihn regelrecht, ob sie sich um die Verletzungen kümmern sollte, woraufhin ein Kopfschütteln vom Hünen folgte. Er verstand also, was in ihr vorging, und hatte vermutlich recht, dass der Mann auf natürliche Weise genesen sollte; schließlich waren seine Verletzungen nicht schwer oder gar lebensbedrohlich.

»Ihr solltet wieder ins Bett«, unterbrach Gisela die stumme Konversation der beiden, und Iouna wandte sich ihr erschrocken zu. Auch wenn die Frau eindeutig zu neugierig und aufdringlich war – in einer freundlichen Weise –, so hatte sie bereits Kinder geboren. Iouna hatte Hallet laienhaft gewickelt, aber ihr war bewusst, dass sie die fehlenden Kenntnisse über Kinder irgendwo aufholen musste. »Da gibt es etwas, was ich Euch fragen wollte«, setzte Iouna zögerlich an und wandte sich der alten Wirtin zu. »Könntet Ihr mir zeigen ... wie ich ein Kind wickle und säubere?«

Stumm, fast erschrocken hielt Gisela inne und schaute Iouna prüfend an. »Ja, aber ...«, antwortete sie stotternd und schaute urplötzlich zwischen Iouna und Halvar hin und her. »Wisst Ihr das denn nicht?«

Der Prinzessin war klar, dass normale Mädchen bei ihren Geschwistern mitbekamen, was ihr an Wissen fehlte. Iouna war nicht geboren worden, um Kinder zu umsorgen, sondern nur, um sie zu bekommen. Trotzdem wollte sie nicht, dass Hallet aus falscher Scham unter ihrer Unwissenheit leiden musste. »Nein«, gestand Iouna deshalb leise und spürte, wie die Hitze in ihrem Gesicht aufstieg. Es kam ihr vor, als wurde der ganze Schankraum still und alle schauten nur sie an. Vielleicht hätte sie diese Frage in einem privateren Umfeld stellen sollen. Wie schon zuvor schob die alte Dame die junge Frau die Treppe hinauf. »Dann zeige ich Euch das«, stimmte die Wirtin zu, und Iouna wollte gar nicht wissen, welches Bild von sich sie damit hinterließ. Ein Kind bekommen konnte sie augenscheinlich, es jedoch nicht versorgen. Allerdings wirkte Gisela sehr verständnisvoll und zeigte Iouna das, wonach sie gefragt hatte. Kurz nachdem Hallet gewickelt war, konnte sich Halvar anscheinend von seinen Bewunderern losreißen und folgte ihnen aufs Zimmer, wo Gisela sich gerade bereit erklärte, die Tücher des Knaben zu waschen. Es war das Mindeste in ihren Augen, was sie für die kleine Familie tun konnte, nachdem Halvar ihren Sohn aus dem eingestürzten Stollen geborgen hatte.

»Eure Frau sollte nun alles wissen, was sie wissen muss«, informierte die Wirtin den eintretenden Hünen und entlockte damit der Prinzessin ein schüchternes Lächeln. »Allerdings wundert es mich schon etwas, dass Ihr es erst nach der Geburt erlernt.«

Da der letzte Satz an Iouna gerichtet war, rang sie nach einer Erklärung. Den Sohn des Wirts zu heilen war zu gefährlich, da man ihre Kräfte sicherlich hinterfragen würde. Aber das mit Hallet? »Das ist schwierig zu erklären«, murmelte Iouna, aber Gisela hörte ihren Einwand. Halvar schaute die Prinzessin indessen an und stellte sich wahrscheinlich die gleiche Frage wie sie. Weiterhin lügen oder die Wahrheit sagen? Wobei sie nicht gelogen hatten. Gisela war einfach davon ausgegangen, dass es der gemeinsame Sohn war und beide verheiratet sein würden – sie hatten nur nicht widersprochen.

»Die Natur ist nicht schwierig«, widersprach die alte Frau und betrachtete das Paar abwechselnd. »Ein Mann und eine Frau liegen zusammen, und das Ergebnis seht ihr vor euch.«

»Es ist nicht unser Sohn«, brach es schlussendlich aus Iouna heraus. Gisela zuckte zusammen und blickte ihr starr in die Augen.

»Nicht euer Kind? Aber ...«

»Ich stille es«, fuhr Iouna fort, »aber ich habe es nicht geboren. Der Junge ist ausgesetzt worden, und wir nahmen ihn mit.«

»Wie traurig ... Wer macht denn so was?«, entglitt es der Wirtin schockiert, ohne zunächst zu hinterfragen, warum Iouna überhaupt in der Lage war, ihn zu nähren. Aber eigentlich war es auch nichts Außergewöhnliches. Es hätte sich bei ihr immerhin auch um eine Amme handeln können, aber dann wäre die Frage nach dem eigenen Kind offen gewesen.

»Behaltet es für Euch, bitte«, flehte Iouna kurz darauf. »Wir wissen nichts über seine Familie. Wenn der Vater …«

»Keine Sorge, ich sage kein Wort«, fiel ihr die Wirtin freundlich ins Wort. »Die Welt ist schon schlecht genug. So einen kleinen Knaben aussetzen … Da gibt es doch andere Möglichkeiten.«

»Keine, die noch von Bedeutung wären«, nuschelte Halvar vor sich hin. Skeptisch musterte ihn Iouna. Als sie ihn fragen wollte, worauf er hinauswollte, mischte sich Gisela wieder ein und stellte die Frage, die noch im Raum schwebte. Eben die, warum Iouna ein Kind stillen konnte, ohne ein eigenes zu besitzen. Halvar schwieg zu diesem Thema. Aber was hätte er auch sagen sollen? Iouna hingegen rang um eine Antwort, beließ es dann dabei, dass es sich vermutlich um den Willen der Götter handelte. Wer kannte schon Nornas oder Athans Pläne oder gar Xhars, wenn sie den Gesichtsausdruck von Halvar betrachtete, der den kleinen Jungen schweigend ansah.

Danach wollte Gisela wieder das Zimmer verlassen, hatte aber eine Bitte an Halvar, die sie sich kaum zu stellen traute. Es war bereits das dritte Mal, dass sie ihn um einen Gefallen bat.

Der Hüne seufzte und gab nur ein deutliches »Was?« von sich.

»Da mein Sohn verhindert ist … Wir brauchen Holz für die Zimmer und die Kochstelle. Mein Mann ist leider zu alt, um die Axt zu schwingen, und seine Augen sind auch nicht mehr die besten.«

Mürbe rieb sich Halvar seine Augen, während Iouna grinsen musste.

»Wir werden Euch auch nichts für das Zimmer und Essen berechnen«, warf sie hinterher. »Betrachtet Euch als unsere Gäste.«

Iouna sah Halvar an, in dessen Natur es bekanntlich nicht lag, solch eine Bitte zu verneinen. Mit einem prüfenden

Blick bedachte er sie, die nur mit den Schultern zuckte. Immerhin mussten sie nichts bezahlen. Noch einmal seufzend, gab Halvar nach und war gewillt, Gisela nach draußen zu folgen. Just in diesem Moment begann Hallet, sich zu beschweren. Er hatte von dem ganzen Trubel nicht viel mitbekommen, litt aber jetzt an einem knurrenden Magen.

Als die Sonne ihren höchsten Stand erreicht hatte, war Hallet versorgt und wieder in den Armen der Prinzessin eingeschlafen. Allmählich tat ihr der Rücken weh. Sie war der Meinung, dass ein paar Schritte zu gehen nicht schaden konnte. Behutsam stand sie auf und lief nach unten, wo sie im Schankraum das Thema des Tages hören konnte. Dabei handelte es sich ganz klar um Halvar, der die Männer aus dem Stollen gezogen hatte. Während ein paar Männer an den Tischen saßen und Wein tranken, musste Iouna zugeben, dass sie ein gewisser Stolz überkam, weil es sich bei dem Helden um ihren Liebsten handelte. Lächelnd schaute sie daher auf Hallet hinunter, berührte mit ihrer Nase die seine und flüsterte ihm zu, dass er kein besseres Vorbild haben konnte. Kaum auf dem Weg nach draußen, hielt Giselas laute Stimme sie auf. »Wo wollt Ihr denn hin?«, rief sie und kam um den Tresen herum.

»Ich wollte nach draußen, ein wenig an der frischen Luft spazieren gehen.«

»D... Dann lasst den Kleinen doch hier«, erwiderte Gisela schüchtern. »Es ist ohnehin viel zu warm in der Sonne und ...«

Skeptisch schaute Iouna auf Hallet hinunter. Aber bevor sie antworten konnte, drehte sich die Wirtin bereits herum und ging, als hätte sie etwas Falsches gesagt.

»Stimmt etwas nicht?«, wollte Iouna wissen, als Karl um den Tresen bog, um seiner Ehefrau nachzusehen.

Der alte Mann schüttelte seinen Kopf und zurrte nachdenklich an seinem Schnurrbart. »Nein, es ist alles in Ordnung. Unser Enkel ist nur vor zwei Jahren verstorben, er hatte in etwa das gleiche Alter.«

Iouna riss ihre Brauen hoch und entschuldigte sich. Sie hatte nicht gewollt, dass die Wirtin dachte, sie hätte etwas Unmögliches verlangt oder wäre zu besitzergreifend gewesen. Karl berief sich darauf, dass es seiner Frau bestimmt gefallen würde, wenn Iouna den Säugling ab und an mal bei ihr ließe – nur wenn er schlief. Sie konnte verstehen, dass solch ein Verlust schmerzte, gerade die Mütter der Familie, aber sie hatte bei dem Sohn keine Ehefrau gesehen, die um ihn besorgt war, als man ihn aus dem Stollen zurückbrachte. Als sie vorsichtig nachhakte, meinte der Wirt nur, dass sie den Tod ihres Kindes nicht verkraftet habe und einfach fortgegangen sei. Das Dorf, die Menschen – alle erinnerten sie womöglich an den Verlust. So ließ sie ihren Gatten und die älteste Tochter einfach zurück. Da Halvar anscheinend noch mit Holzhacken beschäftigt war, entschied Iouna, Gisela nach hinten zu folgen. Sie bedankte sich bei der Wirtin für ihre Hilfe und fragte sie unterschwellig, ob sie später Zeit mit Hallet verbringen wollte, wenn sie zu müde war. Umgehend bejahte es die alte Dame und meinte, dass Iouna jederzeit an ihre Zimmertür klopfen könnte, wenn sie spazieren gehen wollte. Diese Abmachung ließ auch Karl lächeln, der den Verlust nicht nach außen trug, aber sie konnte regelrecht spüren, dass es ihm ebenfalls zu schaffen machte.

Iouna erfuhr nach einer Weile vom Stammtisch im Gasthaus, dass einige der Männer schwerwiegender verletzt waren als der Sohn von Karl und Gisela. Als einer, der seit der Mittagsstunde hier gesessen hatte, meinte, dass es bei einem jungen Mann besonders schlecht aussähe, fühlte sich Iouna gedrängt, nach diesem zu sehen. Deshalb beschloss sie, solange Halvar noch nicht zurück war, das Haus des Schwerverletzten zu suchen. Somit kam Hallet schneller in den Genuss einer Leihmutter als gedacht. Da das Dorf nicht allzu groß war, dauerte es nicht lange, bis sie sich nach dem richtigen Haus erkundigt hatte. Eine Frau mittleren Alters öffnete ihr die spärliche Holztür und schaute sie mit einer Mischung aus Besorgnis und Verwirrung an. Ihr sandfarbenes Kleid war sichtbar mit Blut befleckt, und ihre zerzauste Frisur ließ sie älter wirken, als sie vermutlich war.

»Was wollt Ihr?«, fragte sie mit zittriger Stimme und schaute vom Eingang immer wieder ins Haus hinein.

»Man sagte mir, Euer ...«

»Sohn«, klärte die Frau sie auf.

»Sohn. Euer Sohn sei verletzt. Mein ... mein Ehemann hat ihn aus der Mine herausgeholt. Ich wollte nach ihm sehen, da ich mich als ... Hebamme etwas in der Heilkunst auskenne.«

Es fühlte sich komisch, nein falsch an, Halvar als Gatten zu bezeichnen, und ebenso falsch, sich den Beruf einer Hebamme anzueignen. Doch als Arzt konnte sie sich als Frau nicht ausgeben, und von den Helferinnen bei der Geburt wusste jeder, dass sie ein billigerer Ersatz für die männlichen Vertreter waren. Ganz davon zu schweigen, dass Iouna nicht offen ihre Begabung aussprechen durfte. Aber kaum hatte sie ihr Anliegen genannt, bat sie die besorgte Mutter herein.

Das Haus war mehr als spärlich eingerichtet, was darauf hinwies, dass die Minenarbeit nicht sehr viel abwarf, zumindest nicht für die, die dort die schwere Arbeit leisteten. Auf einem selbst gebauten Bett inmitten des großen Raumes, der Kochstelle und Wohnraum zugleich war, entdeckte sie einen jungen Mann, vielleicht so alt wie Titus. Seine dunkelblonden Haare waren immer noch voller Erde, und er schnappte nur hektisch nach Luft, anstatt frei zu atmen. Langsam näherte sich Iouna dem Verletzten. Er schwitzte sehr stark und wirkte unruhig.

»Lasst mich ihn kurz untersuchen«, meinte Iouna und sah auffordernd zur Tür, was der Mutter zu verstehen gab, die beiden alleine zu lassen.

Die Mutter kam ihrem Wunsch nach, vermutlich mehr aus Verzweiflung als aus bedingungslosem Vertrauen. Rasch verließ sie den Raum und schloss die Tür hinter sich, während Iouna ihre Hand auf die Brust des Jünglings legte. Seine Atmung war flach. Als sie ihre Augen schloss, konnte sie spüren, dass er viele Quetschungen erlitten hatte. Einige Knochen waren gebrochen, und das alles zusammen machte dem ausgemergelten Körper schwer zu schaffen. Die Verletzungen waren nichts, was ihn umbringen konnte, demnach benötigte es auch keinen Tausch, um ihm zu helfen. Sie hatte Halvar zugestimmt, ihre Kräfte nicht zu nutzen, aber wenn sie es nicht tat ... litt der junge Mann unnötig.

Er ist zu schwach sich gänzlich selbst zu heilen. Seine Wunden könnten sich entzünden und dann ...

Tief atmete sie durch. »*Alles wird gut*«, dachte Iouna und begann, den jungen Mann zu heilen. Vorsichtig übertrug sie diesmal die Lebenskraft von sich selbst auf den Verletzten. Nicht wie einst bei Halvar, bei dem sie die Grenze des Notwendigen weit überschritten und das Leben anderer benötigt hatte. Iouna spürte, wie sich ihre Brust dezent zusammenzog und ihre Kraft auf den Jüngling überging. Nicht viel diesmal. Nur so viel, dass sich seine äußerlichen Wunden schlossen und die gebrochenen Knochen zusammenwuchsen.

Nachdem sich die Atmung des blonden Jungen wieder normalisiert und sein Schwitzen aufgehört hatte, hielt Iouna inne und nahm ihre Hand von seinem Körper.

»Ihr dürft wieder eintreten«, rief Iouna und lächelte zufrieden, während sie den selig schlummernden Knaben betrachtete.

Eilig stürmte die Mutter herein und begutachtete ihren Sohn ebenfalls. Erleichtert sank sie vor dem Bett auf die

Knie und begann zu weinen, nachdem sie das ruhig schlafende Gesicht erblickt hatte.

»Wie ... Wie habt Ihr das gemacht?«, verlangte die Dorfbewohnerin eilig zu wissen.

Iouna behielt ihr Lächeln bei und sah auf die Frau hinunter. »Nur ein paar Kräuter und Handgriffe«, log sie.

Regelrecht gehetzt, zerrte die Mutter ein paar Kupfermünzen aus ihrem Kleid und hielt sie Iouna hin, die aber vehement den Kopf schüttelte.

»Behaltet das Geld«, dementierte sie das Angebot. »Ich freue mich viel mehr darüber, dass ich helfen konnte.«

Das war nicht gelogen. Neben Halvar, der wegen seines Einsatzes gefeiert wurde, durfte auch Iouna einen Beitrag leisten und stand nicht nur untätig daneben. Nach all dem, was ihnen widerfahren war, sog sie diesen glücklichen Ausgang regelrecht in sich auf. Natürlich war ihr bewusst, dass sie das niemanden erzählen konnte, aber sie wusste es – ebenso die Mutter.

Nach einer dankbaren Umarmung verließ Iouna die Hütte und kehrte mit sich zufrieden zur Taverne zurück, in der sie Hallet wieder an sich nahm. Sie konnte nicht leugnen, dass das Heilen sie ermüdet hatte, aber ansonsten ging es ihr gut. Die junge Frau wusch sich das Gesicht mit ausreichend kaltem Wasser und aß etwas, um zu Kräften zu kommen. Allerdings war der Nachteil an ihrer Gabe, dass alles seinen Preis besaß. Nach dem Stillen von Hallet wurde sie so müde, dass sie es gerade noch schaffte, ihn erneut wie versprochen bei Gisela abzugeben; danach schlief sie in ihrem Bett ein, obwohl sie auf Halvar warten wollte.

***

Nachdenklich saß Halvar in einer Ecke des Schankraums und schwenkte den Met in seinem Becher. Besonders angetan war er nicht davon, den Abend alleine in einer Taverne zu verbringen und sich an den Alkohol zu halten, aber etwas anderes gab es nicht zu tun. Er hatte sich darauf gefreut, Zeit mit Iouna zu verbringen, nachdem Gisela angeboten hatte, auf Hallet aufzupassen. Nach dem Geständnis, dass die Prinzessin das Kind nicht geboren hatte, war auch sie etwas entspannter geworden, was Iouna anbelangte, und schien dem vermeintlichen Ehepaar einen gemeinsamen Abend gern zu gönnen.

Iouna hatte es allerdings vorgezogen, die Ruhe zu nutzen, um zu schlafen, anstatt ihm näherzukommen. Eine Weile war er bei ihr geblieben, ohne zu wissen, was er tun sollte, bevor er sich entschlossen hatte, noch etwas zu trinken.

Es ist dasselbe Gebäude …

Aber auch der Met konnte ihm nicht über seine schlechte Laune hinweghelfen.

Die Jubelstimmung der Dorfbewohner war ebenso schnell verflogen, wie sie aufgekommen war, und die meisten hatten sich bereits in ihre Betten zurückgezogen. Trotz des Unfalls ging das Leben im Dorf unbeirrt weiter, und der morgige Tag würde genauso Arbeit bringen wie die Tage zuvor.

Eigentlich war es Halvar recht. Er stand nicht gern im Mittelpunkt und wollte momentan ohnehin mit seinen Gedanken alleine sein.

Diese kreisten weiterhin um Iouna, die scheinbar lieber Abstand als Nähe suchte. Er konnte nicht sagen, woran es lag; ob er es sich nur einbildete, aber es fühlte sich anders an als in der Mühle. Vielleicht war es sein für sie neues Aussehen oder die Tatsache, dass er das Feuer der Verdammnis kontrollierte wie andere Stricknadeln. Oder es lag an dem Säugling, für den sie zu sorgen hatte. Immerhin verlangte der Knirps eine Menge Aufmerksamkeit. Er schämte sich, Hallet die Schuld dafür zu geben, schließlich konnte der Junge nichts für sein Schicksal.

Eifersüchtig auf einen Säugling …

Mürbe rieb er sich die Augen und nahm dann einen Schluck aus seinem Krug. Mit zusammengebissenen Zähnen starrte er auf den Tisch und verlor sich in seiner Enttäuschung.

»Ihr seid der Mann, der in der Mine geholfen hat, oder?«, fragte plötzlich eine weibliche Stimme, woraufhin er seinen Blick vom Holz losriss und den Kopf hob.

Eine große blonde Frau sah zu ihm herunter. Ihr langes Haar fiel ihr leicht gewellt über die Schultern, und das einfache rote Kleid enthüllte mehr von ihrer Brust, als anständig gewesen wäre. Ihr kesses Lächeln verriet, dass das durchaus gewollt war.

Ein Nicken war alles, was er ihr als Antwort zukommen ließ.

»Warum sitzt Ihr alleine hier?«, wollte sie daraufhin wissen.

»Warum nicht?«, antwortete er knapp.

Die Frau machte einen Schritt auf den Tisch zu und lehnte sich daran an. Dabei setzte sie sich beinahe darauf. Ihre grünen Augen fixierten die seinen. »Man erzählt sich, dass Ihr einige Männer aus den Minen gerettet habt, wenn auch nicht alle ... Da darf man doch ruhig mit etwas Gesellschaft rechnen, oder?«

Die Gesellschaft, die er wollte, lag oben und schlief.

Er konnte nicht verstehen, warum sie oft Nähe andeutete, nur um dann längst zu schlafen, wenn er zu ihr kam. Es gab eigentlich keinen Grund für sie, so müde zu sein. Sicherlich verlangte Hallet ihr viel ab, aber ... »Scheinbar nicht«, erwiderte er deshalb und nahm noch einen Schluck.

Sie legte den Kopf auf die Seite und lächelte ihn an. »Soll ich Euch etwas unterhalten?«

Irgendetwas sagte Halvar, dass diese Frau kein »Nein« akzeptieren würde, aber er versuchte es dennoch.

»Nein?«, hakte sie nach. »Euer Tonfall klingt so, als wärt Ihr irgendwie wütend.«

Sie ließ sich sacht wieder von der Tischplatte gleiten und schlenderte zu Halvar herüber. Betont langsam beugte sie sich zu seinem Ohr herunter. »Als könntet Ihr etwas Aufmunterung gebrauchen«, hauchte sie.

Generell hatte sie nicht unrecht, aber die Aufmunterung, die sie im Sinn hatte, wollte er nicht – zumindest nicht von ihr. Schweigend trank er wieder einen Schluck.

»Phiona, lass meine Gäste in Ruhe!«, mischte sich nun auch der Wirt ein. »Er hat nein gesagt, also verschwinde!«

Genervt verdrehte die junge Frau die Augen, ehe sie sich zum Hausherrn wandte. »Karl, ruiniere mir nicht mein Geschäft«, maulte sie ihn an. »Ich verdiene hier ohnehin kaum etwas, da das Dorf aus dreckigen Minenarbeitern und Bauern besteht. Dieser Gast ist eine Wohltat für meine Sinne!« Wieder zum Ritter gewandt, biss sie sich auf die Unterlippe. »Und damit meine ich alle sechs.«

»Sechs?«, erkundigte sich Halvar mit hochgezogener Augenbraue, denn gemeinhin wurden nur fünf Sinne aufgezählt.

»Mein sechster Sinn befindet sich etwas südlich meines Nabels ...«, verkündete sie mit einem frechen Grinsen.

Wortlos musterte er sie. Auch wenn ihr Verhalten eine angenehme Alternative zu offener Abscheu und Flucht war, kam es doch von der falschen Frau.

Phiona schob sich zwischen den Hünen und den Tisch, woraufhin er sie mit einem mürrischen Blick bedachte und etwas zurückwich.

Zaghaft lächelte sie erneut und kletterte auf seinen Schoß. Ihre Beine ließ sie locker links und rechts von seinen baumeln, strich ihm sanft über die Brust und sah ihm in die Augen.

Angespannt saß er dort und wich ihrem Blick aus.

»Wisst Ihr ... ich rieche Einsamkeit, das ist mein Geschäft«, säuselte sie; dabei strich sie mit dem Handrücken über seine Wange.

Das würdest du nicht tun, wenn sie noch voller Narben wäre ...

»Der leere Krug, der enttäuschte Blick und das gelegentliche Seufzen …«, fuhr sie mit sanfter Stimme fort.

Er drehte seinen Kopf von ihren Fingern weg und versuchte, ihre Hand aus seinem Gesicht zu entfernen. Die Blonde jedoch blieb hartnäckig, ergriff rasch die Hand von Halvar und führte sie zum Saum ihres Rocks, der bereits über das Knie gerutscht war. »Wie lange ist es her?«, hauchte sie ihm ins Ohr, führte ihn weiter unter den Stoff die Schenkel hinauf und presste ihr Becken an seines. Da diese Frau eine dezente Abfuhr offensichtlich nicht verstand, zog er ruckartig seine Hand wieder zu sich und ergriff ihre Hüfte. Mit beiden Händen versuchte er, sie von sich zu schieben, aber sie klammerte sich auf seinem Schoß fest.

»Nicht lange genug!«, murrte er, aber seine Worte fanden keinen Anklang.

Die Dirne umfasste sein Gesicht und näherte sich ihm mit einem frechen Grinsen. »Wenn alles an Euch so groß ist, können wir auch gerne über den Preis verhandeln«, bemühte sie sich, ihren Auserwählten zu überzeugen, auf sie einzugehen.

»Ich habe eine Frau!«, dachte er und setzte an, es zu sagen. Ehemännern war es verboten, Huren aufzusuchen. Seine Worte erstarben jedoch an ihren Lippen, die sie auf seine presste.

Er versuchte wieder, seinen Kopf zu drehen, aber Phiona folgte seiner Bewegung und ließ nicht von ihm ab. Gerade als er aufstehen wollte, um die ungewollte Verehrerin endgültig loszuwerden, hörte er Iounas leise Stimme. »H… Halvar?«, krächzte sie gebrochen seinen Namen.

Oh nein, bitte nicht …

***

Die Enttäuschung brannte in Iounas Brustkorb wie der Dolch, der ihr einst das Leben genommen hatte. Sie konnte kaum nach Atem ringen und lehnte sich kurz an den Stuhl, der sich neben ihr befand, während ihr Blick starr auf den Boden gerichtet war. Mit der anderen Hand krallte sie sich in den Ledereinband ihres Buches, das sie zum Lesen mit nach unten genommen hatte.

»Was tut er da?«, fragte sie sich innerlich, während sie spürte, wie ihre Beine zu zittern begannen.

Sie war aufgewacht und allein im Zimmer gewesen. Wenn die Frau des Wirts schon so freundlich war, Hallet etwas zu beaufsichtigen, während er schlief, hatte sie die Zeit eigentlich mit Halvar verbringen wollen, aber leider war die Müdigkeit stärker gewesen. Und das anscheinend nur, weil sie ihre Kräfte angewendet hatte.

Noch nie hatte Iouna das gefühlt, was sie in diesem Moment fühlte. Es glich einem offenen Loch im Boden, in das sie zu stürzen drohte. Zu sehen, wie Halvar eine andere Frau küsste und sie dabei vielsagend auf seinem Schoß saß ... Übelkeit überfiel sie. Gegen die Tränen, die sich aus ihren Augenwinkeln lösten, war sie machtlos. Nicht einmal ihr Herz war noch fähig, einen gleichmäßigen Rhythmus beizubehalten. Sie konnte nichts sagen, nicht schreien. Alles, was ihr blieb, war, ihn anzusehen.

Halvar hatte sich von der blonden Frau befreit, die beiläufig irgendetwas vor sich hin nuschelte, dass er nichts davon gesagt hatte, dass er in Begleitung sei.

Nichts gesagt, warum auch ... Was bin ich schon?

Angewidert von der Situation, in der sie die Geprellte war, drehte sie sich um und ergriff die Flucht. Weitere Demütigungen ertrug sie nicht. Rasch eilte sie aus dem Gasthaus. Erst draußen verließ das erste Wimmern ihre Kehle, während sie noch hörte, wie Halvar nach ihr rief. Fluchtartig folgte sie dem Weg Richtung Wald, in dessen Nähe der Weststrom entlangfloss, ungeachtet dessen, wen sie alles zurückließ. Doch kaum hatte sie die erste Baumreihe erreicht, hörte sie schnelle Schritte hinter sich und spürte eine Hand auf ihrer Schulter, die sie zum Stehenbleiben zwang. Nachdem sie wütend herumwirbelte, erkannte sie Halvar im fahlen Licht, das noch vom Gasthaus nach außen getragen wurde. »Lass mich los!«, schrie sie mehr, als dass sie sprach. Selbst die wenigen Worte wurden von Tränen erstickt und kamen nur stockend über ihre Lippen.

»Hör mir zu!«, antwortete Halvar wesentlich ruhiger, und Iouna verfinsterte ihren Blick. Was wollte er ihr schon erklären, was sie nicht bereits gesehen hatte? Aber sie blieb stehen und wandte sich ihm wütend zu. »Ich glaube, ich habe das schon verstanden«, wimmerte sie weiter. »Ich bin nicht blind!«

»Sie wollte mich als Freier gewinnen! Sie hat mein Nein nicht akzeptiert!«, erklärte er, was Iouna nur ein verzweifeltes Lachen entlockte.

»Dein Nein schien irgendwie nicht deutlich genug gewesen zu sein«, keifte sie lautstark zurück, sodass ihre Stimme heiser wurde, »da sie an deinen Lippen hing und du nicht wirktest, als hättest du dich sonderlich gewehrt.«

Allein bei der Erinnerung an diesen Anblick liefen weitere Tränen ihre Wangen hinunter, und sie musste sich anstrengen, das Bild zu verdrängen. Genau das, was sie nie gewollt hatte, war eingetreten. Einen Mann zu lieben, der seine Lust bei anderen Frauen zu stillen suchte.

»Sie hat mich überrascht! Für gewöhnlich reicht ein Nein!«

»Anscheinend nicht, aber wie sie sagte: Du hast mich nicht mal erwähnt! Du hast ihr nicht gesagt, dass du ...«

Ihr Schluchzen brach den Satz ab, was ein glücklicher Zufall war, denn als was hätte er sie bezeichnen sollen? Sie waren weder verheiratet noch verlobt.

»Dass ich was? Eine vermeintliche Ehefrau habe, die lieber schläft als Zeit mit mir allein zu verbringen?«

»Lieber schläft?«, kreischte Iouna ungehalten. »Hast du eine Ahnung, woran ich mich gewöhnen musste? Ich bin sowohl die *vermeintliche* Ehefrau als auch die *vermeintliche*

Mutter eines Säuglings – und in Wahrheit habe ich nichts von all dem. Ich ... Ich bin nicht ansatzweise darauf vorbereitet gewesen, was in den letzten Tagen geschehen ist. Von meinem Tod bis hin zu den Deserteuren, Menschen zu töten, deinem neuen Aussehen und nun dem Muttersein. Andere dürfen in bestimmte Rollen hineinwachsen, doch ich muss sie blind meistern, weil die Götter beschlossen haben, dass es so sein *muss*! Was hielt dich davon ab, dich einfach zu mir zu legen? Darf ich nicht müde vom Stillen und Heilen sein?!«

Nach dem letzten Satz fuhr sie mit ihrer Hand zum Mund. Das Heilen hatte sie eigentlich für sich behalten wollen. Einerseits, um ihn nicht zu beunruhigen, und andererseits, weil sie gegen ihre stille Vereinbarung gehandelt hatte.

»Vom Heilen?«, schallte es ihr überrascht entgegen.

»Ja, ich habe heute Nachmittag einen Jüngling geheilt«, posaunte Iouna die Wahrheit heraus.

»Das ist ... gefährlich«, konterte Halvar und schaute sie unverwandt an.

»Dessen bin ich mir bewusst und doch ... Hätte ich einen Jungen von vielleicht sechzehn Jahren sterben lassen sollen? Wofür habe ich die Kräfte, wenn ich einer Mutter nicht ihr Kind lassen kann? Den einzigen Menschen, den sie anscheinend noch hat.«

»Was, wenn es mich den einzigen Menschen kostet, den *ich* noch habe?!«

»Den einzigen Menschen?«, konterte Iouna lautstark. »Das sah für mich gerade ganz anders aus. Immerhin hast du es geduldet, dass sie dich küsst.«

»Ich habe gar nichts geduldet – nicht von ihr! Aber genau wie du wusste sie, was ich will, und hat es ignoriert! Ich kann nichts dafür, dass ich so aussehe, wie ich es tue, und bin auch nicht verantwortlich dafür, dass wir ein Kind haben, das nicht unseres ist! Und doch trage ich alle Pflichten eines Ehemanns und Vaters ohne dessen Rechte!«

Erschrocken riss Iouna ihre Augen auf und schluckte trocken. »Dessen Rechte?«, hakte sie nach, leise ahnend, was er damit meinte. Es gab nicht viel, was ein Vater mit einem Ehemann gemeinsam hatte, abgesehen davon, dass Vater zu sein die Folge einer Ehe war.

»Das Recht, das Bett mit seiner Ehefrau zu teilen! Das Recht, die Nähe zu spüren, die du mir vorenthältst! Und ich verstehe nicht, warum.«

Iouna sah ihn an, und ihr ernster Blick wurde zu einem traurigen. Nicht nur, weil sie recht behalten hatte, sondern auch, weil er ebenso ahnen musste, warum sie unsicherer wurde, nachdem sie die Hütte verlassen hatten. Enttäuschung breitete sich in ihrem Herzen aus. Er hatte beteuert, anders zu sein, aber das war er nicht. Letzten Endes wollte er genau das Gleiche wie alle anderen Männer auch. Vor wenigen Stunden hatte sie ebenso mehr gewollt, ihr Körper verlangte nach seinen Berührungen, aber sie forderte sie nicht ein, sondern ließ sie wie das Wasser einfach Wellen schlagen, wenn es der Moment erlaubte, jedoch er ... »Dann war das in der Hütte nichts anderes als die Heuchelei eines einfachen Mannes«, warf sie ihm vor. »Du hast auch nur versucht, dir den Weg zwischen meine Beine zu ebnen, indem du Lügen erzählst. Die Liebe dient nicht den Liebenden, sondern den Männern, damit sie Befriedigung finden und ihre Rechte fordern können!«

Fast sprachlos über diese Erkenntnis stieß sie einen tiefen Seufzer aus. Sie liebte ihn, das stand außer Frage, aber seine Worte verletzten sie. Vor ihrem Auge breiteten sich Bilder aus, jene Bilder, wie er die Frau küsste. Lothar, Heinrich und all die unzähligen anderen Male, bei denen jemand etwas von ihr forderte. Iouna spürte das unaufhaltsame Zerren an ihrem Körper; geschwächt von diesem Gefühl, sank sie unter kläglichem Weinen auf den Boden. Zitternd legte sie ihre Hand auf ihre Brust, worunter ihr Herz so schnell raste, dass es sich vor Wut und Trauer fast überschlug. Ebenso traurig schaute Halvar auf sie hinunter und näherte sich einen Schritt, was die weinende Prinzessin mit einem Kopfschütteln verhindern wollte. »Bleib weg!«, wandte sie schwer atmend ein. Halvar forderte gefühlt alles von ihr, und sie wollte ihm auch alles zu Füßen legen, aber gleichermaßen musste sie dann nach aller Sicherheit verlangen. Ihr eigener Stolz stand ihr dabei im Weg. Die Prinzessin war nicht sieben Jahre vor den Pflichten der Ehe davongerannt, um sie einem anderen Mann blauäugig zu überlassen. Also käme auch Halvar nicht ohne Gegenforderungen davon. Sie waren auf den Weg nach Schwarzbruch, wo auch der Norden vertreten sein würde. Ihre Brüder oder gar ihr Vater persönlich würden in den Krieg ziehen. Eine Tatsache, die eine Begegnung mit ihrer Familie unvermeidlich machte. Mit aller verbliebenen Kraft, die ihr noch innewohnte, rappelte sie sich wieder auf und versuchte, Herrin über ihre Stimme zu werden. »Die Rechte, von denen du sprichst ...«, setzte sie leise an und probierte vehement, ihr aufkeimendes Weinen zu unterdrücken, »würdest du diese auch bei meinen Brüdern oder meinem Vater einfordern?«

»Glaubst du, deine Familie würde dem zustimmen? Glaubst du, sie würden einen Feind an deiner Seite akzeptieren? Mich?«

Stoßhaft atmete die junge Frau erneut aus, als sie die Worte des Hünen vernahm. Sie spürte, wie ihre Wangen abermals feucht wurden. Sie brauchte einen Moment, um ihre Wut hinunterzuschlucken, um überhaupt Worte formen zu können. »Du willst also, dass ich dir die Rechte eines Ehemannes gebe, ohne die Rechte einer Ehefrau zu bekommen?«

»Nein, das habe ...«

»Das hast du mir gerade sehr deutlich vermittelt«, fiel sie ihm ins Wort, »dass du es für aussichtslos hältst und nicht davon ausgehst, dass mein Vater dir nachgeben würde. Du kennst ihn nicht einmal!«

Ungewollt verkam Iounas Stimme wieder zu einem stockenden, heiseren Schreien. »Du erzählst mir, dass du immer wieder vor der Tür eines Barons standest, damit er dir seine Tochter zur Frau gibt, aber ich bin nicht mal einen Versuch wert. Vermutlich, weil ich nicht Khyla bin!«

Der letzte Satz ließ ihr Herz für einen Schlag aussetzen. Ein dicker Kloß bildete sich in ihrem Hals, der ihre weiteren Worte im Keim erstickte. Durch die Wut über ihn, über sich selbst, ebenso darüber, dass ihre Stimme ständig versagte, erklommen kratzige Schreie ihre Kehle, die sie ungehalten in die Nacht entließ, bis sie ziellos erstarben. Die bittere Erkenntnis, die sie gewonnen hatte, wollte zu einer inneren Leere werden. Nutzlosigkeit, Selbstzweifel und Einsamkeit legten sich wie ein Mantel über sie, der aber nicht warmhielt, sondern seine Trägerin zu ersticken drohte.

»Nein, bist du nicht«, nutzte der Hüne den Moment, um sich zu erklären, »aber ich bin für dich hier, nicht ...«

»Hier, um Rechte einzufordern. Fordere sie ein, aber nicht von mir. Denn wie ich sehe, gilt dein ungebrochener Wille, den die Götter so sehr an dir bewundern, für alles Mögliche, nur nicht für mich.«

Sie wandte sich von Halvar ab und versuchte einmal tief Luft zu holen. Unter deutlichem Schluchzen kämpfte sie mit sich, um die nachfolgenden Worte über die Lippen zu bringen. »Ich will dich ... nie wiedersehen«, flüsterte sie stotternd. »Nie wieder!« Ohne ihn eines weiteren Blickes zu würdigen, lief sie weiter in den Wald hinein, wo der Damm ihrer Zurückhaltung endgültig brach. Der Fluss ihrer Tränen wollte nicht mehr versiegen. Gerade, als sie dachte, sie hätte alles gesagt, hielt Halvar sie erneut an ihrem Arm fest. »Juna ...«, drang es dabei über seine Lippen und sie bemerkte das Zittern in seiner Stimme, aber sie wollte nicht, dass er sich weiter erklärte. Es war genug. Sie ertrug den Druck nicht länger. Deshalb fuhr sie ein letztes Mal wütend herum und befreite sich so aus seinem Griff.

»Nein!«, schrie sie dabei und stieß zweimal gegen seinen Oberkörper, um Abstand zu gewinnen. Mit ausgestrecktem rechten Arm hielt sie diesen aufrecht und fixierte Halvars Augen. »Ich lasse mich nicht zur Geliebten und meine Kinder zu Bastarden machen! Das nimmt ein Ende! Es hat ein Ende mit den Männern, die meine Ehemänner sein wollen und mir im Gegenzug nichts geben!«

Augenscheinlich geschlagen, trat Halvar einen Schritt von ihr zurück, während das Herz der jungen Frau fast aus ihrer Brust sprang. Wortlos sah er zu Boden, während sie erneut kehrtmachte, um dem Streit zu entfliehen. Sie hätte nichts mehr sagen, sondern nur noch schimpfen können, aber ihr fehlte die Kraft. Niemand wollte es verstehen. Heinrich hatte es nicht verstanden, Lothar würde es verstehen müssen, und Halvar ... Sie wollte aus sich keine Sklavin machen lassen, keine Dienerin der Männer, die ausschließlich dazu genutzt wurde, um dem Gatten einen Sohn zu gebären. Sie wollte nicht Werkzeug der Macht sein, deren Kinder einmal genauso herumgereicht würden wie sie.

Diesmal erklang kein weiterer Ruf, keine Hand hielt Iouna auf, die sich einen Weg durch die Finsternis bahnte, weshalb sie immer weiterlief. Sie flüchtete regelrecht vor der Verantwortung, die anderenorts auf sie wartete, sicherlich noch schlafend, aber irgendwann hungrig.

In einer stillen Ecke ihres Verstandes wusste sie, dass sie gar nicht weglaufen konnte, zumindest nicht vor Hallet, der für all dies nicht verantwortlich war, aber das verdrängte sie zunächst. Schluchzend und wimmernd bahnte sie sich weiter einen Weg durch das Dickicht, wobei ihr in diesem Moment erst schmerzlich bewusst wurde, dass sie nicht einmal Schuhe trug. Trotzdem schaffte sie es allein durch ihre Wut, die Dornen unter ihren Füßen zu ignorieren. Im hellen Nachthemd stand sie im Wald. Hier war es etwas kühler als um die Häuser herum, auch wenn sie noch nicht fror. Irgendwo zwischen den Bäumen hörte sie das Rauschen von

Wasser, was sie darauf hinwies, dass sie sich in der Nähe des Weststroms befand. Instinktiv folgte sie dem Klang, bis sie das Ufer erreichte. Verzweifelt versuchte sie unterdessen, das Bild aus dem Gasthaus zu verdrängen. Halvar mit einer fremden Frau. Es schürte ihre Wut wie der Wind das Feuer, und der Fluss bot eine willkommene Ablenkung. Das gleichmäßige Plätschern hatte irgendwie eine beruhigende Wirkung auf sie und ließ sie kurz durchatmen. Erschöpft vom Weinen, setzte sie sich neben eine Trauerweide, deren Wurzeln teils im Wasser hingen. Es grenzte an Ironie, dass der Baum einen Namen trug, der zu ihrem Zustand passte. Die bestimmt über hundert Jahre alte Weide beruhigte die Prinzessin, durch sie fühlte sich Iouna nicht so allein und ungeschützt, da ihr wahrer Beschützer nun für immer fort sein würde. Als ihr dies bewusst wurde und den Zorn über den Kuss überschattete, entflammte ihre Trauer erneut, und bittere Tränen rannen über ihre Wangen. Sie erkannte, dass ihre Unerfahrenheit und Jugend ihr wieder einmal im Weg standen. Ganz zu schweigen von ihrem nordischen Temperament ...

***

Tief getroffen von den Worten, stand Halvar auf dem Waldweg und sah Iouna hinterher, wie sie zwischen den Büschen und Sträuchern verschwand. Noch immer fühlte er die Stelle, an der ihre Hände ihn weggestoßen hatten. Es war nicht die Berührung an sich, die ihn mehr schmerzte als alles, was die Deserteure oder die Folterknechte in Isvinter ihm angetan hatten, sondern vielmehr die damit verbundene Botschaft. *»Ich will dich nie wiedersehen!«*, tobten die Worte der Prinzessin durch seinen Geist.

Endlos lange stand er reglos da und starrte in die Finsternis, hoffte, dass sie zurückkehrte, hoffte, dass die Einsamkeit, die er fühlte, nur von kurzer Dauer war. Aber sie kam nicht zurück. Die Dunkelheit des nächtlichen Waldes war alles, was er sah. Keine Prinzessin, keine Iouna, keine Liebe zeigte sich ihm.

Nur die endlose Leere seines Lebens offenbarte sich vor ihm. Alles, wofür er gelebt hatte, alles, was seinem Dasein einen Sinn verliehen hatte, war in den Schatten verschwunden. Er wollte ihr folgen, ihr erklären, dass er sie liebte, aber sie wollte ihn nicht wiedersehen. Geschlagen wandte er sich von der Richtung ab, in die er laufen wollte, und schlurfte hoffnungslos zum nächsten Baum. Unsanft lehnte er seine Stirn gegen die raue Rinde und vergrub das Gesicht in seinen zitternden Händen.

Was habe ich getan?

Er hatte den einzigen Menschen vertrieben, der ihm etwas bedeutete; die einzige Person, die ihm das Gefühl gab, gebraucht zu werden.

Langsam drehte er sich herum, lehnte sich an den Stamm und ließ sich daran herunterrutschen. Ihm war klar, was er gesagt und welches Bild er ihr von sich gezeichnet hatte. Sie glaubte, er wollte sie nur benutzen, um seine Blutlinie fortzuführen, genauso, wie es Heinrich und Lothar vorhatten. Sie glaubte, er hielt sie für nicht wichtig genug, um bei ihrem Vater um ihre Hand anzuhalten. Die Zweifel, die er geäußert hatte, waren real, aber dennoch würde er Iouna nicht aufgeben. Natürlich wollte er mehr sein als nur die Illusion eines Ehemannes, aber er wollte sie nicht nur benutzen, um Nachkommen in die Welt zu setzen. In diesem Moment hatte die Enttäuschung aus ihm gesprochen, die Unsicherheit, warum sie Abstand zu ihm hielt, wofür eigentlich kein Anlass bestand, und die Angst, sie zu verlieren, weil ihr Vater ihn für unwürdig halten könnte. Dennoch hätte er sich nicht abhalten lassen, bei seiner Liebe zu sein. Selbst wenn er bis ans Ende seiner Zeit jeden Tag um ihre Hand hätte anhalten müssen, hätte er es getan. Er hätte *alles* in seiner Macht stehende getan, um Raik davon zu überzeugen, ihm die Hand seiner Tochter zu geben.

Doch nun war alles verloren.

Dieses Mal konnte er keinem anderen die Schuld geben. Es gab keinen Heinrich, der ihr einen Dolch in die Brust gerammt hatte, und keinen Lothar, der diesem verraten hatte, wo sie sich befand. *Er* hatte die Annäherungen der Dirne nicht genug unterbunden. *Er* hatte diese Dinge gesagt und sie in dem Glauben gehenlassen, er würde nur mit ihr spielen. Kein Gott hatte ihm gesagt, was er tun sollte, weder Xhar noch Athan noch Norna. Die Schicksalsgöttin, die ihn aus dem Albtraum nach ihrem Tod gerettet hatte, sagte, dass seiner Familie nichts im Weg stünde, wenn er sie wollte. Er wollte sie. Er wollte wieder Ehemann und Vater sein, eine Familie haben. Schon lange hatte er sich nicht mehr so weit davon entfernt gefühlt wie in diesem Moment. Nur eine Frau kam infrage, ihm diesen Wunsch zu erfüllen, und diese war gerade alleine in den Wald gelaufen.

Halvar erinnerte sich an sein Versprechen, sie nicht alleinzulassen. Er schloss die Augen, als ihm klar wurde, dass er es nicht halten konnte. Sie wollte ihn nicht mehr in ihrer Nähe haben. Langsam konnte er verstehen, warum sie so empfand, und er hasste sich dafür, sie so weit gebracht zu haben. Dennoch war auch er enttäuscht. Es tat ihm weh, dass sie ihm nach all dem, was geschehen war, noch immer nicht genug vertraute, um ihm zu glauben, dass er nichts von Phiona wollte.

Er öffnete die Augen wieder und blickte durch das Blätterdach in den klaren Himmel, der ihm die Sterne zeigte, die ihm so oft den Weg gewiesen hatten. Leichter Wind ließ die Baumwipfel sanft schwingen. Es war eine wunderschöne Nacht, die sich nicht um sein Gemüt scherte. Geistesabwesend beobachtete er die hellen Punkte, die schleichend langsam über das Firmament wanderten. Wie gern hätte er diesen Moment mit Iouna geteilt, sie in seine Arme geschlossen und ihr gezeigt, wie viel sie ihm bedeutete. Aber alles, was ihm von ihr blieb, war ihr leises Wimmern, das der Wind ab und an zu ihm trug. Eine grausame Erinnerung an das Glück und die Zukunft, die er durch eine unbedachte Äußerung weggeworfen hatte. Gleichzeitig aber zeigte es ihm, dass sie noch da war.

»*Geh zu ihr!*«, meldete sich seine innere Stimme.

Die Stimme, die ihm einst klargemacht hatte, dass er seinen Auftrag nicht erfüllen konnte. Sie hatte damals recht gehabt, aber nun ... »*Du hast es versprochen!*«, beharrte sie weiter. »*Lass sie nicht allein!*«

»Sie will mich nicht mehr sehen ...«, sagte der Hüne vor sich hin.

Seine eigenen Worte taten ihm weh. Er wollte nicht glauben, dass sie wahr waren. Genau wie das Bild, das sie nun von ihm hatte, nicht der Wahrheit entsprach.

Nein, das kann es nicht gewesen sein!

Ohne eine Ahnung, wie lange er dort gesessen hatte, atmete er einmal tief durch und rappelte sich wieder auf. Er konnte sie nicht allein im Wald lassen, egal was sie gesagt hatte. Sollte sie ihn dafür verfluchen und hassen, aber wenn ihr etwas geschehen würde ... Zumindest wollte er sie zurück zum Gasthaus bringen, wo sie – zumindest für diese Nacht – in Sicherheit war. Dann konnte er sie immer noch alleine lassen, falls sie ihre Meinung nicht ändern sollte. Vielleicht würde sie ihm auch zuhören, und er könnte erklären, was er fühlte und warum er gesagt hatte, was er gesagt hatte.

Kurz zögerte er, bevor er langsamen Schrittes in Richtung ihrer Stimme ging. Jeder Moment, der ihn näher an Iouna brachte, ließ sein Herz schneller schlagen. Was, wenn sie ihn wieder fortschickte? Was, wenn sie seine Nähe, seine Worte nicht ertrug? Halvar wusste nicht, was er dann tun würde, aber er war sich sicher, dass er es zumindest versuchen musste. Sein ungebrochener Wille galt auch für sie – *besonders* für sie. Er wollte sie zurück, sie wieder in die Arme schließen und bei ihr sein!

Vorsichtig schlich er voran und folgte dem lauter werdenden Schluchzen der jungen Frau und den Spuren, die sie im Unterholz hinterlassen hatte. Bald erreichte er den Fluss, und unwillkürlich huschte ein Lächeln über sein Gesicht.

Hätte ich mir ja gleich denken können ...

Das helle Nachthemd der Prinzessin leuchtete regelrecht im Licht des Mondes, der über dem Fluss stand und seine silbernen Strahlen auf Iouna warf. Sie saß unter den tief hängenden Ästen einer Weide und blätterte in ihrem kleinen Buch.

Erstarrt stand Halvar zwischen den Sträuchern im Schatten und sah ihr dabei zu, während er abwog, ob er auf sie zugehen sollte oder nicht.

***

Deine Liebe zu ihm ist grenzenlos, und deine Dummheit ist unendlich ...

Iouna saß schluchzend auf dem Boden, während sie die Lehren Athans in Händen hielt. Der nächtliche Himmel spendete gerade so viel Licht, dass sie darin lesen konnte, aber dies zu tun, bereute sie schnell. Auf der Suche nach Antworten war sie wie so oft über die weiße Iris gestolpert. Tränen tropften auf die aufgeschlagenen Seiten, auf denen sie einst gefragt hatte, ob sie ein totes Herz wiederbeleben könne. Sie wusste nicht wie, aber Halvar hatte eine kurze Antwort daruntergesetzt, als hätte er gewusst, wem diese Äußerung galt. Ein »Ja« vervollständigte das Bild dieser Notiz. Es war alles, was sie von ihm jemals hören wollte. Bei allen Erklärungen und Ausreden, die er versucht hatte ihr näherzubringen, hätte diese kurze Antwort genügt, um ihrem Toben ein Ende zu setzen.

Ihr Innerstes kannte die Wahrheit. Halvar war nicht die Art Mann, die sie in den meisten sehen wollte. Das war es ja, was sie ihr Herz trotz seines Äußeren an ihn verlieren ließ. Aber dieses Äußere gab es nicht mehr. Ihre Kräfte hatten dafür gesorgt, dass er nicht mehr angewidert gemustert wurde, sondern ... Sie würde sich daran gewöhnen müssen. Sie musste sich an so vieles gewöhnen, dass ihr Tod ihr dabei fast nebensächlich erschien. Niemals würde sie die Schmerzen des kalten Metalls vergessen, das sich in ihre Brust gebohrt hatte, aber sie waren nichts im Vergleich zu dem, was sie in diesem Moment fühlte. Sie hatte ihn fortgejagt, ihn von sich gestoßen, obwohl ihr Herz etwas anderes gewollt hatte. Dennoch ... ihre Zweifel und Worte waren nicht unberechtigt gewesen. Es genügte manchmal nicht, die Dinge unausgesprochen zu lassen und zu hoffen, dass alles gut werden würde. Spätestens in Schwarzbruch mussten sie erneut füreinander kämpfen und jedem die Stirn bieten, der sich ihnen entgegenstellte. Zweifel und Uneinigkeit würden dort rasch gegen sie verwendet werden. Vor allem, wenn der Hüne halbherzig vor ihre Familie treten sollte mit der Voraussicht, zu unterliegen.

Ihn nie wiederzusehen war nicht das, was sie wollte; deshalb legte sie behutsam die Blume wieder zurück in das Buch und klappte es zu. So war jene vor dem Schwall von Tränen geschützt, der erneut aufkam. Einsamkeit machte sich in ihr breit, am liebsten hätte sie seinen Namen einfach herausgeschrien, aber das traute sie sich nicht. Erst beschimpfte sie ihn, beschuldigte ihn der Untreue, dass er sie nicht liebte und dann ...

Das Knacken eines Astes ließ sie herumfahren.

Als hätte er ihr stummes Flehen gehört, trat Halvar hinter einem Baum hervor und schaute sie musternd an. Erleichtert über die Tatsache, dass er sie nicht so leicht aufgab, erwiderte sie seinen Blick, bekam jedoch kein Wort über die Lippen. Sie wusste nicht, was sie sagen oder tun sollte, um zu revidieren, was sie ihm zuvor entgegengeschleudert hatte.

»Ich habe versprochen, bei dir zu bleiben«, sprach Halvar, und Iouna schloss bei diesen Worten ihre Augen, wodurch wieder ein paar Tränen aus ihren Augenwinkeln gelöst wurden. Aber diese waren nicht ihrer Trauer, sondern ihrer anhaltenden Erleichterung geschuldet.

»Du bist mehr als nur einen Versuch wert«, stellte er klar. Iouna öffnete ihre Augen wieder, um ihn anzusehen. Ehrliches Bedauern lag in seinem Blick, während er einen Schritt aus der Baumreihe auf sie zumachte. »Ich würde dich nie aufgeben, nur weil mich deine Familie nicht akzeptiert!«, fügte er hinzu, und sie warf ihre Stirn in Falten.

Sie konnte sich gut vorstellen, dass er nicht aufgeben würde, aber letzten Endes ... Was sollte geschehen? Wieder fortlaufen, wieder Jahre umherziehen, sodass sie niemand finden würde, nicht einmal Thorvid? »Du könntest es dir mit einer bäuerlichen Frau wesentlich leichter machen«, gestand Iouna leise.

»Aber ich will keine *einfache* Frau«, dementierte er ihren Vorschlag und schaute sie weiterhin an. »Ich will *dich*!«

Ein Seufzen drang über ihre Lippen. Sie legte ihr Buch beiseite, bevor sie sich langsam aufrichtete. »Ich bin weit entfernt von einfach«, flüsterte sie geradezu und ließ ihn einen weiteren Schritt auf sie zumachen.

»Ich wohl auch ...«

Iouna schaute betreten auf das dichte Gras hinunter und suchte nach Worten einer Entschuldigung irgendwo zwischen den Halmen. Bloße Fragmente an Zugeständnissen und Erklärungen passierten ihren Verstand, wobei ihre Stimme fast schon versagen wollte bei allem, was sie klarzustellen hatte. »Ich hatte mich in meinen Ängsten verirrt«, begann sie vage. »Erst diese ganzen Prophezeiungen der Götter, dann dein verändertes Äußeres ... Zuvor war es so, als gäbe es nur uns beide, aber als mir klar wurde, was nun andere in dir sehen würden. Ich ... Als ich dich mit dieser Frau sah ...«

»Es *gibt* nur uns beide«, unterbrach Halvar vorsichtig ihre Worte und kam noch näher. »Lass die anderen sehen, was sie wollen ... Ich sehe nur dich!«

Schleichend wollte sich bei seinem Geständnis erneutes Weinen unter ihre Stimme mischen, da sie leise daran erinnert wurde, was sie bei dem Anblick des Kusses gedacht hatte. »Mir war, als würde eintreten, wovor ich mich am meisten gefürchtet hatte. Dass du mich nicht mehr nötig hast.«

»Das wird niemals eintreten«, versicherte er ihr. Iouna hob den Kopf und überbrückte die kurze Distanz zu ihm, um ihn zu umarmen. Stockend atmete sie tief ein und lehnte ihren Kopf gegen seine Brust, wo sie sein schnell schlagendes Herz hören konnte. Deutlich fühlte sie, wie er sie an sich drückte.

»Ich brauche dich«, flüsterte er an sie gewandt; überrascht von seinen Worten, schaute sie auf. Eine leise Stimme in ihr wollte ihm vorwerfen, warum er diese Dinge nicht schon zuvor zu ihr gesagt hatte, aber diese brachte sie eilig zum Schweigen. Allein seine Worte machten sie sprachlos, und bevor sie etwas sagen konnte, umarmte er sie noch fester. »Nicht so sehr wie ich dich«, murmelte sie und bezog das nicht nur auf seinen Schutz.

Halvar löste die Umklammerung und berührte sanft ihr Kinn, damit sie zu ihm aufsehen musste. Vorsichtig beugte er sich zu ihr hinunter, um sie zu küssen, hielt aber kurz vor ihren Lippen noch einmal inne, als wäre er sich nicht sicher, ob sie ihm so weit verziehen hatte.

Iouna überwand für ihn diesen Zweifel und wollte das Bild des letzten Kusses damit verdrängen, indem sie eine neue Erinnerung schuf. Sie hatte gehofft, dass er es versuchen würde, sodass sie ihm zeigen konnte, dass sie keinen Abstand zu ihm halten wollte. Fest umklammerte sie seinen Nacken und vergeudete keine Zeit damit, ihm anhand der Art des Kusses zu verdeutlichen, wie sehr sie ihn vermisst hatte. Barfuß, auf den Zehenspitzen stehend, dachte sie nicht darüber nach, als sie ihn immer fester an sich zog. Als wollte er es ihr leichter machen, umfasste er ihre Oberschenkel und hob sie hoch, sodass sie ihre Beine um seine Hüfte schlingen konnte.

Ohne ein Wort zu sagen, lief Halvar ein paar Schritte auf die Weide zu und drückte Iouna leicht dagegen, wobei ihr kurz die Luft aus den Lungen gepresst wurde. Das lag aber weniger an dem leichten Aufprall als daran, dass Halvar seinen Körper merklich an ihren heranbrachte. Beide gierten nach einer Versöhnung, die keine Worte benötigte, um verstanden zu werden. Kurz meldete sich ihr Verstand, dass sie dies alles geschafft hatten, ohne auch nur einmal den Kuss zu unterbrechen, aber die Stimme schwieg umgehend, als Iounas Hände zu seinem Hemd wanderten. Hastig öffnete sie die Knöpfe und zog es ihm über die Schultern, damit er es ausziehen konnte, aber dazu musste er seine Hände von ihren Oberschenkeln lösen. Noch etwas fester presste er sie mit seiner Hüfte gegen den Baum, während sie ihre Beine um ihn geschlungen hatte. Die stille Entschuldigung beider ließ ihr ein leises Stöhnen entgleiten, das sie schnell durch den Kuss wieder erstickte.

Halvar streifte rasch das Hemd ab und warf es achtlos auf den Boden. Seine Arme befreit, umfasste er wieder ihre Schenkel, zog aber diesmal den Saum ihres Nachthemdes mit nach oben. So nah an seinem Körper konnte Iouna seine Erregung deutlich spüren, seine Hände glitten immer gieriger über ihre Haut. Erneutes Stöhnen verließ ihre Kehle, und sie lehnte sich daraufhin mit ihrem Hinterkopf an die Rinde, da sie glaubte, kaum noch Luft zu bekommen. Ihr Körper begann regelrecht zu glühen, wobei sich ein wohliger Schauer auf ihrer Haut ausbreitete. Bei jeder seiner Berührungen schwanden ihre Kräfte, und sie konnte sich kaum noch festhalten. Aber das brauchte sie auch nicht, denn der Hüne hielt sie, sodass sie sicherlich nicht nach unten rutschen würde.

Es dauerte nicht lange, da wanderten Halvars Lippen von ihrem Mund zu ihrem Hals. Ein Gefühl, das sie bereits aus der Mühle kannte und das sie ebenso vermisst hatte wie die kurze Ruhe, die ihnen dort vergönnt war. Lasziv biss sie sich auf die Unterlippe, als er an der Stelle zwischen ihrem Hals und ihrer Schulter angekommen war. Noch immer hatte sie ihre Beine um ihn geschlungen und fuhr ihm sanft über den Nacken. Nur beiläufig bemerkte sie, dass er sich unterdessen die Stiefel von den Füßen streifte. Wie schon einmal schob sie ihm sacht ihr Becken entgegen, damit von ihr aus jeder Zweifel ausgeräumt wurde, was sie sich ersehnte. Er sollte sie zu seiner Frau machen und sich jedes Recht verschaffen, das er gefordert hatte. Innerlich flehte sie, dass er die Worte von zuvor vergaß, wo sie ihm die Rechte eines Mannes nicht zugestehen wollte, denn die Begierde in ihr wischte alle Zweifel hinfort und schrie stattdessen nur noch nach seiner Nähe.

Um ihre eigene Neugierde zu befriedigen, ließ sie von seinem Nacken ab und strich mit ihren beiden Händen an seiner Brust hinunter, um sich den Weg zu seinem Hosenbund zu bahnen. Langsam zog sie dort das Band auf, und er ließ sie gewähren, ohne diesmal einen Einwand zu äußern. Als sie den Bund geöffnet hatte, schob Halvar sein Becken etwas von ihr weg, um die Hose gänzlich ausziehen zu können. Ein Moment, in dem sie ohne ihn fast zu frieren begann. Zu ihrer Überraschung umfasste er dann nicht mehr nur ihr Becken, sondern mit der linken Hand ihren Rücken und wandte sich gleichauf von der Weide ab, um sie nach wenigen Schritten behutsam ins Gras zu legen. So nah bei ihm spürte sie die unnatürliche Wärme, die ihm innewohnte und die sich förmlich auf sie übertrug. Mit seinem Körper über ihrem küsste er sie erneut, und alles gewann an Intensität. Ihr Atmen wurde schwer, ihr gesamter Körper fing an zu zittern, aber nicht vor Kälte. Sie spürte, wie sein Körper die Rechte eines Ehemannes einfordern wollte, aber bevor es dazu kam, hielt Halvar abrupt inne und schaute ihr geradezu erschrocken in die Augen. Leicht verunsichert, erwiderte sie seinen Blick und wusste nicht so recht, was sie tun sollte. »Was ist?«, flüsterte sie und strich ihm sanft über seine Wange. »Willst du mich nicht?«

Der Moment war anscheinend gekommen, in dem er hinterfragte, wie weit er gehen sollte. Immerhin hatte sie ihm sehr deutlich vermittelt, dass er keinerlei ehelichen Rechte besaß und sie schon gar nicht einfordern durfte.

»Doch«, antwortete er leise, begleitet von einem unsicheren Lächeln. »Mehr als alles andere.«

Iouna schaute ihn an und hob leicht ihre Brauen. Vorsichtig richtete sie sich etwas auf. Ihr Blick glitt zu ihrem Nachthemd; sie öffnete den Knoten, um es so leichter ausziehen zu können. Nachdem sie es vorsichtig über ihren Kopf gezogen hatte, legte sie es beiseite und wandte sich wieder ihm zu. Halvar küsste sie augenblicklich, als ihr Gesicht frei von Hindernissen war, und Iouna ließ sich zurück auf das Gras sinken, während ihre Hände zärtlich über seinen Rücken streichelten. Sie hoffte, Halvar würde verstehen, dass sie bereit war, seine Hoffnungen und Wünsche zu erfüllen. Und angestachelt von ihrem fester werdenden Griff, wanderte der Hüne mit seinen Lippen an ihrem Hals entlang, aber diesmal setzte er den zärtlichen Weg nach unten fort. Bei ihren Brüsten angekommen, bog Iouna keuchend ihren Rücken durch und vergrub ihre Hände im Gras. Unbeirrt drang Halvar weiter vor, über ihre Taille hinweg zu ihrer Hüfte. Die Berührungen seines Mundes auf den Innenseiten ihrer Oberschenkel ließen ihr Herz fast aus der Brust springen. Sie hatte das Gefühl, innerlich zu verbrennen, während er alles dafür tat, dass die Flammen weiter um sich schlugen. Ihr Puls war überall spürbar, und die Sehnsucht nach seinem Körper wuchs unaufhaltsam. Mit ihren Händen umfasste sie sein Kinn, um ihn sacht nach oben ziehen zu können, denn viel zu lange hatte er bereits ihre Lippen vernachlässigt. Halvar beugte sich zu ihr hinunter, um ihr Verlangen zu stillen. Leise schnaubend, rang er nach Luft. Winzige Schweißperlen sammelten sich auf seiner Stirn, die sie ihm zärtlich wegwischte, bevor sie ihre Hände an seinem Oberkörper hinunterführte.

Iounas Nervosität wuchs ins Unermessliche, aber sie wollte es auch gar nicht anders. Es zeigte nur, wie sehr sie bei ihm sein wollte und dass es keine Laune war, der beide das zu verdanken hatte. Es kam für sie ohnehin kein anderer Mann infrage, also gab es nichts zu befürchten. Weder von ihrem Gott noch von irgendjemand anderem.

Während er sich über sie beugte und nicht aufhörte, sie zu küssen, erkundete eine Hand ihren Körper von der Taille bis weit unterhalb ihres Bauchnabels. Seine Hand war letztlich das Einzige, was sich noch zwischen ihrem und seinem Körper befand. Angetrieben von dieser Art Berührung, vergrub sie ihre Fingernägel in seiner Schulter. Und Halvar dämpfte ihr Stöhnen durch seinen Mund, auch um sein eigenes leises Raunen zu unterdrücken. Er schaute sie an, bevor er sich ein wenig aufraffte, um ihrem Körper näher zu kommen. Mit der rechten Hand brachte er ihr Becken vorsichtig unter sich, mit der anderen streichelte er sanft ihre Wange. Ein tiefer Atemzug und ein Kuss folgten, die das Ende ihrer Jungfräulichkeit begleiteten. In diesem Moment spannte sich ihr ganzer Körper an. Der kurze stechende Schmerz wollte in Form eines Wimmerns ihre Kehle verlassen, verlor sich aber an Halvars Lippen, die immer noch auf ihren ruhten. Halvar unterdrückte spürbar seine eigenen Begierden und hielt in seiner Bewegung inne. Geduldig und gleichermaßen liebevoll lehnte er seine Stirn auf ihre, um den Moment abzuwarten, dass der Schmerz verflog, was bei Iouna wissentlich schneller ging als bei jeder anderen Frau. Demnach ließ die Pein der ersten Nacht nach, bevor sie sich wirklich zu ihrem Verstand durchgekämpft hatte. Alle Anspannung fiel von ihr ab, wie auch vieles andere; jedweder Zweifel an ihrer Tat war verflogen. Die junge Frau merkte, wie Halvar sich fest an sie drückte, wie ihm die Zurückhaltung sichtlich schwerfiel, genauso wie das Atmen. Es war wohl an der Zeit, dass die Prinzessin ihren Ritter erlöste, deshalb lächelte sie während eines Kusses zaghaft und umklammerte seinen Oberkörper. Allerdings verkam ihr Lächeln zu einem tiefen Seufzen, als sie ihm ihr Becken entgegenschob. Und genauso erging es ihm, als er merkte, dass sie sich unter ihm bewegte. Der Damm seiner Zurückhaltung brach, immer und immer wieder presste er sich an sie, langsam, aber an Intensität gewinnend. Iounas wohlwollendes Seufzen wurde zu einem ungehemmten Stöhnen, was Halvar nur noch mehr anspornte, ihren Körper kompromisslos zu seinem Eigentum zu erklären. Zumindest fühlte es sich so für sie an, als er energisch ihre Hände auf die Wiese drückte und neben ihrem Kopf hinaufzog. Dabei bemerkte sie den Armreif, den sie trug – das alleinige Zeugnis ihrer heimlichen Liebe. Sie verschrieb Halvar in Gedanken alles von sich, ihren Leib wie ihre Seele, selbst wenn die Götter Protest einlegen sollten. Nie wieder würde ihr Herz so sehr lieben wie in jener Nacht, weil sie begriff, was zwei Menschen miteinander verband. Es war das Vertrauen und die Bereitschaft, demjenigen alles zu Füßen zu legen, was einen ausmachte. Sie war bereit, jede Konsequenz zu tragen, die dieses Ereignis mit sich brachte, selbst wenn sich irgendwann nicht mehr verstecken lassen würde, dass sie einem Mann gehörte, der keiner ihrer Vorherbestimmten war. Sie verkörperte das Leben und war bereit, es auszutragen, aber nur für denjenigen, den sie für sich erwählt hatte. Allein bei dem Gedanken daran, was alles in jener Nacht besiegelt wurde, gewann ihre Stimme an Stärke. Halvar beantwortete ihr lustvolles Stöhnen damit, dass er ihr liebevoll in den Hals biss. Mitunter unterdrückte er damit sein eigenes Stöhnen. Immer fester drängte sie ihn zwischen ihr Becken und umschlang seine Hüfte mit ihren Beinen. Sein Kopf ruhte dabei immer noch zwischen ihrem Hals und ihrer Schulter, wo sie seinen schnellen Atem wahrnahm und sich seinem Gesicht zuwandte. Immer stürmischer wurde der Druck, den er in die Berührung ihrer Lippen legte, und Iouna merkte, wie er nach einiger Zeit drohte, die Kontrolle zu verlieren. Verschwitzt lehnte er seine Wange an ihre und umfasste mit seiner rechten Hand ihren Oberschenkel. Langsam, aber bestimmt winkelte er diesen leicht an, drückte ihn sanft nach oben, wodurch Iouna immer lauteres Stöhnen entwich. Sie spürte jede seiner ungezähmten Bewegungen und bemerkte auch sein immer heiserer klingendes Keuchen an ihrem Hals. Einerseits hoffte sie, dass dieses Wellen schlagende Gefühl niemals aufhörte, andererseits war ihr klar, dass es dies tun würde. Vielleicht versuchte sie auch genau deshalb, an nichts anderes zu denken, als sich das heftige Gefühl in ihr aufbäumte. Sie schloss ihre Augen, fühlte ihre Körper und dass sie sich im gleichen Rhythmus bewegten. Als die Hitze immer mehr in ihr aufstieg und das Kribbeln begann, sich wie ein Lauffeuer in ihr auszubreiten, schaffte sie es nicht länger, ihre Schreie zu unterdrücken. Ungehindert schrie sie ihre Lust in die Stille der Nacht hinaus. Halvar ließ plötzlich ihren Oberschenkel los und umschlang fest ihren Rücken, während er sich mit der freien Hand im Gras abstützte. Auch seine tiefe Stimme erhob sich, obwohl er erneut sein Gesicht an ihrem Hals vergrub und seinen Mund an ihre helle Haut presste. Augenblicklich wurden seine zuvor so gleichmäßigen Bewegungen ruckartiger, sie verloren an Kraft, und sogar seine Hände schienen müde zu werden, da sich der Griff um ihre Taille lockerte. Für Iouna hatte es sich einen kurzen Moment lang so angefühlt, als hätte Halvar eine Hitzewelle heimgesucht, deren Wärme selbst ihr den Atem stahl und Schweißperlen auf ihre Stirn trieb. Unter seinem zitternden Körper wurde auch ihr Aufbegehren leiser, und Iouna fuhr ihm danach liebevoll über die Schultern, als sie verstand, dass sein Verlangen die Oberhand gewonnen hatte. Trotzdem ließ er nicht umgehend von ihr ab, sondern schob seine linke Hand unter ihre Schulter, während die andere immer noch an ihrem unteren Rücken lag. Eine ganze Weile verharrte er so in aller Stille. Seine Atmung wurde wieder ruhiger, genauso wie ihre. Aber bald darauf bewegte er sich von ihr herunter und legte sich erschöpft neben sie. Iouna wandte sich ihrem Ritter zu. Erneut suchte sie seine Nähe, die sie in Form seiner sanften Umarmung fand. In diesem Moment schien alles so zu sein, wie es sein sollte. Nur er und sie. Keine Prophezeiung und kein Urteil hätten diesen Moment zerstören können, nicht einmal die Götter selbst.

»Sieht so aus, als müsste deine Familie einen Isvintari als deinen Ehemann akzeptieren«, sprach er ruhig, aber bestimmt und brach damit das Schweigen, während Iouna auf seinem Oberkörper ruhte.

Lächelnd sah sie zu ihm auf und lehnte sich auf seine Brust, um ihm direkt in die Augen sehen zu können. »Und was immer aus dieser Verbindung wächst, es besteht aus beiden Seiten. Zeugnis davon, dass Frieden möglich ist, wenn man ihn will.«

»Zeugnis unserer Familie«, fügte der Hüne hinzu und drückte sie zufrieden an sich.

»Es ist nicht einmal der Krieg, den die Nordmänner den Isvintari nachtragen«, stellte sie klar. »Es ist ihre Lebensweise. Krieg gab es schon immer, aber in Delyveih glaubt ein jeder, wenn man nicht einmal seinem Weib treu sein kann, dann kann derjenige auch keinem Land treu sein.«

»Ich teile die Lebensweise der Isvintari nicht.«

»Und hast es nie getan?«, hakte Iouna neugierig nach, wobei sie aus seinen Erzählungen wusste, dass es anscheinend keine andere Frau als Khyla gegeben hatte. Es passte auch nicht zu ihm, sich einen Stall voller Frauen zu halten.

»Nein ... Niemals. Ich habe sie weder ergänzt noch ... geteilt«, erzählte er und schaute Iouna an. »Das war auch ein Grund, dass ... ich der ›Verräter‹ war.«

An seinem tiefen Atemzug konnte sie erkennen, dass ihm dieses Geständnis nicht leichtfiel. Mit Bedauern in ihrem

Blick musterte sie ihren Ritter und traute sich kaum nachzufragen, warum sie ihn gerade deshalb ausgesucht hatten, tat es aber dennoch.

»Es gilt als Zeichen der Schwäche, wenn man nur eine Frau versorgen kann – oder noch schlimmer – will«, fuhr Halvar schweren Herzens fort. Er brauchte einen Moment, um seine Befürchtungen in Worte zu fassen. »Zudem wollte Viktor, Haralds Sohn, sie für sich. Ich weiß nicht, was mit ihr geschehen ist, bevor sie …«

Noch ehe er seinen Satz zu Ende bringen konnte, zog sich Iouna an ihm hoch und küsste ihn. Als sie ihn danach wieder ansah, schüttelte sie leicht ihren Kopf, und ihr Bedauern wich der Besorgnis. »Denke nicht darüber nach, was vielleicht war. Quäle dich nicht mit schlimmen Befürchtungen. Das, was Isvinter als deine Schwäche ansah, werden die Nordmänner, vielleicht sogar mein Vater, als deine größte Stärke betrachten.«

Mit einem Lächeln quittierte er ihre Worte und murmelte: »Ich hoffe es.«

»Sie werden dir Gelegenheit geben, es zu beweisen. Thorvid hat dir immerhin vertraut.«

»Ich glaube nicht, dass er deinen … Weg so geplant hat«, gab Halvar zu bedenken, und nach einer kurzen Pause, in der sie über seine Worte nachdachte, begann sie zu lachen. »Naja«, konterte sie frech, »immerhin hat er uns alleingelassen. Ich weiß nicht, ob er mehr wusste als wir oder einfach dachte, an deiner Seite sei ich sicher – in jeder Weise. Thorvid durchschaut niemand.«

Halvar stimmte in ihr Lachen ein und drückte sie an sich. Einen Moment blieben sie noch so liegen, bevor der Rückweg näherrückte und sie Gisela von dem Säugling erlösen mussten.

Kapitel V: Feuer und Wasser

Zufrieden seufzend, lag Iouna am nächsten Morgen auf Halvars Brust und kuschelte sich an ihn. Er spürte ihre warme Haut auf der seinen und fühlte jeden ihrer tiefen Atemzüge, ähnlich wie am Abend zuvor am Fluss. Locker lag seine linke Hand auf ihrer Hüfte und zog zärtlich ihre Kreise, während die Finger der rechten mit den ihren verschränkt waren. Halvar lag mit geschlossenen Augen auf dem Rücken und genoss den Moment. Obwohl er wusste, dass er irgendwann enden würde, versuchte er, nicht daran zu denken. Zu kostbar waren die seltenen Augenblicke der Ruhe, die ihnen vergönnt waren, zu selten die Augenblicke der Zweisamkeit, in denen sie alles vergessen konnten, was die Welt ihnen entgegenwarf. Eine anhängliche Dirne würde vermutlich das geringste seiner Probleme sein, wenn die beiden Lothar und ihren Brüdern gegenüberstanden. Phiona hatte das Band, das Ritter und Prinzessin verflocht, wahrlich strapaziert und es beinahe durchtrennt. Dennoch hatte sie es gleichzeitig enger gewoben. Wieder erinnerte sich Halvar an Iounas Worte, er wäre nicht anders als die Männer, die ihr nachstellten. Auch wenn er – wie Lothar und Heinrich – das Bett mit ihr teilen wollte, so wollte er es doch aus einem anderen Grund. Nicht, weil sie als Frau sein Besitz sein sollte und zu tun hatte, was er von ihr verlangte, sondern weil es viel tiefer ging, was er für sie empfand, viel tiefer, als es ihre Verehrer jemals verstehen würden. Er wollte nicht *irgend*eine Frau, er wollte *diese* eine Frau. Nur weil seine Gefühle auch körperliche Ausmaße annahmen, war er noch lange nicht wie der Hochadel des Landes. Nur weil er sich nach ihrer Nähe sehnte, war er kein machtbesessener Herrscher, der nur daran dachte, Erben zu zeugen, um seinen Herrschaftsanspruch zu festigen. Was immer das ungleiche Paar tat, er wollte es *mit* seiner Prinzessin tun – nicht *an* ihr.

Vorsichtig zog er die junge Frau, die ihm alles von sich geschenkt hatte, an sich, was ihr ein wohliges Seufzen entlockte.

Bald mussten sie weiterreisen und waren erneut gezwungen, das vergleichsweise ruhige Leben hinter sich zu lassen. Nüchtern betrachtet, sprach wenig dafür, dass ihr Vater zustimmen würde, die Hand seiner einzigen Tochter dem Mann zu geben, der ihr näher gekommen war als jeder andere. Dennoch hatten ihre Worte eine Spur Hoffnung hinterlassen. Das, was einst als seine größte Schwäche angesehen wurde – die Treue zu seiner Frau –, schien nun genau das Gegenteil zu sein. Vielleicht war ein vermeintlicher Feind, der den eigenen Idealen eher entsprach als jenen seiner Heimat, angesehen genug, um die Prinzessin zu ehelichen. Wie viel würde Raik auf die Wünsche seiner Tochter geben, da sie doch bereits einmal vor einer erzwungenen Ehe geflohen war? Wie wichtig war es ihm, Rivalen oder Unterstützer milde zu stimmen, indem er ihnen seine Tochter anbot? Würde er sein Kind einem Mann geben, der sie bereits geschlagen hatte? Halvar wusste es nicht. Blieb nur zu hoffen, dass Thorvid auf seiner Seite stehen würde, wenn es darauf ankam. Halvar war zuversichtlich. Auch wenn Iounas Bruder davon ausging, dass er versagt hatte, so war er sich dennoch sicher, dass Thorvids Zorn bald verraucht sein würde angesichts der Tatsache, dass seine Schwester lebte. Vielleicht konnte er den Prinzen überzeugen, dass es ein Missverständnis war. Es gab – zumindest vorerst – keinen Grund, Thorvid wissen zu lassen, dass seine Schwester tatsächlich gestorben und zurückgekehrt war.

Nachdenklich strich er Iouna über den Rücken. Der Streit der letzten Nacht hatte ihm deutlich gemacht, dass unausgesprochene Dinge ebenso viel Schaden anrichten konnten wie unbedacht geäußerte. Es gab keinen Grund, ihr nicht zu sagen, was er für sie empfand und wie wichtig sie für ihn war. Er beschloss, dass sie schon genug erdulden mussten, ohne dass sie sich selbst auch noch im Weg standen.

»Woran denkst du?«, fragte sie in seinen Armen leise, ohne den Kopf von seiner Brust zu nehmen.

»An uns.«

Langsam richtete sie sich auf und schob sich etwas weiter an sein Gesicht heran.

Iounas sanfter Kuss auf seine Wange ließ ihn seine Augen wieder öffnen. Am Abend zuvor hatte ebendiese noch Phionas Hand unsanft empfangen, nachdem das ungleiche Paar von seinem Ausflug an den Fluss zurückgekehrt war. Halvar verstand nicht, warum sie ihn behandelte, als hätte er seine Frau betrogen, hatte er die Dirne doch mehr als einmal abgewiesen.

Zärtlich führte Iouna ihre Lippen über seine Wange zu seinem Mund, wo sie verharrte und einen Kuss nur andeutete. Einen Augenblick sah sie ihm in die Augen, ehe sie lächelte. »Ein ernster Blick, wenn du an *uns* denkst?«, säuselte sie.

Ihre Worte zauberten ein Lächeln auf sein Gesicht. Sachte schüttelte er den Kopf. »Nein«, erwiderte er. »Ein ernster Blick beim Gedanken daran, was sich *uns* in den Weg stellen wird.«

»Das werden wir sehen, wenn es so weit ist«, flüsterte sie, »und wir tun, was nötig ist, damit wir zusammenbleiben.«

Ohne ihm Gelegenheit zum Antworten zu geben, vollendete Iouna den Kuss, den sie zuvor nur angedeutet hatte. »Tristan wird dich hassen«, fuhr sie dann fort, »aber nicht Thorvid oder je nachdem, wer noch mitkommt.«

»Sieben Brüder«, erinnerte sich Halvar belustigt, ehe seine Gedanken wieder weniger fröhlich wurden. Warum hatte nur Thorvid nach seiner Schwester gesucht? War sie den anderen egal, oder hatten sie die Prinzessin schon aufgegeben und als eine der unzähligen Frauen angesehen, die spurlos verschwanden? Würden sie die junge Frau nun wieder verteidigen, wenn sie erfuhren, dass sie nicht tot, sondern wohlauf war?

»Mit wie vielen Brüdern muss *Mann* sich traditionell duellieren, bevor man um die Hand der Schwester anhalten darf?«, fragte er nur halb im Ernst und hob grinsend seine Braue.

Nun lachte auch Iouna, gefolgt von einem flüchtigen Blick zum Nachbarbett, auf dem der Korb mit dem Säugling stand. Gisela hatte ihn dort hineingelegt, sodass man den Knaben auch einmal abstellen konnte. Hallet schlief seelenruhig.

»Duellieren musst du dich nur mit jemandem, wenn dessen Machtposition gefährdet ist«, erklärte sie leise. »Zwei führende Krieger, die sich uneins über das Vorhaben sind. Wenn es um die Hand einer Tochter der Nordmänner geht, geht es entweder um Macht, Stärke oder das Bewahren des Ansehens.«

Nachdenklich nickte Halvar und sah Iouna dann an. Alles, was er wollte, war sie. Er wollte keine Titel oder Ländereien, die mit ihrem Namen verbunden waren, und schon gar keinen Thron. Soldaten und Ritter zu befehligen lag ihm im Blut, aber er war nicht dazu geschaffen, über andere zu herrschen. »Ich gefährde keine Machtposition«, murmelte er daher vor sich hin.

»Ich weiß«, beruhigte sie ihn und küsste ihn noch einmal sanft, »und dennoch wurdest du von einem Gott auserwählt. Dir würden Krieger und Ritter leichter folgen als irgendeinem Hauptmann oder Paladin. Es repräsentiert viel mehr als bloße Muskelkraft. Es hat etwas Würdiges. Viele andere Männer könnten sich davon bedroht fühlen.«

Viele Männer deiner Familie, wie es aussieht …

Halvars tiefer Atemzug verkam ungewollt zu einem Seufzer, als er darüber nachdachte. »Wie dein Vater oder dein Bruder«, stellte er dann leise fest.

Iouna schenkte ihm ein zartes Lächeln. »Mein Vater weiß, dass seine Jahre gezählt sind«, erklärte sie. »Tristan hasst die Isvintari bis aufs Blut. Er fühlt sich von ihnen um sein Erbe betrogen. Er hält ihre Lebensweise für verwerflich … und du …« Sie kam ihm näher und brachte ihre Lippen nahe an sein Ohr. » … *du schürst das Feuer seiner Schwester*«, hauchte sie in Halvars Muttersprache hinein.

Verhalten lachend, schlang er seine Arme um sie. »Ja, das trägt bestimmt dazu bei, dass er mich mag.« Er löste seinen Griff um sie und richtete sich etwas auf. Einen Augenblick sah er sie an, ehe er lächelnd ergänzte: »Aber es genügt, wenn es seine Schwester tut.«

Mit diesen Worten küsste er sie, woraufhin sie sanft sein Gesicht umfasste. Als sich die beiden voneinander lösten, fixierten ihre braunen Augen die seinen.

»Ich liebe dich«, flüsterte sie, ohne seine Wangen loszulassen.

Eine scheinbare Ewigkeit schwebten die drei kleinen Worte im Raum. Da waren sie. Die drei Worte, nach denen er sich so gesehnt hatte, von denen er sich so gewünscht hatte, sie aus ihrem Mund zu hören. Sie hatte ihm gezeigt, dass es so war. Der letzte Abend, der Streit und die anschließende Versöhnung hätten nicht deutlicher zeigen können, was sie für ihn empfand. Dennoch überfiel Halvar eine Welle der Freude, und er atmete glücklich aus. Nach der langen Zeit der Einsamkeit, nach all den Jahren des Zweifelns und der Trauer hatte er endlich den Menschen gefunden, der ihn für das liebte, was er war. Und das völlig ungeachtet seines Aussehens oder der Taten, die man ihm anlastete. Egal, was sein Gesicht über seine Vergangenheit behauptet hatte, egal, was andere über ihn dachten, sie liebte ihn – und nur das zählte. Ein neues Kapitel seines Lebens hatte begonnen, und er war froh, dass Iouna ein Teil davon war.

Wortlos küsste er sie erneut. Erst als sich ihre Lippen voneinander trennten, erwiderte er ihre Worte. Erleichtert lächelte sie und forderte einen weiteren Kuss ein, den er ihr gerne gewährte.

Doch es gab noch eine Sache, die ihn seit ihrem Tod verfolgte. Inzwischen wusste er, dass es vermutlich nichts geändert hätte, wäre sie mit ihm in den Tempel gekommen. Dennoch drängte sich ihm eine Frage auf. Nachdenklich sah er sie an und überlegte, wie er sie formulieren sollte.

Fragend musterte sie ihn und schien abzuwarten, was er zu sagen hatte.

»Warum bist du nicht mit in den Tempel gekommen?«, fragte Halvar schließlich, da ihm nichts Besseres einfiel, es geschickt zu verpacken. Er hatte nach allem, was er jetzt wusste, nicht das Gefühl, dass ihre damalige Erklärung alles gewesen war.

Überrascht schwieg sie einen Augenblick. »Ich hatte Angst«, gab sie dann zögerlich zu.

»Angst?«, hakte Halvar nach. »Wovor?« Mit dieser Antwort hatte er nicht gerechnet. Wäre es dann nicht logischer gewesen, ihn zu begleiten, anstatt alleine im Wald zu verbleiben?

»Du hast nach Vergebung gesucht«, erklärte Iouna und richtete sich ein wenig auf. »Etwas, das ich dir nicht geben konnte.« Sie atmete tief durch. »Ich fürchtete mich davor, dass du deine Familie so sehr vermisst, dass kein Platz mehr für mich ist.«

Halvar schluckte bei ihrem Geständnis. Es war nicht seine Absicht gewesen, ihr das Gefühl zu geben, sie würde sich ungewollt zwischen ihn und seine Familie drängen. Schließlich wollte er nicht nur um Vergebung bitten, weil Khyla und Lillian wegen seiner Weigerung, die Tat zu gestehen, gestorben waren. Vielmehr hatte er eine andere Befürchtung gehabt.

»Ich glaube, es war eher anders herum«, räumte er kleinlaut ein.

Ihrem Blick war anzumerken, dass sie sich weitere Auskünfte erhoffte. Daher nahm nun Halvar einen tiefen Atemzug, ehe er fortfuhr.

»Der Platz für dich wurde immer größer, und ich hatte Angst, die beiden zu ... verärgern«, erklärte er. »Damals wusste ich noch nicht, was sie über uns dachten.«

»Und was dachten sie?«, wollte Iouna erstaunt wissen.

Halvar spielte mit einer ihrer Haarsträhnen, die auf seiner Brust lagen. Lächelnd erinnerte er sich an das Gespräch mit Khyla und Lillian und die Worte, die sie ihm mitgegeben hatten.

»Sie wussten genau, was ich für dich empfinde, und meinten, ich solle mein Leben leben und nicht an Vergangenem verzweifeln.« Er fixierte Iounas braune Augen und strich sanft über ihren Rücken.

»Und deswegen traf ich meine Entscheidung bei Xhar ...«, sagte Iouna leise, woraufhin Halvar einen Augenblick schwieg und überlegte, was sie meinte.

Sie hatte in Xhars Reich beschlossen, ihr zweites Leben seiner Tochter zu schenken, um ihm jemanden zurückzugeben, den er wahrlich liebte. Noch immer war er ihr dankbar, dass sie es versucht hatte, aber er war ebenso froh, dass Xhar nicht *ihn* vor die Wahl gestellt hatte. Er liebte Iouna, doch ebenso liebte er seine Tochter, die viel zu früh aus dem Leben gerissen worden war. »Damit ich nicht verzweifle?«, mutmaßte er ihre Beweggründe.

Mit einem Nicken bestätigte Iouna seine Annahme, woraufhin er kurz lächelte.

»Das ist dir gelungen«, merkte er an, auch wenn es auf eine ganz andere Weise war, als sie damals beabsichtigt hatte. Zufrieden damit, auch dieser Frage nun eine Antwort zuordnen zu können, schenkte er ihr einen weiteren Kuss, der rasch inniger wurde und mehr verlangte.

Zwei Tage waren seit jenem Morgen vergangen, an dem das ungleiche Paar sich seine Liebe gestanden hatte. Zwei Tage, in denen die beiden zusammen mit ihrem Findelkind ein normales Leben als Familie lebten. Die Prinzessin hatte ihre Rolle als Ersatzmutter für den kleinen Hallet angenommen und sogar begonnen, dem Säugling Schlaflieder zu singen.

Halvar erkannte, wie liebevoll sie mit dem Kind umging, und ihm wurde klar, dass die Götter nicht zu viel versprochen hatten. Iouna *war* eine geborene Mutter. Sie schien zu spüren, was der Knabe verlangte, sei es, genährt zu werden oder einfach nur gestreichelt und liebkost zu werden.

Er hingegen gewöhnte sich daran, einer normalen Arbeit nachzugehen, und half dem Wirt im Gasthaus aus. Es war keine besonders interessante Aufgabe, aber nach all der Aufregung der letzten Wochen kam ihm diese eher stumpfe Tätigkeit gerade recht. Das Spalten der Holzscheite hinter dem Haus erinnerte ihn an seine Herkunft. Geboren als Sohn eines einfachen Holzfällers, war allein sein Aufstieg zum Ritter schon mehr gewesen, als er jemals zu träumen gewagt hätte. Und nun war er hier – mit der Prinzessin Delyveihs auf dem Weg nach Schwarzbruch, um einen Krieg zu verhindern.

Wuchtig trieb er die Axt durch das Holz und wischte sich den Schweiß von der Stirn. Erneut fiel ihm auf, dass sein Haar wieder gleichmäßig wuchs. Er fuhr sich mit der Hand über den stoppeligen Schädel und anschließend durch den Bart.

Wird mal wieder Zeit …

Halvar nahm sich vor, nach der Arbeit Gisela zu fragen, ob es im Dorf einen Barbier gab. Nach all der Zeit, in der er sein Haupt notdürftig selbst von den kümmerlichen Resten befreit und den Bart grob gestutzt hatte, konnte er sich mal wieder eine ordentliche Rasur gönnen. Auch wenn er momentan nicht wie der Garderitter, der er war, wirken wollte, konnte es nicht schaden, in Schwarzbruch wieder eher einem Mitglied des Ordens zu gleichen als einem Landstreicher. Gerade, wenn er Iounas Familie gegenübertrat. Zudem wollte Halvar den Kopfgeldjäger hinter sich lassen. Seine Laufbahn als Menschenjäger war vorüber, beendet von der Frau, die seinem Leben wieder einen Sinn gegeben hatte.

Nachdem er seine Arbeit vollendet hatte, stapelte er das Holz am dafür vorgesehenen Platz und kehrte in das Gasthaus zurück. Dieser Abend sollte der letzte sein, an dem die kleine zusammengewürfelte Familie in dem Dorf verweilte. Es wurde Zeit, sich auf den Weg zu machen. Auf den Weg in die Stadt, aus der sie vor wenigen Wochen geflohen waren.

»Fertig«, verkündete er, als Gisela ihn gespannt ansah; daraufhin bedankte sie sich mit einem breiten Lächeln.

Auf seine Frage, ob es einen Barbier im Dorf gäbe, winkte die alte Frau nur ab. »Spart Euch das Geld, das mache ich für Euch.«

Ehe er eine Möglichkeit bekam, zu widersprechen, hatte sie ihn bereits auf einen Stuhl im leeren Schankraum gesetzt und war in einem Nebenraum verschwunden.

Verwundert zog er eine Augenbraue hoch, als sie kurz darauf mit allen Utensilien zurückkehrte, die ein Barbier benötigte. Sie erklärte, ihr Vater habe diesen Beruf ausgeübt. »Dabei durfte ich öfter zusehen und konnte mir einiges abschauen.«

Sie begann damit, seinen Bart zu kämmen, was nicht angenehm war. Lange hatte er sich nicht darum geschert, wie er aussah, und so riss der Kamm die verknoteten Haare förmlich heraus. Doch bald ließ das Ziepen nach, und die alte Frau wollte wissen, wie lange Halvar schon in Mittland war. Er beantwortete die Frage, da sein Akzent seine fremde Herkunft ohnehin offenbarte.

Die Wirtin nahm die Schere zur Hand und begann, am Bart des Ritters herumzuschneiden. »Ihr seid nicht verheiratet, nicht wahr?«, fragte sie plötzlich mit ruhiger Stimme. Es gab keinen Zweifel daran, dass sie es wusste, weshalb er nur leicht den Kopf schüttelte und den Blick senkte.

»Sie hat die längsten Haare, die ich je gesehen habe«, erklärte die ältere Dame, während sie einen Schritt zurücktrat, um Halvars Gesicht zu überblicken.

Sie deutete an, Iounas Herkunft anhand ihres Akzents erkannt zu haben und die dortigen Bräuche zu kennen. »Ihr hättet ihr das Haar abschneiden sollen, wenn Ihr so etwas behauptet.«

»Hab ich nicht«, klärte er sie auf. »Ich habe Karl nur nicht verbessert. Das war einfacher.«

»Und was ist die Wahrheit?«, wollte sie wissen, woraufhin er sie schweigend ansah. Ein sanfter goldener Schleier zog sich durch das Grau ihrer Augen. Er überlegte, ob er sich ihr anvertrauen konnte. Immerhin war auch Hallets wahre Herkunft nicht aufgedeckt worden. Außer der alten Frau wusste niemand, dass Hallet ein Findelkind war. Sie schien seine Zweifel zu bemerken und versicherte, dass sie kein Wort darüber verlieren würde, was er ihr erzählte.

Ein kurzes Nicken begleitete seine Entscheidung, ihr sein Vertrauen zu schenken. Wortlos schob er seinen rechten Ärmel nach oben und enthüllte den Verband, der die Tätowierung des Ordens verbarg. Unter dem fragenden Blick der Wirtin wickelte er ihn ab und offenbarte ihr sein Ritterdasein.

»Ein Vollstrecker!«, erkannte sie, nicht ohne eine gewisse Ehrfurcht in der Stimme. »Ich hielt die Ritter des schwarzen Banners immer für ... anders.«

»Anders?«, hinterfragte er ihre Worte, woraufhin sie bestimmt nickte.

»Ihr wirkt nicht so grausam und gnadenlos, wie es Xhars Vollstreckern nachgesagt wird«, erklärte sie. »Immerhin habt Ihr einen Säugling aufgenommen, meinen Sohn gerettet und dem Dorf und uns geholfen!«

Halvar erlaubte sich ein kleines Lächeln, als er erkannte, dass der Ruf des schwarzen Banners noch immer so düster war, wie es der Orden beabsichtigte. Nicht selten genügte allein die Drohung, Xhars Schlächter – wie sie der Volksmund auch nannte – einzuschalten, um eine Auseinandersetzung zu beenden, ehe sie angefangen hatte. Halvar wusste, dass der Orden die Vollstrecker nicht leichtfertig aussandte, denn einmal erteilt, ließen sie sich durch nichts in der Welt von ihrem Befehl abhalten. Allerdings galt all das nur, wenn die Paladine eine explizite Anweisung gaben und nicht, wenn ein Ritter auf eigene Faust unterwegs war.

»Ich bin hier nicht unter Feinden«, stellte der Hüne klar und zuckte kurz überrascht, als ein weiteres Haar im Kamm hängenblieb.

»Nein«, stimmte sie ihm zu und lächelte ehrlich. »Aber die einzigen Ordensbrüder, die wir normalerweise zu Gesicht bekommen, sind die Wanderer, wenn sie wieder Erze aus den Minen mitnehmen, oder die Seelenhirten.«

Die Wanderer des grünen Banners waren stetig unterwegs, um neues Wissen über die Welt zur Insel Calera zu bringen und die Archive des Ordens zu füllen. Die Seelenhirten hingegen streiften durch das Land, um Waisen und Jünglinge zu rekrutieren.

»Warum reist ein Vollstrecker, ein Garderitter des schwarzen Banners, mit so einem jungen Ding durch das Land?«, wollte Gisela schließlich wissen.

Weil er sie liebt …

Leider war die Liebe der beiden nicht der einzige Grund für diese Reise, und der andere war für das Land weit wichtiger. »Sie ist wichtig«, meinte er nur.

»Das sehe ich«, gluckste Gisela und bemerkte seinen verwirrten Blick. »Ich sehe, wie Ihr sie anseht – und sie Euch.

Ich erkenne junge Liebe, wenn ich sie sehe, was leider viel zu selten der Fall ist.«

Überrascht von ihren offenen Worten, wusste er nicht, was er erwidern sollte, und blickte ertappt zu Boden.

Gisela grinste verschmitzt und gestand ihm dann, den Streit mitbekommen zu haben. In der Tat hatte die Auseinandersetzung vor der Tür der Taverne eine beachtliche Lautstärke angenommen, sodass vermutlich jeder Bewohner wusste, was sie einander vorgeworfen hatten. Kurz fragte er sich, ob ihre Versöhnung ähnlich weit zu hören gewesen war oder ob die Abgeschiedenheit am Fluss ein wenig Zweisamkeit gewährt hatte. Einen Moment war es still in dem einsamen Gastraum. Er wusste schlicht nicht, was er der Wirtin antworten sollte, und starrte weiter die Holzbohlen an.

Gisela ging wieder dazu über, seinen Bart zu trimmen. Erneut war es eine Weile ruhig, ehe sie feststellte, dass Iouna aufgrund ihrer Art zu reden keine Bauerstochter sein konnte.

Zustimmend raunte Halvar. Wieder fragte er sich, ob er Gisela all diese Dinge erzählen durfte, aber die Stimme in seinem Inneren beruhigte ihn. Er konnte nicht sagen, woher dieses Gefühl kam, aber er wusste, dass sie es ehrlich mit ihnen meinte.

»Sie ist die verlorene Prinzessin Delyveihs, oder?«, fragte sie plötzlich, woraufhin Halvar überrascht blinzelte. Anscheinend hatte sich die Geschichte der verschwundenen Tochter Raiks nicht nur unter dem Adel des Landes herumgesprochen. Gisela erklärte, dass es nicht sehr schwierig gewesen war, sich dies aus dem Gesagten zusammenzureimen.

Halvar brummte nachdenklich. »Sie kann den Krieg zwischen Delyveih, Falkenberg und Kosse verhindern«, offenbarte er. »Darum müssen wir morgen auch weiterreisen. Wir müssen Falkenberg erreichen, ehe es die Truppen tun.«

»Herrje, der Krieg ...«, murmelte sie und nahm das Rasiermesser vom Tisch. »Keiner hat uns mitgeteilt, warum überhaupt gekämpft werden soll. Aber Herzog Lothar sieht es wohl auch für wichtiger an, dass weiter Eisenerz geliefert wird, als dass er ein paar mehr Männer für seine Armee hat. Jedenfalls wurde niemand aus dem Dorf eingezogen.« Mit der Hand legte sie sanft Halvars Kopf in den Nacken und begann, die Konturen des Bartes am Hals auszurasieren. »Ihr seid ein Ritter, ein Mann mit einem Kodex ...«, fing sie erneut mit ehrlicher Besorgnis in der Stimme an. »Ihr müsst doch wissen, dass für eine junge Frau von hoher Geburt solch eine ... Affäre nicht erstrebenswert ist.«

Das wusste er. Aber er wusste auch, dass er alles in seiner Macht stehende tun würde, um aus der Affäre eine Ehe zu machen.

»Was glaubt Ihr, wie lange ihr eure Liebelei geheim halten könnt?«, fragte sie, und Halvar nahm stumm das Kratzen des Metalls auf seiner Haut hin. »Vertreter ihrer Familie werden dort sein, wo ihr hinreist, und euch trennen. Solange sie nicht verheiratet ist, ist sie ein wertvolles Pfand für Freund und Feind!«

Brummend stimmte er der Frau zu, die ihre Klinge an seinem Hals führte. Unwillkürlich dachte er an seinen rechten Handrücken, der, seit Iouna all seine Wunden und Narben geheilt hatte, keine Reste von Khylas Rose mehr zeigte. Er trauerte dem Brandmal nicht direkt nach, aber mit ihm war die letzte Verbindung zu seiner früheren Familie verschwunden. Es war, als wollte ihm Khyla einen letzten Hinweis geben, dass er sein Leben leben sollte. Das Zeichen seiner Ehe war nicht mehr, und der Platz auf seiner Hand war wieder frei.

Gisela legte das Messer beiseite und verkündete, etwas Wasser zu holen. Ihre Worte verblassten, während Halvars Gedanken wanderten. Er überlegte, was wohl das Symbol seiner Verbindung mit Iouna wäre. Für Khyla war es die

Rose, da er ihr eine solche geschenkt hatte, nachdem er das Turnier des Königs gewonnen hatte. Für Iouna jedoch kam ihm nichts direkt in den Sinn. Die Wappentiere ihrer Familien waren zu unpersönlich, obwohl sie ebenfalls die Götter repräsentierten, die sie zusammengebracht hatten. Er ließ den Blick durch den Raum wandern und fand ein kleines Dreieck, das auf dem Griff des Rasiermessers auf dem Tisch eingraviert war. Er wusste nicht warum, aber sofort war ihm die Bedeutung klar, die es für ihn hatte.

Kurz darauf kehrte Gisela mit dem Wasser und einem Tuch zurück und begann, sein Gesicht zu säubern. »Also?«, meinte sie und nahm noch einmal die Schere zur Hand, um eine Stelle des Bartes nachzuschneiden.

»Also was?«

»Werdet Ihr sie heiraten?«

Eine Mischung aus Freude und Wehmut eroberte in Form eines schiefen Lächelns sein Gesicht. »Ja«, antwortete er sofort, ohne einen Gedanken an die Hindernisse zu verschwenden, die er dazu überwinden musste.

Gisela sagte ihm, dass ihr Werk vollendet war, woraufhin er sich durch den nun deutlich kürzeren Bart strich und sich bedankte.

»Ganz so einfach ist das aber nicht«, kehrte sie zum eigentlichen Thema zurück. »In Eurer Heimat mag es nicht schwierig sein, eine oder gar mehrere Frauen zu ehelichen, aber hier braucht ihr das Einverständnis ihres Vormundes.«

Als ob ich das nicht wüsste …

Nickend bestätigte er die Worte der alten Frau, bedankte sich noch einmal und stand auf, um zu seiner Auserkorenen und dem Findelkind zurückzukehren. Auf dem Weg dorthin begann die Idee zu reifen, auf die Gisela ihn gebracht hatte. In seiner Heimat war es tatsächlich einfach, mehr als eine Frau zu heiraten, aber dennoch gab es Unterschiede zwischen den Ehen. Um eine klare Erblinie festzulegen, waren nur die Kinder einer einzigen Ehefrau erbberechtigt. Diese war die Hauptfrau, bei der sich das Hochzeitsritual kaum von jenem in Mittland unterschied. Der Eid wurde vor einer Priesterin abgelegt und wob ein enges Band zwischen den Eheleuten. So war solch eine Verbindung auch in Isvinter nur einmal gestattet. Allerdings wurde die Ehe erst endgültig geschlossen, wenn Mann und Frau das Brandzeichen am Handrücken empfingen – was für gewöhnlich erst nach der Geburt eines Kindes der Fall war. Bis dahin konnte die Ehe jederzeit für ungültig erklärt werden. Bei seiner eigenen Hochzeit hatte Halvar die Verbindung einst sofort besiegelt, da er Khyla nicht nur aus Gründen der Erblinie geheiratet hatte. Alle weiteren Frauen, die geehelicht wurden, waren jedoch anders. Diese Ehen waren nur sehr lose und konnten buchstäblich in einem Winkel der Taverne geschlossen werden, weshalb sie auch Winkelehen genannt wurden. Winkelfrauen durften – im Gegensatz zu Hauptfrauen – auch mit mehreren Männern verheiratet sein. Daher waren von ihnen geborene Kinder niemals erbberechtigt, da der Vater des Nachwuchses selten eindeutig bestimmt werden konnte. Selbst Söhne adeliger Herren durften dessen Namen nicht annehmen und wurden deshalb als »Namenlose« bezeichnet.

Aber der große Vorteil der Winkelehe war, dass sie keinerlei Zustimmung einer dritten Partei bedurfte, und auch wenn es nur eine lockere Verbindung war – es *war* eine Verbindung.

Halvar fasste einen Entschluss und kehrte um. Es gab noch etwas zu tun, bevor er zu Iouna zurückkehrte. Eilig machte er sich auf den Weg zum Schmied.

Unterwegs kam ihm Gisela im Dorf entgegen. »Oh, Ihr habt Euch rasiert!«, stellte sie fest, woraufhin Halvar sie verwirrt anblinzelte. »Sehr schön, so wirkt Ihr gleich viel ordentlicher!«

»Was?«, stammelte er und sah ihr in die grauen Augen. Sie hatte ihm doch gerade geholfen?

»Ihr habt mich schon richtig verstanden«, meinte sie lachend und ging weiter ihres Weges.

Halvar sah ihr einen Moment hinterher und wusste nicht recht, was er davon halten sollte. War es ein Scherz der alten Frau, oder hatte er sich das Gespräch mit ihr nur eingebildet? Er lächelte kurz, als er sich an den goldenen Schleier in ihren Augen erinnerte. Diesen hatte er gerade nicht wahrgenommen. Jedoch hatte er keine Zeit, sich darüber Gedanken zu machen. Der Schmied würde nicht auf ihn warten. Rasch ging er zu der Werkzeugschmiede und erklärte dem Besitzer, was er brauchte. Der erfahrene Handwerker erfüllte den Auftrag im Nu, und kurz darauf hielt Halvar seine Bestellung in Händen. Fünfzig Silbermünzen verlangte der Mann für seine Arbeit, die Halvar ihm gerne überließ.

Wenig später stand er vor dem Zimmer, in dem Iouna auf ihn wartete. Eine gewisse Nervosität machte sich ihn ihm breit, als er die Tür öffnete.

Iouna saß am Rand des Bettes und wiegte den Säugling sanft im Arm. Erstaunt hob sie den Kopf und sah den Ritter an, der ihren verwirrten Blick mit einem Lächeln beantwortete.

Als die junge Frau dieses bemerkte, erwiderte sie es unsicher. »Wo warst du denn?«, fragte sie leise. »Und was ist mit dir geschehen?«

Kurz erklärte der Hüne es ihr, wobei er seinen Einkauf hinter seinem Rücken verbarg.

Vorsichtig legte sie den eingeschlafenen Säugling in sein Körbchen zurück und musterte Halvars frisch rasiertes Gesicht.

Er erkannte keine Regung in ihrem Blick, nichts, was Zustimmung oder Missfallen ausdrückte, und wartete ab, was sie sagen würde.

Plötzlich stand sie auf, lief zu ihm herüber, kniff die Augen zusammen und betrachtete ihn. »Was versteckst du schon wieder?«, wollte sie fröhlich wissen; dabei zog sie sanft an seinem Arm, den er hinter dem Rücken verborgen hielt. Offensichtlich hatte sie gelernt, dass sich dort meist ein Geschenk für sie verbarg.

Halvar hoffte, dass sie es genauso gern annehmen würde wie die vorherigen. Zögerlich holte er die Hand hervor und hielt ihr die zwei gleichmäßigen Dreiecke hin, die er beim Schmied erstanden hatte. Die Seiten des einen waren etwa drei Finger breit, während das andere nur halb so groß war.

»U... Und was ist das?«, hakte sie nach und nahm das größere Dreieck in die Hand. Neugierig hielt sie es sich vor das Gesicht und untersuchte es.

»Das sind Runen«, erklärte Halvar. »Aus meiner Heimat.« Vorsichtig drehte er ihre Hand, sodass das Dreieck mit der Spitze nach oben stand. »Feuer«, sagte er. Ebenso behutsam kehrte er das Symbol auf den Kopf, wodurch es nun auf der Spitze stand. »Und Wasser.«

Ihr war anzusehen, dass sie nicht wusste, worauf er hinauswollte. »Und wofür sind die gut?«, erkundigte sie sich. »I... Ich meine, was hast du damit vor?«

Lächelnd nahm er ihr das geschmiedete Stück aus der Hand und umschloss es mit seinen Fingern. Das Feuer der Verdammnis loderte auf und erhitzte das Metall in kurzer Zeit. Als es glühte, brannte er eine Wasserrune in den ohnehin verkratzten Türrahmen und anschließend eine Feuerrune. Dabei achtete er darauf, dass die Spitzen der Dreiecke sich überschnitten und im Mittelpunkt des jeweils anderen lagen. »In meiner Heimat wird die Ehe mit einem Brandmal besiegelt«, wiederholte er, was er ihr schon einmal erzählt hatte. »Dieses hier ist das Symbol der unseren. Feuer und Wasser untrennbar vereint.« Er drehte sich wieder zu Iouna herum und sah in ihre erstaunt dreinblickenden Augen. »Es gibt verschiedene Arten der Ehe in Isvinter«, klärte er sie weiter auf. »Nur eine, die von einer Priesterin geschlossen wurde, gleicht der, wie du sie kennst.« Er fuhr fort, ihr von den Winkelehen zu erzählen, woraufhin sie nur verwirrt blinzelte.

»Ehen ohne Zeugen und Priesterin?«, vergewisserte sie sich, dass sie es richtig verstanden hatte. »Und auch ohne Einwilligung des Vormunds?«

Nickend bestätigte er ihre Aussage. »Alles, was man benötigt, ist die Einwilligung beider Partner ...«, fügte er hinzu und lächelte sie an.

»Nur die Einwilligung?«, hakte sie noch einmal nach, was er wieder mit einem Nicken bejahte.

Erwartungsvoll sah sie zu ihm auf, und er meinte, ihr Herz schneller schlagen zu hören. Ihre braunen Augen leuchteten ihn an, und er wusste, dass sie auf diese Frage hoffte. Auch das hatte sie ihm im Streit offenbart, aber dennoch stieg seine Aufregung. Selbst wenn er sich sicher war, wie ihre Antwort lauten würde, zögerte er kurz, ihr die Frage zu stellen. »Willst du meine ...«, fing er an, wurde aber jäh von ihr unterbrochen.

»Ja!«, rief sie freudig und lauter als beabsichtigt. Nach einem hektischen Blick zu Hallets Korb wiederholte sie noch einmal leiser: »Ja, ich will deine Frau werden!«

Ihre Worte brauchten einen Augenblick, um sich den Weg in seinen Geist zu bahnen. Dann löste er sich aus seiner Starre, zog Iouna an sich und umarmte sie. Fest drückte er sie an sich, bevor er seinen Griff etwas lockerte und zu ihr hinuntersah. Mit einem zärtlichen Kuss bestätigten beide die in diesem Land inoffizielle Ehe. Es war nicht viel, aber es war zumindest eine Bestätigung ihrer Gefühle füreinander. »Ich kann dir keine ... *vollwertige* Ehe bieten – noch nicht«, sagte Halvar leise, nachdem sie voneinander abgelassen hatten, und strich ihr sanft eine verirrte Strähne aus dem Gesicht. »Aber ich werde alles dafür tun, dass ich dieses Brandzeichen eines Tages auf meiner Hand trage.«

Er hatte beide Symbole – das große für sich und das kleine für Iouna – besorgt, um seine Absicht, sie zu heiraten, sichtbar zu untermauern. Auch wenn es bis zu einer in Mittland anerkannten Ehe noch eine Weile dauern konnte. »Ich weiß«, fuhr er fort, »eine solche Verbindung ist nicht das, was du willst, aber ...«

»Warum eines Tages?«, unterbrach sie seine Ansprache.

Wortlos sah er sie an und zog eine Augenbraue nach oben. Was meinte sie?

»Warum sollten wir warten, bis sie uns ihre Einwilligung vielleicht nicht geben?«, erklärte sie ihre Worte. »Wenn ich das Zeichen auf meiner Haut trage, gehöre ich unweigerlich dir. Jeder kann es sehen. Mein Vater, meine Brüder oder eben der Mann, den sie erneut für mich auswählen. Es wird sie verfolgen, nicht mich. Nimm mich ihnen weg!«

Halvar spürte plötzlich wieder das Gewicht und die Wärme des Metalls in seiner Hand. Die Brandzeichen dienten als sichtbares Symbol der Verbindung, die ein Ehepaar einging. Nur mit der Hauptfrau wurde es geteilt – aber das war seine Prinzessin ohnehin. Sie könnten vor keinem mehr verstecken, was sie waren und was sie sein wollten, doch genau das schien sie zu wollen. Das größere der beiden Dreiecke war für den Ritter gedacht. Ohne etwas zu sagen, hielt er es zwischen Iounas und sein eigenes Gesicht und lächelte seine Braut an. Er machte einen kleinen Schritt von ihr weg und nahm ihre zarte rechte Hand in die seine. Sanft drehte er seinen makellosen Handrücken nach oben und hielt die Rune in der linken. Das Feuer des Totengottes erhitzte das Metall erneut, und bald war es heiß genug, um Haut zu versengen.

»Lass diese Narbe das Zeichen einer ewigen Verbindung sein«, sagte er den traditionellen Schwur seiner Heimat auf und presste das glühende Dreieck auf seine Hand. Er musste sich sehr konzentrieren, um der Hitze zu erlauben, ihn zu versengen, aber schon bald spürte er das altbekannte Brennen und roch den Geruch verbrannten Fleisches. *»Lass das Feuer der Liebe ewig brennen, so wie dieses Zeichen ewig ist«,*

zischte er und versuchte, sich den Schmerz, wie von der Tradition verlangt, nicht anmerken zu lassen. Der Mann musste sich selbst zeichnen, um zu beweisen, dass er alles für seine Frau tun würde. Stumm wiederholte er die Prozedur und vollendete das Mal, das ihn für immer mit Iouna verbinden sollte. Wie eine Sanduhr prangten die zwei ineinander verschlungenen Runen auf seinem Handrücken und zeichneten sich rot auf seiner blassen Haut ab. Er atmete tief durch, ehe er sacht die Hände drehte und so die seiner Braut nach oben brachte. Rasch legte er das größere Dreieck beiseite und ergriff das kleinere. Für die Frau war der vorgesehene Platz zwischen Daumen und Zeigefinger, weshalb das Symbol auch kleiner war.

»Lass diesen Schmerz den einzigen sein, den ich dir zufüge«, ging der Schwur weiter. *»Lass das Feuer der Liebe den Winter vertreiben.«* Zögerlich näherte er das glühende Metall der Hand seiner Liebsten, hielt aber inne, bevor er sie versengte, und sah ihr in die Augen.

Iouna lächelte kurz, bevor sie sich etwas auf die Zehenspitzen stellte, um einen Kuss zu fordern.

Liebevoll kam Halvar diesem Wunsch nach und spürte, wie sie gleichzeitig seine Hand sacht nach unten schob. Er erkannte, dass sie zu Ende bringen wollte, was sie begonnen hatte, und drückte die Rune auf ihre Haut. Noch immer hielt der Kuss an, und ihr leises Wimmern erstarb an seinen Lippen.

Kapitel VI: Im Krieg und in der Liebe …

Die Abreise lag bereits zwei Tage hinter ihnen, und sie waren seit den Morgenstunden unterwegs. Halvar saß wie zuvor hinter Iouna auf dem Pferd, und sie hielt Hallet in den Armen. Der Abschied von Karl und Gisela war gerade der Prinzessin nicht leichtgefallen, denn sie hatte den Anflug eines normalen Lebens als sehr beruhigend empfunden. Den Säugling bei Gisela zu lassen war leider unmöglich gewesen, auch wenn sie in den Augen der alten Frau sehen konnte, dass sie wieder eine Aufgabe haben wollte. Die gelegentlichen Besuche ihrer Enkeltochter und die Hilfe ihres erwachsenen Sohnes konnten den Verlust ihres Enkels nicht aufwiegen, aber leider wäre Hallet dort womöglich verhungert – ohne Amme. Abgesehen davon, waren beide zu alt, um noch einmal von vorne anzufangen. Die junge Frau war sich auch nicht mehr allzu sicher, ob sie Hallet so einfach weggeben konnte, da sie befürchtete, ihn vielleicht nie wiederzusehen. Es kam ihr vor, als sei er zunehmend ihr Sohn, auch wenn sie ihn nicht geboren hatte. Er schlief in ihren Armen, wurde von ihr gestillt und gewickelt. Stundenlang war sie mit dem Säugling durch das Zimmer gelaufen und hatte ihm Lieder vorgesungen, sodass der Unterschied schwand, den eine leibliche Mutter ausmachte. Aber konnte sie das tun? Ihn behalten, obwohl sie stetig unterwegs waren oder noch sein würden? Derzeit hielten sie weiter auf Lothars Hauptstadt zu, der bestimmt nicht davon begeistert sein würde, die beiden wiederzusehen – erst recht mit Kind. Nicht nur, dass er Iouna bereits zuvor eine Affäre mit dem Hünen nachgesagt hatte, nein, nun kehrten sie tatsächlich als inoffizielles Ehepaar zurück. *»Inoffiziell«,* dachte die Prinzessin und schaute auf das Zeichen hinunter, das nun an ihrer Hand prangte. Es war gleich wieder verheilt, was nichts an dem Schmerz änderte, aber er war erträglich gewesen, erst recht, da Halvar ihn durch einen Kuss überspielt hatte. Auch das lag bereits über einen Tag zurück, ebenso die Illusion einer Hochzeitsnacht. Seufzend schaute sie nach vorn, wo sie fürchtete, das Bollwerk alsbald zu entdecken, das ihre Zweisamkeit unterbrach. Es war die Ruhe vor dem Sturm. Sie lehnte sich an Halvar an und genoss die warme Sonne auf ihrem Gesicht. Aber bevor sie die Stadt betraten, hatte Iouna einiges mit ihrem Gatten zu klären. Nichts Böswilliges, aber dennoch Entscheidendes für sie. »Wie stelle ich mich eigentlich vor?«, verlangte sie leise zu wissen und musste ihr Lächeln zurückhalten.

»Juna Dahl«, antwortete Halvar grinsend, was sie sichtlich beruhigte. »Es wird sie verfolgen, nicht dich.«

Dass er ihre Worte wiederholte, war für sie die Bestätigung, dass sie sich gaben, als sei alles legitim.

»Es ist seltsam, an den Ort zurückzukehren, an dem alles begonnen hat«, säuselte sie weiter. »Obwohl erst ein paar Wochen vergangen sind, erscheint es mir wie ein halbes Leben.«

»Es ist viel passiert«, erwiderte der Hüne zufrieden, ließ mit seiner Rechten von den Zügeln ab und drückte kurz ihre Hand.

Zum drohenden Abend hin erkannte Iouna die Gegend um sich herum. Sie waren Schwarzbruch schon sehr nah, deshalb wurde ihr Herzschlag immer schneller. Vor allem, weil immer mehr Menschen mit vollgepackten Karren an ihnen vorbeifuhren, die ihre Tiere antrieben, als seien sie auf der Flucht.

Auch Halvar bemerkte, dass diese Leute keinen Ausflug aufs Land machten, sondern ihr Hab und Gut auf die Gespanne geladen hatten. Kaum hatten sie den Wald durchquert, hinter dem sich die Hauptstadt des Landes befand, erklärte sich der Anblick der vermeintlich Reisenden.

Unweit des Stadttores standen etliche Zelte und Belagerungswaffen, dazwischen liefen Soldaten in rot-weißen Waffenröcken herum.

»Hannibal von Kosse ist bereits da«, stellte Iouna leise fest, aber noch schien es keinen Angriff gegeben zu haben. Die Mauer sah intakt aus, das Tor war geöffnet, und es wirkte, als wolle der jüngere Bruder von Heinrich mit seiner bloßen Anwesenheit Lothar bedrohen. Halvar und Iouna einigten sich darauf, dass es in der Stadt vermutlich sicherer war als außerhalb. Neben Hannibal erschien ihnen Lothar wieder mal als das geringere Übel. Und mit Hallet in der Nähe der Soldaten zu nächtigen, kam nach den Deserteuren nicht infrage. Somit mussten sie zwar in die Höhle des Draugr, aber es war besser, als von den Männern aus dem Herzogtum Kosse erkannt zu werden.

Unter musternden Blicken passierte die kleine Familie einige Soldaten, bevor sie von einem Mann in voller Montur aufgehalten wurde. Ähnlich wie die Deserteure trug dieser die Landesfarben seines Herrn, aber seine Rüstung sah um einiges kostspieliger aus. »Wo soll es denn hingehen?«, fragte er gedämpft unter seinem blickdichten Helm und streichelte in geradezu provozierender Ruhe die Stirn des Pferdes.

»In die Stadt«, antwortete Halvar knapp, was dem Herrn anscheinend nicht reichte.

»Und was wollt ihr dort? Sie wird zur Zeit aus Verhandlungsgründen belagert. Ihr sucht euch besser einen anderen Ort.«

»Das geht nicht«, antwortete Iouna eilig und mehr aus Reflex, als dass sie sich ihren Einwand wohl überlegt hatte.

»Wir ... Wir besuchen meine Eltern, da sie ... ihren Enkel noch nicht kennen. Mit einem Neugeborenen kann ich nicht einfach wieder umkehren.«

Iouna versuchte, während des Sprechens gekonnt ihren nordischen Dialekt zu überspielen, und hoffte, dass es ihr gelungen war. Schweigend betrachtete der Mann die beiden auf dem Pferd und trat unter den Blicken der anderen Männer neben das Reittier. Er streckte sich etwas, um einen Blick auf Hallet werfen zu können. Vorsichtig schob er dem Knaben die Decke aus dem Gesicht, ließ aber rasch wieder vom Kind ab.

»Bitte«, sprach die junge Frau in einem leicht flehenden Tonfall, »er wird bald Hunger bekommen, und auch ich brauche etwas zu essen.«

Der Soldat schwieg immer noch, wandte sich aber dann seinen Leuten zu. »Lasst sie passieren!«, rief er und drehte sich noch einmal zum Pferd herum. »Wenn ich euch einen Rat geben darf, dann verlasst die Stadt am Morgen wieder. Niemand weiß, wie lange der Waffenstillstand andauert.«

Halvar sagte kein Wort, doch Iouna nickte verstehend, woraufhin sie weiterritten.

Das gleiche Spiel fand noch einmal vor dem Stadttor statt, aber auch dort ließ man sie schlussendlich passieren. In diesem Moment fragte sich Iouna, wie das alles ohne Hallet ausgegangen wäre. Irgendwie hatten sie Glück, dass sie den Säugling bei sich trugen, denn dieser sorgte dafür, dass kaum jemand ihre Worte hinterfragte. Hilfreich war auch, dass er vor der letzten Hürde anfing zu weinen, sodass die Wachen Lothars noch schneller bereit waren, die Familie durchzulassen.

Ihr Ziel für die Nacht lag auf der Hand. Es gab nicht allzu viele Gasthäuser in Schwarzbruch, deshalb zogen sie wieder in dasselbe, das sie zuvor schon einmal bewohnt hatten. Es hieß »Zum Falkennest« und war zudem nicht weit vom Stadttor entfernt. Einzig die Befürchtung, dass man sie wiedererkennen würde, milderte die Freude über ein bequemes Bett. Doch da Halvar nicht mehr so aussah wie zu Beginn ihrer Reise, sollte das ihr geringstes Problem darstellen. Sie überquerten den Marktplatz, wo alles fast so wirkte, als gäbe es die Soldaten vor der Stadt nicht, was wohl eine erzwungene Normalität war – aber eben nur fast. Iouna bemerkte, dass die Händler und Händlerinnen aufdringlicher waren als sonst. Gezielt gingen sie auf Menschen zu, die fremd aussahen, und priesen ihre Waren an. Vermutlich versuchten viele, das zu verkaufen, was sie noch besaßen, um mit dem erstandenen Geld aus der Stadt zu kommen. Ab und an kamen Frauen und Männer auf die kleine Familie auf dem Pferd zu und hielten ihre Töpfe, den Schmuck und andere Dinge in die Luft, die Halvar bemüht freundlich ablehnte, während Iouna ihre Kapuze tiefer in ihr Gesicht zog.

Halvar ging innerhalb des Gasthauses voran und bezahlte ein Zimmer. Er hoffte vermutlich genauso wie Iouna, dass der Wirt ihn nicht mit dem vernarbten Kopfgeldjäger in Verbindung brachte. Aber sie schienen Glück zu haben. Der ältere Herr sagte nichts, sondern wies sie in Richtung eines freien Zimmers, genau das, worin Iouna Halvar fast zwei Wochen zuvor verarztet hatte. Viele Gäste schien er in Anbetracht eines drohenden Krieges nicht unterzubringen, und ein Zimmer war noch wegen Reparaturen unbrauchbar. Iouna konnte sich denken, um welches Zimmer es sich handelte, weshalb sie sich ein schelmisches Grinsen verkniff. Im Gegensatz zum Hünen verbarg sie ihr Antlitz diesmal unter einer Kapuze. Sie wollte nicht riskieren, dass man sie erkannte, was wesentlich leichter war als beim Ritter.

»Ihr und Eure …«, wandte der Wirt sich an Halvar, »… Familie werdet wie lange bleiben?«

»Nicht lange«, antwortete Halvar, und der Wirt nickte, bevor er sich entfernte.

Eilig bezogen sie die Räumlichkeit, in der es noch genauso aussah wie zuvor, abgesehen von der Tatsache, dass ein Bett mehr darin stand. Das war wohl dem Umstand geschuldet, dass der Wirt über ein Zimmer weniger verfügte.

Für Hallet wurde es Zeit, dass er gewickelt und auch einmal gewaschen wurde, weshalb Iouna zuerst die Waschschüssel nutzte. Warmes Wasser war für die Reisenden keinerlei Problem mehr, nachdem Xhar sein Feuer auf Halvar übertragen hatte. Vieles richtete sich in diesen Tagen nach dem Knaben, der immer größer wurde, aber bei Weitem nicht alles.

Nach kurzer Zeit war er gebadet, gewickelt und gefüttert, was ihn wiederum zum Einschlafen brachte. Iouna konnte kaum überspielen, dass sie beim Stillen des Säuglings beinahe selbst eingeschlafen wäre, aber bevor es so weit kam, stand sie auf und ging zur Schüssel, um sich die Müdigkeit aus dem Gesicht zu waschen. Während ihre Hände neben dem Gefäß ruhten, schaute sie ihr schwankendes Spiegelbild an und betrachtete die Tropfen, die von ihrem Kinn zurück in die Schüssel fanden. Dabei fielen ihr auch ein paar Strähnen ins Gesicht, wodurch sie bemerkte, dass sie nach allem, was geschehen war, etwas vollkommen vergessen hatte. Ihr Haar war immer noch so lang wie zuvor, dabei hätte sie es nach der Heirat abschneiden müssen. Sie trug es schon so lange in dieser Form, dass sie es teils vollkommen vergaß, aber wenn sie wollte, dass man ihre Ehe als endgültig ansah, dann musste sie dies wohl auch nach außen zeigen. Nachdenklich richtete sie sich wieder auf und fuhr eine Strähne bis zu den Spitzen nach. Es reichte ihr mittlerweile weit über die Hüften, sodass man annehmen musste, dass es sie störte, aber dem war nicht so. Dennoch ... Dann musste es vermutlich sein. Etwas aus dem tiefschwarzen Haar hatte sie bereits für Halvar gefertigt, der in diesem Moment für das Abendessen sorgte, also war die Daseinsberechtigung der Länge verwirkt.

Sie atmete einmal tief durch, ging zu ihren Sachen, bei denen sie den Dolch des Hünen wusste, und holte ihn heraus.

Die meisten Frauen schnitten es bis zum Kinn oder den Schulterblättern ab. Iouna war sich etwas unsicher, wie kurz sie es tragen sollte, deshalb formte sie vorsichtig einen Zopf mit einer Hand und zog ihn bis in den Nacken hinunter. Wie von selbst wurde der Zopf immer länger, und sie musste lachen. Immerhin schnitt sie sich nicht ins Fleisch, aber irgendwie kam es ihr fast so vor – als müsste sie sich von einem guten Freund trennen. Sobald ihr Arm nicht mehr sehr viel weiter hinter reichte, nahm sie den Dolch in ihre freie Hand und setzte ihn oberhalb ihrer geballten Faust an. Noch einmal atmete sie tief durch. Ein weiterer Atemzug zögerte das Unvermeidliche hinaus, und bevor sie den Schnitt ansetzte, öffnete sich plötzlich die Tür, und Halvar trat mit einer großen Schale ins Zimmer, worin sich ihr Abendessen befand.

Überrascht blinzelte Halvar und schaute sie aus dem Türrahmen heraus an. »Was machst du da?«, fragte er skeptisch, und Iouna verharrte in ihrer ungelenken Haltung.

»Mein Haar abschneiden?!«, drang unsicher über ihre Lippen.

Der Hüne schloss die Tür hinter sich und stellte die Holzschale auf dem Tisch neben der Prinzessin ab. »Stört es dich?«, verlangte er zu wissen, und fragend schaute die junge Frau zu ihrem Ritter auf.

»Es müsste vielmehr dich stören«, erwiderte Iouna. »So wird man mir nie ansehen, dass ich eine verheiratete Frau bin.«

Halvar griff nach ihrer Hand, die den Dolch hielt, und nahm ihr diesen aus der Hand. Auf ihr ruhte das Zeichen, das ihre Verbindung bezeugte. »Doch«, antwortete er lächelnd und legte die Klinge ebenfalls auf den Tisch.

»Dann ...«, setzte sie an, »willst du nicht, dass ich es abschneide?«

Der Hüne schüttelte den Kopf, und erst da ließ die junge Frau den Zopf los.

Sie erwiderte sein Lächeln und nickte. »Ich eigentlich auch nicht.«

Zufrieden mit dem Ausgang setzte sie sich auf das Bett neben Hallet und widmete sich zusammen mit Halvar dem Abendessen.

In jener Nacht unterbrach kein Kopfgeldjäger die Ruhe, höchstens ein weinendes Kind, das Iouna sanft wieder in den Schlaf wiegte. Leider verlief der Morgen jedoch ziemlich unruhig. Halvar rüttelte an Iounas Schulter, und als sie ihre Augen öffnete, legte er schnell den Zeigefinger auf seine Lippen.

Noch schlaftrunken rieb sie sich die Augen und warf ihre Stirn in Falten.

»Zieh dich an«, flüsterte er ihr zu und trat dann ans Fenster heran. Erst da hörte Iouna die Stimmen draußen und das Scheppern von Rüstungen. Eilig schwang sie ihre Beine aus dem Bett und kam der Aufforderung nach. Halvar hatte das bereits erledigt und hielt seine Axt in der Hand, als wollte er sich auf einen Kampf vorbereiten.

Iouna schluckte trocken, als die Männerstimmen im Inneren des Gasthauses zu hören waren. Und kaum hatten sie die Rufe vernommen, sprang die Tür zu dem Zimmer auf. Aus Reflex ergriff die junge Frau den noch schlafenden Hallet und hielt ihn beschützend in ihren Armen, während Halvar sie und das Kind hinter sich drängte.

Die Soldaten Lothars hielten inne, als sie das Paar sahen, und schienen zu überlegen. Mit im Bunde war eine ältere Frau, die erkennbar eine Art Belohnung erhielt.

»Die Töpferin«, murmelte Halvar. »Sie muss uns gesehen haben, als wir den Markt überquert haben.«

»Ja, aber …«, setzte Iouna an, wurde aber jäh von Lothars Stimme unterbrochen.

In seiner altbekannten grünen Robe drängte er die Männer beiseite und sah ins Zimmer. »Da seid Ihr ja«, wandte er sich zuerst Iouna zu, schaute aber sichtlich erschrocken, als er Halvars neues Antlitz bemerkte. »Was bei Norna … Wer seid …«, krakeelte er wütend, musterte Halvar weiter eingehend und starrte dann in dessen blaue Augen. »Das ist … der Holzfäller?«, schimpfte er ungläubig. »Wie ist das möglich?«

Halvar sagte nichts und behielt seine Abwehrhaltung bei, ebenso wie Iouna nicht daran dachte, ihm diesen Umstand zu erläutern.

»Es freut mich, dass ihr beiden zu mir zurückgefunden habt.«

Der Arm des Herzogs befand sich in einer festen Schlinge, was wohl hieß, dass sein Bruch noch nicht verheilt war – wenn er das überhaupt tun würde, ohne Einschränkungen zu hinterlassen.

Iouna musste keine Hellseherin sein, um zu erkennen, dass Lothar nicht die beste Laune besaß. »Was wollt Ihr von uns?«, verlangte sie zu wissen und hielt dabei Hallet wiegend in den Armen, der wegen der Unruhe anfing zu schreien.

»In erster Linie den geflüchteten Verbrecher festnehmen, der mir den Arm gebrochen hat, und das zurückfordern, was er mit sich genommen hat!«

»Ich wurde nicht von Halvar mitgenommen!«, widersprach die junge Frau. »Mein Bruder hat mich herausgeholt, und das wisst Ihr.«

Dem Herzog entging nicht das schreiende Kind in ihren Armen, und sein Blick wechselte zwischen Wut und Verwirrung. Immer wieder schaute er zwischen Halvar und Iouna hin und her, konnte sich den Umstand aber nicht wirklich erklären, zumindest wirkte es so. Für ein gemeinsames Kind hätte der Zeitraum seit ihrer Flucht nicht ausgereicht, was Lothar aber nicht davon abhielt, seine Augen auf das Muster auf Iounas Hand zu richten, das sie daraufhin unter Hallets Decke verbarg.

»Wessen Kind ist das?«, forderte Lothar nach kurzem Schweigen zu wissen, aber Iouna wusste keine passende Antwort.

»Das geht dich nichts an!«, antwortete Halvar stattdessen, worauf der Herzog erstaunt seine Brauen hob.

»Vermutlich habt Ihr Euch zur Frau noch ein passendes Kind gestohlen.«

»Vielleicht besaß ich bereits eines, bevor ich zu Euch kam! Immerhin bin ich eine Herumtreiberin«, konterte Iouna wütend. »Ihr solltet uns lieber in Ruhe lassen. Wir sind wohl Euer geringstes Problem, wenn ich mir die Armee vor Eurer Stadt anschaue. Ich bin zurückgekehrt, weil ich verhindern will, dass Ihr von den Nordleuten überrannt werdet.«

Lachend stimmte ihr der Herzog teilweise zu und fixierte sie wieder. »Genau deswegen ist es so amüsant, dass ihr hier aufgetaucht seid. Der Oger ist mein Pfand für die Freiheit, und um ein Missverständnis aus der Welt zu räumen. Mit Euren Brüdern werde ich schon fertig, keine Sorge. Ich werde ihnen schon vermitteln, dass ich Euch aus den Fängen eines Mörders gerettet habe.«

»Aus den Fängen?«, hinterfragte sie. »Niemals werden sie Euch das glauben.«

»Ihr seid jung und verwirrt. Ihr wisst nicht, was gut für Euch ist, das liegt an Eurem Geschlecht«, erwiderte Lothar arrogant und wandte sich dann Halvar zu. »Euer Ruf eilt Euch voraus. Heinrich war vermutlich kein schöner Anblick mehr, nachdem er Euch über den Weg gelaufen ist.«

Der Hüne sagte nichts, weshalb Iouna zu ihm aufsah. Sie hatte ihm zwar klargemacht, dass es sie nicht interessierte, wie Heinrich geendet hatte, aber allmählich fragte sie sich doch, was in jener Nacht geschehen war.

Lothar wartete nicht ab, bis sich der Ritter zu einer Antwort durchgerungen hatte, und räusperte sich einmal lautstark. »Nehmt ihn fest und legt ihm dicke Ketten an. Hannibal will den Mörder seines Bruders, und er soll ihn bekommen!«

»Nein!«, protestierte Iouna auf der Stelle und wollte sich an Halvar vorbeidrängen. »Ihr wisst ja nicht, was Heinrich getan hat. Er hat den Tod verdient!«

Halvar ließ nicht zu, dass sie ihn zur Seite schob, während ein paar Wachen die Ketten heranbrachten. Mit aller Vorsicht, die möglich war, drängte er sie wieder hinter sich und wandte sich ihr zu, während er seine Axt widerstandslos an seinem Gürtel befestigte. *»Lauf weg!«*, befahl er ihr in seiner Sprache, aber Iouna begann, vehement ihren Kopf zu schütteln.

»Nein!«, widersprach sie ihm fast schon unter Tränen. *»Das kann ich nicht!«*

»Hört sofort auf, irgendetwas in dieser Bastardsprache zu nuscheln!«, mischte sich Lothar ein, als er hörte, dass sie redeten.

Kurz lächelte Halvar sie an, und sie ahnte, dass er ihr keine Wahl lassen würde. Iouna zog ihn an seinem Hemd zu sich herunter, um ihm so einen Kuss geben zu können, bevor er sie sacht von sich schob.

Dieser Anblick schien dem Herzog noch weniger zu gefallen, weshalb er wiederholt losschrie, dass der Hüne endlich festgenommen werden sollte.

Schnellen Schrittes wollte Halvar den Männern anscheinend ihre Arbeit erleichtern und ging auf sie zu.

Etwas verwundert und erschrocken über seine Reaktion, gingen die Soldaten wieder auf Abstand und beobachteten ihn genau. Das war der einzige Moment, in dem keiner sein Augenmerk auf Iouna gerichtet hatte. Blitzschnell sprang sie hinter Halvar hervor, um sich seitlich an Lothar vorbei in den Gang zu zwängen. Sie wollte nicht fliehen, aber wenn sie es nicht tat, dann besaß Lothar ein Druckmittel gegen den Ritter. Auch wusste sie nicht, was er mit Hallet tun würde. Sie hatte keine Wahl! Genauso konnte Halvar die

Männer nicht in Flammen aufgehen lassen, da das ihre Situation kaum verbessert hätte.

»Fangt sie ein!«, hörte sie Lothar noch hinter sich brüllen, als sie die Treppe hinuntereilte.

Das metallische Klappern verriet, dass einige Männer diesem Befehl Folge leisteten und wiederum nach anderen riefen, die wohl außerhalb des Gasthauses warteten.

Noch immer brüllte Hallet, der sich wohl auf der Flucht auch nicht mehr beruhigen würde. Fest umklammerte sie den Säugling und presste ihn an ihren Oberkörper, als sie die Tür nach außen öffnete. Umgehend standen dort noch mehr Soldaten, die sich ihr mit gezogenen Schwertern in den Weg stellten. Ohne groß zu überlegen, rannte sie nach links, dicht an der Hauswand entlang, und somit Richtung Stadttor. Schon lange hatte sie nicht mehr so um ihre Freiheit rennen müssen, und noch nie mit einem Kind im Arm, weshalb sie auch deutlich langsamer war als sonst. Wildes Geschrei mischte sich unter das Weinen Hallets, was ungewollte Aufmerksamkeit auf sich zog.

Einige Stadtbewohner versuchten, sich ebenfalls der Flüchtenden entgegenzustellen, doch Iouna konnte ihnen ausweichen, indem sie ein paar Kisten überwand, die am Rand einer Schmiede standen. Nach einem nicht allzu hohen Absprung rannte sie weiter, musste aber auf den noch feuchten Pflastersteinen aufpassen, nicht auszurutschen. Sie bog um einige Ecken, überquerte gehetzt den Markt, wo sie sich zweimal bewusst mit ihrer Schulter gegen zwei Männer warf, die sie ebenfalls ergreifen wollten. Einer von ihnen umfasste ihren Arm und hielt sie fest, wodurch ihr Hallet beinahe aus den Händen geglitten wäre. »Wagt es nicht!«, schrie sie den jungen Mann an, der sofort nach den Wachen rief. »Oder Ihr werdet es bereuen!«

Fest hatte er seine Hand um ihren Unterarm oberhalb des Armreifs geschlungen. Noch einmal schrie er nach den Soldaten, sodass Iouna sich gezwungen fühlte, härter durchzugreifen. Sie wollte niemanden töten, aber ganz ohne Gegenwehr ging es nicht. »Es sei denn, du willst sterben!«

Verwirrt von der Drohung, schaute er Iouna an, die ihren Blick schwärzte und ihn wütend anstarrte. Abrupt entriss sie ihm ihren Arm, während dem Blonden Blut aus der Nase zu laufen begann. Zu spät merkte sie, dass ihr Armreif auf den Boden fiel. Allerdings besaß sie nicht die Zeit, sich nach ihm zu bücken, sondern musste weiter fliehen. Schweren Herzens wandte sie sich von dem Schmuckstück ab und wandte sich dem Stadttor zu.

Dort wurde es eng. Hinter ihr schrien Soldaten, man solle sie festnehmen, und vor ihr befanden sich die Torwachen, die dies hörten. Nun kam sie tatsächlich nicht mehr um eine gewaltsame Gegenwehr herum, wenn nicht plötzlich ... Spitze Schreie ertönten über ihr, und drei Adler tauchten wie aus dem Nichts auf. Im Sturzflug hielten sie auf die Männer zu, die ihr den Weg versperren wollten. Sie flatterten herum, nahmen den Soldaten die Sicht und hackten wie besessen auf die Wachen ein, sodass sie lange genug abgelenkt waren, damit Iouna an ihnen und einigen Karren vorbei ins Freie gelangen konnte.

Verwirrt schaute die Prinzessin kurz zurück und dann auf Hallet, dessen Schreien verstummt war. Noch während sie weiterrannte, schob sie die Decke etwas zur Seite und sah auf ein gesundes Kind hinunter, dessen Augenfarbe sich von einem Neugeborenen-Blau zu einem Goldbraun verfärbt hatte. Sie wusste nicht, ob es an ihrem Hetzen lag, aber sie hätte schwören können, dass sich die Farbe zuvor wie flüssiges Metall ausgebreitet hatte.

Norna?

Eilig legte sie den Stoff wieder vorsichtig auf Hallet, stieß ein Stoßgebet gen Himmel und rannte in Richtung Wald. Vielleicht konnte sie dort die Männer abhängen. Oder die Sirenen würden ihr in der Nähe des großen Sees, der den Weststrom speiste, helfen können. Ohne Rücksicht auf sich selbst sprang sie über Baumstämme und Steine, riss sich die Haut an Dornen und Ästen auf, ignorierte jedoch den kurzen Schmerz. Iouna bekam kaum noch Luft, und ihre Lunge begann zu brennen, obwohl ihre Heilungskräfte ihr mehr Ausdauer schenkten. Sie lief so schnell sie konnte mitten in den Frühnebel hinein und hoffte, ihren Verfolgern so zu entkommen, die sie lauthals hinter sich rufen hören konnte.

Sie wollte diesen Männern nicht schaden, da sie nur das taten, was Lothar ihnen aufgetragen hatte, aber wenn ihr nichts anderes übrig bleiben sollte, dann ...

Als sie das Flussufer erreichte, das im Nebel kaum auszumachen war, lief sie weiter Richtung Norden, bis eine Wurzel sie zu Fall brachte. Reflexartig fing sie den Sturz mit ihrem Rücken ab, um nicht auf Hallet zu landen, und drückte diesen fest an sich, sodass er so wenig Erschütterung wie möglich spürte.

Der Sturz presste ihr alle Luft aus den Lungen, und schemenhaft erkannte sie die Silhouetten der Männer vor sich, die nach ihr Ausschau hielten.

»Hier ist sie!«, schrie einer. Daraufhin liefen alle in die Richtung des Rufenden.

Mit letzter Kraft zog sich Iouna über den Boden, weg von den Soldaten, und richtete sich erschöpft wieder auf, als diese sich ihr mit gezogenen Waffen näherten. »Bleibt weg von mir!«, ermahnte sie die Wachen; es waren insgesamt sieben. Sie lief rückwärts, bis es nicht mehr weiterging. Das Ufer des Sees machte einen weiten Bogen, und sie hätte zu weit nach rechts ausweichen müssen, um diesen zu umkreisen.

»Wir bringen Euch zu Lothar!«, meinte einer der Männer, dessen Antlitz verschleiert vom kalten Dunst war.

»Nein, das werdet ihr nicht!«, erwiderte sie und bereitete sich darauf vor, ihren Weg freikämpfen zu müssen.

Die Soldaten traten vor sie hin. Kurz legte sich Schweigen über den See, der totenstill dalag. Iouna spürte, wie die feuchte Luft ihre Kleidung durchdrang. Sie konnte keinen Schritt weiter zurückweichen, da die Stelle hinter ihr bereits zu tief für sie und Hallet gewesen wäre.

»Ergreift sie!«, befahl der Anführer der Wachen, doch gerade, als sich der Rest in Bewegung setzen wollte, ertönte ein Nebelhorn aus kurzer Entfernung. Jeder schrak auf, selbst Hallet, der durch sein Geschrei natürlich auf sie beide aufmerksam machte. Noch einmal ertönte ein Horn und gab anscheinend das Signal zum Anlegen, worauf andere Boote in gleicher Weise antworteten, und beruhigt schloss Iouna ihre Augen. Diese Melodie ließ sie lächeln, denn sie erkannte die Töne, die durch den Nebel drangen. Das stumpfe Schlagen von mit Leder bezogenen Trommeln begleitete dabei die sich nähernden Signale wie ein lauter Herzschlag.

Die Prinzessin spürte, wie ihr eigenes Herz den Rhythmus annahm und ihr ein kalter Schauder über den Rücken lief. An dem Schweigen der Soldaten konnte sie erkennen, dass es ihnen ähnlich ging, nur dass Iouna keine Furcht verspürte, während sich die Paukenschläge und die Rufe der Hörner näherten.

Als sie einen Blick über ihre Schulter riskierte, drangen Boote geisterhaft durch den dicken Nebel. Sanft glitten sie über das Wasser und verursachten kaum Wellen, und das ließ sie nur noch mehr wirken, als stammten sie nicht von dieser Welt.

»Ich danke dir, Athan!«, betete Iouna und lächelte zaghaft.

Den Anblick der anlegenden Boote teilte die junge Frau mit den Männern Lothars, deren Gesichter fahl wie der Dunst um sie herum wurden.

Nach und nach polterte es, und laute Männerstimmen durchbrachen die unheimliche Stimmung am Ufer; sie brachten die Wachen dazu, weiterhin Abstand zu halten.

Namen fielen, die Ankömmlinge riefen einander zu, sicherten ihre Anlegestellen und entdeckten schlussendlich auch Iouna.

Noch immer hielt die junge Frau ihre Augen geschlossen und lächelte, während sie Hallet beruhigte. »Gleich sind wir in Sicherheit«, flüsterte sie dem Säugling zu und hörte, wie etwa eine Handvoll Männer auf die Wachen von Lothar zugingen, ihre Waffen zogen und diese mit nordischem Dialekt warnten, sich nicht zu nähern.

Iouna schaute sich um und wartete ab, was geschah.

Ein Mann, etwas kleiner als Halvar, stand plötzlich neben ihr und rang sichtlich um Worte. »I... Iouna?«, erklang die tiefe bärige Stimme ihres ältesten Bruders, woraufhin sie sich zu ihm herumdrehte.

»Tristan ...«, antwortete sie immer noch lächelnd, wobei ihr nicht entging, dass sein Blick auf Hallet fiel, der sich nur leise über den Trubel beschwerte.

***

Der kalte Stahl der schweren Ketten an Hals und Handgelenken sorgte bereits nach kurzer Zeit für ein unangenehmes Reiben auf der Haut. Halvar kniete in der Mitte eines großen Raumes von Burg Falkenberg. Die Fesseln fixierten ihn auf dem steinernen Boden, und er wartete darauf, dass sich der Herzog dazu bequemte, ihn zu verhören. Nur das Klirren des Metalls war in der Stille zu hören, als er mit einem Ruck daran zog. Der Ring, an dem die Glieder befestigt waren, gab nicht nach, und so blieb ihm nichts anderes übrig, als dort auszuharren. Er hoffte, dass Iouna Lothars Männern entkommen und aus der Stadt geflohen war.

Reicht, wenn er mich hat.

Obwohl er sich eigentlich sicher war, dass der Mann, der ihn gefangen hielt, es sich nicht erlauben konnte, der Prinzessin zu schaden, konnte man bei Lothar nie wissen. Er hatte sie schon einmal verletzt, und spätestens, wenn er sich wieder seiner heimlichen Liebe – dem Wein – hingab, war der Mann zu allem fähig.

Stumm starrte Halvar an die kahle Wand vor sich. Das scheinbare Verhörzimmer war spärlich eingerichtet, nur einige Stühle standen herum. Er erkannte keine Folterinstrumente, wie er sie einst in den Kerkern von Isvinter kennengelernt hatte.

Sonnenlicht fiel durch mehrere große Fenster herein und erfüllte den Raum, als wollte Lothar seinem Gefangenen noch ein letztes Mal den Anblick gönnen, ehe er ihn in die Finsternis eines Kerkers warf.

Was genau der Herzog mit ihm vorhatte, wusste er nicht, aber er erwartete keine freundliche Behandlung.

Plötzlich flog die Tür hinter dem Hünen auf und schlug krachend gegen die Wand. Schnelle Schritte näherten sich, gefolgt von den bedachteren einer zweiten Person.

Lothar rauschte in angemessenem Abstand an Halvar vorbei, den Arm noch immer in der Schlinge liegend. Wütend starrte er den Gefangenen an, der still abwartete.

Die andere Person stellte sich als Weißhaupt heraus, der seinem Herrn schweigend folgte und mit der Hand am Knauf des Schwertes neben ihm stehenblieb.

Es passte Halvar nicht, vor Lothar zu knien, aber die Ketten verhinderten, dass er aufstehen konnte. Unbeeindruckt von seinem Auftritt, sah er zu ihm auf und musterte den verletzten Arm des Herzogs.

Eine scheinbare Ewigkeit stand dieser vor dem Hünen und funkelte ihn wortlos an.

Langsam ließ der Gefangene den Blick zwischen dem Herrscher und seinem Ritter hin und her wandern.

Weißhaupts Gesicht war hinter dem Visier des Helms nicht zu erkennen und verriet dadurch nicht, was er dachte.

»Wie habt Ihr das gemacht?«, brach Lothar dann das Schweigen mit bemüht ruhiger Stimme.

Halvar schwieg mit hochgezogener Augenbraue und sah ihn einfach nur an. Er konnte sich zwar denken, dass die Frage auf seine verheilten Narben abzielte, aber er dachte nicht daran, dem Mann zu antworten.

»Wie habt Ihr das gemacht?«, wiederholte der Herzog schreiend seine Frage. »Antwortet endlich!«

Wieder verweigerte Halvar eine Auskunft, schaute ihn an. »Was willst du?«, meinte er schließlich.

»Eine Antwort!«, keifte Lothar ihn an. »Und Ihr habt mich immer noch nicht zu duzen! Sprecht mich gefälligst an, wie es mir gebührt!«

»Tu ich doch.«

Einen Augenblick starrte der Herzog seinen Gefangenen entgeistert an, bevor er zornig aufschrie und mit seiner gesunden Hand einen der Stühle umwarf. »Sir Weißhaupt, züchtigt diesen Mann, der mich beleidigt!«, befahl er seinem Ritter, der allerdings nur den Kopf schüttelte.

»Einen gefesselten und nicht aggressiven Gefangenen zu schlagen widerspricht den Gesetzen des Ordens«, klärte er seinen Herrn auf.

»Ihr immer mit Eurem verdammten Orden!«, fluchte Lothar. »Ihr seid zu nichts zu gebrauchen, Weißhaupt, wisst Ihr das?«

Zögerlich machte er einen Schritt auf Halvar zu und schlug ihm mit der flachen Hand ins Gesicht.

Mit hochgezogener Augenbraue betrachtete Halvar den Mann, der ihm die Ohrfeige verpasst hatte, und lächelte kurz. »Hast du deine Kraft verbraucht, als du Iouna geschlagen hast?« Er wusste, dass Lothar ihn mit der schwächeren Hand schlug – die andere lag in der Schlinge.

Noch einmal holte der Herzog mit der unverletzten Hand aus und stieß Halvar die Faust ins Gesicht.

Halvar spürte das Blut, das aus seiner Nase lief, und starrte Lothar einen Augenblick an. Ruckartig bewegte er dann die Hände in Lothars Richtung. Obwohl er von den

Fesseln zurückgehalten wurde, genügte es, um den Hausherrn einige schnelle Schritte zurück machen zu lassen.

Weißhaupt zog sein Schwert, hielt aber inne, als er bemerkte, dass Halvars Angriff nicht ernst gemeint war.

»Das reicht jetzt!«, beschloss Lothar und befahl einer Wache vor der Tür, Johannes und Titus zu holen.

Kurz darauf standen die beiden vor Halvar und betrachteten ihn.

»Erstaunlich«, raunte Johannes, während Titus nur schweigend neben ihm zu Boden sah.

»Und?«, fragte Lothar ungeduldig. »Warum kann der Kerl sein Gesicht heilen, und Ihr könnt mir nicht einmal garantieren, dass mein Arm wieder voll funktionstüchtig wird?«

Der Kräuterhans zuckte ratlos mit den Schultern. »Ich weiß es nicht, Hoheit«, gab er zu. »Ich habe so etwas noch nie gesehen. Solche Narben verheilen normalerweise nicht einfach innerhalb weniger Tage – eigentlich überhaupt nicht!«

Titus stimmte dem Arzt zu und gab an, auch keine Magie zu kennen, die dazu in der Lage wäre.

»So etwas könnten nur die Götter selbst, wenn Ihr mich fragt!«, mutmaßte Johannes und wandte sich wieder Halvar zu, der sich ein kleines Lächeln erlaubte, aber weiterhin schwieg.

Er wusste, dass er den Herzog in Flammen aufgehen lassen konnte. Jedoch hätte dies die Situation nur verschlimmert – selbst wenn Iouna entkommen war. Zudem konnte er sich nicht vorstellen, dass Xhar diesen Einsatz seiner Macht gutgeheißen hätte.

»Wenn er es nicht sagen will, dann werden wir es ausprobieren«, zischte Lothar und deutete auf den knienden Hünen. »Titus! Du kannst ihm doch sicherlich sein altes Aussehen wieder verleihen.«

Überrascht sah der junge Magier seinen Herrn an und schüttelte bestimmt den Kopf. »Nein!«, weigerte er sich. »Nein, das werde ich nicht!«

»Oh doch, das wirst du!«, fuhr der verletzte Herzog seinen Hofzauberer an. »Wozu bezahle ich dich denn?!«

»Ihr bezahlt mich gar nicht! Und ich werde meine Kräfte nicht nutzen, ihm zu schaden! Er hat nie etwas getan!«

Wird ohnehin nicht funktionieren.

Kein Feuer konnte Halvar schaden, es sei denn, er wollte es – und diese Genugtuung würde er dem Herzog nicht geben. Dennoch freute er sich, dass Titus sich weigerte, den Befehl seines Herrschers auszuführen.

»Nichts getan?!«, schallte Lothars Stimme durch das Gewölbe. »Er hat meine Verlobte geraubt und mir den Arm gebrochen!«

»Sie ist nicht Eure Verlobte! Sie war es nie und sie wird es nie werden!«, entlud Titus nun ebenfalls seine angestaute Wut. »Euer gebrochener Arm ist Eure eigene Schuld, und Ihr habt ihn verdient!«

Halvar lachte leise über den offenen Ungehorsam des Jungen und beobachtete Lothars Reaktion.

Wie versteinert stand er da und schien nicht mit dem Ausbruch seines Hofmagiers zurechtzukommen. Nach einem langen Moment, in dem Titus' Worte im Raum schwebten, ging er schließlich zu ihm hinüber. Wütend starrte er ihn an, und Titus erwiderte den Blick unnachgiebig. Ohne ein weiteres Wort verpasste Lothar ihm eine Ohrfeige, woraufhin er sich überrascht die Wange hielt.

Selbst Weißhaupt zuckte kurz, und auch Halvar hatte nicht damit gerechnet.

Der Hüne spürte Xhars Hitze und hoffte beinahe, Lothar würde weiter auf Titus losgehen. Doch es blieb bei einem Schlag.

»Johannes, bringt den Bengel auf sein Zimmer«, befahl Lothar bemüht ruhig. »Wir werden nachher über seine Undankbarkeit mir gegenüber sprechen! Vielleicht bringen ihn ein paar Peitschenhiebe wieder zur Vernunft!«

»Wofür sollte ich dankbar sein?! Euer Vater war es, der mich aus dem Waisenhaus geholt hat, nicht Ihr!«, merkte Titus an, ehe er sich umdrehte und aus der Tür stürmte. Krachend fiel diese hinter ihm ins Schloss.

»Ich werde nach ihm sehen«, verkündete Johannes und warf noch einen Blick zum knienden Hünen, der vehement schwieg.

Nachdem auch der Arzt verschwunden war, blieben nur Weißhaupt und sein Herr im Verhörraum zurück. Lothar nahm einen tiefen Atemzug und stellte den Stuhl wieder auf, den er zuvor umgestoßen hatte. In gebührendem Abstand zu Halvar setzte er sich, strich die grüne Robe glatt und musterte ihn. »Was muss ich mit Euch anstellen, dass Ihr redet?«, fragte er eher an sich selbst gerichtet als an Halvar.

Noch immer gab dieser keinen Ton von sich, sondern blickte den Herzog unverwandt an. Während Lothar überlegte, befahl er, ihm Wein zu bringen, was prompt geschah. Er nahm einen großen Schluck aus dem Kelch, musterte wieder seinen Gefangenen und schwenkte das Getränk nachdenklich im Becher. Plötzlich schlich sich ein finsteres Grinsen ins Gesicht des Adeligen. »Nun, Euch scheint es ja egal zu sein, was mit Euch geschieht«, fing er an und nahm noch einen Schluck. »Aber ich glaube, ich weiß, *wessen* Schicksal Euch interessiert!«

Iouna ... Hallet ...

Halvar verbot sich, eine Regung zu zeigen, und durchbohrte den sitzenden Mann vor sich mit seinem Blick.

»Sprecht, oder die Hure und der Bastard werden den morgigen Tag nicht erleben!«

Wut stieg in der Brust Halvars auf und wollte sich einen feurigen Weg nach draußen bahnen. Wenn sie doch erwischt worden war? »Dafür musst du sie zuerst finden«, versuchte er, Lothar aus der Reserve zu locken. Hatte er sie wirklich gefangen?

Noch immer grinsend, nahm der Herzog den Kelch in die fixierte Hand und griff in seine Robe. Betont langsam förderte er den hölzernen Armreif zutage, den Halvar für Iouna geschnitzt hatte, und warf ihn vor seinem Gefangenen auf den Boden.

Halvar wusste, dass sie das Geschenk niemals freiwillig hergegeben hätte. Hatte sie das Schmuckstück verloren? Oder war sie tatsächlich gefasst worden? »Was hast du mit ihnen gemacht?«, knurrte er wütend.

»*Noch* nichts«, erklärte der Herzog. »Aber ich schwöre bei Norna, ich lasse sie hier vor Euren Augen ausbluten wie Schweine, wenn Ihr nicht redet!«

Die Bilder seiner sterbenden Familie flammten wieder vor Halvars innerem Auge auf, und er senkte den Blick. Betroffen starrte er den dunklen Stein vor sich an und fragte sich, ob Lothar von seiner Vergangenheit wusste oder zufällig die richtigen Worte gewählt hatte.

»Also frage ich noch einmal«, meinte der Hausherr mit siegessicherer Stimme. »Wie habt Ihr das gemacht? Welchen Jungbrunnen habt Ihr entdeckt, der Euch wieder ... hergestellt hat?«

Nach einem kurzen Moment überwand sich Halvar und antwortete dem Herzog. »Die Götter waren gnädig.«

»Die Götter?«, fauchte Lothar. »Warum sollten sie einem Unwürdigen gnädig sein?«

Schulterzuckend musste der Auserwählte sich eingestehen, dass er auch nicht wusste, was *genau* die drei von ihm erwarteten.

»Wie habt Ihr das gemacht?«, wurde der Herzog wieder lauter.

»Ich *habe* nichts gemacht!«

»Wer dann?«, schrie er nun förmlich.

»Die Götter waren gnädig«, wiederholte Halvar seine vorherige Aussage, ohne Lothar anzusehen.

Wütend sprang dieser auf und schleuderte den Weinkelch an Halvar vorbei in Richtung der Tür, wo er klirrend landete. »Die Götter geben einen Dreck auf Euch!«, schimpfte er weiter. »Ihr stammt aus einem Land voller Abschaum und Verräter! Und wie man es von einem Isvintari erwartet, nehmt Ihr Euch einfach, was ihr wollt! Meiner Braut habt ihr ein isvintarisches Brandzeichen verpasst! Wie einer Kuh, will ich meinen. Ihr glaubt doch nicht im Ernst, dass ich Euch abnehme, dass Raik NíGwydion in diese Ehe eingewilligt hat!«

Er hatte das Mal an Iounas Hand also gesehen, und so fixiert, wie er nun die Brandnarbe auf Halvars Handrücken anstarrte, war dieses ihm ebenso zuvor aufgefallen.

»Das ist auch nicht nötig«, antwortete Halvar und hob den Kopf wieder, um sein Gegenüber anzusehen. »*Sie* hat es, das genügt.«

Lautes Gelächter schallte durch das Gewölbe, als Lothar klarmachte, was er von dem nordischen Hochzeitsritual hielt. »Das genügt vielleicht Euch, aber nicht ihrem Vater, nicht den Normen und Sitten, die bei uns herrschen«, stellte er klar. »Ihr seid bloß einer der Bauern auf einem Schachbrett. Figuren, die Männer wie ich als Madenfutter bestimmen. Soldaten ... Ritter ... Männer, die blind dem Befehl ihres Herrn folgen. Iouna Liv Hella gehört nicht zu einem Bauern, sondern zu Herrschern wie mir. Die, die hinter dem Feld stehen und die Schritte lenken. Ihr seid gar nichts ... Eure Ehe ist gar nichts!«

Halvars Blick wanderte erneut zu Weißhaupt. Dieser zeigte keine Regung. Er wusste, dass Weißhaupt seinem Herrn durchaus kritisch gegenüberstand. Eigentlich wunderte es ihn, dass der Beschützer noch anwesend war. Aber so, wie er den Orden kannte, war Weißhaupt hier, um Informationen über Lothar zu sammeln. Halvar lächelte kurz und sah dann wieder zum Herzog.

»Kein Bauer«, verkündete er und schob den Ärmel des tätowierten Arms nach oben, um seine Ordenszugehörigkeit zu offenbaren. »Eine Prinzessin und einen Ritter ohne Grund in Ketten zu legen ist ein Verbrechen gegen den Orden.«

Im Augenwinkel sah er, wie Weißhaupt sein Visier öffnete und seine Worte energisch nickend bestätigte.

»Ein Ritter des Ordens ...«, stellte Lothar fest und ließ sich wieder auf dem Stuhl nieder. »Das wird ja immer amüsanter.« Nachdenklich rieb er sich die Augen, während Halvar weiterhin auf dem Boden kniete und überlegte, wie er zusammen mit Iouna entkommen konnte. »Euer Orden wird Euch mit offenen Armen empfangen«, fuhr Lothar schließlich fort und strich mit der linken über sein Kinn. »Ist er nicht bekannt dafür, dass er stets den Frieden wahrt und sich aus Machtkämpfen heraushält? Wie wird es ihnen wohl gefallen, wenn einer der Ihrigen Mittelpunkt eines Machtkampfes ist, weil er von einem Weib nicht ablassen kann? Wenn er einfach, ohne zu fragen, die Tochter eines vermeintlichen Königs heiratet, andere um ihr Anrecht prellt und somit einen Krieg heraufbeschwört? Ihr habt im Wahn einen Herzog getötet. Euer Orden wird Euch höchstens den Arm abtrennen!«

Flüchtig ließ Halvar seinen Blick über die Tätowierung an seinem Unterarm schweifen. Eigentlich hatte er nicht erwartet, das Symbol des Ordens noch einmal wiederzusehen. Er *wollte* es einst auch gar nicht wiedersehen. Nach Haralds Ermordung hatte sich das wahre Gesicht einiger Ritter gezeigt. Amund – der wahre Mörder des Königs – war es ebenso gewesen, der die Familie des Hünen umgebracht hatte. Kein anderer Ritter war ihnen oder Halvar zu Hilfe gekommen. An diesem Tag hatte er mit seinem Dasein als Mitglied des Ordens gebrochen. Dies war auch der Grund, warum er die

Schnitte für seine Blutopfer immer am linken Unterarm ausgeführt hatte. Selbst wenn man das Mal der Vollstrecker noch erkannt hätte, wollte er kein Ritter mehr sein, obwohl er sich immer bemüht hatte, sich an die Tugenden zu halten. Erst Iouna hatte diese Einstellung wieder geändert und den Ordensbruder in ihm geweckt.

»Du hast kein Anrecht auf irgendetwas«, widersprach Halvar dem Herzog und sah ihn an.

»Das wird sich zeigen«, erläuterte Lothar grinsend. »Ihr Bruder Tristan ist dafür bekannt, wie sehr er die Isvintari hasst. In ihm habt Ihr keinen Fürsprecher!«

»*Ich* habe seine Schwester nicht geschlagen!«, knurrte Halvar und dachte zufrieden an den Moment zurück, als er den Arm des Mannes gebrochen hatte. Allein Iounas Einschreiten war es zu verdanken gewesen, dass dieser nur eine Verletzung erdulden musste. Mit dem Kopf deutete der Hüne auf die Schlinge. »Du kannst es nicht verstecken.«

Der Herzog schnaubte abfällig und winkte ab. »Das mag ein unglücklicher Ausrutscher gewesen sein, aber zumindest ließ ich sie unberührt!«, meinte er.

»Weil ich es verhindert habe!« Die Worte des Ritters schwebten kurz im Raum, während der Regent seinen Gefangenen entgeistert anstarrte. Halvar war sich bewusst, was er dem Mann unterstellte. Der Herzog hielt momentan sein Leben in der Hand, aber genauso war er sich bewusst, dass Lothar nicht vor einer solchen Tat zurückschrecken würde, wenn er Iouna ohnehin als die Seine ansah. Zudem widersprach der Herzog nicht, sondern schrie ihn an.

»Und als Belohnung habt Ihr es selbst erledigt!«

Stumm durchbohrte der Hüne sein Gegenüber mit seinem Blick, da er diese Aussage nicht verneinen konnte oder wollte. Die Prinzessin war seine Ehefrau, auch wenn kaum jemand die Heirat anerkennen würde. Vor den Göttern waren sie verbunden, und nichts auf dieser Welt konnte ihnen das nehmen.

»Ihr könnt tun, was Ihr wollt«, fuhr Lothar nach einer kurzen Pause fort.

»Momentan sieht es eher aus, als würdest du verlieren.«, stellte Halvar klar. »Deine Stadt wird belagert, und das schwarze Banner ist das einzige, das Schwarzbruch betreten wird!« Er blickte zu Weißhaupt, der unmerklich nickte und ihm so bestätigte, dass der Orden nicht auf Lothars Seite war.

Der Herzog bemerkte die Geste nicht, sondern lachte nur. In Anbetracht der Armee, die sich gerade vor den Toren der Stadt sammelte, war es ein Wunder, dass er so wenig Sorge hatte.

»Hannibal fordert von mir lediglich einen geständigen Mörder«, erklärte sich Lothar umgehend. »Ihr wart der einzige Mann, der bei der Prinzessin war. Wenn sie nicht schon im Orden herumgereicht wurde wie eine Rebe Trauben. Das macht ihr Isvintari doch so gerne: eure Frauen herumreichen!«

Hörbar räusperte sich der Beschützer, was ihm einen wütenden Blick des Herzogs einbrachte.

»Mach dir keine Hoffnungen, dass sie *dir* gereicht wird«, sagte Halvar leise und betete inbrünstig, dass sie diesem Mann nicht ausgeliefert sein würde.

»Im Grunde brauche ich das auch gar nicht«, krakeelte Lothar und zog eine Schriftrolle aus der Robe. Hektisch wedelte er damit vor dem Gesicht des knienden Ritters herum. *Geständnis* war dort zu lesen. Offensichtlich war bereits alles vorbereitet, sodass nur noch Halvars Unterschrift fehlte.

»Ich übergebe Euch an Hannibal ... lebendig ... Im Geständnis ist verankert, dass ich mit all dem nichts zu tun habe; außerdem ist mit ihm verhandelt, dass er *mir* seine Stimme gibt. Wenn ich König bin, brauche ich um nichts mehr bitten. Dann nehme ich mir, was ich will!«

Genau wie Halvars Volk – laut Lothars eigenen Worten. Tatsächlich wäre der Herzog in Isvinter nicht aufgefallen.

Lothar ließ das Schriftstück vor Halvar auf den Boden fallen und rief nach einem seiner Bediensteten, der ihm Tinte und Federkiel bringen sollte. »Aber ich bin gnädig ... Ich werde eines unserer Kinder nach Euch benennen!«, bot er anschließend an und grinste siegessicher.

»Sie wird dir kein Kind gebären«, raunte Halvar und starrte auf das Papier vor sich auf den Steinen.

Du würdest nicht einmal lebendig das Bett erreichen!

Der Hüne wusste um die Fähigkeiten der jungen Frau, die Xhars Segen mit sich gebracht hatten; allerdings würde er sich hüten, dem Herzog davon zu erzählen. Diese Tatsache durfte er selbst feststellen, falls es wirklich so weit kommen sollte, dass sie sich im Bett des Herrn von Falkenberg wiederfand.

»Unterschreibt das Geständnis, und ihr wird nichts geschehen«, versprach Lothar nun mit ruhiger Stimme. »Wehrt Euch, und Ihr werdet sehen, wozu ich in der Lage bin!«

»Glaubst du, du würdest es überleben, wenn ihr etwas geschieht?«, fragte Halvar, ohne ihn anzusehen. »Ihre Familie ist ohnehin nicht gut auf dich zu sprechen.«

Immerhin hatte er Iouna mehr oder weniger als Geisel gehalten – zumindest in den Augen ihrer Familie – und wollte Raik sein Recht als König streitig machen. Zudem hatte er die Hand gegen sie erhoben und ihre Familie erpresst.

»Ich bin nicht dumm«, merkte Lothar an, was Halvar trotz allem nicht anfechten konnte. »Sie kann immer noch einen Unfall erleiden oder sich aus Gram selbst das Leben nehmen, weil ihr ... *Ritter* den Tod fand.«

Halvar biss die Zähne zusammen und ließ den Blick zwischen dem Regenten und dem Papier auf dem Boden hin und her wandern. Auch wenn er wusste, dass die Wunden der Prinzessin heilten, unsterblich war sie sicherlich nicht. Falls Lothar ihren Tod wollte, würde er einen Weg finden.

Hinter ihm öffnete sich die Tür, und das geforderte Schreibwerkzeug wurde auf das Zeichen des Herzogs hin wortlos neben das Geständnis auf den Boden gestellt. Langsam ergriff der Hüne das Schriftstück und las, welcher Tat er sich bezichtigen sollte. Es waren keine Lügen. Dort stand nur geschrieben, dass er Heinrich getötet hatte, und zwar ohne einen entsprechenden Auftrag von Lothar erhalten zu haben. Konnte er tatsächlich die Wahrheit unterschreiben? Einst hatte er sich geweigert, Taten zu gestehen, die er nicht begangen hatte, was die Menschen, die er geliebt hatte, das Leben gekostet hatte. Diesmal bestand die Möglichkeit, dass seine Zusage an die Vorwürfe Iouna retten würde. Er hatte gewusst, dass der Tag kommen würde, an dem er für seine Tat büßen musste. Auch wenn er keine Versicherung besaß, dass der Herr von Falkenberg sein Wort hielt, nahm er den Federkiel zur Hand und tauchte ihn in die Tinte. »Wenn den beiden etwas geschieht«, drohte er offen und blickte seinem Gegenüber direkt in die grünen Augen, »wird nicht einmal Norna dich vor den Flammen Xhars retten können!«

Er wusste, dass Lothar diese Drohung nicht richtig interpretieren konnte, aber es war ihm egal. Den Kern seiner Aussage würde er verstehen. Er warf einen vielsagenden Blick zu Weißhaupt, der unmerklich nickte. Nachdem Halvar sicher war, dass der Beschützer für die Sicherheit der Prinzessin und des Säuglings sorgen würde, unterzeichnete er das Geständnis und warf es Lothar vor die Füße.

Erstick dran.

Zufrieden grinsend, hob der Regent das Schriftstück auf und betrachtete es. Wortlos rollte er es wieder zusammen und verstaute es in seiner Robe. Abfällig beäugte er Halvar, der immer noch vor ihm auf dem Boden kniete und wandte sich dann an seine Leibwache. »Werft ihn ins Loch, bis die Verhandlungen abgeschlossen sind!«

Zügig machte er sich auf den Weg, den Raum zu verlassen, blieb aber noch einmal stehen und fügte hinzu: »Mal sehen, was sie bereit ist, für Euer Leben zu geben!«

Halvar verzog wütend sein Gesicht und zwang sich, den Mann nicht in einen Haufen Asche zu verwandeln. Er hoffte, dass Lothars *Vorschlag* bei Iouna keinen Anklang fand. Lieber verrottete er im Keller der Burg, als sie im Bett des Herzogs zu wissen.

Lachend verschwand dieser aus dem Verhörzimmer und warf die schwere Holztür hinter sich zu. Stille breitete sich für einen Moment aus, bevor mehrere Männer hereinkamen und die Kette von der Verankerung im Boden lösten. Unter Beleidigungen und wüsten Beschimpfungen zerrten sie Halvar an den Fesseln hinter sich her und brachten ihn in die Katakomben der Burg. Nur Weißhaupt blieb stumm und ging voraus. Da Halvar ein Geständnis unterzeichnet hatte, konnte der Beschützer ihm nicht ohne Weiteres helfen. Doch er war sich sicher, dass sein Ordensbruder ihn nicht gänzlich im Stich lassen würde. Immerhin hatte er Lothars Erpressung mitbekommen.

Bald spendeten nur noch die Öllampen, welche die Wachen mit sich trugen, etwas Licht. Halvar sah es nicht ein, ihnen Schwäche zu zeigen. Kurz dachte er an die Worte der Götter, er sollte sich mehr zur Wehr setzen. Immerhin hatte Xhar ihm genau aus diesem Zweck die Macht über das Feuer verliehen. Aber die Männer taten nur ihren Dienst, und sie anzugreifen hätte Iouna nicht aus den Fängen des Herzogs befreit, weshalb er ihren Anweisungen Folge leistete – auch wenn die Hitze in seiner Brust mit jedem Schritt anwuchs. Er konnte sich ein Lächeln nicht verkneifen, als er daran dachte, dass die Wachen, die ihn in den Kerker brachten, ohne Verletzungen davonkamen – im Gegensatz zu jenen, die ihn und Iouna in der Mühle angegriffen hatten.

Nach einiger Zeit waren sie in einem kleinen Gang angekommen, der scheinbar ins Nichts führte. Nur eine Leiter war an der Wand aufgehängt. Erst auf den zweiten Blick offenbarte sich eine Luke im Boden, die wohl in das von Lothar angesprochene Loch führte. Eilig wurde sie aufgeklappt. Man ließ die Leiter hinab, und zwei Wächter stiegen zuerst hinunter.

»Rein da!«, schnauzte ein weiterer Halvar an und versuchte, ihn in Richtung der Öffnung zu stoßen, scheiterte aber kläglich.

Der Hüne wandte sich dem Mann zu und sah auf ihn herab. »Fass mich nicht an«, knurrte er ruhig und ließ für einen winzigen Augenblick das Feuer in seinen Augen leuchten. Erschrocken machte die Wache einen Schritt zurück, woraufhin Halvar begann, die Leiter hinunterzuklettern.

Unten angekommen, nahmen ihn die beiden Soldaten in Empfang und verankerten die Kette wieder am Boden in der Mitte des kreisrunden Raumes. Einzig das schwache Licht einer Öllampe erhellte die Zelle, die bis auf die Leiter komplett leer war. Nur wenige Schritte breit, erlaubte das Loch dem Hünen nicht einmal, sich ausgestreckt hinzulegen.

Vorsichtig kam nun auch Weißhaupt herunter, nahm die Lampe an sich und schickte die beiden anderen nach oben.

Erst als die Ritter allein waren, griff der Beschützer in seine Tasche und hielt Halvar dann etwas hin. So gut er konnte, streckte er seine Hand danach aus und spürte, dass es sich um den Armreif der Prinzessin handelte.

»Sie sind in Sicherheit«, offenbarte Weißhaupt leise, woraufhin Halvar erleichtert ausatmete. »Sie hat den Reif auf der Flucht verloren. Sie ist mit dem Säugling bei den Nordleuten.« Fragend zog Halvar eine Augenbraue nach oben und fragte, warum er das nicht vor der Unterzeichnung gesagt hatte.

»Lothar soll weiterhin glauben, dass ich in seinen Diensten stehe«, bestätigte Weißhaupt flüsternd, was Halvar schon vermutet hatte. »Ich sammle Informationen für den

Fall, dass …« Er deutete auf die Tätowierung des Vollstreckers. Anschließend verneigte er sich kurz und ließ Halvar ohne ein weiteres Wort allein im Dunkeln zurück.

***

Der Nebel lichtete sich langsam. Die Nordmänner hatten unterdessen am Ufer des Sees angelegt.

Tristan schaffte seine Schwester in sein Zelt, das zuerst errichtet worden war und wo sie ihm Rede und Antwort stehen musste. Wo war sie all die Jahre gewesen? Was wollte sie hier? Was wusste sie von Thorvids Plänen, und wer war der Fremde, über dessen Befreiung sie allzeit sprach?

Nach sieben Jahren der Trennung hatte die junge Frau angenommen, dass die Begrüßung anders ausfallen würde, aber so war ihr ältester Bruder. Reserviert und auf die Situation bedacht.

»Ich weiß nicht, was Thorvid und Vater planen«, wiederholte Iouna zum gefühlt hundertsten Mal. »Ich kann es mir denken, aber ich würde einen von beiden lieber selbst fragen.« Sie war sich bewusst, dass ihr anderer Bruder vermutlich einen Racheplan schmiedete. Aber wie sollte sie Tristan den Umstand erklären, dass sie tot gewesen und wieder am Leben war?

Der hochgewachsene Nordmann mit dem langen blonden Haar fuhr sich sichtlich unruhig durch seinen frisch gestutzten Bart und lief in dem Zelt auf und ab.

Im Hintergrund stellten Krieger einen Tisch auf, der für die Planung der taktischen Manöver dienen sollte, während sie Iouna auf ein paar Kissen gesetzt hatten. In ihren Armen hielt sie immer noch Hallet, der erneut zu quengeln anfing.

»Tristan, ich muss mich um den Knaben kümmern. Ich bin deine Schwester, nicht deine Gefangene.«

»Von wem ist das Kind?«, fuhr ihr Bruder sie an, der den Säugling die ganze Zeit schon im Blick hatte. Vermutlich brauchte es etwas Überwindung seitens des zukünftigen Herzogs, um diese Frage zu stellen.

»Was ist, wenn es mein Kind ist?«, wollte sie wissen, wobei Tristan sichtbar seine Zähne aufeinanderbiss.

»Dann würde ich wissen wollen, wer der Vater ist«, erwiderte ihr Bruder gespielt ruhig.

»Was ist, wenn es der Mann ist, den ich dich bat, zu befreien?« Das Ende des Satzes kam ungewollt laut über ihre Lippen.

»Ein Isvintari?«, antwortete Tristan ebenso laut, was das Weinen des Säuglings nur weiter entfachte.

»Ja, genau, ein Isvintari«, schrie Iouna und stand auf. »Aber ich kann dich beruhigen. Er ist nicht der Vater, und ich bin nicht die Mutter des Kindes. Ich kümmere mich zusammen mit Halvar um ihn, da er niemanden mehr hat, ebenso wie der Isvintari und ich.«

»Du hast eine Familie!«, konterte Tristan. »Und du hast sie aus freien Stücken verlassen.«

»Freien Stücken?«, wiederholte Iouna beinahe lachend. »Ich hatte keine Wahl, ansonsten wäre ich tot.« Ihre Worte brachten Tristan kurz zum Schweigen. Auch er wusste vermutlich, dass Heinrich von Kosse nicht die beste Wahl gewesen war und welche Gerüchte mittlerweile kursierten.

»Und jetzt muss ich mich um das Kind kümmern«, sagte Iouna beschwichtigend, nachdem Tristan nicht antwortete.

»Wie meinst du das?«

Mit erbostem Blick setzte sich Iouna wieder auf die Kissen und zog die Schnüre ihres Kleides auf, während Hallet auf ihrem Schoß lag.

»Du kannst es stillen?«, fragte Tristan erschrocken.

»Ja«, entgegnete die junge Frau und versuchte, den Knaben durch leichtes Wiegen zu beruhigen.

»Wie ist das möglich, wenn du kein eigenes Kind hast?«

»Athan will es so«, antwortete Iouna, und Tristan wandte sich ab, bevor sie begann, Hallet zu stillen.

»Athan?«, murmelte der zukünftige Herrscher Delyveihs.

Iouna wusste nicht, wie viel sie ihrem Bruder verraten sollte, und vor allem nicht, wie viel er ihr glauben würde oder ertragen könnte. Bei allem, was die letzten Wochen geschehen war, wusste sie selbst nicht so genau, wie sie das alles erklären sollte. Die Götter wollten, dass sie einer alten Kultur wieder zu neuem Leben verhalf, dabei wusste sie kaum etwas über diese und erst recht nicht, wie sie das anstellen sollte. Auserkoren, um deren »Mutter« zu sein, was auch immer das bedeuten sollte.

Nachdem Iouna Hallet zum Einschlafen gebracht hatte, wartete Tristan nicht lange, um sie erneut auszufragen. Darüber, was sie die vergangenen sieben Jahre getan hatte, woher sie den Isvintari kannte, und sie beantwortete alle seine Fragen ehrlich. Einerseits lag Erleichterung in Tristans Blick, andererseits tiefe Abscheu. Immer dann, wenn das Gespräch zu Halvar wechselte. Dass die Nordleute nicht sonderlich gut auf Isvinter zu sprechen waren, konnte man sich denken, aber Iouna hielt die Reaktion ihres Bruders für übertrieben. Sie gestand ihm, dass Halvar Heinrich getötet hatte, was ihr nicht leichtfiel, aber der gewaltsame Tod des Herrschers stand außer Frage, da die Nordmänner die Soldaten Kosses bereits ausgemacht hatten. Sie erklärte ihrem Bruder, warum dies geschehen war, ließ jedoch ihren Tod wiederholt aus. Ob Heinrich sie bloß angegriffen oder sie getötet hatte, es änderte nicht den Umstand, dass Halvar sie beschützen wollte.

Dies war wieder ein Moment, in dem Tristan schwieg. Sie kannte ihren Bruder gut genug, um zu wissen, dass er vermutlich nicht anders gehandelt hätte.

Tristan setzte gerade an, etwas zu sagen, als plötzlich eine etwas jüngere Stimme von außen zu ihnen hereindrang. »Lasst mich durch!«, sprach die Person zu den außerhalb postierten Wachen. Kurz darauf bewegte sich der sandfarbene Stoff des Eingangs zur Seite.

»Yorick«, stellte Iouna freudig fest und erhob sich umgehend. Der Zweitgeborene, der Tristan in vielen Gesichtszügen glich, aber sein Haar und seinen Bart wesentlich kürzer trug, wandte sich ihr umgehend zu.

Dies war die Art von Begrüßung, die sie sich erhofft hatte, und sie schloss Yorick in die Arme, der sie ebenso fest an sich drückte.

»Wir dachten schon, du seist für immer verschwunden oder tot«, murmelte er und küsste unzählige Male ihre Stirn.

Mit einem leichten Kopfschütteln untermauerte Iouna, was bereits sichtbar war. Sie war am Leben und wieder unter ihresgleichen. Der Blick des Zweitgeborenen wanderte zum schlafenden Kind, das zwischen einigen Kissen lag, und Yorick kam nicht umhin, zu fragen, ob es ihres war. Iouna setzte zur Antwort an, wurde aber jäh von Tristan unterbrochen, der seinen Bruder auf den neusten Stand brachte.

Zur Verwunderung der Prinzessin war Yorick nicht wütend oder enttäuscht, vielmehr begann er zu lachen und schob seine Schwester sacht zur Seite. »Tristan«, wandte er amüsiert ein, »sie war sieben Jahre verschollen. Du kannst froh sein, dass sie nicht mit einer Horde Kinder zu uns zurückkehrt. Wer könnte es ihr verübeln? Ich nicht.«

Doch der Schlichtungsversuch machte Tristan eher noch wütender, und er informierte Yorick, dass sich ihre Schwester einem Isvintari verschrieben hatte, der sich nun in Lothars Gefangenschaft befand und auf dessen Befreiung Iouna beharrte.

Es dauerte einen Augenblick, ehe Yorick alles verstand, und wieder begann er nur zu lachen. »Isvintari oder nicht … Glaubst du nicht, die Zeiten des Krieges sind allmählich vergessen?«

»Sie sind aktueller denn je«, widersprach der Älteste. »Sieh in den Norden und zu König Viktor. Bei diesem Mann ist es lediglich eine Frage der Zeit, bis er unsere Küsten angreift. Wer weiß ... Vielleicht ist dieser Isvintari bloß ein Kundschafter von ihm und soll sich bei unserer Schwester einschmeicheln, damit er Zugang zu unseren Verteidigungsanlagen bekommt.«

»Das ist lächerlich«, fuhr Iouna ihren Bruder an, musste aber innerlich zugeben, dass dieser Einwand fast gerechtfertigt gewesen wäre, wenn sie Halvar nicht besser gekannt hätte. »Er hasst König Viktor mehr als wir alle zusammen.«

»Das hätte Thorvid auch in seinem Brief erwähnt«, fügte Yorick hinzu. »Er rief uns, und Vater folgte ihm. So sind wir, Tristan. Blut ist dicker als Wasser, das sagt sogar Athan.«

»Thorvid ist ebenso ein Verräter«, schimpfte Tristan auf den Drittgeborenen. »Er hat mit unserem Vater gebrochen und war ebenfalls Jahre verschwunden, bis er irgendwann wieder vor den Toren stand ...«

»Und Beweise dafür lieferte, dass wir falsch lagen und er richtig. Dass Heinrich der Mann war, den er hinter dem falschen Grinsen vermutet hatte. Wer hat wen verraten? Er uns oder wir ihn? Wir haben an seinem Urteil gezweifelt!«

Kurz schwieg Tristan und rieb sich angestrengt seine Stirn.

Iouna musste sich eingestehen, dass sich ihre Brüder anscheinend doch sehr verändert hatten. War der Älteste zuvor schon streng und reserviert gewesen, hatten sich diese Züge noch weiter verhärtet, während Yorick gelassener wirkte. Thorvid war schon immer ein Eigenbrötler, aber dass er mit ihrem Vater gebrochen hatte, hätte sie nie für möglich gehalten – Und dass sie noch dazu der Grund dafür gewesen war, bescherte ihr ein schlechtes Gewissen. Sie wollte nie einen Keil zwischen ihre Brüder treiben, aber dies schien vollkommen von allein geschehen zu sein.

»Wo sind die Frauen?«, wechselte Tristan schlussendlich das Thema.

»Sie richten alles für unsere Schwester ein.«

Fragend schaute Iouna die beiden Männer an.

»Da es hieß, du seist in Falkenberg, hat Vater darauf bestanden, dass dir zwei Kammerdienerinnen zur Seite gestellt werden«, klärte Tristan seine Schwester in ruhigerem Ton auf, und nickend nahm sie diese Geste hin. Sich dort über die getarnte Überwachung zu beschweren, hätte nur weiteren Streit entfacht.

»Was ist mit Halvar?«, erkundigte sie sich dann noch einmal, und Tristan schnaubte verächtlich.

»Wir werden sehen, welche Informationen Thorvid für uns hat, dann können wir verhandeln.«

Einsichtig versuchte Iouna, Ruhe zu bewahren, aber die Sorge um Halvar wuchs von Augenblick zu Augenblick. Ihr Innerstes wollte nicht glauben, dass Lothar ihn einfach töten konnte. Er hatte immerhin erwähnt, dass Hannibal von Kosse ihn haben wollte. Aber dennoch war sie sich sicher, dass der Herzog von Falkenberg keine Art von Demütigung auslassen würde.

»Ist das der Isvintari?«, hakte Yorick nach und wandte sich seiner Schwester zu, die seine Frage durch ein Nicken bejahte.

»Wir werden tun, was wir können«, beruhigte er sie, »aber du musst dich gedulden. Wir dürfen keinen Krieg heraufbeschwören, der dem Ruf unseres Landes schadet. Es könnte Vater alles kosten, wofür er bisher gekämpft hat.«

»Bring sie in ihre Unterkunft«, befahl daraufhin Tristan und wandte sich von seiner Schwester ab. Es war unschwer zu erkennen, dass dem Nordmann einiges aufstieß und er nachdenken wollte.

Iouna konnte sich vorstellen, dass er gehofft hatte, nach sieben Jahren der Abwesenheit sei alles wie gehabt, aber dem war nicht so. Behutsam nahm sie Hallet auf ihren Arm, presste ihn an ihren Oberkörper und trug ihn zu ihrer Unterkunft, die gerade errichtet worden war. Überall standen bereits die Zelte der Herzogsfamilie, die sich den Luxus erlauben konnte, am Ufer zu schlafen. Ihre Zelte wurden sichelförmig vor dem See platziert. Somit schuf man eine erste Hürde, sollte jemand auf die Idee kommen, das Postenlager anzugreifen. Die Prinzessin sah, wie die Männer riesige Holzstämme von den Booten holten, die zuletzt eingetroffen waren, und die vordersten Zelte mit zwei Palisadenzäunen flankierten. Andere Stämme wiederum dienten dazu, die vielen Pferde am Rand des Lagers anzubinden. Mit dem See im Rücken brauchten sie diesen Bereich zumindest nicht extra zu sichern.

Iouna wurde sich immer mehr bewusst, dass ihr Volk nicht zum Vergnügen hier war. Man bereitete sich ganz deutlich auf einen Kampf vor oder zumindest darauf, nicht unvorbereitet in einen hineinzugeraten.

Langsam schritt sie ihrem Bruder hinterher, der sich einem ebenso sandfarbenen Zelt näherte, wie es auch Tristan besaß, der aber als Heerführer in etwas Abstand zu ihnen nächtigte. Iouna war erleichtert, ihn weiter weg zu wissen. Seine Laune war ansteckend. Nur einzig und allein das Wasser schien unbeeindruckt von den Gemütern der Menschen. Der See war ruhig, und Iouna bemerkte erst in diesem Moment, dass er fast vollständig von den Booten der Nordleute dominiert wurde. War ganz Delyveih angereist? Der Prinzessin wurde zunehmend bewusst, dass man so viele Männer nicht anreisen ließ, um bloße Verhandlungen zu führen. Man wappnete sich tatsächlich für jedweden Ausgang ihres Aufenthaltes.

Vor ihrem Zelt angekommen, lugte Iouna erst einmal vorsichtig durch den Eingang, hinter dem sie zwei Frauen an ihrem Bett stehen sah. Die junge Frau mit dem langen blonden Haar schüttelte gerade die Kissen aus und legte sie auf die Schlafstätte, während die Rothaarige daneben noch ein besticktes Laken über die mit Wolle gefüllte Matratze warf. In dem Wissen, dass es sich um ihr Lager handelte, ereilte sie das gleiche beklemmende Gefühl, das sie bereits in Lothars Burg gehabt hatte. Sie war nicht irgendwer, sondern eine Adlige. Immer wieder vergaß sie diese Tatsache, wenn sie auf Wiesen oder in Wäldern unterwegs war, auf harten Untergründen schlief und selbst für Nahrung sorgen musste. Sie bemitleidete sich schon lange nicht mehr, da sie im Inneren wusste, dass sie sich glücklich schätzen konnte, so leben zu dürfen, aber sie wusste auch, dass sie den Luxus nicht brauchte. Sie brauchte kein ganzes Volk, das sie anbetete, sondern ihr genügte eine Person, die sie beschützte und liebte.

»Hoheit«, schrak die Rothaarige auf und verharrte mit geneigtem Kopf in einem Knicks, als sie Yorick erblickte, und die andere Frau tat es ihr etwas verzögert gleich.

»Wenn ich den Damen meine Schwester vorstellen dürfte, in deren Diensten sie nun stehen«, erklärte der große Nordmann und verwies mit einer ausladenden Handbewegung auf Iouna.

Die Prinzessin verneigte sich kurz und erkannte, dass es sich bei den beiden Frauen nicht um einfache Kammerdienerinnen handelte, sondern dass sie von adliger Abstammung waren. Sie trugen die Farben Delyveihs, das hieß, ihre Kleider waren weiß, mit einem schwarzen Mieder versehen, und der Stoff war durchzogen von goldenen Nähten. Viel zu edel, um es den Töchtern eines Bauern anzulegen. Hinzu kam der Schmuck, den sie am Körper hatten. Ohrringe und Ketten aus Gold, die sich kaum ein einfacher Mann leisten konnte, um sie einer Frau zum Geschenk zu machen.

»Keira von Schenck«, stellte sich die Blonde vor und verblieb in ihrer untergebenen Haltung.

»Gaelle von Diemer«, fügte die andere Frau hinzu und wartete ebenfalls, bis Yorick die Zofen durch eine wiederholte Handbewegung aus ihrem Knicks entließ.

Iouna tat einen Schritt weiter in das Zelt hinein, wobei nicht nur sie, sondern auch Hallet gemustert wurde. Mit

Nachwuchs schienen die Zofen nicht gerechnet zu haben. Vor allem der Blick der jungen Keira haftete ungewöhnlich lange auf dem Säugling.

Iouna konnte zuerst nicht sagen, ob aus Verwunderung oder einem anderen Grund, aber bevor sie die gleichen Fragen wie bei Tristan hörte, klärte sie ihre neuen Hofdamen auf. Darüber, dass der Knabe ein Findelkind, aber nicht weniger wert war, als sei er ein legitimer Prinz. Die Gesichter der Hofdamen hätten nicht mitleidiger sein können, als sie mitbekamen, dass der Vater versucht hatte, Hallet zu ertränken. In Keira löste es zusätzliche Wut aus, die sie durch ein paar erboste Worte untermauerte. Yorick sah hingegen seine Anwesenheit als überflüssig an und verließ die Frauen für den Moment.

Zunächst musste sich die Prinzessin wieder in ihrer Rolle einleben, aber das war fast unmöglich. All ihre Gedanken kreisten um Halvar, und in diesem Bezug wollte sie gar keine Adlige sein. Ihr war klar, dass Tristan nur das Nötigste tun würde, und das beinhaltete nicht zwangsläufig die Befreiung des Hünen. Nicht, wenn er dafür zu viel opfern musste. Es lag gefühlt an ihr allein, dass sie ihn wiedersehen konnte, und auf die Hilfe anderer durfte sie dabei nicht hoffen ...

***

Angespannt lehnte Halvar an der Wand der Zelle und versuchte, eine Position zu finden, in der die Ketten nicht an seinem Hals und den Handgelenken scheuerten. Er konnte nicht sagen, wie lange er schon in dieser Dunkelheit saß. Ab und an wurden eine lederne Wasserflasche und etwas Brot durch die Luke geworfen, aber es schien zu beliebigen Zeiten zu passieren – soweit er Zeit noch einschätzen konnte. Er war froh über Weißhaupts Mitteilung, dass Iouna in Sicherheit war. So konnte er sich darauf konzentrieren, hier unten nicht den Verstand zu verlieren, und musste sich keine Sorgen um sie oder Hallet machen. Gedankenverloren schnippte er kleine Feuerbälle durch den Raum und beobachtete sie dabei, wie sie in unzählige Funken zersprangen. Das wenige Licht war das einzige, was seine Augen wahrnahmen. Bis auf das Rasseln der Ketten sowie seinen Atem war auch nichts zu hören. Langsam und unaufhaltsam eroberte die Müdigkeit seinen Geist, aber Erholung wurde ihm keine gegönnt. Immer wieder nickte er kurz ein, ohne wirklich zu schlafen. Der Schmerz in seinen Gliedern und schemenhafte Träume ließen ihn immer wieder hochschrecken. Benommen spielte er mit dem Armreif in seiner Hand. Seit er im Loch saß, hatte er ihn keinen Augenblick losgelassen. Er erinnerte ihn an *sie*, erinnerte ihn an all das Gute, das sie ihm gebracht hatte. Kaum war Iouna nicht mehr in seiner Nähe, kehrten die Schrecken der Nacht zu ihm zurück. Oft war ihm, als würden leise Stimmen seinen Namen flüstern, nach ihm rufen und versuchen, ihn in die finstersten Ecken seines Verstandes zu locken.

So vieles lag dort verborgen, das nicht an die Oberfläche gelangen sollte. Dinge, die er getan und verdrängt hatte, und Fragen, deren Antwort er scheute. Was hatten die Götter mit ihm vor? Norna hatte von Schatten gesprochen, die er bekämpfen musste, dieselben, die seine Träume heimsuchten und versuchten, ihn zu brechen.

Noch immer flackerte die Wand vor seinen Augen bei jedem Feuerball auf, den er durch sein Gefängnis sandte. Mit der Zeit verschwammen die Konturen der Steine zu einem einheitlichen Grau, das von Xhars dunklen Flammen getränkt war. Das Blutrot des Feuers, das sich mit der Schwärze der Finsternis abwechselte, war auf Dauer genauso anstrengend wie die Dunkelheit an sich, sodass er irgendwann aufhörte, seine Magie anzuwenden und still in der tonlosen, ewigen Nacht verblieb.

»Glaubst du, sie ist dir treu?«, dröhnte plötzlich eine tiefe, verzerrte Stimme durch den Raum. Einsam hallte das Echo nach, während Halvar mit aufgerissenen Augen ins Nichts starrte. »Glaubst du, du bist der Einzige, dem sie sich anbietet?«, war die nächste Frage.

Er sah sich um, konnte aber nichts sehen, und auch der beschworene Feuerball brachte keine Erkenntnis. »Zeig dich!«, forderte der Hüne, ohne in eine bestimmte Richtung zu sprechen.

»Glaubst du, du warst ihr erster Mann?«, bellte die Stimme unbeeindruckt. »Du warst nicht einmal ihr letzter!«

Plötzlich erschienen zwei brennende Augen vor Halvar. Rasch wuchsen Schatten aus der Finsternis, die sich im Lichtkegel sammelten. Den Vollstrecker erinnerte die Form eher an einen Helm anstatt an ein Gesicht. Mundlos leuchtete der schwarze Umriss in der Dunkelheit. Langgezogen, als wäre es ein Kinn, formte sich ein unheimlicher Kopf, der von zwei mächtigen Hörnern gekrönt war. Kurz darauf erschien ein skelettartiger Oberkörper, der dem Xhars sehr ähnelte. Auch in der Brust des Besuchers brannte ein Feuer, jedoch weit greller als die blutroten Flammen des Herrn der Fliegen. Allerdings war zwischen den schwarzen Rippen kein Herz zu erkennen. Dunkle Dornen brachen aus dem Rücken und den Ellenbogen des Ungetüms hervor und ragten bedrohlich in den Raum. Die langen Klauen hielten eine Kette, an deren Ende ein schwerer Käfig baumelte. Dort befand sich auch das Herz des Wesens; verborgen hinter den Gitterstäben pulsierte es langsam und ging bei jedem Schlag kurz in Flammen auf. »Glaubst du, sie wird bei dir bleiben?«, zischte es. »Bei dir? Einem gewissenlosen Mörder?«

»Was bist du?«, wollte Halvar wissen, ohne auf die Aussagen seines Gegenübers einzugehen.

Ein unnatürliches Lachen entfuhr der Erscheinung, das Halvar bekannt vorkam. Dann hielt sie ihm den Käfig mit dem brennenden Herzen vors Gesicht. »Du *weißt*, was ich bin!«

Sofort erinnerte er sich an das Gefühl der Hitze in seiner Brust, als er Heinrich gegenübergestanden hatte.

»Es war *mein* Feuer, das anstelle deines Herzens gelodert hat«, erklärte das Wesen. »Es war *mein* Zorn, der dich übermannt hat, als Heinrich sein unrühmliches Ende fand.«

Halvar sah das Gesicht des sterbenden Mannes wieder vor sich. Es war so viel passiert seitdem, Gutes wie Schlechtes, aber noch immer nahm er das Glühen seiner Augen war, das sich in denen Heinrichs widergespiegelt hatte. Langsam kam ihm in den Sinn, dass es keine Einbildung gewesen war. »Was willst du?«, fragte er und starrte in das leere Antlitz des Hasses.

»Dir helfen«, erwiderte der Schatten mit einem düsteren Lachen.

Halvar zog eine Augenbraue nach oben und musterte seinen selbsternannten Helfer. Bestimmt schüttelte der Hüne den Kopf. »Ich brauche deine Hilfe nicht.«

Amüsiert gluckste das Monster vor ihm und deutete mit seinen langen Klauen auf Halvars Brust. »Du hast unterschrieben!«, knurrte das Wesen mit unnatürlicher Stimme. »Du hast gestanden, Heinrich ermordet zu haben!«

»Ich habe ihn nicht ermordet«, widersprach der Hüne ruhig. »Ich habe ihn gerichtet.«

Heinrich war der Mörder gewesen. *Er* hatte Iouna den Dolch in die Brust gerammt. *Er* hatte das Verbrechen begangen. Halvar war nur dem Kodex des Ordens gefolgt – im Gegensatz zu Heinrichs Leibwachen.

»Und das genau so, wie ich es von dir erwartet habe«, merkte der Hass an, und der Hüne war sich sicher, dass der Schatten grinsen würde, hätte er ein Gesicht. »Nur leider kannst du das nicht beweisen! Sie lebt, und somit ist jeder Grund für deine Tat nichtig.«

»Nicht für mich!«

Düsteres Lachen erfüllte den kleinen Raum, der nur vom Feuer des Hasses erleuchtet wurde. »Merkst du nicht, wie sie dich benutzen?«, fragte das Wesen fauchend und wedelte mit seinem Herzen vor Halvars Gesicht herum. »Deine *Götter* wussten genau, dass sie deine kleine Prinzessin zurückschicken. Und sie wusste es auch! Sie haben dich nur benutzt, um ihren Verlobten loszuwerden, und jetzt lassen sie dich hier in diesem Loch verrecken.«

Einen Moment hielt Halvar inne und dachte über die Aussagen des Ungeheuers nach. Er erinnerte sich an das, was Norna im Traum zu ihm gesagt hatte.

»Diese Schatten, die ich vertrieb, sind diejenigen, die dich quälen: Hass, Neid und Wollust. Sie wollen dich brechen, um an deinen Körper heranzukommen. Deswegen schwächen sie dich mit Albträumen und mit Verlusten. Sie haben sich an deine Fersen geheftet und folgen dir überall hin.«

Auch wenn die Götter ihm nie verraten hatten, was sie planten, hatte er keinen Grund, den Worten des Hasses eher zu glauben als jenen von Norna. Auch war er nicht bereit, auch nur einen Gedanken daran zu verschwenden, dass Iouna nicht das sein könnte, was sie war. Der Streit vor einigen Tagen hatte ihre Gefühle deutlich gezeigt, und in diesem Moment war er sogar froh darüber, dass es diese Auseinandersetzung gegeben hatte. Ihre Reaktion war ehrlich gewesen, so viel Menschenkenntnis, das einschätzen zu können, hatte er sich in den Jahren als Kopfgeldjäger erworben. »Verschwinde«, zischte er den unliebsamen Besucher an. »Ich will deine ... Hilfe nicht.«

»Sicher?«, hakte dieser nach, streckte seine freie Hand aus und griff Halvar an den Hals. Die Gestalt zuckte aber mit einem leisen Knurren zurück, als sie die Kette des Ritters berührte. Kurzerhand wechselte die Kreatur ihr Ziel und packte das Kinn des Hünen. »Wie lange glaubst du, kannst du meinem Angebot widerstehen, wenn du in diesem Loch sitzt?«

»Solange es nötig ist«, stellte Halvar klar und versuchte, sein Gesicht aus der Hand des Dämons zu winden.

Ohne darauf einzugehen, sprach der Schatten weiter und hielt den Kopf des Hünen fest. »Es wäre so einfach«, schwärmte er. »Meine Macht in deinem Körper …« plötzlich schien das nicht vorhandene Gesicht des Wesens direkt neben Halvars Ohr zu sein. »Niemand könnte uns aufhalten!«, hauchte die verzerrte Stimme leise.

Schweigend ignorierte der Vollstrecker den Vorschlag und starrte stur in die Finsternis.

Ohne Vorwarnung wurde sein Kopf herumgerissen, und er sah direkt in die feurigen Augen des Schattens. »Gib ihn mir!«, schrie er und durchbohrte Halvar mit seinem Blick. »Gib mir, was mir zusteht!«

Kannst du haben!

Brüllend wich der Dämon etwas vom Ritter zurück, als dieser das Feuer der Verdammnis um sich entzündete.

»Ich sagte, du sollst verschwinden!«

Dunkler Rauch stieg von der Hand auf, die den Hünen im Gesicht gehalten hatte, und verschwand bald in der Dunkelheit, die das ungleiche Paar umgab.

»Wie du willst«, zischte der Schatten. »Dann bleibst du eben hier … alleine … einsam … Aber denk daran: Eines Tages wirst du mein sein! Wenn dein Hass dich übermannt, wirst du mir gehören!«

Noch ehe Halvar einen weiteren Feuerball nach dem Wesen schleudern konnte, war es bereits verschwunden. Nichts war mehr zu sehen, kein Geruch verbrannten Fleisches lag in der Luft; nur die Stille blieb zurück, als wäre nie etwas gewesen.

Halvar riss die Augen auf und nahm einen tiefen Atemzug der modrigen Luft. Hatte er den Besuch nur geträumt? Oder war er etwa eingenickt? Schlief er vielleicht in diesem Moment? Rhythmisch schlug er seinen Hinterkopf sacht gegen die Wand hinter sich, um eine Antwort auf diese Fragen zu finden. Er spürte, dass ihm Iounas Nähe fehlte. Nicht nur, weil er sie liebte, sondern auch, weil sie die Schatten seiner Albträume vertrieb und ihm einen ruhigen Schlaf bescherte.

»Juna«, flüsterte er leise in die Dunkelheit der Zelle und strich erneut über das Holz ihres Armreifs. »Wo bist du?«

***

»Thorvid wird schon wissen, warum er uns hierher beordert hat«, widersprach Yorick seinem älteren Bruder. Iouna konnte den beiden Männern nur teilweise folgen. Sie hatte in der gesamten Nacht kein Auge zugemacht, da die Angst um Halvar überwog. Keira kümmerte sich freiwillig um Hallet, als sie merkte, dass ihre Herrin von Sorgen geplagt wurde. Einerseits begrüßte Iouna die aufopferungsvolle Art der jungen Frau, andererseits fühlte sie sich geradezu unfähig, die Rolle einer Ersatzmutter zu erfüllen. Und nun lauschte sie der Unterredung ihrer Brüder, die wie immer stritten.

»Vater hätte ihm nie Folge leisten dürfen. Thorvid schreibt nach Jahren seines Verschwindens urplötzlich Briefe, und Vater schickt prompt seine Truppen los, ohne zu wissen, was sein Sohn wirklich will«, konterte Tristan und lief nervös in seinem Zelt umher.

»Wir wissen nicht, ob Thorvid Vater nicht viel mehr erzählt hat als dieser uns. Wir wissen zudem, dass Herzog Lothar von Falkenberg unsere Schwester als Druckmittel missbraucht hat, um sich die Königswürde zu erschleichen. Reicht das nicht?«

Yorick klang in Iounas Ohren viel ernster als noch vor ein paar Jahren. Außerdem hatte seine Stimme an Tiefe gewonnen, wie auch die ihrer anderen Brüder. Zeit verging, aber sie war ebenfalls nicht mehr die gleiche Frau, die einst von zu Hause fortgelaufen war.

»Es ging ihm noch um etwas anderes«, mutmaßte Tristan und musterte seine Schwester eingehend, die sich müde auf eine der schmalen mit Stoff bezogenen Bänke sinken ließ.

Sie konnte nur ahnen, dass Thorvid über ihren Tod Bescheid wusste.

»Herr, er ist da«, unterbrach einer der Krieger die Diskussion der Brüder, und auch Iouna erhob sich, als Tristan den Eingang seines Zeltes öffnete, um hinauszugehen. Yorick folgte ihm, und auch Iouna warf einen vorsichtigen Blick nach draußen.

Zwischen den Zelten kam ein Pferd angelaufen. Fast etwas ungelenk passierte es die schmale Gasse, welche die Krieger zwischen den Unterkünften gelassen hatten, und der Reiter hing mehr im Sattel, als er saß. Mit der dunklen Kapuze tief im Gesicht war Thorvid beinahe nicht zu erkennen, aber letztlich warf er sie nach hinten und offenbarte allen sein ungewohnt ungepflegtes Äußeres. Schwankend bewegte sich der Nordmann auf dem Tier, der gerade einmal ein Jahr jünger als Halvar war.

Thorvid schien nicht im Besitz all seiner körperlichen Fähigkeiten zu sein, zumindest schaute es so aus, wenn man ihn eingehend beobachtete. Wie ein alter Mann rutschte er von seinem Sattel, stolperte kurz, fiel auf seine Knie, erhob sich aber recht schnell wieder.

»Guten Morgen«, lallte er seinen Brüdern entgegen, die ihn fragend anstarrten. Iouna konnte sehen, dass etwas Yoricks Aufmerksamkeit auf sich gelenkt hatte, denn er begab sich hinter das Pferd.

»Wer ist das?«, fragte Yorick und trat gegen etwas, das Iouna kaum sehen konnte.

»Gefangener ...«, lautete die knappe Antwort des offensichtlich Betrunkenen. Thorvid folgte seinem Bruder und schaute auf die damit gemeinte Person hinunter, bevor er mit dem Fuß ausholte und dem Fremden gegen die Rippen trat. »Viel mehr ein Toter!«, brüllte er weiter und verlor regelrecht die Haltung vor allen. Immer und immer wieder musste der Mann am Boden stöhnend Tritte einstecken und dabei schien er zuvor schon von dem Pferd mitgeschleift worden zu sein.

Iouna stand etwas ratlos im Zelt. Auf einmal wurde sie sich der Tatsache bewusst, dass Thorvid von ihrem Tod wusste und dass er seiner Wut vielleicht auf diese Weise Ausdruck verlieh. Denn das war nicht der Mann, den sie kannte. Der brünette Schönling hatte stets ein Talent dafür bewiesen, der rauen Art der Nordmänner zu widersprechen. Nicht so dort, wo er aufpassen musste, nicht selbst bei einem Tritt hinzufallen. Doch bevor der am Bodenliegende noch zu Tode getrampelt wurde, zog Yorick seinen an Stärke unterlegenen Bruder weg und hielt ihn fest.

»Was soll das?«, donnerte auch Tristans Stimme durch das Lager, und er musterte sein schreiendes Gegenüber. »Sind wir hier, damit du fremde Menschen verprügeln kannst?«

»Nein«, spie Thorvid aus und begann zu lachen. »Wir sind hier, weil wir sie einfach alle töten werden! Jeden! Lothar von Falkenberg und diesen Hannibal von Kosse!«

»Töten?«, forderte Tristan zu wissen. »Einfach töten?«

»Ja! Ich habe es anders versucht, glaubt mir, sie verstehen nur eine Sprache. Sie haben Iouna ...«

»Thorvid«, unterbrach die Prinzessin ihren Bruder und trat hinter dem Stoff des Zeltes hervor.

Augenblicklich verstummte die Stimme Thorvids und er wandte sich ihr zu, ebenso wie der Rest der Anwesenden. »Tu das nicht«, hauchte er leise, und der Schreck in seinem Blick verriet ihr, dass er sie wirklich für tot hielt.

»Was nicht tun?«, fragte sie und ging mit langsamen Schritten auf ihn zu.

»Wenn ich meine Augen schließe, sehe ich dich, und jetzt sehe ich dich bereits, wenn ich glaube, wach zu sein.«

»Das liegt daran, dass ich hier bin.«

Kopfschüttelnd widersprach er ihr und kämpfte mit der Trauer, die ihn eingenommen und seinen Verstand benebelt hatte. »Das ist unmöglich ... Phillip sagte, du seist ...«

»Phillip weiß nicht alles. Du weißt nicht alles.«

Als sie direkt vor ihm stand, schaute sie zu ihm hinauf und lächelte. Die einzelne Träne, die sich durch ein ungläubiges Blinzeln aus seinem Augenwinkel gelöst hatte, wischte sie vorsichtig mit ihrer Hand hinfort, während er wie eine Statue vor ihr stand. Bei der Berührung seiner Wange zuckte er kurz zurück, und Yorick, der ihn immer noch festhielt, lockerte seinen Griff.

Thorvid schien nicht glauben zu wollen, dass sie tatsächlich lebte. Wohl eher, dass ihn im Beisein seiner Familie ein Trugbild heimsuchte und er allmählich den Verstand verlor.

Iouna konnte seine Erschöpfung spüren. Tagelanges Reiten, die Suche nach Schuldigen und Beweisen, all das hatte ihn vollkommen ausgezehrt.

Kraftlos und geschunden sank er auf seine Knie, wo er seinen Kopf senkte.

»Ich habe all die Jahre so viel in Kauf genommen, um deine Spuren zu verwischen, dich zu finden, zu beschützen, und glaubte schlussendlich, versagt zu haben«, gestand er leise.

»Das hast du aber nicht«, widersprach Iouna und kniete sich zu ihm hinunter, um ihn fest in die Arme zu schließen. »Und das wäre auch unmöglich gewesen, du versagst nie. Ich werde dir alles erklären.«

Thorvid erwiderte die Umarmung nach einem kurzen Augenblick und versuchte hörbar, durch tiefes Durchatmen, seine Fassung wiederzugewinnen.

Erst jetzt betrachtete Iouna den angebundenen Mann auf dem Boden, da ein leises Stöhnen von ihm kam, als Tristan sich zu ihm hinunterbeugte. Iouna erkannte ihn. Es war der andere Kopfgeldjäger. Derjenige, der Halvar und sie in der Taverne angegriffen hatte. Eben der Mann, der Heinrich verraten hatte, dass sie sich vermutlich auf dem Weg nach Norden befanden. Thorvid musste ihn abgefangen haben und ... Das Bild sprach für sich. Wie beim Kampf gegen Halvar hatte der Kopfgeldjäger die Begegnung mit Thorvid nicht unbeschadet überstanden. Die Kleidung am Rücken war fast gänzlich vom Boden weggeschleift worden, ebenso wie die Haut an manchen Stellen. Seine nackten Füße waren bereits bläulich verfärbt, da an den Knöcheln Fesseln saßen, die ihr Bruder an dem Sattel befestigt hatte. Noch etwas länger, und er hätte den Kopfgeldjäger zu Tode geschleift.

»Was ist mit dem Kerl?«, forderte Tristan zu wissen, der sich aus all dem keinen Reim machen konnte.

»Jetzt ist er nicht mehr mein Problem«, sprach Thorvid und rappelte sich schwankend wieder auf, weshalb Iouna ihn stützte.

»Du solltest dich ausruhen. Ich bringe dich in mein Zelt«, schlug Iouna vor, worauf nur ein leichtes Nicken ihres Bruders erfolgte.

»Wessen Problem ist er dann?«, hakte Tristan nach; er gab sich nicht mit der Antwort zufrieden, dass sein jüngerer Bruder die Verantwortung urplötzlich abgab.

Thorvid schaute Tristan an. »Das des anderen Kopfgeldjägers«, antwortete er schließlich und sah sich kurzerhand um. Anscheinend rechnete er mit Halvars Gegenwart, und diesmal war es Iouna, die ihren Blick senkte.

»Er ist nicht hier, aber das erkläre ich dir, wenn du etwas ... ausgeruhter bist.«

Vorsichtig ging sie mit Thorvid ein paar Schritte, bis sie der Auffassung war, dass er es selbst schaffte. Egal was und wie viel er getrunken hatte, es hatte ihm reichlich zugesetzt.

»Wenn du den Hünen meinst, der unsere Schwester begleitete«, rief Tristan ihnen nach, »wird es dich sicher interessieren, dass er sie unrechtmäßig geehelicht hat.«

Iouna schloss ihre Augen. Es hätte ihr klar sein müssen, dass Tristan immer das letzte Wort behalten wollte, selbst wenn es ein ungünstiger Moment war.

Aber Thorvids Reaktion war nicht die, mit der sie gerechnet hatte, als sie ihre Lider wieder öffnete. Er sah seinen Bruder bloß an, und das für eine gefühlte Ewigkeit. Kein Wort kam über seine Lippen, er sah nicht einmal Iouna an, sondern wandte sich ab und lief einfach weiter. Sie konnte nicht sagen, was in Thorvid vorging, der für solch eine Sache keine Antwort fand, aber sie glaubte nicht, dass er Tristans Enttäuschung oder Entsetzen teilte.

Iouna ließ in der Zwischenzeit von ihren Zofen Salzwasser und kalte Tücher bringen, damit der Alkohol aus Thorvids Körper gespült wurde, was ihm missfiel. Er hatte offensichtlich nicht beabsichtigt, dass seine Schwester ihn so sah, und weigerte sich zudem vehement, seine Kleidung wechseln zu lassen. Keira versicherte ihm dabei scherzhaft immer wieder, dass sie auch ihre Augen schließen würde, was er dankend, aber bestimmt ablehnte.

Dem Nordmann brannten viele Fragen auf den Lippen, aber Iouna sagte ihm, dass sie ihm alles erklären würde, sobald er sich besser fühlte. Sie war sich sicher: Wenn jemand Halvar aus dem Kerker befreien konnte, dann war er es. Doch nutzte ihr sein vernebelter Verstand nichts, denn Fehler durften sie sich nicht leisten, und sie glaubte, das wusste Thorvid selbst. Immer wieder redete er davon, dass sein Plan so nicht mehr funktionieren würde. Dass seine Rache zwecklos war, wenn es niemanden gab, den er rächen konnte. Seine Schwester lebte immerhin, was ihn spürbar beruhigte, auch wenn es ihn offenbar irritierte, wie das möglich war. Einige Punkte verwirrten ihn sichtlich mehr als andere. Hallet war einer davon, der während all der Zeit in Iounas Armen lag und schlief. Nur gelegentlich nahm Keira ihn ihr ab, und Gaelle kümmerte sich um den Rest, der anfiel.

Thorvid schlief recht schnell ein, was bei seinem Zustand niemanden wunderte, und auch Iouna überkam irgendwann der ausgelassene Schlaf. Sie hoffte inständig, dass Halvar die Zeit in Lothars Kerker überstand; tief in ihrem Inneren war sie sich sicher, dass nichts ihren Fels so einfach brechen würde. Der Herzog von Falkenberg war immerhin nicht wie die Deserteure im Wald. Schlimmeres hatten sie bis dahin noch nicht erlebt, und sie glaubte zudem nicht, dass Lothar es sich leisten konnte, dem Ritter viel anzutun, wenn dieser sein einziges Pfand war, um Hannibals Belagerung aufzuheben.

Selbst in ihren Träumen fand sie daher keine Erholung und Ruhe. Sie fragte sich, ob Halvar schlief oder wach war. Letzteres erschien ihr plausibler, denn der Hüne schlief nicht, wenn die Lage es nicht erlaubte. Ihre Gedanken kreisten so sehr um alle Möglichkeiten und Zustände, dass selbst alte Geschichten zutage kamen und Iouna von der Nacht träumte, in der sie gestorben war. Leicht verschwitzt, erwachte sie deshalb, noch ehe die Sonne aufgegangen war, und vernahm leise Stimmen, die sich unterhielten.

Ohne sich den Personen zuzuwenden, erkannte sie Thorvid und Keira. Sie flüsterten und versuchten anscheinend, niemanden zu wecken.

Beruhigt atmete Iouna aus, da sie nicht in den Fängen alter Männer war, die ihr einen Dolch durch den Brustkorb treiben wollten.

»Warum seid Ihr hier?«, erkundigte sich Thorvid leise.

»Euer Neffe ist nun aus dem Alter heraus, in dem er gestillt werden muss, da bot es sich an, dass ich mitkam.«

Iouna riss die Augen auf, und umgehend wich die Müdigkeit aus ihren Knochen. Bei Keira handelte es sich um eine Amme, oder sie war zumindest eine gewesen. Deswegen betrachtete sie Hallet mit anderen Augen. Sie hatte zuletzt mit Säuglingen zu tun gehabt.

»Dann kümmert Ihr Euch nun um Hallet?«, hakte der Nordmann nach, aber die Zofe verneinte es. Sie betonte, dass sich noch keine Gelegenheit ergeben hatte, Iouna mitzuteilen, dass sie dies noch tun konnte.

Das verursachte ein seltsames Bauchgefühl bei der Prinzessin, was sie aber nicht beim Namen nennen konnte.

»Xhar holte meinen Sohn zu sich, bevor er zur Welt kam. Ich gebar meinem Mann ein totes Kind«, sprach die Zofe und durchbrach damit die Stille, die zuvor geherrscht hatte. »Er schien mir die Schuld zu geben und brachte mich zu Eurem Bruder. Ich habe seither nichts mehr von ihm gehört.«

»Das tut mir leid«, antwortete Thorvid leise, und auch Iouna verspürte ein beklemmendes Gefühl in der Brust. In der kurzen Zeit, in der die Frauen neben ihr gearbeitet hatten, hatte sie sich noch nicht die Mühe gemacht, mit ihnen zu reden. Zu fragen, woher sie kamen, warum sie hier waren und vieles andere. Eingekesselt von ihrer Sorge um Halvar, schien sie blind für die Belange anderer gewesen zu sein. Nicht gerade das, was man von einer Frau erwartete, die von den Göttern als Mutter eines Volkes bezeichnet wurde.

»Als Ritter kann er womöglich ein Scheitern nicht so gut ertragen oder gar dulden«, stellte Keira in den Raum, was die Prinzessin gerne verneint hätte, aber auch an ihrem Ritter machte sich ein ungesunder Ehrgeiz bemerkbar; dennoch gab es da Unterschiede. Halvar würde sie niemals verstoßen, nur weil der Nachwuchs ausblieb, da war sie sich sicher.

Kurz war es wieder still, während sich Iouna überlegte, ob sie etwas sagen sollte, aber ihr Bruder kam ihr zuvor.

»Gerade so etwas sollte ein Ritter nicht tun!«, meinte er bestimmt. »Niederlagen, egal auf welche Weise, sollten Antrieb sein, sich zu verbessern. Der Weg des geringsten Widerstandes ist immer der eines Feiglings. Und das sage ich als Mann, der noch keine Familie hat … Selbst ich bin nie davongerannt, sondern nur Umwege gelaufen.«

»Es war keine Ehe aus Liebe, wenn Ihr das denkt«, fuhr die Zofe erklärend fort. »Ich war die jüngste Tochter meines Vaters, und aufgrund seines Alters wollte er mich versorgt wissen. Deshalb fragte er den Orden, ob es Männer gab, die ledig waren und bereit, eine Ehe zu schließen.«

Leise begann Thorvid zu lachen. Dahinter eine Liebesgeschichte zu vermuten, wäre auch noch tragischer gewesen. Und wieder schaute Iouna auf Hallet hinunter, der neben ihr ruhte. Vielleicht hatte sich Keira etwas mehr Glück verdient. Sie war verstoßen und verkauft worden. All das, wovon Iouna *davongelaufen* war, hatte sie erlebt. Zwangsverheiratet mit einem Ritter, dessen Kind sie tot zur Welt gebracht hatte. Dinge, die die Götter nicht verhinderten oder nicht verhindern konnten. Aber … Ein Gedanke breitete sich in der jungen Frau aus. Sie hatte ein schlafendes Kind auf ihrem Arm, das eine Mutter brauchte, und eine Mutter, die kein Kind besaß …

Vielleicht sollte Iouna nicht die Mutter Hallets sein, sondern den Knaben nur in weise und fürsorgliche Hände geben. Das hatten sie und Halvar ohnehin vereinbart gehabt, da sie nicht wussten, was sie alles erwarten würde. Allerdings konnte Keira nicht alles sein. Mutter, Amme und allein. Just in diesem Moment, als sie darüber nachdachte, breitete sich ein Brennen in ihrer Brust aus. Eine Schlinge, die sich um ihr Herz schlang und fest zudrückte. War sie überhaupt noch fähig, Hallet einer anderen anzuvertrauen? Sie hatte sich so sehr an den Säugling gewöhnt, dass er vermutlich einem leiblichen Sohn sehr nahekam. Wie sollte sie das außerdem Halvar erklären? Was würde er davon halten?

Betreten schloss sie ihre Augen. Nein. Für Egoismus war hier kein Platz. Eine wahre Mutter würde stets das Beste für ihr Kind wollen, und Iouna musste einsehen, dass sie das nicht war. Verfolgt auf allen Wegen, in ständiger Gefahr, wäre das auch Hallet. Ein Druckmittel für andere, um zu bekommen, was sie wollen.

Traurig schaute sie den Knaben an und strich ihm über seine rosigen weichen Wangen. Anscheinend war ihre Zeit begrenzt, und sie musste alsbald eine Entscheidung treffen.

Deshalb richtete sie sich auf und tat, als sei sie gerade erst erwacht. »Wie geht es dir?«, verlangte sie von ihrem Bruder zu erfahren, der ihre Frage mit einem spitzbübischen Lächeln beantwortete. »Wir haben zu reden, wenn du ausgeschlafen bist«, sprach sie weiter und schaute zwischen den beiden Anwesenden hin und her.

Schwerfällig erhob sich Thorvid, der auf einigen Kissen auf dem Boden geschlafen hatte. Sein Schlafplatz war nicht ganz so bequem gewesen wie der seiner Schwester, aber weiter hatte er es nicht mehr geschafft. Und in Gesellschaft der Zofe schien ihn das auch nicht wirklich zu stören. »Das haben wir«, bestätigte er Iounas Einwand, als er auf den Füßen stand und sich streckte. »Unsere Pläne ändern sich nun, und ich habe mir schon ein paar Gedanken darüber gemacht, während du geschlafen hast.«

Keira richtete sich ebenfalls auf und wollte für etwas Essbares sorgen, während die beiden Geschwister sich austauschten. Es war für Iouna nicht verwunderlich, dass Thorvid bereits neue Ideen schmiedete, wobei sie eigentlich dachte, er bräuchte zunächst Zeit, um alles zu verarbeiten. Aber das tat er nicht. Wie immer passte er sich an.

»Ich kann meine Ideen aber erst vervollständigen«, wandte er kurzum ein, »wenn du mir alles erzählt hast. Und mit alles meine ich *alles*!«

Iouna schluckte trocken. Sie wusste nicht, ob er ihr alles glauben würde, was sich zugetragen hatte, aber andererseits konnte sie ihm ohne die komplette Wahrheit auch nicht erklären, warum sie noch am Leben war. Also tat sie das, was der Nordmann verlangte. Sie erzählte ihm *alles*.

Thorvid hörte sich ihre Geschichte an, ohne sie einmal zu unterbrechen. Zu Iounas Verwunderung schien er von dem göttlichen Plan und ihrer Wiedergeburt wenig überrascht. Er schwieg und zeigte keine Regung im Gesicht. Vielmehr wirkte es so, als hatte er mit dem Eingreifen der Götter gerechnet.

»Dich kann wirklich nichts aus der Ruhe bringen, oder?«, fragte Iouna, nachdem sie am Ende ihrer Geschichte angekommen war.

Thorvid lächelte und schaute zu Boden. »Diese Geschichte nicht, nein«, gestand er. »Aber darüber solltest du mit Vater sprechen. Ich möchte dir keine Halbwahrheiten über unser Volk erzählen. Er kann dir vieles besser erklären als ich.«

»Halbwahrheiten?«, hakte Iouna nach und bekam das Gefühl, dass ihre Brüder und ihr Vater mehr über die Vergangenheit ihres Volkes wussten, als man ihr beigebracht hatte. »Geht es um unsere Flucht nach Mittland?«

»Es geht um viel mehr«, meinte Thorvid und verwies auf den Ausgang des Zeltes. »Aber eines nach dem anderen.«

Fordernd standen Iouna und Thorvid kurz darauf in Tristans Zelt. Thorvid glaubte, genug zu wissen und eine Chance zu sehen, wie er Halvar aus den Händen Lothars befreien konnte. Dazu waren aber unlautere Mittel notwendig. Thorvid schien zu ahnen, dass Halvar niemals Lügen einsetzen würde, um sich selbst zu retten, also überzeugte er seine Schwester davon, dass die Wahrheit etwas ... reduziert werden musste. Die Schilderungen von ihrem Tod und ihrer Wiedergeburt ließ er wissentlich heraus. Das hätte ihnen kaum jemand geglaubt, und auch Yorick und Tristan sollten vorerst nichts davon wissen. Warum, verriet Thorvid nicht, aber er betonte immer wieder, dass alles zu seiner Zeit kommen würde. Zunächst mussten sie ihr Augenmerk auf die bevorstehende Auseinandersetzung legen und nicht auf Dinge, die weit entfernt schienen.

»Du willst sie mit zu diesem Herzog nehmen?«, hakte Tristan nach und fuhr sich unsicher durch seinen blonden Bart.

»Iouna ist eine Zeugin. Ich muss vom ›Ersten Verbrechen‹ Gebrauch machen, um Gehör zu finden. Wenn Halvar meine Anklage unterschreibt ...«

»Du meinst diesen Isvintari?«, unterbrach Tristan Thorvid, der stumm nickte.

»Wenn er unterschreibt, dann bekommen wir ihn vor Herzog Hannibal von Kosse. Der Mord des Bruders liegt zeitlich nach der geplanten Entführung. Wir haben das Recht, ihn zuerst anzuklagen.«

Die Wut war Tristan ins Gesicht gemeißelt. »Und für was? Damit wir ihn danach freilassen?«

»Er hat mir nie etwas getan«, verteidigte Iouna Halvar vehement, und das nicht zum ersten Mal.

»Das nennst du nichts?«, krakeelte Tristan weiter, schritt zu ihr und ergriff ihre Hand, um ihr den Handrücken mit dem Brandzeichen vorzuhalten.

»Unsere Liebe beruht auf Gegenseitigkeit, nicht auf Zwang.«

»Die Ehe ist aber nicht offiziell«, gab Thorvid zu bedenken. »Darauf können wir uns nicht berufen. Wir müssen ihn als das verkaufen, was er für Hannibal ist. Ein Verbrecher!«

»Er ist ein Verbrecher!«, stimmte Tristan zu. »Er nimmt sich einfach eine yveihische Prinzessin zur Frau, im Wissen, dass unser Vater Anspruch auf den Thron Mittlands erhebt.«

»Das interessiert ihn nicht im Geringsten!«, brüllte nun auch Iouna los. »Ganz im Gegenteil, es stört ihn vielmehr, dass ich bin, wer ich bin.«

»Dann hätte er sich eben eine andere Frau nehmen sollen. Er war doch ein Ritter ... Da wird er doch genug Bauersfrauen ehelichen können, die dankbar dafür wären.«

»Wie kann jemand in sieben Jahren nur so ein Ekel werden?«, fluchte jetzt auch Iouna, die früher andere Seiten ihres Bruders kennengelernt hatte.

Wütend entriss sie ihm ihre Hand und erwiderte seinen versteinerten Blick.

Tristan wandte sich von seiner Schwester ab und lief zum Tisch in der Mitte, worauf Thorvid die Schriftrolle platziert hatte.

»Das solltest du nur lesen, wenn du danach noch unvoreingenommen sein kannst, und das bist du nicht einmal jetzt«, warnte ihn Thorvid vor den Augen aller anderen.

»Ich als unser Anführer sollte doch wissen, was man dieser Kreatur im Kerker vorwirft.«

»Nur wenn du dich danach auch mit dem ganzen schriftlichen Prozedere auseinandersetzen willst ... Andernfalls überlasse das denjenigen, die dafür geschaffen wurden.«

Kurz überlegte Tristan und warf dann das Papier wieder zurück auf den Tisch, was Iouna tief durchatmen ließ. Einige Details in der Schrift hätten vermutlich dafür gesorgt, dass ihr Bruder noch schlechter von Halvar dachte, als das ohnehin schon der Fall war.

Eilig nahm Thorvid die Schrift an sich und verstaute sie in seinem dunklen Mantel. »Dann sollten wir gehen«, stellte er in den Raum und begab sich aus dem Zelt.

Iouna verweilte noch einen Moment an Ort und Stelle. »Ich wünschte, du könntest sehen, was für ein Mensch Halvar ist, ohne seine reine Herkunft zu verachten«, richtete sie das Wort an den zukünftigen Herrscher von Delyveih und vielleicht sogar König von Mittland.

»Und ich wünschte, Schwester, du wüsstest, was für Monster sie sind.«

Langsamen Schrittes ging er zu einem Beutel und zog etwas hervor. Dann drehte er sich zu Iouna herum und zeigte ihr das Buch, das sie schon oft gelesen hatte und das ihren Weg immer wieder kreuzte. Das Buch über die Königin, die sich selbst geopfert hatte, um ihrem Volk beizustehen. Die von einem Mann getötet worden war, der geschworen hatte, sie zu beschützen. Die Geschichte erzählte, wie die Nordmänner vertrieben worden waren – und zwar von den Isvintari.

»Ich kenne die Geschichte«, sprach sie deshalb wenig beeindruckt.

»Dann lies genauer ... und dieses Exemplar«, forderte Tristan sie auf und wandte sich wieder ab.

Als sie das Buch in Händen hielt, kam es ihr vor, als sei es schwerer als sonst. Und als sie es kurz aufschlug, waren dort ein Drittel mehr Seiten enthalten als in dem, das sie kannte. Da ihr Bruder anscheinend nichts hinzuzufügen hatte, verließ auch sie sein Zelt und folgte Thorvid zu den Pferden. Nachdenklich reichte Iouna bei den Reittieren Gaelle das Buch, damit sie es in ihre Unterkunft legen konnte, während sie den Ausflug nach Schwarzbruch begleitete.

Sie sattelten zusammen mit einer Handvoll Männer auf und ritten in Richtung Stadt, vorneweg das weiße Banner für Verhandlungen.

Dies sollte signalisieren, dass sie nicht da waren, um einen Streit zu provozieren.

Wenn Iouna sich umsah, erkannte sie bei den Menschen von Schwarzbruch verunsicherte Gesichter. Die Belagerung durch Kosse und das Auftauchen der Nordmänner schienen die Bewohner endlich in die nötige Angst zu versetzen, die Hannibal gewollt hatte. Vom Glanz des Marktes war nicht mehr viel zu sehen, vielmehr verbarrikadierten einige ihre Fenster und reisten ab, wenn sie das noch konnten. Es gab diesmal keine Kinder, die an den Händen ihrer Mütter über den Platz mit dem Brunnen liefen, sondern nur Ratten, die sich an den Resten der Stände satt fraßen. Ungestört vom menschlichen Treiben, waren es nur die scheppernden Rüstungen der Soldaten von Schwarzbruch, die die Stille durchbrachen. Kaum genug, um das Rufen der Krähen zu übertönen, die über der Stadt kreisten, als erwarteten sie ein Festmahl.

Nein. Den Tod all dieser Bürger wollte Iouna nicht. Nicht einmal zum Preis von Halvars Freiheit. Das hätte er selbst nicht verlangt. »Wir schaden aber nicht allen Menschen hier, wenn wir verhandeln, oder?«, wollte Iouna deshalb wissen.

Schweigend schaute Thorvid sie an und richtete dann wieder den Blick nach vorne. Er schien sich selbst nicht so sicher zu sein, worauf es hinauslaufen würde. In seinen Augen lag Sorge, was Iouna beruhigte, weil sie nicht die Einzige war, die so dreinblickte. Thorvid machte nicht den Eindruck, als wollte er über Leichen gehen. Zumindest nicht über die von Unschuldigen.

Bei der Burg angelangt, hielt sich auch dort der Andrang in Grenzen. Als die Wachen hinter der geschlossenen Pforte zu ihnen herunterschauten, verging eine halbe Ewigkeit, ehe sie ihnen öffneten. Knarzend machten die Tore den Eindruck, als seien sie seit Jahren nicht mehr geschlossen worden. Warum auch? Niemand hatte gewagt, das hohe Haus der Falkenbergs zu bedrohen, und erst recht nicht so, dass ein Herzog gezwungen war, die Welt vor sich wegzuschließen. Der goldene Schleier, der dieses Adelshaus umgab, schien zu bröckeln, was letztlich an der Führungsart Lothars lag. Noch nie hatte Iouna einen Mann erlebt, der für das Königsamt so viele Risiken in Kauf nahm. Nicht einmal Johann von Falkenberg war so naiv gewesen. Lothar hätte niemals Heinrich darüber informieren dürfen, wo sie sich aufgehalten hatte. Und auch niemals, wo sie hingegangen sein könnte. Sein Verrat wog schwer, und Iouna wäre niemals davon ausgegangen, dass er solch ein schlechter Verlierer sein würde.

Als sie endlich im Burghof waren, wurde ihr erst bewusst, dass sich Halvar irgendwo hier befinden musste. Vermutlich im Kerker, in den man ihn schon einmal gesperrt hatte. Mit klopfendem Herzen hoffte sie, dass es ihm einigermaßen gut ging, und sie sehnte den Tag herbei, an dem sie ihn holen würden.

»Geduld ...«, sprach Thorvid leise, und es kam der Prinzessin vor, als wusste er genau, was sie dachte oder fühlte.

»Ich versuche, geduldig zu sein«, entgegnete Iouna wenig beruhigt, »aber angesichts dieses Mannes ist es nicht leicht.«

Sie hatten nicht einmal den Eingangsbereich betreten, da fuhr Thorvid zu seiner Schwester herum und schloss ihr Gesicht in seine Hände. »Egal, was ich dort sage oder tue, du musst mir vertrauen, hast du verstanden?!«, flüsterte er eindringlich, was Iouna kurz innehalten ließ, während ihr Blick starr auf ihren Bruder gerichtet war. »Alles, was ich je tat, tat ich für dich«, versicherte er ihr weiter. »Ich war immer bei dir. Ich war der Erste an Mutters Bett, als sie dich endlich im Arm hielt, derjenige, der den Sturz bei deinen ersten Schritten vereitelte. Ich ließ dich gehen, weil ich keinen anderen Weg sah, dein Leben zu retten, und ich ließ mein Leben hinter mir, um dein Überleben zu gewährleisten. Ich bereue nichts und werde ewig an deiner Seite sein, aber vielleicht ist es an der Zeit, dass ich mich selbst zurücknehme.«

»W... Was meinst du damit?«, hauchte Iouna.

»In all der Zeit kam mir niemals in den Sinn, dass ein anderer Mann das ebenso übernehmen könnte oder würde. Ich hole ihn heraus, aber glaube nicht, dass das alles rettet. Was ein Gefecht angeht ... Irgendeine Seite wird den ersten Schlag ausführen. Die Frage ist nur, wer dann besser gewappnet ist. Wenn ich falle, weiß ich zumindest, dass die Götter dafür gesorgt haben, dass mein Unterfangen nicht gänzlich umsonst gewesen ist. Und jetzt lass uns einem Herzog den Wind aus den Segeln nehmen ...«

Thorvid drückte seiner Schwester einen flüchtigen Kuss auf die Stirn, ehe er weiterlief. Wie versteinert schaute Iouna kurz ihrem Bruder nach, der anscheinend nicht damit rechnete, vollkommen unbeschadet aus der Sache herauszukommen, was immer er geplant hatte. Dies alles verstärkte ihr Herzklopfen noch mehr, denn wenn sie eine Wahl treffen müsste, wüsste sie nicht, für wen oder was. Hieß das, sie musste sich zwischen ihrem Bruder und ihrer Liebe entscheiden? Was hatte Thorvid vor? Oder was hatte er getan?

Langsamen Schrittes folgte sie ihm schließlich.

Im Eingangsbereich wurden sie bereits kurz vor dem Treppenaufgang von Sir Weißhaupt erwartet, der sie nach oben geleitete, wo weitere Männer des Herzogs standen und ihnen nachgingen. Sollte die Situation hier eskalieren, würde es ein Blutbad geben. Es standen ungefähr genauso viele Männer auf Lothars Seite wie auf der Seite Thorvids. Zumindest in den Verhandlungsräumen. Außerhalb der Burg sah das wieder anders aus. Noch nie hatte Iouna solchen Angelegenheiten beigewohnt, und es kam ihr vor, als wollte ihr Bruder, dass sie sah, was hinter den Türen der Länder geschah. Er schien die Tatsache, dass die Götter sie als Mutter eines Volkes sahen, ernster zu nehmen als gedacht.

Wie zu erwarten, erhob sich Lothar nicht einmal, um den Besuch zu empfangen, sondern saß selbstgefällig in seinem Stuhl, während sich der Raum mit Menschen füllte. Siegessicher schwenkte er dabei einen Becher in der Hand, dessen Inhalt die bläulich verfärbten Zähne des Herzogs nur allzu deutlich verrieten.

»Der Tag hat noch nicht einmal wirklich begonnen«, flüsterte Iouna ihrem Bruder zu, der nur meinte, dass sie ihm das am Vortag mal hätte erzählen sollen. Da war es ihm ebenfalls einerlei gewesen, welche Tageszeit den Becher füllte.

»Was kann ich denn für die Herrschaften tun?«, forderte Lothar zu wissen und legte ein Bein über das andere.

Thorvid schweifte nicht lange um das Thema herum, sondern kam umgehend auf den Punkt. Er legte dem Herzog die

Schrift vor, die Lothar rasch das breite Grinsen aus dem Gesicht fegte.

Iouna, ausnahmsweise in eine dünne weiße Robe gekleidet, musste sich derweil zurückhalten, kein Lächeln zu formen. Es war eine Wohltat, nicht die Farben des Herzogs tragen zu müssen, was diesem wohl mehr als deutlich signalisierte, dass er keinerlei Macht mehr über sie besaß.

»Das ist unmöglich!«, sprach Lothar umgehend und warf das Papier zurück über den Tisch. »Davon war mir nichts bekannt.«

Thorvid lachte leise. »Natürlich, Kopfgeldjäger sind dafür bekannt, dass sie mit ihrer Arbeit hausieren gehen. Vielleicht tragen sie demnächst Armbänder wie die Huren auf den Straßen, damit man sie leichter erkennen kann ... Oder Tätowierungen an ihrem linken Unterarm.«

»Außerdem liest sich die Anklage, als wäre Iouna unfreiwillig in all das geraten«, mutmaßte Lothar weiter und schaute die Betroffene musternd an.

»Was daraus wurde, steht nicht zur Debatte«, sprach Iouna für sich selbst. »Hierbei geht es um den Beginn, nicht um das Ende.«

»Eure Zeugin ist nicht glaubwürdig«, beschwerte sich der Herzog. »Sie teilt mit dem Angeklagten das Bett. Sie will ihn nur befreien.«

»Selbst wenn ...«, begann der Nordmann weiterhin lachend. »Ich habe eine zweite Anklage bei mir.«

Von dieser wusste nicht einmal Iouna etwas, als Thorvid plötzlich eine weitere Schriftrolle aus seinem Mantel zog und sie Lothar zuwarf.

»Wenn Ihr wollt, können wir auch auf diesem Niveau weiterverhandeln. Dann klage ich Euch an, meine Schwester, die Prinzessin, unrechtmäßig und gegen ihren Willen in Eurer Burg gefangen gehalten zu haben. Ihr wolltet sie zu unehrenhaftem Verhalten nötigen, damit sie ihre Dankbarkeit unter Beweis stellen konnte. Dafür, dass Ihr sie versorgt habt, wie es einer Prinzessin gebührt.«

»Sie hat mich und meine Gäste bestohlen«, fuhr Lothar mit seiner Stimme hoch und richtete sich auf.

Iouna konnte dem Herzog ansehen, dass er innerlich tobte. Alles, was er glaubte besessen zu haben, glitt ihm allmählich aus der Hand. Der Blick der Prinzessin wich dem Lothars aus und blieb unabsichtlich an der Wand haften, wo sie ein riesiges Bärenfell entdeckte. Es hatte sich zuvor noch nicht hier befunden, das wusste sie, da sie schon einmal in dem Raum gewesen war. Damals, als er sie bei dem erwähnten Diebstahl erwischt hatte.

War es das Fell des Bären, den Halvar erlegt hatte? Es musste es sein, ein anderes kam nicht infrage.

»Dann habt Ihr sicherlich meine Schwester ein Geständnis unterschreiben lassen«, durchbrach Thorvid Iounas Gedankengang.

»Nein, warum hätte ich das sollen?«, entgegnete Lothar immer noch erbost. »Immerhin hätte das ihrem Ruf als meine zukünftige Ehefrau geschadet.«

»Ihr meint, es hätte Euch geschadet, eine Diebin zu heiraten«, mischte sich Iouna nun doch ein und kehrte mit ihrem Blick zum Herzog von Falkenberg zurück. Die Behauptung, dass er auch nur einmal auf ihren Ruf geachtet hätte, war gelogen. Ansonsten hätte er sie gegen die aufkommenden Gerüchte verteidigt, selbst wenn sie bereits zur Wahrheit geworden waren.

Ihr Bruder gab ein leises Lachen von sich. »Dann sieht es schlecht für Euch aus, Herzog«, meinte Thorvid. »Ihr habt nichts in der Hand. Weder eine Anklage noch Beweise, die meine Schwester in irgendeiner Form beschuldigen. Bisher steht Ihr als Schuldiger da. Was glaubt Ihr, wie viele Diener ich fragen muss und wie viele Angestellte an Eurem Hof, ob Ihr Prinzessin Iouna Liv Hella hier gefangen gehalten habt? Aber ich kann Euch eine Lösung Eures Problems anbieten, ohne dass Ihr Gefahr lauft, von Kosse angegriffen zu werden, selbst wenn Ihr mich den Kopfgeldjäger ein Geständnis unterschreiben lasst.«

Der ruhige Ton des Nordmannes übertrug sich allem Anschein nach auf den Herzog, der sich kleinlaut wieder auf seinen Stuhl setzte. »Ich höre …«, sprach Lothar ruhiger und starrte Thorvid an.

»Sobald uns der Hüne überstellt wurde, verhandeln wir mit Hannibal von Kosse. Ihr werdet förmlich aus den Geschehnissen gestrichen. Alles, was es Euch kostet, ist der Verzicht auf den Thron.«

»Wie bitte?«, wurde der Herzog wieder lauter. »Mein Verzicht?«

»Euer Verzicht«, bestätigte Thorvid noch einmal. »Ich sehe das so. Entweder Ihr verzichtet auf den Thron, was Ihr mir umgehend unterzeichnen werdet, oder Ihr werdet keinen mehr besitzen, auf dem Ihr herrschen könnt. Kosse steht vor Euren Toren, und ich kann Vermutungen über Eure Absichten anstellen. Ihr wolltet, dass Heinrich seine Mauern verließ, damit er an den Isvintari gerät, der weniger gnädig ist als ich. Ihr hättet zwei Fische mit einer Angel gefangen. Einen toten Herzog und einen Isvintari als Mörder. Hinzu kommt noch Folgendes: Wenn meine Brüder erfahren, was Ihr mit meiner Schwester vorhattet, ja dass Ihr sie sogar an Heinrich von Kosse verraten habt, dann rennen nicht nur die Roten Eure Tore ein. Wir warten, bis sich der Rauch gelegt hat. Solltet Ihr zu diesem Zeitpunkt noch leben, werdet Ihr Euch wünschen, dass es nicht so wäre.«

Überrascht wandte sich Iouna ihrem Bruder zu, aber auch der Blick des Herzogs war nicht minder schockiert. Thorvid stand selbstsicher da mit einem leichten Grinsen im Gesicht und hatte Lothar wie eine Ratte in die Ecke gedrängt. Sogar Weißhaupt gab den Blick auf sein Gesicht frei, indem er das Visier seines Helmes nach oben klappte, und betrachtete Thorvid.

»Noch bin ich bereit, den Frieden zu wahren, Euch sogar zu helfen …«, fügte Thorvid hinzu, als sich niemand zu einer Antwort durchrang, »aber auch meine Geduld hat Grenzen. Ihr habt die Wahl.«

»Herr«, ergriff Weißhaupt die Gelegenheit beim Schopfe, »Ihr solltet zustimmen. Ihr habt nichts in der Hand, und wenn Ihr einen Krieg riskiert, werdet Ihr vollkommen allein dastehen. Abgesehen davon, bin ich dann verpflichtet, meinen Dienst zu quittieren.«

»Ihr seid meine Leibwache!«, fuhr Lothar wütend zu dem Ritter herum. »Soll ich Euch genauso entlassen wie meinen nichtsnutzigen Berater?«

»Das ist wahr, ich bin Eure Leibwache, aber über mir steht der Orden, nicht Ihr. Sollten Handlungen Eurerseits andere Länder oder Euer eigenes gefährden, bin ich verpflichtet, Euch den Rücken zu kehren. Eine Entlassung ist daher nicht nötig. Hierbei geht es um den Schutz der Schutzlosen, nämlich um Euer Volk.«

Geschlagen sank Lothar in seinen Stuhl. Nachdenklich fuhr er sich dabei über die Stirn und nahm noch einen Schluck Wein, ehe er Iouna anschaute.

»Ihr habt stets meine Gastfreundschaft genossen …«, setzte er ruhig an. »Und das ist der Dank dafür?«

Iouna bekam ein beklemmendes Gefühl in ihrer Brust. Gingen sie vielleicht zu strikt vor? Sie schluckte trocken, aber dann erinnerte sie sich an all die Taten, die er begangen hatte. An die unmoralischen Angebote, die Kompromisse, die sie für alles eingehen musste, und schließlich an den Verrat an Kosse. »Ihr habt Euch das selbst zuzuschreiben«, konterte sie bemüht kalt. »Wärt Ihr mir ein Freund gewesen, wäre es nie so weit gekommen, und wer weiß, vielleicht wäre alles anders gewesen. Doch Ihr habt es vorgezogen, ein machthungriger Herzog zu sein. Nur bedacht auf Eure nächsten Schritte und Vorteile. Ihr wolltet meinem Vater das Messer auf die Brust setzen, aber nun sitzt es auf Eurer.«

»Es ist weniger ein Messer als eine Fallaxt«, fügte Thorvid hinzu und gab Lothar die letzte Gelegenheit, die geforderten Papiere zu unterzeichnen.

Aber dem war nicht genug. Als letzte Handlung, bevor sie mit allem zurück zum Lager wollten, drängte sich Iouna an Weißhaupt vorbei.

»Was?«, nuschelte Lothar dabei, wurde jedoch vom gepanzerten Arm seiner Leibwache zurückgehalten.

Iouna lief indessen auf die Wand zu und ergriff das Fell des Bären. Mit einem kräftigen Zug riss sie es von der Wand. »Das gehört nicht Euch, und das wisst Ihr!«, wandte sie ein, bevor Fragen oder Einwände den Raum schwängern konnten. »Den Bären hat Halvar erlegt. Wenn jemandem die Trophäe zusteht, dann ihm. Ihr wollt Euch doch nicht erneut mit fremden Federn schmücken, oder?«

Ohne eine Antwort abzuwarten, lief Iouna zur Tür und schaute noch einmal zurück, wo sich ihr Bruder durch ein leichtes Kopfnicken verabschiedete.

»Herzog Lothar von Falkenberg …«, beendete Thorvid die Verhandlung und wandte sich auch Weißhaupt zu. »… Frederik.«

Danach drehte er sich um und verließ zusammen mit seiner Schwester die Räumlichkeiten. Jedoch bedachte Iouna den Nordmann beim Verlassen der Burg mit einem abschätzenden Blick.

Wie hatte er Sir Weißhaupt genannt?

***

Erneut erwachte Halvar unausgeruht und ohne eine Ahnung, wie lange er schon in diesem Loch saß. Allein das Brennen der von den Fesseln aufgeschürften Haut zeigte ihm, dass er sich schon länger hier befand, als gut für ihn war. Im schwachen Licht einer kleinen Flamme untersuchte er die Wunden am rechten Handgelenk so gut er konnte. Einige vereinzelte Blutstropfen liefen langsam seinen Unterarm hinunter und hinterließen ihre Spuren auf der blassen Haut. Ebenso rot zeichnete sich das geschwollene Fleisch unter dem Metall ab, und er spürte den pulsierenden Schmerz in dem geschundenen Gewebe. Offene Wunden in einer derart dreckigen Umgebung, wie es diese Zelle war, konnten sich rasch entzünden. Unruhig wippte er vor und zurück, bewegte Arme und Beine und bemühte sich, das Bedürfnis zu unterdrücken, sich das juckende Fleisch von den Knochen zu kratzen. Verzweifelt suchte sein Geist eine Aufgabe, und er begann, das Pochen der Wunden zu zählen. Das Jucken auf den Armen wandelte sich langsam in ein stetiges Kribbeln. Weiterhin versuchte der Hüne, es zu ignorieren, aber bereits nach kurzer Zeit war es nicht mehr auszuhalten, und er hob die Hände. Erschrocken sog er Luft durch die Zähne, als er die Maden erkannte, die unter den stählernen Fesseln hervorkrochen und sich über die aufgeschürfte Haut hermachten. Angewidert wollte er die kleinen Wesen abschütteln, aber je mehr er sich bemühte, seine Angreifer loszuwerden, desto zahlreicher wurden sie. Langsam verwandelte sich das Kribbeln in kurze, stechende Schmerzen, als die Biester am bis dahin gesunden Fleisch seiner Hände angelangt waren und anfingen, auch dieses zu verzehren. Schnell konnte er die Knochen der zitternden Finger erkennen und musste den Schrei unterdrücken, der sich in ihm aufbäumte. Halvar ließ Xhars Feuer in den Händen aufflammen, woraufhin die Maden augenblicklich zu Asche zerfielen. Mit ihnen verschwanden auch die Wunden, die sie verursacht hatten. Halvar schluckte trocken, während er schwer atmend seine bebenden, jedoch weitgehend unversehrten Glieder anstarrte.

Nur Einbildung …

Er beschloss, dass es keine gute Idee war, sich auf seine Wunden zu konzentrieren und das Pochen zu zählen, denn sein Verstand spielte ihm offensichtlich Streiche. Daher begann er, die Worte des schwarzen Banners vor sich hinzumurmeln, während er weiterhin den Armreif umklammert hielt. Wie bereits in der Hütte sollten ihn die Verse daran erinnern, nicht aufzugeben und durchzuhalten. Durchzuhalten, um seine Prinzessin, seine Liebe, seine *Ehefrau* wiederzusehen.

Immer und immer wieder sagte er die Verse. Bei jedem Mal gewann seine Stimme an Kraft, und sein Geist klärte sich etwas. Er schloss die Augen, um seinen Verstand vor der ewigen Dunkelheit zu bewahren, und konzentrierte sich weiter auf die Worte der Vollstrecker.

»Wie oft hast du diese Verse schon aufgesagt?«, durchbrach plötzlich eine fremde Stimme den Singsang des Ritters. Die Worte in Vint, der Sprache Isvinters, ließen Halvar aufhorchen.

Er riss die Augen auf und erwartete, den nächsten Schatten vor sich zu sehen. Zu seiner Überraschung fand er nichts dergleichen vor, sondern nur einen Mann mittleren Alters. Im Licht seiner mitgebrachten Fackel war der seitlich neben Halvar sitzende Fremde deutlich zu erkennen. Ein grau melierter Bart hob sich von den kahlrasierten Seiten des Kopfes ab, während das Deckhaar durch mehrere Zöpfe nach hinten geflochten war, wo sie sich in einem einzelnen vereinten. Die grünen Augen des Mannes zeigten keine Aggression, aber Halvar kam nicht umhin, eine gewisse Traurigkeit in ihnen zu bemerken. *»Wer bist du?«,* fragte er und vermutete aufgrund der Sprache, dass es sich um einen Landsmann handeln musste. Aber wer war er? Gab sich der Schatten für einen Isvintari aus, um Halvar überzeugen zu können?

»Unwichtig«, erwiderte der Mann und lächelte. *»Wichtig ist nur, wer ›du‹ bist, Halvar.«*

Verständnislos zog Halvar seine Augenbraue hoch. Offensichtlich wusste der Fremde, wer er war. Warum sollte er ihn danach fragen? *»Wir haben mehr gemeinsam als du glaubst«,* behauptete der Bärtige und erhob sich vom Zellenboden. Er musste etwa Halvars Größe haben, seine schwarze

Rüstung war gut im flackernden Licht zu erkennen. Ein beeindruckender Plattenpanzer, der selbst einen Vollstrecker noch bedrohlicher hätte wirken lassen. Aber irgendetwas sagte Halvar, dass dieser Mann kein Ritter war. Er trug kein Bannerabzeichen, und der Stil der Rüstung war ganz anders, als er es vom Orden gewohnt war. Mit verschränkten Armen stand der Mann vor Halvar und blickte auf ihn hinunter. *»Wir haben beide verloren, was wir lieben«*, fuhr er dann fort, *»und wir sind beide Verräter!«*

»Ich bin kein Verräter!«, widersprach Halvar energisch.

Als Antwort bekam er ein kurzes Lachen. *»Das liegt im Auge des Betrachters, meinst du nicht? Wir beide wissen, was und wer wir sind, aber dennoch ... Genauso gut wissen wir, dass das Volk glaubt, was ihm erzählt wird, und dass manche auch der Meinung sein werden, du hättest Khyla und Lillian verraten!«*

»Das habe ich nicht!«, zischte der Ritter und starrte sein Gegenüber an.

»Wie gesagt«, wiederholte der Fremde. *»›Manche‹ werden dieser Meinung sein – ich bin es nicht.«*

Einen Augenblick standen die Worte im Raum, bevor Halvar sich erkundigte, was sein Besucher wollte.

»Dir helfen, Junge!«

Nun war es Halvar, der leise lachte. Er ignorierte den Schmerz in seinen Handgelenken, als er an den Ketten zog. *»Dann los«*, forderte er.

»Ich kann keine Ketten lösen«, amüsierte sich der Mann. *»Das müssen andere für dich übernehmen!«*

Wie auf Kommando drangen Stimmen durch die Luke in der Decke, und das Schloss wurde entriegelt.

»›Er‹ kann dir helfen, aus diesem Loch zu entkommen«, erklärte der Fremde und deutete nach oben zum Eingang in die Zelle, *»aber nicht gegen die Schatten.«*

Noch bevor Halvar fragen konnte, wer *er* sein sollte, verblasste der Besucher und verschwand in dünnen Rauchschwaden. Nur seine körperlose Stimme blieb zurück und hallte im Geist des Ritters nach. *»Dein Wille muss ungebrochen bleiben, Halvar!«*

Zum wiederholten Male hörte er diese Worte. Langsam konnte er sich ein Bild machen, was sie zu bedeuten hatten. Die Schatten warteten darauf, dass er aufgab. Darauf, dass sein Wille für einen Augenblick nachließ und er ihnen einen Moment der Schwäche zeigte. Doch weshalb? Was wollten die Wesen der Finsternis von ihm?

Ein Rumpeln über ihm holte ihn zurück in die kleine kalte Zelle.

Schwaches Licht drang durch die nun offene Luke in das Loch, als die Leiter hinabgelassen wurde. Nacheinander kletterten drei Männer herunter. Zunächst kamen zwei Wachen Lothars, die deutlich an ihren dunkelgrünen Mänteln zu erkennen waren und jeweils eine Öllampe hielten. Ihnen folgte ein dritter, unter einer Kapuze verborgener Besucher, der einen Eimer mitbrachte.

»Löst seine Fesseln und verschwindet«, befahl die bekannte Stimme Thorvids den beiden Wächtern. Was wollte Iounas Bruder von ihm?

»Aber er ist gefährlich!«, widersprach einer der Soldaten. »Er wird Euch umbringen!«

»Glaubt mir, es wäre das Beste für Euren Herzog, wenn er das täte«, konterte Thorvid, und Halvar wunderte sich, was er vorhatte. »Nun macht endlich!«

Der Kerkermeister warf den Schlüssel zu Halvars Fesseln vor dem Prinzen auf den Boden. »Das könnt Ihr schön selbst machen, ich werde mich diesem Monster nicht nähern!«

Seufzend entließ Iounas Bruder seine Begleiter, die sofort wieder die Leiter nach oben stiegen und sie hochzogen. Eine der Lampen hatten sie im Loch zurückgelassen. Ohne ein weiteres Wort hob Thorvid den Schlüssel auf und näherte sich Halvar, der ruhig sitzenblieb. Viel bewegen konnte er sich sowieso nicht, ohne dass sein geschundener Hals oder die wunden Handgelenke schmerzten.

Unvermittelt kippte Thorvid den Inhalt des Eimers in das Gesicht des Ritters.

Überrascht vom kalten Wasser zuckte dieser zusammen und prustete.

»Ihr stinkt«, stellte Thorvid klar.

»Badewasser war aus.«

»Wie ich sehe, war auch alles andere aus«, stellte er fest und machte eine ausladende Geste.

Halvar zuckte mit den Schultern und lehnte seinen Kopf gegen die Wand. »Es ist eine Zelle, kein Gästezimmer«, meinte er mit einem Husten.

Einen Moment sahen sich die beiden Männer schweigend an, ehe Thorvid den nun leeren Eimer wegstellte und Halvar eingehend musterte. »Bei Norna, stellt Euch gerade hin!«, forderte er.

Halvar nahm einen tiefen Atemzug und raffte sich langsam auf. So gut seine Fesseln es ihm erlaubten, stellte er sich aufrecht hin und sah auf Thorvid herunter. Gerade als er fragen wollte, was das sollte, rammte der Prinz ihm die Faust in den Bauch. Ein leises Stöhnen war alles, was Halvar von sich gab, während Thorvid sich räusperte.

Und dafür bin ich aufgestanden …

Immerhin war er sich nun sicher, dass Thorvid keine weitere Einbildung war, sondern tatsächlich vor ihm stand.

»Ich bat Euch, sie zu beschützen, nicht, sie zu der Euren zu machen!«, erklärte der Prinz sein Handeln, woraufhin Halvar erneut mit den Schultern zuckte.

»Welchen besseren Grund gäbe es, sie zu beschützen?«, wollte er wissen.

Ungläubig starrte Halvars unfreiwilliger Schwager ihn an und meinte dann: »Ehre, Stolz, einen Kodex geschworen zu haben, so etwas zu tun?«

»Das habe ich. Ich habe vor den Göttern geschworen, sie mit meinem Leben zu beschützen.«

Wieder schwiegen die beiden sich an, bevor Thorvid eine aufgerollte Schriftrolle, Federkiel und Tinte aus seinem Mantel holte. »Dann fangen wir an, genau das zu tun. Ihr werdet mir ein Geständnis unterschreiben.«

Verwundert zog Halvar eine Augenbraue nach oben und merkte an, dass er bereits eines unterzeichnet hatte.

»Ich weiß«, bestätigte Thorvid seine Worte, »aber dagegen werden wir vorgehen. Wir werden uns das Recht des ersten Verbrechens erschleichen.«

Halvars Verwirrung wurde nicht geringer. Wovon sprach der Mann? »Welches ›erste Verbrechen‹?!«, hakte er nach. »Ich habe kein einziges Verbrechen begangen!«

Thorvid lachte leise und entrollte dann die Schrift. Noch einmal räusperte er sich, bevor er vorlas, was der Hüne unterschreiben sollte. »Ich, Halvar Arnkin Dahl, ehemals Sir Halvar Arnkin Dahl, Ritter des Ordens und Vollstrecker des Xhar, gestehe hiermit, im Auftrag von Heinrich von Kosse gehandelt zu haben, um die Prinzessin Iouna Liv Hella NíGwydion zu entführen.« Woher wusste Thorvid von seinem zweiten Vornamen? Hatte er beim Orden Nachforschungen angestellt? »Im Verlauf der Entwicklungen wuchs aber mein eigenes Interesse an der Adligen, und ich wollte sie für mich selbst. Im Zuge dessen habe ich Iouna Liv Hella in eine Hütte gebracht und dort fast unbekleidet an ein Bett gefesselt … Nach Tagen der Abgeschiedenheit habe ich die Rechte eines Ehemannes eingefordert, der ich vor dem Gesetz nicht bin, und habe die Prinzessin in einer niederen Winkelehe gebrandmarkt!«

Mit hochgezogener Augenbraue lauschte Halvar der Anklage. Woher wusste Iounas Bruder das alles? Iouna musste es ihm erzählt haben. »Geht es ihr gut?«, fragte er leise und sah auf den Boden.

Nickend bejahte Thorvid die Frage, woraufhin Halvar erleichtert lächelte. »Sie ist in unserem Lager«, bestätigte der Prinz, was Weißhaupt ihm schon gesagt hatte. »Ihr geht es so gut, wie es einer Ehefrau geht, deren Mann in einem Kerker sitzt«, fuhr Thorvid fort. »Deswegen bin ich hier. Delyveih klagt Euch an, und Ihr müsst laut erstem Verbrechen uns übergeben werden.«

Halvar verstand den Plan des Prinzen, war sich aber nicht sicher, ob dieser ihm helfen oder ihn für die angeblichen Taten nur persönlich hinrichten lassen wollte. »Ihr kennt die Wahrheit, oder?«, wollte er wissen und sah seinem Gegenüber wieder ins Gesicht.

Thorvid atmete tief durch, rieb sich mit der freien Hand die Augen und nickte dann erneut. »Liebe bringt uns hier nicht weiter, Kopfgeldjäger«, stellte er dann klar. »Ganz im Gegenteil, sie macht uns angreifbar. Wir dürfen Hannibal von Kosse keinen Vorteil verschaffen. Deshalb müsst Ihr das Monster sein, das er sehen will.«

Zustimmend nickte Halvar. Immerhin war Thorvid klar, dass er nicht der Mann war, den alle aus ihm machen wollten.

Abgesehen davon, konnte eine weitere Unterschrift seine Lage eigentlich nicht verschlimmern, weshalb er nach dem Geständnis greifen wollte. Wieder schabte der Stahl über seine Wunden und hielt ihn zurück. Genervt stöhnte er auf, woraufhin Thorvid sich offenbar an den Schlüssel erinnerte und die Fesseln löste. Erleichtert rieb Halvar sich den Hals und die Handgelenke und stellte sich endgültig aufrecht hin. Zum ersten Mal, seit er hier unten war, konnte er sich strecken, was er auch ausgiebig tat. Als er sich besser fühlte, nahm er das Geständnis sowie die Feder entgegen. Noch einmal las er kurz durch, was dort geschrieben stand, bevor er seine Unterschrift darunter setzte und beides wieder Thorvid reichte.

»Sehr gut«, lobte ihn dieser, rollte das Pergament auf und verstaute alles in seinem Mantel. »Und jetzt ... schlagt mich!«

»Was?«, vergewisserte sich Halvar, dass er Thorvid richtig verstanden hatte.

»Ich spreche mit einem gefährlichen Mann, zwinge ihn, sein Todesurteil zu unterzeichnen, und komme unversehrt davon? Das wirkt reichlich unglaubwürdig, meint Ihr nicht?«

Grinsend stimmte Halvar zu. Trotzdem fühlte es sich seltsam an, dass er den Mann schlagen sollte, der ihn hier rausholen wollte. Abgesehen davon, hätte er lieber einem anderen Adeligen in dieser Burg einen Hieb verpasst, aber der Hausherr bot sich leider nicht so bereitwillig an.

»Los jetzt!«, forderte der Prinz noch einmal und deutete in sein Gesicht.

Zögerlich hob der Hüne die Hand und verpasste seinem Schwager eine eher halbherzige Ohrfeige.

»Beeindruckend«, spottete dieser. »Meine Schwester hat mich schlimmer verprügelt, als sie drei war!«

Abfällig schnaubend, holte Halvar erneut aus und schlug nach Thorvid, der aber geschickt auswich.

»Sie war übrigens auch schneller als Ihr!«

Mit hochgezogener Augenbraue machte der Hüne einen Schritt auf den Prinzen zu, der wieder zurückwich und sich seinem Angriff entzog.

»Für ›Das Monster aus dem Norden‹ seid Ihr erstaunlich handzahm!«

Diesmal machte das besagte Monster einen deutlich schnelleren Satz nach vorn und packte den Mantel seines Gegenübers. Bevor Thorvid sich aus dem Griff winden konnte, schlug Halvar ihm die geballte Faust ins Gesicht.

Kurz taumelte der Prinz, bevor er stöhnend etwas auf den Boden spuckte. »Schon besser«, nuschelte er und bedeutete Halvar, sich wieder die Ketten anlegen zu lassen.

Widerwillig gab er nach. Noch während Thorvid die Fesseln erneut an die Handgelenke und den Hals des Hünen legte, hielt Halvar ihm den Armreif der Prinzessin vor die Nase. »Gebt ihr den zurück«, verlangte er.

Überrascht sah Iounas Bruder das Schmuckstück an, und sein Blick verriet, dass er den Brauch kannte. Nickend nahm er es entgegen und ließ es in seinem Mantel verschwinden, bevor er sich weiter um die Fesseln kümmerte. Er verriegelte sie jedoch nicht, sondern schloss nur lose die Scharniere, sodass Halvar sie problemlos wieder ablegen konnte, wenn der Trubel vorbei war.

Wenigstens etwas ...

Kaum geschehen, warf Thorvid sich auf den Boden und begann zu schreien, als würden Draugar ihn anfallen.

Überrascht betrachtete Halvar das kuriose Schauspiel des Mannes, während oben sofort wieder die Luke geöffnet und die Leiter herabgelassen wurde. Hastig stiegen die zwei Wachen in die Zelle und fragten, was passiert sei.

»Dieser Mann ist wahnsinnig!«, beteuerte Thorvid mit gespielt weinerlicher Stimme. »Er hat mich geschlagen!«

»Wir haben Euch gewarnt«, erinnerte Lothars Soldat den Prinzen und begleitete ihn die Leiter hinauf.

Der andere verharrte kurz im Loch und musterte Halvar, der den Kopf auf die Seite legte und ein schiefes Grinsen aufsetzte. »Willst du auch spielen?«, fragte er mit ruhiger Stimme, um das Bild des Wahnsinnigen weiter zu festigen.

»N... Nein«, stammelte der Soldat und beeilte sich, aus der Zelle zu kommen.

Kurz darauf war die Luke verschlossen, die dunkle Einsamkeit kehrte zurück. Halvar lehnte sich im Wissen, dass Iouna in Sicherheit war, entspannt an die Wand. Er streifte das Metall von seinem Körper und versuchte, Thorvids Plan nachzuvollziehen. Iounas Bruder verbarg offensichtlich mehr als nur ein Geheimnis, da war er nicht anders als Halvar. Bis zu diesem Tag wusste Iouna nicht alles aus Halvars

Vergangenheit. Auch von dem grausigen Fund, den er in dem kleinen Dorf gemacht hatte, kurz bevor die Deserteure in der Mühle aufgetaucht waren, hatte Iouna keine Ahnung. Er hatte auch nicht vor, daran etwas zu ändern. Genauso, wie sie vor körperlichem Leid zu bewahren, wollte er diese Lasten von ihr fernhalten. In dieser Beziehung schien Thorvid ähnlich zu denken. Der Nordmann hatte ihm schnell vertraut – vielleicht etwas zu schnell, aber er hatte offensichtlich bereits damals einen Plan verfolgt.

Nachdenklich spielte der Gefangene mit dem Amulett Xhars und überlegte, warum Thorvid nicht überrascht war, ihn ohne Narben zu sehen. Vermutlich war die Antwort schlicht, dass Iouna es ihm erzählt hatte, aber auch in diesem Fall war nicht klar, woher der Mann seine Informationen bezog. Momentan blieb Halvar nichts anderes übrig, als ihm zu vertrauen und abzuwarten. Also wartete er.

***

»Die Priesterin Nornas im Tempel von Kreah verbitterte im Angesicht der Liebe zwischen ihrer Königin und dem isvintarischen Fremdling. Sie hatte sich ebenso um ihn gekümmert, aber er schenkte ihr nicht die Beachtung, die sie sich erhofft hatte. Getrieben von brennender Eifersucht, kehrte sie ihrer Göttin den Rücken und öffnete ihren Geist für die Finsternis. Die unerwiderte Liebe wurde zu einem flammenden Schwert, das sich immer weiter in das Herz der jungen Frau fraß. Und die passenden Verbündeten fand Nilir im Hass und im Neid, den Schatten, die in allem Menschlichen leben …«

Iouna wusste nicht, was sie tun sollte, und las deshalb in dem Buch, das Tristan ihr gegeben hatte. Im Grunde glich es ihrem Exemplar, aber zum ersten Mal fielen Namen und wurden Hintergründe geschildert. Es schien, als sei das Buch, das in etlichen Bibliotheken seinen Platz gefunden hatte, nichts weiter als eine Rohfassung der Geschehnisse des Nordens gewesen. Nur um die Wahrheit vor den Augen des Volkes zu verschleiern, aber sie nicht alles vergessen zu lassen. So erfuhr Iouna nach all den Jahren den Namen der Königin, die an der Seite ihres Volkes gestorben war: Soley. Eine Frau, die dem Feind ihr Vertrauen und ihre Liebe geschenkt, aber letztlich durch dessen Klinge den Tod gefunden hatte. Mit ihr war der Geist des Volkes gestorben.

»Wenn die Mutter nicht mehr ist, dann sterben auch die Kinder ...«, las sie kurz zuvor und versuchte, eine Verbindung zu ihrem eigenen Schicksal zu sehen. Iouna wusste, dass sie vom Gott des Lebens selbst abstammen sollte, und dieser hatte das bestätigt. Athan und sein Bruder erweckten, was tot geglaubt war. Verstärkten, was versiegt erschien. Blut war dicker als Wasser, das nahm sie aus den Zeilen mit. Und doch erregte auch die Priesterin ihre Aufmerksamkeit, die im Buch zum ersten Mal erwähnt wurde. Sie kannte das Gefühl, das die junge Frau heimgesucht hatte. Unerwiderte Liebe ... Auch Iouna glaubte einst, dass ihre das bleiben würde. Trotzdem wäre dies bei ihr nicht in Hass umgeschlagen. Vielleicht in Trauer oder Wehmut, aber sie hätte niemals anderen ihr Glück missgönnt.

Bevor sie jedoch dazu kam, weiterzulesen, kehrte Thorvid aus der Burg zurück, und es gab Dinge, die wichtiger waren als alte Geschichten, die niemand ändern konnte. Iouna ließ ihrem Bruder kaum Zeit, sich in ihrem Zelt zu setzen, da begann sie schon, ihn mit Fragen zu überfluten. Sie erkundigte sich umgehend nach Halvars Zustand und warum Thorvids Gesicht aussah, als sei er unter eine Kutsche geraten. Seine linke Wange war vom Auge über das Jochbein bis hin zum Kiefer blau verfärbt. Selbst das Weiß in seinem Auge sah blutunterlaufen aus. Auf den Umstand, dass sie ihn heilen konnte, ging der Nordmann nicht ein, sondern ignorierte ihr Angebot. Sie sah ihrem Bruder an, dass er versuchte, sich um die Wahrheit herumzuwinden. Er beließ es dabei, zu sagen, dass es dem Hünen sicherlich schon besser ergangen war. Die Art der Unterbringung behielt er lieber für sich, obwohl Iouna immer wieder fragte, wo er sich genau befand.

»Er ist am Leben«, wiederholte Thorvid eindringlich und umfasste die Schultern seiner Schwester, um sie zu beruhigen. »Er hat das Geständnis unterschrieben.«

»Hat er?«, versicherte sie sich noch einmal mit flauem Gefühl im Magen. Sie wusste, dass das, was in der Anklage stand, nur Halbwahrheiten waren. Halvar hinzustellen, als hätte alles ohne direkte Einwilligung von ihr stattgefunden, war mehr als ein makabres Spiel. Sie wollte gar nicht wissen, was er in dem Moment empfand, als ihr Bruder ihm die Anklage vorgetragen hatte. Und doch prangte seine Unterschrift unter dem langen Text.

»Ich habe ihm erklärt, dass für Liebe hier kein Platz ist. Hannibal wird sich nicht für eure herzerwärmende Geschichte interessieren. Alles, was er wissen muss, ist, dass wir vor ihm an der Reihe sind, den Hünen zu verurteilen. Will er auch etwas von ihm abhaben, dann muss er mit mir verhandeln.«

»Damit sie ihn zum Tode verurteilen können, meinst du?«, kam die Prinzessin zum Punkt, und das Stirnrunzeln ihres Bruders verriet, dass es darauf hinauslaufen würde.

Vorsichtig schloss er sie in die Arme und küsste ihren Haaransatz, wie er es so oft getan hatte. »Mach dir keine Sorgen. Ist Hannibal der Mann, für den ich ihn halte, dann reicht ihm das nicht.«

Verwirrt schaute Iouna zu ihm hoch. Sie wusste nicht, worauf Thorvid hinauswollte. Allgemein waren die Methoden ihres Bruders ein Rätsel für sie. Er schien ihr nicht alles zu sagen, wohingegen sie ihm jede Einzelheit berichtet hatte. Schon immer war er es gewesen, der alles über sie gewusst hatte. Der Einzige unter den Brüdern, dessen Vertrauen sie sich immer sicher sein konnte. Aber nun? Irgendetwas behielt er in der Hinterhand, aber sie konnte nicht erraten, was es war.

»Ich werde Hannibal von Kosse nun eine Nachricht zukommen lassen. Dazu gehört eine Abschrift vom Geständnis des Isvintari. Damit ist er zum Handeln gezwungen.«

Nickend nahm Iouna das Vorhaben hin und entließ ihn aus der Umarmung, als er sich in Richtung Tristans Zelt begab. Vermutlich würde auch dieser nur erfahren, was er wissen musste, seinem Misstrauen gegenüber dem Bruder zum Trotz. Der Einzige, der alles gelassener sah, war Yorick. Er war derjenige, der sich statt mit Verhandlungen lieber mit Übungskämpfen die Zeit vertrieb. Er hob die Laune unter den Männern und hielt die Moral hoch – auch das war wichtig. Nichts entschied mehr über den Ausgang einer Schlacht als die Anzahl und Verfassung der Kämpfenden, das wusste Iouna mittlerweile. Yorick bereitete sie vor, koordinierte die wachenden und ruhenden Krieger, die sich stark von den Rittern unterschieden. Ritter kamen anderen wie Edelleute vor, die gut organisiert die ihnen bekannte Welt bewachten. Die Krieger Delyveihs hingegen sahen aus wie ein Haufen bemalter Wilder. Ihre Körper waren nicht allein vom Training geformt, sondern ebenso von der Feldarbeit und der Seefahrt. Sie durchliefen kein Leben als Knappe oder bestanden Prüfungen, sondern hatten die Wahl, ob sie einer Armee beitreten wollten. So befanden sich unter ihnen einfache Bauern ebenso wie gefestigte Soldaten. Die Nordmänner empfanden es als unnötig, in friedlichen Zeiten eine Armee zu bezahlen, die nur die Fleischtöpfe leerte. Mehrere Monde Kampftraining standen so auf dem normalen Lehrplan von jungen Nordmännern, die nebenbei auf den Äckern halfen. Das galt natürlich nicht für Iounas Brüder. Als Prinzen waren sie jahrelang gut ausgebildet worden.

Iouna fand die Lehren von Strategie und Kampf immer langweilig, wobei sie sich in diesen Tagen wünschte, dass sie bei ihren Brüdern besser aufgepasst hätte. Doch es war nie zu spät, etwas dazuzulernen.

Entgegen ihrer Vermutung war es diesmal nicht Thorvid, der Hannibal aufsuchte, sondern er zwang den Herzog, zu ihnen zu kommen. Tristan hielt dies für unklug, aber erneut hörte Iouna, wie Thorvid darauf beharrte, ihm zu vertrauen. Yorick war dazu vollständig bereit, Tristan jedoch behielt seine Vorurteile. Einen potenziellen Feind in sein Lager zu lassen behagte ihm nicht, verriet es diesem doch einiges über die Stärke der Truppen und die eingenommene Verteidigungsstellung. Dennoch war Tristan überstimmt worden, weshalb Thorvid weitermachte, wie er es geplant hatte.

Iouna wiegte wie so oft Hallet in ihren Armen, als ein Pferd ins Lager geleitet wurde, auf dem ein junger Mann saß. Es musste ein Bote sein, ausgesandt von Hannibal, um ihnen seine Antwort zukommen zu lassen. Ein Mann, kaum älter als Iouna selbst, vielleicht sogar jünger. Er stieg in Begleitung einiger Soldaten ab, beäugt von den anwesenden Nordleuten.

Die Sonne tauchte mittlerweile den Tag in ein rötliches Licht, was bedeutete, dass die Nacht alsbald heraufziehen würde. Daher wurde es schwerer für Iouna, zu erkennen, was hier vor sich ging. Im Schatten der anderen Zelte lotste man den Boten in Tristans Unterkunft, wo er wenig später zusammen mit Thorvid herauskam. Die Anspannung in der Prinzessin wuchs immer mehr an. Es schien die Ruhe vor dem Sturm zu sein.

Sanft schaukelte sie den Säugling in ihren Armen, um dessen Sicherheit sie sich ebenso sorgte wie um die Halvars. Sie versuchte, ihn zu beruhigen, dabei war er längst eingeschlafen. Anscheinend beruhigte sie das Wiegen ebenfalls, und so legte sie Hallet auf sein Bett, bestehend aus etlichen Kissen, damit sie ihn nicht wieder aufweckte. Den angenehm süßlichen Duft, der von dem Knaben ausging, wollte sie um nichts in der Welt mehr missen, obwohl sie wusste, dass sie ihn irgendwann hergeben musste.

Wenn sie etwas aus der Vergangenheit mitgenommen hatte, dann, dass der Tod der Gewinner eines jeden Krieges war. Wer hier die geringsten Verluste zu betrauern haben würde, wusste sie nicht. Es änderte jedoch nichts daran, dass sie erneut das Gefühl bekam, dem Kind nicht die Sicherheit bieten zu können, die es brauchte und verdiente.

Immer mehr fügte sich zusammen, immer mehr braute sich zusammen. Die Entscheidung, was mit Hallet geschehen sollte, rückte näher, und noch immer war Iouna unschlüssig.

Ihre beiden Zofen schauten sie nur an, denn anscheinend wussten sie auch nicht, welche Worte der Zuversicht in solch einer Situation helfen konnten. Sie saßen da und vertrieben sich die Zeit mit Stickereien und Näharbeiten oder lasen beiläufig. Viel gab es für die Frauen nicht zu tun. Sie befanden sich in keinem Schloss, in dem sie Spaziergänge machen konnten. Ganz im Gegenteil: Tristan hatte Iouna sogar verboten, den Lagerplatz zu verlassen oder ohne Begleitung hier herumzulaufen.

Wieder verspürte sie das Gefühl, eine Gefangene zu sein. Nur an Halvars Seite war sie wirklich frei gewesen, aber diese Zeit lag eine gefühlte Ewigkeit zurück, auch wenn es nur ein paar Tage waren.

Als erneutes Wiehern die Ankunft von Reitern ankündigte, hatte Iouna nicht die Zeit, sich viele Gedanken zu machen. Sie wandte sich Keira zu, die unweit von Hallet auf dem Boden saß, und schaute auf sie hinunter.

»Ich hörte, Ihr könnt ein Kind versorgen.«

Erschrocken blickte die Zofe auf. »J... Ja, Herrin«, kam zögerlich über ihre Lippen. Es wirkte fast, als hätte Iouna sie bei etwas Verbotenem erwischt.

»Könnt Ihr Euch um Hallet kümmern, während ich das Zelt verlasse?«

Der ungläubige Blick der jungen Frau riss nicht ab. »Wo wollt Ihr denn hin?«, stellte sie eine Gegenfrage, und Iouna warf einen Blick nach draußen, wo sie durch den offenen Eingang bereits die Pferde erspähen konnte.

Damit lag die Antwort wohl auf der Hand, und die Zofe schaute auf den Knaben nieder. »Für einen älteren Jungen wäre es zu wenig, was meine Brust hergibt, aber für einen Säugling müsste es reichen. Vielleicht wird es später wieder mehr«, erwiderte Keira, schien sich ihrer Sache aber nicht allzu sicher.

Iouna konnte verstehen, worauf sie hinauswollte. Irgendwann versiegte die Milch, aber es schien noch nicht allzu lange her zu sein, dass sie sich um Tristans Nachwuchs gekümmert hatte. »Versucht es einfach«, machte sie ihr Mut.

Nickend nahm die Zofe den leisen Befehl hin, den ihr Iouna damit gegeben hatte.

Iouna wandte sich indessen ab und wartete am Eingang, bis alle Männer in Tristans Zelt verschwunden waren. Noch einmal atmete sie tief durch, nicht, weil sie das Gespräch fürchtete, sondern weil sie ahnte, dass sie Hallets neues Schicksal besiegelt hatte. So wie sie sich einst fühlte. Eine Mutter, die noch lange keine war, aber zu einer gemacht wurde, überließ sie ein Kind einer Frau, die Mutter sein sollte, aber …

Kurz schloss sie ihre Augen, um den möglichen Verlust auszublenden, der sich in ihr breitmachte. Es kam ihr richtig vor. Natürlich konnte Hallet das eigene Fleisch und Blut nicht ersetzen, das Kind, das Keira verloren hatte, aber vielleicht war der Säugling fähig, Schmerzen zu lindern, denn das war es, was Iouna alle Zeit bei der Zofe wahrnahm. Trauer. Auch an dem Morgen, als die junge Frau mit Thorvid geredet hatte. Sie lachte, aber ihr Lachen gelangte nie bis zu ihren Augen. Im Gegensatz zu Gaelle, die ihr zufriedener erschien. Allerdings war sie auch noch nicht verheiratet worden. Nicht auf solche Weise. Neben ihren Zofen kam sich die Prinzessin beinahe alt vor. Keira war erst achtzehn geworden, Gaelle nur ein Jahr älter. Aber es ergab Sinn, denn verheiratete Frauen hatten Besseres zu tun, als einer Prinzessin ihre Schuhe nachzutragen. Sie mussten einen Haushalt führen, Kinder versorgen und ihrem Mann eine gute Ehefrau sein. Das musste Iouna auch, aber als Adlige in gänzlich anderen Ausmaßen.

Nach einem weiteren tiefen Atemzug trat sie aus dem Zelt. Sie schaute nicht zurück, während sie zu Tristans Unterkunft schlich, und das so leichtfüßig, wie es ihr möglich war. In solchen Momenten kam ihr das vergangene Leben zugute. Wie eine streunende Katze wich sie einigen Männern aus und lugte durch den Eingang, den Tristan außerhalb nicht bewachen ließ. Es sollte nicht der Eindruck erweckt werden, man hätte Hannibal von Kosse in einen Hinterhalt gelockt, ähnlich wie seinen Bruder. Die Männer innerhalb der dünnen Stoffwände mussten genügen. Abgesehen davon, überragten Yorick und Tristan selbst die Ritter, die von Kosse mit sich führte, was einen ausreichenden Eindruck hinterließ, um nicht unüberlegt zu handeln. Vorsichtig schob Iouna den Vorhang ein Stück beiseite, bis sie im Inneren ihre drei Brüder sowie Hannibal mit seinem Geleit erkannte. Er war also gekommen und bereit, mit den Nordmännern zu sprechen. Sie erschrak fast, als sie den neuen Herzog sah. Die Ähnlichkeit mit Heinrich war unverkennbar, auch wenn Hannibal einige Jahre jünger aussah. Das kurze Haar des Mannes war kaum ergraut, nur wenige weiße Strähnen durchbrachen das Braun an Schläfen und Bart, aber ansonsten hatte der Zahn der Zeit nicht allzu sehr an ihm genagt. Die beiden Ritter konnte Iouna nicht erkennen. Sie versteckten ihr Antlitz unter dem Helm. Es schienen aber wie bei Heinrich und Lothar Männer des blauen Banners zu sein. Beschützer.

»Dann würde ich gerne mit Eurer Schwester sprechen«, durchbrach die Stimme Hannibals Iounas Beobachtungen und brachte damit Thorvid zum Lachen.

»Unsere Schwester ist nicht Teil der Verhandlung«, antwortete Tristan und blickte sein Gegenüber ernst an.

»Sie kann uns aber sagen, was auf der Lichtung passiert ist«, konterte der Herzog und stemmte provokant seine Arme auf den Tisch.

Immer wieder sah sich Iouna um, damit sie nicht noch hinterrücks überrascht wurde, denn Thorvid hatte ihr ausdrücklich verboten, der Verhandlung beizuwohnen. Warum, wusste sie nicht. Sie hätte Hannibal ohnehin nicht auf seine Fragen geantwortet, aber vermutlich wusste ihr Bruder, was er tat und verlangte. Die junge Frau konnte seine Bitte nur nicht einhalten, nicht gänzlich, da die Neugierde sie zu sehr plagte, was sie mit Halvar vorhatten.

»Es tut auch nichts zur Sache, was die Prinzessin gesehen hat«, meinte Thorvid. »Ihr habt es hierbei mit einem Ritter zu tun. Das heißt, selbst wenn wir ihn lebendig ausliefern, müsst Ihr dem Orden übermitteln, weshalb Ihr ihn verurteilt. Wir haben es leichter, da wir bereits ein unterzeichnetes Geständnis von ihm besitzen. Wir könnten ihn umgehend bestrafen und danach die Schrift einreichen.«

»Und weshalb bin ich dann hier?«, wollte Hannibal wissen und nahm seine Hände vom Tisch, die er anschließend erwartungsvoll vor sich verschränkte. »Mein Sohn ließ mir übermitteln, dass Ihr etwas zu verhandeln hättet.«

»In erster Linie«, holte der brünette Nordmann weiter aus, »wären wir bereit, Euch den Hünen zu übergeben, wenn Ihr davon abseht, Schwarzbruch weiterhin zu belagern.«

»Lothar von Falkenberg hat dabei geholfen, die Verlobung zu lösen, bedrohte meinen Bruder sogar mit dem Orden. Und urplötzlich schwenkt er um, und mein Bruder ist tot. Reichlich seltsam. Ich hege die Vermutung, dass er dem Kopfgeldjäger, den wir ausgesandt hatten, Gold geboten hat, um meinen Bruder zu töten. Nur weil Heinrich nicht bereit war, die Verlobung als gelöst anzusehen. Die Briefe sprechen dafür.«

»Das ist in der Tat seltsam«, stimmte Thorvid zu, was seine beiden Brüder dazu brachte, ihn musternd anzusehen. »Aber selbst wenn ... Warum sollte der Ritter erst Richtung Norden reisen, um Heinrich von Kosse zu töten, und dann zurückkehren, um sich gefangen nehmen zu lassen?«

»Um sich herausreden zu können, wie er es gerade macht«, erklärte Hannibal lautstark. »Lothar stellt den vermeintlichen Ritter als Übeltäter hin. Als habe er vollkommen allein gehandelt. Aber warum ist der Ritter hier, wenn er nicht ein Ziel hatte? Seine Verhaftung war dies sicher nicht. Ich will diesen Mörder in meinem Besitz haben und den Herzog zur Rechenschaft ziehen!«

Besitz ... Iouna schnürte sich der Magen zu. Der Herzog würde nicht zögern, Halvar hinrichten zu lassen. Das sah sie an seinem Blick. Wütend funkelten seine Iriden im Kerzenschein, und die Flammen spiegelten sich darin wider.

Thorvid atmete tief durch und rieb sich müde die Augen. »Hört, Herzog«, begann er ruhig, »es ist nun mal so, dass Ihr ihn nicht einfach köpfen könnt, ohne einen Grund vorzulegen. Er hat das Geständnis als Sir Halvar Dahl unterschrieben. Sein Leben gehört dem Orden, das könnt Ihr auch an der Tätowierung erkennen, die er trägt. Tötet Ihr ihn ohne Geständnis, sei es schriftlich oder vor einem vertrauenswürdigen Paladin, habt Ihr danach weitaus größere Probleme als einen hinterlistigen Herzog von Falkenberg oder gar einen toten Bruder. Wenn Sir Halvar Dahl es nicht unterschreibt, und Vollstrecker sind mehr als hartnäckig, braucht ihr zumindest die unterzeichnete Aussage eines glaubwürdigen Zeugen und *danach* die Zustimmung des Ordens. Der Orden sieht es nicht gerne, wenn seine Männer abgeschlachtet werden. Vor allem bei Xhars Streitern sind sie sehr nachtragend, da es von ihnen wesentlich weniger gibt. Entweder verzichtet Ihr auf einen Angriff oder Ihr müsst auf den Hünen und somit auf den Stützpfeiler Eurer Anklage verzichten. Ihr könnt nicht in ein Land reinspazieren und es wahllos bedrohen. Unsere Schwester mag vielleicht mehr wissen als wir, aber wie Ihr an der Anklage sehen könnt, ist sie bereits gestraft genug.«

Hannibal beäugte anscheinend nicht zum ersten Mal das unterschriebene Blatt, dann warf er es Tristan entgegen. »Wenn ich Schwarzbruch in Ruhe lasse, bekomme ich den ritterlichen Kopfgeldjäger?«

Nickend bestätigte Tristan als Anführer die Aussage.

»Und wie soll ich ihn anklagen, wenn er nicht nachgeben wird und ich keine Zeugin habe wie Ihr?«

Thorvid verwies den Herzog, sich sein Gesicht anzusehen. »Vollstrecker sind Qualen gewöhnt, aber selbst sie lassen sich irgendwann brechen. Wenn man weiß, wie oder *wodurch.*«

Sollte das heißen, Thorvids Gesicht war von Halvar so verunstaltet worden? Das ergab keinen Sinn für Iouna. Er hätte ihrem Bruder nie etwas getan, oder hatte er Anlass dazu gehabt? Sie verlor immer mehr den Zusammenhang. Thorvid hatte sie gebeten, ihm zu vertrauen, was immer er tat, aber ... Hatte er Halvar mit ihr erpresst? »*Nein*«, rief sie sich ins Gedächtnis. Irgendetwas anderes musste ihr Bruder mit Halvar ausgehandelt haben.

Zustimmend vernahm der Herzog die Worte und rieb sich den sichtlich frisch gestutzten Kinnbart. »Ist das alles?«, wollte er schließlich wissen, woraufhin sich Yorick räusperte und Tristan noch eine weitere Schrift hervorzog.

»Natürlich würde sich mein Vater freuen, wenn Ihr ihn genauso unterstützt, wie es Euer Bruder getan hat.«

Kurz herrschte Stille, aber plötzlich fing Hannibal an zu lachen. »Meinem Bruder wurde eine Braut zugesagt. Deshalb hatte er eingewilligt, da er dadurch Mitglied des Königshauses geworden wäre. Ich jedoch habe eine Frau. Ihr könnt mir im Gegenzug nichts anbieten.«

»Im Grunde brauchen wir Eure Stimme nicht mehr«, entgegnete Thorvid leicht arrogant. »Lothar von Falkenberg verzichtet auf seinen Thronanspruch. Wir wollten nur sichergehen.«

»Bitte, was?!«, spie Hannibal ungläubig aus. »Dieser Sohn eines Ogers verzichtet auf den Thron, obwohl er meinen Bruder fast täglich belästigt hat?«

»Na ja«, gab Yorick heiter von sich. »Lieber einen kleinen Thron, auf dem man sitzen kann, als gar keinen Hintern mehr.«

»Wir haben verschiedene Mittel, die ihn zwangen, auf seinen Thronanspruch zu verzichten. Mehr müsst Ihr nicht wissen, Hannibal von Kosse. Oder dachtet Ihr etwa, es stünde wieder eine Heirat zur Debatte?«, sprach Thorvid siegessicher.

Tristan schaute indessen den Mann vor sich an. »Wie entscheidet Ihr Euch?«, wollte Tristan nach kurzer Zeit wissen; allmählich schien er die Geduld zu verlieren.

»Ich bekomme ganz sicher den Kopfgeldjäger?«, versicherte sich Hannibal zum gefühlt hundertsten Mal, und wieder stimmte jeder zu.

»Ihr bekommt ihn von uns ausgehändigt, sobald wir alles erledigt haben«, erklärte Thorvid ruhig und recht langsam, damit er sich vermutlich nicht noch einmal wiederholen musste. »Ist das erledigt, sagen wir in zwei Tagen, dann bekommt Ihr ihn lebendig ausgehändigt. Ihr hingegen lasst Schwarzbruch in Frieden. Mir ist bewusst, dass Ihr Euren Bruder rächen wollt, und mir ist auch bewusst, dass Ihr Euren Männern irgendetwas vorweisen müsst, aber einen Krieg sollte es deshalb nicht geben.«

»Einverstanden«, wandte Hannibal ein, der seine Leibwächter anwies, dass sie fertig seien.

Gerade wollte Iouna vom Vorhang zurückschrecken, da erklang die Stimme Yoricks. »Nicht so schnell«, unterbrach er das Geschehen und schob sich vor den Eingang. »Ihr werdet aber auch verstehen, dass wir uns absichern müssen. Immerhin gilt es, Verträge einzuhalten. Wir stellen sicher, dass Ihr Schwarzbruch und uns in Ruhe lasst.«

Tristan legte Hannibal die Rolle auf den Tisch, ebenso Tinte und eine Feder. Mürrisch drehte sich der Herzog noch einmal um und begab sich zum Tisch.

Sogar Iouna konnte hören, wie das Schreibwerkzeug über das Papier kratzte, da Hannibal anscheinend widerwillig die Schrift unterschrieb. Erst dann ließ Yorick ihn passieren, und Iouna lief rasch um das Zelt herum, um nicht entdeckt zu werden.

Ihre Brüder begleiteten den Herzog zu den Pferden, und noch einmal ergriff Thorvid das Wort. »Ihr sagtet zuvor, Lothar sei der Sohn eines Ogers ... Ihr kennt die Gerüchte, die über Euren Bruder kursierten, oder? Eben jene, dass er Oger aus der ungezähmten Wildnis besitzt.«

Iouna schaute vorsichtig um den Stoff herum, als sie diese Worte vernahm, und sah Hannibal innehalten.

»Für was ist das riesige Zelt in der Mitte Eures Lagers?«, fuhr Thorvid ungehindert fort, was dem Herzog diesmal ein Grinsen entlockte.

»Sagen wir«, antwortete Hannibal von Kosse, »das ist meine Absicherung!«

Danach stieg Heinrichs Bruder auf sein Pferd und verließ ohne weiteren Gruß das Lager der Nordmänner.

Zurück blieben skeptische Gesichter und ein sichtlich aufgeregter Tristan. »Wenn er Oger besitzt, werde ich keinen Krieg riskieren!«, schimpfte er umgehend los, nachdem von Kosse hinter der Palisade verschwunden war.

»Es könnten auch nur leere Drohungen sein«, mutmaßte Yorick und folgte seinem Bruder.

Thorvid schaute dem Herzog etwas länger nach als der Rest, ehe er sich ebenfalls noch einmal in das Zelt begab.

Iouna hörte die Stimmen ihrer Brüder. Sie fand auf der Rückseite der Unterkunft einen schmalen Riss im Stoff, durch den sie die drei Männer beobachten konnte.

»Ich riskiere keinen Krieg!«, machte Tristan erneut seinen Standpunkt klar.

»Auf einmal riskieren wir keinen Krieg mehr?«, fuhr Thorvid ihm barsch über den Mund.

»Das war damals etwas anderes«, rechtfertigte sich Tristan daraufhin vage, und Iouna hatte keine Ahnung, wovon sie sprachen.

»Etwas anderes? Ja, weil es dir gelegen kam, mehr nicht. Außerdem musstest du nicht die Drecksarbeit erledigen oder die Schreie hören, die ich hören musste«, krakeelte Thorvid ungehalten. Er reichte Tristan gerade einmal bis zur Nase, aber das schmälerte seinen Einsatz nicht, wenn er glaubte, im Recht zu sein.

»Du hast es auch nicht aus reiner Nächstenliebe getan«, erwiderte Tristan zähneknirschend, weshalb Yorick sich schlichtend zwischen beide stellte.

»Geschehen ist geschehen, aber Tristan hat diesmal recht. Besitzt Hannibal Oger, dann sollten wir vorsichtig sein. Diese Kreaturen kennen auf dem Feld weder Freund noch Feind.«

»Dann wäre Thorvid unter ihnen ja in bester Gesellschaft«, knurrte Tristan und hatte bereits seine Hände zu Fäusten geballt.

»Ich bin nicht derjenige, der andere wegen ihrer Herkunft verurteilt«, konterte Thorvid und wich nicht eine Haaresbreite zurück.

»Du siehst doch die Parallelen«, hauchte Tristan. Erschöpft fuhr er sich durch sein Haar. »So blind bist doch nicht einmal du. Iouna und dieser …«

»Ja, ich sehe die Parallelen«, gab Thorvid zu, »aber das heißt nicht, dass alles genauso ablaufen wird.«

Iouna verstand nicht ein Wort des Streits, der zwischen ihren Brüdern entflammt war. Jeder schien mehr zu wissen als sie. Die Götter, ihre Brüder ... Vor allem beunruhigte sie die Tatsache, dass sich Thorvid und Tristan um einen Krieg stritten. Welcher sollte das gewesen sein? Und warum? Beide hatten weder in einer richtigen Schlacht gekämpft, noch hatte Delyveih in den vergangenen Jahren einen Krieg geführt. Anstatt Antworten zu bekommen, hatte ihr Lauschen weitere Fragen aufgeworfen. Niemand schien ehrlich zu ihr zu sein oder ihr alles zu erzählen. Vielleicht lag es daran, dass sie eine Frau und eine Prinzessin war, der man nicht die Raffinesse zusprach, in solchen Dingen mitreden zu können.

Sie kam sich wie ein Kind vor, wenn sie sich unter ihren Brüdern befand, aber das war sie schon lange nicht mehr.

Wenig beruhigt, kehrte sie deshalb zu ihrem Zelt zurück, in dem Keira gerade Hallet stillte. Fast schon erschrocken blickte die blonde Zofe auf, und Iouna hob lächelnd ihren Finger an die Lippen. Der Säugling war wieder dabei einzuschlafen, und auch wenn es ein ungewohnter Anblick war, hatte sie genau dies herausgefordert. Es war gut, wenn der Knabe ihre Brust annahm, und auch, dass sie alles andere als unglücklich wirkte. Iouna wurde sich ihrer Sache immer sicherer. Hallet würde es bei Keira besser haben als an ihrer Seite. Nicht so sicher war sie sich, was aus Halvar werden sollte. Tristan war er eindeutig ein Dorn im Auge. Sie konnte froh sein, dass Thorvid augenscheinlich die Oberhand besaß, obwohl das kein anderer zugegeben hätte.

Und kaum hatte sie an ihren Bruder gedacht, stand er auch schon im Zelt. Etwas irritiert, die Zofe den Jungen stillen zu sehen, drehte er sich auf der Ferse um und bat Iouna stattdessen, mit ihm vor die Unterkunft zu kommen. Die Frauen begannen zeitgleich zu lachen, als sie den Nordmann mit hochroter Miene von dannen ziehen sahen. Es war eben nicht üblich, dass die hohen Herren mitbekamen, wie die

Kinder genährt wurden. Sie bekamen sie ja meist selten zu sehen.

Als sich ihr kurzes Gelächter gelegt hatte, ging Iouna nach draußen und betrachtete Thorvid. Ihr Bruder hatte noch alle Mühe damit, sich für sein unangekündigtes Auftauchen zu entschuldigen, als seine Schwester ihn unterbrach. »Ist etwas?«, verlangte sie schmunzelnd zu wissen und verschränkte ihre Arme vor der Brust.

»Ja«, fing er sich und griff in die Tasche seines langen dunklen Mantels. Zu Iounas völliger Überraschung zog Thorvid ihren hölzernen Armreif heraus und hielt ihn seiner Schwester hin.

»Wie hast du ...«, begann Iouna zu stammeln, und ihr Bruder erklärte, dass er ihn von Halvar zurückerhalten hatte. Jedoch wie dieser an den Reif geraten war, das konnte er nicht sagen, als sie meinte, ihr sei das Schmuckstück auf dem Marktplatz vom Arm gezogen worden. Thorvid ging davon aus, dass der Armreif in Lothars Besitz gelangt war und dazu dienen sollte, seine Überlegenheit zu demonstrieren, die er jedoch genauso wieder verloren hatte wie das Kleinod. Mit einem besorgten Gesichtsausdruck zog Iouna ihn über ihren Arm und fuhr die Runen nach. Sie vermisste Halvar immer mehr, und das nächtliche Einschlafen ohne ihren Hünen verkam zunehmend zu einem anstrengenden Akt der Müdigkeit. Sie konnte nur ahnen, dass jeder ihr bereits die Strapazen und die Sorge ansah.

»Iouna ...«, riss Thorvids dunkle Stimme sie aus ihren Gedanken. »Wir haben noch etwas anderes zu bereden ...«

***

Ohne lästiges Metall, das an seiner Haut rieb, lief Halvar in seiner winzigen Zelle auf und ab. Den Luxus, aufrecht stehen und sich bewegen zu können, erkannte man erst, wenn es einem verwehrt blieb. Lustlos kaute er auf seinem trockenen Brot herum, das er langsam nicht mehr sehen konnte.

Er sehnte sich nach einem Stück Fleisch oder wenigstens etwas Käse und Obst. Noch mehr sehnte er sich allerdings nach Iouna. Halvar konnte nicht sagen, wie lange es her war, dass Lothar ihnen den Morgen verdorben und er sie zum letzten Mal gesehen hatte. Selbst der Besuch ihres Bruders schien unendlich weit zurückzuliegen, dennoch kam es ihm so vor, als hätte Thorvid die Zelle eben erst verlassen. Er besaß kein Zeitgefühl mehr. Gelangweilt trat er den Eimer, den der Nordmann ihm dagelassen hatte, durch sein Gefängnis. Es wurde Zeit, dass er aus diesem Loch herauskam. Immer wieder nickte er kurz ein und musste sich den Schatten stellen, die in der Finsternis lauerten. Immer wieder kehrten sie zurück und versuchten, sich seines Körpers zu bemächtigen. Immer wieder behielt er die Oberhand und wies sie ab.

Waren sie ein Albtraum? Waren sie real? Er konnte es nicht sagen.

Die Bewegung half ihm, sich wachzuhalten, aber inzwischen spürte er die Müdigkeit deutlich. Wie lange er wohl schon in Lothars Gefängnis saß? Tage? Wochen? Auch das konnte er nicht mehr sagen. Trotz seiner Bedenken einzuschlafen, setzte er sich noch einmal hin und lehnte sich an die Wand. Sofort fühlte er, wie seine Glieder schwer wurden und ihn in den Abgrund des Schlafes ziehen wollten. Daher begann er, seinen Geist zu beschäftigen, und dachte an den seltsamen Besucher. Obwohl dieser finster gekleidet war, schien er nicht zu den Schatten zu gehören. Vielmehr erinnerte der Fremde Halvar an einen seiner Ordensbrüder, auch wenn seine Rüstung nicht zum Orden passte. Ein Ritter des schwarzen Banners, der aus irgendwelchen Gründen hier war, um seinem Kameraden beizustehen. Wer war der Kerl gewesen?

Das bekannte Geräusch des Schlüssels im Schloss seines Zelleneingangs riss den Hünen aus seinen Gedanken.

Ohne große Hast richtete er den Blick an die Decke, wo die Luke sich ein weiteres Mal öffnete und die Leiter herabgelassen wurde.

Langsam und bedächtig stieg Thorvid die Sprossen herunter. Keine Wache begleitete ihn, keine Beschimpfungen folgten. Nichts. Nur Iounas Bruder, der ein siegessicheres Grinsen auf seinem violett verfärbten Gesicht trug. »Guten Morgen, holde Maid. Euer Ritter eilt zur Rettung!«, flötete er.

Mit hochgezogener Augenbraue musterte Halvar den Nordmann und fragte sich, ob er selbst oder der Besucher den Verstand verloren hatte. Bildete er sich nur ein, was er hörte? Oder war Thorvid nur zu schlechten Scherzen aufgelegt? »Was?«, erwiderte Halvar mit kratziger Stimme.

»Ab jetzt seid Ihr mein Gefangener. Mehr oder weniger, aber zumindest bekommen wir Euch aus diesem Loch heraus.«

Verständnislos starrte Halvar sein Gegenüber an, während sich dessen Worte den Weg in sein müdes Bewusstsein gruben. »Was?«, fragte er erneut, als ihm der Plan seines Schwagers wieder in den Sinn kam. »Ach so ... ja. Das Geständnis.«

Musternd betrachtete Thorvid den Hünen. »Ihr seid müde, das kann ich verstehen«, erklärte er, wobei das Grinsen aus seinem Gesicht verschwunden war. »Lothar stellt Euch eine seiner Badekammern bereit, damit Ihr Euch waschen und umziehen könnt. Für Eure Kleidung habe ich gesorgt, wie auch für ein paar andere *Kleinigkeiten.*«

Halvar nickte langsam und rappelte sich auf. »Kleinigkeiten?«

Auch der Nordmann nickte und begann, die Leiter wieder nach oben zu steigen. »Ihr habt Euer Geständnis als Sir Halvar Dahl unterschrieben«, erinnerte er Halvar. »Also erhaltet Ihr Euren Ring und Eure Robe zurück.«

Überrascht sah Halvar ihm nach, wie er durch die Luke verschwand, und ließ die Worte noch einmal durch seinen

Geist wandern. Er sollte die Insignien des Ordens zurückerhalten, die ihn als das auswiesen, was er eigentlich noch immer war. Ein Ritter des schwarzen Banners. Ein Vollstrecker des Ordens. Nur seine Tätowierung erinnerte noch daran. Sein Ring hatte die Zeit wohl in den Archiven auf Calera verbracht. »Was bei Xhar ...«, murmelte er vor sich hin.

Wie hatte Thorvid das bewerkstelligt? Wie hatte er den Rat überzeugt, dass Halvar noch am Leben und kein Verräter war? Er schüttelte den Kopf, um sich wieder aus der Starre zu lösen, und folgte dem Nordmann. Das Holz der Leiter ächzte unter seinem Gewicht, während er bedächtig hinaufstieg.

Oben wurde er bereits von Thorvid und Sir Weißhaupt erwartet, der die traditionelle schwarze Robe der Vollstrecker in Händen hielt und ausnahmsweise keinen Helm trug. »Sir Halvar«, begrüßte der Beschützer seinen ehemaligen Gefangenen. »Eure Robe.«

»D... Danke«, stotterte der Hüne geistesabwesend und nahm das Kleidungsstück entgegen.

Lothars Leibwache wandte sich an Thorvid. »Benötigt Ihr mich noch, Sir?«, wollte er wissen.

Sir?

»Ich nicht, nein«, antwortete der Nordmann, »aber ...« Erwartungsvoll schaute er Halvar an. »Falls Ihr Hilfe beim Baden braucht, lässt sich das sicherlich auch ... einrichten«, erklärte er. »Sir Weißhaupt wird gern nach jemandem schicken.«

Mit einem leichten Kopfschütteln lehnte der Hüne ab. »Nur Wasser, keine Hilfe.«

»Wie Ihr wünscht«, erwiderte Lothars Leibwache und verbeugte sich leicht, bevor er die beiden Männer alleine ließ.

Halvar musterte den Stoff in seiner Hand. Obwohl es sich um relativ grobes Gewebe handelte, fühlte es sich gut an.

Dies war die Kleidung, die er tragen sollte. Der zugehörige Gürtel mit der in die Schnalle gravierten Fliege lag obenauf.

»Nun kommt«, forderte Thorvid. »Bewundern könnt Ihr sie lange genug, wenn Ihr sie tragt.«

Erneut nickte Halvar und schritt langsam neben Iounas Bruder her. Schweigend verließen die beiden den Kerker, bald darauf standen sie im Burghof. Schützend hielt Halvar sich seine Hand vor die Augen, um die blendenden Strahlen der späten Nachmittagssonne abzuhalten. »Wie lange war ich da unten?«, fragte er, während sie an tratschenden Frauen vorbeigingen.

»Ungefähr fünf Tage«, antwortete Iounas Bruder und winkte in Richtung der Hofdamen, die sofort miteinander zu tuscheln begannen.

Halvar fragte sich, ob der Nordmann nur ausnutzen wollte, dass die Kammerdienerinnen sie so nicht belauschten, oder ob er etwas persönlichere Ziele verfolgte – auch wenn in diesem Moment kaum der richtige Zeitpunkt dafür schien.

»Fünf Tage ...«, wiederholte er und versuchte, das Kichern der Frauen zu ignorieren. »Hat sich in der Zeit etwas getan?«

Kurz schwieg der Nordmann, bevor er einen tiefen Atemzug nahm. »Ihr meint, ob meine Schwester Euch bereits ersetzt hat?«, meinte er, wartete aber keine Antwort ab. »Nein, ganz im Gegenteil. Hätte ich Euch heute nicht herausgeholt, hätte sie das selbst gemacht.«

Auch wenn Halvar alles andere überrascht hätte, musste er lächeln. Er hoffte, er konnte sie bald wiedersehen und in die Arme schließen.

»Wenn Ihr allerdings die Gesamtsituation meint, dann ja«, fuhr Thorvid fort, während er ein kleines Bündel aus seiner Tasche holte und es dem Hünen beiläufig hinhielt. »Lothar ist nun außen vor und wird kein König mehr werden können. Hannibal … das wird sich zeigen, und das bereden wir, wenn wir im Lager sind.«

Nickend nahm der Vollstrecker die Aussage zur Kenntnis und das geschnürte Stoffpäckchen entgegen. »Was ist das?«, wollte er wissen.

»Seht hinein und überlegt gut, ob Ihr diesem Pfad wieder folgen möchtet!«

Halvar tat, wie ihm geheißen und enthüllte einen Ring. *Seinen* Ring, wie deutlich an der Gravur auf der Innenseite zu erkennen war.

»Sir Halvar Arnkin Dahl, Ritter des schwarzen Banners«, stand darin geschrieben. Ehrfürchtig hielt er das Schmuckstück zwischen seinen Fingern und betrachtete die ebenfalls gravierte Fliege auf dem geschwärzten Stahl. Nach einem Moment steckte er sich den Ring an den Finger und ballte die Hand zur Faust.

»Das nehme ich mal als ›Ja‹«, meinte Thorvid grinsend, woraufhin sie ihren Weg über den Burghof fortsetzten. In Lothars Anwesen schien man nicht viel vom Trubel vor den Mauern der Stadt mitzubekommen und ging seinem gewohnten Tagwerk nach. Es war immer noch ein ungewohntes Gefühl für Halvar, nicht der Gegenstand des Tratsches zu sein. Seine Größe fiel zwar unverändert auf, aber die Reaktionen hatten sich gewandelt, seit Iouna ihn geheilt hatte. Wo ihm früher Abscheu und Feindseligkeit entgegengeschlagen waren, handelte es sich inzwischen eher um Überraschung.

Den Weg durch die Burg hatte der Hüne noch immer im Gedächtnis, und bald waren sie im Wohnbereich angekommen. Hier wurden sie von der gewohnt mürrisch dreinblickenden Gudrun empfangen.

Die alte Zofe starrte ihn einen Augenblick an und schien zu überlegen, ob er derselbe Mann war, der vor einigen Wochen hier gelebt hatte. »Wenn die Herren mir folgen mögen«, krächzte sie dann stotternd und ging voran.

Thorvid blieb ebenso stumm wie Halvar, sobald jemand anderes als Weißhaupt sie hören konnte. Offenbar vertraute er außer dem Ritter niemandem aus Lothars Hofstaat.

Warum gerade Weißhaupt? Vielleicht …

Er schaffte es nicht, den Gedanken zu Ende zu bringen, da Gudruns kratzige Stimme ihn darauf hinwies, dass sie ihr Ziel erreicht hatten. Wortlos verschwand sie wieder und ließ die beiden Männer vor einer verschlossenen Tür stehen.

»Welch liebliches Wesen«, spottete Thorvid und klopfte an die Tür, hinter der sich der Baderaum befand.

»Verdammt noch mal!«, drang die junge Stimme von Titus auf den Gang, ehe die Tür unsanft aufgerissen wurde. »Hör auf zu hetzen!«, fing er an zu schimpfen, wurde aber bleich wie die edlen Damen des Südens, als er den Prinz und den Ritter entdeckte. »G… Gudrun … Verzeiht, Herr, ich dachte, Ihr währt Gudrun.«

Thorvid verschränkte die Arme vor der Brust. »So nennt man diese reizende Frau also. Aber nein. Ist das Bad fertig?«

Eifrig nickte der junge Magier. »Das Feuer brennt, es dauert nur einen Moment, bis das Wasser erhitzt ist.«

Das krieg ich auch selbst hin.

Thorvid dankte ihm und entließ ihn dann.

Kurz sah Titus zu Halvar auf. Er schien etwas sagen zu wollen, schwieg aber und nickte dem Hünen nur zu.

Wortlos erwiderte dieser die Geste und sah dem Hofmagier nach, bis er um die nächste Ecke bog. Anschließend betrat er das Badezimmer, in dessen Mitte eine hölzerne Wanne stand, die nur etwa bis zur Hälfte mit Wasser gefüllt war. Auf einem kleinen Tisch lagen Hose und Stiefel bereit, die zur traditionellen Robe der Vollstrecker gehörten. Über dem Feuer im Kamin hing ein Kessel, in dem das Badewasser erhitzt wurde. Halvar legte das Kleidungsstück auf den Tisch und hielt den Finger ins Wasser. Schnell stellte er fest, dass es noch kalt war. Dennoch hob er den Kessel aus dem

Kamin und trug ihn zu der Wanne, wo er den Inhalt unter dem überraschten Blick Thorvids hineingoss.

»Titus sagte, es wäre noch nicht warm«, erinnerte er den Hünen mit fragendem Unterton.

»Ist es nicht«, bestätigte Halvar, entzündete Xhars Feuer an seinen Fingern und hielt die brennende Hand in das Wasser. Die blutroten Flammen des Totengottes erloschen auch im Wasser nicht und tauchten die Wanne in ein unheimliches Rot.

»Ein Grund mehr, Euch nicht allzu oft zu widersprechen«, raunte der Nordmann an seiner Seite. Er schien überrascht, aber nicht, als hätte er nicht etwas in diese Richtung erwartet. Vermutlich hatte Iouna ihrem Bruder auch das erzählt. »Oder Euch gar meine Schwester vorzuenthalten«, ergänzte er dann leise.

»Widersprecht, soviel Ihr wollt«, entgegnete der Hüne, ließ die andere Aussage aber bewusst unkommentiert. Als das Wasser eine für ihn angenehme Temperatur besaß, nahm er seine Hand wieder heraus und zog sich das dreckige Hemd über den Kopf. Neben der Wanne lagen einige Wolltücher, die dazu gedacht waren, den groben Dreck zu entfernen, bevor man sich ins Badewasser legte.

Genau das begann Halvar zu tun, während Thorvid ans Fenster ging und die Hände hinter dem Rücken verschränkte. Einen Moment war es still, als der Nordmann nachdenklich auf den Hof hinausblickte. »Ich bin mir unschlüssig darüber, ob man einem Vollstrecker solche Kräfte geben sollte, aber ... ich bin kein Gott«, gab er dann zu.

Brummend stimmte Halvar zu. Er wusste ja selbst nicht genau, *warum* er diese Kräfte von Xhar erhalten hatte.

Während der Prinz den Ausblick genoss, entledigte Halvar sich seiner restlichen Kleidung und stieg in die Wanne. Obwohl er wusste, dass es unvorsichtig war, setzte er sich mit dem Rücken zur Tür, da die Form der Wanne dafür ausgelegt war. Ein zufriedenes Raunen kam ihm über die Lippen, als die Wärme seinen Körper eroberte. Er fühlte die Entspannung durch seinen Leib strömen, aber auch die angesammelte Müdigkeit, die langsam versuchte, ihn in den Schlaf zu ziehen. Erschöpft rieb er sich die Augen, wobei ihm wieder der Ring an seiner Hand auffiel und dass er noch gar nicht gefragt hatte, wie der Nordmann dies angestellt hatte. Mit rauer Stimme holte er es nach.

»Wie ich das gemacht habe?«, fragte Thorvid und drehte sich grinsend wieder zum Hünen um. »Es gibt etwas, das Ihr wissen solltet, ehe wir zu meinen Brüdern zurückkehren.«

Mit hochgezogener Augenbraue musterte Halvar Thorvid, der seinen rechten Ärmel nach oben krempelte und eine Tätowierung des Ordens enthüllte. Das Zeichen eines Bewahrers prangte auf dem Unterarm, zusammen mit den Insignien eines Paladins. Die Tatsache, dass sich die Tätowierung auf dem falschen Arm befand, ließ darauf schließen, dass Thorvids linker Arm bereits eine andere Zeichnung trug.

Also doch!

»Ich bürge für Euch. Vorerst werdet Ihr aber nicht im Namen des Ordens sprechen und handeln, bis sich der Rat von Eurer Identität überzeugt hat.«

Tausend Fragen schossen Halvar durch den Kopf. Ein Nordmann als Ritter? Noch dazu ein Prinz? In all seiner Zeit als Ritter hatte er nie von einem Ritter Delyveihs gehört – geschweige denn einem Paladin. Aber eine Frage brannte ihm mehr auf den Lippen als alle anderen. »Warum?«

Thorvid seufzte leise, bevor er kurz die Zähne zusammenbiss und ihm antwortete. »Als mir meine Familie nicht glaubte und nicht weiterhalf, wandte ich mich an die Männer, die das tun konnten. Von denen ich die Macht und Unterstützung bekam, die ich benötigt habe.«

Nachdenklich nickte Halvar. Eine nachvollziehbare Entscheidung. Manchmal lohnte es sich, die Traditionen seines Volkes zu hinterfragen – und gegebenenfalls mit ihnen zu brechen. Für Thorvid hatte sich dieses Vorgehen offensichtlich gelohnt, denn was auch immer sein Plan war, er schien ihn mithilfe des Ordens in die Tat umgesetzt zu haben.

»Unterstützung wofür?«, versuchte Halvar herauszufinden, was sein Schwager vorhatte.

»Als ich weit genug aufgestiegen war, schilderte ich ihnen, was sich südlich zutrug und worin ich involviert bin«, erläuterte Thorvid.

Paladin …

Halvar wurde klar, dass Thorvid nun sein Vorgesetzter war. Insgeheim fragte er sich, ob er diesen Rang inzwischen auch bekleiden würde, wäre er damals nicht als Verräter verhaftet worden.

»Zuerst durfte ich nur beobachten und Beweise sammeln«, fuhr Thorvid fort. »Aber ein Herzog, der Frauen ermordete und sich eine Position in einem aufstrebenden Königshaus sichern wollte, ist nicht gerade das, was sich der Orden für den Frieden wünscht. Immerhin verteidigen wir die Schwachen. Meine Schwester war schwach … und allein. Als ich allerdings Euch entdeckte …« Grinsend wies der Nordmann mit dem tätowierten Arm auf Halvar. »Als Ihr den Arm des Herzogs gebrochen habt, war ich mir sicher, dass Ihr nicht nur ein einfacher Kopfgeldjäger sein könnt.«

Halvar nickte sacht und erwiderte das Grinsen. Kurz fragte er sich, woher Thorvid das wusste, gestand sich dann aber ein, dass der Mann vermutlich alles wusste, was irgendwie relevant in Bezug auf seine Schwester war.

»Der gebrochene Arm war gnädig«, murmelte der Hüne.

Tatsächlich hatte Lothar die Hand nur noch, weil Halvar nichts zur Verfügung gehabt hatte, um sie abzutrennen.

»Für einen Vollstrecker fast schon nachlässig, will ich meinen, aber danach wusste ich zumindest, dass ich sie mit Euch schicken konnte«, bestätigte Thorvid lachend seine Worte. »Zumindest ging ich davon aus, Ihr würdet sie beschützen. Das, was daraus wurde, damit hatte nicht einmal ich gerechnet.«

Halvar konnte den Blick nicht deuten, den der Prinz ihm zuwarf. Hass, Freude – alles konnte sich dahinter verbergen. »Ich auch nicht«, entgegnete er leise.

Wieder musterte ihn der Nordmann. »Zumindest hat sie etwas in Euch geweckt, was unter verbranntem Fleisch geschlummert hat«, gab er zu. »Zuletzt nahm sie Euch Euren Makel ganz. Und Ihr wart bereit, Euch als etwas auszugeben, was Ihr nicht seid. Ihr mögt vieles sein, aber kein Monster …«

Der Vollstrecker schnaubte abfällig. Der Tod seiner Liebe hatte Halvar über eine Grenze geschickt und ihn Dinge tun lassen, die er nicht wieder rückgängig machen konnte. Er bedauerte das Ende des Herzogs keinen Moment und ebenso wenig würde er zögern, jeden in die Verdammnis zu schicken, der Iouna schaden wollte. Aber ebenso wie Iouna etwas in ihm geweckt hatte, hatte ihr Tod etwas in ihm zerstört. »Ich bin eines, wenn ich muss«, meinte er bestimmt und sah Thorvid in die Augen.

Dieser wandte den Blick ab und sah betrübt zu Boden. »Nicht nur Ihr …«, raunte er. »Aber die wahren Monster lauern dort draußen, und ich bin hier, um sie für alle Zeit zu verbannen.« Einen Moment schwebten die Worte im Raum, ehe der Paladin seinen Ärmel wieder herunterkrempelte und sich räusperte. »Behaltet es vorerst für Euch«, sagte er, und Halvar war sich nicht sicher, ob es eine Bitte oder ein Befehl war. »Es weiß noch niemand aus … Delyveih. Nicht einmal meine Schwester.«

Nickend versprach es Halvar, woraufhin Thorvid sich verabschiedete.

»Und jetzt entschuldigt mich. Ich muss dem Orden mitteilen, dass zur Abwechslung ein Ritter aufgetaucht anstatt verschwunden ist.«

»Verschwunden?«, hakte Halvar nach und sah ihn fragend an.

»Im Osten wurden einige geplünderte Leichen von Ordensbrüdern gefunden. Aber lasst das meine Sorge sein«, erläuterte Thorvid, woraufhin Halvar klar wurde, wie der Deserteur an die Rüstung eines Bewahrers gelangt war. Brummend stimmte er zu, und der Nordmann ging an ihm vorbei zur Tür.

Halvar schloss die Augen, genoss die Wärme und hörte das Knarren der Türscharniere.

»Seid Ihr sicher, dass Ihr keine Hilfe wollt?«, fragte sein Schwager noch einmal.

»Ja!«

Überrascht öffnete er die Augen, als kühle Hände über seine Schultern strichen und der geliebte Duft ihres Haares ihm in die Nase stieg.

»Dann gehe ich wieder«, hauchte Iouna in sein Ohr und schlang die Arme um seinen Hals.

Lächelnd hielt er ihre Hände fest, während der heimliche Paladin endgültig den Raum verließ und die Tür ins Schloss fiel. »Ich hab dich vermisst«, gab er leise zu.

Ohne etwas zu sagen oder die Hände von seiner Brust zu nehmen, kam sie ein Stück um die Wanne herum und küsste ihn. Erleichterung machte sich in ihm breit. Sie war wohlauf, und er durfte sie wiedersehen.

Langsam ließ Iouna von ihm ab und machte einen Schritt zurück. Erst jetzt erkannte er, dass sie nicht mehr das schlichte grüne Kleid einer Bäuerin trug, das er ihr aus dem zerstörten Dorf mitgebracht hatte, sondern die Farben ihrer Heimat. Das bodenlange Kleid war dem, in dem sie gestorben war, sehr ähnlich, aber nicht mit schwarzen Ornamenten geschmückt. Der edle weiße Stoff fiel locker an ihr herab und umspielte ihren Körper. Weit weniger hochgeschlossen als die Kleidung des Südens, versteckte das schlichte Kleid ihre Vorzüge nicht. Das schwarze Haar reichte ihr noch immer bis über die Hüfte, an der es sanft ihre Bewegungen mitmachte.

Halvar war froh, dass sie es an jenem Morgen nicht abgeschnitten hatte, obwohl ihr Brauch etwas anderes verlangte. Sie gefiel ihm so, wie sie war. »Du bist ...«, fing er an, wurde aber unterbrochen.

»... zu freizügig für den Süden?«, mutmaßte Iouna. »Vermutlich, aber deren Meinung zählt nicht mehr.«

Lächelnd nickte er, um ihr recht zu geben, und vollendete dann seinen Satz. »... wunderschön.«

Ein verlegenes Lächeln eroberte ihr Gesicht, und sie sah kurz zu Boden. »Wie geht es dir?«, fragte sie leicht errötet.

»Müde«, bekundete er. Tatsächlich war die Erschöpfung das Einzige, was seine Wiedersehensfreude trübte.

Wenig überrascht, trat Iouna wieder näher an ihn heran. Sie nahm eines der Wolltücher und setzte sich elegant auf den Rand der Wanne. Sanft begann sie, Halvars Brust und Bauch mit dem Tuch abzuwischen, was er wohlig raunend hinnahm. Mit geschlossenen Augen genoss er die Berührungen seiner Frau.

»Wenn wir im Lager sind, kannst du dich ausruhen«, versprach sie.

Stumm nickte er und schaute sie wieder an. Er konnte ihr ansehen, dass sie etwas auf dem Herzen hatte. »Was ist los?«, fragte er nach und erkannte einen möglichen Grund. »Wo ... Wo ist Hallet?« Innerlich betete er, dass es dem Knaben gut ging.

Sie warf ihm einen wehmütigen Blick zu. »Hallet ist bei einer meiner Zofen«, erklärte sie.

Mit hochgezogener Augenbraue richtete er sich etwas auf und musterte sie. Iouna schien sich nicht mit sich selbst einig, ob sie darüber froh oder traurig sein sollte. »Warum?«, wollte er mit sanfter Stimme wissen. »Was ist los?«

Iouna schwieg einen Moment, ehe sie ihm vom Schicksal ihrer Zofe Keira erzählte. Als ob die Geburt eines toten Kindes nicht schon schlimm genug wäre, hatte man sie wie eine Kuh als Amme verkauft. Die Erzählung fiel ihr nicht leicht, weshalb er ihre Hand auf seiner Brust ergriff und festhielt. Nach einem weiteren Moment der Stille fragte sie, ob es Fügung gewesen sein konnte, erst einem Kind mit toter Mutter und nur wenig später einer Mutter mit totem Kind zu begegnen.

»Vielleicht«, musste er eingestehen und verstand, worauf sie hinauswollte. »Meinst du, es ist das Richtige, Hallet ganz bei ihr zu lassen?«

Auch wenn er sich inzwischen an den Gedanken der kleinen Familie gewöhnt hatte, war diese deswegen ja nicht aus der Welt – nur aufgeschoben.

»Wir wissen nicht, was uns noch bevorsteht«, merkte sie an. »Hallet hat es verdient, mit größtmöglicher Aufmerksamkeit und Fürsorge großgezogen zu werden. Ich weiß nicht, ob ich ihm das bieten könnte. Wir wissen nicht einmal, ob man unsere Verbindung anerkennt.«

Nachdenklich nickte Halvar und versuchte, ihre Blicke zu lesen. »Ist er sicher bei ihr?«, fragte er zögerlich.

»Als Frau ohne Mann etwas schwierig, aber ...«, antwortete Iouna. »... ich glaube, mein Bruder hegt Interesse an ihr.«

Der Hüne zog eine Augenbraue nach oben und grinste. »Welcher?«

»Dein Retter.«

»Thorvid?«, stellte er erstaunt fest und lachte kurz überrascht. »Und ich dachte, er lebt nur für *eine* Frau.« Herausfordernd sah er Iouna an. Thorvid hatte viel auf sich genommen, um ihr zu helfen, und Halvar war sich sicher, dass er dies auch weiterhin tun würde, wenn es nötig sein sollte.

»Oh bitte, lach ihn nicht aus«, forderte sie mit einem mitleidigen Unterton. »Er mag große Reden schwingen und große Männer hinter das Licht führen können, aber bei ihr hört er einfach nur zu.«

Halvar schüttelte den Kopf. »Ich lache ihn nicht aus!«, stellte er klar und fixierte ihre Augen mit den seinen. »Die richtige Frau kann einen Mann sehr … verändern.«

Einen Moment erwiderte sie stumm lächelnd den Blick, bevor sie kurz blinzelte. »Ihr Hallet zu überlassen fühlt sich richtig an«, gestand sie wehmütig. »Ich werde dafür sorgen, dass beide versorgt sind, selbst wenn ich mich irre, was Thorvid angeht.«

Noch einmal musterte er sie.

Iouna schien hin- und hergerissen zu sein, den Knaben abzugeben, aber er konnte ihr ansehen, dass sie es für richtig hielt. Schließlich lächelte er, bestärkte sie in ihrem Beschluss und gab sein Einverständnis, Hallet in Keiras Obhut zu geben. Auch wenn er die Frau noch nie gesehen hatte, vertraute er Iounas Urteil – immerhin hatte dieses auch sie zusammengeführt.

»Aber leicht ist es trotzdem nicht«, ergänzte sie leise und blickte auf den Boden.

»Ich weiß …«, gab Halvar ihr recht und überlegte einen Augenblick. Mit einem schelmischen Grinsen zog er sie vom Rand der Wanne zu sich.

Überrascht stieß Iouna einen spitzen Schrei aus, als sie im warmen Wasser auf seinem Schoß landete und ihn anlachte.

»Aber das heißt nicht, dass du auf eine Familie verzichten musst«, flüsterte er ihr zu und legte eine Hand auf ihr Bein.

Der feuchte Stoff schmiegte sich an ihre Haut und betonte ihre Figur noch deutlicher als zuvor. Kurz verlor er sich in dem Anblick, bevor Iouna mit dem Tuch begann, sanft sein Gesicht abzutupfen.

»Ich hatte auch nie vor, darauf zu verzichten, aber mein Ehemann zieht es vor, die Zeit fernab meines Bettes zu verbringen«, beschwerte sie sich scherzhaft.

»Dein Ehemann wäre nirgends lieber als in deinem Bett!«, dementierte er ihren gespielten Vorwurf und zog ihr Gesicht zu einem zärtlichen Kuss heran. »Es sind die, die gerne seinen Platz einnehmen würden, die ihn fernab davon ... fesseln.«

Langsam wanderte ihr Blick von seinen Augen über seinen Hals zu seinen Handgelenken. Sanft strich sie über die aufgeschürfte Haut an seinen Armen. Anschließend lehnte sie ihren Kopf an seine Schulter und begann, zarte Küsse auf die Wunden an Halvars Hals zu drücken. »Ich kann sie verschwinden lassen, wenn du möchtest.«

Er genoss die Zuneigung mit geschlossenen Augen, bevor er sacht den Kopf schüttelte und über ihre Wange strich. »Nein, spar deine Kraft«, meinte er. »Es ist nicht schlimm.«

Ein kurzes Kichern und zärtliche Bisse an seinem Hals waren alles, was sie dazu von sich gab. Plötzlich spürte er ein Kribbeln, das sich, begleitet von einer ungewohnten Wärme, auf seiner Haut ausbreitete.

»Ich bin nicht gern schuld an deinen Verletzungen«, hauchte Iouna, und ihm wurde klar, dass sie ihn trotz seiner Worte geheilt hatte. »Dann fessle ich dich eben erneut an ein Bett, aber diesmal an meines, dann kann es niemand anderes tun.«

»Guter Plan«, meinte er und hob ihren Kopf sacht am Kinn an, sodass sie ihn wieder ansehen musste; dann ließ er seine Hand sanft über ihren Körper zu ihrer Taille wandern. Ein weiterer inniger Kuss folgte, der rasch an Intensität gewann.

Vorsichtig schob die junge Frau ihn von sich und lächelte unsicher. »Vielleicht solltest du erst etwas essen und schlafen ...«, schlug sie mit fragendem Unterton vor, woraufhin er sie überrascht ansah.

»Es geht mir gut«, versicherte er ihr und zog sie wieder zu sich.

Iouna wehrte sich zunächst nicht gegen die liebevollen Küsse an ihrem Hals, setzte sich dann aber etwas auf, legte ihre Hand auf seine Wange und musterte sein Gesicht. »Nein, du brauchst Schlaf!«, meinte sie, küsste ihn noch einmal und kämpfte sich aus der Wanne. »Unsere Familie läuft uns nicht weg.«

»Du bist grausam!«, stellte Halvar amüsiert fest, denn ihn quälte ihre Zurückhaltung mehr als die vergangenen Tage in Lothars Kerker.

»Ich bin deine Ehefrau«, erwiderte sie schelmisch grinsend. »Das ist unter anderem meine Aufgabe. Nun komm!«

Seufzend erhob sich Halvar aus der Wanne und stieg heraus. Ein kurzes Aufflammen von Xhars Feuer war alles, was es brauchte, um seine feuchte Haut zu trocknen.

Iouna stemmte grinsend die Hände in die Hüfte und fragte, ob er seine Kräfte häufiger ausnutzte.

»Sonst bräuchte ich sie nicht«, entgegnete er lächelnd und ging zu ihr hinüber. Kurz betrachtete er ihren hübschen Körper, der sich deutlich durch den feuchten Stoff abzeichnete. Obwohl ihm der Anblick gefiel, schloss er sie sanft in die Arme und ließ das blutrote Feuer noch einmal aufflammen, um auch ihre Kleidung zu trocknen.

»Danke«, flüsterte sie, ohne ihn loszulassen. »Ich wollte nur ungern ... *so* das Bad verlassen.«

Halvar schwieg; seiner Meinung nach gab es keinen Grund, die Wanne, geschweige denn den Raum überhaupt zu verlassen. Aber sie bestand darauf, dass er sich zuerst ausruhen sollte, daher drückte er ihr noch einen Kuss auf den Haaransatz und ließ von ihr ab. Rasch ging er zu dem Tisch, auf dem seine Kleidung lag, und zog Hose und Stiefel an. Als er die Robe zur Hand nahm und sie aufgefaltet vor sich hielt, räusperte sich Iouna und sah ihn fragend an.

»Das ist die traditionelle Kleidung der Vollstrecker«, erklärte er, während er sie anzog. Sofort spürte er das vermisste Gefühl des rauen schwarzen Stoffes auf seiner Haut und sah an sich hinunter. Vorn reichte der Stoff bis zur Mitte seiner Oberschenkel und wurde nach hinten hin immer länger bis knapp über seine Knöchel. Auf der Brust prangte die blutrote Fliege Xhars, die ebenfalls auf dem schwarzen Banner zu finden war. Gemächlich band der Ritter sich den Gürtel um die Hüfte, der die Robe an Ort und Stelle hielt, und zog sich die riesige Kapuze über den Kopf. Mit ausgebreiteten Armen wandte er sich wieder Iouna zu und präsentierte ihr den fertigen Vollstrecker.

Verwundert musterte sie ihn. An seiner rechten Hand blieb ihr Blick hängen; sie kam zu ihm herüber und nahm diese in die ihre. Zart strich sie über die Brandnarben, die ihre Verbindung zeigten, und über den Ring des Ordens.

Er zog ihn von seinem Finger und hielt ihn ihr hin.

Vorsichtig nahm Iouna das Schmuckstück entgegen und musterte es. »Dein Vater hieß also Arn?« Offenbar war ihr die Gravur seines Namens aufgefallen.

»Ja«, bestätigte Halvar ihre Vermutung. Es verwunderte ihn nicht, dass sie die Regeln der Namensgebung seiner Heimat kannte. Beim Adel war weithin bekannt, dass der zweite Name eines Isvintaris auf die Namen der Eltern verwies. Bei Männern auf den des Vaters und bei Frauen auf jenen der Mutter.

Sie nickte verstehend. »Und woher hast du ...«, fing sie an, aber unterbrach sich und sah zu ihm auf. »Was ist los?«

Halvar lächelte und erinnerte sich an Thorvids Bitte, nichts zu verraten. Gern hätte er ihr von den Taten ihres Bruders erzählt, aber er entschloss sich, dessen Willen – oder Befehl – zu befolgen. »Ich glaube, ich habe doch noch Freunde im Orden«, sagte er deshalb.

Iouna nickte kurz, steckte den Ring sichtbar unzufrieden mit der Antwort wieder an seinen Finger und ließ dann seine Hand los. »Gehen wir?«, fragte sie, ohne ihn weiter mit Fragen zu bestürmen.

Wortlos stimmte er zu und folgte ihr hinaus. Alleine verließ das Ehepaar Schwarzbruch und näherte sich dem Lager der Nordmänner.

Obwohl der Hüne es noch nicht gesehen hatte, schenkte er der Zeltstadt kaum Beachtung. Zu sehr war er damit beschäftigt, zu überlegen, wie er seine offensichtlich mürrische Prinzessin aufmuntern konnte, ohne Thorvid zu verraten. Da ihm jedoch nichts einfiel, blieb er einfach stehen. Ohne ein Wort zu sagen, nahm er sie erneut in den Arm und drückte sie an sich.

Noch bevor sie etwas darauf erwidern konnte, unterbrach eine fremde Stimme die Zweisamkeit. »Könntet Ihr die Prinzessin loslassen?«

Halvar hob den Kopf und erblickte einen hellblonden Mann, der ihm in Körpergröße nur wenig nachstand. Das kantige Gesicht war von einem kurzen Vollbart umrahmt.

Genervt rieb der Fremde sich die Nasenwurzel und sah den Ritter dann fordernd an.

Ebenso fordernd erwiderte dieser den Blick, ohne Iouna loszulassen.

»Tristan ...«, meinte sie mit ruhiger Stimme.

Es handelte sich bei dem Mann in der weißen Robe also um ihren ältesten Bruder. Dass er ein Nordmann sein musste, war sofort an dem schwarzen Pferd mit silberner Mähne auf seiner Brust zu erkennen.

Halvar fragte sich, ob seine zur Schau gestellte Besorgnis seiner Schwester galt oder der Tatsache, dass Halvar ein Isvintari war.

»Wir sollten reden«, stellte der Thronerbe Delyveihs fest und bedeutete Halvar, ihm zu folgen.

Ich dachte, ich soll schlafen ...

»Geh, ich warte auf dich«, versprach Iouna leise und löste sich aus seiner Umarmung.

Mit einem Seufzen nickte er, drückte ihr – sehr zum Missfallen Tristans – noch einen Kuss auf die Stirn und ging hinter ihm her. Es war ein seltsames Gefühl, durch ein Lager der Männer zu gehen, die sein Volk mehr hassten als der Orden dic Argul. Misstrauisch sah er sich um und musterte jeden der wilden Krieger genau. Viele sahen den beiden Hünen hinterher, die in schwarzer und weißer Robe einen starken Kontrast bildeten, aber keiner näherte sich ihnen.

Bald erreichten sie ein Zelt, und Tristan trat ein, ohne die Plane auch nur einen Augenblick für Halvar offenzuhalten.

Dieser folgte ihm wortlos und fand sich in einem Besprechungsraum wieder. Ein großer Holztisch mit Karten der Umgebung und kleinen hölzernen Figuren dominierte den Raum. Einige einfache Stühle standen um das imitierte Schlachtfeld. Auf einem davon saß Thorvid, während ein anderer mit einem weiteren Mann besetzt war, den Halvar nicht kannte. Der Fremde sah den Geschwistern der Prinzessin recht ähnlich, weshalb er vermutete, dass es sich ebenfalls um einen Prinzen Delyveihs handeln musste.

Iounas ältester Bruder hingegen zog es vor, zu stehen, und wies mit der Hand auf einen freien Stuhl. »Setzt Euch!«, befahl er.

Halvar warf einen kurzen Blick zu Thorvid, der ihm unmerklich zunickte. Nach einem tiefen Atemzug folgte er der Anweisung Tristans und ließ sich auf dem unbequemen Stuhl nieder. Er zog sich die Kapuze vom Kopf und verschränkte die Arme vor der Brust.

»Hat Euch mein Bruder schon etwas gesagt?«, verlangte Tristan zu erfahren.

»Nein«, meinte Halvar und ließ den Blick zwischen seinen Gesprächspartnern schweifen.

Tristan nahm einen Becher und eine Karaffe von einem kleinen Beistelltisch und schenkte etwas Met ein. Gastfreundlich, wie er Halvar gegenüber war, nahm er selbst einen Schluck davon und stellte beides wieder ab.

»Dann wurde Euch noch nicht gesagt, wie alles ablaufen wird?«, war seine nächste Frage.

»Nein.«

Einen Augenblick schwieg der Kronprinz, bevor er sich einen weiteren Schluck Met gönnte. »Ihr werdet ausgeliefert …«, meinte er grinsend.

Noch bevor Halvar etwas dazu sagen konnte, mischte sich Thorvid ein. »Zum Schein!«, ergänzte er.

Mit hochgezogener Augenbraue sah Halvar Thorvid an. »Was?«

Der Bewahrer räusperte sich und stand von seinem Stuhl auf. »Morgen, wenn die Sonne ihren höchsten Stand erreicht hat, werden wir Euch an Hannibal *ausliefern*«, erklärte er, was Halvar erneut mit einer gehobenen Braue bedachte.

Toller Plan ...

»Allerdings braucht Ihr Euch keine Sorgen zu machen«, fuhr Thorvid fort. »Es wird nicht damit enden, dass Ihr sein Gefangener werdet.«

»Sofern«, mischte Tristan sich wieder ein, »der Plan meines *Bruders* aufgeht!«

Halvar rieb sich die Augen. Seine Müdigkeit machte es nicht leichter, den unvollständigen Ausführungen zu folgen. »Welcher Plan?«, fragte er seufzend.

Sagt doch einfach, was ihr wollt, und lasst mich schlafen.

Wenn er schon auf Iounas Nähe verzichten musste, wollte er stattdessen wenigstens seinen Schlaf haben.

»Hannibal wird sicherlich seinen Vertrag nicht einhalten, der Bedingung der Auslieferung ist«, führte der Paladin aus. »Er kann mit Euch gar nichts anfangen. Er hat keinen Beweis, dass Ihr Heinrich getötet habt. Seine Anklage ist reine Spekulation, weil ein anderer Kopfgeldjäger Euch zusammen mit unserer Schwester gesehen und er genau diese Information weitergegeben hat. Und als man Iouna sichtete ... Dennoch braucht er Euer Geständnis.«

Der müde Verstand des Isvintari benötigte einen Moment, um zu verstehen, was Thorvid erklärte. Dann aber erkannte er eine mögliche Schwachstelle. »Was ist mit dem anderen Kopfgeldjäger?«

Schweigend sah der Bewahrer seinen Ordensbruder an. Er konnte sich denken, dass Thorvid es dem Mann, der Mitschuld am Tod seiner Schwester trug, nicht leicht gemacht hatte.

Ein Räuspern Tristans durchbrach die Stille. »Mein Bruder hat ihn betäubt und dann an sein Pferd gebunden. Er liegt in einem der anderen Zelte und wurde von unserem Bruder Yorick verhört«, erläuterte Tristan und deutete auf den bisher stummen Prinzen. »Sehr viel zu sagen hatte er allerdings nicht. Nichts, was wir nicht bereits wussten.«

»Nur viel Gewimmer«, ergänzte Yorick und brach damit sein Schweigen. Ein kleines Schmunzeln huschte über sein bärtiges Gesicht.

»Verstehe«, meinte Halvar. »Noch etwas?«

Tristan setzte an zu sprechen, wurde aber von seinem Bruder unterbrochen. Rasch erklärte Thorvid, dass es vorerst nicht mehr zu wissen gäbe, woraufhin der Isvintari sich erhob.

»Gut«, meinte er und machte sich auf den Weg, das Zelt zu verlassen.

»Wo meint Ihr, zu schlafen?«, rief Tristan ihm noch hinterher. »Ihr wollt doch schlafen oder nicht?«

Halvar blieb stehen, atmete einmal tief durch und wandte sich zu Iounas Brüdern um. Einen Moment schaute er den Thronerben an, bevor Yorick ihm zuvorkam. »Was bezweckst du zu verhindern, Tristan?«

»Es ist genug!«, unterbrach Thorvid den aufkeimenden Streit, woraufhin Tristan seinem auserkorenen Feind in die Augen starrte und anschließend an ihm vorbei aus dem Zelt stürmte, aber nicht ohne Halvar anzurempeln. »Ich habe zu tun«, zischte er.

Seufzend rieb Thorvid sich die Augen und widmete sich dem Becher Met, den der älteste Bruder nicht ausgetrunken hatte.

Der Isvintari sah dies als Zeichen, dass er gehen konnte; er zog sich die Kapuze wieder über den Kopf und verließ ohne ein weiteres Wort das Zelt.

Inzwischen war es dunkel geworden. Ein kühler Wind blies ihm ins Gesicht, als er sich im Lager umsah.

Unverhofft spürte er eine kleine Hand an der seinen, und die Art der Berührung verriet ihm, dass es Iouna war. Glücklich, sie zu sehen, wandte er sich ihr zu und lächelte zu ihr hinunter. Er wusste nicht, wo sie herkam, aber es war ihm egal. Vermutlich hatte sie an der Ecke des Zelts gestanden und gelauscht.

»Komm mit mir«, forderte sie ihn mit ruhiger Stimme auf, und er folgte ihr nur allzu gern.

Sie ging langsam voraus und zog ihn sanft an der Hand hinter sich her. Nur ein kurzer Weg trennte die beiden von dem Zelt, das wohl jenes der Prinzessin war. Zielstrebig ging sie darauf zu, schlug die Plane zur Seite und hielt sie im Gegensatz zu ihrem Bruder für ihn auf. Im Zelt war eine junge Frau mit langen roten Haaren damit beschäftigt, einem Kohlebecken Luft zuzufächeln. Eine angenehme Wärme ging davon aus und erfüllte das improvisierte Zuhause.

»Vielen Dank, Gaelle«, meinte Iouna. »Ihr könnt jetzt gehen.«

»Sehr wohl, Prinzessin«, antwortete die Zofe mit einem Knicks und verließ dann schnell das Zelt.

Halvar sah sich um und erkannte das Fell eines Bären, das neben anderen Decken und Kissen auf dem Bett lag. »Ist das ...?«, fragte er mit kratziger Stimme.

»Ja, ich habe es ... ich habe es zurückgeholt«, antwortete Iouna leise. »Immerhin hat Lothar ihn nicht erlegt.«

Verblüfft ging Halvar zu dem Fell und strich mit der Hand darüber. Das Tier hatte ihn schwer verletzt, aber ohne dessen Zutun wäre er nun vermutlich nicht mit Iouna verheiratet. Wieder kam ihm der schwarze Rauch in den Sinn, der durch die Wunde entwichen war.

Xhar ...

Die Wege der Götter waren manchmal unergründlich. Anscheinend brauchte es die Verletzungen, die der Hüne erlitten hatte. »Er hat uns zusammengeführt«, murmelte er und war sich nicht sicher, ob er den Totengott oder den Bären meinte.

»Dabei wollte ich dich erst liegenlassen«, gab sie amüsiert zu, woraufhin er sich wieder zu ihr umwandte.

Er konnte es ihr nicht verübeln. Damals war er beinahe enttäuscht gewesen, dass sie sein Leben gerettet hatte. »Und ich wollte dich mitnehmen …«, entgegnete er grinsend und nahm ihre Hände. »… aber nicht, um dich zu behalten.«

Die zweite Hälfte des Satzes ließ das Grinsen aus seinem Gesicht verschwinden. Beinahe hätte er sie an den Mann ausgeliefert, der sie umgebracht hätte – und hatte.

Iouna umfasste seine Hände fester und sah zu ihm auf. »Gut, dass ich dich überzeugen konnte, es doch zu tun«, meinte sie und bedeutete ihm, mit ihr zum Schlafplatz zu kommen.

Nickend folgte er ihren Anweisungen und setzte sich auf das Bett. Die junge Frau löschte die letzte Lampe, rutschte weiter darauf und entledigte sich des weißen Kleides, das achtlos auf dem Stuhl neben dem Schlafplatz landete. Im schwachen Licht des Kohlebeckens betrachtete er den schemenhaften Umriss seiner Prinzessin, der dennoch nichts von ihrer Schönheit verbarg.

Halvar sehnte sich nach ihrer Nähe, ihrer Wärme und ihrer Liebe, aber inzwischen musste er sich selbst eingestehen, dass die letzten Tage ohne richtigen Schlaf sehr an ihm gezehrt hatten. Sein Körper gierte mehr nach Ruhe als nach jeder fleischlichen Freude.

Iouna zog etwas unter einem der Kissen hervor; es stellte sich als das Nachthemd heraus, das sie in dem kleinen Dorf gekauft hatten. Die Prinzessin warf es sich über und fragte, worauf er wartete. Nachdem er das selbst nicht wusste, entledigte er sich seiner Stiefel und legte den Gürtel und die Robe ab. Nur noch mit der dunklen Hose bekleidet, näherte er sich ihr. Unter seinen Fingern fühlte er das weiche Fell des Bären, als er sich neben sie legte.

Wie zuvor in der Hütte forderte sie ihn auf, sich auf ihre Brust zu legen. Weit weniger zögerlich als damals tat er das und brummte zufrieden, als er ihre zarten Finger spürte, die sanft über seine Haut strichen. Obwohl sich dort keine Narben mehr befanden, kam es ihm vor, als wüsste sie genau, an welchen Stellen die alten Wunden gewesen waren.

Ihr gleichmäßiger Herzschlag entspannte ihn immer weiter, und er gab sich der Müdigkeit hin. Langsam und mit dem Bewusstsein, in ihrer Nähe sicher vor allen Schatten und bösen Träumen zu sein, fiel er endlich in tiefen Schlaf.

***

Halvar war eingeschlafen. Während sein Kopf auf ihrem Schoß ruhte, ließ sie die vergangenen Tage an sich vorbeiziehen. Ihr fiel immer mehr auf, dass sie von den anwesenden Männern tatsächlich wie ein Kind behandelt wurde. Halvar einmal ausgenommen, achtete Tristan explizit darauf, dass sie bei den Gesprächen nicht anwesend war, obwohl es um sie ging. Es begann Iouna zu stören, dass jeder versuchte, sie zu schützen, obwohl sie so lange allein zurechtgekommen war. Niemand fragte, wie sie das geschafft hatte, aber sie machten dem ein jähes Ende. Auserkoren von den Göttern, sollte sie mehr sein als eine einfache Herzogstochter, aber niemand schien ihr zuzutrauen, eine solche Frau zu verkörpern. Sie selbst wusste nicht, ob sie dazu in der Lage war, aber an der eigenen Person zu zweifeln war etwas anderes, als keinerlei Vertrauen zu genießen. Für die anderen sprach, dass sie noch nichts von diesen Gegebenheiten wussten, aber dennoch war die Prinzessin der Meinung, dass Tristan ihr mehr Respekt entgegenbringen sollte. Er hatte es nicht mehr mit der jungen Frau zu tun, die fortgelaufen war.

Seufzend erkannte sie, dass es wohl nichts bringen würde, um mehr Anerkennung zu betteln. Sie musste sich diese verschaffen – an allen Fronten.

Thorvid hatte schon immer seine kleinen Geheimnisse gehabt, aber er schien einer der wenigen Männer zu sein, die sie als ebenbürtig ansahen. Vielleicht lag es daran, was alles geschehen war? Oder seine eigenen Geheimnisse verleiteten ihn dazu.

Auch Halvar schien im Bad nicht alles gesagt zu haben. Immer wenn er knappere Antworten gab als nötig und seine Worte mit Bedacht wählte, hielt er mit etwas hinter dem Berg. Aber ihm konnte sie deshalb nicht böse sein, denn auch sie hatte ihm nicht alles über den Plan ihrer Brüder gesagt. Sie wusste, dass er mit Thorvids Idee nicht einverstanden gewesen wäre. Nicht einmal annähernd. Nichts, was ihre Sicherheit gefährden würde, hätte Halvar geduldet; deshalb hatte auch Tristan diesen Teil aus der Unterhaltung herausgelassen. Sie war immerhin eine Art Lockvogel. Ein Gegenstand, ohne den der Herzog von Kosse nichts ausrichten konnte, wenn er Halvar hinrichten lassen wollte. Deswegen hatte Thorvid immer wieder erwähnt, dass der Herzog ohne sie keinen Urteilsspruch verhängen konnte. Thorvid hatte den älteren Herrn hoffentlich genug manipuliert, um ihn unüberlegt handeln zu lassen. Mit dieser Einschätzung stand und fiel der Plan. Deswegen hatten ihre Brüder weniger Krieger durch das Lager laufen lassen, sie in den Zelten verborgen und Hannibal indirekt alles gezeigt; der Herzog sollte die Nordmänner unterschätzen. Alles Weitere würde Thorvid über dessen Sohn Phillip erfahren.

Phillip …

Dieser Name löste Verwunderung in Iouna aus. Ein Sohn, der seinen Vater verriet. Aber weswegen? Wie sehr konnte ein junger Mann sein eigen Fleisch und Blut verachten, dass er sich mit anderen Völkern zusammentat und seinem eigenen in den Rücken fiel?

Kopfschüttelnd verwarf sie den Gedanken wieder und stellte fest, dass er vermutlich nicht seinem Volk den Rücken kehrte, sondern eher den Herrschern. Phillip von Kosse genoss das Vertrauen von Thorvid, was wohl hieß, dass er so schlecht nicht sein konnte – zumindest im Vergleich zu seinem Onkel und seinem Vater.

Um sich etwas abzulenken, nahm sie erneut das Buch in die Hand, das unter einem ihrer Kissen lag. An Schlaf brauchte sie nicht zu denken, denn ihre Gedanken und ihre Aufregung hielten sie wach. Es beruhigte sie zwar, dass Halvar wieder bei ihr war, aber die Ereignisse ließen ihren Verstand nicht ruhen.

Je mehr Seiten sie las, desto mehr verstand sie Tristans Bedenken, was aber nicht hieß, dass sie diese auch teilte. Königin Soley schien eine Liebesbeziehung mit einem Isvintari gehabt zu haben, der auf dem Schlachtfeld überraschend wieder die Seiten gewechselt und sie erstochen hatte. Nicht in tausend Leben konnte sich Iouna vorstellen, dass Halvar so etwas tun würde, aber sie vermutete, dass Soley das bei ihrem Liebsten auch nie für möglich gehalten hatte. So war es mit der Liebe. Niemals traute man einer geliebten Person solche Taten zu. Die junge Frau begann darüber nachzudenken, ob der Isvintari, der nur Hakon genannt wurde, auch so auf dem Schoß der Königin geruht und mit ihr das Bett geteilt hatte. Über die Art der Beziehung stand nur wenig in dem Buch, trotzdem war es aufschlussreich. Iouna begriff, dass einst eine Frau die Nordmänner regiert hatte – und kein König. Eine Frau wie sie, die fast die gleichen Heilkräfte besessen hatte. Einen Unterschied gab es jedoch. Soley war unfähig gewesen, sich selbst zu heilen. Eine Kleinigkeit, welche die Götter an ihr verändert oder verbessert hatten. Aber warum? Zu heilen war die Kraft Athans, sich selbst zu heilen die seines Zwillingsbruders. Soley war nicht von Xhar gesegnet worden, sondern lediglich eine Nachfahrin Athans gewesen. Vermuteten selbst die Götter, dass die Parallelen zu stark waren, um sie unbeachtet zu lassen?

Irgendetwas geschah um sie herum und hinterließ ein mulmiges Gefühl in ihrem Magen. Warum hatte man sie mit Kräften ausgestattet, welche die der einstigen Königin übertrafen? Ohne Erben zu hinterlassen, war sie gestorben, was aber anscheinend nicht hieß, dass ihr Blut ebenso untergegangen war. Brüder hatten die Schlacht überlebt und die letzten ihres Volkes über das Meer begleitet. Allen voran ein Mann, der danach den Thron bestieg, und das lange Zeit, bevor es den ersten König Mittlands gegeben hatte. Ein Bruder, der nicht lange um seine Schwester trauerte, wollte man dem Buch glauben. Eben jene Art von Mensch, die ihr persönliches Glück aus dem Unglück anderer schmiedeten und einen leeren Platz füllten.

Laut dem Buch befürchtete Soleys Bruder, dass Hakon seinen Platz an der Seite der Königin einnehmen würde – so, wie es Brauch gewesen war. Der König stellte den Befehlshaber der Armee dar und sicherte die Verteidigung des Landes, und die Königin war die Mutter des Volkes. Soley trug die gleiche Bezeichnung wie sie. Solange es jedoch keinen Ehemann gab, übernahm einer der Brüder diese Aufgabe. Getrieben von Eifersucht und Verlustängsten, verriet er sein eigen Fleisch und Blut, denn wenn er selbst diese Stellung nicht behalten durfte, dann sollte sie erst recht kein Isvintari bekommen. Anscheinend war er nicht bereit, seine Schwester und das Amt auf einmal zu verlieren, was mitunter bittere Fragen zur Art seiner Gefühle gegenüber seiner Schwester aufwarf. In ihren Reihen konnte sich Iouna das unter keinen Umständen vorstellen, egal wie uneinig sie sich auch mit Tristan war.

Anstatt sie zu beruhigen, verursachten die Zeilen des Buches genau das Gegenteil. Deshalb legte sie es wieder zur Seite und beschloss, die Augen zu schließen und ein wenig zu schlafen.

Sie konnte letztlich nicht sagen, wie lange sie geschlafen hatte, aber noch immer ruhte Halvar seelenruhig auf ihr. Die Nacht war noch nicht gewichen, was sie am offenen Spalt des Eingangs ausmachen konnte, da noch kein Licht hereinschien. Ohne Hallet stand ihr plötzlich immens viel Zeit zur freien Verfügung, an die sie sich erst gewöhnen musste. Iouna hatte Keira aufgetragen, sich um den Säugling zu kümmern, und fragte sich, wann der Zofe auffallen würde, dass das keine befristete Aufgabe sein sollte. Vielleicht wusste sie es auch bereits, sagte aber nichts, um sich nicht selbst der Illusion zu berauben, dass man ihr einen Sohn in den Schoß gelegt hatte. Ein unausgesprochenes Abkommen zweier Frauen, die ähnlich für das gleiche Kind fühlten, obwohl es nicht das eigene war. Das war genau das, was Athan so sehr an den Frauen verehrte. Die Fähigkeit zu lieben, wo es niemand anderes tun würde, aus Gründen, die selten ein Mann nachvollziehen konnte. Niemals würde ein Kind unter dem Herzen eines Mannes heranwachsen, damit er verstand, was es bedeutete, Leben zu schenken. Iouna besaß diese Erfahrung selbst noch nicht, sondern nur einen angeborenen Instinkt, und sie fragte sich insgeheim, was dieser aus ihr machen würde, wenn es einst dazu kommen sollte. Aber bevor sie wieder über Dinge nachdachte, die noch in ferner Zukunft lagen, wollte sie sich der Gegenwart widmen. Wenn ihr niemand etwas von selbst sagen wollte, dann musste sie wohl gezielter nachfragen.

Deshalb rutschte sie vorsichtig unter Halvar hervor und versuchte, ihn nicht zu wecken. Einen kurzen Moment gab er ein leises Brummen von sich, weshalb Iouna ihm schnell einen Kuss auf die Wange gab und ihn wieder zudeckte. Sie verließ das Zelt und hielt auf die Unterkunft ihres Bruders zu. Ohne Vorwarnung trat sie ein und entdeckte Tristan, der an seinem Tisch saß.

Nachdem er sie bemerkt hatte, stand er weder auf noch sagte er etwas. Ruhig schenkte er sich etwas Met nach und trank in aller Ruhe aus seinem gläsernen Kelch. »Kann ich etwas für dich tun?«, fragte er nach einem Moment des Schweigens, und Iouna nickte.

»Warum macht ihr aus allem ein Geheimnis?«, verlangte sie zu wissen und tat einen Schritt auf ihren Bruder zu.

Der blonde Hüne ließ seinen Blick erneut von seinem Trinkgefäß zu ihr wandern und zuckte mit seinen Schultern. »Frag Thorvid. Er ist hier der Geheimniskrämer.«

»Nein«, erwiderte sie und trat an seinen Tisch heran. »Ihr seid es alle. Thorvid und du, und selbst Halvar. Was habt ihr morgen vor? Warum gibst du mir das Buch, in dem so viel mehr drin steht als in der normalen Fassung?«

Ein leises Lachen kam Tristan über die Lippen. Er senkte seinen Kopf etwas, ohne seine Schwester anzusehen. »Damit du verstehst, was um dich herum geschieht«, meinte er dann und begann, sein Glas zu schwenken. Als wollte er nach einer Erklärung in der sich bewegenden Flüssigkeit suchen, verharrte sein Blick darauf, ehe er fortfuhr. »Ich hatte damit gerechnet, falls wir dich irgendwann wiedersehen, dass du vielleicht Kinder hast und einen Mann. Dass du glücklich dort bist, wo du sein würdest, aber nie hätte ich gedacht …«

»Das meine Wahl auf einen Isvintari fällt?«, unterbrach Iouna die Träumerei Tristans.

Nickend nahm er ihre Worte hin. »Du hast ja keine Ahnung …«, murmelte er in einem leicht verzweifelten Tonfall. »Du weißt nicht, wie sehr das Buch der heutigen Zeit gleicht. Wie sehr du …« Seufzend mahnte sich der zukünftige Regent selbst zur Stille. Tristan erklärte ihr stattdessen, dass das Buch niemals für ihre Augen bestimmt gewesen sei. Für keine weibliche Nachfahrin war es das.

»Weil wir einst das Volk regiert haben und nicht die männlichen Erben?«, mutmaßte Iouna lauter als gewollt, und Tristan sah sie urplötzlich an. Er gab ihr darauf keine Antwort, aber sein Blick verriet viel.

»Hast du Angst, ich werde dir dein Recht auf den Thron streitig machen, nur weil ich es weiß?«, bohrte sie weiter, und wieder erklang ein Lachen seitens ihres Bruders.

»Das könntest du gar nicht«, erwiderte er und stand auf. »Auf so etwas wurdest du gar nicht vorbereitet.«

»Und wie ich das könnte«, konterte Iouna ungewohnt kalt und starrte ihrem Bruder direkt in die Augen.

Tristan sah sie ebenfalls an, aber mit einer Mischung aus Verwunderung und Skepsis. Mit solch einer Antwort schien er nicht gerechnet zu haben.

»Ich mache es nicht, aber ich könnte«, fügte sie hinzu. »Und wage es nicht, an meinem Können zu zweifeln! Du hast nicht die leiseste Ahnung, zu was ich fähig bin! Deswegen bitte ich dich, mir endlich zu sagen, was ihr vorhabt.«

»Ich weiß es nicht genau«, gab Tristan zu und begann lauter zu werden. »Thorvid sagt mir nur das Nötigste. Ich weiß, dass ich Halvar morgen auf das offene Feld vor den Mauern Schwarzbruchs bringen soll. Wenn ein Zeichen ertönt, dann soll ich mich kampfbereit machen.«

»Und was ist mit Halvar?«, hakte Iouna nach. »Kann er sich dann auch kampfbereit machen oder kettest du ihn an, damit er wehrlos ist?«

»Ich ...«, setzte ihr Bruder an, brach den Satz aber ab. »Er ist ein Isvintari!«

»Seine Herkunft hat nichts mit seiner Gesinnung zu tun«, verteidigte die Prinzessin ihren Ritter. »Du nimmst eine Waffe für ihn mit.«

»Du weißt gar nicht ... was du von mir verlangst«, gestand Tristan leise und sah seiner Schwester immer noch unverwandt in die Augen.

Iouna atmete tief durch, um ihn nicht umgehend anzuschreien. Die Verbohrtheit ihres Bruders war kaum zu ertragen. Thorvid versicherte ihr, dass Halvar nichts geschehen würde, wenn sein Plan funktionierte; doch das Einzige, was sie davon wusste, war, dass sie im Lager bleiben sollte. Tristan aber schien andere Pläne zu verfolgen und sich um die Anordnung Thorvids herumwinden zu wollen.

»Er bekommt eine Waffe!«, wiederholte sie gezwungen ruhig.

»Iouna ...«

»Das ist nicht verhandelbar!«, brach es ungehalten aus ihr heraus, und sie fühlte die Wärme, die sich auf ihrem Gesicht ausbreitete, ähnlich wie in der Mühle.

Erschrocken taumelte Tristan einige Schritte zurück, wobei der Met aus dem Glas schwappte und seine Robe befleckte. Im gleichen Moment bemerkte er anscheinend das warme Gefühl unterhalb seiner Nase, weshalb er vorsichtig danach tastete; wie einst Iouna hatte er Blut an seinen Fingerkuppen kleben. »Was bei Athans ...«, fluchte er los und sah seiner Schwester wieder ins Gesicht, die nur darauf gewartet hatte, dass die Furcht seinen Protest überwog.

»Ich sagte dir, ich könnte ...«, setzte sie noch einmal an und versuchte, sich wieder zu beruhigen. »Du hast keine Ahnung davon, was ich alles kann. Ich lasse mich nicht mehr von dir und deinesgleichen bevormunden und behandeln, als sei ich *nur* eine Frau. Würde das der Wahrheit entsprechen, dann hätte mich Xhar wohl kaum zurückgeschickt.«

Iouna beobachtete, wie Tristan immer blasser wurde und zwischen ihr und seinen mit Blut benetzten Fingern hin und her sah. Sprachlos stellte er seinen Met auf den Tisch und musste sich setzen. »Was soll das heißen?«, fragte er heiser und musterte seine Schwester eingehend. Iouna atmete tief durch und erzählte dem Ältesten, was passiert war, auch auf die Gefahr hin, dass er ihr kein Wort glauben würde. Dieses Risiko war sie bereits bei Thorvid eingegangen. Jedoch zu ihrer Verwunderung hörte Tristan bloß zu, wobei sie zunächst mit Gelächter und ungläubiger Gegenwehr gerechnet hatte. Anscheinend hatte das Schwärzen ihrer Augen – und dass sie das Blut aus seiner Nase treten ließ – bewirkt, dass er weniger hinterfragte, als es vielleicht sonst der Fall gewesen wäre.

Nachdem sie ihre Geschichte mit der Ankunft in Schwarzbruch beendet hatte, schloss Tristan die Augen und begann zunächst, leise zu lachen, was sich aber schnell in eine Art Hysterie steigerte.

Iouna stand da, sah ihren Bruder fragend an, der wieder den Becher mit Met ergriff und diesen fast in einem Zug leerte. »Du könntest in der Tat«, gab er zu und schenkte sich nach. »Aber das macht es bei Weitem nicht besser. Ganz im Gegenteil. Es macht es noch schlimmer für mich.«

Tristans Stimmung schwang um. Iouna verstand ihren Bruder nicht. Wütend nahm er seinen leeren Kelch und warf ihn über den Tisch, sodass er auf dem gegenüberstehenden Stuhl zerschellte. Tristans Lachen verkam zu einem Wimmern. Entnervt fuhr er sich mit seinen Händen über sein Gesicht und verbarg es dann darin. »Das ist die Strafe dafür, dass Blut an unseren Händen klebt. Seit Jahrhunderten verbergen wir es, aber es holt uns ein! Egal, wie rechtschaffen wir sind, wir sind verflucht, und jetzt das.«

Iouna konnte nicht sagen, ob der Alkohol aus ihrem Bruder sprach oder nicht. Sie wusste nicht, worauf er hinauswollte, aber bevor sie nachfragte, näherte sie sich ihm und nahm ihn in den Arm.

»Tristan, ich will dir dein Amt nicht streitig machen«, versicherte sie ihm. »Ich will nur selbst über mein Leben entscheiden dürfen. Und ich möchte, dass meine Entscheidungen respektiert und anerkannt werden.«

Deutlich spürte sie, wie ihr Bruder sie drückte. Danach schaute er zu ihr auf und schüttelte den Kopf. »Um das Amt geht es nicht«, sprach er. »Es geht darum, was vor siebenhundert Jahren vorgefallen ist. Warum wir ganze Kapitel in der Geschichte getilgt haben und sie nur an die Söhne weitergeben, damit diese aus der Zeit lernen. Die Töchter so vieler sind verschwunden, und das ist alles unsere Schuld!

Wir haben den Hass mit nach Mittland gebracht und nun erwählen die Götter meine Schwester und wiederholen, was wir vergessen wollten.«

Iouna warf ihre Stirn in Falten. »Wir sind schuld?«

»Nein«, widersprach Tristan, »nicht du. Wir, die Brüder.«

»Davon stand bisher nichts in dem Buch«, antwortete sie verwirrt.

»Steht es auch nicht«, erklärte der Nordmann und löste sich von seiner Schwester. »Es gibt vage Anspielungen, aber über alles Weitere solltest du mit Vater sprechen. Du bist Soleys Erbe, wir sind das ihres Bruders Gwydion.«

Gwydion ... So hieß ihr Bruder? Wie unser Geschlecht?

Nickend nahm die Prinzessin hin, was Tristan ihr riet. Er hatte sich vermutlich schon zu weit vorgewagt, was die Vergangenheit anging, wenn sie sogar aus den Geschichten verbannt worden war. Das Leben einer Königin getilgt, als hätte sie nie wirklich existiert, obwohl die Anzeichen dafür überall zu finden waren. Im Hass zweier Länder, im Verschwinden junger Frauen und im Verhalten ihrer Brüder.

»Bezieht mich ein«, bat sie Tristan. »Wenn ich Soleys Erbe bin, dann verheimlicht nichts vor mir. Wie soll ich mich sonst auf alles Kommende vorbereiten?«

Tristan haderte sichtlich einen Moment mit sich, aber schließlich nickte er. »Wir tun das nicht, weil wir dich für dumm halten, sondern weil wir uns um dich sorgen«, erklärte er und wollte damit wohl die Wogen zwischen ihnen glätten.

Auch wenn Iouna nicht viel schlauer war als vorher, so hatte sie ihren Standpunkt klargemacht. Niemals wieder würde sie zulassen, dass andere über ihr Schicksal bestimmten, abgesehen von den Göttern. Für den Rest wollte sie selbst sorgen. Zumindest beinhaltete das die Wahl ihres Mannes. Sie hoffte, dass Tristan verstand, dass sich niemand zwischen Halvar und sie stellen sollte.

Kapitel VII: Schwierige Verhandlungen

Der Griff des ersten richtigen Schlafes seit Tagen hielt den Ritter fest umschlungen und ließ nur ungern los.

Halvar spürte das weiche Fell des Bären unter sich und zog die Decke weiter über seine Schulter. Nur langsam öffnete er die Augen und fand sich neben Iouna auf dem Bett ihres Zeltes wieder.

Sie lag mit dem Rücken zu ihm und schien noch fest zu schlafen. Ihr schwarzes Haar war lose über dem Schlafplatz verteilt, und er wunderte sich, dass er nicht darauf lag.

Vorsichtig legte er einen Arm über seine Frau und rutschte näher an sie heran, sodass seine Brust an ihr ruhte. Mit einem sanften Kuss in ihren Nacken zog er sie noch näher zu sich und schloss dann die Augen. Er genoss den seltenen Moment der Nähe und hoffte, er würde noch eine Weile anhalten.

Zufrieden schnurrte sie, als sie erwachte und drückte den Arm des Ritters an sich.

Mit dem Rücken zum Eingang döste Halvar weiter vor sich hin und ignorierte den Trubel näher kommender Stimmen vor dem Zelt.

Iounas Brüder …

Lautstark wurde die Plane des Zeltes zurückgerissen, und Schritte näherten sich dem Bett.

Halvar wartete ab, was Tristan zu sagen hatte. Auch wenn er den Mann nicht sehen konnte, wusste er, dass die anderen Brüder der Prinzessin nicht einfach in ihr Zelt spazieren würden, wie es ihnen passte. »Was ist?«, zischte er dem Besucher zu, ohne ihn anzusehen.

»Es wird allmählich Zeit …«, antwortete Tristan.

Sacht löste Halvar seinen Arm aus der Umklammerung, wandte sich Tristan zu und richtete sich leicht auf. »Für den *Plan*?«, hakte er nach und sah ihm ins Gesicht.

»Ja«, bestätigte der Kronprinz. »Die Sonne hat schon bald ihren höchsten Stand erreicht.«

Genervt brummend, setzte Halvar sich auf und rieb sich die Nasenwurzel. Er sah kurz zu Iouna hinunter, die sich ebenfalls langsam zu ihrem Bruder umdrehte.

»Ist es normal, fremde Gemächer einfach zu betreten?«, fauchte sie ihn schlaftrunken an.

»Wir haben keine Zeit für solche …«, fing Tristan an, sich zu rechtfertigen, wurde aber von Iouna unterbrochen.

»Die Frage, ob man eintreten darf, kostet keine Ewigkeit!«, wies sie ihn zurecht. »Es sind drei Worte!«

Halvar grinste beim Anblick der kleinen Frau, die den voraussichtlichen Erben des Throns von Mittland in seine Schranken wies.

Noch einmal setzte der Prinz an, seiner Schwester zu widersprechen, ließ es dann aber bleiben und wandte sich wieder Halvar zu.

»Ich komme gleich«, meinte dieser und erwiderte den Blick.

Wortlos verzog Tristan das Gesicht und verschwand ebenso zügig aus dem Zelt, wie er es betreten hatte.

Halvar drehte sich wieder zu Iouna, die sich inzwischen auch etwas aufgerichtet hatte, und lächelte zaghaft. »Du hattest recht«, meinte er. »Tristan hasst mich.«

»Er glaubt, du bist eine Gefahr für mich«, erklärte sie und setzte sich ganz auf.

»Was?«, fragte er verwirrt nach. »Warum? Ich würde dir nie …«

Iouna rutschte etwas näher zu ihm und legte ihre Hand auf seine. »Das scheint schon einmal ein Isvintari zu einer Tochter Athans gesagt zu haben, und dann tat er es trotzdem«, erläuterte sie. »Tristan traut deinem Volk nicht, aber ich vertraue *dir.*«

Lächelnd umschloss der Hüne die Finger seiner Liebe mit den eigenen und hielt sie fest. »Eher würde ich sterben …«, murmelte er.

Sanft zog sie sich zu ihm, umfasste mit der freien Hand seinen Nacken und küsste ihn zärtlich. »Ich weiß …«, hauchte sie, als sie wieder von ihm abließ.

Halvar wollte diesen Moment nicht enden lassen, weshalb er sie noch einmal in die Arme schloss. Es war nicht das erste Mal, dass er sie zurücklassen und zu einem Kampf aufbrechen musste.

Sanft erwiderte sie die Umarmung und legte ihren Kopf an seine Schulter.

»Ich muss … Dein Bruder wartet auf mich«, flüsterte er, ohne sie jedoch freizugeben.

»Dazu müsstest du mich aber loslassen«, erwiderte sie ebenso leise, und es war deutlich zu merken, dass sie ihn ebenfalls nur ungern ziehen ließ.

Zögerlich löste er sich von ihr und nickte ihr lächelnd zu. Er drückte ihr noch einen Kuss auf die Stirn und erhob sich vom Bett, um Robe und Stiefel anzuziehen.

»Thorvid versicherte mir, dass sie dich nicht ausliefern würden«, meinte sie, während sie ihn dabei beobachtete.

Stumm nickte Halvar. Noch immer wusste er nicht, was er von dem Plan halten sollte, aber einen besseren gab es anscheinend nicht. Zudem war Thorvid ein Mann des Ordens, weshalb Halvar ihm vertraute. Leise seufzend, erhob er sich endgültig und richtete den Gürtel.

Hinter ihm kletterte Iouna vom Bett und entledigte sich des Nachthemds. Wortlos sah er ihr dabei zu, wie sie wieder in das weiße Kleid schlüpfte, das sie am Vorabend getragen hatte. Er saugte ihren Anblick förmlich auf.

Wer weiß, ob ich sie noch einmal wiedersehe …

Es war kein schöner Gedanke, seine Frau das letzte Mal zu sehen, aber er drängte sich ihm einfach auf. Zu ungewiss war der Verlauf des restlichen Tages, um dies mit Sicherheit sagen zu können.

Als beide fertig angezogen waren, umarmte sie ihn noch einmal und drückte sich an ihn.

Er genoss erneut die Nähe und hielt sie fest.

»Du wirst sehen, bevor der Tag endet, bist du wieder bei mir«, versprach sie leise, ohne den Kopf von seiner Brust zu nehmen.

Wieder nickte er und drückte ihr einen sanften Kuss auf den Haaransatz. »Pass auf dich auf, wenn ich … weg bin«, forderte er sie auf. Halvar war sich der Zweideutigkeit seiner Worte bewusst und hatte sie beabsichtigt. Ganz gleich, was mit ihm geschehen würde, sie war in Sicherheit. Selbst wenn er sie nie wiedersehen sollte, war der Grund dafür dieses Mal wenigstens kein Messer in *ihrer* Brust.

»Diesmal bin ich nicht alleine«, erinnerte sie ihn und löste sich sacht aus der Umarmung.

Halvar lächelte noch einmal, bevor er das Zelt verließ und in die Sonne trat. Mit der rechten Hand schirmte er seine Augen vor dem grellen Licht ab, mit der linken zog er die Kapuze über seinen Kopf.

»Wurde auch Zeit«, begrüßte ihn Tristan, der bereits ein Seil in der Hand hielt.

Thorvid und Yorick standen an seiner Seite und empfingen ihn freundlicher. Alle drei Brüder trugen die Rüstung ihrer Heimat und schienen für Schlimmeres als die Auslieferung eines Gefangenen gerüstet.

Einen Moment wunderte sich Halvar, warum Thorvid nicht die Panzerung eines Paladins der Bewahrer trug, wie es ihm zustand, aber dann erinnerte er sich daran, dass er seinen Geschwistern noch nichts von seiner Ordenszugehörigkeit erzählen wollte. Mit hochgezogener Augenbraue musterte er das Seil und fragte, was das sollte.

»Ein *Gefangener* läuft wohl kaum frei nebenher!«, frotzelte Tristan und hob die Hände mit dem Seil.

Da ein Seil als Fessel seinen Zweck bei Halvar verfehlte, diente es wohl tatsächlich nur zur Tarnung, auch wenn er nicht wusste, inwieweit seine Kräfte Tristan bekannt waren. Murrend hob er die Arme, um den Prinzen seine Arbeit machen zu lassen, aber Thorvid kam ihm zuvor. »Warte noch«, forderte er seinen Bruder auf und hielt dem Vollstrecker seine Axt, Gambeson, Kettenhemd und Helm hin. Als man Halvar bei der Rückkehr nach Schwarzbruch verhaftet hatte, war ihm sein Eigentum abgenommen worden. »Hier, Eure Ausrüstung. Der Herzog war so freundlich, sie mir wieder auszuhändigen.«

Bestimmt freiwillig ...

»Danke«, meinte er und nahm beides entgegen.

Während Halvar sich die Rüstung des Kopfgeldjägers überzog, begann Tristan bereits wieder herumzumaulen. »Glaubst du nicht, dass es auffällt, wenn unser Gefangener in voller Rüstung und bewaffnet auftritt?«, schimpfte er.

»Das sind Details«, wies Thorvid ihn zurück. »Ich denke nicht, dass wir ... überhaupt so weit kommen, dass das auffällt.«

Halvar musterte seinen Vorgesetzten und wunderte sich über dessen Worte. »Was?«, hakte er nach und setzte sich den Helm auf den Kopf.

Thorvid sah dem schwarzen Ritter in die Augen. »Seid auf alles gefasst, dann überrascht Euch nichts«, meinte er nur und reichte Halvar die verzierte Axt, die er hinter seinem Rücken an den Gürtel steckte. Sie sollte nicht gleich gesehen werden. »Wir denken, dass sich Hannibal als Sieger sieht. Unsere Truppen sind beinahe gleichauf, er sah aber nur die

Hälfte, und wenn er denkt, uns besiegen zu können, wird er unüberlegt handeln«, führte Thorvid aus.

Fragend zog der Hüne die Augenbraue nach oben, aber er sagte nichts weiter.

Typisch Bewahrer. Viel reden, nichts sagen.

»Können wir dann endlich?«, hetzte Tristan und wedelte mit dem Seil vor dem Gesicht Halvars herum.

Wortlos hob dieser die Hände und signalisierte damit, dass er bereit war.

Unsanft drehte Tristan ihn an der Schulter herum, sodass Halvar mit dem Rücken zu ihm stand, wo er seine Hände dann straff verzurrte.

Das Seil schnitt in Halvars Fleisch, aber er sah nicht ein, Tristan eine Reaktion zu zeigen.

»Dann wollen wir mal ...«, murrte der Thronerbe und stieß Halvar leicht in den Rücken, um ihm zum Gehen zu bewegen.

Stumm schritten die beiden Männer zum Pferd des Prinzen.

Der schwarze Hengst war das größte Ross, das Halvar je gesehen hatte. Die Schulter des Tieres endete knapp unter der Nase des Hünen und machte deutlich, welche Kraft dieses Wesen besaß.

Halvar hatte von den Pferden aus Delyveih gehört, die bekannt dafür waren, weit größer und stärker zu sein als ihre Verwandten im Süden oder in Isvinter. Jedoch hatte er noch nie eines zu Gesicht bekommen; jetzt wurde er sich bewusst, dass man bei der Beschreibung nicht übertrieben hatte.

Am Sattel waren zwei Schilde befestigt, die wohl für beide Männer gedacht waren. Neben den Schilden fand sich ein Schwert, das offensichtlich Tristan gehörte. Zusätzlich war eine Mordaxt an der Flanke des Tieres befestigt, die Halvar mit großem Interesse betrachtete. Lange hatte er die Waffe des schwarzen Banners nicht mehr in der Hand gehabt.

»Wofür ist die?«, fragte er und deutete mit dem Kopf auf die Stangenwaffe.

»Für den Fall der Fälle«, antwortete Tristan, erklomm den Sattel und ritt los, ohne ein weiteres Wort von sich zu geben.

Das Gefühl, dass hier etwas im Gange war, von dem er nichts wusste, wurde immer stärker, aber er hakte nicht nach. So, wie er den Prinzen einschätzte, würde der sich lieber die Zunge herausschneiden, als einem Isvintari irgendetwas zu verraten. Noch immer hielt Tristan das lose Ende der Fessel fest, sodass Halvar zügig ein paar Schritte hinter dem Tier gehen musste.

Kurz darauf hatten sie das Lager von Iounas Volk verlassen und bewegten sich am Rande des Waldes, der an den See angrenzte. Bald hatten sie das offene Feld erreicht und näherten sich den Zelten von Kosse.

»Ich halte Euch für ehrlos, nur dass Ihr es wisst«, machte Tristan klar, was Halvar nur mit einem gelangweilten Brummen kommentierte. »Die Isvintari haben sich diesmal die falsche Frau ausgesucht!«, fuhr der Prinz fort, auf seinen Gefangenen einzureden.

»Ich habe sie ausgesucht, nicht mein Volk«, murrte Halvar und musste sich bemühen, mit dem Pferd Schritt zu halten.

»Das macht es nur noch schlimmer«, entgegnete Tristan mit Zorn in der Stimme.

Seufzend wollte Halvar wissen, warum dem so sei.

»Hakon hatte sich auch unsere Königin ausgesucht, und was wir davon haben, das könnt Ihr sehen.«

Was kann ich sehen?

Einen Moment überlegte er, was Tristan meinte. »Ich bin nicht Hakon«, merkte er dann an und machte einen großen Schritt über einen Haufen Pferdeäpfel.

»Ihr gleicht ihm aber auf ... erstaunliche Weise«, war die Antwort.

Das ist alles?

Halvar machte ein paar Schritte, bevor er weitersprach. »Ist das mein ... *Verbrechen*? Jemandem ähnlich zu sehen? *Diesem einen Isvintari?*«, hakte Halvar nach.

Er brauchte sich nicht anzustrengen, um dieses Gefühl heraufzubeschwören. Viel zu oft hatte er bereits alles, was er liebte, in seinen Armen sterben sehen. Heinrich hatte den Fehler gemacht, in seiner Nähe zu bleiben, und hatte den Preis dafür bezahlt. Amund, König Haralds andere Leibwache, war jedoch wohlauf. Eines Tages würde er auch den Mörder von Khyla und seiner Tochter erwischen. Eines Tages würde er ihm sein noch schlagendes Herz vor die Füße werfen.

»Für uns ist es das ganze Volk«, erklärte Tristan mürrisch und machte so klar, dass sich der Hass nicht auf den Täter alleine beschränkte. »Hakon war ein Isvintari, und er handelte im Auftrag eines Isvintaris. Er schwor Liebe, übte jedoch Verrat, indem seine Waffe unseren Untergang besiegelte.«

Halvar stapfte weiter über den staubigen Boden und nickte nur. Hakon musste der Mann sein, von dem Iouna im Zelt gesprochen hatte. Er überlegte, ob der Hakon aus den Geschichten der Nordmänner derselbe war wie der, der in seiner Heimat als »großer Verräter« bekannt war.

Nein, das kann nicht sein.

Hätte der Mann wirklich die Nordleute in den Untergang geschickt, wäre er in Isvinter als Held verehrt und nicht als die Inkarnation des Verrates verdammt worden. Leise wiederholte er seine Worte. »Ich bin nicht Hakon ...«

... keiner von beiden.

Tristan nickte und sah zu Halvar herab, aber seine Mimik verriet nicht, was er dachte.

Schnell drehte sich der Isvintari wieder nach vorn und blickte in die Ferne. Die Soldaten von Kosse waren bereits zu erkennen. Ein paar hundert Männer standen in formierten

Schlachtreihen nebeneinander, und ihre rot-weiß gefärbten Waffenröcke bildeten ein beeindruckendes Muster.

Warum stehen sie in Schlachtformation?

Hier sollte nur ein Gefangener überstellt werden. Es gab keinen Grund für diesen Aufmarsch. Entweder wollte der Herzog seine Stärke unter Beweis stellen, oder er ahnte, dass die Verhandlungen fehlschlagen würden.

Aber warum?

War das der *Fall der Fälle*, von dem Tristan gesprochen hatte? »Was ist hier los?«, verlangte er zu erfahren. Noch ehe Tristan antworten konnte, ertönten die tiefen Hörner der Nordmänner aus dem Lager.

Überrascht blieb Halvar stehen und wandte sich um.

»Dieser Bastard hatte tatsächlich recht!«, fluchte Tristan und stieg von seinem Pferd.

»Was? Was ist los!«, wiederholte er die Frage eindringlicher.

Wortlos löste Tristan die Mordaxt von der Flanke des Tieres, zog das Schwert aus der Scheide am Sattel und kam mit beiden Waffen auf Halvar zu. Wuchtig steckte er den Schaft der Axt in den Boden, sodass sie aufrecht vor dem Ritter stehenblieb, und stellte sich dann hinter seinen Gefangenen. »Schwört mir, dass Ihr sie nicht verraten werdet!«, forderte er.

»Warum sollte ich das tun?«, antwortete Halvar verwirrt, aber bestimmt. »Sie ist alles, was ich habe!«

»Schwört es!«

»Ich werde sie nicht verraten!«, schrie Halvar Tristan an. »Eher würde ich sterben!«

Einen Augenblick herrschte Stille, bevor Tristan mit einem schnellen Schnitt die Fesseln durchtrennte.

Halvar zog seine Arme nach vorne, wobei er unwillkürlich das Feuer Xhars für einen Moment an seinen Händen aufflammen ließ.

Mit einem zufriedenen Raunen griff er nach der Axt, drehte sich zum überrascht dreinblickenden Tristan um und wiederholte seine Frage zum dritten Mal. »Was ist hier los? Ist Juna in Sicherheit?«

»Keine Sorge«, meinte Tristan. »Sie war der Lockvogel.«

»Sie war *was*?!«, fuhr Halvar ihn mit grimmigen Blick an.

Tristan wandte sich ab und ließ den Blick über die Schlachtreihen von Kosse schweifen.

»Thorvid erwähnte so häufig, dass Hannibal ohne Zeugen nichts mit Euch anfangen könnte und dass Iouna der einzige Weg ist, Euch zu verurteilen«, erläuterte er dann. »Thorvid zeigte Hannibal unser Lager, die Hälfte unserer Männer war derweil versteckt, um ihn über die Anzahl unserer Krieger zu täuschen ... Der Herzog von Kosse sollte so siegessicher wie möglich aus unserem Lager spazieren. Macht er uns dem Erdboden gleich, gäbe es auch keine Beweise dafür, dass er gegen irgendwelche Abkommen verstößt. Iouna wäre so lange seine Gefangene, bis er von ihr hat, was er will, damit der Orden ihn danach nicht überrennt. Wir stünden als Kriegstreiber da, da wir ihm die Verurteilung eines Verbrechers verwehren.«

Wütend schnaubte Halvar und umklammerte den Schaft der Waffe fester.

»Das war euer Plan? Sie *entführen* zu lassen?!«

»Sie ist wohlauf, ansonsten hätten die Hörner ein anderes Signal gegeben«, versuchte Tristan, ihn zu beruhigen. »Thorvid und Yorick waren ihre Schatten. Sic wusste, wie riskant es war.«

Ein zorniger Schrei entfuhr Halvar, wobei er spürte, wie das Feuer Xhars kurz seine Augen eroberte. Schwer atmend, wandte er sich vom Thronerben Delyveihs ab und rammte den Schaft seiner Axt zurück in die Erde. »Und jetzt?«, zischte er bemüht ruhig.

»Machen wir Hannibal im Gegenzug dem Erdboden gleich«, versprach Tristan. »Die Strafe dafür, wenn jemand Hand an unser Blut legt.«

Zufrieden mit der Antwort des Nordmannes brummte Halvar und starrte auf die Reihen der Soldaten von Kosse, die sich nicht von der Stelle rührten. Lediglich einzelne Befehle schallten über das künftige Schlachtfeld. Offenbar hatten ihre Feinde die Hörner ebenfalls gehört und das Ziehen des Schwertes als Kriegserklärung gedeutet – was es ja auch war.

Entfernt war aus beiden Richtungen das Donnern von Hufen zu hören, als die Reiter von Kosse und Delyveih sich in Bewegung setzten, während ein weiterer Befehl zu ihnen herüberdrang.

»Bogenschützen«, stellte Tristan murrend fest, reichte Halvar einen der beiden Schilde, die er an seinem Pferd mit sich führte, und nahm den anderen selbst zur Hand. Rasch gab er dem Kreahner einen Klaps, worauf sich das Tier sofort auf den Weg zurück zum Lager machte. Offensichtlich wollte der Prinz sein Pferd nicht im Pfeilhagel verlieren.

Kurz darauf surrten bereits Pfeile durch die Luft. Iounas Bruder ging in die Knie und suchte hinter seinem Rundschild Deckung.

Halvar tat es ihm gleich. Im nächsten Moment prasselten schon die Geschosse auf sie herunter, und manch ein Pfeil drang in das Holz ein. Er wusste, dass die Reiter Kosses den Zeitpunkt ihres Angriffs so wählen würden, dass sie nur kurz nach dem Pfeilhagel eintreffen würden.

Kaum waren die Einschläge verstummt, richtete er sich auf und warf den mit Pfeilen gespickten Schild zur Seite. Links von ihm kam auch der Prinz unter seiner Deckung hervor, während sich die Reiter Hannibals mit gesenkten Lanzen näherten.

Halvar nahm einen tiefen Atemzug. Der Boden bebte unter seinen Füßen, die Luft vibrierte in seinem Gesicht. Lange hatte er nicht mehr an einer Schlacht teilgenommen. Mit einem Mal wusste er, dass er am richtigen Ort war, denn hier konnte er das sein, was er war – ein Vollstrecker. Schon immer hatte er sich im Kampf wohler gefühlt, als er vor anderen Menschen zugeben wollte, und schon immer hatte er das Gefühl gehabt, dafür geboren worden zu sein, unter dem schwarzen Banner zu dienen. Ein Symbol der Macht des Ordens zu sein und Kämpfe zu gewinnen, bevor sie richtig begannen. Ein Vollstrecker, ein Krieger Xhars und ein Bote des Todes. Angst war eine Waffe – *seine* Waffe –, und er würde sie nutzen, um seine Liebe zu schützen und seine Feinde in die Verdammnis zu schicken.

Eine gefühlte Ewigkeit stand er so da und starrte seine Widersacher an, die sich unaufhaltsam näherten.

Brennt!

Wie auf Kommando hüllte ihn das Feuer seines Gottes ein, während er eine Kugel aus dunklen Flammen wob und sie dann seinen Gegnern entgegenschleuderte. Mit einem dumpfen Grollen schlug das magische Geschoss knapp vor den anreitenden Soldaten ein und schleuderte Dreck und Funken in die Höhe.

Ein Krieger Kosses schaffte es nicht, sein Reittier um den entstandenen Krater herumzulenken, sodass es in das brennende Loch stolperte und seinen Reiter vornüberfallen ließ.

Schreiend landete der Soldat in dem Inferno, während rundherum Pferde scheuten und die Lanzenträger abwarfen. Wie ein Stein das Wasser, so teilte das Feuer die Reihen der Feinde und leitete den Ansturm um Tristan und Halvar herum.

Der Ritter schaute zum Prinzen, der ihn nur mit großen Augen anstarrte.

»Wenn sie Krieg wollen, sollen sie ihn haben!«, knurrte Halvar durch die schwarzen Flammen und riss seine Waffe aus dem Boden. Ohne ein weiteres Wort wandte er sich wieder an seine Feinde, als die Reiter aus Delyveih eintrafen und sich das Hufgetrampel rasch in Schlachtenlärm wandelte. Schreie und das Klirren von Waffen und Rüstungen hallten über das Feld. Längst war die Ordnung in den Reihen der Soldaten verloren gegangen, und der Vollstrecker bahnte sich seinen Weg an dem verbrannten Leichnam seines ersten Opfers vorbei ins Getümmel. Er spürte, wie die Flammen um ihn herum langsam erloschen.

»Ich bin noch nicht vollkommen!«, erinnerte er sich, spürte aber, dass ihm das Feuer Xhars noch gehorchte.

Langsam näherte er sich einem gestürzten Reiter, dessen rechter Arm seltsam verdreht an der Schulter hing.

Panisch starrte der Mann Halvar an und versuchte, mit der gesunden Hand an sein Schwert zu kommen.

Ohne ihn eines weiteren Blickes zu würdigen, ließ Halvar den Verwundeten im Vorübergehen in Flammen aufgehen und grinste finster.

Sie alle würden brennen, egal ob er selbst es tat. Jeder Feind, der seine Waffe gegen das Volk seiner Ehefrau erhob, würde das Feuer der Verdammnis spüren.

Die Reiter hielten gebührenden Abstand von dem brennenden Loch, sodass er sich ungehindert bewegen konnte. Er überlegte, ob er einen weiteren Krater schaffen sollte, aber es war unmöglich, dabei seine Verbündeten nicht in Gefahr zu bringen.

Erst als er sich weit genug von dem Hindernis entfernt hatte, näherten sich ihm auch wieder Feinde.

Ein Reiter kam auf Halvar zu und zielte mit seiner Lanze auf den Hünen.

Wuchtig wehrte Halvar den Stich ab, hakte den Kopf seiner Axt am Arm des Angreifers ein und riss ihn von seinem davoneilenden Pferd.

Stöhnend landete der Mann auf dem Rücken und verstummte schnell, als Halvar ihm den Dorn seiner Waffe ins Gesicht rammte.

Inzwischen waren auch die Fußsoldaten Kosses und Delyveihs eingetroffen und verwandelten das Schlachtfeld in einen unübersichtlichen Haufen.

Mehrere Kämpfer, bewaffnet mit Speer oder Schwert, näherten sich Halvar, versteckt hinter den erhobenen Schilden. Einer von ihnen wurde von einem vorbeireitenden Nordmann niedergestreckt. Sein Helm hatte dem Reiterhammer nichts entgegenzusetzen, und er kippte stumm zur Seite um. Die verbliebenen drei Soldaten Kosses verteilten sich, um dem Ansturm der Reiter auszuweichen, und rückten weiter auf Halvar vor.

Dieser hielt seine Waffe mit beiden Händen vor sich und wich nicht zurück. Einen endlos scheinenden Augenblick standen sich die Männer gegenüber. Halvar musterte seine Feinde und ließ das Feuer seines Gottes in seinen Augen aufflammen.

Plötzlich stürmten die Kämpfer schreiend auf ihn zu, und Blut spritzte über das Schlachtfeld, als Halvar den Stoßdorn seiner Waffe im Hals des ersten Soldaten versenkte. Während dieser noch röchelnd zu Boden fiel, nutzte ein anderer die vermeintliche Gelegenheit und überwand mit zwei schnellen Schritten den Abstand zum Vollstrecker.

Halvar wischte den halbherzigen Hieb seines Widersachers mit dem Schaft seiner Axt zur Seite und packte mit brennender Hand den Hals des überraschten Soldaten. Während er das Leben aus ihm herausquetschte, starrte sein Opfer ihn mit großen Augen an und versuchte verzweifelt, den Griff um seine Kehle zu lockern. Der Geruch verbrannten Fleisches erfüllte die Luft, als die Finger des Mannes genau wie die Haut an seinem Hals verkohlten. Nach kurzer Zeit war er zu schwach, um sich zu wehren. Noch bevor er ihn der Tod ereilte, wandte sich der schwarze Ritter dem dritten Soldaten zu, der mit beiden Händen seinen Speer umklammerte; ihm war deutlich anzusehen, dass er Angst hatte. Panisch stieß er nach Halvar, der in aller Ruhe auf seinen

Feind zuging. Er ließ den inzwischen Toten in seiner Rechten fallen und schlug den Speer mit seiner Mordaxt zur Seite. Ein weiterer halbherziger Angriff folgte, den Halvar wie den Schwerthieb zuvor mühelos abwehrte. Einen dritten Stoß gab es nicht, da Halvar seinem Widersacher den Stoßdorn durch das Kettenhemd in den Bauch gerammt hatte. Schreiend fiel der Verwundete auf die Knie und versuchte, sein Blut daran zu hindern, aus seinem Bauch zu fließen. Ein schneller Hieb von Halvars Axt trennte den Mann von seinem Kopf – und seinem Leben.

***

Iouna saß auf einem braunen yveihischen Hengst und wollte an der Seite ihrer Brüder aus dem Lager hinausreiten, nachdem die Hörner geblasen worden waren. Sie hatte zuvor ihren Zofen befohlen, in ihrem Zelt zu bleiben, damit sie in Sicherheit waren. Kurz war Iouna selbst von ihrem Befehlston überrascht gewesen, mit dem sie die Damen angewiesen hatte, das Lager auf keinen Fall zu verlassen, aber er schien aus der Sorge heraus geboren zu sein. Ihre Gedanken kreisten um Halvar und um Tristan, die sich bereits außerhalb des Lagers befanden. Sie waren auf das offene Feld unterwegs gewesen, während sie den Lockvogel gespielt hatte. Ein Teil des Planes, mit dem Halvar niemals einverstanden gewesen wäre, weshalb sie ihn zusammen mit ihren Brüdern geheim gehalten hatte. Viel zu oft waren sie bereits in Gefahr gewesen, aber diesmal befanden sich die Nordleute an ihrer Seite. Und obwohl die Prinzessin um die Kräfte Halvars wusste, schmälerten sie nicht ihre Besorgnis. Seine Kräfte machten ihn nicht unsterblich, sondern es war nur schwieriger, ihn zu töten. Und dies galt nicht für ihre Brüder, die ebenfalls vorhatten, zu kämpfen.

Yorick sattelte neben ihr auf und lachte nur schelmisch, als er einen Blick hinter sein Reittier warf. Dort war einer der beiden Männer angebunden, die Iouna zu Hannibal bringen sollten. Der andere befand sich an Thorvids Pferd. Die Vermutung des brünetten Nordmanns war richtig gewesen. Hannibal hatte keine Zeit verloren, um sich an Halvar zu rächen, und wollte die junge Frau mit mehr oder weniger Gewalt in sein Lager bringen lassen. Die beiden Soldaten des Herzogs beteuerten, dass es dabei nie darum gegangen sei, sie brutal zu entführen, aber der Norden beliebte mit Klingen, die auf einen der seinen gerichtet waren, nicht zu scherzen. Im Gegenzug für weitere unterzeichnete Geständnisse versprachen die beiden Prinzen, dass *sie* den Soldaten nichts tun würden, allerdings meinten die Nordmänner nach den benötigten Unterschriften, dass das nicht für deren Pferde galt. Eine Ausrede, die Iouna einerseits grausam, andererseits doch gerechtfertigt fand. Sie verstand, dass die Grausamkeit, die ihre Brüder an den Tag legten, eine Warnung war. Mit netten Worten und mit Gnade kam man meist nicht so weit, wie es sich ein jeder erhoffte. Ab und an musste man ein Zeichen setzen, was Iouna an die Nacht in der Hütte erinnerte.

Bei allem, was die Götter mit ihr vorhatten, musste sie sich ein Bild von der Welt machen, was auch für die unschönen Seiten galt.

Während sich ihr Pferd in Bewegung setzte, versuchte sie, alle Vorkommnisse zu verstehen.

Warum mischten sich die Götter an gewissen Stellen ein, und bei anderen wiederum nicht? Was war ihr Ziel? Was war ihr geheimer Plan?

Als Iouna gedanklich die Parallelen durchging und all das, was die Götter ihnen bereits gesagt hatten, wurde die Antwort immer klarer. Sie hatten erwähnt, dass das, was tot geglaubt war, wieder zum Leben erweckt worden sei. Die Geschichte, welche sie las, bildete eines der Stücke, das zu einer vollständigen Antwort fehlte. Anscheinend sollte Iouna Soleys Platz einnehmen. Eine Erbin, die erst durch ihren Tod zu einer geworden war, da sie als solche wiedergeboren wurde.

Der Druck auf ihre Person wuchs.

Die Prinzessin wusste nicht, für welches Volk sie eine Mutter und Königin sein sollte, hoffte aber, dass sie nicht doch noch Tristan den Thronanspruch streitig machen musste oder sollte. Immerhin *war* das ihr Volk. Bei allem, was man ihr bereits abverlangt hatte – das hätte sie nicht tun können.

Dämonen trachteten indessen nach Halvar, das wusste sie, auch wenn sie den Grund dafür nicht verstand. Schatten, die in der Dunkelheit lauerten und ihre Klauen nach dem Ritter ausstreckten. Die Schatten konnten sich ihr nicht nähern, da sie von Athan abstammte. Norna hatte dies Halvar verraten, und er hatte es wiederum ihr erzählt. Dennoch blieb so vieles offen; es gab so viele Fragen, auf die sich die junge Frau im Laufe der Zeit Antworten erhoffte.

Aber da sich die Götter nicht in die kommenden Geschehnisse einzumischen schienen, ging Iouna davon aus, dass das zu ihrem Weg gehörte.

Vielleicht eine neue Lektion auf dem Weg des Unvermeidbaren – ähnlich wie die Begegnung mit Hallet. Wer einst über Krieg oder Frieden entscheiden wollte, musste beide Seiten kennen, also bestand sie darauf, ihren Brüdern zu folgen, anstatt im Lager zu warten. Einige Männer waren daher zu ihrem Schutz abgestellt worden; sie sollten nicht von ihrer Seite weichen.

Die Krieger des Nordens stürmten unterdessen auf das offene Feld, und es dauerte nicht lange, da folgten ihnen auch ihre Brüder. Die Männer, die an die Pferde gebunden worden waren, schrien laut, als sie brutal über den Boden geschleift wurden. Iouna wandte kurz ihren Blick ab, zwang sich aber dann, hinzusehen und die Grausamkeiten des Krieges mitzuerleben.

Sie konnte nicht sagen, was sie empfand. Angst? Neugierde? Stolz? Bedauern über die vielen Leben, die hier ihr Ende finden sollten?

Aus sicherer Entfernung, die kein Pfeil so schnell hätte überbrücken können, wirkte das Spektakel geradezu irreal. Als schaute sie nicht auf ein Schlachtfeld, sondern fantasierte vor sich hin.

»Hoheit?«, wandte sich einer der Krieger an sie, als sie aus dem Lager ritten, »seid Ihr sicher, dass Ihr nicht bei Euren Zofen und dem Rest der Frauen bleiben wollt?«

»Ich bin sicher«, antwortete Iouna und richtete ihren Blick nach vorn, wo sie bereits erkennen konnte, dass die Schlacht begonnen hatte. Die Schreie wurden immer lauter, und deutlich war das Aufeinandertreffen von Metall zu hören. Irgendwo inmitten der vielen Körper befanden sich Halvar und ihre Brüder. Urplötzlich keimten in ihr doch Zweifel auf, ob es die richtige Entscheidung gewesen war. Was, wenn ihnen etwas geschah? Kopfschüttelnd verwarf sie den Gedanken daran und versuchte, auf das Können aller zu vertrauen.

Im Trubel der kämpfenden Massen, die wild mit ihren Waffen um sich schlugen, färbte sich das Grün unter ihnen. Weit entfernt, konnte sie die Bewohner von Schwarzbruch auf der Stadtmauer stehen sehen, die sich fest umklammert Trost und Mut spendeten. Es war ein unheimliches Bild. Die Stimmen, die auf jenem Platz verzweifelt Namen riefen, würde sie wohl ebenso wenig vergessen, wie das verzweifelte Flehen der Deserteure.

Von solchen Dingen zu lesen war etwas gänzlich anderes, als es mit eigenen Augen zu sehen.

»Was ist mit den Soldaten Kosses, die in den Wald fliehen?«, wollte Iouna wissen, als sie einige Feinde flüchten sah.

»Sie werden von unseren Leuten aufgehalten, die sich im Dickicht oder auf Bäumen versteckt haben.«

»Also laufen sie in den Tod«, mutmaßte Iouna, und der blonde Krieger neben ihr nickte.

»Es grenzt an Hochverrat, ohne Befehl zum Rückzug das Weite zu suchen. Sie wären ohnehin tot.«

Leicht nickend, nahm Iouna diesen Einwand zur Kenntnis und verstand allmählich auch das Los der Männer. Als Frau war an ihr herumgezerrt worden, aber jene hatten es auch nicht leichter. Man verlangte von ihnen Mut, Loyalität und Stärke. Gerade wenn ein Krieg ausbrach, mussten sie ihre Rolle beherrschen, ansonsten gingen sie unter. Nicht viel besser, als gezwungen zu sein, Erben zur Welt zu bringen.

Iouna verstand zudem, warum der König in der Geschichte von Soley eine untergeordnetere Rolle spielte.

Athan sah die Männer als Beschützer, nicht als Sinnbild des Herrschens. Ein Wesen, das kein Leben zur Welt brachte, konnte seiner Meinung nach auch dessen Wert nicht erkennen und ging mit dem Tod leichtfertiger um als eine Mutter, die ihren Sohn hinaus auf ein Schlachtfeld schicken musste.

Während die Männer die unumgängliche Sorge um ihre Kinder für eine Schwäche hielten, war eben diese dafür verantwortlich, dass die Königinnen des Nordens nicht leichtfertig Kriege anfingen.

Unter der Herrschaft eines Mannes wäre Hakon, der Isvintari, vermutlich nicht einmal in die Nähe der Königin gekommen, sodass sie ihn hätte heilen können, aber so ...

Der Gott des Lebens hatte sein Denken selbst in der Natur manifestiert. Ein Bienenschwarm besaß eine Königin, keinen König, ebenso Ameisen und selbst die weißen Schrecken, die Alben, existierten auf diese Weise.

Soley hatte ihr Vertrauen jedoch das Leben gekostet. Vielleicht fehlte Frauen oftmals die Skepsis, ein gesundes Misstrauen, weshalb es unter Athan eine Vermischung der beiden Geschlechter brauchte, um eine Zukunft zu gewährleisten. Immerhin ergänzten sich Mann und Frau in vielerlei

Hinsicht – weshalb jegliche andere Form der Liebe von den Nordmännern unter den Teppich gekehrt wurde, auch wenn man von ihrer Existenz wusste.

Iouna wusste nicht, was sie davon halten sollte. Liebe war Liebe, egal auf welche Weise. Sie hatte davon gehört, dass auf der Insel Calera der Umgang damit viel offener war. Eine Zuflucht für alle, die anders dachten und leben wollten. Sie kam außerdem zu der Erkenntnis, dass ein Mann, der andere Männer begehrte, sie zumindest in Ruhe ließ.

Ein lautes Krachen riss sie aus ihren Gedanken. Weiter vorne sah sie kurz einen Feuerball, der dunkle Rauchschwaden in den wolkenlosen Himmel entließ.

Halvar …

Dies war nicht nur eine Probe für sie als Mutter und Königin, es war auch eine für den Ritter, der beweisen musste, dass er seine Kräfte richtig einzusetzen wusste. Vielleicht ging es in diesem Fall nicht einmal um sie, sondern um Halvar, welcher der Welt zeigen sollte, wozu *er* auserkoren worden war.

Denn welcher Gott würde einem Mann eine Waffe überreichen, wenn er sie nicht einsetzen sollte?

Der Tod hatte ihren Liebsten sicherlich auch nicht erwählt, damit er Leben schuf. Das war ihre Bürde, nicht seine.

Seine schien es zu sein, alles zu töten, was in irgendeiner Weise eine Gefahr darstellte. Was eine neue Frage in ihr aufkeimen ließ.

Wenn sie die Königin eines Volkes werden sollte, hatten die Götter dann Halvar als König erwählt?

War ihre Liebe vorherbestimmt und von den Göttern gelenkt worden?

Oder war es ihnen egal, was daraus erwuchs, solange sie den gleichen Weg gingen? Was wussten die Götter? Wie viel hatten sie gesteuert, und wie viel war davon noch freier Wille?

Xhar hatte Halvar vor dessen Geburt auserwählt. Das bedeutete, dass ein gewisser Verlauf von vornherein festgestanden haben muss. Sie selbst war erst einige Jahre nach Halvar zur Welt gekommen, weshalb sie allmählich annahm, dass die Götter zu diesem Zeitpunkt bereits einen Plan besessen haben mussten. Urplötzlich ergab es sogar einen Sinn, dass ihr in den sieben Jahren ihrer Flucht nie wirklich etwas geschehen war. Wer außer den Göttern selbst wusste schon, ob sie nicht gewartet hatten, bis Iouna in Schwarzbruch eingetroffen war, um dann dem Unvermeidlichen seinen Lauf zu lassen?

Ihre Gefühle gehörten ihr, das wusste sie, aber die Umstände schienen unnatürlich. Zu viele Zufälle auf einmal spielten hier mit. Vor allem Zufälle, die sich 700 Jahre zuvor schon einmal ereignet hatten.

Immer lauter wurde das grausame Schauspiel, das Iouna nur aus der Ferne beobachten konnte. Aber plötzlich veränderte sich etwas. Feuer brach im Lager von Kosse aus, begleitet von einem ohrenbetäubenden Brüllen, das weder von einem ihr bekannten Tier noch von einem Menschen stammen konnte. Und mit dem seltsamen Aufschrei vermischten sich rasch Freund und Feind, die aber nicht mehr *gegeneinander* kämpften, sondern *gemeinsam* flohen.

***

Das tiefe Brüllen eines unbekannten Wesens dröhnte über das Schlachtfeld. Halvar ließ sich nicht beirren und rammte dem nächsten Soldaten Kosses den Stoßdorn der Axt in den Bauch. Mit einem Ruck stieß er den Mann von sich, der wimmernd auf den Rücken fiel. Dann erst nahm er sich die Zeit, sich nach dem fremden Geräusch umzusehen.

Er bemühte sich, den Ursprung des Gebrülls über das Getöse der Schlacht hinweg auszumachen, als es erneut erschallte. Mit einer Handbewegung ließ er einen weiteren Feind in Flammen aufgehen, der versuchte, seinen Speer in

Reichweite zu bekommen. Anschließend blickte er über das Schlachtfeld. Unzählige Gefallene lagen im Staub, nicht wenige von ihnen durch Xhars Feuer verbrannt. Die Soldaten Hannibals waren unterlegen und begannen langsam, sich zu ihren Palisaden zurückzuziehen. Die Nordmänner folgten den fliehenden Widersachern siegessicher und machten alle nieder, die nicht schnell genug entkommen konnten.

Plötzlich griffen auch einige Reiter Falkenbergs, erkennbar an den grünen Waffenröcken, in den Kampf ein. Ihnen voran galoppierte ein Ritter.

Weißhaupt!

Der Beschützer zeigte das von ihm erwartete Verhalten und verteidigte eher verletzte Nordmänner, anstatt sich direkt am Kampf zu beteiligen. Auf Seiten Hannibals waren keine Ritter zu sehen, was unmissverständlich klarmachte, auf welcher Seite dieses Konflikts der Orden stand.

Ein drittes Mal übertönte ein tiefer Schrei alles andere und lenkte Halvars Aufmerksamkeit wieder auf das eigentliche Geschehen. Rauch stieg über dem Lager Hannibals auf, und ein lautes Krachen zeigte deutlich, dass im Inneren etwas vor sich ging. Waren die Nordmänner eingedrungen?

Die plötzlich zersplitternde Palisade beantwortete diese Frage für Halvar. Ein graues Ungetüm, nur bekleidet mit einfachen Stoffen, rannte durch die Holzpfähle, als wären es Grashalme, und schlug wie wild um sich.

Ein Oger!

Halvar hatte von diesen seltenen Wesen gehört, die im Osten lebten, jedoch noch nie eines leibhaftig gesehen. Viele Erzählungen und Mythen rankten sich um diese Geschöpfe, denen selbst er nur knapp bis zur Brust reichte. An den kräftigen Armen des Monsters hingen die Reste von Ketten, mit denen es wohl fixiert gewesen war. Hatte Hannibal den Oger gefangen gehalten und nun freigelassen? Oder hatte das Biest sich selbst losgerissen?

Wie auch immer es aus der scheinbaren Gefangenschaft entkommen war, es war wütend und griff alles an, was in seine Nähe kam. Völlig ungeachtet der Farben, die die Männer trugen, schleuderte das Ungetüm sie durch die Luft, zermalmte ihre Körper oder riss sie einfach in Stücke. Zornig brüllend schlug der Oger auch mit der massiven Kette um sich und verursachte verheerende Schäden an allem, was ihm zu nahe kam.

Halvar umklammerte seine Waffe, lief auf das Ungetüm zu und sagte im Geiste die Verse der Vollstrecker auf.

Ohne Gnade, ohne Rücksicht auf Rang und Namen fällt unsere Mordaxt jene, die das Gleichgewicht gefährden ...

Mit einem tiefen Grollen ergriff das Monster ein herrenloses Pferd und hob das wiehernde Tier über den Kopf.

... Wir sind der letzte Ausweg und die letzte Instanz einer jeden Verhandlung.

Verzweifelt strampelnd, versuchte das Opfer des Ogers, sich aus seinem Griff zu befreien, war aber chancenlos und wurde in Richtung einiger Soldaten Hannibals geschleudert. Krachend fiel der schwere Pferdekörper auf die Männer und bescherte ihnen ein schreckliches Ende.

Halvar kam dem Ungeheuer immer näher, aber der Weg über das Schlachtfeld war weit.

Als der Oger sich einer Gruppe verwundeter Nordmänner näherte, die versuchten, sich in Sicherheit zu bringen, tauchte Weißhaupt wieder auf und stellte sich dem Biest in den Weg. Mit gezogenem Schwert ritt er an ihm vorbei und schlug nach den Beinen des Ungetüms. Geschickt wich er den Pranken des Monsters aus. Er beließ es nicht bei einem Angriff, sondern kehrte sofort um und hieb sein Schwert in die Kniekehle des Ogers, der jedoch wenig beeindruckt war.

Halvar bemühte sich, seinem Ordensbruder aus der Distanz zu helfen. Er versuchte, das Biest in Xhars Flammen zu hüllen, aber nur der grobe Stoff, der es bedeckte, begann leicht zu glimmen. Die Haut des Wesens schien unempfindlich gegen den magischen Angriff zu sein.

Wütend schleuderte der Oger die Kette auf Weißhaupt, doch dieser entkam der Attacke und ritt außer Reichweite des Ungetüms. Dreck und Blut spritzte auf, als der Stahl auf dem Schlachtfeld einschlug. Sobald Weißhaupt Halvar bemerkte, kam er auf ihn zu und nickte zur Begrüßung. Für einen Augenblick waren sie beide sicher vor dem wütenden Monstrum. »Sir Halvar!«, rief der Beschützer. »Dieser Oger ist eine Herausforderung, selbst für das schwarze Banner!« Sein Pferd bäumte sich auf, als er es bremste und umkehren ließ. »Wir müssen ihn aufhalten! Er darf nicht in die Stadt gelangen!«

Halvar nickte nur. Starr fixierte er das Ungetüm, das sich langsam näherte. Die schweren Ketten behinderten den Oger, verhakten sich immer wieder an toten Soldaten.

»Ich werde ihn ablenken«, verkündete Weißhaupt. »Auf dem Pferd bin ich schnell genug, und Ihr könnt Eure Axt in Reichweite bringen.«

Brummend stimmte Halvar zu. Eine bessere Möglichkeit hatten sie nicht.

Sofort machte sich Weißhaupt auf den Weg und hielt auf das Ungeheuer zu. Immer und immer wieder griff er den Oger an und lenkte ihn so von Halvar ab.

Endlich erreichte Halvar das Monster, aber kurz bevor er in den Kampf eingreifen konnte, musste er sich unter der wild schwingenden Kette wegducken.

Weißhaupt hatte weniger Glück. Der schwere Stahl zertrümmerte die Beine seines Reittiers. Sofort knickte das Pferd ein und Lothars Leibwache fiel vornüber. Reglos blieb der Beschützer liegen und wurde von seinem gefallenen Schimmel begraben. Behäbig stapfte der Oger auf den am Boden liegenden Mann zu, die schwere Kette hinter sich her schleifend.

Mit einem wütenden Schrei stieß Halvar mit seiner Waffe nach dem Oger, um ihn von seinem verletzten Ordensbruder abzulenken, aber die Spitze glitt wirkungslos an der dicken Haut des Ungetüms ab. Sofort zog er seine Axt zurück und verpasste dem Oger einen Hieb, der aber ebenso verpuffte wie der vorherige Angriff. Brüllend drehte das graue Wesen sich herum und schlug nach Halvar, der jedoch mit einem schnellen Schritt zurück auswich.

Erneut hob das Wesen seine Arme und nutzte die Ketten an seinen Handgelenken als Waffe. Ein Satz zur Seite bewahrte Halvar vor dem fürchterlichen Hieb, der krachend auf einigen Gefallenen niederging. Blut und Knochensplitter regneten auf den Ritter herab, während er sich über einen kopflosen Körper rollte.

Fluchend erhob sich der Vollstrecker und stieß noch einmal nach dem Oger. Diesmal schaffte er es, die Klinge im Arm des Monsters zu versenken.

Das Wesen zog laut fauchend seine Hand zurück und entriss Halvar so die Waffe. Klirrend landete die Mordaxt einige Schritte entfernt auf den Überresten eines Soldaten.

Halvar sah seiner Waffe überrascht nach. Noch während das Ungeheuer seine Arme erneut hob, um ein zweites Mal nach ihm zu schlagen, setzte er sich in Bewegung und folgte der Axt über das Schlachtfeld. Mit einem seitlichen Schritt wich er der herunterrauschenden Kette aus, die knapp neben ihm aufschlug und ihn kurz aus dem Gleichgewicht brachte. Mühsam fand er seinen festen Stand wieder, als der Oger seine zur Waffe umfunktionierten Fesseln zurückzog.

Einen Schritt, bevor Halvar seine Axt erreicht hatte, blieb sein Fuß an etwas hängen. Zu spät erkannte er es als die Kette, die ihn mit einem Ruck von den Füßen riss. Keuchend landete er auf dem Bauch, verlor seinen Helm und versuchte, sich wieder aufzurappeln, scheiterte aber an der noch immer an seinem Fuß verhakten Kette.

Brüllend kam der Oger näher, immer weiter auf den Ritter zu. Dieser drehte sich auf den Rücken und griff nach Iounas Dolch, den er noch immer an einem Schaft im Stiefel trug. Kräftig zog das Monster an der Kette, wodurch Halvar ein Stück durch die Luft geschleudert wurde und krachend vor dem grauen Wesen landete, das ihn am Bein ergriff und nach oben zog.

Der Vollstrecker versuchte, sich irgendwo festzuhalten, aber der trockene Boden bot dazu genauso wenig Möglichkeiten wie die toten Körper. Sein Gewicht stellte keinerlei Widerstand für die Kräfte des Ogers dar.

Auch wenn die Haut des Ungetüms ihn gegen die Flammen Xhars beschützte, warf Halvar einen kleinen Feuerball ins Gesicht des Ogers.

Das Monster schrie auf und ließ den Ritter fallen, der den Sturz mit den Armen abfangen konnte.

Halvar wusste nicht, ob der Oger ihn vor Schmerzen oder aus Überraschung losgelassen hatte, aber es kümmerte ihn auch nicht weiter. Rasch rappelte er sich wieder auf und legte sein ganzes Gewicht in einen Dolchstoß. Mit aller Kraft trieb er die Klinge in den Bauch des Wesens, das sich die Hände vors Gesicht hielt und anscheinend tatsächlich Schmerzen litt.

Ein tiefes Gurgeln entfuhr dem Ungeheuer, als der Stahl die starre Haut durchdrang und in seine Eingeweide schnitt. Seine rechte Hand wanderte vom Kopf zu der neuen Verletzung, wobei die Ketten klirrend der Bewegung folgten. Mit einem Ruck zog er den Dolch heraus und schlug noch in derselben Bewegung nach Halvar. Krachend traf der gewaltige Handrücken des Wesens auf die Brust des Hünen, sodass er nach hinten geschleudert wurde.

Halvar blieb keuchend liegen; rasch sah er sich nach Feind und Waffe um. Er entdeckte beides nur ein kleines Stück entfernt. Noch immer war der Oger mit seinen Wunden beschäftigt, was ihm einen Moment Zeit zur Erholung gab.

Hustend erhob er sich aus dem Staub und spuckte etwas Blut auf den Boden. Einen tiefen Atemzug später war er sich sicher, dass seine Rippen den Hieb erstaunlich gut überstanden hatten, und eilte zu seiner Stangenwaffe.

Die Erde bebte leicht, als das Ungetüm wieder auf ihn losstürmte, und nur ein Hechtsprung zur Seite bewahrte den Ritter davor, über den Haufen gerannt zu werden. Die Mordaxt jedoch konnte er nicht retten. Der Schaft zersplitterte unter den Füßen des grauen Monsters, das sich wütend herumdrehte.

Waffenlos stand Halvar einige Schritte entfernt und beobachtete den Oger, der begleitet von einem Knurren einen Gefallenen ergriff und über den Kopf hob. Halvar fixierte den toten Körper und wich mit einem schnellen Schritt aus, als der Oger sein Geschoss nach ihm schleuderte. Mit einem unschönen Geräusch schlug der Leichnam neben Halvar auf und sandte eine Staubwolke in die Luft. Ein kurzer Blick zeigte dem Hünen, dass das Ungeheuer bereits ein Pferd in die Luft zerrte. Eilig klaubte er ein herrenloses Schwert aus dem Dreck und rannte auf das Monster zu. Noch bevor der Oger den blutigen Schimmel werfen konnte, stieß sich Halvar fest vom Boden ab und rammte die Klinge mit aller Kraft in die Schulter des grauen Wesens.

Beinahe wimmernd ließ es den Kadaver hinter sich fallen und umklammerte stattdessen den Ritter, der sich noch immer an dem Schwert festhielt. Beide Arme des Ogers waren unter Halvars Armen um seinen Oberkörper geschlungen und quetschten langsam, aber sicher die Luft aus ihm heraus.

Mit beiden Händen versuchte der Hüne, den Griff zu lockern; beinahe musste er grinsen bei dem Gedanken daran, dass es seinen Opfern einst genauso ergangen war. Mit eisernem Blick starrte er in das hässliche Gesicht des Wesens, das versuchte, seine Knochen zu zermalmen. Viel zu kleine gelbe Augen, die in einem kahlen Schädel ohne erkennbare

Nase saßen, starrten zurück. Der lippenlose Mund entblößte die erstaunlich menschlich aussehenden Zähne im Oberkiefer, während die fehlenden Wangen den Unterkiefer enthüllten. Als hätte jemand mehrere Gebisse in eines gestopft, prangten mehrere Reihen spitzer Zähne im Maul des Monsters, die sich gegenseitig zu ersetzen schienen. Faulig riechender Atem schlug Halvar entgegen, als der Oger ihm ins Gesicht brüllte.

Die Zeit schien endlos langsam zu vergehen. Halvar weigerte sich aufzugeben, sein angestrengtes Atmen wandelte sich in ein düsteres Lachen. Schließlich setzte er dem vernichtenden Griff des Monsters keinen Widerstand mehr entgegen und ließ die grauen Arme los. Sofort spürte er, wie der Druck auf seinen Brustkorb zunahm, aber er starrte unbeirrt in die Augen des Wesens. Er ergriff den Kopf des Angreifers und drückte seine Daumen in die gelben Punkte. Zu dem wütenden Brüllen gesellte sich bald ein schmerzerfülltes Fiepen, aber der Druck auf Halvars Körper nahm nicht ab.

Noch immer lachte Halvar, als er die blutroten Flammen Xhars an seinen Händen entfachte und allmählich auch die hitzeresistente Haut des Ogers versengte.

Plötzlich begann das Ungeheuer zu wanken, und das Brüllen verstummte. Nur noch das düstere Lachen des Vollstreckers erfüllte die Stille, als das Monster den Kampf gegen das unheilige Feuer schließlich verlor. Blut und Knochensplitter spritzten Halvar ins Gesicht, während seine Finger sich tief in den kahlen Schädel gruben. Ruckartig zog er sie zurück, und der eiserne Griff um seine Brust ließ endlich nach. Hastig sog er wieder Luft ein. Er versuchte, sich von dem schwankenden Ungetüm zu lösen, aber die Ketten hatten sich ineinander verkeilt und hielten ihn fest. Fluchend bemühte er sich, von dem Oger wegzukommen, als dieser langsam nach vorne umfiel und Halvar unter seinem massigen Körper begrub.

***

Als der Oger in der Ferne fiel, schwand die letzte Gegenwehr der feindlichen Soldaten. Urplötzlich war es still auf dem Schlachtfeld. Jeder betrachtete seinen Nebenmann, als wöge er ab, ob noch jemand bereit war, weiterzukämpfen. Das waren sie nicht. Die Soldaten Kosses legten ihre Waffen nieder und ergaben sich den Nordmännern. Hörner erklangen, die verkündeten, dass der Feind besiegt war, was wohl hieß, dass Hannibal sich in den Händen ihrer Brüder befand. Dafür betete sie innerlich.

Iounas Herzschlag beschleunigte sich, als sie Halvar nicht zwischen den Männern entdecken konnte, die in der Nähe des Ogers standen. Sie hatte gesehen, wie er seine Waffe und seine Kräfte gegen das Ungetüm eingesetzt hatte ... Aber wo war er?

Ohne groß nachzudenken, trat sie ihrem Pferd in die Flanken und ritt auf das Feld zu.

»Hoheit, wo wollt Ihr hin?«, rief eine ihrer Leibwachen hinter ihr her, aber sie blieb für eine Antwort nicht stehen, sondern hielt weiter auf das Feld zu.

Bald gab es kaum ein Durchkommen mehr für das Reittier, und die Prinzessin musste absitzen und selbst über die leblosen Körper der Männer steigen. Mit den zu ihrem Schutz abgestellten Kriegern im Nacken näherte sie sich dem Zentrum der Auseinandersetzung und schaute sich um.

Der Volksmund sagte, dass im Krieg und in der Liebe alles erlaubt sei, aber einen Oger auf die eigenen wie feindlichen Soldaten loszulassen, war jenseits aller gültigen Moral. Kein Herzogtum konnte daraus einen Vorteil ziehen. Der einzige Gewinner bei so etwas war der Tod.

Iouna konnte sich nicht vorstellen, dass Xhar über solch ein Blutbad erfreut sein würde. So wie sie den Totengott kennengelernt hatte, schätzte dieser nicht den Krieg oder die dabei gewonnene Ehre, sondern lediglich das Ende eines Lebens, das bestmöglich verbracht worden war.

Der Geruch von Blut und Gedärmen hing in der Luft. Iouna musste sich mehr als nur zusammenreißen, um nicht von einem Gefühl der Übelkeit übermannt zu werden. Aber was bei ihr Ekel und Entsetzen auslöste, war geradezu verführerisch für andere. Kaum waren die letzten Waffen niedergelegt, machten sich bereits Raben und Krähen über die toten Körper her. Sie ergriff eine abgebrochene Lanze und versuchte im Vorübergehen, die Vögel zu verscheuchen. Währenddessen hielt sie weiter nach Halvar Ausschau in der Hoffnung, er würde irgendwo zwischen den überlebenden Männern auftauchen. Eine Stimme in ihr sagte ihr, dass er nicht tot sein konnte. Eine leise Hoffnung, ummantelt vom Schleier des Zweifels. Das konnte nicht der göttliche Plan sein und nicht der Grund, warum die Götter dem Hünen solche Kräfte verliehen hatten.

Mit äußerster Vorsicht näherte sie sich dem Wesen, das sich gar nicht in Mittland befinden sollte. Sie spürte deutlich, wie die Anspannung in ihr wuchs, als sie Halvar immer noch nicht unter den übrigen Soldaten entdecken konnte. Zu allem Überfluss begann der Oger, sich zu bewegen, weshalb die Leibwachen Iouna an der Schulter zurückhielten und sich vor die Prinzessin schoben, um bei einem erneuten Aufbäumen der Kreatur zu verhindern, dass es sie zuerst traf. Begleitet von Kampfschreien, zogen sie ihre Schwerter und hielten sie gebannt vor sich ... Doch nicht der Oger bewegte sich, sondern etwas, das sich unter ihm befand.

»Helft ihm doch ...«, kam es Iouna lauter über die Lippen als beabsichtigt. Sie wollte schon selbst Hand anlegen, doch ihre Leibwachen hielten sie erneut zurück und übernahmen die Arbeit.

Mühselig kämpfte sich Halvar zurück in das gleißende Sonnenlicht. Kaum war er vom Berg aus Fleisch und Knochen befreit, drängte sich Iouna an den Männern vorbei, um ungeachtet des Schmutzes und des Blutes ihn in die Arme zu schließen. Halvar war so bedeckt von all dem Rot, dass auf den ersten Blick kaum auszumachen war, was von ihm und was von seinen Feinden stammen könnte. Aber das tat in diesem Moment nichts zur Sache. Er lebte, und alles andere konnte sie beheben. Ohne ein Wort erwiderte Halvar ihre Umarmung. Iouna konnte ihm deutlich ansehen, dass er erschöpft vom Kämpfen war, aber da war noch etwas anderes in seinen Augen. Für sie zuerst schwer zu deuten, doch als er das Schlachtfeld über ihren Kopf hinweg überblickte, lag darin so etwas wie Zufriedenheit.

»Geht es dir gut?«, wollte sie wissen und betrachtete noch einmal das Monstrum, das er getötet hatte.

»Ja«, erwiderte er nickend und fragte nach ihrem Befinden. Aber nicht sie hatte dem Feind Auge in Auge gegenübergestanden, sondern er. Wiederholt meinte Halvar, dass es ihm gut ging, und erkundigte sich dann nach den anderen. Eine Frage, die Iouna nicht gänzlich beantworten konnte, denn sie hatte noch nicht allzu viele gesehen, deren Gesichter ihr etwas sagten. Erst als sie Thorvid über das Feld schreiten sah, konnte sie ein weiteres Mal tief durchatmen. Ähnlich von Blut bedeckt wie Halvar, kniete er sich etwas entfernt zu jemandem hinunter, und tiefes Bedauern war in seinem Gesicht zu erkennen. Iouna konnte die Person am Boden zuerst nicht erkennen, aber Halvar schien mehr zu wissen.

»Weißhaupt …«, flüsterte er, und Iouna fuhr erschrocken zu ihm herum.

»Er war hier? Aber …«

Umgehend blickte sie wieder zu ihrem Bruder. Sie wollte nicht glauben, dass der Mann, mit dem sie stundenlang durch die Flure der Burg gewandert war, tot auf dem Feld lag.

»Er hat die Fliehenden vor dem Oger verteidigt. Ich kam zu spät, um *ihm* zu helfen.«

Iouna sah zwischen Halvar und dem vermeintlichen Toten hin und her. Natürlich war für sie klar, dass er keine Schuld daran trug, aber ohne sich dessen selbst zu versichern, wollte sie das nicht so einfach glauben. Deshalb ließ sie von Halvar ab und hielt auf ihren Bruder zu, der sich gerade wieder aufrichtete.

»Bleib weg!«, warnte Thorvid sie, und Iouna blieb kurz stehen.

»Ist es ... Weißhaupt?«, fragte sie, und der Nordmann nickte.

Iouna ging noch ein paar Schritte auf Thorvid zu, doch dieser packte sie an den Armen und hielt sie zurück.

»Tu das nicht. Sieh ihn dir nicht an. Behalte ihn so in Erinnerung, wie du ihn gekannt hast. Lebendig und ...«

»Vielleicht hätte ich ihm helfen können«, wandte sie ein, aber Thorvid schüttelte seinen Kopf.

»Damit hättest du dich verraten, und ein Schlachtfeld voller Verletzter ist kein Ort, an dem man von deinem Segen erfahren sollte.«

Hilfesuchend drehte sie sich nach Halvar um. Dieser schien die Meinung ihres Bruders zu teilen. »Er hat recht«, stimmte er leise Thorvid zu und näherte sich ihr. Beschwichtigend strich er ihr über ihre Wange und sah auf sie hinunter.

»Deine Gabe ist auch eine Gefahr für dich«, fügte der Hüne hinzu, und wenn Iouna all die Toten und Verletzten auf dem Schlachtfeld sah, musste sie wohl beiden zustimmen. Daher nickte sie betroffen, denn sie wusste innerlich, dass sie niemals alle Männer hätte heilen können, und die Wahl zu treffen, wer leben und wer sterben sollte, das konnte und wollte sie nicht. Dennoch bildete sich ein Kloß in ihrem Hals. Weißhaupt hatte den Tod nicht verdient. Er war nett und aufrichtig gewesen, aber das Gleiche galt vermutlich auch für viele andere, deren Körper verstreut vor den Toren Schwarzbruchs lagen.

»Es fällt mir nur schwer, nichts tun zu dürfen, obwohl ich es könnte«, gestand sie flüsternd. »Aber ich weiß, dass es niemals für eine ganze Armee reichen würde.«

Vorsichtig drückte Halvar sie an sich, und Iouna erwiderte die sanfte Umarmung. »Ihr Opfer war nicht umsonst«, flüsterte er gerade so laut, dass es auch noch Thorvid hören konnte, der den Siegelring Weißhaupts in seiner Hand wog.

»Und vergessen werden sie auch nicht«, fügte Iounas Bruder hinzu und verstaute den Ring in einem sandfarbenen Beutel.

Während der Hüne die Prinzessin festhielt, stimmte er erneut dem Nordmann zu und schaute dann wieder auf sie hinunter. »Du solltest nicht hier sein«, sprach Halvar leiser, und kurz entwich ihr ein leises Lachen.

»Wo sollte ich denn sonst sein?«

Iouna sah den kurzen Moment als Gelegenheit, zumindest die Blessuren eines Mannes zu kurieren, der ohnehin so voller Schmutz und Blut war, dass eine schnelle Genesung niemandem auffallen würde. Daher schloss sie kurz ihre Augen und atmete tief durch, bevor sie sich nur auf ihn konzentrierte. Beruhigt stellte sie fest, dass seine Wunden schlimmer hätten sein können.

Ein leises Seufzen kam Halvar über die Lippen, als er wahrnahm, was sie tat. »Danke, aber das musst du nicht tun«, meinte er und lächelte, bevor sein Gesichtsausdruck wieder ernster wurde. »Du solltest im Lager sein. In Sicherheit. Nicht ... inmitten der Fliegen.«

Nun war es Iouna, die ihn anlächelte und ihren Kopf schüttelte. »Ich bin hier, weil ich es sein wollte. Ich wollte wissen, was es heißt, einer Schlacht zuzusehen, so wie du es schon mehrfach musstest. Nur dadurch kann ich verstehen, was Kämpfen bedeutet, weil ich selbst kein Schwert führen kann. Und abgesehen davon, wird die Prinzessin des Landes, mit deren Männern du gekämpft hast, doch wenigstens deine Wunden versorgen dürfen, wenn ich schon nichts anderes tun kann.«

Leise lachend, gab Halvar ihr einen Kuss auf die Stirn. »Das hat sie schon oft genug getan.«

Gerade als Iouna sagen wollte, dass sie das auch weiterhin tun würde, kam Yorick auf seinem Pferd aus dem Lager geritten. Mit einem schelmischen Grinsen brachte er den Hengst neben den dreien zum Stehen und deutete auf das zerstörte Lager von Hannibal. »Wenn ihr beide euch nicht beeilt, verpasst ihr das Beste«, verkündete der blonde Nordmann. »Phillip bekommt schon nervöse Finger, und ich kann es ihm nicht verübeln.«

»Phillip ist jetzt Herzog, oder nicht?«, mutmaßte Iouna, während Halvar Yorick fragend ansah.

»Beinahe«, erwiderte Yorick und schaute zu Thorvid. »Er verlangt nach dir. Es sei ebenso Sache des Ordens, meinte er.«

Dass Yorick nicht verstand, was der junge Mann damit meinte, war ihm regelrecht in sein Gesicht gemeißelt. Mit skeptischem Blick musterte er Thorvid, der tief durchatmete.

Nickend stimmte dieser schließlich zu und steckte den Beutel mit dem Ring in seine Tasche.

»Was meint er mit Orden?«, wollte nun auch Iouna wissen und löste sich aus der Umarmung.

»Später«, vertröstete sie Thorvid und wechselte mit seinem Blick zu Halvar. »Wollt Ihr Euch ein Urteil entgehen lassen oder kommt Ihr mit? Wir könnten vielleicht den einen oder anderen Ritter gebrauchen.«

»Ich komme«, bejahte Halvar seine Frage und wandte sich zuletzt noch an Iouna. »Und … du?«, wollte er wissen.

Iouna dachte nach und war sich unsicher. Für einen Tag hatte sie genug vom Tod gesehen.

»Ich glaube, ich kenne das Urteil bereits, und eigentlich reicht es mir, wenn du sichergehst, dass Hannibal ebenso wie sein Bruder Xhar unter die blutroten Augen tritt.«

Augenscheinlich erleichtert, nahm er ihre Entscheidung hin. »Das werde ich«, versicherte er ihr. Yorick winkte seine Schwester zu sich als Zeichen, dass sie auf sein Pferd steigen sollte.

»Ich bringe sie sicher ins Lager zurück, dann komme ich nach«, sprach Yorick an Halvar gewandt. Erneut folgte ein Nicken des Ritters, der sich anschließend zur Prinzessin hinunterbeugte und sie küsste, bevor er sie zur Rückkehr freigab. Die junge Frau ließ dies nur ungern zu, aber anderenfalls hätte sie ihm folgen müssen, und das wollte sie noch weniger.

»Tristan wäre begeistert«, scherzte Yorick noch, bevor er Iouna die Hand zum Aufsteigen reichte.

Halvar schwieg zu der Bemerkung, aber sicherlich nur, vermutete die junge Frau, weil die Antwort Tristan nicht gefallen hätte.

Kurz wies Yorick noch die Krieger an, die zuvor zum Schutz der Prinzessin abgestellt worden waren, die Toten von den Verletzten zu trennen und den anderen zu helfen.

Iouna hingegen saß vor ihrem Bruder im Sattel und schaute zu Halvar. »Lass mich nicht zu lang warten«, mahnte sie ihn lächelnd.

»Keine Sorge ...«, antwortete er ihr beruhigend. In diesem Moment trieb Yorick sein Pferd an, damit sie schnellstmöglich zu den Zelten zurückkehren konnten.

***

Einen Moment sah Halvar seiner Liebe hinterher, wie sie mit ihrem Bruder vom Schlachtfeld verschwand, und wandte sich dann Thorvid zu, der offensichtlich auf ihn wartete. »Wurde Hannibal denn gefasst?«, vergewisserte er sich dann, ob er den vorhergehenden Austausch richtig verstanden hatte, und warf noch einen Blick in Richtung des gefallenen Ritters. Raben kreisten über dem Feld und labten sich an den Toten. Bald würden auch die Fliegen ihren Weg zu den Leichen finden und das tote Fleisch derer verzehren, die nun Xhar gegenüberstanden. Halvar war sich sicher, die Waage Weißhaupts würde zur guten Seite kippen und ihm Erlösung verschaffen.

Thorvid bejahte die Frage des Hünen, woraufhin die beiden Männer sich auf den Weg zum Lager Kosses machten.

Stumm schritten sie über den Schauplatz des Kampfes, während Halvar versuchte, die Zahl der Gefallenen abzuschätzen. Im Vergleich zu den Schlachten, die er in seiner Heimat geschlagen hatte, war die heutige beinahe unbedeutend gewesen. Wenige hundert Männer waren auf beiden Seiten aufmarschiert, und die Verluste hielten sich in akzeptablen Grenzen. Zumindest war noch die Erde unter den Toten zu erkennen, was in Isvinter seinerzeit nicht der Fall gewesen war.

Kurz vor dem Eingang zu Hannibals Feldlager blieb Halvar einen Moment stehen und zog sich Kettenhemd und Gambeson über den Kopf. Achtlos warf er die Rüstung auf den Boden, die für einen Ritter seines Ranges und Banners eigentlich unwürdig war. Einerseits benötigte er sie nicht mehr und war froh, das unbequeme Geflecht aus stählernen Ringen los zu sein, andererseits fühlte er sich – nur mit der dunklen Robe der Vollstrecker bekleidet – für den kommenden Anlass besser angezogen. Zudem hatte der Oger dem Metall gut zugesetzt, sodass nur noch wenig der ursprünglichen Funktionalität vorhanden war. Kurz klopfte Halvar sich den Staub aus der Robe, ehe er seinen Weg fortsetzte.

Das graue Ungetüm hatte auch im Inneren des Lagers ordentlich gewütet, und die meisten Zelte waren eingefallen. Noch immer glimmten die Überreste einer verbrannten Plane zwischen einem kahlen, verkohlten Stangengerippe. Einige reglose Körper zeugten vom Wüten des Monsters. Wie hatte Hannibal es geschafft, den Oger so lange im Zaum zu halten, bis er ihn offensichtlich auf die Nordleute loslassen wollte?

Der Blick des Ritters fiel auf einen umgestürzten Waffenständer. Unter den Speeren, Lanzen und Schwertern fanden sich auch zwei Mordäxte. Warum Hannibal die Waffen der Vollstrecker mit sich führte, war Halvar in diesem Moment egal. Es gab wichtigere Fragen zu klären. Rasch eilte er zu dem Haufen hinüber und zog eine der beiden Äxte heraus. Prüfend wog er sie in der Hand und nickte kurz, nachdem er sie für gut befunden hatte.

»Nehmt mit, was Ihr kriegen könnt, aber Hannibal töten dürft Ihr damit vorerst nicht«, merkte Thorvid an, der ihn und seine neue Waffe musterte.

»Vorerst?«, hakte Halvar nach und drehte den Schaft der Axt in seiner Hand. Immerhin war es für gewöhnlich Aufgabe des schwarzen Banners, Todesurteile zu vollstrecken; daher leitete sich auch der Name von Xhars Rittern ab. Zumindest sofern der Landesherr es nicht selbst tun wollte, was selten der Fall war. Allein die Tatsache, dass Hannibal einen Oger für seine Zwecke eingesetzt hatte, reichte aus für die Todesstrafe.

»Glaubt mir, Phillip von Kosse braucht das mehr als Ihr.«

»Sein Sohn?«

»Hannibal von Kosse ist nie ein Vater gewesen ...«

Der Hüne nickte. Was immer diese Worte zu bedeuten hatten, er wusste, dass mehr dahintersteckte, als der beim Adel meist übliche Abstand zwischen Eltern und Kindern.

Die beiden Ritter näherten sich einer Menschentraube, die sich um den Platz in der Mitte des Lagers gebildet hatte. Lautstark stritten zwei Männer und übertönten die allgemeine Unruhe der anderen anwesenden Personen.

»Wartet auf mich!«, rief plötzlich eine Stimme hinter ihnen. Es war Yorick. Halvar drehte sich zu dem Prinzen herum, der gerade von seinem Pferd stieg und zu ihm und Thorvid schlenderte.

»Ich will das nicht verpassen!«, ergänzte Yorick grinsend.

»Dann beeil dich!«, forderte Thorvid und winkte ihn herbei, woraufhin der Ältere rasch aufschloss.

Halvar zog sich die Kapuze über den Kopf und schob seinen massigen Körper durch die Menge, dicht gefolgt von den beiden Prinzen.

Zwei Wachen flankierten einen Mann, der mit auf dem Rücken gefesselten Händen im Staub kniete. Er sah aus wie eine jüngere Version von Heinrich. Dem Gefangenen gegenüber stand Phillip, der versucht hatte, Heinrich davon abzuhalten, Iouna umzubringen. Er trug eine golden verzierte Rüstung des Ordens. Offenbar war Thorvids *Freund*, wie er sich genannt hatte, ebenfalls ein Bewahrer.

»Ihr!«, keifte der kniende Mann und starrte Thorvid an. »Was soll das hier?!«

Schlagartig wurde es ruhig in den Reihen der Zuschauer, alle starrten gebannt auf die beiden Adeligen.

»Ich habe Euch den Kopfgeldjäger gebracht, wie vereinbart«, antwortete Thorvid grinsend und deutete auf Halvar. »Nur habt *Ihr* Euch leider nicht an die Abmachung gehalten, Herzog.«

Ruckartig drehte der Mann, der offenbar Heinrichs Bruder war, seinen Kopf zum Vollstrecker, der stumm unter dem Rand seiner Kapuze heraus auf den Gefangenen hinuntersah.

Überrascht schwieg Hannibal einen Augenblick, ehe er sich wieder an Thorvid wandte. »Ihr wagt es, mich derart zu beschuldigen?«, brüllte er. »Ihr wollt ein Bewahrer sein? Noch dazu ein Paladin? Ihr seid genauso verlogen und betrügerisch wie die Isvintari, die ihr Nordleute so sehr hasst!«

»Wir haben von den Besten gelernt ...«, erwiderte Thorvid und zuckte mit den Schultern.

»Bitte was?«, brummte Yorick in Richtung seines Bruders. »Paladin?«

Erst jetzt bemerkte Halvar Tristan, der zwischen den übrigen Zuschauern stand und bisher nur stummer Zeuge gewesen war.

Lautstark wollte Tristan wissen, was Hannibal mit Ritter meinte und warum er ihn einen Paladin nannte.

Noch ehe Thorvid etwas sagen konnte, lachte der gefangene Herzog laut auf. »Ihr habt Eurer Familie nicht einmal gesagt, was Ihr getrieben habt?«, fragte er. »Dass Ihr in unserem Hause als Herr meines missratenen Sohnes ein- und ausgegangen seid, wie es Euch beliebte?«

»Das haben andere Ritter auch und haben es vorgezogen, Euren wahnsinnigen Rachefeldzug nicht zu unterstützen«, entgegnete Thorvid und ignorierte seine Brüder vorerst. »Als Eure Leibwachen ihren Dienst quittiert haben, hätte Euch eigentlich klar werden müssen, dass Euer Vorhaben töricht ist.«

Wütend beleidigte Hannibal den Orden, während Tristan erneut lautstark eine Antwort verlangte, wovon der Herzog gesprochen hatte.

Thorvid seufzte kurz und räusperte sich, bevor er in knappen Sätzen erzählte, wie er dem Orden beigetreten war. »Gestatten, Sir Thorvid NíGwydion, Paladin des goldenen Banners«, stellte er sich mit seinem kompletten Titel vor und verbeugte sich kurz, machte aber sofort klar, dass er dieses Thema jetzt nicht weiter diskutieren würde.

Tristan interessierte sich natürlich nicht dafür und begann, seinen Bruder lauthals zu beschimpfen, was ihm einfiele, dem Orden beizutreten.

Noch während die Prinzen stritten, ging Halvar wortlos auf Hannibal zu, die Waffe weiterhin fest in der Hand, und stellte sich vor ihn. Er wollte dem Mann in die Augen sehen, der für all die Toten verantwortlich war.

»Würdet Ihr Euren verdammten Schoßhund zurückrufen?«, unterbrach Hannibal die Streitereien und zog damit alle Aufmerksamkeit wieder auf sich.

Abschätzig sah Halvar auf den Besiegten herab und griff ihm dann an den Hals. Ohne einen Ton von sich zu geben, erhöhte er den Druck auf die Kehle des Herzogs und zog ihn auf die Beine.

Ein leises Gurgeln war alles, was Hannibal noch von sich gab, während er verzweifelt in die kalten Augen des Vollstreckers starrte.

»Sir Halvar Dahl!«, rief Thorvid mit der Autorität eines Paladins. »Lasst den Mann los!«

Sofort gehorchte der dunkle Ritter und löste den Griff, woraufhin der Herzog von Kosse hustend wieder auf die Knie fiel. Ohne auf die folgenden Beschimpfungen einzugehen, umkreiste Halvar den keuchenden Mann langsam und blieb direkt hinter ihm stehen. Er stellte sicher, dass Hannibal sich seiner Anwesenheit bewusst war, indem er den Schaft seiner Axt neben ihm in den Boden rammte, und wartete ab.

»Beleidigt mich, aber lasst das bei einem Vollstrecker bleiben«, riet Thorvid dem Herzog. »Sie sind nicht dafür bekannt, besonders geduldig zu sein.«

»Sie sind bekannt dafür, gnadenlose Schlächter zu sein«, antwortete Hannibal nach einem weiteren kurzen Husten. »Ein Haufen Tiere, die über alles herfallen, was ihr Herr ihnen vorsetzt!«

Der Paladin verschränkte die Arme vor der Brust und musterte den Gefangenen. »Großartig, so wie Euer Oger«, entgegnete er wütend und ging etwas näher auf dcn Mann zu. »Da grenzt es doch an Ironie, dass das eine Tier das andere getötet hat.«

»*Mein* Oger?«, krächzte Hannibal. »Was redet Ihr? Hat Euer Haustier hinter mir Euch zu oft gegen den Kopf geschlagen und Euch den letzten Rest Verstand geraubt? Wie kommt Ihr auf die Idee, das Biest käme von mir?«

Halvar packte mit der rechten Hand den Schädel des Herzogs und zog seinen Kopf nach hinten, sodass er zu dem Vollstrecker aufblicken musste.

Stöhnend versuchte der gescheiterte Feldherr, sich aus dem Griff zu lösen, fügte sich aber nur selbst Schmerzen zu.

Halvar legte den Kopf etwas schräg und durchbohrte sein Opfer mit seinen Blicken, während er abwartete, was der Paladin sagen würde.

»Naja, ich sehe keine Schneise, die durch den Wald verläuft und vermuten ließe, dass der Oger das Schlachtfeld einfach so gefunden hätte«, erwiderte Thorvid ruhig, woraufhin Halvar Hannibals Kopf wieder nach vorn schob, sodass er seinen Gesprächspartner ansehen musste. »Abgesehen davon, trug das Untier Fesseln, und die Verwüstung beginnt im Zentrum Eures Lagers.«

Thorvid machte eine ausladende Geste in Richtung der eingefallenen Zelte. Im Anschluss daran wandte er sich wieder an Hannibal und deutete auf Phillip. »Und ganz nebenbei hat Euer Sohn bestätigt, dass Ihr und Euer Bruder Bestien aus dem Osten gefangen haltet.«

Stille legte sich über den improvisierten Gerichtshof, als Phillip seinen Vater mit festem Blick ansah und nickte.

»Was?!«, durchbrach Hannibals Geschimpfe die Ruhe. »Was fällt dir ein, mich zu hintergehen?« Der Herzog versuchte, aufzustehen und auf seinen Sohn loszugehen, scheiterte aber an Halvars Hand, die noch immer seinen Kopf fixierte. Lautstark schickte er Flüche in Richtung seines Sohnes, die kein Vater gegen eines seiner Kinder richten sollte.

Langsam wurde Halvar bewusst, was Thorvid gemeint hatte, dass Hannibal nie ein Vater gewesen wäre.

»Du wagst es, von Verrat zu sprechen, wo du mich mehr als einmal ins Messer hast laufen lassen?«, schrie Phillip seinen Vater an und kam ebenfalls ein Stück näher.

Kurz bewunderte Halvar den Sohn des Herzogs, weil er seinem Vater nicht ins Gesicht schlug, aber Phillip war deutlich anzusehen, dass er sich diese Blöße nicht geben wollte.

»Ich habe getan, was getan werden musste!«, zischte Hannibal. »Ich bin nicht für deine Taten verantwortlich!«

Die Worte schienen Phillip zu treffen, der kurz seinen Blick auf den Boden richtete.

»Du bist eine Schande für diese Familie!«, fuhr der Herzog fort und spuckte seinem Sohn vor die Füße.

Mit zusammengebissenen Zähnen nahm der Prinz Kosses einen tiefen Atemzug. »Sie und ich ... wir waren beide eure Opfer«, presste er dann durch die Lippen. »Und ich habe deshalb getan, was getan werden musste. Ich werde dein Andenken und das meines Onkels von dieser Erde tilgen, so wie ihr sie von dieser Erde verbannt habt!«

Weiterhin stumm verfolgte Halvar das Gespräch der drei Adeligen. Er wusste nicht, worum es gerade ging, konnte aber die Trauer und den Hass in Phillips Worten spüren. Unwillkürlich erinnerte er sich an Heinrichs Gerede, nachdem dieser Iouna ermordet hatte. Was war im Hause Kosse vorgefallen?

»Was *du* tun musstest?«, hakte Hannibal nach. »Du *musstest* also mit der Ehefrau deines Onkels das Bett teilen und sie so zur Ehebrecherin machen? Es ist *deine* Schuld, deine ganz allein, dass es so geendet hat!«

Dunkel erinnerte sich Halvar an ein Gespräch mit Iouna, das er in der Zeit in Schwarzbruch mit ihr geführt hatte. Sie hatte erwähnt, dass Heinrich seine vierte Ehefrau wegen Ehebruchs hatte hinrichten lassen, bevor Iouna geflohen war. Offenbar war jedoch keine Wache, sondern sein Neffe der zugehörige Mann gewesen.

»Wo doch eine Schwangerschaft das Einzige war, was ihr Leben hätte retten können?«, bestätigte Phillip Halvars Vermutung. »Ich wollte ihr helfen und alles, was du hättest tun müssen, wäre zu schweigen gewesen, aber nein. Dir machte es vielmehr Spaß, deinen Sohn an seinen Onkel zu verraten. Doch ich muss ihm danken, dass er, anstatt auch mich zu töten, mich zum Orden geschickt hat.«

»Ich habe ihm gleich gesagt, dass er das noch bereuen wird! Und siehe da, ich hatte recht! Nun stehst du mit dem Mann hier, der uns den Kopfgeldjäger vermittelt hat. Welcher sich dann wiederum als Mitglied eures kleinen Ordens herausgestellt und meinen Bruder ermordet hat! Und der nun hinter *mir* steht und augenscheinlich dasselbe mit *mir* vorhat!« Wütend wand sich der Herzog in Halvars Griff, aber er hielt ihn weiterhin fest.

Thorvid hatte ihn als Kopfgeldjäger ausgesucht? Hatte er bereits gewusst, dass Halvar mehr war als ein einfacher Söldner, so wie Hannibal es angedeutet hatte? Stumm wartete Halvar darauf, dass sich der Paladin dazu äußerte, aber noch ehe dieser die Gelegenheit bekam, begann Phillip leise zu lachen.

Halvar erkannte das Lachen. Es war dasselbe hasserfüllte, beinahe tonlose Glucksen, das auch er selbst bei Iounas Tod von sich gegeben hatte. Ein Vorbote für etwas Düsteres.

»Nein, er nicht«, stellt der Phillip klar. »*Ich* habe das vor, und es kostete mich Jahre, diesen Moment herbeizuführen, ebenso wie den Mann, dem ich zu verdanken habe, dass ich ein Ritter bin. Dass ich der Knappe des Mannes wurde, dessen Schwester die Frau nach Feline hätte werden sollen. Ebenfalls erst fünfzehn zu diesem Zeitpunkt und ebenso zum Tode verurteilt, wie sie es war.«

Unwillkürlich bohrte Halvar seine Fingerspitzen fester in den Skalp des Herzogs, als er darüber nachdachte, was geschehen wäre, wenn Iouna nicht die Flucht ergriffen hätte.

Nun war es Hannibal, der ungläubig lachte. *»Du?«*, fragte er spöttisch. »Du konntest nicht einmal die Spinnen in deinem Zimmer erledigen und hast geheult wie ein Schlosshund, als der Kopf deiner Hure gefallen ist. Wie willst du das bewerkstelligen? Noch dazu hast du keinerlei Beweise außer deinem eigenen Wort! Du wirst als Vatermörder und Verräter in die Geschichte dieses Landes eingehen!«

Noch einmal bewunderte Halvar still Phillips scheinbare Ruhe, der die Beschimpfungen seines Vaters über sich ergehen ließ, ohne ihm die Nase zu brechen.

»Jemandem, den man geliebt hat, nachzuweinen, ist keine Schande«, erklärte der Prinz von Kosse, und Halvar wurde wieder an die vielen Nächte erinnert, in denen er genau das getan hatte. »Es ist nur etwas, das du nicht kennst. Mutter hat genug deiner Briefe aus dem Feuer gesammelt, dass es dem Orden als Beweis genügen würde für das, was ich vorhabe. Selbst deine Frau hasst dich, aber liebt mich umso mehr dafür, dass ich hier stehe. Außerdem haben deine ehemaligen Leibwachen keine Lust, ihren Kopf zu verlieren für das, was du getan hast. Sir Thorvid und ich haben zudem den Boten, der den *Gezeichneten* aufgesucht hat, den Gezeichneten selbst und den anderen Kopfgeldjäger, den *du* ihm empfohlen hast, als Zeugen. Seit Jahren habt ihr euch in unserem Netz befunden und mit jeder Tat weiter darin verfangen. Ich mag vielleicht die Spinnen in meinem Zimmer schwer losgeworden sein, aber nur, da sie mir als Lehrmeister dienten.«

Hannibal schwieg einen Augenblick. Selbst Halvar konnte das Netz spüren, dass die beiden Ritter um den Herzog gesponnen hatten. Hannibal schien genau zu wissen, dass er diesen Platz nicht lebend verlassen würde, egal, was er sagte und egal, welche Konsequenzen sein Tod haben würde.

»Wenn du meinst, dass deine *Beweise* für eine Verurteilung reichen, bitte«, murmelte Hannibal dann. »Fang an mit deiner kleinen Verhandlung.«

Mit einem finsteren Grinsen zog der Sohn des Gefangenen sein Schwert.

Halvar ahnte, was der Junge vorhatte, und trat einen Schritt zurück, ohne jedoch den Kopf Hannibals loszulassen.

Stattdessen zog er ihn ein wenig nach oben, sodass der Herzog aufrecht knien musste.

»Gut, dass wir dich dazu nicht mehr brauchen«, zischte Phillip, und noch bevor sein Vater etwas darauf sagen konnte, enthauptete er ihn mit einem wütenden Schrei.

Noch immer hielt Halvar den abgetrennten Kopf des Verurteilten in der Hand, während der leblose Körper nach vorne fiel. Blut spritzte aus dem Rumpf des Herzogs auf Phillip und färbte ihn in ein düsteres Rot, während ein überraschtes Raunen durch die Zuschauermenge ging.

»Herzog Hannibal von Kosse hat mehrere Verbrechen begangen, die jedes für sich bereits für eine Hinrichtung ausgereicht hätten«, erklärte Thorvid ohne jede Empathie in der Stimme. Er verkündete, dass dem Verurteilten Mord, versuchte Entführung einer Prinzessin aus Delyveih sowie das Horten von Kreaturen aus dem Osten zur Last gelegt wurde und dass sich alle relevanten Geständnisse bereits auf dem Weg nach Calera befanden. Anschließend wandte er sich an Phillip, verbeugte sich leicht und bedankte sich für dessen Hilfe.

»Lang lebe Herzog Phillip von Kosse, Hüter des goldenen Banners«, rief er laut, woraufhin der blutverschmierte Phillip sich ebenso kurz verbeugte.

Die anwesenden Zuschauer pflichteten den Worten Thorvids bei, wenn auch etwas zurückhaltender, als es für den neuen Herzog von Kosse üblich gewesen wäre. Gratulationen und Glückwünsche wurden geäußert, ehe die Menge sich langsam auflöste.

Erneut drehte Phillip sich zu Halvar um, der noch immer den Kopf Hannibals vor sich hielt.

Der Hüne erlaubte sich ein düsteres Grinsen unter seiner Kapuze »Herzlichen Glückwunsch, *Herzog*«, brach Halvar zum ersten Mal seit dem Beginn des Prozesses sein Schweigen und warf den Schädel achtlos neben den noch immer blutenden Rumpf.

»In erster Linie Euer Waffenbruder, nicht Herzog«, meinte Phillip bescheiden. »Und ich bin Euch zu Dank verpflichtet. Ohne Euer Zutun hätten wir das nicht geschafft.«

Mit einem Ruck zog Halvar seine Waffe wieder aus dem Boden und schulterte sie gekonnt. »Ich habe nicht viel getan«, antwortete er mit Blick auf den enthaupteten Mann. Immerhin hatten Thorvid und Phillip den Plan erdacht, der letzten Endes Hannibal gestürzt hatte. Er selbst hatte nur im Kerker gesessen und seine Gedanken bekämpft. Der Kampf gegen den Oger war beinahe eine willkommene Abwechslung von der Langeweile in Lothars Loch gewesen und auch nur, was sein Banner ohnehin von ihm verlangt hätte.

»Nicht ganz«, gab Phillip mit einem verschmitzten Lächeln zu. »Seit rund drei Jahren seid Ihr Teil des Plans gewesen, aber ... das sollte Euch lieber der Paladin erklären.«

Er wandte seinen Blick zu dem besagten Offizier des Ordens, der aber bereits wieder in einen Streit mit Tristan versunken war. Sein Bruder machte ihm weiterhin Vorwürfe, er hätte die Familie betrogen. Yorick versuchte, seine Brüder voneinander zu trennen, und bemühte sich, den Thronerben zu überzeugen, wenigstens zu warten, bis nicht mehr die halbe Armee die Diskussion verfolgen konnte.

Plötzlich winkte Thorvid ab. »Ich habe keine Zeit für derlei Kindereien!«, fuhr er seinen Bruder an und ließ Tristan stehen, der unbeirrt weiter fluchte. »Ich muss einen Bruder bestatten«, unterbrach der Paladin die Schimpftirade des Kronprinzen.

»Einen Ordensbruder!«, stellte Tristan beinahe beleidigt fest. Es schien schrecklich für ihn zu sein, dass Thorvid einen Mann, der nicht sein Blut teilte, als Bruder bezeichnete.

»Ja, einen Ordensbruder! Mein richtiger Bruder zieht es vor zu streiten, anstatt des Opfers der Gefallenen zu gedenken!« Mit diesen Worten zog der Paladin von dannen, und sowohl Phillip als auch Halvar folgten ihm wortlos.

Den Rest des Tages waren alle bis spät in die Nacht damit beschäftigt, die Gefallenen zusammenzutragen. Es brauchte einige Männer, um den Kadaver des Ogers zu bewegen.

Die Wanderer des Ordens hätten ihre helle Freude an dem toten Biest gehabt, aber die Hitze – und die damit verbundene schnelle Verwesung – ließen es nicht zu, auf die Ankunft eines solchen zu warten. Daher sollte der imposante Leichnam mit den gefallenen Soldaten verbrannt werden und war an einen geeigneten Ort geschleift worden. Einer der beteiligten Nordmänner hatte den Dolch gefunden, der unter dem gewaltigen Körper begraben worden war, und hatte ihn stolz seinem Besitzer zurückgebracht. Halvar war froh, die Waffe zurückzuhaben, wollte er sie doch trotz allem wieder an Iounas Vater übergeben.

Durch die Tatsache, dass Phillip nun Herzog war, hatte sich schlagartig die politische Situation vor Ort geändert. Der junge Ritter war ein Verbündeter Thorvids, und mit ihm natürlich auch das ganze Herzogtum Kosse. Es bot einen seltsamen Anblick, als die Männer, die sich wenige Stunden zuvor noch als erbitterte Feinde auf dem Schlachtfeld gegenübergestanden hatten, nun gemeinsam ihre Toten bestatteten. Fein säuberlich wurden alle Körper in eine lange Reihe gelegt und mit Öl übergossen, um in einem großen Feuer verbrannt zu werden. Die Seelen der Verstorbenen würden so befreit werden und ihre Reise in Xhars Reich antreten können.

Einzig Weißhaupts und Hannibals Leichname waren nicht unter den duzenden Gefallenen. Als Ordensbruder sollte dem Beschützer am nächsten Morgen eine etwas persönlichere Bestattung zuteilwerden, während der verbrecherische Herzog in der Sonne verrotten musste. Der Mann, der an all dem Tod hier schuld war, sollte nicht auf einer Stufe mit den anderen stehen.

Sobald die Körper zusammen mit den Resten des Ogers aufgereiht waren, entzündete Halvar das Öl mit einer Bewegung seiner Hand. Röhrend rauschten die Flammen über die Leichen hinweg und kaum, dass alle vom Feuer erfasst waren, begann der Rauch in einer altbekannten Weise zu wirbeln.

Wenig später hatte sich Xhars brennendes Antlitz geformt, und der Herr der Toten schwebte über der Bestattungsreihe. Ein kurzer Blick auf die Personen um ihn herum bestätigte Halvar in seiner Vermutung, dass nur er den Gott sehen konnte, der mit ausgebreiteten Armen die Seelen der Gefallenen empfing.

Einen Moment lang ruhte der Blick des Herrn der Fliegen auf seinem Auserwählten, und Xhar schien dem Hünen kurz zuzunicken, bevor er sich abwandte und wieder in einer Rauchschwade verging.

»Die Raben werden sich nicht mehr an ihnen laben«, riss eine bekannte Stimme Halvar aus seinen Gedanken. Erst jetzt erkannte er, dass dort, wo Xhar sich ihm gezeigt hatte, Vögel über das Feld kreisten. Er drehte sich dem Mann zu, der ihn angesprochen hatte.

»Johannes«, stellte er erfreut fest und lächelte den Leibarzt Lothars an. »Was tut Ihr hier?«

»Titus und ich wollten nicht untätig herumsitzen und wenigstens helfen, die Verletzten zu versorgen und die Toten zu bestatten.«

Nickend nahm Halvar dies zur Kenntnis und erkundigte sich, was Lothar davon hielt.

»Der Herzog kann davon halten, was er möchte«, gab der Kräuterhans zu bedenken. »Ich helfe allen Verwundeten. Abgesehen davon …« Er schwieg einen Moment und blickte auf den Boden. »Abgesehen davon, haben wir von Sir Weißhaupt gehört und wollten uns … verabschieden.«

Wieder nickte Halvar und sah zu dem Scheiterhaufen am Waldrand hinüber, der bereits für den gefallenen Ritter errichtet worden war. »Seine Bestattung erfolgt bei Sonnenaufgang«, teilte er dem Arzt mit, der es traurig lächelnd zur

Kenntnis nahm und dann anmerkte, dass er sich nun wieder um die Verwundeten kümmern würde.

Knapp verabschiedete sich Halvar und prüfte den Stand des Mondes. Es würde noch etwas dauern, bis die Sonne ihr Licht wieder auf das Land werfen würde, sodass genug Zeit blieb, um Iouna wiederzusehen. Sie hatte sich spät abends schlafen gelegt, da das Zusammentragen von toten Körpern ohnehin keine Aufgabe für eine Prinzessin war. Aber bevor er ihr wieder unter die Augen treten konnte, wollte er sich und seine Kleidung säubern. Mit zügigen Schritten machte er sich auf den Weg zum See, um genau dies zu tun.

Leider schaffte er es nicht mehr, seiner Prinzessin noch im Bett Gesellschaft zu leisten, bevor die Morgenröte die Dunkelheit der Nacht vertrieb. Er hoffte, dass sie bei der Bestattung anwesend sein würde, hegte aber eigentlich keine Zweifel daran.

Die Robe war so schnell nicht zu reinigen gewesen, da ihr der Gestank des Ogers anhaftete. Titus hatte ihm sein Hemd gebracht, das er im Kerker getragen hatte. Frisch gewaschen war es wieder tragbar, und er tauschte das traditionelle Gewand des schwarzen Banners gegen das eines gewöhnlichen Bürgers.

Befreit von all dem Blut und anderem Schmutz, eilte er zum Scheiterhaufen, wo sich eine Menschentraube versammelt hatte. Wieder drängte er sich durch die Menge und sah sich um. Der Leichnam des Ritters war bereits auf dem gestapelten Holz platziert und mit einem weißen Tuch bedeckt worden. Thorvid und Phillip standen mit auf dem Rücken verschränkten Armen in frischer Kleidung neben der Feuerstelle und schienen zu warten. Zu Halvars Überraschung standen die Brüder des Paladins am Rande der Menge und warteten stumm ab. Auch Johannes und Titus konnte er unter den Besuchern ausmachen. Lothar selbst stand etwas abseits. Anscheinend wollte er Abschied nehmen, aber Konfrontationen vermeiden. Verständlich, wenn man bedachte, dass einige hier ihm eine Mitschuld am Tod des Ritters geben würden. Immerhin war er hier.

»Halvar!«, hörte er plötzlich Iouna nach ihm rufen und fand sie neben Tristan stehend. Dieser wandte den Blick von ihm ab und fixierte einen Punkt in der Ferne, als Iouna zu Halvar gelaufen kam und ihn in die Arme schloss.

»Du hast mich warten lassen!«, meinte sie gespielt beleidigt.

Er lächelte und drückte ihr einen Kuss als Entschuldigung auf die Stirn. Für einen kurzen Moment fragte er sich, ob es seinem Ruf als dunkler Ritter schaden würde, wenn seine Art, mit seiner Liebe umzugehen, die Unnahbarkeit des schwarzen Banners störte. Aber er verwarf den Gedanken sofort wieder, da ihm Iounas Meinung wichtiger war und er die Robe ohnehin nicht trug.

»Wir warten nur noch auf Euch«, erklärte Thorvid und verdeutlichte ihm, nach vorn zu kommen.

Sanft löste sich Halvar aus der Umarmung und näherte sich dem Paladin. Er stellte sich stumm neben seine Ordensbrüder, verschränkte seine Hände ebenfalls auf dem Rücken und senkte den Kopf.

Stille legte sich über die Gemeinschaft. Nur das Rauschen des Windes in den Bäumen und das Krächzen der Raben waren noch zu hören.

Wortlos sah Halvar sich um. Iouna, die mit gesenktem Kopf dastand, war sichtlich darum bemüht, ihre Tränen über den Verlust Weißhaupts zurückzuhalten. Gerne hätte er sie in diesem Moment in die Arme geschlossen und die Trauer mit ihr geteilt, aber leider war dies nicht möglich. Stattdessen übernahm Yorick diesen Part und legte seine Arme um die Schultern seiner Schwester. Sanft zog er sie an sich, und die Prinzessin lehnte ihren Kopf an seinen Arm.

Einerseits freute es Halvar, dass sie wieder mit ihrer Familie vereint war und ihre Brüder sich um sie sorgten, aber dennoch konnte er eine gewisse Eifersucht nicht abstreiten, da nicht *er* es war, der sie festhielt. Auch wenn von dem blonden Mann im Vergleich zu seinem ältesten Bruder keine Gefahr für seine Beziehung zur Prinzessin ausging, war es ein seltsames Gefühl, sie so vertraut in den Armen eines anderen zu sehen. Erst Thorvids Worte holten ihn zurück zu dem eigentlichen Grund dieser Versammlung.

Ein schlechtes Gewissen überkam Halvar, weil er sich bei der Bestattung eines Ordensbruders mehr mit seinen eigenen Gefühlen beschäftigte, anstatt des Verstorbenen zu gedenken. Kurz schüttelte er den Kopf und lauschte dann den Worten des Paladins.

Normalerweise wäre die Bestattung eines Beschützers von einem Blutgeist begleitet worden, jedoch galt auch für die rot gewandeten Priesterinnen Xhars, dass sie nicht ohne erhebliche Verzögerungen anreisen konnten. In Schwarzbruch stand kein Tempel Xhars, deshalb bekam hier kaum jemand die Blutgeister zu Gesicht. Daher wurde die Zeremonie von dem höchstrangigen Ritter – Thorvid – geleitet.

Er erzählte von Weißhaupt, dem Beschützer, der in der Schlacht gegen einen Oger gefallen war, um Verwundete zu verteidigen. Von Weißhaupt, dem Ritter, der immer im Sinn des Ordens gehandelt hatte und der sich niemals etwas hatte zu Schulden kommen lassen. Von Weißhaupt, der Leibwache eines Herzogs, für dessen Leben er das seine gegeben hatte.

Besagter Herzog stand schweigend am Rande der Versammlung. Ausnahmsweise war Lothar nicht der Mittelpunkt, und man konnte ihm ansehen, dass der Tod Weißhaupts ihm näher ging, als er vermutlich zugegeben hätte.

Nachdem der Paladin seine Ansprache vollendet hatte, wandten sich die drei Ritter zum Leichnam ihres Ordensbruders und verbeugten sich ein letztes Mal.

Die umstehenden Trauergäste taten es ihnen gleich und verharrten mit gesenktem Kopf, als Halvar mit einem stummen Gebet seine Hände in Brand setzte. Behutsam legte er seine Finger auf die zwei großen Stämme, die die Konstruktion stützten, und schloss die Augen. Kurz darauf spürte er die Hitze der Flammen, die das Holz komplett erobert hatten und den Körper des gefallenen Helden verschlangen.

Hinter ihm begannen die beiden Bewahrer, die Verse des blauen Banners aufzusagen. Jene, nach denen sich Sir Frederik Weißhaupt gerichtet hatte, als er sich dem Oger gestellt hatte, um Verwundete zu beschützen.

»Er war angetrieben von seiner Pflicht«, murmelten die Ritter feierlich. »Voller Hingabe an die Menschen, die er zu schützen geschworen hatte, setzte er Schwert und Schild ein, um seinen Eid zu erfüllen. Er war der letzte Widerstand zwischen anrückenden Feinden und seinem Herrn. Ein lebendes Bollwerk, das nicht leicht zu überwinden war.«

Es hat immerhin einen Oger gebraucht ...

Langsam öffnete Halvar die Augen wieder und erblickte erneut das düstere Antlitz des Totengottes, der die Seele Weißhaupts mit in die Nachwelt nahm. Mit einem kurzen Blick zu Iouna vergewisserte sich Halvar, dass auch sie den Herrn der Fliegen nicht wahrnahm, obwohl sie seinen Segen empfangen hatte. Ein kleines Lächeln huschte über sein Gesicht. Scheinbar wollte Xhar sich tatsächlich nur seinem Auserwählten zeigen, was ihn mit einem gewissen Stolz erfüllte.

Noch eine ganze Weile stand die Trauergemeinschaft um das Feuer herum, ehe sich die Menschen langsam zerstreuten. Nur Iouna, ihre Brüder und Phillip verblieben etwas länger. Der neue Herzog von Kosse kündigte an, am nächsten Morgen wieder in sein Reich aufzubrechen, um einige Dinge zu klären, die sich mit seiner Herrschaft ergaben.

Langsam trottete Halvar zu Iouna hinüber. Er spürte, wie sein Körper nach Ruhe gierte.

»Wieder eine Nacht ohne dich, und jetzt wirst du ruhen, wo ich wach bin«, murrte sie und sah zu ihm auf.

Sofort drehte sich Tristan um und stapfte davon, gefolgt von einem lachenden Yorick, der sich und seinen Bruder entschuldigte.

Halvar wartete einen Augenblick ab, ehe er Iouna müde anlächelte. Seine Glieder waren schwer geworden, und er sehnte sich nach Schlaf. Noch mehr aber sehnte er sich nach ihr. »Der Schlaf kann warten«, schlug er vor und blinzelte, um das Brennen aus seinen Augen zu vertreiben.

Iouna schaute zu ihm auf und schüttelte lächelnd den Kopf. »Nein, ruh dich jetzt aus«, forderte sie. »Ich sehe dir an, dass du müde bist.«

Schließlich musste er sich eingestehen, dass sie recht hatte. So sehr er sich auch wünschte, die Nacht – oder den Tag – mit ihr zu verbringen, so sehr verlangte sein Körper nach Ruhe. Der Kampf mit dem Oger hatte viel Kraft gekostet, und obwohl Iouna seine Wunden und Prellungen geheilt hatte, seine Erschöpfung konnte sie nicht beseitigen.

Ein wenig sorgte er sich allerdings darum, ohne ihre Nähe zu schlafen. Die Schatten, die immer wieder in seinen Gedanken und Träumen auftauchten, verstanden sich gut darauf, die Zeiten zu nutzen, in denen sie nicht bei ihm war.

»Ich bin ja nicht weit entfernt«, gab sie zu bedenken, wobei sich Halvar nicht sicher war, ob sie von seiner Sorge wusste oder zufällig die richtigen Worte gewählt hatte.

»Ruht Euch aus. Das, was folgt, wird anstrengend genug«, ergänzte Thorvid, woraufhin Halvar erneut nickte.

In der Tat stellte sich der Hüne die Siegesfeier der Nordleute kräftezehrend vor, weshalb er seinen Widerstand aufgab und sich fügte. Er gab Iouna einen letzten Kuss, bevor er sich auf den Weg in das gemeinsame Zelt machte und einschlief, kaum, dass er sich auf dem Bärenfell niedergelassen hatte.

Kapitel VIII: Fremde Bräuche

Für eine Schlacht hielten sich die Verluste in Grenzen, wenn man Tristan glauben wollte. Zumindest was die Seite der Nordmänner anging, gab es nicht viele Tote zu betrauern. Der Oger hatte für Verwüstung gesorgt, und Halvar allein war es zu verdanken gewesen, dass das Monster nicht noch größeren Schaden angerichtet hatte. Mit Stolz stellte Iouna fest, dass die meisten nordischen Krieger deshalb einem Isvintari ihren Respekt aussprachen und begannen, ihm Namen zu geben. Dass der Hüne zuvor einen Bären getötet hatte, sprach sich ebenfalls rasch herum.

»Bärentöter« und »Ogerschlächter« waren die bekanntesten Beinamen, die man Halvar gab, sodass für kurze Zeit nicht einmal Tristan abfällige Worte über die Lippen kamen. Wahrscheinlich lag es auch daran, dass ihm die überraschende Nachricht mehr zu schaffen machte, dass Thorvid ein Paladin war. Die Nordmänner mochten die Ritter nicht, da sie der Überzeugung waren, dass diese heimlich die ganze Welt regierten. Sie hatten ihre eigenen Gesetze, stellten diese über andere, und niemand schritt ein, um sie auf ihre eigenen Probleme zu beschränken. Ganz im Gegenteil, die meisten beugten sich ihrem Urteil. Iouna sah es etwas gelassener, denn sie wusste, für wen Thorvid diesen Weg gegangen war.

Weil sie auf dem Feld Halvar umarmt und geküsst hatte, dürfte ihrer beider Verbindung kein Geheimnis mehr sein, und auch, dass ihr Auserwählter ein Ritter war. Das störte sie nicht. Viel mehr war es so, dass sie gerne die Frau des

Mannes war, der Feuer über das Schlachtfeld gebracht und ein Wesen getötet hatte, vor dem selbst die Ritter an den Palisaden im Osten erzitterten.

Immer wieder betonte Halvar, dass auch ihm die Auseinandersetzung nicht leichtgefallen sei, aber er konnte nicht verhindern, dass andere Krieger bereits begannen, die Geschichte auszuschmücken. Als gottgleich bezeichnete man ihn flüsternd, da viele die Wirkung seiner Kräfte gesehen hatten, ebenso wie einige sein Lachen im Kampf vernommen hatten.

Auf demselben Weg musste sich Lothar geschlagen geben. Sein Volk hätte es ihm wohl nie verziehen, wenn er die Nordmänner schlechtgeredet hätte, wo sie die Schlacht geführt hatten, die er nie hätte gewinnen können. Nicht gegen eine Kreatur des Ostens.

Das Einzige, was den Sieg über Hannibal für Iouna trübte, war der Verlust der vielen Männer, egal welcher Herkunft, und vor allem der von Weißhaupt, der am Morgen beigesetzt worden war. Immer wieder kam in ihr der Gedanke auf, dass sie ihm vielleicht hätte helfen können, aber die anderen lagen vermutlich nicht gänzlich falsch damit, dass die Offenbarung von Heilkräften vor aller Augen nicht die beste Idee gewesen wäre. Iouna musste damit vorsichtiger umgehen, das hatte sie verstanden. Menschen konnten wie ausgehungerte Tiere sein – unersättlich.

Dabei verstanden vor allem die Frauen, dass sie anders als die Prinzessinnen vor ihr war. Im gleichen Atemzug, wie die Geschichten über Halvar aufkamen, sprachen sich die Begebenheiten über sie herum. Dass sie eben die verschollene Prinzessin Delyveihs war, die sich alleine und ohne fremde Hilfe durch das Land geschlagen und sich Männern widersetzt hatte. Dass sie sich einer vorbestimmten Heirat nicht gebeugt, sondern das Exil gewählt hatte. Und durch die Damen in Schwarzbruch wurde auch schnell laut, dass sie Güte besaß, aber Respektlosigkeit nicht tolerierte.

Niemals wäre Iouna von solch wohlwollenden Worten über ihre Person ausgegangen, aber genug Menschen hatten mitbekommen, wie sie mit Lothar von Falkenberg immer wieder in Streit geraten war. Dass sie nicht hinnahm, wie man sie behandelte, sondern für sich selbst entscheiden wollte.

Letztendlich bedeutete das, dass sich die Menschen Schwarzbruchs – und gerade diejenigen, die in der Burg ansässig waren – an den Hünen erinnern konnten, obwohl er äußerlich nicht mehr dem Mann glich, der dort ein- und ausgegangen war. Dieses Detail trug nur dazu bei, dass man ihn mit einem Gott verglich. Und aus den bösen Gerüchten, die man zuvor über den Ritter und die Prinzessin verbreitet hatte, wurden sehr schnell Lobgesänge. So manches Mundwerk fand sogar gut, dass der Held der Schlacht derjenige gewesen sein sollte, der dem Herzog den Arm gebrochen hatte.

Tristan gestattete indessen den Männern und Wachen Lothars, an der Totenwache und an den Sieges-Feierlichkeiten teilzunehmen in der Annahme, dass keiner von ihnen sich gegen sie wenden würde. Durch Halvar besaß der Norden eine Waffe, bei der sie befürchten mussten, dass sich ihr Feuer bei einem falschen Wort gegen sie richten würde. Da er für Delyveih gekämpft hatte, war klar, dass man ihn den Nordmännern zuschrieb, aber Iouna konnte nicht sagen, ob er es getan hätte, wenn sie nicht seine Ehefrau gewesen wäre. Vielleicht hätte Thorvid als Paladin ihn überreden können, aber Halvar war nicht dafür bekannt, gegen seine Überzeugungen zu handeln.

Für keinen Moment wollte sie einen Gedanken daran verschwenden, was geschehen wäre, wenn Halvar es nicht geschafft hätte, das Monstrum zu erlegen. Der Vollstrecker hatte als Gefangener das Feld betreten und es als Sieger der Schlacht wieder verlassen, und ihre Sehnsucht nach ihm stieg. Wieder hatte sie eine Nacht ohne ihn verbringen müssen, da er den Männern behilflich gewesen war.

Sie gönnte ihm den Ruhm und den Zuspruch, ebenso die Zugehörigkeit, die ihm vermittelt wurde, sodass sie hinter ihn zurücktrat und die Männer unter sich ließ, nachdem sie die Toten verbrannt oder beigesetzt hatten. Die Prinzessin war sich sicher, dass ihr Fels den Moment des Triumphs genießen wollte, nachdem so viele Menschen anderes in ihm gesehen und auch unschöne Dinge zu ihm gesagt hatten. Abgesehen davon, konnten die Herren etwas Ruhe brauchen, welche die Frauen dazu nutzten, sich nach altem Brauch für das Fest am Abend herzurichten.

Iouna kannte diese Art Feier nur aus Erzählungen, denn es war schon zu lange her gewesen, dass Delyveih gegen ein anderes Herzogtum Krieg geführt hatte und damit solch ein Fest seine Berechtigung fand.

Es handelte sich um das Totenfest, an dem die Überlebenden auf die Gefallenen tranken und das Leben selbst ehrten. Die Frauen spielten dabei eine wesentliche Rolle, denn sie brachten es immerhin zur Welt. Es war oft so, dass Ehefrauen oder Dirnen eine Armee begleiteten, wenn diese sich länger irgendwo aufhielt; daher mangelte es auch in diesem Lager nicht an weiblichem Zulauf aus dem Norden. Flüchtig hatte Iouna einige andere gesehen, aber nur ihre beiden Zofen kannte sie näher. Keira hatte ihr am Morgen geschildert, wo sie sich zu dieser Zeit aufhalten würde. Für eine Prinzessin war es ungewöhnlich, bei solch einem Fest anwesend zu sein, denn eigentlich bewohnten jene kein Kriegslager. Diesmal war der Umstand jedoch anders und Iouna wollte es sich nicht nehmen lassen, an den Bräuchen ihres Landes teilzunehmen, auch wenn sie nicht den Hauch einer Ahnung besaß, wie genau diese abliefen. Der Adel hatte sich weitestgehend in Kleidung, Benehmen und Bräuchen angeglichen, wenn auch nicht vollständig, aber es war das einfache Volk, das die alten Traditionen lebendig hielt.

Deshalb näherte sich Iouna dem von Keira beschriebenen Zelt und hörte bereits aus der Ferne Gelächter und Gerede unterschiedlicher Frauen. Zu ihrer Verwunderung standen sogar zwei Krieger vor dem Eingang. Diese Männer, einer davon schätzungsweise etwas jünger als Iouna, der andere jenseits der vierzig, unterhielten sich leise und standen in lockerer Haltung da. Als sie die Prinzessin erkannten, verneigten sie sich, lächelten sie freundlich an und hielten ihr sogar den Eingang auf. Etwas zögerlich betrat Iouna das Zelt. Sie wollte die laufenden Gespräche nicht stören, aber als sie erst einmal drin stand, sprang Keira sofort auf und freute sich, dass die Prinzessin den Weg zu ihnen gefunden hatte.

Gegen alle Erwartungen der anwesenden Damen stellte Iouna gleich klar, dass keine aufspringen und einen Knicks machen sollte. Sie war nicht hier, um die Tochter eines neuen Königs zu repräsentieren, sondern aus reiner Neugierde und weil sie Teil des Volkes sein wollte. Natürlich erntete sie dafür erst einmal skeptische Blicke, aber die Frauen nahmen es schließlich gut gelaunt hin.

Aufmerksam sah Iouna sich im Zelt um. Sie stellte fest, dass das Fest bereits begonnen hatte. In Tonkaraffen standen Wein und Met auf dem Boden, und Holzbecher waren bereits damit befüllt worden. Keira hatte sogar Hallet mitgenommen, und somit konnte Iouna ihr kleines Findelkind wieder einmal in die Arme schließen, dessen lieblichen Geruch sie beinahe schon vergessen hatte. Und obwohl reges Treiben in dem Zelt herrschte, schlief der Knabe tief und fest, was Iouna darin bestärkte, dass es dem Jungen bei Keira gut ging.

Behutsam legte sie ihn wieder auf den vielen Kissen ab und wandte sich den Frauen zu, die teils ihre Kleider ablegten. Erst da fielen ihr die vielen Schalen auf, die mit unterschiedlichen Farben befüllt waren. Neugierig kniete sie sich hin und tauchte ihren rechten Zeigefinger in eine Schale hinein, in der sich eine zähflüssige schwarze Substanz befand.

»Wollt Ihr Euch auch bemalen lassen?«, fragte Keira lächelnd. Sie konnte die anerzogene Anrede nicht so schnell ablegen wie der Rest.

»Ich weiß nicht ...«, erwiderte Iouna unsicher, da die Frauen, die fertig bemalt waren, ungewohnt wenig Stoff am Leib trugen.

Gaelle, die gerade erst die weiße Farbe am ganzen Körper verteilt bekam, kicherte, als sie den skeptischen Blick bemerkte. »Ich glaube, der Bruder der Hoheit wäre nicht erfreut, wenn seine Schwester unter unseresgleichen herumläuft und die Krieger bedient.«

»In erster Linie ist sie hier nicht die Schwester des zukünftigen Herzogs«, wandte eine fremde junge Frau ein, die ihr langes blondes Haar zu einem Zopf flocht, bevor sie mit ihrer eigenen Bemalung begann, »sondern die Geliebte des Ogerschlächters.«

Gelächter brach aus, und Iouna ließ sich davon anstecken. Anscheinend wog selbst hier Halvars Sieg über das Monstrum mehr als Tristans Titel, was man dem nicht adligen Gefolge wohl nicht verübeln konnte.

Die blonde Frau mit dem Zopf schenkte derweil immer noch lachend einen Becher Met ein und reichte ihn Iouna, wofür sich die Prinzessin bedankte.

»Nach einem großen Schluck seht Ihr es etwas entspannter«, meinte sie anschließend, und Iouna ließ nicht viel Zeit vergehen, um dem unterschwelligen Rat Folge zu leisten.

»Abgesehen davon«, mischte sich Keira ein und band sich ihr ledernes Oberteil um, das gerade den Oberkörper bedeckte, aber den Blick auf den verzierten Bauch freiließ, »darf Euch ohnehin kein Mann zu nahe kommen. Also bleibt es sich gleich, wie viel Ihr tragt oder nicht.«

Davon hatte Iouna gehört. An dem Totenfest ehrte man zwar das Leben, aber aus Respekt vor den gefallenen Männern kehrte man für eine Nacht nicht zu seinen Frauen zurück, da es die toten Krieger auch nicht konnten. »Der Ogerschlächter wird begeistert davon sein«, erwiderte sie grinsend und sorgte damit erneut für heiteres Lachen.

Eigentlich hatte Iouna erwartet, dass ihr die offene Art der Frauen etwas mehr ausmachen würde, dass sie sie sich seltsam fremd vorkommen musste, aber all das war nicht der Fall gewesen. Seit Schwarzbruch war sie es gewohnt, gänzlich unbekleidet vor einer Horde Frauen herumzustehen, die sie dort noch anders gemustert hatten, als es vermutlich die Nordfrauen in dem Zelt taten. Die »Wilden« waren unter sich, keine bedachte die andere mit abschätzigen Blicken, sodass es der Prinzessin geradezu leichtfiel, sich den Bräuchen anzuschließen. Eventuell auch, weil sie ihren Becher Met recht schnell geleert hatte und Gaelle dafür sorgte, dass er gefüllt blieb.

Doch als man Iouna ihr Kleid auszog, um sie ebenfalls mit einem weichen Meerschwamm einzufärben, mischte sich eine brünette Frau ein, die auch erst ihre Oberbekleidung abgelegt hatte. Wenn die Prinzessin den Namen richtig verstanden hatte, nannte man die Frau Kassandra. Sie schien die älteste unter den anwesenden Damen zu sein, was aber ihrer Anmut keinen Abbruch tat. Nur wenige Falten verrieten, dass sie sich jenseits der dreißig befand, und ihre außergewöhnlich hellbraunen Augen musterten Iouna eingehend, bis sie schlussendlich ihren Kopf schüttelte. »Ihr könnt doch die Braut des Isvintari nicht kalkweiß anmalen!«, wandte sic gespielt streng ein und richtete sich auf. »Er hält sie sonst noch für eine Statue aus Schnee.«

Angetrieben von der Anspielung, was Halvar und seine Heimat anging, musste Iouna laut auflachen. Immerhin war sie schon zur Braut aufgestiegen und nicht mehr die Geliebte.

»Und was schlägst du stattdessen vor?«, wollte Neele, die Blonde mit dem Zopf, wissen.

»Wartet«, antwortete Kassandra. »Fangt nicht ohne mich an.«

Schnurstracks verschwand die halbnackte Frau aus dem Zelt, weshalb Iouna dem Rest einen fragenden Blick zuwarf.

»Das ist sie gewohnt«, lautete die unbeeindruckte Antwort von Neele, die damit verriet, welchem Geschäft Kassandra nachging.

Es dauerte nicht lange, da kehrte die offenkundige Dirne zurück und hielt eine etwas kleinere Holzschale in der Hand, die mit einem passenden Deckel verschlossen war. Als Kassandra ihn abnahm, kam eine goldene Flüssigkeit zum Vorschein, die Iouna noch von ihrer Mutter kannte. Gewonnen aus geriebenen Muscheln, sah sie aus wie flüssiges Gold, weshalb so mancher Betrüger schon versucht hatte, damit einfaches Metall einzufärben. Allerdings bestand die Substanz aus beigemischten Ölen, ähnlich wie auch die restlichen Farben, weshalb sie rasch abfärbten.

»Ist das nicht etwas auffällig?«, merkte Iouna an, und Kassandra grinste.

»Euer Hüne kann sich ja auch nicht gerade verstecken«, erwiderte sie und stellte die Schale auf dem Boden ab. »Unter uns ...«, fuhr Kassandra dann fort. »Interessiert er sich überhaupt für Frauen?«

Wieder legte Iouna einen fragenden Blick auf. »Das will ich doch meinen, aber hoffentlich nicht für alle«, gestand sie, weil sie die Anspielung nicht gänzlich verstand.

»Na ja, solange er mit Euch das Bett teilt, wird das wohl reichen.«

Verwirrt und mit roter Miene schaute Iouna Kassandra zu, wie sie einen sauberen Schwamm ergriff und ihn in die goldene Farbe tauchte. Zunächst musste die Prinzessin alles ablegen, was auch den Armreif beinhaltete, den ihr Halvar geschenkt hatte. Um ihn nicht im Durcheinander des Zeltes zu verlieren, reichte sie ihn Gaelle, die ihn behutsam an sich nahm und meinte, ihn so lange zu verwahren, bis Iouna fertig wäre. Als man auf das hölzerne Gut zu sprechen kam, schienen die Frauen erstaunt, dass die Gefühle des fremden Helden ehrlich zu sein schienen und keinesfalls der Natur der Isvintari glichen.

»Mir ist noch keiner aus dem hohen Norden untergekommen, der sich nicht mit der Anzahl seiner Frauen rühmte«, gab Kassandra amüsiert zu.

»Ausnahmen gibt es in jeder Kultur«, erklärte Iouna und versuchte stillzuhalten, während Kassandra und Neele anfingen, ihren Körper anzumalen.

»Ja, auch Ritter sind nicht alle edel«, pflichtete Keira ihrer Herrin bei. »Aber dann gibt es doch wieder welche, die es sind. Die wirklich so sind, wie man sie sich vorstellt.«

»Sprechen wir da von einem Bestimmten?«, fragte Gaelle und begann zu lachen.

Keira schrak auf, nahm ein paar Trauben zur Hand und warf sie nach der anderen Zofe, aber hüllte sich in Schweigen. Iouna konnte auch ohne Namen eine Vermutung anstellen, denn so viele Ritter waren nicht im Lager, dass man eine rege Auswahl besaß. Grinsend sah die Prinzessin ihren beiden Zofen zu, wie sie sich gegenseitig ärgerten und ihren Spaß hatten. Aber sie nutzte auch die Gelegenheit, um deutlich zu machen, dass Halvar sanfte Seiten besaß und nicht nur die, die nun alle vom Schlachtfeld kannten. Es war für die Frauen kaum vorstellbar, dass der Hüne nichts von Iouna verlangte, was sie ihm nicht freiwillig geben wollte. Dabei handelte es sich nicht um das klassische Bild, das alle Anwesenden aus ihrem Leben gewohnt waren. Abgesehen von Kassandra, welche die Gesellschaft vieler unterschiedlicher Männer einer Ehe vorzog.

Neele war versprochen, aber noch nicht verheiratet worden. Sie folgte ihrem zukünftigen Ehemann nach Schwarzbruch, da die Schlacht mitten in die Zeit ihres Kennenlernens gefallen war. Die junge Frau konnte nicht leugnen, dass es sie stolz machte, einen Krieger zum Mann zu haben.

Auch wenn sie sich kaum kannten, verengte dies das Bündnis, das sie eingehen sollten, sobald sie nach Delyveih zurückgekehrt waren.

Als Iouna vollkommen mit goldener Farbe angemalt war, musste sie kurz stehen bleiben, damit diese besser trocknen konnte, wobei sie durch die Öle ihren glänzenden Charakter behielt. Erst dann begannen die Frauen, die schwarzen und weißen Muster mit kleinen Pinseln aus Pferdehaar aufzumalen. Geschlängelte Linien von ihrem Hals über die Schultern bis hin zu ihren Handgelenken, und gleichermaßen verfuhren sie mit ihren Beinen und dem Bauch. Iouna musste die Frauen immer wieder unterbrechen, nutzte jedoch die Pause, um etwas zu trinken, da sie zu kitzlig war, um die Tortur in einem Mal durchzustehen. Ihr überlanges Haar flochten sie nach hinten zu einem lockeren Zopf zusammen, damit es nicht zu streng wirkte, aber gleichzeitig nicht die Muster zerstörte. Erst als alles erledigt war, kam Iouna wieder dazu, einen Blick aus dem Zelt zu werfen. Sie bemerkte, dass die Sonne fast untergegangen war. Kassandra band ihr noch schnell das lederne Oberteil am Hals und am Rücken zusammen, während ihr Gaelle den dazu passenden Rock hinhielt. Ein längliches Stück Leder, bei dessen Anblick Gudrun vermutlich in Ohnmacht gefallen wäre, da es gerade so bis zur Mitte der Oberschenkel reichte – und keine mit Rüschen verzierte Unterwäsche beinhaltete. Der Rock wurde lediglich um die Hüfte gewickelt und an einer Seite zusammengebunden, damit er hielt. Auch wenn Iouna immer betont hatte, dass der Norden etwas freizügiger war, das war selbst für sie neu. Nicht einmal Schuhe trugen die Frauen, sondern nur dünne Bänder mit kleinen Muscheln an ihren Fußknöcheln, die von ihrer küstennahen Herkunft zeugten. Vorsichtig streifte sich die Prinzessin zum Schluss wieder ihren Armreif über, den sie schon viel zu lange nicht mehr am Arm gespürt hatte. Während sie die Zeichen darauf betrachtete, musste sie unweigerlich an die Hütte zurückdenken. Gerne wäre sie wieder an solch einem Ort, aber sie glaubte nicht, dass ihre Aufgabe lediglich darin lag, Hannibal aus dem Weg zu räumen. Das wäre zu einfach gewesen und hätte nicht zwangsweise ihrer Kräfte bedurft, aber je länger sie darüber nachdachte, desto klarer wurde eine Ahnung, worauf Xhar, Athan und Norna anspielten. Halvar besaß eindeutig Kräfte, die für den Krieg gemacht waren. Wie schon zu Soleys Zeiten nahm der Mann neben ihr eine verteidigende Haltung ein. Der Hüne sollte sich den Schatten widersetzen, die ihn heimsuchten, jedoch ließen diese Iouna in Ruhe, da sie von göttlicher Abstammung war. Sein Bruder wollte, dass sie dessen Erblinie fortsetzte. Das bedeutete aber, dass sie ihre eigene fortsetzen musste. Sie sollte Leben zur Welt bringen, deswegen hatte man sie zurückgeschickt. Das war ihre Aufgabe – eine, gegen die sie sich zuvor immer gewehrt hatte, allerdings hauptsächlich, weil ihr die Männer nicht zugesagt hatten. Die Antworten auf die Fragen, die sie sich noch vor dem Kampf gestellt hatte, waren die ganze Zeit um sie herum gewesen. Sie waren in jedem Schritt, den sie seit ihrer Rückkehr gegangen war. Dass sie dabei nicht einem König untergeordnet sein, sondern selbst die herrschende Rolle einnehmen sollte, ließ sie tatsächlich in das Licht einer Herrscherin rücken. Diese musste darauf achten, dass das Dach ihres Reiches, das die Sicherheit und den Fortbestand seines Volkes symbolisierte, von Säulen getragen wurde, die seine Erben bildeten.

Iouna sollte anscheinend in keiner Weise selbst an einem Krieg teilnehmen, sondern verhindern, dass dieser erneut schuld daran war, dass Athans Kinder vergingen.

Das ließ den Gott geradezu menschlich wirken. Ein Vater, der seinen gefallenen Kindern nachtrauerte, auch wenn welche überlebt hatten. Etwas musste überlebt haben, sonst hätte Xhar nicht erwähnt, dass ihre Verwandtschaft zu ihnen so dünn wie Wasser gewesen sei.

Und Halvar? Warum hatten sie ihn ausgewählt? Sie beharrten auf seinem unbeugsamen Willen, aber Iouna konnte sich nicht vorstellen, dass das alles gewesen sein sollte. Dass sie sich ausgerechnet in den Mann verlieben würde, den die Götter auch noch für würdig genug hielten, ihm solche Kräfte zu geben ... Da musste mehr dahinterstecken als nur Zufall.

»Kommt Ihr?«, riss Kassandra sie aus ihren Gedanken und hielt den Eingang des Zeltes offen. Tief atmete die Prinzessin durch und nickte lächelnd.

Für diesen Abend hatte sie sich genug Sorgen um die Zukunft gemacht, entschied sie, und folgte den anderen Frauen hinaus in die Dunkelheit.

Gefühlt Hunderte von Fackeln, verteilt im ganzen Lager, spendeten Licht, und etliche Lagerfeuer waren entzündet worden, an denen Krieger wie Gefolgsleute saßen und sich unterhielten. Iouna hoffte, dass sie recht schnell den Mann unter ihnen entdecken würde, den sie liebte, und nicht lange nach ihm suchen musste.

Tristan hatte genug Wein heranbringen lassen, sodass keine Kehle trocken bleiben sollte. Über den mürrischen Thronfolger konnte man einiges sagen, aber nicht, dass er geizig war. Wobei Yorick sicherlich damit zu tun hatte, der wusste, wie man die Männer bei Laune hielt und wie man sie auch wieder steigerte, nachdem Nordmänner in der Schlacht gefallen waren.

Musik spielte auf; einige Barden kannte Iouna noch aus Schwarzbruch. Es waren teilweise dieselben, die auf dem Marktplatz gespielt hatten, als Iouna in der Stadt angekommen war. Und doch ließen sich einige Nordmänner nicht lumpen, ebenfalls Lieder zu spielen. Iouna waren diese Gesänge sogar noch aus Yveih bekannt. Obwohl erst ein paar Wochen seit ihrem Eintreffen in Schwarzbruch vergangen waren, kam es der jungen Frau wie eine Ewigkeit vor. Wie ein anderes Leben, das sie irgendwann einmal geführt hatte. Einst vor langer Zeit und in einer anderen Welt …

***

Als Halvar am frühen Nachmittag nach einem Hornstoß wieder erwachte, waren die Vorbereitungen für die Feierlichkeiten bereits in vollem Gange. Holz für die vielen Lagerfeuer war gesammelt, Met und Wein in Fässern waren herbeigeschafft und Schweine geschlachtet und zum Braten am Spieß vorbereitet worden. Kaum hatte er das Zelt verlassen, hatte sich eine halbnackte Dame frech grinsend und zwinkernd ihren Weg an ihm vorbei gebahnt. Noch immer wunderte er sich, warum die Brünette nur einen kurzen Rock um die Hüfte trug, während sie das Zeltdorf durchquerte, hatte ihr aber keine größere Beachtung geschenkt.

Etwas ziellos wanderte Halvar nun schon seit einer Weile durch das inzwischen von Fackeln erleuchtete Lager. Im Vorbeigehen nahm er sich einen Apfel aus einer der Obstschalen, die ebenfalls verteilt worden waren. Geistesabwesend biss er in sein verspätetes Frühstück und suchte in der Menge der friedlich feiernden Menschen nach Iouna, konnte sie aber nicht entdecken. Genau genommen, hatte er überhaupt keine Frau mehr gesehen, seit die oberkörperfreie Dame sich ihm heute Morgen schamlos präsentiert hatte.

Mit der Zeit baute sich eine gewisse Nervosität in Halvar auf, als er Iouna nicht finden konnte. Er wusste zwar, dass sie hier sicherer war als irgendwo sonst, aber dennoch konnte er ein ungutes Gefühl nicht unterdrücken. Zu oft war etwas schiefgegangen, als er sie alleine gelassen hatte; nun vermochte er diese Gedanken nicht zu ignorieren. Seufzend sah er über die Köpfe der anderen hinweg, als altbekannte Geräusche an sein Ohr drangen.

Ein Kampf!

Das Klirren von Schwertern und Rasseln von Rüstungen war unverkennbar für den Ritter, der schon mehr Kämpfe geschlagen hatte, als er sich scherte zu zählen. Sofort kam ihm Lothar in den Sinn, der die Vorbereitungen zur Siegesfeier nutzen könnte, um die Krieger der Nordleute aus dem Weg zu räumen. Ohne zu zögern, traute der Hüne es dem Herzog zu, auf diese Weise doch noch an das Amt des Königs kommen zu wollen, selbst wenn es töricht war. Eilig drängte er sich durch die erstaunlich ruhig und unbeeindruckt weiterarbeitende Menge zur Quelle des Aufruhrs.

Kurz darauf erreichte er die scheinbare Schlacht, die sich zu seiner Erleichterung nur als eine Gruppe trainierender junger Männer herausstellte. In lockerer Formation standen sie sich auf dem eigens mit Baumstämmen abgetrennten runden Platz im Zentrum des Palisadenwalls gegenüber. Sie rangen um den Sieg in den Übungskämpfen, wobei sich einige noch arg unbeholfen bewegten.

Yoricks tiefe Stimme unterbrach das Treiben der jungen Krieger, von denen einige schwer atmeten und die Pause begrüßten.

Schnell fand Halvar Yorick, der sich kopfschüttelnd die Nasenwurzel rieb und einen Moment überlegte, ehe er in wüste Beschimpfungen ausbrach. »Wenn eure Schwänze so kraftlos sind wie eure Schwertarme, tun mir die Weiber leid!«, fluchte er. »Ein Glück, dass sie heute vor euch Versagern sicher sind!«

Sicher?

Halvar verstand nicht, was Yorick meinte, aber betrachtete amüsiert die niedergeschlagenen Gesichter der Rekruten und verschränkte die Arme vor der Brust. Er konnte sich noch gut an seine kurze Ausbildung vor dem Krieg in seiner Heimat erinnern. Nur knappe drei Tage hatte man ihnen die wichtigsten Fakten eingebläut, ehe man sie an die Front geschickt hatte. Nicht viele der jungen Männer, die mit ihm in die Schlacht gezogen waren, hatten ihre Heimat auch wiedergesehen.

Das Klatschen des Prinzen holte Halvar aus seinen Gedanken und forderte gleichzeitig die jungen Männer auf, mit ihren Übungen fortzufahren.

Kurz beobachtete Yorick seine Schützlinge, bevor er Halvar bemerkte. »Wenn der Ogerschlächter sich so anstellen würde, wäre er jetzt nicht hier«, rief er.

Überrascht, so direkt als Vorbild angesprochen zu werden, hob Halvar die Augenbraue und musterte ihn. Da er nicht genau wusste, was er sagen sollte, schwieg er einfach und blickte dann in die Runde der Rekruten, die ihn alle ehrfürchtig ansahen, anstatt zu trainieren.

Genervt stieß der Ausbilder einen lauten Pfiff aus. »Augen zurück auf euren Gegner!«, befahl er, woraufhin die Jünglinge endlich taten, was sie sollten.

Seufzend kam Yorick zu Halvar herüber und fragte, ob er etwas geschlafen hätte.

»Ja, ein wenig«, antwortete er und fuhr sich mit der Hand über den zu seiner eigenen Überraschung nicht mehr kahlen Kopf. Immer wieder vergaß er, dass er nicht mehr entstellt war und dass er dies nur Iouna zu verdanken hatte. Genau wie so viele andere Dinge. Oft vergaß er schlicht, dass er geheilt war. Vielleicht lag es daran, dass sie ihn immer noch genauso behandelte wie zu der Zeit, als sein Gesicht noch von Narben gezeichnet war. Blicke fremder Menschen hatte er gelernt zu ignorieren, sodass ihm auch nicht auffallen würde, sollten sie ihn nun anders anstarren als zuvor.

»Wo ist Eure Schwester?«, fragte er seinen Schwager im Anschluss.

»Bei den anderen Frauen«, verkündete Yorick lachend, was Halvar erneut mit einer hochgezogenen Augenbraue beantwortete.

»Was?«, hakte er nach und schaute kurz zu dem Rekruten, der den lauten Schmerzensschrei von sich gegeben hatte.

Auch Yorick schien den sich übertrieben am Boden windenden Jungen ausgemacht zu haben. »Aufstehen und weitermachen!«, blaffte er den Leidenden an, ehe er sich wieder an Halvar wandte. »Die Frauen machen sich für das Fest fertig. Iouna wollte sich ihnen wohl anschließen. Gut für die Männer, schlecht für Euch.«

Noch immer verstand der Isvintari nicht, worauf der dunkelblonde Prinz hinauswollte. Verständnislos sah er Yorick an und zuckte mit den Schultern.

»Ihr kennt den Brauch nicht?«, amüsierte sich der Nordmann und musterte Halvar, der nur mit dem Kopf schüttelte. »Der wird Euch Isvintari gefallen«, behauptete Yorick grinsend und ignorierte das Gejammer eines weiteren Rekruten. »Am Tag nach der Schlacht schmücken sich die Frauen und bemalen sich am ganzen Körper. Das Dumme ist nur, dass die Männer sie nach Beginn des Festes nicht anfassen dürfen, bis am nächsten Morgen die Hörner erneut ertönen.«

Verwundert fragte der Hüne nach Sinn und Zweck hinter diesem Verhalten, woraufhin der Prinz es ihm kurz erklärte. Der fremde Brauch kam Halvar eher wie eine Bestrafung der Überlebenden und nicht wie eine Ehrung für die Gefallenen vor. »Warum bemalen sie sich?«, hakte er nach und ließ den Blick über die Übenden schweifen.

»Damit jeder, der auf die Idee kommt, sie anzufassen, erkannt wird«, erläuterte Iounas Bruder, ehe er erneut Befehle über den Übungsplatz rief. Leise fluchend, strich er sich durch den Bart und wandte sich dann an Halvar.

Dieser fragte sich, ob man in Delyveih nicht auf die Idee kam, die Farbe abzuwaschen, behielt die Anmerkung aber für sich. Es gab mit Sicherheit einen Grund dafür. Leise seufzend, bereitete er sich auf eine weitere Nacht ohne seine Braut vor, doch konnte er sich nicht so recht mit dem Gedanken anfreunden. Nicht einmal nach einer Schlacht war ihm die Zweisamkeit mit ihr vergönnt. Eine weitere Frage allerdings drängte sich ihm auf, weshalb er sich nach der halbnackten Dame erkundigte, die ihm kurz nach dem Aufwachen begegnet war. Das freche Grinsen und der eindeutige Hüftschwung fügten sich nicht so recht in den Brauch.

»Ihr meint wohl Kassandra ...«, mutmaßte Yorick. »Aber warum sie es so eilig hatte, kann ich nicht sagen. Meistens ... lässt sie sich Zeit.« Mit einem vielsagenden Grinsen kratzte er sich am Hals, bevor er weitersprach. »Aber die Frauen tragen wegen der Bemalung nur wenig Stoff, sonst würde man sie nicht sehen.«

Zustimmend nickte Halvar und überlegte, ob der Brauch ebenso für die Dirnen im Lager galt. Nicht dass er vorhatte, die Dienste einer solchen in Anspruch zu nehmen, aber immerhin war Kassandra nicht bemalt gewesen, und das Grinsen des Prinzen ließ kaum eine andere Schlussfolgerung auf das Geschäft der aufreizenden Frau zu. Auch wenn es bedeutete, heute Nacht gänzlich auf Iounas Nähe verzichten zu müssen, war er dennoch gespannt auf ihre Bemalungen. Geistesabwesend fuhr er beim Gedanken an sie über das Brandmal an seinem Handrücken, das ihre Verbindung für alle sichtbar nach außen trug.

»Es ist seltsam, mit ihrem ›Ehemann‹ zu sprechen«, meinte Yorick und betrachtete die einzige Narbe auf Halvars Haut.

»Es ist genauso seltsam, es nur ... halb zu sein«, gab Halvar zu und sah sein Gegenüber wieder an.

Auch wenn die Winkelehe, die sie geschlossen hatten, in Isvinter offiziell anerkannt war – selbst dort galt sie als nicht gleichwertig mit einer von Priesterinnen besiegelten Ehe.

Der Nordmann lachte laut auf, als er die Worte des Isvintari vernahm. »Ich widersetze mich nicht dem Wunsch meiner Schwester oder ihrer Wahl«, stellte er klar. »Es sei denn, es wäre ein Mann wie Lothar gewesen. Sie ist noch nie eine Frau für einen dieser Herzöge gewesen. Ebenso wenig wie ich ein Mann für nur eine Frau bin.«

Halvar konnte nicht sagen, dass ihn die Aussage überraschte. Bereits Yoricks Bemerkung über Kassandra hatte ein gewisses Bild über sein Verhältnis zum anderen Geschlecht offenbart. Was wohl der angehende König von Mittland davon hielt, dass sein Sohn nicht endlich eine Frau ehelichte, sondern lieber alle Möglichkeiten ausschöpfte? Halvar konnte sich nicht vorstellen, dass dies für einen Herrscher erstrebenswert war, selbst wenn man die vermutlich unzähligen Halben außer Acht ließ. Ob Yorick wusste, wie viele uneheliche Kinder er gezeugt hatte?

Mehr Rekruten für den Orden ...

»Entschuldigt mich«, brummte Yorick und stürmte auf den vom Zwielicht der Fackeln beleuchteten Trainingsplatz, wo er nicht zögerte, einem der Soldaten mit der flachen Hand auf den Hinterkopf zu schlagen. Laut fluchend beleidigte er alle möglichen Verwandten des Jungen und rief dann seine Schützlinge zusammen, um die Übung erneut zu erklären.

Halvar ahnte, dass es dauern würde, ehe der Prinz mit seiner Schimpftirade fertig war, weshalb er seinen Weg durch das Lager fortsetzte.

Bald fand er eine Feuerstelle, an der sich noch niemand aufhielt. Er hatte bereits genügend Lobeshymnen über seine Person gehört, sodass es ihm nichts ausmachte, für einen Moment alleine zu sein, wenn er schon nicht bei Iouna sein konnte.

Wo sie wohl gerade ist?

Seufzend ließ er sich auf dem Boden nieder und lehnte sich an einen der Baumstämme, die als Sitzgelegenheit um das Lagerfeuer gelegt worden waren. Neben ihm war der Stapel mit den Scheiten, um nachzulegen, sollten die Flammen zurückgehen. Ein kleines Grinsen huschte über sein Gesicht, als er daran dachte, dass in seiner Gegenwart nie wieder ein Feuer erlöschen musste. Nachdenklich nahm er einen etwa vier Finger breiten Ast vom Stapel und zog den Dolch Delyveihs aus dem Schaft an seinem Stiefel. Er wusste, dass es nur eine Frage der Zeit war, bis das Fest auch diesen abgelegeneren Ort erreichen würde. Deshalb atmete er einmal tief durch und genoss die Ruhe und das Knistern des Feuers, während er begann, an dem Holz herumzuschnitzen. Nachdenklich dachte er an das Gespräch mit Yorick zurück, der offensichtlich ein besserer Isvintari gewesen wäre als er selbst. Nach kurzer Zeit vernahm er ein Räuspern neben sich. Ohne den Kopf zu drehen, erkannte er die Stimme als jene von Thorvid. Noch bevor er eine Möglichkeit hatte, etwas zu sagen, saß der Paladin bereits neben ihm auf dem Baumstamm und reichte ihm ebenso wortlos einen Krug Met.

Er bedankte sich und fragte, wie er ihm helfen konnte.

»Ich dachte mir, Ihr habt vielleicht einige Fragen«, murmelte Thorvid.

»Ja«, bestätigte Halvar seine Vermutung. »Warum war ich bereits drei Jahre Teil Eures Plans?« Er sah keinen Grund, um das Thema herumzureden, wo er doch direkt darauf angesprochen worden war.

»Ihr habt doch Hannibal gehört, dass ich bei ihm ein- und ausging.«

Wieder nickte Halvar und sah Thorvid erwartungsvoll an.

»Ich traf Phillip auf Calera. Damals war er kurz nach der Hinrichtung von Feline dorthingeschickt worden. Als ich seinen Nachnamen erfuhr, nahm ich mich seiner an. Nachdem sich gezeigt hatte, dass er seinen Vater und Onkel noch mehr hasste als ich, schlug ich ihm vor, sich zu rächen. Da ich sein Ausbilder war, war es nicht ungewöhnlich, dass wir hin und wieder in Kosse vorbeikamen. Herzog Heinrich fing an, mir zu vertrauen, da ich ihm versicherte, dass mir auch daran gelegen wäre, meine Schwester zu finden. Ich musste jedoch sichergehen, dass Heinrich nicht aus Versehen einen Mörder auf meine Schwester losließ«, erklärte Thorvid.

»Daher suchte *ich* einen aus, den ich ihm empfehlen konnte.«

»Und Ihr habt mich ausgesucht?«, hakte Halvar nach, woraufhin es nun Thorvid war, der nickte.

»Wie Ihr in der Taverne schon sagtet, seid Ihr kein Auftragsmörder«, meinte er und deutete so an, dass der Mann, der Halvar den Auftrag erteilt hatte, Iouna zu finden, für ihren Bruder gearbeitet hatte. »Zudem konnte ich zuvor an Eurer Seite keine Frau erkennen. Weder frei noch käuflich.«

»Das hatte seine Gründe«, erwiderte Halvar. Er wusste nicht, wie genau Thorvid seine Vergangenheit kannte und war in diesem Moment auch nicht wild darauf, darüber zu sprechen. Jedoch konnte er sich denken, was Thorvid dabei über ihn gedacht hatte.

»Es lag sicherlich an Eurem charismatischen Auftreten«, mutmaßte dieser grinsend.

»Auch«, gestand Halvar amüsiert, während er weiter an einer kleinen Königsfigur schnitzte. »Hauptsächlich aber, weil ich es nicht wollte.«

Schweigend nahm Thorvid diese Erklärung hin und schien die nächste Frage abzuwarten, zu der Halvar aber nicht kam, weil plötzlich die bemalten Frauen zwischen den Zelten auftauchten. Munter begannen sie, Getränke und Speisen an die anwesenden Männer zu verteilen. Hoffnungsvoll sah sich Halvar nach Iouna um, konnte sie aber nirgends entdecken. Offenbar wollte keiner der anderen Nordmänner die beiden Ritter in ihrem Gespräch stören, sodass sie etwas Abstand vom Lagerfeuer hielten. Interessiert betrachtete der Hüne das Schauspiel und versuchte, die Verzierungen der Damen im schwachen Licht zu erkennen.

»Ihr habt einfach nicht gewirkt, als wärt Ihr ein schlechter Mensch«, ergänzte Thorvid noch und trank seinen Becher in einem Zug leer, während er ebenfalls die Frauen beobachtete. Die weiße Farbe auf ihrer Haut ließ sie beinahe geisterhaft wirken, was durch die schwarzen Linien, die verschnörkelte Muster bildeten, nur noch verstärkt wurde.

Ein kurzes Lachen war zunächst alles, was Halvar darauf erwidern konnte, ehe er anmerkte, dass Thorvid mit dieser Meinung wohl allein dagestanden hatte.

»Manche Menschen sehen, was sie wollen, und andere, was da ist«, meinte der Bewahrer, als wüsste er, warum Halvar lachte.

Nun war es der Hüne, der die Aussage stumm nickend zur Kenntnis nahm.

In diesem Moment sah er Iouna zwischen all den Personen. Ihre Haut schimmerte golden, wodurch sie noch mehr hervorstach, als die Frauen es ohnehin schon taten. Im Gegensatz zu den anderen trug sie weiße und schwarze Linien auf goldenem Grund. Ein wenig fühlte er sich an Norna erinnert, die ähnliche Muster auf ihrem Körper trug. Auch wenn jene der Göttin sich mit ihren Bewegungen veränderten. Vermutlich hatten sie Iouna so bemalt, um ihre höhere Stellung als Adlige hervorzuheben. Noch hatte sie ihn nicht bemerkt und schenkte genau wie alle anderen Damen Getränke aus.

Lächelnd beobachtete er sie dabei und hoffte, dass sie bald zu ihnen stoßen würde.

»Ich frage mich, warum sie gerade *dann* so bekleidet sind, wenn man sie *nicht* anfassen darf«, ertönte es spöttisch von Thorvid.

»Vermutlich wäre es sonst zu einfach«, mutmaßte Halvar.

»Als wäre es nicht schon schwierig genug, einen Krieg zu gewinnen *und* zu überleben«, murrte er weiter und stellte seinen Krug mit der Öffnung nach unten neben sich auf den Boden. Halvar folgte seinem Beispiel und tat es ihm gleich, obwohl er den Sinn dahinter nicht kannte.

Kurz darauf zeigte eine der Damen auf die beiden Ritter und sagte etwas zu Iouna. Sofort kam diese mit ihrer Karaffe herüber und lächelte Halvar an.

Einen Moment verlor er sich in ihrem Anblick, bevor er das Lächeln erwiderte.

Wortlos beugte sich Iouna zu den Bechern hinunter, drehte sie wieder herum und schenkte ein. »Der Held der Schlacht sollte nicht durstig bleiben«, säuselte sie währenddessen, ohne den Blick von ihm zu nehmen.

Auch wenn ihm mehr nach einem Kuss seiner Liebsten war, lächelte er weiterhin, nahm einen Schluck von dem Getränk und bedankte sich leise. Ebenso füllte sie den Becher ihres Bruders auf, der ihn sofort wieder leerte und sie fordernd angrinste.

»Alle scheinen begeistert vom Ogerschlächter zu sein«, führte sie aus, während sie Thorvid erneut nachschenkte. »So sehr, dass sie dessen Geliebte für alle erkennbar machen.«

Verständnislos sah Halvar sie an und zog die Braue nach oben. »Was meinst du?«, fragte er.

»Dass mich die Frauen golden bemalten, weil sie befürchteten, dass Weiß dem Mann aus Isvinter nicht gefällt.«

Ungläubig blinzelte er sie an. »Du meinst, sie haben dich wegen *mir* so angemalt?«, vergewisserte er sich. »Und nicht, weil du die Prinzessin bist?«

»Unter ihnen bin ich keine Adlige«, erklärte Iouna. »Ich habe darauf bestanden, als eine der ihren behandelt und angesprochen zu werden.«

Nun eroberte das Lächeln sein Gesicht zurück. Selbst hier, wo sie jeder als Prinzessin kannte und wahrnahm, wollte sie nicht über den anderen stehen. Trotzdem – oder vielleicht gerade deshalb – hatten die Götter Iouna als Herrscherin eines Volkes auserwählt. »Verstehe«, sagte er und ließ seinen Blick ihren Bewegungen um den Baumstamm herum folgen.

»Damit er *noch* genauer sehen kann, was er nicht anzufassen hat?«, hakte Thorvid mit bissigem Unterton nach.

»Ich denke nicht, dass sie es so gemeint haben«, sprach Iouna teils amüsiert, teils beschwichtigend. »Es soll eine

Geste des Dankes sein, dafür, dass er den Oger getötet und andere Männer vor dem Tod bewahrt hat.«

Halvar war sich nicht sicher, ob er sich über diese Geste freuen sollte oder nicht. Einerseits war er Dankbarkeit für seine Taten nicht unbedingt gewohnt, da er selbst als Ritter des schwarzen Banners eher gemieden worden war. Andererseits jedoch schienen die Zeichnungen auf ihrer Haut auch zu bedeuten, dass er eine weitere Nacht ohne sie verbringen musste.

»Wo schlafe ich dann heute Nacht?«, wollte er darum wissen, nicht ohne eine gewisse Enttäuschung in der Stimme.

»Bei mir nicht!«, warf Thorvid sogleich lachend ein.

»Nur, weil du deine Frau nicht anfassen darfst, heißt das nicht, dass man sich kein Zelt teilen kann«, erwiderte Iouna schelmisch grinsend.

Immerhin ...

Dem Ritter war nicht entgangen, dass sie »Zelt« gesagt hatte und nicht »Bett«, aber dennoch war dies besser als gar nichts.

Halbherzig erwiderte er ihr Lächeln und sah sie einen Augenblick an.

»Da eure Krüge nun wieder gefüllt sind, muss ich weiter«, erklärte Iouna und verabschiedete sich kurz.

Halvar sah ihr sehnsüchtig nach, als sie zwischen den anderen Personen verschwand, die mittlerweile in einem losen Ring um die Feuerstelle standen. Noch immer hielt er die inzwischen fertige Holzfigur in der Hand, die er bereits zuvor vollendet hatte.

»Was schnitzt Ihr da?«, erkundigte sich Thorvid und nahm einen weiteren Schluck aus seinem Becher.

»Viktor«, war die knappe Antwort von Halvar.

»*König* Viktor?«

»Ja.«

»Warum?«

Wortlos hob Halvar den Kopf, sah den Bewahrer an und warf den hölzernen Herrscher in die Flammen. Dies sollte verdeutlichen, was er vom König seiner Heimat hielt.

Angestachelt von Halvars Verhalten, erkundigte sich Thorvid erneut, weshalb er diese Gefühle hegte.

Mit wenigen Worten erzählte Halvar vom Tod seiner Familie und platzierte den Dolch wieder in seinem Schaft.

Kurz schwieg sein Schwager, bevor er sein Mitleid bekundete und zugab, dass sie denselben Feind besaßen.

Nun war es am Hünen, sich nach dem Grund zu erkundigen.

Zögerlich gab Thorvid zu, dass er wegen Viktor Dinge tun musste, die er zwar nicht bereute, aber die ihm im Nachhinein leidtaten.

Stumm nickte Halvar und fragte nicht weiter nach. Er wusste, dass der Paladin die Vorkommnisse durchaus genauer erläutert hätte, wenn er dies gewollt hätte.

Eine Weile saßen die beiden Ritter schweigend nebeneinander, und schließlich gesellten sich auch andere Männer zu ihnen ans Feuer.

Bald herrschte reges Treiben um die Flammen, sodass man es schwer hatte, sein eigenes Wort zu verstehen.

Stumm beobachtete Halvar das Geschehen um sich herum. Immer wieder suchte er nach Iouna, die er aber kaum zu Gesicht bekam. Selbst wenn er seinen Becher umdrehte, waren andere Damen schneller als sie, und schenkten ihm ein.

Thorvid schien ebenso jemanden Bestimmtes in der Menge zu suchen, wurde aber offenbar auch nicht fündig.

Ihm gegenüber saßen mehrere Nordmänner, die zu flüstern begannen und auf etwas hinter Halvar deuteten. Er dachte sich nichts weiter dabei. Einer der Männer erhob sich nach kurzer Zeit entschlossen und machte einige schnelle Schritte auf die beiden Ritter zu.

Skeptisch betrachtete Halvar den aufgeregt dreinblickenden Soldaten und fragte sich, was er wollte. Erst als sich Iounas Stimme durch den allgemeinen Lärm kämpfte, wurde er hellhörig.

»Ich habe es schon einmal gesagt: Lasst Eure Finger von mir!«

Halvar zog die Augenbraue hoch und wandte sich in Richtung Iounas Stimme um. Nach kurzer Suche entdeckte er sie, wie sie sich gegen einen offenbar betrunkenen Mann wehrte, der versuchte, sie auf seinen Schoß zu ziehen. In jeder Hand hielt sie einen Becher, wobei einer davon wohl für den Mann gedacht war, der nun lieber sie haben wollte anstatt sein Getränk.

»Ich sagte, Ihr dürft nicht als Vollstrecker agieren«, raunte Thorvid ihm zu. »Vergesst, was ich gesagt habe.«

Wortlos erhob sich Halvar von seinem Platz und bahnte sich einen Weg zu Iouna und ihrem aufdringlichen Verehrer. Niemand versuchte, ihn aufzuhalten, da man an der grünen Kleidung erkannte, dass der Mann ohnehin kein Krieger Delyveihs war.

Kurz darauf näherte sich Halvar der Wache Schwarzbruchs, die noch immer nicht verstanden hatte, was Iouna von ihm verlangte.

»Nun habt Euch nicht so!«, forderte der dunkelhaarige Mann, der mit dem Rücken zum Hünen saß, und zog noch einmal an ihrem Arm.

»Nein, jetzt lasst mich endlich los!«, erwiderte Iouna bemüht ruhig und schlug ihm erneut die Hand aus. »Ich bin eine verheiratete Frau!«

Daraufhin angelte der Fremde nach ihrer Hüfte und zerrte sie noch näher zu sich. »Aber leider nicht mit mir!«, nuschelte er mit heiserer Stimme.

Bevor Iouna etwas entgegnen konnte, hatte Halvar den Soldaten erreicht und mit der Rechten im Nacken gepackt.

Fluchend ließ der Verehrer Iouna los und versuchte, sich umzudrehen. »Was soll das?«, maulte er und wand sich aus dem Griff des Vollstreckers.

Wortlos wechselte dieser die Hand und packte den Hals seines Widersachers.

Röchelnd erstarben die Flüche der Wache, als Halvar ihn zwang aufzustehen. Mit düsterem Blick starrte er in die Augen des Mannes, der Iouna zu nahe gekommen war. Es war schlimm genug, dass er selbst sie nicht anfassen durfte, aber die Tatsache, dass es ein anderer an seiner Stelle versuchte, machte es nur noch schlimmer. Er erinnerte sich an Iounas Worte, kein Leben zu nehmen, wenn die ihren nicht in Gefahr waren, aber musste gestehen, dass es ihm schwerfiel, die Wache nicht in ein Häufchen Asche zu verwandeln.

Kurz glühte das Feuer der Verdammnis in seinen Augen auf, wodurch der Gesichtsausdruck des Mannes noch panischer wurde, als er es ohnehin schon war.

Halvar bemerkte, wie still es um ihn herum geworden war; nur das Keuchen des Mannes in seiner Hand war noch zu hören, bis Iouna leise seinen Namen sagte. Er wandte sich von dem Fremden ab und sah sie an. Die Muster auf ihrer goldenen Haut waren an Handgelenk und Hüfte bereits vom Übergriff verschmiert.

Sanft erwiderte sie seinen Blick und zeigte ihm so einmal mehr, warum er sie so liebte.

Langsam löste er den Griff um den Hals des Mannes, der versucht hatte, Iouna zu der Seinen zu machen.

Sie gehört mir!

Noch ehe er den Gedanken zu Ende formuliert hatte, fragte er sich, ob er so denken durfte. Immerhin war es genau das, was sie nicht wollte – einen Ehemann, der sie als sein Eigentum bezeichnete. Aber er stellte schnell fest, dass es etwas anderes war. Genauso stellte er fest, dass den Mann am Leben zu lassen nicht bedeutete, seine Verfehlung ungestraft zu lassen.

Gerade als der grün Gekleidete dazu ansetzen wollte, etwas zu sagen, schlug Halvar ihm die geballte Faust ins Gesicht, woraufhin er rücklings über den Baumstamm fiel.

***

Schweigsam, aber mit einem Lächeln übergab Iouna Halvar den Becher Met, der eigentlich für den Soldaten gedacht war. Der Fremde wurde indessen von den Nordmännern recht unvorsichtig davongetragen. Niemand beschwerte sich über Halvars Eingreifen, denn jeder wusste, dass es dem Brauch entsprach, die Frauen nicht anzufassen. Der Mann, der an seiner Rüstung klar als Soldat Falkenbergs zu erkennen gewesen war, hielt dies allem Anschein nach für eine freiwillige Angelegenheit, selbst wenn die Frau es nicht wollte. Aber Iouna empfand dem Mann gegenüber keinen Hass, denn er schien lediglich zu viel getrunken zu haben. Vielmehr musste sie über die Tatsache schmunzeln, dass Halvar keinen Moment gezögert hatte, um den Mann außer Gefecht zu setzen. Wenn Sie genau darüber nachdachte, sollte sie dem Soldaten eigentlich einen Dankesbrief schreiben, denn dieser Vorfall offenbarte ihr, dass es dem Hünen nicht gefiel, wenn andere Männer sie anfassten. Ähnlich war es ihr bei Phiona ergangen, der Dirne aus dem Gasthaus. Das hatte nichts damit zu tun, dass man seinem Gegenüber nicht vertraute. Aber es schmerzte zu sehen, wenn andere das taten, was man selbst mit einer Person teilen wollte. Wenn das der Grund gewesen war und nicht, dass er als Ritter gelobt hatte, die Schwachen zu verteidigen. Ein winziger Teil in ihr störte sich sogar daran, dass Halvar so schnell eingeschritten war, denn wehren konnte sie sich eigentlich selbst; andererseits hatte sie zu lange auf Vernunft und Gehör gehofft, anstatt gleich angemessen zu reagieren. Immerhin war ihr so etwas als Schankmagd häufiger passiert, und sie hatte es letztendlich immer geschafft, den Herren zu verdeutlichen, dass sie nicht *diese* Art Magd gewesen war. Aber so war es wohl zwischen Mann und Frau. Nicht umsonst zählten im Kodex der Ritter die Frauen zu den Schwachen. Es schien ihr Los zu sein. Er, der Ogerschlächter und Bärentöter, stärker als jeder andere der anwesenden Krieger, gesegnet mit seinem Feuer und dem nicht zu brechenden Willen. Sie hingegen die Prinzessin, die beschützt werden musste. Die Frau, die einem Mann nicht ebenbürtig und körperlich ohnehin unterlegen war. Dinge, die sie zumindest zum Teil gerne widerlegt hätte. Rasch fiel ihr dazu ein gewisser Test ein. Einen, den sie nur noch mit ihrem Gewissen vereinbaren musste.

Es war Brauch, in jener Nacht nicht zusammenzuliegen, aber was hatten die Toten davon, wenn die Lebenden ihnen nacheiferten?

Iouna verstand den Grundgedanken dahinter, und dieser war in Ordnung, aber eines in ihr sprach sich dagegen aus: Sie war schon einmal gestorben und hatte die andere Seite gesehen! Dort herrschte Frieden, und aller Schmerz war vergangen. Es war nichts, das man fürchten musste, es sei denn, derjenige frönte zuvor einem unmoralischen Leben. Und wenn sie es ganz genau nahm, wollte sie mit ihm zusammen sein, unabhängig davon, was sie sich geistig zurechtlegte. Ihr kam es wie eine Ewigkeit vor, dass sie gemeinsam eingeschlafen waren. Immer wieder störte etwas oder jemand ihre Zweisamkeit. Wie sollte sie eine göttliche Aufgabe erfüllen, wenn das Leben selbst dafür sorgte, dass sie einander kaum nahe sein konnten?

Wenn sie genau darüber nachdachte, konnte sie in dieser Nacht eine Art Veränderung einläuten. Nicht für andere, aber für sich selbst. Sie musste an ihren Erfahrungen wachsen, erstarken und durfte nicht die schwache Person sein, die sie vor ihrem Tod gewesen war. In ihren Büchern stand nichts davon, dass Soley jemals wegen irgendeiner Entscheidung gezweifelt hätte. Weder in Iounas eigenem Buch noch in dem, das ihr Tristan überlassen hatte. Aber nur weil sie nicht zur Herrscherin erzogen worden war, hieß das nicht, dass sie nicht gewisse Dinge erlernen konnte. Als die, die sie war, musste sie dazulernen und ihre Erfahrungen erweitern. Dabei musste derjenige, der im Meer schwimmen wollte, zunächst das Schwimmen erlernen. Vielleicht in etwas seichterem Gewässer, bevor man sich in die tosenden Fluten wagte.

Iouna beobachtete Halvar, wie er aus dem Becher trank, und sah auf den Boden vor sich. »Dann muss ich mich wohl jetzt bedanken, oder nicht?«, säuselte sie vor sich hin und sah anschließend wieder auf.

»Oh, es war mir ein Vergnügen, Prinzessin«, antwortete Halvar grinsend, und aus seinen Augen lachte der Schalk.

Iouna erwiderte sein Lächeln, nahm einen Schluck aus ihrem Becher, wandte aber dabei ihren süffisanten Blick nicht von ihm ab. Neugierig auf scine Reaktion, ging sie einen Schritt auf ihn zu, sodass beide nur noch die Trinkgefäße voneinander trennten. »Ihr vergesst, *Herr*, dass ich heute Nacht weder Prinzessin noch Adlige bin«, erwiderte sie kaum hörbar für andere außer Halvar. »Ich bin die Geliebte des Ogerschlächters, des Bärentöters, Knochenbrechers. Die Braut eines Ritters des schwarzen Banners. Ich weiß nicht, ob Ihr ihm schon begegnet seid, aber hier hält ihn jeder für gottgleich.«

»Ich habe davon gehört«, gab Halvar scherzhaft zu, trank wiederholt von seinem Met und spielte ihr Spiel mit. »Und was macht die Braut eines solchen Mannes in dieser Nacht, in der alle Titel vergessen sind?«

»Was sollte sie denn Eurer Meinung nach tun?« Iouna kam bei dieser Frage nicht umhin zu bemerken, wie Halvars Blick musternd über ihren Körper wanderte. Dabei ließ er sich Zeit, bis er antwortete:

»Nicht den wichtigsten ihrer Titel vergessen.«

»Sie hat viele Titel. Welchen genau meint Ihr?«, hakte Iouna leise nach, und Halvar beugte sich zu ihrem Ohr hinunter.

»Seine Liebe«, flüsterte er liebevoll, was sie zum Erröten brachte.

Vorsichtig drehte sie ihm ihr Gesicht zu und sah dem Hünen in die Augen, wobei sich ihre Lippen so nah waren, dass kaum noch ein Haar zwischen ihnen Platz gefunden hätte.

»Ist es dann nicht traurig, dass sie sich wieder einmal nur aus der Ferne betrachten dürfen?«, hauchte sie und ließ ihren Blick zu seinem Mund wandern, bevor sie weitersprach. »Nach so langer Zeit.«

»Ja …«, antwortete Halvar betrübt, ohne sich auch nur ein bisschen von ihr zu entfernen.

»Könnt Ihr ein Geheimnis für Euch behalten?«, wollte sie wissen und schaute ihm wieder in die Augen.

Halvar sah sichtlich verwirrt aus durch ihre Frage, weshalb Iouna noch einmal grinsen musste. »Natürlich«, bestätigte er rasch, und dann war es sie, die mit ihren Lippen zu seinem Ohr wanderte.

»Seine Liebe wird nun ihr Zelt aufsuchen, weil der Trubel genug für einen Tag war. Wenn ihr Liebster gewillt ist, ihr nachzukommen, dann sollte er einen kurzen Moment unter den Männern verbringen, ehe er ihr folgt.«

»Ich werde es ihm ausrichten«, antwortete Halvar grinsend, und Iouna leerte den Rest ihres Bechers. Behutsam berührte sie dann seine Hand und leerte den Met des Hünen in ihr Trinkgefäß, das sie ihm überließ.

»Das ist zumindest etwas, das die Lippen seiner Liebe berührt haben«, meinte sie und begab sich zu ihrem Zelt, aber nicht, ohne noch einmal lächelnd zu ihm zurückzublicken, wo sie ihn aus ihrem Becher trinken sah.

Iouna folgte den Fackeln ins Lager und erreichte schlussendlich ihre Unterkunft. Aus irgendeinem Grund schlug ihr Herz bis zum Hals. Sie konnte nicht genau sagen, woran es lag, aber es hatte sicherlich damit zu tun, dass sie gegen den Brauch der Nordmänner Halvar in ihr Zelt eingeladen hatte. Was nicht zwangsläufig bedeutete, dass sie eine gewisse Tradition brach, solange er darauf beharren würde, es nicht zu tun. Vielleicht war es gerade der Reiz des Verbotenen. In Gedanken bat sie die Toten sogar kurz um Vergebung dafür, dass sie sich respektlos verhielt, aber sie besaß gefühlt nicht die Zeit, noch weitere Nächte von Halvar getrennt zu verbringen. Wenn sie tatsächlich die Mutter eines Volkes werden würde, konnte sie außerdem ihre eigenen Traditionen festlegen. Ein kurzes Gebet an Athan sollte ihn wegen ihres Vorhabens beschwichtigen, aber immerhin hatte er beschlossen, dass sie seine Linie fortsetzen sollte. Auch musste sie zugeben, dass ihr Plan damit zusammenhing, sich aus den Fesseln ihrer Herkunft zu befreien. Immerhin hatte sie sich geschworen, dass niemand mehr über sie bestimmen dürfe. Es war schlichtweg der Anfang ihrer Veränderung und eine Wandlung zu dem, was sie sein sollte und – wenn es das Schicksal wollte – auch sein würde. Es fehlte nur noch die Feststellung, wie ergeben Halvar ihr war. Wie viel Macht konnte eine Frau auf einen Mann ausüben, und das ohne Schwert und Schild? Übte sie diese überhaupt aus, und wenn ja, wie konnte ihr das in Zukunft weiterhelfen? Und wenn sie all die Gründe und Vorhaben einmal beiseiteließ, plagten sie die gleichen Sehnsüchte wie jede Frau, die ihren Liebsten vermisste.

Es verging einige Zeit, bis Halvar ihr Zelt aufsuchte. Gerade so viel, dass sie nebenbei noch Kerzen an den Fackeln außerhalb ihrer Unterkunft entzünden konnte, die sie im dunklen Raum verteilte. Im flackernden Schein stand sie neben ihrem kleinen Tisch und schenkte sich noch etwas Wein nach, während Halvar vorsichtig den Eingang beiseiteschob und eintrat.

»Wie ich sehe, bist du meiner Einladung gefolgt«, scherzte Iouna und spielte auf die Art ihres vorherigen Gesprächs an.

Lächelnd kam er etwas näher und schaute dann auf sie hinunter. »Wundert dich das?«, wollte er wissen. Iouna nahm einem Schluck und stellte den Becher neben sich ab.

»Gut möglich, dass dir bei all der Heldenverehrung die Gesellschaft wohlwollender Nordmänner lieber ist als die einer Frau, die du nicht einmal berühren darfst.«

»Die Gesellschaft meiner wohlwollenden Liebe ist mir am ... liebsten«, gestand er, was Iouna beruhigte, aber auch schmunzeln ließ.

»Meine reine Gesellschaft?«, hakte sie nach, da sie gehofft hatte, er wäre mit der Situation etwas unzufriedener, als es augenscheinlich den Eindruck erweckte.

»Nicht nur, aber die Traditionen der Nordleute sind etwas anders, als ich es gewohnt bin«, erwiderte er und grinste ertappt.

Iouna gluckste leise und schüttelte leicht betreten ihren Kopf. »Gewohnt?«, bohrte sie weiter. »Was bist du denn gewohnt?«

»In meiner Heimat war das Verhalten nach einer Schlacht oder einem Krieg eher umgekehrt. Die Frauen der Gefallenen waren wieder frei ... und die erste Nacht der Ruhe wurde genutzt, um die Ränge wieder zu füllen«, erzählte der Hüne gelassen, und Iouna gestand ihm, dass sie beide Ansichten verstehen konnte. Aber egal ob Isvintari oder Nordfrau, ihrer beider Herkünfte ließ sie in diesem Moment außen vor.

Vorsichtig hob sie mit ihrem Zeigefinger den Boden des Bechers an, den Halvar noch in Händen hielt. »Trink aus!«, forderte sie ihn auf und behielt ihr spitzbübisches Grinsen bei.

Er kam ihrer Aufforderung nach und stellte dann sein Trinkgefäß neben ihrem ab.

»Du musst müde sein«, wechselte sie absichtlich das Thema; sie wusste, dass sie das schon in der Wanne behauptet hatte, auch wenn er sie vom Gegenteil überzeugen wollte.

»Nicht besonders«, antwortete Halvar und Iouna bemerkte, dass er sie abschätzend musterte. Vollkommen verständlich für die junge Frau, wenn sie bedachte, dass er nicht wusste, was sie vorhatte.

»Dir tut vermutlich nicht einmal die Hand weh, mit der du den Soldaten niedergestreckt hast, nicht wahr?«, fuhr sie fort und ergriff diese vorsichtig, um ihn zum Bett zu führen, worauf immer noch das Bärenfell ruhte.

»Nein«, war die knappe Antwort von Halvar, der sich auf den Rand der Schlafstätte setzte, nachdem Iouna ihn genau dort hingeführt hatte.

Lächelnd nahm sie seine Antwort zur Kenntnis, wobei sie genau damit gerechnet hatte. Es wäre nicht gerade sehr heroisch gewesen, zuzugeben, dass ihm die Hand schmerzte.

»Bei all deinen vielen Titeln ... Welche der Personen war es eigentlich, die den Mann geschlagen hatte?«, verlangte Iouna zu wissen und hoffte, dass es einmal weniger der Ritter war, der bloß versuchte, die Schwachen zu schützen.

»Der Ehemann«, gab er resigniert zu, als sei es ein Moment der Schwäche gewesen.

Iouna konnte kaum ihre Überraschung verstecken und hob die Brauen. Sie hatte ja mit vielem gerechnet, aber nicht damit, dass es der einfachste aller Beweggründe war. »Warum klingt das, als sei es etwas Schlechtes?«, begann sie ihr Spiel um die Oberhand und beäugte ihn skeptisch.

»Weil der Ehemann zu übertriebenen Reaktionen neigt, wenn es um seine Ehefrau geht«, gestand Halvar lächelnd, und Iouna erwiderte kurz sein Lächeln, bevor sie wieder ernst dreinblickte und ihre Hände zum Knoten an ihrem Rücken wandern ließ. Sie verriet ihm, dass ihr dieser Grund weitaus mehr gefiel als der, dass ein Ritter bloß eine schwächere Person in ihr gesehen hatte, und zog den Knoten auf. Nachdem sie diesen auch an ihrem Nacken geöffnet und das lederne Oberteil achtlos zu Boden fallen gelassen hatte, versuchte Halvar, ihre Taille zu umfassen, was sie kurzerhand durch einen sanften Schlag gegen seine Hände vereitelte.

»Willst du etwa die Bräuche meiner Heimat missachten?«, fragte sie ihn mit immer noch gespielt ernstem Blick.

Halvar schien etwas ratlos und lehnte sich mit seinen Armen zurück auf das Bett, während er sie eingehend musterte. »Wollen ja ...«, sprach er ehrlich, was Iouna mit dem Knoten an ihrem Rock fortfahren ließ.

Der fragende und musternde Blick des Hünen hielt an, weshalb Iouna versuchte, ihr Grinsen zu unterdrücken. Ihr war klar, in welcher Zwickmühle er sich befand. Einerseits gehörte sie dem Volk an, das die Regeln für jene Nacht festgelegt hatte, aber andererseits schien ihm diese Tradition zu missfallen. Vor allem, da Iouna kurz darauf den Rock zu Boden gleiten ließ.

»Es bedarf schon mehr als Worte, eine Nordfrau dazu zu bringen, gegen ihre Bräuche zu handeln«, offenbarte sie ihm, ebenso wie ihren vollkommen unbekleideten Körper, nur verziert von der Farbe und den Mustern.

»Mehr?«, hakte Halvar nach und sah ihr, nachdem er ihren Körper anscheinend genug begutachtet hatte, in die Augen.

»Mehr ...«, säuselte sie und ging einen Schritt auf ihn zu. »Nach so kurzer Zeit, die wir uns kennen, habe ich Fragen an dich. Etliche Dinge waren und sind geschehen, die ich nicht verstehe. Und da ich nicht unwissend bleiben möchte, viel mehr wissen will, wem mein Herz und Körper gehört, dachte ich, du könntest mir vielleicht helfen, den Mann hinter dem Banner besser zu verstehen.«

Wieder lächelte Halvar, von dem man kaum meinen sollte, dass er solch ein Spiel mitspielte, aber es bestärkte Iounas Glauben darin, dass jede Schattenseite auch Licht besaß.

Dass hinter den als brutal verschrienen Männern auch ein Herz pochte, das fähig war, aufrichtige Gefühle zu empfinden.

Nickend gestattete er ihr, dass er ihre Regeln beachten würde, worauf Iouna kurzerhand noch näher kam, um auf seinem Schoß Platz zu nehmen und ihm direkt in die Augen sehen zu können. Ein schüchternes Lächeln huschte ihr dabei unbeabsichtigt über ihr Gesicht, was sich wohl nicht vermeiden ließ. Es war nicht leicht, binnen einer Nacht zu ändern, wer man gewesen ist, um einer erhabenen Königin zu weichen, die man nie hätte sein sollen. Ebenso lächelnd stellte sie fest, dass seine Hände ihm immer noch als Stütze dienten, wobei er tief durchatmete. Eine Reaktion, auf die sie gehofft hatte. Denn wie dumm wäre sie sich vorgekommen, wenn er ihren nackten Körper ohne Regung hingenommen hätte?

»Nicht alle unsere Bräuche oder Traditionen sind schlecht«, sagte sie leise und schaute ihm daraufhin ebenfalls wieder in die Augen.

»Das habe ich nie behauptet«, antwortete Halvar und richtete sich etwas auf, um ihrem Gesicht näher zu kommen. Sie ahnte, was er wollte, aber musste sich erneut dazu durchringen, standhaft zu bleiben, auch wenn sie ihm den Kuss gerne gewährt hätte.

»Es lag teils an meiner Herkunft, meinem Glauben und unseren Traditionen, dass ich dich nicht habe im Wald liegen lassen.«

»Du hast mein Leben auf mehr als eine Weise gerettet«, erwiderte Halvar, und Iouna erinnerte sich an den Moment, als er verletzt vor ihr gelegen hatte. Niemals hätte sie gedacht, dass das der gleiche Mann sein würde, mit dem sie nun ihr Bett teilte.

»Als man dir sagte, was du jagen sollst ... Hast du niemals einen Gedanken daran verschwendet, dass du das nicht könntest oder dass es dir das Genick brechen würde?«, wollte sie von ihm wissen, da sie nicht glaubte, dass allzu viele Frauen auf seiner Liste gestanden hatten.

»Ich wusste nicht ... *wer* du bist. Und ich habe mir selten Gedanken um ... mein Ziel oder mich selbst gemacht«, war die ernüchternde Antwort des Ritters, der ebenso wie sie sein altes Leben hinter sich gelassen hatte.

Angetrieben von seiner Ehrlichkeit, ließ sie ihre Finger zum obersten Rand seines Hemdes wandern und begann, Knopf um Knopf aus seiner Fassung zu lösen, während sie überlegte, was sie noch fragen konnte.

»Wenn es anders gekommen wäre ... Bei allem, was du gewusst hast ... Hättest du es wirklich geschafft, mich Heinrich auszuliefern?«

»Ist das wichtig?«, wich Halvar der Frage aus, sodass sie aufhörte, sein Hemd aufzuknöpfen.

»Wie kann es bei einer Geschichte wie der meiner Vorfahren nicht wichtig sein?«, stellte Iouna die für sie berechtigte Gegenfrage.

»Ich ... Ich weiß es nicht«, gab der Hüne seufzend von sich. »Vielleicht. Vielleicht auch nicht. Es gab so vieles, was meine ... Meinung beeinflusst hat.«

Ein leises Lachen wich Iouna über die Lippen, aber sie kehrte zu ihrem Vorhaben zurück, das Hemd langsam zu öffnen.

»Vermutlich hätte es bei einem Hauch von Sympathie auch nicht geholfen, wenn ich getan hätte, was ich gerade tue«, stellte sie in den Raum, was Halvar durch ein Kopfschütteln beantwortete und danach betreten nach unten sah.

»Nicht, dass ich das versucht hätte«, gestand Iouna und lächelte, um die düstere Stimmung zu vertreiben. »Denn nicht einmal die kältesten Winter konnten mich zu solch einem Handeln bringen. Und wie kalt wäre da schon ein Kopfgeldjäger gewesen, der mich zu dem gebracht hätte, was mein Schicksal zu sein schien?«

»Der Kopfgeldjäger war ein anderer Mann«, sprach Halvar nachdenklich, aber diese Meinung teilte sie nicht. Sie selbst merkte, dass man nicht einfach ablegen konnte, wer oder was man war. Es blieb immer alles Bestandteil von einem Ganzen. Ein Kopfgeldjäger war auch nichts anderes für sie als ein Vollstrecker. Nur eben allein und nicht einer Gemeinschaft angehörig. Ebenso wenig konnte sie ihre schüchterne Art gänzlich ablegen; sie hoffte nur, dass es im Kerzenlicht weniger zu erkennen war.

In der Mitte seines schwarzen Hemdes angekommen – das bewies, dass der einsame Menschenjäger einem Ritter gewichen war –, wies sie ihn an, sich etwas zurückzusetzen, sodass er vom Holzgestell des Bettes gestützt würde und nicht mehr von seinen Händen. Behutsam kam er ihrer Anspielung nach und lehnte sich am stabilen Kopfende des Bettes an. Vorsichtig war sie ihm auf seinem Schoß gefolgt, aber seine Hände ließ er ruhig neben ihren Beinen liegen, ohne Anstalten zu machen, sie auch nur kurz zu berühren.

»Und doch war es der Mann, der mir beim Baden zusah«, durchbrach Iouna die Stille und hob skeptisch ihre rechte Braue, ehe sie ihre Hände zu einem weiteren Knopf wandern ließ. Ein verlegenes Nicken war alles, was Iouna als Antwort bekam; fast war sie darüber enttäuscht. Damals schien er mehr in Erklärungsnot geraten zu sein als nun im Zelt. »Und warum genau hast du mich beobachtet?«, wurde sie etwas direkter.

»Vielleicht habe ich mich ein wenig in deinem Anblick verloren«, führte Halvar weiter aus und sah sie ernster an.

Iouna schmunzelte und ließ das als ausreichende Antwort gelten, weshalb sie ihr Werk weiter unten fortführte. Und während sie den letzten Knopf seines Hemdes öffnete, fiel ihr auf, dass er immer seine Beherrschung behalten hatte, egal wie nah oder beinahe nah sie ihm gewesen war. Am Fluss, in der Hütte und am Feuer.

Deshalb beugte sie sich etwas zu ihm hinunter, sodass sich ihre Lippen wieder ähnlich nahe kamen, wie es bereits zuvor der Fall gewesen war, und flüsterte: »Verloren bedeutet aber nicht, sich einmal zu vergessen.«

Obwohl nur einen Hauch voneinander entfernt, küsste er sie nicht, sondern behielt wie meist seine Beherrschung. Vermutlich auch, um nicht gegen ihre Bräuche und ihre Regeln zu verstoßen. Nur an seiner schwerer werdenden Atmung konnte sie erkennen, dass ihn ihr Tun nicht vollständig kalt ließ.

Wissend, dass sein Hemd offen war, ließ sie ihre Hände unter den Stoff wandern und begann, es langsam über seine Schultern abzustreifen. Durch eine leichte Bewegung nach vorne half ihr Halvar, es ihm auszuziehen.

Danach drückte sie mit ihrem Zeigefinger leicht gegen seine Stirn und machte ihm klar, dass er sich wieder zurücklehnen sollte. »Was wolltest du wirklich in der Hütte? In der Nacht, als ich bereit war, dir alles zu geben, aber du es anscheinend nicht begehrtest«, flüsterte sie schließlich und kam zur nächsten Begebenheit, wo er es geschafft hatte, seine Haltung zu bewahren.

»Dich«, antwortete er ebenso leise, wie sie die Frage gestellt hatte, und Iouna schaute etwas verwirrt. »Nur dich.«

»Und doch war es leicht, mir nicht nachzugeben«, stellte sie fest, aber Halvar widersprach.

»Nein, war es nicht«, gestand er, »genau wie jetzt.«

Es fiel ihm nicht leicht, aber er schaffte es. Egal, wie nah sie seinen Lippen kam, er vollendete den Weg zu ihren nicht. Einerseits sprach das für seinen Willen, nie etwas zu tun, was ihr schaden könnte, aber andererseits störte sie es als Frau, dass sie ihn nicht dazu bringen konnte, diesen Willen tatsächlich einmal zu vergessen.

Sanft ließ sie ihre rechte Hand unter sein Kinn gleiten, um seinen Kopf an Ort und Stelle zu halten, denn bei ihrem nächsten Vorhaben sollte er stillhalten, ohne dass sie ihn dazu wörtlich auffordern musste.

Sich ihm wieder nähernd, vollendete sie den Weg zu seinem Mund, küsste jedoch lediglich seine Unterlippe, mehrfach, sanft. Berührungen, die von ihr kamen, die er aber hinnehmen musste, weil er sie nicht erwidern durfte. Doch entgegen ihrer Annahme, er würde auch das über sich ergehen lassen, verwarf er mit einer schnellen Bewegung ihre Hand, die sein Kinn stützte, und berührte ihre Lippen.

Iouna schrak nicht zurück, denn genau das wollte sie ja herbeiführen; stattdessen erwiderte sie den Kuss. Beiläufig bemerkte sie dabei, wie er seine Hände leicht anhob, aber stockend in ihren Bewegungen, da sie ihm zuvor verboten hatte, sie zu berühren. Doch gänzlich vor dem vollen Teller verhungern lassen konnte sie ihn auch nicht, wenn sie mehr fordern wollte, daher ergriff sie mit geschlossenen Augen seine Hände und legte sie auf ihre nackten Oberschenkel.

Ebenso langsam, wie er sie erhoben hatte, glitten sie an ihrer Hüfte hinauf zu ihrer Taille, was sie ihm ebenso zusprach wie den inniger werdenden Kuss.

Halvars Hände verstärken sanft den Griff um ihren Körper, und er zog sie immer enger an sich, was Iounas Plan fast gefährdete und ihre Atmung zum Stocken brachte. Zärtlich ließ sie ihre Hände von seinen Schultern über seinen Oberkörper wandern und schaute ihn an. »Ich frage mich«, fuhr sie leise fort, »wenn du mich bereits am Fluss so ausgiebig beobachtet hattest, ab wann deine Augen mehr in mir sahen.«

»Das ist … schwer zu sagen«, meinte Halvar und lockerte seinen Griff um ihre Hüfte etwas.

Iouna lächelte wegen der unbefriedigenden Antwort, und ihre Hände stoppten in ihrer Abwärtsbewegung. »Warum?«, hakte sie nach und ließ lediglich ihre Finger kleine Kreise auf der Brust des Ritters ziehen.

»Weil ich lange gebraucht habe, um es mir ... einzugestehen«, führte Halvar näher aus, aber Iouna verharrte weiter mit ihren Berührungen an Ort und Stelle.

»Also hast du meinen Körper zwar gerne angesehen, aber deine Gefühle lieber geleugnet«, stellte sie in den Raum.

»Nein, nicht so!«, rechtfertigte sich Halvar und atmete durch. »Ich hatte Zweifel ... an mir selbst und daran, ob ... du etwas erwidern würdest. Ich wollte nicht ...«

»Du wolltest *was* nicht?«, bohrte Iouna unermüdlich weiter und ließ ihre Hände ihren Weg zum Bund seiner Hose fortsetzen.

»... dass unsere Freundschaft unter unerwiderten Gefühlen leidet«, beendete Halvar seinen Satz. Ein leises Lachen entwich Iouna, während sie ihren Ritter musternd ansah.

»Und dann kehre ich von den Toten zurück, und du hältst mich zuerst für eine verkleidete Sirene.«

»Das war in dem Moment ... irgendwie ... wahrscheinlicher.«

Iouna lächelte immer noch und fuhr den Rand des Stoffes unter ihren Fingern nach, bevor sie am Knoten der Hose verharrte. »Xhar hat dich vor deiner Geburt erwählt, und Athan hat dich gesegnet«, flüsterte sie leise und sah dann zu Halvar auf. »Hattest du nie das Gefühl, anders zu sein? Dass etwas mit dir nicht stimmt?«

»Es gab Zeiten, in denen ich mich unbezwingbar gefühlt habe, wie jeder junge Krieger das vermutlich tut. Aber etwas war ... anders. Ich war niemals krank oder lange verletzt. Aber ich hätte dahinter nie einen Segen der Götter vermutet.«

Wortlos nahm Iouna Halvars Äußerung hin. Sie kannte das Gefühl, da sie selbst niemals unter Krankheiten gelitten hatte, aber in ihrem Innersten hatte sie sich nicht für unbezwingbar, sondern nur für unbeugsam gehalten. Vielleicht sogar für verwöhnt und stur, da sie nicht tat, worum man sie gebeten hatte.

»Ich war auch nie krank, aber immer unzufrieden«, gestand sie daher und zog verspielt am Bund.

Halvar schloss derweil genießerisch die Augen und flüsterte ein »Warum«, das kaum von anderen zu hören gewesen wäre.

»Je älter ich wurde, desto weniger wollte ich sein, wer ich war. Ich konnte mich nicht damit abfinden, die Frau eines alten Mannes zu werden und unbedeutend zu vergehen, ohne dass man Notiz von mir genommen hätte«, erklärte sie ihm ebenso leise in der Hoffnung, er hielt sie nun nicht für verwöhnt. Aber während sie den Knoten öffnete, stieß sie überraschenderweise auf Zustimmung. »Das verstehe ich«, antwortete Halvar und begann, sanft ihre Oberschenkel zu streicheln.

»So wie du nicht für ein Leben als einfacher Krieger bestimmt bist, bin ich es nicht für ein Leben als einfache Frau.«

Für Iouna wurde es Zeit, ihre Aufgabe zu offenbaren, da ihre Liebe festere Formen angenommen hatte. Sie hoffte inständig, dass ihr Ritter damit zurechtkam, dass die Götter sie nicht als normales Eheweib an seine Seite gestellt hatten. Viel mehr hatten sie den Hünen an *ihre* Seite gestellt. Der Mann, der sie beschützen sollte und mittlerweile mehr tat als das.

Iouna richtete sich etwas auf und kniete auf ihren Unterschenkeln, was sie tun musste, wenn sie Halvar das letzte Kleidungsstück entlocken wollte.

»Das warst du nie. Nicht für mich«, kam von ihm zurück.

»Auch nicht für Athan«, gab sie zu und beschloss innerlich, Halvar eine Art Wahl zu lassen, wobei sie anfing, den Stoff über seine Hüfte zu streifen, »der wollte, dass ich den Segen Xhars bekomme.«

Halvar half ihr dabei und stützte sich kurz auf seine Ellenbogen, damit auch er sich etwas anheben konnte, um das in diesem Moment unliebsame Stück Stoff loszuwerden.

»Du bist seine Königin ... und meine«, sprach er und ließ sich dann wieder auf dem Bärenfell nieder, während Iouna noch in ihrer Haltung verharrte.

Während sie auf ihn hinunterblickte, umfasste sie sein Gesicht und streichelte behutsam seine linke Wange. »Nicht nur das«, wurde sie direkter. »Was er von mir fordert, sagte mir bereits Xhar in seinem Reich.«

Aus Halvars Gesichtsausdruck konnte sie herauslesen, dass er wissen wollte, was sie damit meinte.

»Nur dachte ich«, setzte sie ihre Erklärung fort und küsste ihn immer wieder sanft auf seine Lippen, ohne dass er ihre Zärtlichkeiten erwidern konnte, »es dir schon in der Hütte zu sagen, sei etwas vorschnell.«

Die Atmung Halvars wurde zunehmend schwerer, was ihr zeigte, dass seine Anspannung wuchs. Ihre tat das auch, aber noch musste sie in ihrer Rolle als Königin verharren. Als die Person, welche die Situation beherrschte.

»Was denn?«, kam Halvar nach kurzer Zeit leise über die Lippen.

Iouna sah ihm in die Augen, während ihre Hand seine Wange verließ und langsam über seinen Hals hinweg zu seiner Brust wanderte.

Ihrer beider Leiden konnte sie noch nicht beenden. Das ging so lange nicht, bis er wusste, worauf er sich einließ, wenn sie Athans Schöpfung fortsetzen wollte. Denn das, was die Götter anscheinend planten, überstieg die Beziehung eines Ritters zu einer Prinzessin bei Weitem.

»Athan möchte, dass ich seine Erblinie fortsetze ...«, gestand sie ihm ihr Geheimnis. »Dass ich meine Erblinie fortsetze!«

Deutlich fühlte sie, wie Halvar den Griff an in ihren Oberschenkel verstärkte, je mehr ihre Hand den Weg nach unten über seinen Körper fand.

»Und was hält dich auf?«, wollte er herausfordernd wissen, da beide schon nacheinander gierten, aber den letzten Schritt jener Nacht noch nicht gegangen waren.

Es gefiel Iouna, dass er zu erwarten schien, was sie tun würde, aber sich dessen nicht sicher sein konnte. Lächelnd fuhr sie mit ihrem Mund zu seinem Ohr, beugte sich etwas vor, damit ihre Hand unbeirrt nach unten folgen konnte, und flüsterte: »Die Frage, ob ich dich einem solchen Leben und einer solchen Verantwortung aussetzen kann.« Wie so oft wusste sie nicht, ob sie damit die Reaktion erzielte, die sie haben wollte, aber an seinem erneuten genießerischen Seufzen konnte sie ausmachen, dass sie auf dem richtigen Weg war.

»Ja ... natürlich«, antwortete Halvar und zog sie näher an sich heran.

Wiederholt küsste sie ihn zärtlich und war am Ziel ihres Weges angekommen, was nicht bedeutete, dass es hier einfach endete. Sie erinnerte sich an die Hütte, wo er sie nur berührt hatte, ohne sein Werk zu beenden. Das Gleiche konnte eine Frau ebenso bei einem Mann tun, auch wenn es an Iounas Dasein vorbeiging. Sie konnte ihm so lange nicht nachgeben, bis sie sicher war, dass er verstand, was das zu bedeuten hatte.

»Bist du dir sicher?«, fragte sie deshalb mit zittriger Stimme, da ihre Nervosität darüber wuchs, ob es ihm überhaupt gefiel, was sie tat. Doch als sich sein Griff an ihrer Hüfte immer weiter verstärkte, konnte sie zumindest die eine Unsicherheit von vielen streichen.

Ein »Ja ...«, kam über seine Lippen, und er untermauerte seine Antwort noch mit einem Kuss, der schnell nach mehr verlangte. Obwohl sie gewillt war, ihm nachzugeben, musste sie es genau wissen.

»Es wird bestimmt kein einfaches Leben an meiner Seite«, säuselte sie an seine Lippen gewandt und verfuhr mit seinem Körper weiter so, wie sie es zuvor getan hatte. »Denn wenn ich Königin bin ... wirst du König sein.«

»Solange es ...«, antwortete er stockend, »... ein Leben an deiner Seite ist.«

In diesem Moment nahm sie ihre Hand von ihm. Vorsichtig brachte sie ihren Körper wieder über seinen und setzte sich auf seinen Schoß, wobei sie ihr eigenes Stöhnen an seinen Lippen erstickte, als er in sie eindrang. Ein allzu lautes Liebesspiel war in jener Nacht wohl nicht ratsam, wenn sie nicht wollte, dass einer ihrer Brüder hereinkam und es unterbrach.

Halvar strich ihr sanft über den Rücken, während sie ihre Hüfte rhythmisch an ihn presste, wodurch ihr noch mehr lustvolle Töne entwichen. Aber eines brannte ihr immer noch auf der Seele, weswegen ihre Bewegungen leicht verebbten und sie seine Augen fixierte. »Dann ist es nun von dir abhängig ... ob ich meiner Aufgabe gerecht werde oder nicht«, flüsterte sie schwer atmend und machte ihm somit deutlich, dass die Rolle, die sie einmal einnehmen sollte, nun auch seine war. Er musste ab sofort dafür sorgen, dass Athan seine Erben bekam, denn an ihr konnte es nicht liegen, wenn es nicht gelang.

Musternd erwiderte er ihren Blick, aber anstatt Worte zu formen, ließ er seine Hände zu ihrer Hüfte wandern, womit er sie stumm aufforderte, weiterzumachen.

***

Der gleiche Hornstoß, der Halvar bereits am Tag zuvor geweckt hatte, tat es nun wieder. Die einzigen Unterschiede waren, dass er diesmal das Ende der enthaltsamen Zeit einläutete anstatt ihren Beginn und dass zudem Iouna an seiner Seite lag, als er erwachte.

Murrend öffnete auch sie ihre Augen und hob den Kopf von seiner Brust. Kurz sah sie ihn an, ehe sie leise lachte.

»Was ist denn?«, fragte Halvar mit müder Stimme.

»Vielleicht solltest du dich waschen gehen«, schlug sie vor, legte sich aber dennoch wieder auf ihn.

»Warum?«, hakte er nach. Dann bemerkte er die Farbe, die seinen Körper großflächig bedeckte. Missmutig seufzte er und bedeutete Iouna, sich von ihm zu erheben.

Iouna lachte erneut und küsste ihn noch einmal, bevor sie sich neben ihn auf das Kissen legte. Inzwischen waren die Muster auf ihrer Haut komplett verwischt, was nicht nur daran lag, dass sie sich im Schlaf bewegt hatte.

Ein kurzes Lächeln huschte über Halvars Gesicht. Immerhin waren nun auch die Spuren ihres aufdringlichen Verehrers vom Vortag verschwunden.

Brummend setzte er sich auf und schlug die Decke zur Seite. Er hatte keine Lust, aufzustehen, aber noch weniger wollte er mit Tristan über das Brechen von Traditionen diskutieren. Das deutlich sichtbare goldene Glänzen auf seiner Haut ließ kaum einen anderen Schluss zu, als dass der Ritter mehr als nur das Zelt mit seiner Prinzessin geteilt hatte.

»Beeil dich«, hauchte Iouna, während er sich die Hose anzog, und rollte sich noch einmal auf dem ebenfalls mit goldener Farbe verschmierten Bärenfell ein.

Leise lachend stimmte er ihr zu und machte sich auf, die Beweise für die letzte Nacht zu entfernen. Vorsichtig schob er die Plane vor dem Eingang zur Seite und spähte hinaus. Das Nachtlager der Prinzessin lag etwas abseits von den anderen Zelten, sodass das geschäftige Treiben der Nordmänner zwar zu hören, aber noch niemand zu sehen war. Mit einem letzten Blick zurück zu ihr verließ er das improvisierte Zuhause und stapfte zum See.

Zu seiner Überraschung fand er hier Iounas Bruder am mit Schilf bewachsenen Ufer, der sich leise fluchend die Hände im kühlen Nass reinigte. Zum Glück handelte es sich *nicht* um Tristan, sondern um Thorvid. Er war genau wie Halvar reichlich mit Farbe bedeckt, die die Frauen getragen hatten. Lediglich die Tönung unterschied sich.

Halvar konnte sich ein Lachen nicht verkneifen, als er erkannte, dass sich beide Ritter über die Tradition hinweggesetzt hatten. »Wer war die Glückliche?«, fragte Halvar und kniete sich neben seinem Vorgesetzten ans Wasser.

»Das kann ich Euch leider nicht sagen«, nuschelte Thorvid und schrubbte weiter konzentriert das Weiß von seiner Haut. »Aber wer es bei Euch war, ist offensichtlich.«

»Wundert Euch das?«, amüsierte sich Halvar und begann ebenfalls, seine Arme zu säubern.

»Nein«, meinte Thorvid langgezogen, »aber es würde mir leichterfallen, euch zu beglückwünschen, wenn es nicht meine Schwester wäre.«

Stumm grinsend beschloss Halvar, dass die Reinigung auf diese Weise zu lange dauerte, und lief kurzerhand ins Wasser. Sofort bildete sich eine goldene Wolke um ihn herum.

»Seid Ihr unterwegs jemandem über den Weg gelaufen?«, wollte der Paladin mit etwas Sorge in der Stimme wissen, was Halvar verneinte. »Ich weiß nichts von Eurer Farbe, wenn Ihr nichts von meiner wisst«, schlug Thorvid vor.

»Welche Farbe?«, fragte Halvar scherzhaft, um ihm zu zeigen, dass er das Angebot annehmen würde.

Zufrieden nickte Thorvid, woraufhin beide Männer stumm die letzten Reste der Farbe loswurden.

Ein Windstoß trieb plötzlich einen üblen Geruch zu Halvar herüber, den er nur allzu gut kannte. Er hob den Kopf und suchte nach dem Ursprung. Aus dem Augenwinkel sah er etwas Dunkles im Schilf, das sich deutlich gegen die hellen Halme absetzte. Langsam näherte er sich der Stelle.

»Was ist los?«, wollte Thorvid wissen und folgte ihm am Ufer entlang.

»Da ist etwas«, antwortete Halvar und vermutete zunächst, es handelte sich um einen toten Soldaten. Es kam vor, dass kleinere Scharmützel etwas entfernt vom eigentlichen Schlachtfeld stattfanden. Vielleicht war ein Leichnam in den See gefallen und nun hier angespült worden.

Entschlossen ergriff er den nach Verwesung stinkenden Leib. Behutsam zog er an dem glitschigen Überrest und befreite ihn aus dem Schilf.

»*Das* ist kein Mensch«, stellte Thorvid schnell fest. »Es sieht aus wie ein ... Flusswächter.«

»Ein was?«

»Athans Wächter. Wesen, die er auserkoren hat, um seine Gewässer zu beschützen.«

Halvar erinnerte sich an Athans Worte, dass seine Flusswächter Iouna beim Überwältigen der Deserteure unterstützt hatten.

Er betrachtete das verrottende Stück Fleisch noch einmal genauer und erkannte es schließlich als eine der Sirenen wieder. Offenbar waren *diese* die Flusswächter des Meeresgottes. Mit knappen Worten teilte er Thorvid diese Erkenntnis mit.

»Diese Kreaturen besiegt man nicht einfach so«, fuhr Thorvid fort, »denn mit knapp siebenhundert Jahren Erfahrung kann kaum jemand Schritt halten.«

Nickend meinte Halvar, dass ein normaler Mensch die Sirenen ohnehin nicht zu sehen bekam, und schob das Wesen Richtung Ufer, wo Thorvid angewidert danach griff und es an Land zerrte.

Sofort wurde deutlich, dass irgendetwas ein großes Stück aus der Seite des Flusswächters herausgerissen hatte. Die Verwesung war bereits zu weit fortgeschritten, um Genaueres sagen zu können, aber die Sirene war definitiv keines natürlichen Todes gestorben.

»*Irgendwer* hat sie im Kampf besiegt«, stellte Halvar fest. »Nur wer ... oder was?« Er wusste, dass die Nordmänner die Wesen ihres Gottes niemals angreifen würden, und hätte einer von Lothars oder Hannibals Männern ein solches Geschöpf erlegt, hätte dieser vermutlich nicht gezögert, sich mit dem Ogerschlächter auf eine Stufe zu stellen.

»Nur was ist in diesem See groß genug, um eine Sirene so zu verletzen? Eine Forelle schafft das nicht«, überlegte Thorvid. Offenbar war er zu derselben Erkenntnis gelangt wie Halvar.

»Ich weiß es nicht«, gab dieser zu, konnte sich aber vorstellen, dass dieses Etwas kein angenehmer Zeitgenosse sein würde.

Thorvid erwähnte beiläufig, dass die Flusswächter für gewöhnlich ihrer Königin folgten, was Halvar wieder zu der für Iouna vorhergesagten Aufgabe brachte. In der letzten Nacht hatte sie ihm gesagt, dass sie Königin werden sollte – und er somit König. Noch immer war er sich nicht sicher, ob er dazu geeignet war, ein Volk zu führen, aber wenn es das war, was es brauchte, um an ihrer Seite zu bleiben, würde er sein Bestes geben, um auch diese Aufgabe zu erfüllen.

Die beiden Ritter einigten sich darauf, den Fund der toten Sirene für sich zu behalten und nur Tristan zu informieren. Dem ältesten Prinzen konnten sie diese Nachricht nicht vorenthalten.

Halvar wusste nicht, ob er Iouna erzählen sollte, was geschehen war. Immerhin war sie wohl die Frau, welche die Sirenen als Königin ansahen, und sie würde bestimmt wissen wollen, wenn einer davon so etwas zustieß. Er beschloss, diese Entscheidung zu treffen, wenn er ihr gegenüberstand.

Mit einer kurzen Handbewegung verbrannte Halvar den Kadaver und beseitigte auch diesen Beweis, genau wie die Farbe zuvor. Dicker schwarzer Rauch stieg von der zerfetzten Sirene in den morgendlichen Himmel auf, als sich das faulige Fleisch zusammenzog. Nach kurzer Zeit war nur noch ein Häufchen Asche von den Überresten des Flusswächters übrig, das schnell vom sanften Wind auf den See hinausgetragen wurde.

Halvar fragte sich, ob die Sirenen ebenfalls vor Xhars Waage treten mussten oder ob ihr Dasein als Hüter der Gewässer ihnen einen Platz in dessen Reich sicherte. Schnell trocknete er seine Kleidung, als Thorvid erklärte, dass sie sich zum Übungsplatz aufmachen sollten, wo er am vorigen Tag Yorick getroffen hatte. »Warum?«, wollte Halvar wissen.

»Weil der Brauch es verlangt«, meinte Thorvid. »Wer keine Farbe an sich hat, hat auch nichts zu verbergen. Wer aber nicht erscheint …«

»Braucht zu lange zum Waschen«, vollendete Halvar den Satz, was beiden ein Lachen entlockte.

Gemeinsam machten sie sich auf den Weg und taten, was von ihnen erwartet wurde.

Gelangweilt stand Halvar neben Thorvid in der Menge der anderen Männer und wartete darauf, dass die Priesterin Athans zu ihm kam, um seine Hände und seinen nackten Oberkörper auf Farbe zu untersuchen. Thorvid gab sich keine Mühe mehr, die Tätowierung des Ordens zu verstecken. Seine Brüder wussten Bescheid, und abgesehen davon, fügte sie sich gut in die anderen Bilder auf seiner Haut ein. Ein großes Segelschiff zierte seinen Rücken, wohingegen sein linker Arm wie vermutet vollkommen mit den traditionellen Mustern der Nordmänner tätowiert war. Diese fanden sich ebenso an seinem rechten Oberarm und auf seiner Brust.

Sonderlich genau schien die Priesterin der Nordleute es mit ihrer Prüfung nicht zu nehmen, da sie die meisten Männer nur im Vorbeigehen mit einem schnellen Blick bedachte. Sie schaute, ob der ein oder andere deutlich sichtbare Spuren an den Handinnenflächen hatte, die sie aber nur selten untersuchte. Bei jedem, der sich zumindest die Mühe gemacht hatte, die Spuren halbwegs abzuwaschen, presste sie ihre Hand auf die Brust, die sie zuvor in eine blaue Farbe getaucht hatte. Offenbar war dies das Zeichen ihrer Zufriedenheit.

Sie trug andere Kleidung als die Damen am Abend des Festes; es handelte sich um eine weite weiße Robe, die mit einem blauen Pferdekopf auf der Brust verziert war. Im Gegensatz zu den Priesterinnen des Ordens, die Athan dienten, trug sie zwar dieselben Farben, jedoch fehlte die charakteristische Wasserschale am Gürtel. Jene trugen die Lebensbringerinnen, wie sie von den Rittern genannt wurden, stets bei sich. Auch war Halvar dieses morgendliche Ritual, das die Keuschheit beendete, gänzlich unbekannt gewesen. Eigentlich war es nicht verwunderlich, da die Nordmänner den Orden nicht akzeptierten. Warum sollten sie also dessen Priesterinnen annehmen? Die Ähnlichkeit war jedoch unbestreitbar zu erkennen.

Ruhig beobachtete er die anwesenden Nordmänner, von denen einige weit nervöser wirkten, als es ein reines Gewissen erlaubte.

Tristan war der Erste gewesen, der sich hatte untersuchen lassen. Da er verheiratet war – und seine Gattin nicht vor Ort – hätte Farbe an seinem Körper weit größere Konsequenzen als bei den unverheirateten Männern, so viel hatte der Vollstrecker bereits mitbekommen.

Natürlich hatte Tristan die Prüfung bestanden und starrte jetzt über die Reihen der Wartenden hinweg Halvar an.

Dieser spürte den Blick des Prinzen auf sich ruhen und verfluchte die Priesterin und ihren lose gebundenen Zopf, der eine ähnliche Länge hatte wie der von Iouna. Konnte die Frau sich nicht etwas beeilen? Er wollte zu Iouna und nicht den halben Vormittag damit verbringen, auf die Alte zu warten.

Ab und zu erwischte sie einen Sündigen und schickte ihn fort, ohne ihren Handabdruck auf seiner Haut zu hinterlassen.

»Was passiert mit denen ohne Zeichen?«, raunte er Thorvid zu, der neben ihm stand und seine Hände auffällig oft kontrollierte.

»Wer gegen den Brauch verstößt, ist dem Hohn der anderen ausgesetzt«, erläuterte der Paladin, »und bekommt ... unliebsame Aufgaben beim Abbruch des Lagers.«

»Das ist alles?«, hakte Halvar nach und fragte sich, ob es den Aufwand des Waschens wert gewesen war.

»Sofern sie nicht verheiratet sind, ja. Außerdem ist es nur ein Brauch und kein Gesetz.«

Verstehend nickte Halvar, als die alte Priesterin ihn endlich erreichte. Überraschend genau untersuchte sie seine Hände, drehte sie sogar herum und befingerte seine Handfläche.

Halvar ahnte, dass es Tristans Befehl gewesen war, ihn so genau zu überprüfen. Allerdings wusste er nicht, ob der Prinz hoffte, weiße Farbe zu finden, was gleichbedeutend mit einem Betrug an seiner Schwester war, oder ob er nur darauf aus war, Halvar ob der Verfehlung zu demütigen.

Wahrscheinlich beides.

Leise räusperte sich Thorvid an der Seite des Hünen, woraufhin die Alte von diesem abließ, ihm den blauen Handabdruck auf die Brust malte und sich dem Paladin zuwandte.

Kurz darauf war auch Iounas zweiter Bruder gezeichnet, und die beiden Ritter verließen den Ort der Versammlung. Ohne Eile schlenderten sie an einem sichtlich unzufrieden dreinschauenden Tristan vorbei, der sie keines Blickes würdigte und mit verschränkten Armen dastand.

Halvar konnte einen kurzen Blick auf Yorick erhaschen, der sein Zeichen ebenfalls erhalten hatte und dies offenbar zum Anlass nahm, das nachzuholen, was er in der letzten Nacht verpasst hatte.

Angeregt unterhielt er sich mit zwei Damen, die keine Reste von Farbe mehr aufwiesen und ihn sichtlich anhimmelten.

Halvar war es egal, was der Nordmann mit den Frauen vorhatte. Er wollte nur zurück zu Iouna und vielleicht noch etwas Schlaf nachholen, ehe sie die Rückreise antraten.

Schiffe ...

Am Ufer konnte Halvar die Masten der Schiffe sehen und beinahe schon fühlen, wie sein Magen rebellierte. Er war nicht für die Seefahrt geschaffen, und das fehlende Schwimmtalent machte es nicht gerade besser.

»Kommt mit«, forderte Thorvid und beendete so seine gedankliche Reise. »Ich habe etwas für Euch.«

Fragend sah Halvar zu ihm hinunter und fragte nach, was der Paladin meinte.

»Ein verfrühtes Hochzeitsgeschenk«, erklärte dieser. » ... oder ein verspätetes.«

Verständnislos stapfte der Isvintari neben dem Nordmann her. Er führte ihn zu einem etwas abgelegenen Zelt, das von einem kleinen Zaun umgeben war und vor dem zwei Krieger standen. Mit einer Kopfbewegung bedeutete er den Wachen, sie alleine zu lassen. Kurz verbeugten sie sich und verschwanden dann stumm in Richtung des Hauptlagers.

»Ihr dürftet euch kennen«, verkündete Thorvid und zog die Plane, die den Eingang verdeckte, zur Seite.

Im Inneren des Zeltes hockte der Kopfgeldjäger, der in der Taverne in Schwarzbruch versucht hatte, Iouna zu entführen, an einen Pfahl gefesselt und geknebelt. Er war übel zugerichtet, aber Halvar erkannte den etwas älteren Mann sofort, und sein Blick verfinsterte sich. Wortlos nickte er.

»Ich dachte, Ihr möchtet Euch vielleicht ... revanchieren. Für die Dienste, die er seinem *Herzog* erwiesen hat«, murmelte Thorvid und betrachtete den geschundenen Mann.

Ein tiefes Brummen grollte in der Kehle Halvars, als seine Blicke den Mann durchbohrten, der eine Mitschuld an Iounas Tod trug. Er selbst hatte den Angreifer damals nicht getötet, um der Prinzessin zu gefallen.

Sein Gewissen versuchte, ihn wieder an die Bitte Iounas zu erinnern, kein Leben zu nehmen, wenn niemand in Gefahr war. Aber er hatte schon einmal darauf verzichtet, diesen Mann zu Xhar zu schicken. Er hatte ihn gewarnt.

Iouna musste nicht alles wissen. Iouna musste nicht wissen, dass Halvar die abgeschlachteten Dorfbewohner gefunden hatte. Sie musste nicht wissen, was er tat, um sie zu beschützen. Sie musste nicht wissen, was mit jenen geschah, die er als Gefahr ansah.

Mit geballten Fäusten betrat er das Zelt, woraufhin Thorvid die Plane wieder herabfallen und Halvar mit seinem *Geschenk* alleine ließ. Betont langsam und mit schweren Schritten näherte sich der Hüne dem Gefangenen, der ihn mit großen Augen anstarrte.

Dem blutverschmierten Mann war anzusehen, dass er sein Gegenüber trotz der fehlenden Narben erkannte.

Mit unterdrücktem Zorn ging Halvar vor ihm in die Hocke und legte den Kopf etwas auf die Seite. »Ich habe dich gewarnt«, zischte er, nach einem Moment der Stille. »Ich habe dich gewarnt, dich noch einmal sehen zu lassen!«

Der festgebundene Stofflappen im Mund des Kopfgeldjägers verschluckte seine Worte und ließ nur dumpfes Gemurmel zum Vollstrecker durchdringen.

Mit einem schnellen Griff packte Halvar das Kinn des Mannes und presste seinen Kopf gegen den Pfahl, an den er gekettet war. »Ich habe dich leben lassen«, knurrte er in das entsetzte Gesicht seines Opfers. »Und du hast sie verraten!«

Wieder versuchte der Dunkelhaarige, etwas zu sagen, scheiterte aber erneut am Knebel.

Langsam lockerte der Hüne seinen Griff und ließ sein Gegenüber los. Zwei Atemzüge war es ruhig, ehe er den Stofffetzen unsanft entfernte.

Hustend rang der Kopfgeldjäger nach Luft. »Es ... Es tut mir leid!«, keuchte er.

»Tut es das?«

»Ja, Herr!«, krächzte der Gefangene und begann zu erzählen, wie Heinrich ihm zugesetzt hatte.

Stumm lauschte Halvar den Ausführungen.

»Der Herzog hat mich gefoltert, weil ich versagt habe!«, fuhr der Mann fort. »Also habe ich es irgendwann gesagt! A... Aber er meinte, ›sie‹ wüssten schon alles!«

»Warum lebst du noch?«, erkundigte sich Halvar ohne jede Emotion in der Stimme, woraufhin der Kopfgeldjäger erklärte, dass der Neffe des Herzogs diesen davon überzeugt hatte, ihn gehen zu lassen.

Phillip ...

Der neue Herzog von Kosse war genau wie Thorvid ein Bewahrer. Ritter Nornas, dazu ausgebildet, Konflikte durch goldene Worte zu lösen.

Einen Augenblick schwieg Halvar und musterte den geschundenen Mann vor sich. »Gib mir einen Grund, dich am Leben zu lassen«, forderte er sein Geschenk auf, das nervös vor sich hin stammelte.

Mit einem kurzen Kopfschütteln bedeutete er seinem Opfer, dass er kein Gestotter hören wollte. »Also?«, hakte er nach.

Der Kopfgeldjäger nahm einen tiefen Atemzug und setzte an, etwas zu antworten. Aber noch bevor das erste Wort seine Lippen verlassen hatte, riss Halvar ruckartig Iounas Dolch aus dem Schaft am Stiefel und rammte die Klinge in den Hals des gefesselten Mannes. Der dumpfe Einschlag wurde begleitet von einem erstickten Keuchen des tödlich Verwundeten, dessen Blut warm über die Hand von Halvar strömte. Verzweifelt wand er sich an seinem Pfahl und versuchte, dem Stahl in seiner Kehle zu entkommen, aber es gelang ihm nicht. Die hinter dem Rücken gefesselten Hände verhinderten jegliche Gegenwehr.

Mit kalten Augen durchbohrte Halvar sein Gegenüber mit dem Blick. »Die Zeit für goldene Worte ist vorüber!«, raunte er und riss die Klinge dann zur Seite. Mühelos durchtrennte sie die Kehle, und ein weiterer Schwall Blut schoss aus der klaffenden Wunde. Kleine Bläschen bildeten sich am Hals des zuckenden Mannes, der verblutete, während er an seinem eigenen Blut erstickte.

Mit einem düsteren Grinsen beobachtete Halvar das Schauspiel, bis der Kopfgeldjäger sich nicht mehr rührte. Anschließend packte er den Dolch wieder ordentlich an seinen Platz, erhob sich langsam und schlenderte aus dem Zelt zurück zum Ufer des Sees, um auch die Spuren dieser Tat verschwinden zu lassen.

***

Iouna hatte sich gerade angezogen, als Halvar vom See zurückkehrte. Zumindest war die Farbe von seinem Körper verschwunden, und er erzählte ihr in kurzen Worten von der Priesterin, deren Prüfung er unbehelligt überstanden hatte. Erleichtert atmete sie aus. Diesen Teil des Brauches kannte nicht einmal Iouna, daher musste sie sich von Halvar darüber aufklären lassen. Sie kam nicht umhin zu bemerken, dass der Hüne trotz bestandener Begutachtung besorgt dreinblickte. »Hat dich jemand beim Verlassen gesehen?«, fragte sie deshalb, da die Vermutung nahelag, Tristan könnte ihn entdeckt haben.

»Nur dein Bruder.«

»Welcher?«, fuhr sie erschrocken auf.

»Thorvid«, antwortete Halvar abermals, und ein Lächeln huschte über sein Gesicht.

»Dann war er auch früh unterwegs«, stellte sie fest. Sie wusste, dass es auf dem Weg von ihrem Zelt zum Wasser nichts gab, was für den Nordmann interessant hätte sein können. Das Grinsen Halvars verriet, dass ihr Bruder sich vermutlich aus einem ähnlichen Grund aus dem Lager geschlichen hatte wie er selbst. Also nahm sie die vage Antwort hin und fragte, ob es sonst irgendetwas gab, das ihm ein solch besorgtes Gesicht bescherte.

In diesem Moment seufzte Halvar und erzählte, dass sie eine tote Sirene gefunden hatten, der offensichtlich eine riesige Wunde zugefügt worden war. Die Verletzung sah aus wie ein Biss, nicht wie das Werk eines Schwertes oder einer ähnlichen Waffe.

Erstaunt sah die Prinzessin den Ritter vor sich an und wusste nicht genau, was sie darauf sagen sollte. Ihr tat es um das Geschöpf leid; sie konnte sich aber nicht vorstellen, wie es dazu gekommen sein sollte, dass solch ein Wesen angegriffen wurde.

»Müssen wir uns Sorgen machen?«, hakte Iouna deshalb nach. Sie ahnte, dass die Sirenen in *ihrer* Nähe blieben. Schließlich waren sie auch bei der Hütte gewesen.

»Ich weiß es nicht«, gab er zu. Er schien ebenfalls darüber beunruhigt, nicht zu wissen, wer oder was das gewesen war. Halvar bat sie aber, die Kenntnis über diesen Fund für sich zu behalten, da es sich auch um einen dummen Zufall handeln konnte. Iouna versprach ihm, zunächst nichts weiterzusagen, da Halvar die Leiche ohnehin verbrannt hatte und es sich bei den Sirenen immer noch um Wesen aus Sagen und Geschichten handelte. Sie wollte sich gar nicht vorstellen, welche Verwirrung eine Kreatur wie diese unter den Nordmännern angerichtet hätte.

Der Tag schritt voran. Schnell wurde klar, dass die Nordmänner keinen Augenblick länger in der Fremde verbringen wollten. Kurz nach ihrem Gespräch bauten die Soldaten Iounas Zelt ab, errichteten aber für sie eine andere Unterkunft auf einem der Boote, die genug Platz bot, damit sie ungestört sein konnte.

Tristan zog es derweil vor, mit dem Herzog von Falkenberg das Abkommen zu festigen, indem er ihm offenlegte, mit ihnen zu reisen. Lothar musste vor Raik treten, den zukünftigen König von Mittland, und ihm vor dem Volk seine Treue schwören. Das sollte möglichst öffentlich ablaufen, damit auch die Anhänger des Hauses von Falkenberg es ihm gleichtaten, ohne einen Putsch zu planen. Natürlich war man vor Verrat niemals gefeit, aber es war zumindest eine Chance, ihn zu vereiteln. Allerdings machte ihm Tristan klar, dass er lieber eine eigene Reisemöglichkeit bevorzugen sollte, da viele Nordmänner und auch ein Isvintari nicht sonderlich gut auf ihn zu sprechen waren.

Im gleichen Atemzug, wie Tristan aufgebrochen war, erklärte sich Halvar bereit, den Nordmännern beim Abbau des Lagers zu helfen. Auch Iouna half Keira, der die Fürsorge für Hallet nur wenig Zeit ließ, ihre Sachen auf einem der Boote zu verstauen. Inmitten all des Trubels stolperte eine allzu bekannte Gestalt über den Lagerplatz der Nordmänner. Zwischen all den Männern, die ihre Waffen und Unterkünfte zum Wasser brachten, wäre der Magier beinahe untergegangen, aber sein vorlautes Mundwerk glich die körperliche Unterlegenheit wieder aus. »Titus …«, nannte Iouna den jungen Mann beim Namen, der eine große Tasche hinter sich her über den Boden zog.

»Guten Morgen, Hoheit«, begrüßte er sie und stellte alles vor sich ab. Erst da entdeckte sie den Rucksack, den er zusätzlich auf seinem Rücken trug.

»Hast du vor umzuziehen?«, fragte Iouna amüsiert und verzichtete angesichts ihrer Vergangenheit auf höfisches Geplänkel.

»›Auswandern‹ würde ich es nennen«, meinte Titus und atmete tief durch. »Ich habe die Nase voll davon, dass mich der Herzog als Haustier hält. Ich habe auch Gefühle.«

»Du bist geflohen?«

»Ich habe ihm meinen Dienst gekündigt. Euer Bruder, Sir Thorvid, meinte zu mir, dass ich nicht verpflichtet bin, Lothar zu dienen, nur weil sein Vater mich aufgenommen hat. Dass man keinen Vertrag mit einem Kind ohne Vormund schließen könne und dass das Waisenhaus, in dem ich aufgewachsen war, niemals solch einer Inobhutnahme zugestimmt hätte.«

»Thorvid hat das gesagt?«, hakte Iouna scherzhaft nach.

»Er war so freundlich, für mich Nachforschungen anzustellen.«

»Natürlich hat er das«, gluckste Iouna und schaute auf das Hab und Gut des brünetten Magiers. »Und wie geht es nun für dich weiter?«

Titus war anzusehen, dass er mit etwas hinter dem Berg hielt, da sein Gesicht purpurfarben anlief.

»Da ich die Volljährigkeit dieses Landes noch nicht erreicht habe ...«, begann er kleinlaut zu erklären, »wäre es besser, wenn jemand die Vormundschaft für mich übernimmt, bevor wieder so ein Herzog kommt und mich erneut dazu zwingt, ihm zu gehorchen, weil ich ansonsten den Hungertod sterbe.«

Iouna verstand, was Titus meinte. Er war erst siebzehn und damit eigentlich von einem Vormund abhängig. Johann von Falkenberg hatte diese nie beantragt und ihn nie offiziell aufgenommen. Titus schien somit eigentlich noch Eigentum des Waisenhauses zu sein, aus dem er entwendet worden war. Da diese Häuser froh waren, einen Mund weniger füttern zu müssen, hatten sie anscheinend auf offizielle Papiere verzichtet – traurig und verständlich zugleich. Bis zu ihrem einundzwanzigsten Geburtstag waren Männer Eigentum ihrer Väter, Onkel oder dessen, der die Mundschaft besaß. Das konnte, wenn man die Ritter nahm, eben auch ein vollkommen Fremder sein. Für Frauen galt das nicht. Sie waren über das Alter von einundzwanzig hinaus Eigentum ihrer Verwandten und später das ihrer Ehemänner. Deshalb half es Iouna auch nicht weiter, dieses Alter um ein Jahr überschritten zu haben. Andererseits waren dadurch auch Väter, Brüder oder Onkel verpflichtet, die unverheirateten Frauen zu versorgen.

»Sir Thorvid schrieb dem Waisenhaus, dass ich vom Orden aufgenommen wurde, damit es diesmal offiziell und geregelt ist.«

So wie der Magier aussah, war das noch nicht alles gewesen. Sein Gesicht glich allmählich dem Blütenblatt einer strahlenden roten Rose.

»Also besitzt mein Bruder deine Vormundschaft?«, fragte Iouna grinsend, als Titus eine Schriftrolle aus seiner Tasche zog und zeitgleich mit seinem Kopf schüttelte.

»W… Wo finde ich denn … Halvar? Sir Halvar?«

Die Prinzessin starrte den Magier ungläubig an, als sie erkannte, dass Titus einen Vertrag über die Knappenschaft in Händen hielt, der auf Sir Halvar Dahl ausgestellt war; er musste nur noch unterschreiben. Sie atmete tief durch, um nicht umgehend in lautes Gelächter auszubrechen. Bei allem, was sie erlebt hatten, war es unvorstellbar, dass Titus in den Diensten des Hünen stehen sollte. Titus hatte ihm immerhin mit Feuerbällen gedroht und ihn verspottet, als Halvar noch nicht im Vollbesitz seiner körperlichen Kräfte gewesen war. Das Mundwerk des Waisen war teils größer gewesen als die Statur des Hünen, dem er nun die Waffen nachtragen sollte.

»Aber Halvar ist doch offiziell noch gar kein Ritter, solange er seine Identität nicht nachweisen konnte«, erwiderte Iouna, wobei ihr amüsierter Zustand nicht abriss.

»Ja, ich weiß«, stimmte Titus zu, »aber Sir Thorvid meinte, dass es in Ordnung wäre, da er sich der Identität sicher ist und der Rest nur einer Unterschrift bedarf. Sir Halvar trägt seinen Ring und seine Robe, was niemanden erkennen lässt, ob der Rat der hohen Paladine ihn erkannt hat oder nicht. Es schützt mich aber vor Lothar und seinesgleichen.«

Iouna konnte nicht länger an sich halten und begann zu lachen. Ihr Bruder hatte demnach Halvar einen Knappen zugeteilt, der nun vor ihr stand und sich gar nicht ausmalen wollte, wie der Hüne reagieren würde. Titus war nicht dumm. Er ahnte sicherlich, dass das alles andere als eine leichte Aufgabe werden würde.

Iouna wusste, dass sich Halvar etwas weiter nördlich am Ufer befand, um Yorick zu helfen. Sie wies Titus darauf hin, ließ es sich aber nicht nehmen, dem jungen Mann den Weg persönlich zu zeigen.

Für Titus glich es sicherlich dem Gang eines Schweins zur Schlachtbank, was sie umso lustiger fand.

Je näher sie den Nordmännern kamen, welche die Boote zum Ablegen vorbereiteten, desto kleiner wurden die Schritte des Magiers. Um den Vorgang etwas zu beschleunigen, rief Iouna kurzerhand nach Halvar, allerdings war am Klang ihrer Stimme zu erkennen, dass sie immer noch mit Gelächter zu kämpfen hatte.

Irgendwann zeigte sich Halvar zwischen einigen Männern, die gerade eine Pause eingelegt hatten. Er richtete sich auf, und Iouna winkte ihn zu sich. Lächelnd kam er ihrer Aufforderung nach, musterte aber dann skeptisch den Jüngling.

»Unser alter Freund Titus hat eine Bitte an dich«, frotzelte Iouna und verschränkte erwartungsvoll ihre Arme hinter ihrem Rücken.

»Eine Bitte würde ich das nicht nennen«, murmelte Titus kleinlaut und stellte erneut seine Sachen vor sich ab.

»Sondern?«, erklang es brummend vom Hünen, und er zog skeptisch seine rechte Braue nach oben.

»Na los, gib ihm das Papier«, machte sich Iouna weiter über den jungen Mann lustig.

Titus' Blick sprach Bände, aber eine andere Wahl hatte er nicht, wenn er Schwarzbruch verlassen wollte. Ohne etwas Silber wäre er nicht einmal bis zur nächsten Landesgrenze gekommen, und im Überleben ohne irgendwelche Mittel war das Waisenkind nicht sonderlich geübt. Zumindest ging Iouna davon aus, wenn er es in Erwägung zog, sich als Halvars Knappe zu bewerben.

Nur zögerlich griff Titus in die Tasche, zog das Schriftstück heraus, das von Thorvid ausgestellt worden war, und reichte es dem Hünen.

»Das ist ein Scherz«, war Halvars Antwort auf die Zeilen, nachdem er sie gelesen hatte, und sein Blick wechselte zwischen Iouna und dem vermeintlichen Knappen hin und her.

Der verwirrte Gesichtsausdruck Halvars brach den Damm, der ihr Gelächter noch zurückgehalten hatte, und Iouna konnte nicht anders, als lauthals loszuprusten. »Nein, ist es nicht«, japste sie, während sie sich einige Tränen mit ihrem Handrücken aus dem Gesicht wischte.

Titus stand unterdessen vollkommen geniert daneben und wusste anscheinend nicht, was er sagen sollte.

»Reicht ein Findelkind nicht?«, verlangte der Hüne amüsiert zu wissen, weshalb sie schützend ihre Hände vor sich hielt.

»Diesmal habe ich nichts damit zu tun. An dieser Stelle bist du Vater *und* Mutter.«

»Zum Glück ist er den Windeln schon entwachsen«, erwiderte Halvar gespielt ernst und sah erneut zu Titus.

»Ihr sollt mich nicht aufziehen, sondern ausbilden«, warf dieser beleidigt ein.

»Dann hoffe ich, dass du mit dem Schwert genauso groß bist wie mit Worten«, wies der Ritter seinen zukünftigen Knappen grinsend zurecht, was diesem nur ein müdes Lächeln entlockte.

»Warum habe ich das Gefühl, dass ich vom Regen in die Traufe komme?«, nuschelte Titus, aber an seinem Mundwinkel konnte man bald darauf erkennen, dass er trotzdem erleichtert schien. Er wusste sicherlich, dass Halvar ihn nicht so sehr abschotten und gefangen halten würde, wie es Lothar getan hatte.

Kurz darauf hielt Titus Schreibfeder und Tintenfass in den Händen und tauchte die Spitze des Schreibwerkzeuges leicht in die Flüssigkeit, bevor er es an Halvar weiterreichte. Mangels Tisch zog Iouna ihren geflochtenen Zopf über ihre Schulter und bot somit ihren Rücken als Unterlage an, damit das Unvermeidliche seine Unterschrift finden konnte. Leise kratzte die Feder über das Papier. Nachdem Halvar seine Arbeit vollendet hatte, überreichte er dem Magier wieder die Schrift. Gleich darauf folgte der erste Befehl: Der Knappe sollte seine Sachen auf einem der Schiffe verstauen. Somit begann das erste Training sofort, was Titus nur angestrengt aufstöhnen ließ. Dennoch kam er den Worten seines neuen Herrn nach, was laut dem jungen Mann immer noch besser war, als in einem staubigen Raum zu sitzen.

Kaum war Titus aus dem Sichtfeld verschwunden, erkundigte sich Halvar, wie es beim Rest der Nordmänner aussah.

»Gegen Sonnenuntergang sind wir fertig. Wie ich Tristan kenne, wird ihn die Nacht nicht davon abhalten, die Rückfahrt anzutreten.«

»Wird Lothar mit uns reisen?«, verlangte Halvar zu wissen, und Iouna druckste mit ihrer Antwort herum. Beide hatten der kurzen Unterredung der Brüder beigewohnt und wussten daher, dass Tristan auf einem öffentlichen Thronverzicht bestand, obwohl dieser aufgrund von Phillips Stimme unnötig war.

»Er reist ebenfalls nach Delyveih, allerdings nicht mit uns. Er wählt den Landweg.«

Das war wenig beruhigend, denn beide wussten, dass die Straßen dem Flussverlauf folgten, aber es war besser, als direkt in der Nähe des Herzogs zu sein.

»Gut«, gab Halvar zu. »Ich glaube nicht, dass er besonders begeistert davon ist, dass sein ... Sklave auf meiner Seite steht.«

»Du meinst, nachdem du ihm schon die *Verlobte* entrissen hast?«

»Für ihn mag es so sein, ja«, antwortete Halvar und schlug einen ernsteren Tonfall an. Beide wussten, dass diese Verlobung nur in der Vorstellung des Herzogs existierte, was ihn nicht abgehalten hatte, es Halvar in der Gefangenschaft vorzuhalten.

»Er reist in ausreichend Abstand zu uns, und es sind genug Männer um uns herum, sodass er dumm wäre, irgendetwas zu versuchen.«

Nickend nahm Halvar ihre Worte hin und küsste danach sanft ihre Stirn.

Iouna lächelte zaghaft und warf dann einen Blick zu den Booten, die bereits voll beladen waren und auf das Signal des Heerführers warteten.

»Eine Reise auf dem Wasser ...«, begann Iouna vom Thema abzulenken und grinste ihn schelmisch an.

Nun war er es, der die Schultern hängenließ und nur ein missmutiges Brummen von sich gab. »Ja ...«, murmelte er schließlich. Iouna drückte seine Hand und ging mit ihm zu dem Boot, das man für sie hergerichtet hatte. Darauf prangte ein Zelt, das auf Befehl ihres Bruders jeweils von einer Wache an jeder Ecke bewacht wurde.

»Dann bleibst du einfach so lange hier, bis die Reise zu Ende ist.«

»Und du?«, hakte Halvar unsicher nach.

»Ich? Wo außer als in meiner Unterkunft sollte ich denn sein?«

Lächelnd nahm er ihre Antwort hin.

Es dauerte länger, als Iouna vorausgesagt hatte, bis sie Schwarzbruch verlassen konnten. Der Transport der Verletzten, die ebenfalls auf die Boote mussten, erwies sich als ziemlich schwierig. Im knietiefen Uferwasser des Sees kam man nur schlecht voran, und das Einsinken in die durchnässte Erde machte es den restlichen Männern nicht leichter, die Tragen über das Wasser zu hieven. Mitten in der Nacht ertönten die Hörner – der Befehl an die besetzten Boote, dass sie ablegen konnten. Die Boote mussten durch reine Muskelkraft aus dem seichten Gewässer gerudert werden, bis die Strömung und der Wind ausreichten, um sie Richtung Meer zu bringen.

Iouna verließ in der Nacht für einen Moment ihr Zelt und genoss die kühlere Luft auf dem von Wald gesäumten Fluss. Die Bäume sorgten tagsüber für Schatten, dadurch war es hier nicht ganz so heiß wie auf einem offenen Feld. Die beiden Wachen, die den Eingang flankierten, zogen sich unterdessen auf die andere Seite zurück und führten leise Gespräche mit den anderen, woran sie sich nicht störte. Vorsichtig lehnte sie sich an den Rand des Bootes, atmete die frische Luft und betrachtete den Sternenhimmel, während Halvar schlief. Sie hatte keine Ruhe gefunden, denn es machte sie nervös, ihrer Heimat entgegenzufahren, ohne zu wissen, wie ihre Mutter oder ihr Vater auf sie reagieren würden. Fragend betrachtete sie den zunehmenden Mond, der sich sichelförmig in dem Gewässer spiegelte. Allerdings war er ein stummer Gesprächspartner und blickte nur unvollkommen drein, während sich die Welt unter ihm weiterdrehte.

Nachdenklich legte Iouna ihren Kopf in den Nacken und schaute gen Himmel, der über ihr weiterzog, so wie auch die Zeit an ihr vorbeizog, während sie nicht viel tat. Alles, was sie tun konnte, war zu warten.

»Juna?«, erklang es plötzlich hinter ihr und sie wandte sich um und entdeckte Halvar, der anscheinend ebenso wenig schlafen konnte wie sie.

»Schlechte Träume?«, stellte sie ihm lächelnd eine Gegenfrage.

»Nein«, erwiderte er nur, »schlechtes Gefährt.«

Iouna musste grinsen und reichte ihm die Hand, damit er verstand, dass er sich neben sie stellen sollte. Zögerlich folgte Halvar ihr bis zum Bug des Bootes und erkundigte sich gleichzeitig, ob bei ihr alles in Ordnung war. Nickend bestätigte Iouna die Frage und schaute dann wieder zum Himmel.

»Weiß du noch, wie der Mond stand, als ich wiederkam?«, fragte sie, aber nicht ohne einen Hintergedanken.

»Voll«, antwortete Halvar bestimmt. »Warum?«

Iouna lächelte und lehnte sich an ihn. »Damit ich weiß, wie lange ich schon wieder bei dir bin.«

Es gab nicht viel, an dem eine Frau erkennen konnte, ob sich ihre Umstände änderten. Die vorübergehenden Mondphasen zu beobachten war eines der Dinge, auf die ihre Mutter sie einst aufmerksam gemacht hatte, als es ihr noch bestimmt war, die Frau eines Herzogs zu werden. Iouna wusste nun, dass sie noch etwas warten musste, bevor sie Halvar andeuten konnte, dass ihre Zweisamkeit Früchte tragen würde. Aber vorab verraten wollte sie ihm nichts, für den Fall, dass es länger dauerte, als es für ihr Blut üblich war.

Sanft spürte sie, wie Halvar sie an sich zog, und kurz darauf musste sie lachen. »Damit verschiebt sich wohl mein Namenstag ein wenig.«

»Welcher ist dir denn lieber?«, verlangte er zu wissen und stimmte in ihr Lachen ein. Sie wusste ehrlich gesagt nicht, was sie nun feiern sollte.

»Vielleicht lassen wir alles wie zuvor«, antwortete Iouna schließlich, da ihre Wiedergeburt eben auch mit einem Tod in Verbindung stand.

»In Ordnung. Eine Sache weniger, an die sich dein Vater gewöhnen muss.«

Sie bemerkte die Unruhe in Halvars Stimme. Vermutlich war er ähnlich nervös wie sie, weil beide sich mit jedem Moment Delyveih weiter näherten.

»Er soll froh sein, dass ich nicht schon mehrfach verheiratet war und in einem Frauenhaus lebte«, scherzte Iouna, die ihrem Mann das Unbehagen ein wenig nehmen wollte. »Dagegen ist ein Isvintari doch harmlos.«

»Ich hoffe, Tristan ist mit seiner Einstellung ... alleine.«

»Tristan ist ...«, setzte Iouna an und atmete lang und tief aus. »Wenn er noch dem Mann von früher gleicht, dann ist er nur halb so hart, wie er tut. Du musst es ihm nachsehen. Er ist mit der Aufgabe aufgewachsen, unser Land zu führen. Leichtgläubigkeit wurde ihm nicht gestattet. Tristan ist das Oberhaupt, der Anführer der restlichen sechs. Du hast Thorvid und Yorick erlebt. Es war schon immer schwierig, sie zusammenzuhalten, und Tristan befürchtete stets, dass ihr Handeln ihnen eines Tages das Genick brechen würde. Er hingegen durfte sich nie Fehler leisten, niemals etwas tun, was nicht unseren Gesetzen oder Traditionen entsprach. Der Druck ist immens, unter dem er stand und noch immer steht. Da kommt mir mein vergangenes Leben zuweilen wie eine Lappalie vor.«

»Ich habe ihm keinen Grund gegeben, mir zu misstrauen, außer dass ich im falschen Land geboren wurde«, rechtfertigte sich Halvar seufzend. »Ich hoffe, dein Vater hört auch auf deine anderen Brüder ...«

Iouna war sich selbst nicht sicher, was ihre Geschwister ihrem Vater alles erzählen würden. Sie hatte ihn als großzügigen Mann in Erinnerung, allerdings konnte selbst ein mächtiger Herzog nicht einfach die Regeln seines Volkes ändern, selbst wenn er nicht hinter dem stand, was er tun musste. Ihre Mutter hingegen war verhaltener. Die Prinzessin wusste nicht, ob die Erziehung, die auch die Herzogin hatte durchleiden müssen, die Schuld daran trug, oder ob es einfach ihre Art war. Beide Elternteile waren nicht grausam, aber sie waren Sklaven ihrer Welt. Etwas, das Iouna vielleicht zu ändern vermochte. »Das tut er sicherlich«, antwortete sie deshalb auf den Einwand und lächelte spitzbübisch. »Und förderlich wäre es, wenn du meiner Schwägerin Komplimente machst. Dann wird Tristan vollkommen überstimmt sein.«

Ein kurzes Lachen erklang von Halvar, ehe sich seine Miene wieder verfinsterte. »Und was, wenn nicht?«, hakte er skeptisch nach.

Das war eine gute Frage, aber Iouna rechnete mittlerweile mit allem. »Dann gehen wir fort. Die Götter werden uns schon den richtigen Weg weisen«, erwiderte sie gelassen. Etwas anderes blieb ihnen nicht übrig, wenn ihre Eltern versuchen sollten, sie von Halvar zu trennen. Es schien gegen ihre Bestimmung zu sein, auseinandergerissen zu werden.

»Fort?«, wiederholte Halvar.

»Gemeinsam«, ergänzte Iouna. »Ein Ritter bleibst du, dein Können steht außer Frage. Wir brauchen niemanden, um uns das zu gestatten. Unsere Götter reichen als Fürsprecher.«

Erleichtert atmete er aus und beugte sich hinunter, um sie zu küssen.

Letztendlich war für Iouna nicht mehr ausschlaggebend, ob ihr Vater der Verbindung zustimmte. Sie verlangte auch nicht mehr, dass Halvar daraufhin Wochen oder Monde damit verbringen sollte, ihren Vater zu fragen, so wie er es bei Khyla getan hatte. Iouna stellte fest, dass das für sie mittlerweile ohne Belang war und dass auch vollkommen andere Umstände bei ihnen herrschten. Halvar war bereits ein Ritter, er besaß seinen Rang, und wenn ihr Vater bei all seinen Titeln ein Nein äußerte, wusste sie, dass mehrmaliges Fragen unnütz sein würde. Sie würde ihrem Vater nahelegen, ob er trennen wollte, was die Götter zusammengeführt hatten. Eine Macht, die ausnahmsweise weit höher reichte, als es ein Thron vermochte.

Kapitel IX: Schlangentanz

Mit dem Gesicht nach unten lag Halvar auf dem Bärenfell im Bett der Prinzessin und versuchte, die schwüle Hitze und das beständige Schaukeln des Bootes zu ignorieren. Seit zwei Tagen waren sie nun auf dem Wasser; nur gelegentlich legten sie kurze Pausen ein, um den mitgeführten Pferden etwas Auslauf zu gewähren. Die Kombination der für Halvar unangenehmen Umstände machte es ihm schwer, seine Übelkeit zu vergessen, genau wie das Wissen darum, dass sich nur wenige Handbreit unter ihm das Wasser des Weststroms befand, das ihn gnadenlos in die Tiefe ziehen würde. Der gewaltige Fluss war tief genug, dass selbst der Hüne nicht mehr auf dem Grund stehen konnte, was zusammen mit der Strömung und seinen fehlenden Schwimmkenntnissen das sichere Ende für ihn bedeutet hätte.

Er war sich der Ironie durchaus bewusst, dass er, Herr über Xhars Feuer und Auserwählter des Todes, genau wie eine Flamme verlöschen und den Tod finden würde, sollte das Wasser einmal über seinem Kopf zusammenschlagen. Brummend verscheuchte er den Gedanken daran, hob leicht den Kopf und sah sich um.

Die Wände des Zelts waren nach oben gerollt, sodass die Hitze sich nicht so sehr im Inneren staute. Daher konnte er sowohl die Wachen an den Ecken des Gerüstes sehen als auch Iouna, die am Bug lehnte.

Ein leises Donnergrollen in der Ferne kündigte endlich die sehnlichst erwartete Abkühlung an. Seit Tagen hatte es nicht geregnet. Erbarmungslos brannte die Sonne auf die

Reisenden herab. Nun schien ein Gewitter den lange überfälligen Niederschlag zu bringen. Dunkle Wolken hingen am Horizont und kamen langsam, aber stetig näher.

Auch Iouna hob ihren Kopf und beobachtete das Naturschauspiel.

»Sollten wir anlegen?«, krächzte Halvar leise und hoffte, sie würde ihm zustimmen.

Wohl etwas überrascht, seine Worte zu hören, drehte sie sich zu ihm um und lächelte kurz. »Vielleicht wäre es besser, ja«, meinte sie. »Aber das kann ich nicht entscheiden.«

Mit diesen Worten, die Halvar unzufrieden brummend hinnahm, ging sie zu einem der Wachmänner. Sie forderte ihn auf, das Hornsignal zu geben, um Tristan anzuzeigen, dass sie mit ihm reden wollte.

Zwei kurze Hornstöße später erhob sich Halvar von seinem Bett. Der Kronprinz musste nicht mitbekommen, wie unwohl Halvar sich auf dem Wassergefährt fühlte – auch wenn es ohnehin nicht zu übersehen war.

Kurz darauf näherte sich das Boot des zukünftigen Herzogs. Die Wachen warfen einander Seile zu, um die schwimmenden Unterkünfte näher zusammenzuziehen und sie halbwegs ruhig zu halten. Zusätzlich wurde eine Planke über eine Aussparung zum anderen Boot gelegt, sodass Tristan bequem die Seiten wechseln konnte. »Was gibt es?«, fragte er seine Schwester, die ihn auf das bevorstehende Gewitter hinwies und sich erkundigte, ob es klug war, dabei auf dem Wasser zu bleiben.

»Das habe ich gesehen«, gestand er, während Halvar versuchte, dem Schwanken entgegenzuwirken. »Aber wir sind hier auf einem Fluss, nicht auf offener See. So stark sollte der Wellengang nicht werden.«

Selbstgefällig sah er zu Halvar und schien sich über dessen Unwohlsein zu freuen. »Oder hat dein *Ritter* Angst, wenn es donnert?«

Halvar schluckte seine Antwort hinunter und starrte seinen Schwager stattdessen nur an. Wie der Nordmann sich wohl auf einer wackeligen Plattform über einem Flammenmeer fühlen würde?

Auch Iouna bedachte seinen Kommentar nicht mit einer Antwort, sondern nur mit einem wütenden Blick.

Tristan räusperte sich, nachdem seine Provokation keinen Anklang fand. »Zu seinem Glück müssen wir das Gewitter ohnehin abwarten«, ergänzte er dann. »Ein anschwellender Fluss ist zu gefährlich für die Verwundeten.«

»In Ordnung«, antwortete Iouna knapp.

Wenig später hatten die Nordmänner ihre Boote am Ufer des Flusses gelandet und begannen, das Lager aufzuschlagen, als die ersten Windböen einsetzten. Der Hüne beobachtete das Treiben und schaute, ob er Iouna zwischen den eilig arbeiteten Menschen wiederfand. Sie hatte sich zusammen mit Keira und Hallet in eines der bereits aufgestellten Zelte zurückgezogen. Was sie dort genau machten, wusste Halvar nicht, aber er vermutete, dass seine Prinzessin den Knaben mehr vermisste, als sie zugeben wollte. Sie hatte sich in die Mutterrolle eingefunden, und er hoffte, dass sich ihr beider Wunsch nach einer kleinen Familie bald erfüllen würde. In Gedanken versunken, kam ihm plötzlich in den Sinn, dass es noch gar nicht allzu lang zurücklag, seit er Iouna vor die Füße gefallen war. Dennoch war in der kurzen Zeit schon so viel geschehen, dass es sich anfühlte, als wären sie bereits Ewigkeiten vereint. Selbst die Tage in der Hütte, obwohl noch keinen Mond her, kamen ihm wie eine Erinnerung an alte Zeiten vor. Ein kleines Lächeln eroberte sein Gesicht, während erste Regentropfen, begleitet von tiefem Donnergrollen, vom Himmel fielen.

Sofort beschleunigte sich die Arbeitsgeschwindigkeit der Nordmänner, um die Unterkünfte fertigzustellen, bevor das Gewitter endgültig losbrach. Zwischen den zügig werkelnden Männern erkannte Halvar einen etwas überfordert wirkenden Titus, der offensichtlich mehr im Weg stand, als nützlich zu sein.

Grinsend erinnerte sich der Hüne daran, dass der junge Magier von nun an sein Knappe war. Er beschloss, den Kriegern aus Delyveih einen Gefallen zu tun und das Hindernis aus dem Weg zu räumen.

»Titus!«, rief er zwischen zwei Donnerschlägen und winkte seinen Schutzbefohlenen herbei. Den Rang des Pagen hatte er bereits übersprungen, da es in seinem Alter nicht mehr sinnvoll war, ihn nur einfachste Aufgaben übernehmen zu lassen. Grundlegender Gehorsam und Benimmregeln beherrschte er, und sein loses Mundwerk würde Halvar noch früh genug zurechtstutzen.

Sofort kam Titus angelaufen und verbeugte sich vor seinem Herrn. Es war ein eigenartiges Bild, den sonst so frechen Jungen derart überfordert zu sehen, sodass Halvar sich ein weiteres Grinsen nicht verkneifen konnte.

»Ja ... Halvar? Sir? Herr?«, fragte Titus, unsicher, welche Anrede er verwenden musste.

»Such es dir aus«, forderte Halvar und zuckte mit den Schultern. »Wir fangen jetzt an.«

»A... Anfangen?«, fragte der Magier verwirrt. »Womit denn?«

»Mit deiner Ausbildung.«

»Jetzt? A... Aber das Gewitter ...«, widersprach Titus halbherzig.

Halvar verschränkte die Arme vor der Brust und musterte erst den Jungen und dann den Himmel. Er glaubte nicht, dass das Gewitter tatsächlich bis zu ihnen gelangen würde. Wind und Regen bestimmt, aber Blitz und Donner waren noch ziemlich weit entfernt. Zumindest in nächster Zeit würde es nicht in Reichweite kommen. »Hast du Angst vor ein bisschen Regen?«, fragte er deshalb skeptisch.

Gequält schüttelte der Knappe seinen Kopf und schaute vor sich auf den Boden, während immer dickere Tropfen vom Himmel fielen.

Mit einer kurzen Kopfbewegung bedeutete Halvar, ihm zu folgen. Er führte Titus auf eine Wiese am Rand des Flusses, etwas abseits des hastig errichteten Nachtlagers. Die Stimmen der Nordmänner waren noch deutlich zu hören, aber der Platz genügte für ein paar einfache Übungen.

Trotz der Hitze der letzten Wochen war der Boden am Ufer nicht komplett ausgetrocknet; der Schatten der Bäume schützte ihn vor der ärgsten Sonne. Daher war es nicht verwunderlich, dass die Erde im Regen langsam aufweichte. Ein interessanter Untergrund für das Training eines angehenden Ritters.

Halvar sah sich einen Augenblick um, ehe er fand, wonach er suchte: Einen geraden Ast, etwas länger, als Titus hoch war.

Mit einem prüfenden Blick bog er ihn leicht ab, um zu überprüfen, ob er morsch war. Nachdem die Untersuchung zufriedenstellend verlaufen war, brach er ihn in der Mitte durch und hielt seinem etwas ratlos dreinblickenden Knappen eine Hälfte hin.

»Feuerholz?«, hinterfragte Titus die Tat von Halvar vorsichtig.

Dieser zog eine Augenbraue nach oben und schüttelte den Kopf. »Glaubst du, ich gebe dir im ersten Training ein Schwert in die Hand?«

»Glaubt Ihr, man sollte mir jemals ein Schwert in die Hand geben?«, murrte Titus, nahm die Übungswaffe aber entgegen.

»Das wird sich zeigen«, lautete Halvars knappe Antwort, ehe er dem Magier die Grundschritte vormachte. Eine Weile beobachtete er den jungen Mann, der ihm gerade bis zur Brust reichte, dabei, wie er Löcher in die Luft schlug, und korrigierte ihn hin und wieder.

»Zwei Hände!«, mahnte er, als Titus den Stock nur mit seiner Rechten durch den Regen zischen ließ.

Titus folgte der Anweisung, hielt dann aber inne und sah Halvar an. »Sieht das immer so albern aus, oder liegt das nur an mir?«, wollte er wissen.

»Konzentriere dich auf die Ausführung und nicht darauf, wie es aussieht«, wies Halvar ihn zurecht. »Fester Griff, stabiler Stand und präzise Bewegungen!«

Titus gluckste und strich sich die nassen braunen Haare aus dem Gesicht. »Präziser Stand, stabiler Griff und feste Bewegungen, verstanden«, meinte er und fuchtelte mit seiner Behelfswaffe herum.

Missmutig betrachtete Halvar das Tun des angehenden Ritters und überlegte, wie er ihm klarmachen konnte, wie wichtig dieses Training war, wenn er tatsächlich dem Orden beitreten wollte. Früher oder später würde der Tag kommen, an dem Titus sich in einem Kampf wiederfinden würde, und Halvar wollte nicht, dass sein erster auch sein letzter war. Trotz seines losen Mundwerks mochte er den Jüngling.

»Eure Magie ...«, fragte Titus auf einmal. »Woher kommt sie?«

»Von Xhar«, antwortete Halvar knapp und machte ihm den Schlag noch einmal vor.

»Ihr wisst nicht zufällig, woher die anderen sie haben, oder?«

Halvar schüttelte den Kopf und meinte, dass er nur wüsste, woher Iouna ihre Kräfte hat. Woher die Fähigkeiten der anderen Magier stammten, die durch die Welt spazierten, wusste auch er nicht. »Warum?«, hinterfragte er die Neugier.

Wenig konzentriert schlug Titus weiterhin Regentropfen entzwei und schien einen Augenblick zu überlegen, bevor er antwortete. »Es interessiert mich einfach. Irgendwoher müssen Menschen wie ich sie ja haben.«

Halvar stimmte ihm zu, konnte Titus' Wissensdurst aber nicht befriedigen. Weiterhin beobachtete er die immer unaufmerksamer ausgeführten Hiebe des Knappen. »Ist dir diese Übung zu langweilig?«, wollte er wissen.

»Ich bin mehr ein Mann der Schriften, nicht der Klingen.«

»Noch bist du gar kein Mann«, meinte der Hüne amüsiert und spielte damit auf sein unmündiges Alter an. »Und wenn du ein Ritter werden willst, musst du das Schwert beherrschen. Auch für das goldene Banner.«

»Da habt Ihr Euch etwas vorgenommen«, murmelte Titus, woraufhin Halvar sich seufzend durch die wieder wachsenden Haare fuhr. Es war ein ungewohntes Gefühl, nach all der Zeit etwas anderes als Haut und Narben zu spüren. Bald zwei Fingerbreit waren die Strähnen lang, die ihm nass am Kopf klebten und daran erinnerten, wie lang sein Haar einst gewesen war. Kurz fragte er sich, ob er es wieder wachsen lassen oder abrasieren sollte, da drangen wüste Beschimpfungen und Geschrei vom Rande des Lagers zu den beiden Übenden vor.

Ein schneller Blick enthüllte zwei Nordmänner, die lauthals stritten und nur ein falsches Wort von einer wilden Schlägerei entfernt waren. »Titus!«, rief Halvar und machte ihn mit einem Fingerzeig auf die Raufbolde aufmerksam. »Deine nächste Aufgabe.«

»Was genau?«, hakte der Junge nach. »Mich verprügeln lassen?«

»Den Streit schlichten!«

»Und wie soll ich das bitte anstellen?«, empörte sich Titus. »Die zwei sind bestimmt einen Kopf größer als ich!«

Grinsend zuckte Halvar mit den Schultern. »Das bleibt dir überlassen. Du kannst gern versuchen, ihnen eine Schriftrolle unter die Nase zu halten. Los jetzt!«

Leise vor sich hin fluchend, trottete Titus hinüber, um seinen Auftrag auszuführen.

Vielleicht liegt ihm das ja besser.

Es war zwar ungewöhnlich, dass ein Vollstrecker einen zukünftigen Bewahrer ausbildete, aber nicht unmöglich. Halvar konnte sich nicht vorstellen, dass Titus einst dem blauen oder gar schwarzen Banner angehören würde. Dafür war er zu klein, zu schmächtig und zu wenig geübt im Umgang mit einer Waffe. Nornas Ritter hingegen konnten oft auch mit weniger stark ausgeprägtem Können am Schwert ihre Laufbahn einschlagen. Oft genug beschränkte sich ihre öffentliche Arbeit auf Verhandlungen. Nur wenigen Außenstehenden war bekannt, dass es nicht die Vollstrecker waren, die unliebsame Herrscher im Schlaf vom Thron oder gar aus dem Leben stießen, sondern eben jene Ritter in goldener Rüstung. Männer wie Thorvid.

Amüsiert betrachtete Halvar die vergeblichen Bemühungen seines Knappen, ein weiteres Eskalieren der Auseinandersetzung zu verhindern. Schnell war klar, dass Titus durch keine Worte dieser Welt für Frieden sorgen konnte, aber Halvar wollte wissen, wie lange er es versuchen oder zu welchen Mitteln er greifen würde, um die Streithähne zu trennen.

Plötzlich stieß einer der Männer den jungen Magier von sich weg, sodass er im aufgeweichten Boden den Halt verlor und rücklings im Schlamm landete.

Halvar machte sich bereit einzugreifen, falls der Fokus der Nordmänner sich auf Titus richten sollte. Er wollte nicht, dass er zum Ziel ihres Zorns wurde, aber offenbar war die gegenseitige Wut der beiden größer.

Sofort gingen sie aufeinander los, umklammerten sich und tauschten wüste Schläge aus, während Titus etwas perplex im Matsch saß. Seine vormals dunkelgrüne Robe war mit braunem Schlamm bespritzt, der viel besser zum Charakter Lothars passte. Ein paar Schaulustige hatten sich versammelt und freuten sich über die Darbietung und den im Dreck sitzenden Jüngling.

Interessiert beobachtete Halvar die Schlägerei und wartete darauf, dass Titus zu ihm zurückkehrte.

Dieser rappelte sich jedoch wieder auf. Er schien andere Pläne zu haben. Kleine Feuerbälle erschienen in seinen Händen, was Halvar mit hochgezogener Augenbraue zur Kenntnis nahm. Kurz überlegte er, ob er Titus zurückhalten sollte, bevor er jemanden verletzte, beschloss aber dann, ihn gewähren zu lassen.

»Jetzt gebt endlich Ruhe!«, schrie Titus und schleuderte einen der Feuerbälle neben die beiden Schläger auf den Boden, wo er mit einem lauten Knall zerplatzte und Schlamm durch die Luft spritzte.

Erschrocken ließen die Nordmänner voneinander ab, und ein erstauntes Raunen ging durch die Menge der Zuschauer. Noch ehe die beiden Rüpel wussten, was geschehen war, warf Titus die andere Flammenkugel zwischen sie, wo sie begleitet von einer kleinen Stichflamme zersprang und eine Wand aus Feuer erzeugte. Diese erlosch im starken Regen schnell wieder, aber es genügte, um den Männern aus Delyveih etwas Ehrfurcht vor dem jungen Magier einzuhauchen.

»Er kann ja doch mehr als ein Feuerstein«, murmelte Halvar vor sich hin und beobachtete, wie Titus die Männer zurechtwies. Es war ein seltsames Bild, wie er den deutlich größeren Kriegern klarmachte, dass sie ihre Streitigkeiten gefälligst bei einem Krug Met aus der Welt schaffen sollten, anstatt so einen Aufstand zu veranstalten.

Ein wenig überraschte es den Hünen, dass die zwei Nordmänner sich den Worten des Jünglings fügten und mit gesenkten Köpfen davonschlichen. Lautes Gelächter und Gegröle der Zuschauer begleiteten sie dabei.

Zufrieden grinsend, kam Titus zu seinem Herrn zurück. »War das so richtig? Seid Ihr jetzt ... stolz?«, fragte er und wischte sich Schlamm aus dem Gesicht.

In der Tat verspürte Halvar etwas Stolz auf seinen Knappen. Auch wenn er erst seit wenigen Tagen für seine Geschicke zuständig war, war er sich seiner Verantwortung gegenüber Titus bewusst. »Ein bisschen«, gab er zu und grinste ebenfalls, während es sich das Gewitter offenbar anders überlegte und der Donner in der Ferne langsam verstummte. Nur leichter Regen fiel noch vom Himmel, aber Halvar war dennoch nicht böse darüber, eine Nacht auf festem Boden verbringen zu können.

Er beschloss, noch etwas mit Titus zu üben, und ging dazu über, ihm einfache Paraden gegen Schwertangriffe beizubringen.

Die Zeit verging rasch, bald verklang auch das letzte bisschen Regen. Sofort breitete sich wieder eine schwüle Hitze aus, was das Training selbst für Halvar sehr unangenehm machte. »Ich denke, das genügt für heute«, merkte er nach einer Weile an und musterte seinen erschöpft nickenden Knappen. »Wir machen morgen weiter.«

»In Ordnung«, antwortete Titus und verbeugte sich kurz, bevor er zu seinem Zelt trottete.

Halvar sah ihm einen Moment hinterher, ehe er sich noch einmal durch die nassen Haare fuhr.

Was Iouna wohl gerade macht?

Er hoffte, dass sie zufrieden bei Hallet und seiner neuen Mutter saß und die Zeit der Ruhe genoss. Wer wusste schon, wie lange diese andauern würde.

»Schwager!«, hörte er eine tiefe Stimme rufen, die er nach einem Moment Yorick zuordnen konnte. Erst dann erkannte er, dass dieser vermutlich *ihn* rief, und drehte sich ihm zu.

»Ja?«, fragte er erstaunt darüber, dass Iounas Bruder ihn so nannte.

»Habt Ihr Euer Weib irgendwo gesehen, das zufällig meine Schwester ist?«, rief ihm der blonde Prinz entgegen. »Ihr wisst schon, die junge Frau mit dem langen schwarzen Haar ... etwa so groß und der Grund dafür, dass Euch Tristan hasst.« Mit einer Hand deutete er die ungefähre Größe seiner Schwester an und grinste.

»Ist sie nicht mit Keira im Zelt?«, erwiderte Halvar überrascht.

»Nein, da habe ich bereits nachgesehen. Tristan bekommt Bauchschmerzen, wenn sie uns noch ein weiteres Mal abhandenkommt.«

Abhandenkommt ...

Missmutig verzog Halvar bei diesen Worten das Gesicht. Es klang, als wäre Iouna eine Ziege, die an den Höchstbietenden verkauft werden sollte. »Sie wird nicht ohne mich gehen«, stellte er klar, bevor er in seiner Sprache weitersprach. *»Auch wenn es Tristan lieber wäre.«*

Lachend nickte Yorick und deutete auf eine Biegung des Flusses. »Wie dem auch sei. Vor einiger Zeit sind ein paar Frauen über die Brücke in den Wald gelaufen. Vielleicht hat sich *Eure* Frau ihnen angeschlossen. Allerdings wäre es sicher einigen Ehemännern im Lager recht, wenn nicht *ich* ihnen nachlaufen würde.«

»Das kann ich mir denken«, meinte Halvar grinsend. Yorick war nicht dafür bekannt, eine Gelegenheit verstreichen zu lassen, wenn sie sich ihm bot, und ein Fluss voll badender Frauen war wohl mehr als eine Einladung, selbst wenn er die adeligen Finger von verheirateten Damen ließ.

»Ich werde nachsehen«, verkündete Halvar und machte sich auf den Weg.

***

Iouna lachte und unterhielt sich mit unzähligen anderen Frauen, die sich im Fluss etwas von der Sommerhitze erfrischten. In den Zelten wurde es tagsüber so warm, dass man kaum atmen konnte; nur in der Nacht kühlte es etwas ab. Das Gewitter hatte leider nicht lange genug angehalten, um die schwüle Luft zu verdrängen.

Wie Iouna erkannte, ging Keira in der Rolle auf, sich um den kleinen Hallet zu kümmern, da sie kaum ein anderes Thema kannte als ihren »kleinen Ritter«. Ein wohlwollender

Neid kam in ihr auf, dass das Schicksal die Zofe als Ziehmutter erwählt hatte, aber Iouna freute sich für die beiden. Natürlich kam das Thema auch immer wieder auf einen Bewahrer zu sprechen, doch Keira hüllte sich in eisernes Schweigen.

Iouna konnte die Gründe verstehen. Keira war noch verheiratet, auch wenn es ihren Gatten recht wenig kümmerte, wie sie ihr Dasein fristete, aber das schien die junge Frau zunehmend weniger zu belasten. Das Leben ging weiter, und das konnte die Prinzessin an jeder der Frauen beobachten, egal, welches Schicksal sie einmal erlitten hatten.

Die Götter prüften jeden Menschen auf andere Weise. Sie vermochten grausame Dinge geschehen zu lassen, die aber letztendlich immer nur von anderen Menschen begangen worden waren.

»Und was plant unsere Prinzessin für die Zukunft?«, drangen Gaelles Worte an Iounas Ohr, weshalb sie sich ihr zuwandte.

»Ich weiß es nicht«, gab Iouna zu und lächelte verlegen. »Ich werde sehen, wohin mich die Götter führen.«

Wenn sie über die Götter nachdachte, kam sie nicht umhin zu bemerken, dass ihr Xhar bereits erschienen war, aber ihr eigener Stammvater noch nicht. Nicht als er selbst. Nur Halvar hatte er sich gezeigt. Er hatte ihn als mürrisch beschrieben, fast kälter als sein Bruder, dem man als Tod nur wenig Mitgefühl zuschreiben würde. Jedoch war es Xhar, der mehr Hoffnung besaß als sein Zwilling, wenn sie über Halvars Worte sinnierte.

Der Gott des Lebens mürrisch und unfähig, Vertrauen zu schenken?

Iouna hoffte, dass er mit seiner Wahl zufrieden war und es nicht an ihr lag, dass er eher pessimistisch in die Zukunft schaute. Mehr als sich bemühen konnte sie nicht, um den Wünschen ihres Gottes zu entsprechen, und nun, da sie ihre Rolle erkannt hatte, tat sie ihr Bestmögliches, um sie auszufüllen. Sie wollte das auferstehen lassen, was einst untergegangen war. Sie konnte sich vorstellen, dass es schlimm sein musste, seine gesamte Sippe zu verlieren, seine Kinder und seine Schöpfungen, aber selbst Halvar hatte den Punkt überwunden, der ihn in der Trauer gefangen hielt. Vergessen würde das niemand, aber man konnte weiterleben.

Der Prinzessin war solch ein Schicksal bisher erspart geblieben, wobei sie die Ängste kannte, die sich um den Verlust eines Menschen drehten.

Heiteres Lachen riss sie aus den trüben Gedanken. Iouna schaute auf, wo ein eher unbeholfener Halvar zum Fluss kam und mit all den Frauen im Wasser sichtlich überfordert schien. Vehement fixierte er ihre Augen, vermutlich damit man ihm nicht nachsagen konnte, dass er eine andere ansah.

»Da seid Ihr wohl auf einen Fluss voller Sirenen getroffen, Ogerschlächter«, rief Kassandra und steckte die anderen mit ihrem Gelächter an.

Halvar hingegen lächelte leicht und wich immer noch nicht mit seinem Blick von Iouna ab, die ihn freundlich ansah. »Was treibt Euch hierher?«, wollte sie scherzhaft von ihrem Ritter wissen und schwamm etwas auf ihn zu, bis ihre Füße wieder den steinigen Boden erreichten.

»Die Prinzessin wird vermisst«, antwortete Halvar, woraufhin die anderen Frauen ein verstehendes Raunen von sich gaben.

»Und wer genau vermisst sie?«, hakte Iouna nach und verweilte nahe dem Ufer.

»Ihr Ritter ... und Ihr Bruder.«

Letzteres entlockte Iouna nur ein Augenrollen. Sie konnte sich vorstellen, welchen Halvar meinte.

Die Frauen sahen zu ihr und merkten anscheinend, dass die heitere Stimmung verflogen war. Kassandra war die Erste von ihnen, die lächelnd aus dem Wasser stieg, um nach ihrem Kleid zu greifen. »Na los, gönnen wir den beiden noch einen Moment«, erklärte sie an den Rest der Frauen gerichtet, »bevor der Thronfolger noch den Ritter sucht und ihn zwischen einem Haufen nackter Frauen findet.«

Der Reihe nach stiegen die Damen aus dem Wasser und zogen sich an, um ins Lager zurückzukehren. Nur Iouna blieb im Wasser, während Halvar langsam auf den Rand des Wassers zulief.

»Du hast die Prinzessin wieder einmal gefunden«, scherzte Iouna und spielte dabei auf seine Zeit als Kopfgeldjäger an.

»Diesmal war es einfacher«, gestand er und lächelte.

Iouna sah sich um und konnte ein Lachen nicht unterdrücken. »Angesichts der Absichten wäre wohl ein erstes Zusammentreffen in solch einer Umgebung ziemlich ungerecht gewesen.«

»Auch nicht ungerechter, als nackt an ein Bett gefesselt zu sein«, konterte Halvar amüsiert und entlockte Iouna damit ein fröhliches Grinsen.

Noch einmal schwamm sie ein paar Züge auf ihn zu und erhob sich dann aus dem Fluss, wo sie ungehindert ans Ufer zu Halvar laufen konnte.

Seine Hände ergriffen die ihren, und er zog sie sacht zu sich heran, sodass er sich zu ihr hinunterbeugen konnte, um sie zu küssen.

Sanft erwiderte sie die zärtliche Geste und spürte seine warmen Hände, die an ihrem kühlen Rücken entlangglitten. Lächelnd ließ sie von ihm ab und schaute ihn herausfordernd an. »Gut, dass es sich bei der Prinzessin nicht um eine Sirene aus den Sagen handelt, denn dann wäre er in ihrem Netz gefangen.«

»Das bin ich auch so«, gab er zu, »nur auf eine schönere Weise.«

Iouna lächelte und war gewillt, ihm noch einen weiteren Kuss zu schenken, aber als sie kurz mit ihren Gedanken an den Sirenen hängen blieb, fiel ihr wieder der tote Flusswächter ein, den Halvar gefunden hatte. Und als sei die Erinnerung ein warnendes Omen, schaute sie sich um.

»Was ist?«, wollte Halvar wissen. Iouna wechselte die Richtung, in die sie sah.

»Kannst du das hören?«, fragte sie und blickte unsicher zu ihm auf.

Halvar schüttelte seinen Kopf, und sie räusperte sich. »Die Sonne geht bereits unter«, meinte sie dann. »Bis gerade eben übertönte unser Gelächter kaum die Rufe der Frösche und Vögel ... Und jetzt? Gar nichts! Es ist totenstill.«

Auch Halvar bemerkte in diesem Moment die Stille, die sich über den Fluss gesenkt hatte, und begann, sich umzusehen.

Leicht beunruhigt, trat Iouna ein paar Schritte zur Seite, griff nach ihrem weißen Kleid, das auf dem Kies lag, und streifte es über ihren noch nassen Körper. Es war vermutlich besser, wenn sie in das Lager zurückkehrten, das sich ein Stück flussabwärts befand.

Die Frauen hatten die S-förmig verlaufende Biegung des Weststroms genutzt, um ungestört baden zu können, was zur Folge hatte, dass nun der Fluss selbst und etwas Wald sie von den Männern trennten.

Tristan hatte zuvor Baumstämme aneinanderreihen lassen, damit eine Art Brücke in den gegenüberliegenden Wald entstand, um Wachposten einrichten zu können. Diese hatten die Frauen zweckentfremdet, um so flussaufwärts zu gelangen. Jetzt galt es, durch den Wald und über die Brücke wieder zu den anderen zu stoßen.

Noch einmal warf Iouna einen prüfenden Blick über die Wasseroberfläche, die in einiger Entfernung deutliche Wellen schlug.

Ein Fischschwarm?

Doch bevor sie sich mehr Gedanken über den Schatten im Wasser machen konnte, begann lautes Keckern zu ertönen und unzählige Sirenen stiegen aus dem Wasser, die einen Wall zwischen sich und dem Ufer schufen.

»Halvar ...«, wandte sich Iouna unsicher an ihn, der das Schauspiel ebenfalls beobachtete.

Kurz darauf drehte sich der Hüne zu ihr um und versuchte bemüht ruhig, ihre Hand zu ergreifen, um mit ihr zusammen zum Lager zurückzukehren.

»Komm«, sprach er bestimmt und lief mit ihr in den Wald hinein in Richtung Brücke. Aber kaum hatten beide die ersten Bäume erreicht, schrie eine weibliche Stimme, die Iouna eindeutig als Gaelles erkannte.

Die Prinzessin beschleunigte ihren Gang und riss sich von Halvars Hand los, als sie zusätzlich die Hörner der Nordmänner hörte.

Sobald sie die andere Seite erreicht hatte, sah sie, wie etwas Gaelle an den Beinen umschlungen hatte und sie trotz aller Gegenwehr von der Brücke zerrte, während die restlichen Frauen flohen. Nur Keira versuchte, die andere Zofe an ihren Armen festzuhalten, verlor aber den Kampf gegen das Wesen, das nur halb aus dem Wasser ragte und einer riesigen Schlange glich. Schlussendlich verließen Keira die Kräfte, und sie ließ Gaelle los, die von dem Wesen unter Wasser gezogen wurde.

Erschrocken sah Iouna dabei zu, wie eine weitere schlangenartige Kreatur aus dem Wasser auf die Brücke glitt und sich vor Keira aufbaute. Aber bevor sie das gleiche Schicksal wie Gaelle erlitt, war Thorvid zur Stelle, der mit gespanntem Bogen am Ufer stand und auf das lautstark fauchende Wesen schoss. »Kommt rüber!«, schrie der Bewahrer; anscheinend waren diese Worte auch an seine Schwester und den Hünen gerichtet.

Augenblicklich rannte Iouna den kleinen Hügel zur Brücke hinunter, während Halvar einen Feuerball formte, um Thorvid zu unterstützen. Grollend fanden die geballten Flammen ihr Ziel, währenddessen bückte sich Iouna zu

Keira, packte ihren Arm und zog sie auf die Beine, um so schnell wie möglich die andere Seite zu erreichen. Dort angekommen, lief Keira umgehend zu ihrem Zelt, um Hallet zu holen, den sie bei einer älteren Frau gelassen hatte.

»Zieh dich mit den anderen landeinwärts zurück. Weg vom Wasser!«, schrie Thorvid ihr nach und fuhr dann zu Halvar und seiner Schwester herum, die ratlos und außer Atem dastanden.

»Geh mit ihr!«, sprach Halvar an Iouna gewandt, weshalb sie ihn unsicher musterte.

»Was ist mit dir?«, verlangte sie zu wissen.

»Ich helfe deinem Bruder«, antwortete Halvar gehetzt und schubste sie sacht in die Richtung, doch Iouna zögerte.

»Aber …«, kam der Prinzessin dabei ängstlich über die Lippen, weil sie nicht ohne Weiteres fliehen wollte, aber auch nicht wusste, wie sie helfen sollte.

Es ließ sich bei diesen fremdartigen Kreaturen nicht sagen, ob Xhars todbringende Stimme funktionieren würde, und herausfinden wollte sie es auch nicht.

»Kein ›aber‹! Geh!«, unterbrach Halvar sie energischer; kurz zuckte Iouna bei seiner Stimme zusammen, die keinen Widerspruch mehr zuließ.

Resigniert nickte sie, aber man merkte ihr ihren stillen Protest an. Noch einmal drehte sie sich zu ihrem Ritter herum.

»Ich komme nach«, ergänzte Halvar sanft und beschwor danach Xhars Flammen, um sich in brennender Gestalt den Kreaturen zu widmen.

Iouna erklomm daraufhin nur wenig beruhigt den kleinen Hügel des ausgespülten Flussbettes und wurde umgehend von ihrem ältesten Bruder in Empfang genommen, der ihr die Zügel seines Pferdes hinhielt.

»Bring dich in Sicherheit, sofort!«, schrie er sie panisch an und zog sein Schwert, während sich hinter ihm das Chaos abspielte.

Männer griffen zu ihren Waffen, und Yorick wies die Frauen an, in den Wald auf jener Flussseite zu flüchten.

»Was ist mit euch?«, forderte Iouna zu wissen, während sie das schwarze Pferd bestieg.

»Wir sichern euch die Flucht, jetzt verschwinde, Schwester!«

Sie gehorchte ohne Widerrede, bat ihn lediglich, auf sich aufzupassen, was er überrascht mit einem Nicken quittierte.

Mit einem lauten Kampfschrei schlug Tristan dem Hengst auf die Flanke und brachte ihn so zum Galoppieren.

So schnell sie konnte, ritt sie aus dem Lager hinaus, wo sie in etwas Entfernung Keira zwischen den schreienden und rennenden Frauen entdeckte. Ohne zu zögern, änderte Iouna ihre Richtung, um auf ihre Zofe und Hallet zuzuhalten, die zusammen wesentlich langsamer waren als der Rest. Neben ihnen brachte die Prinzessin das Pferd zum Stehen und hielt Keira ihre Hand hin, um sie auf das Reittier zu ziehen.

»Los!«, rief Iouna lautstark zwischen den Hilferufen der anderen; Keira kam der Aufforderung umgehend nach und setzte sich vor Iouna, die sie und Hallet mit ihren Armen umschloss.

Kaum hatte die Zofe ihren Platz gefunden, stiegen weitere Schlangen aus dem Fluss, der sie durch seine Form eingekesselt hatte.

»Was sind das für Kreaturen?«, schrie Keira und hielt Hallet so fest sie konnte.

»Ich weiß es nicht«, gab Iouna zu und trieb den Hengst von Neuem an, sie vom Wasser wegzubringen. Schnell, aber um die Mitreiter bedacht, lenkte sie das Pferd Richtung Waldrand, woher ebenfalls Schreie zu hören waren.

Iouna war sich nicht sicher, was sie tun sollte. Sie hielt lieber ein weiteres Mal an und schaute sich um. Durch den immer weiter fortschreitenden Sonnenuntergang erschien der Wald fast schwarz, und es war kaum auszumachen, was sich hinter den Bäumen und Büschen befand.

Immer mehr Angst beschlich ihre Gedanken und ratlos wandte sie den Hengst in alle Richtung, als plötzlich ein Adler zwischen den Bäumen auftauchte und direkt am Ufer flussabwärts entlang glitt. Ohne darüber nachzudenken, ob es ein Zufall war oder ein Zeichen der Götter sein konnte, ritt sie dem gefiederten Bewohner der Lüfte nach und tat somit genau das, was sie nicht hätte tun sollen – dem Flusslauf folgen.

»Was tut Ihr? Sollten wir nicht weg vom Wasser?«, wandte Keira verängstigt ein, während der Hengst einen Satz über einen Baumstamm machte.

»Ob wir im Wald in einen Hinterhalt laufen oder am Wasser bleiben ... Ich hoffe, dass Norna weiß, was sie tut.«

Kurz senkte Iouna ihren Blick und betrachtete Hallet, der nicht einmal schrie, sondern der Ruhigste von allen zu sein schien; sie schaute ihm in die goldbraunen Augen.

Ist es möglich ...?

Es war nicht das erste Mal, dass Vögel vom Himmel zur Rettung eilten, wenn Hallet in der Nähe war. Hatte sich nicht nur sie, sondern auch Norna des kleinen Kindes angenommen?

Die Mähne des Hengstes peitschte im Wind, genauso wie es Iounas langes Haar tat, und zusammen mit ihrer Zofe und dem Kind ritt sie am Wasser entlang. Die riesigen Hufe des Kreahners schaufelten sich durch den Kies, wie es nur die Pferde Athans vermochten. Iouna konnte spüren, wie die Muskeln des Pferdes bebten, als wüsste es, dass es um Leben und Tod ging.

Beharrlich folgte die Prinzessin dem Flusslauf, so lange, bis der Adler einen Schlenker Richtung eines etwas abgelegenen Kiesbettes machte, wo einer der vielen Nebenflüsse des Weststroms mündete. Ohne die Reitgeschwindigkeit zu verringern, folgte Iouna weiter dem Boten der Schicksalsgöttin, bis sie in eine Sackgasse gerieten.

Der Nebenfluss stellte sich als schmaler Ausläufer heraus, der sein Ende an einer Felswand fand, die sich vor den Frauen auftürmte. Diese trennte das Kiesbett vom darüberliegenden Wald, was die weitere Flucht nicht einfacher machte. Auf einen der Bäume am Rand der Klippe ließ sich der Vogel nieder und schaute erwartungsvoll nach unten, als wollte er die Anwesenden auffordern, nach oben zu klettern.

Iouna war die Erste, die vom Pferd stieg und dann Keira half. »Dann eben dort hoch«, sprach Iouna und sah Keira an.

»Was?«, japste diese und betrachtete die zirka drei Mann hohe Mauer aus Geröll und Moos. »Wie soll ich denn dort hochkommen ... mit ihm?«

In der Tat war es mit einem Kind in den Händen schwierig, solch ein Hindernis zu überwinden. Iouna blickte sich suchend um, bis sie einen spitzen Stein entdeckte. Kurzerhand schnitt sie damit ein Loch in ihr Kleid auf Höhe ihrer Oberschenkel. Eilig riss sie das untere Ende ab, sodass sie es in der Mitte noch einmal trennen konnte – und schon war daraus ein langes Tuch entstanden.

Etwas unbeholfen wickelte sie den Stoff um Keira, damit diese Hallet so an ihren Körper binden konnte und die Hände zum Klettern frei hatte.

»Und jetzt hinauf mit euch beiden!«, wies Iouna Keira an und musternd betrachtete diese ihr Gegenüber, während erneutes Keckern Gefahr ankündigte.

»Was ist mit Euch, Hoheit?«, verlangte die Zofe zu wissen.

Iouna lächelte und überprüfte noch einmal das Tuch, ob Hallet sicher darin eingeschlossen war. »Ich sichere euch den Rückzug«, antwortete sie, und den Tränen nahe schüttelte Keira ihren Kopf.

»Nein, dann nehmt Ihr den Jungen und ich bleibe hier unten«, wimmerte die Zofe, aber Iouna schüttelte ebenfalls ihren Kopf und umfasste die Wangen der blonden Frau, um sie zu beruhigen.

»Du musst deinen *Sohn* beschützen!«, widersprach Iouna. »Was für eine Königin wäre ich, wenn ich eine Mutter einen Kampf führen ließe? Und jetzt geh!«

Mit der gleichen Bestimmtheit, wie Halvar sie fortgeschickt hatte, sandte sie nun Keira den Abhang hinauf und wandte sich dann dem Fluss zu. Ein gewisses Zittern konnte Iouna beim Anblick der sich auftürmenden Wassermassen nicht verbergen, aber sie beugte sich zum Boden hinunter und ergriff ein paar Steine, die ihr als letzte Gegenwehr dienen sollten. Vielleicht hatte sie Glück, und Xhars Gabe half ihr auch dieses Mal. »Ich habe keine Angst vor euch«, sprach sie, um sich selbst Mut zu machen. Im nächsten Augenblick peitschte in einiger Entfernung eines der schuppigen Hinterteile aus dem Wasser.

Das Pferd hatte anscheinend weniger Lust, sein Leben zu riskieren, und rannte laut wiehernd davon, als ein weiterer Schlangenkörper an der Wasseroberfläche erschien.

Kurz schweiften Iounas Gedanken ab, und sie fragte sich, ob es dem Rest gut ging, aber sie musste Halvar und den anderen vertrauen, dass sie einmal mehr ihr Können unter Beweis stellten.

Ihr Herz schlug indessen so schnell, dass Schwindel sie heimsuchte; erbittert versuchte sie, ihre Furcht hinunterzuschlucken.

Sie wussten nicht, was das für Wesen waren oder was sie wollten, aber eins stand fest: Sie waren ihre Feinde!

Iouna starrte weiter auf den Fluss, während ihr Blick vor Aufregung verschwamm. Sie getraute sich kaum, zu blinzeln, da sich die Schlangen blitzschnell durch das Wasser bewegten. Mit den Steinen in den Händen verschaffte sie sich einen festen Stand; sie würde den Weg zu Mutter und Kind nicht freigeben. Aber genauso, wie sie nicht bereit war aufzugeben, schienen es andere ebenso nicht zu tun.

Schemenhaft erkannte Iouna, wie auf einmal das Wasser vor ihr brach und ein Dutzend Frauen aus dem Fluss stiegen.

Als hätte Norna selbst das Rad der Zeit verändert, schritten sie langsam, aber in selbstbewusster Kampfhaltung aus dem dunklen Nass, während die Sonne ihre letzten Strahlen über den Horizont sandte.

Die Frauen waren von unterschiedlichem Alter und Aussehen, trugen aber alle die gleichen ledernen Waffenröcke, die ihnen mittig bis zu den Oberschenkeln reichten. Silberne Brustpanzer bedeckten ihre Oberkörper, auf denen sich deutlich ein Pferdekopf absetzte. Der gleiche Pferdekopf, den Iouna von ihrem Wappen kannte.

In diesem Moment hinterfragte Iouna nicht, woher die Frauen kamen, sondern sah dabei zu, wie ihre metallisch glänzenden Stiefel den steinigen Boden betraten. Sie alle zogen zeitgleich ihre Schwerter und schauten zur Prinzessin, die, obwohl die Frauen Helme trugen, in deren Antlitz blicken konnte. Lediglich Wangenklappen umrahmten dic zarten Gesichter, deren entschlossene Mimik einem kampferprobten Mann in nichts nachstand.

Eine der Frauen deutete mit ihrem Schwert nach oben und sah Iouna fest in die Augen.

»Klettert nach oben, meine Königin!«, sprach sie verzerrt an die Prinzessin gerichtet. Die Stimme klang, als befände sich die Kriegerin noch unter Wasser; ihren Helm schmückte im Gegensatz zu den anderen langes weißes Rosshaar. Nur an ein paar Strähnen, die ihr in die Stirn fielen, erkannte die Prinzessin, dass diese Frau ebenso schwarzes Haar besaß wie sie selbst.

»Iouna?«, schrie plötzlich eine andere Stimme. Es war die von Keira, die bereits den Abhang erfolgreich erklommen hatte.

Sichtlich erleichtert atmete die Prinzessin durch und fuhr wieder zu den fremden Kriegerinnen herum, deren Form nicht mehr der vorherigen entsprach.

Plötzlich standen in wenig Entfernung nicht mehr die gerüsteten Frauen, sondern die Sirenen in gleicher Formation und Haltung. Ein ohrenbetäubender Schrei ertönte von derjenigen, die zuvor zu Iouna gesprochen hatte, und sie allesamt drehten sich herum, um auf die Schlangen zu warten.

Erneut stellten sich Sirenen zwischen Iouna und einen Feind, sodass sie die Hilfe nicht länger hinterfragte, sondern die Felswand hinaufkletterte; bevor sie oben anlangte, streckte Keira ihr eine helfende Hand entgegen und zog sie das letzte Stück hinauf.

Vollkommen außer Atem ließ sich Iouna ins Moos fallen und verschnaufte kurz, bevor sie noch einmal nach unten sah.

Es dauerte keinen Wimpernschlag, da griffen die Schlangen an. Weit rissen sie ihre Mäuler auf, entblößten mit spitzen Zähnen bestückte Kiefer und gingen auf die Sirenen los. Hier beantwortete sich auch die Frage für die Prinzessin, auf welche Art die Sirene am See den Tod gefunden hatte. Vermutlich war der Kampf der unterschiedlichen Kreaturen bereits im vollen Gange gewesen, während sie selbst und alle anderen glaubten, auf dem Fluss sicher zu sein.

Der Kampf am Fuß der Klippe wirkte jedoch weniger heroisch, als man es vielleicht von Kriegerinnen mit Schwertern erwartet hätte. Sirenen und Schlangen gingen aufeinander los, als stritten sich streunende Katzen. Die Flusswächter sprangen auf den mächtigen Schwanz und verbissen sich darin. Mit ihren krallenartigen Händen kletterten sie an den länglichen Feinden empor und zerdrückten die Augen, während die Hinterteile der beiden Widersacher wahllos um sich schlugen. Schreie, Zischen und Raunen ließen ihr das Blut in den Adern gefrieren, dennoch schaffte es Iouna nicht, ihren Blick abzuwenden.

»Wir sollten gehen, Hoheit«, fand Keira verunsichert wieder zur höfischen Umgangsform zurück, die sie zuvor abgelegt hatte, und Iouna stimmte ihr zu.

Gemeinsam liefen sie in den Wald und überließen den Sirenen den Kampf, den Iouna allein sicherlich nicht gewonnen hätte.

Kurz dachte sie über das Bild der Wächter nach, das sich ihr eröffnet hatte; dann konzentrierte sie sich aber lieber auf das Finden eines Verstecks, damit auch Keira und Hallet in Sicherheit waren.

Bald schon sollte es vollkommen dunkel sein, und in der Finsternis im offenen Wald würden sie ein leichtes Ziel abgeben.

Zu ihrem Glück entdeckte Keira alsbald einen verlassenen Dachsbau, den Iouna mit wenig Mühe etwas erweitern konnte, damit beide Frauen darin Platz fanden. Zur Sicherheit legte die Prinzessin Äste vor das Loch, sodass der Bau nicht gleich entdeckt werden konnte.

Sie waren vorerst sicher, denn es war für die Schlangen kaum möglich, die Felswand ohne Weiteres zu erklimmen. Diese war zu steil, und die Wesen besaßen keine Arme oder Hände, um irgendwo Halt zu finden.

Alles, was Iouna und Keira tun konnten, war zu warten und darauf zu hoffen, dass die anderen den Angriff niederschlagen konnten. Erst wenn die jungen Frauen wieder die Laute von Tieren wahrnehmen konnten, wollten sie ihr Versteck verlassen.

***

Kaum war Iouna verschwunden, hatte Halvar sich wieder dem Ufer und den Schlangenwesen zugewandt. An der Stelle, an der Gaelle in die Tiefe gezogen worden war, hatte sich das Wasser rot gefärbt; damit war jegliche Hoffnung zerstört, die junge Zofe noch zu retten.

Kurz darauf waren noch mehr der Wesen aus dem Wasser an die Oberfläche gestiegen und griffen scheinbar wahllos die Menschen am Ufer an. Halvar versuchte, die Schlangen zurückzudrängen, warf mit Feuerbällen nach ihnen und schlug mit seiner Axt um sich.

Es war nicht einfach, die flinken Angreifer zu treffen, die sich rasch an ihm vorbeiwanden. Jedoch war ihre schuppige Haut weit weniger widerstandsfähig als die des Ogers, sodass ein einzelner Hieb des Hünen meist ausreichte, um eine Schlange zu verwunden oder gar zu töten.

Als er einen Moment Zeit fand, sah er sich um und versuchte, sich einen Überblick zu verschaffen. Überall behaupteten sich Männer gegen die Wesen, die es kaum erwarten konnten, an ihren Widersachern vorbeizukommen. Wildes Fauchen und die Schreie der Kämpfenden und Verwundeten schwängerten die Abendluft.

Zischend stieg ein weiteres Ungetüm aus dem Wasser. Es dachte gar nicht daran, Halvar anzugreifen. Stattdessen versuchte es, seinen etwa vier Meter langen Körper an ihm vorbeizuschlängeln.

Schnaubend machte Halvar einen schnellen Schritt und platzierte seinen Fuß auf der Schlange. Er legte all sein Gewicht darauf und begann, seine Axt in ihr Fleisch zu schlagen.

Sofort reagierte das Tier, richtete sich auf und drehte den Kopf zum Hünen. Flossenartige Auswüchse an seiner Seite stellten sich auf und ließen den Schädel des Angreifers noch größer wirken, als er ohnehin bereits war, wobei ein rasselndes Fauchen ertönte. Das weit aufgerissene Maul enthüllte Reihen spitzer Zähne sowie eine gespaltene Zunge, und ein fauliger Geruch schlug Halvar entgegen.

Angewidert verzog er das Gesicht und machte einen Satz nach hinten, um dem vorschnellenden Kiefer auszuweichen. Augenblicklich begann er wieder damit, die Klinge seiner Waffe im Körper des Ungetüms zu versenken.

Erneut öffnete die Schlange mit einem wütenden Zischen das Maul und setzte wiederholt zum Biss an.

Halvar schleuderte einen kleinen Feuerball in den stinkenden Rachen des Monsters, wo er mit einem dumpfen Knall zerplatzte und einen großen Teil des Kopfes in Fetzen riss. Das Schnauben des Ungetüms verkam zu einem leblosen Keuchen, während der Rest des Körpers alle Spannung verlor und in sich zusammensackte.

Xhars Flamme erwies sich immer wieder als unschätzbare Waffe, weshalb der Hüne kurz nach dem Amulett an seinem Hals griff und einen stummen Dank an seinen Gott richtete.

Etwas entfernt stand Yorick zwischen Neele und einer der Kreaturen und hielt den Angreifer auf Abstand.

Immer wieder versuchte die Schlange, sich um Iounas Bruder herumzuwinden und nach der kreischenden Frau zu schnappen, die sich verängstigt hinter ihm an einen Baum presste.

Yorick wehrte jeden Versuch des Untiers ab und schlug seinen Schild gegen dessen Schädel, ehe er einen Stich seines Schwertes folgen ließ.

Halvar lief auf den Prinzen zu und schleuderte unterwegs bereits einen kleinen Feuerball auf die Seekreatur, die diesem jedoch genau wie dem Angriff des Nordmanns auswich.

Krachend schlugen die Flammen der Verdammnis in einen Baum ein, und Holzsplitter stoben in alle Richtungen davon.

Erneut musste Yorick einen gegen Neele gerichteten Biss abwehren. Gerade als Halvar den Prinzen und die Frau beinahe erreicht hatte, schaffte es die Schlange, ihren Kopf an Yorick vorbeizuschieben. Fauchend schnappte sie nach Neele, die sich mit einem spitzen Schrei auf den Boden warf und den gewaltigen Kiefern so ein weiteres Mal entkam. Mit einem dumpfen Schlag bohrten sich die Zähne an der Stelle, wo gerade noch der Kopf der jungen Frau gewesen war, in das Holz.

Yorick nutzte den Moment und rammte die Klinge seines Schwertes bis zur Parierstange in den Körper des Monsters.

Auch Halvar brachte seine Axt endlich in Reichweite und schlug deren Blatt in den Nacken des verletzten Tieres.

Stumpfer Widerstand verkündete den Einschlag der Waffe in das Rückgrat der Schlange, die kurz zuckte und sich fester in den Baum verbiss.

Noch immer kauerte Neele wimmernd unter dem Schädel, während Yorick erneut eine Möglichkeit erkannte. Er riss sein Schwert mit einem Ruck wieder aus dem Fleisch. Ohne Umwege und mit einem kräftigen Hieb trennte er den Kopf der Schlange vom restlichen Körper. Blut schoss aus der Wunde und ging auf die zitternd auf dem Boden kniende Frau nieder.

Ein Moment der Ruhe kehrte ein, in dem der Prinz die junge Frau wieder auf die Beine zog und das blutüberströmte Mädchen in Richtung des Waldes stieß.

Nur sehr langsam und mit um den Körper geschlungenen Armen bewegte sie sich fort, bis einige Nordmänner sie in Empfang nahmen. Sanft, aber bestimmt wurde Neele zu den anderen Frauen in den Wald gezogen.

Keine weiteren Schlangenwesen tauchten mehr auf, sodass endlich Zeit zum Durchatmen war. Aus der Ferne eilte Thorvid zwischen den Bäumen heraus und fragte, ob es vorüber sei.

Nickend bestätigte Yorick die Frage seines Bruders, während Halvar sich umsah. Das Wasser hatte sich beruhigt, die krausen Wellen waren wieder verschwunden, genau wie die Sirenen.

Ob sie bei Iouna sind?

Immerhin verteidigten die Flusswächter ihre Königin, zu der sie – oder viel eher Athan – die Prinzessin offenbar auserkoren hatten. Er hoffte, dass es ihr und Hallet gut ging, konnte sich aber noch nicht davon überzeugen.

Die Krieger Delyveihs halfen den verletzten Männern und Frauen. Beim Blick über das Schlachtfeld wurden erstaunlich wenige Opfer sichtbar. Erst jetzt kam Halvar dazu, sich Gedanken um Titus zu machen, den er nirgends entdecken konnte. Weder bei den Helfern noch bei den Verwundeten oder Toten.

Hoffentlich ging es ihm nicht wie Gaelle ...

Erneut suchte Halvar die Wasseroberfläche an der Stelle ab, wo die Zofe ins Wasser gezogen worden war, aber noch immer fand sich keine Spur der jungen Frau. Nicht einmal ihr Blut war zu sehen. Alles schien wieder wie zuvor zu sein. Alles bis auf eine Kleinigkeit. »Stille«, murrte der Hüne vor sich hin.

»Immer noch *zu* still!«, erkannte Thorvid, woraufhin Halvar nur nickte. Offenbar war die unnatürliche Ruhe auch dem Paladin nicht entgangen.

Angespannt sahen die beiden Ritter sich um. Immer fester umklammerte Halvar seine Waffe in der Erwartung, dass jeden Moment ein weiteres dieser Wesen aus dem Wasser geschossen kam.

Gerade als er anfing zu glauben, dass nichts mehr geschehen würde, ertönte ein spitzer Schrei einer Frau aus dem kleinen Waldstück, in das sich die Fliehenden zurückgezogen hatten.

Sofort wandten sich alle Anwesenden dem Geräusch zu, und als wenig später weiteres Kreischen ertönte, wurde jedem klar, dass es noch nicht vorüber war.

»Sie wollen nicht uns«, raunte Thorvid neben Halvar. »Sie wollen die Frauen!«

Iouna ...

Hatte er sie ins Verderben geschickt, als er ihr befohlen hatte, mit den restlichen Frauen in den Wald zu laufen? Er hoffte nicht. Sofort rannte er los, um Iouna und den anderen zu Hilfe zu kommen, während Thorvid seine Erkenntnis in die hereingebrochene Nacht schrie. Halvar wich den stinkenden Kadavern der Schlangen aus und versuchte, nicht auf den schleimigen Überresten auszurutschen. Er achtete nicht auf die Männer oder die Schreie der Verwundeten. Er wollte nur Iouna finden.

Kurz darauf näherte er sich dem Waldrand, wo die Finsternis eine neue Stufe erreichte. Nur das Licht einiger Fackeln schien durch die dicken Stämme der Bäume hindurch, immer wieder unterbrochen von den langen Leibern der Angreifer oder einer flüchtenden Person. Ohne stehen zu bleiben, entzündete er seine Flammen und beleuchtete damit die Umgebung.

Er hastete an einem Baum vorbei, wich einem Ast aus und blieb an einem weiteren hängen. Nur für einen Wimpernschlag spürte er die Schramme, die das Holz in seine Gesichtshaut gekratzt hatte, ehe er plötzlich in den weit aufgerissenen Schlund einer Schlange blickte. Die Wesen schienen sich nicht vom Feuer abschrecken zu lassen, sondern sich eher darauf zu fixieren.

Rasch duckte Halvar sich unter den nach ihm schnappenden Kiefern weg und umklammerte den Hals der Schlange mit einem wütenden Schrei. Der Aufprall des Ritters riss seinen Widersacher um, wobei er auf der fauchenden Bestie landete. Im Gegensatz zur Haut des Ogers war jene der Wasserbewohner dem schwarzen Feuer nicht gewachsen.

Halvar spürte, wie seine Arme sich in das Fleisch gruben und die Flammen es versengten. Nach kurzer Zeit hörte das wilde Zucken des Ungetüms auf, und das Zischen verstummte. Rasch rappelte er sich auf und lief weiter durch den Wald, verzweifelt nach seiner Liebe suchend.

Immer wieder tauchten neue Wesen auf und fixierten sofort Halvar, der wie ein Leuchtfeuer durch den Wald eilte. Ihm war es nur recht. Jede Schlange, die zu ihm gekrochen kam, fand ein schnelles Ende durch Xhars Gabe und konnte keine der noch immer durch den Wald irrenden Frauen, Titus oder gar Iouna angreifen.

Wo sind sie nur …

Er spürte langsam eine tiefe Erschöpfung in sich aufsteigen. Noch nie, nicht einmal während der Schlacht gegen Hannibal, hatte er das Feuer so lange brennen lassen. Sein Wille war ungebrochen, aber er merkte, dass es ihn ermüdete – und das konnte er sich nicht erlauben. Daher umklammerte er seine Axt mit der rechten Hand fester, biss die Zähne zusammen und löschte die Flammen. Kurz blinzelte er, um den aufkommenden Schwindel zu vertreiben. Hatte er es übertrieben? Eigentlich war es kein Wunder, denn Feuer musste von etwas zehren. Aber noch bevor er sich fragen konnte, wovon genau es zehrte, stieg ihm erneut der faulige Geruch der Schlangen in die Nase, und ein verräterisches Fauchen ertönte hinter ihm.

Augenblicklich war der Schwindel verflogen. Der Hüne fuhr rechts herum. Noch in der Bewegung schlug er mit der Axt hinter sich, wo er die Schlange vermutete, und wurde nicht enttäuscht. Er spürte, wie die Klinge an der schuppigen Haut entlang kratzte, jedoch ohne tief einzudringen.

Halvar machte einen Schritt zurück, um dem drohenden Biss auszuweichen, aber zu seiner Überraschung folgte kein solcher. Stattdessen glitt der Angreifer auf den Boden und schien sich an ihm vorbeidrängen zu wollen.

Erneut wandte er sich um, da er die Schlange aufhalten wollte. Zu seinem Erstaunen aber hatte diese sich wieder aufgerichtet. Sie wartete nicht lange, sondern schoss mit ihrem Kopf nach vorne und stieß Halvar gegen die Brust.

Er stolperte nach hinten, blieb mit dem Fuß an einem Beerenstrauch hängen und landete fluchend im stacheligen Gestrüpp. Rasch versuchte Halvar, seine Waffe zwischen sich und die Schlange zu bringen.

Geschickt wich das Monster seinen Angriffen aus und schlängelte sich über seine Beine und den Oberkörper.

Halvar überlegte für einen Augenblick, ob er das Feuer einsetzen sollte. Was, wenn es ihn wieder schwächen würde? Vielleicht könnte er diesen Angreifer beseitigen, aber was dann? Wenn er das Bewusstsein verlor, gäbe es keine Möglichkeit mehr, sich zu verteidigen. Also verzichtete er auf die Flammen und versuchte stattdessen, seine Axt einzusetzen.

Die Schlange aber unterband dieses Vorhaben durch einen seitlichen Stoß mit dem Kopf, wodurch sie Halvar die Waffe aus der Hand schlug. Fluchend bemühte er sich, irgendetwas in seiner Nähe zu greifen, womit er sich zur Wehr setzen konnte, während sich bereits wieder der stinkende Schlund des Monsters näherte. Seine Finger fanden einen Stein, den er mit aller Kraft, die er aufbringen konnte, gegen den Schädel des schuppigen Tiers schlug, das aber nur kurz zurückschreckte.

Gleich darauf setzte es an, seine Zähne im Hals des Ritters zu versenken.

Gerade noch schaffte er es, seinen Oberkörper zur Seite zu drehen und dem Biss auszuweichen. Wuchtig rammte er seinen linken Ellenbogen gegen den Kiefer der Schlange und wollte sich aufrichten, aber das Monster ließ dies nicht zu, wand sich herum und schnappte nach seinem Arm.

Halvar zog ihn weg, um dem Angriff zu entkommen, spürte aber, wie sich die spitzen Zähne in sein Fleisch bohrten. Er unterdrückte einen Schmerzensschrei und versuchte, seinen Ellenbogen aus den Kiefern zu befreien, was ihm nicht gelang. Angewinkelt hing der Arm im Maul des Monsters. Halvar griff mit der freien Hand an den Kopf des Wesens und zog ihn so gut er konnte an sich heran. Er wollte verhindern, dass die Schlange ihren Kopf zurückreißen und ihn so noch schwerer verletzen konnte. Mit zusammengebissenen Zähnen krallte er sich in die wenigen Erhebungen, die ihm der Schädel des Ungetüms bot. Immer fester schlossen sich die Kiefer, und Halvar wartete nur darauf, seinen Knochen brechen zu hören. Mit den Fingern suchte er das Auge der Schlange und stieß seinen Daumen hinein, aber sein Angreifer ließ nicht von seiner Beute ab.

Gerade als er sich entschloss, trotz des Risikos Xhars Flammen zu entzünden, flog ein kleiner Feuerball gegen den Kopf der Schlange und zerplatzte in einem Funkenregen.

Titus?!

Noch bevor Halvar seinen Gedanken zu Ende formuliert hatte, kam der junge Mann angerannt und hackte der Schlange mit einem unsicheren Schrei das Schwert mit beiden Händen in den Nacken. Seine Kraft reichte nicht aus, das Rückgrat zu durchtrennen, aber es genügte, um das Monster abzulenken.

Mit einem wütenden Fauchen ließ es den Arm des Hünen los, richtete sich auf und wandte sich dem Magier zu.

Sofort nutzte Halvar seine neu gewonnene Freiheit, befreite sich aus dem dornigen Gestrüpp und setzte sich auf. Schnell griff er an seinen Stiefel, wo sich der Dolch befand. Mit einem Ruck zog er ihn heraus, ignorierte den Schmerz in seinem linken Arm und erhob sich zügig vom Boden.

Unterdessen hielt Titus die zischende Schlange mit kleinen Feuerbällen auf Abstand, die er ihr entgegenschleuderte. Jedes Mal machte er dabei einen Schritt zurück, während das Ungeheuer ihm langsam folgte und seinen Angriffen auswich.

Halvar spürte das Blut, das warm von seinen Fingern tropfte und den kalten Stahl des Dolches in seiner Hand. Einen Wimpernschlag betrachtete er seinen Knappen, der sein Schwert lose in der Rechten hielt und mit der Linken Flammenkugeln formte. Dann machte Halvar einen Satz auf die schuppige Bestie zu, umklammerte sie und rammte ihr den Dolch knapp unter dem Kopf in den Hals. Sein Arm brannte vor Schmerz, aber er ließ die sich windende Schlange nicht los, sondern zog die Klinge Stück für Stück weiter durch ihr Fleisch.

Titus ergriff seine Waffe wieder beidhändig und kam nach kurzem Zögern näher. Er starrte das Monster einen Moment an, ehe er sein Schwert erneut auf es niedergehen ließ. Mit einem dumpfen Schlag traf er den Schädel, woraufhin die Bewegungen des Untiers schwächer wurden.

»Mach weiter!«, rief Halvar Titus zu, ohne die Schlange loszulassen.

Wie besessen begann der junge Magier, auf den Kopf des Wesens einzuschlagen, bis es schließlich leblos umkippte.

Erstaunlich weich landete der Hüne auf dem Monster und gönnte sich einen Moment, um zu verschnaufen.

Titus hingegen hörte gar nicht mehr auf, den Schädel des vermutlich ersten Lebewesens, das er je getötet hatte, zu bearbeiten.

»Es ist tot, Titus!«, rief Halvar, aber der junge Mann ließ nicht von seinem Tun ab und zeigte eine Mischung aus Panik und Wut in seinen Augen. »Titus!«

Erst jetzt hielt der Knappe inne und sah Halvar erschrocken an, der sich langsam aufrichtete und zu ihm hinüberging.

»Verzeiht, ich ...«, begann er, aber Halvar schüttelte nur den Kopf.

Er wusste, was in dem jungen Mann vorging. Mehr als einmal hatte er Knappen oder Ritter so reagieren sehen, wenn sie ihre erste Schlacht bestreiten mussten. Angst um das eigene Leben und das von Freunden oder Verwandten war immer eine Ausnahmesituation, der nicht jeder mit der stoischen Ruhe eines Vollstreckers gegenübertreten konnte.

»Gut gemacht«, lobte er Titus stattdessen und deutete auf das Schwert, das er noch immer in beiden Händen vor sich hielt. »Und gut aufgepasst!«

»Danke ...«, keuchte der junge Mann schwer atmend. »W... Wo sind die anderen?«

»Ich weiß es nicht ...«, gab Halvar zu und blickte in den Wald, wo er hoffte, Iouna wohlbehalten aufzufinden. Aus der Ferne hörte er das Quaken von Fröschen, und auch das leise Zirpen von Grillen mischte sich wieder unter das Rauschen des Windes. Keine panischen Schreie waren mehr zu vernehmen, keine Kampfesrufe.

»Es ist vorbei ...«, flüsterte der Hüne und schob Titus dann vor sich durch den Wald. »Kannst du uns Licht machen?«

»Wie hättet Ihr es gerne?«, erkundigte sich der Magier immer noch außer Atem.

»Hell«, brummte Halvar nur als Antwort, woraufhin Titus begann, in seinen Händen mit Feuerbällen zu jonglieren. Immer mehr dieser kleinen Flammenkugeln beschwor er, ehe er sie alle auf einmal hoch in die Luft warf, von wo aus sie sich gleichmäßig in der Umgebung verteilten und den Wald erhellten.

Sogleich verstaute Halvar den Dolch an der dafür vorgesehenen Stelle am Stiefel und sammelte seine Axt ein. Anschließend betrachtete er missmutig die Silhouetten der Toten, die sich im magischen Licht abzeichneten. Erneut hoffte er, Iouna und auch Hallet wären in Sicherheit und wohlauf.

»Ist Euch Euer Feuer ausgegangen, oder ...?«, fragte Titus vorsichtig und sah zu Halvar auf.

»Gute Frage«, murrte dieser, rieb sich die Augen und erklärte seinem Knappen kurz seine Erschöpfung. Noch immer wollte er es nicht ausprobieren. Erst musste er seine Prinzessin finden. »Hast du ... Juna irgendwo gesehen? Oder Keira und Hallet?«

»Nein, ich habe sie nicht gesehen. Es rannten auch zu viele umher, sodass ich den Überblick verlor«, antwortete Titus.

Nachdenklich nickte Halvar und sah sich um. Zu viele lagen reglos da, als dass er unbesorgt nach Iouna sehen konnte. »Dann gehen wir sie suchen«, verkündete er, woraufhin auch Titus einen unsicheren Blick in den Wald warf.

Ihm war deutlich anzusehen, dass die herumliegenden Körper ihm Unbehagen bereiteten. Verständlich, wenn man sein Leben zuvor nur zwischen Staub und Büchern verbracht hatte, aber das eines Ritters war nicht immer nur von Ruhm und Ehre gepflastert. Beizeiten waren es auch tote Freunde oder Herzöge, die einen begleiteten.

»W… Wurde sie in den Wald geschickt?«, erkundigte sich der junge Magier und vermied es sichtlich, seinem Herrn dabei zuzusehen, wie er die leblosen Personen untersuchte.

»Ja …«, brummte Halvar leise und fasste an den Fliegenanhänger um seinen Hals.

Lass es ihr gut gehen …

»Sie sind sicherlich wohlauf«, meinte Titus, der Halvars Sorgen beruhigen wollte.

»Ich hoffe es.«

Nach einer kurzen Suche zwischen den Bäumen war Halvar sicher, dass Iouna nicht hier zu finden war. Nur die Frage, ob dies ein gutes oder ein schlechtes Zeichen war, konnte er sich selbst nicht beantworten. Immerhin würden sie Gaelle vermutlich auch nie wiedersehen. Der Verlust der Zofe würde seine Prinzessin treffen, das war ihm bewusst, aber es gab nichts, was er hätte tun können, um es zu verhindern. Spätestens als sie ins Wasser gezogen worden war, war sein Handlungsspielraum gleich null gewesen.

Nachdenklich trottete der Ritter mit seinem Knappen an den Rand des Waldes, während die Lichtkugeln ihnen folgten. Hier herrschte bereits reges Treiben, und Fackeln erhellten das Gebiet. Verwundete saßen herum, wurden versorgt oder taten es selbst.

An einen Baum gelehnt saß Yorick, dessen Gesicht eine tiefe Schramme aufwies. Seine Kleidung war, ähnlich wie die des Hünen, von Blut getränkt, und er zuckte kurz zusammen, als die vor ihm kniende Neele den Dreck mit einem Tuch von der Wunde tupfte. Auch die junge Frau war noch immer von Resten der Schlange bedeckt, die sie hatte töten wollen. Ihr stand der Schock ins Gesicht geschrieben, während sie mit leerem Blick den Prinzen versorgte. Einen Baum weiter saß Kassandra und hielt sich zitternd den rechten Arm vor die Brust, der seltsam verdreht und geschwollen dort lag. Tränen zogen ihre Spuren im dreckigen Gesicht der Dirne, die ihre vorlaute Art für den Moment abgelegt hatte.

Halvar hoffte, dass Iouna zumindest die Funktionalität ihres Armes retten konnte. Im Gegensatz zu Lothar war es ihm bei Kassandra nicht egal, ob sie ihren Arm wieder benutzen konnte.

Wo ist der Herzog eigentlich?

Seit der Abreise hatten sie Lothar kaum zu Gesicht bekommen, obwohl er der Straße entlang des Flusses gefolgt war. Derselben Straße, die auch Halvar zusammen mit Iouna genommen hatte – abseits davon im Unterholz –, als sie nach Delyveih reisen wollten. Allzu weit konnte der Ort, an dem Iouna gestorben war, nicht entfernt sein.

»Halvar?«, fragte Titus mit einem beunruhigten Unterton. Erst jetzt bemerkte Halvar, dass er reglos am Waldrand stand und die Menge betrachtete. »Ist alles in Ordnung?«

Nickend bestätigte Halvar die Worte, die ihn aus seinen Gedanken gerissen hatten, näherte sich Yorick und fragte nach seinem Befinden.

»Ich bin es ja gewohnt, dass sich manche um mich reißen, aber das ist übertrieben«, antwortete Yorick mit einem bitteren Lachen.

»Habt Ihr Juna gesehen?«

»Nein, ich sah sie zuletzt auf Tristans Pferd.«

»Tristans Pferd?«, hakte Halvar nach.

»Ja, er befahl ihr, damit in den Wald zu reiten, aber ich hoffe, sie hat sich seinem Befehl widersetzt«, brummte der Nordmann und zischte kurz, als Neele der Wunde wieder zu nah kam.

»Ich habe sie dort … nicht gefunden«, murrte Halvar leise.

»Das ist entweder gut oder sehr schlecht,« sprach Yorick das aus, was er sich nur dachte.

Stumm stimmte ihm Halvar zu. Er wusste nicht, wo er nach Iouna suchen sollte. Auch die Tatsache, dass er keine Schreie eines Säuglings hören konnte, machte ihm Sorgen.

Plötzlich kam Thorvid fluchend aus dem Wald getrabt und schleifte die Klinge seines Schwertes lustlos hinter sich her. Er war von demselben grünlichen Schleim bedeckt, den auch sein Bruder und Halvar an sich haften hatten. Die Wesen hatten nicht nur Blut in sich getragen.

Kurz musterte Halvar den Paladin und stellte ihm dann dieselben Fragen, die er Yorick gestellt hatte.

»Schlangen sind widerlich, und nein, ich habe sie nicht gesehen, aber ein paar Soldaten meinten, sie hätten zwei Frauen auf einem Pferd gesehen«, erwiderte der Bewahrer und befreite sein Haar von etwas Schleim.

»Wo?«, erkundigte sich Halvar.

»Auf dem Weg in den Wald, aber einer meinte, gesehen zu haben, wie die Reiterin eine andere Richtung einschlug, den Schlangen förmlich entgegen.«

Mit zusammengebissenen Zähnen nahm der Hüne die Aussage hin. Konnte Iouna sich gegen die Wesen verteidigen? Er selbst hatte größte Mühe gehabt, sie sich vom Hals zu halten, aber vielleicht konnte sie sich mit Xhars Stimme zur Wehr setzen. Außer hoffen konnte er jedoch nicht viel tun.

»Glaubt Ihr, dass es die Prinzessin war?«, wollte Titus zögerlich von dem Paladin wissen.

»Sie beschrieben die Reiterin mit schwarzem Haar! Sie sind südwärts geritten.«

Halvar schaute kurz in den Himmel, um die angesprochene Himmelsrichtung zu bestimmen, und machte sich dann auf den Weg, Iouna zu finden. »Titus, hilf bei der Versorgung der Verwundeten«, befahl er im Gehen.

»Wollt Ihr Euch nicht auch erst einmal versorgen lassen?«, meinte der Magier und deutete auf den blutenden Arm des Hünen.

»Nein«, widersprach Halvar und führte seinen Weg fort. »Erst muss ich sie finden!«

Wortlos nickte der Knappe und ging zu Neele, um zu fragen, wie er helfen konnte.

»Wartet, ich komme mit«, verkündete Thorvid und folgte dem Hünen; zusammen setzten sie den Weg fort.

Halvar starrte stumm nach vorn auf den steinigen Boden. Einzig der Gedanke daran, Iouna zu finden, ließ ihn seine Erschöpfung vergessen, die sich langsam deutlich bemerkbar machte, und trieb ihn voran.

»Die Routine, mit der mein Bruder an die Sache herangeht, ist fast erschreckend«, murmelte Thorvid neben ihm.

»Was meint Ihr?«

»Tristan ...«, führte der Prinz aus. »Kaum ist der Angriff vorüber, koordiniert er gleich wieder die Männer und versucht, die Gefallenen zu überblicken. Da Yorick verletzt ist, muss Tristan auch seine Aufgabe mit übernehmen.«

»Er ist ein guter Anführer«, gab Halvar zu. Auch wenn der Kronprinz von Delyveih und der isvintarische Ritter keine Freunde mehr werden würden, konnte er ihm seine Führungsqualitäten nicht absprechen.

»Deswegen wäre ich für diese Position ungeeignet«, meinte Thorvid. »Ich könnte meine Sorge nicht verschleiern.«

»Ihr habt eine ähnliche Position als Paladin«, merkte der Vollstrecker an, ohne sich wirklich auf das Gespräch zu konzentrieren.

»Aber als Bewahrer darf ich mir zumindest unter meinesgleichen Emotionen erlauben, auch wenn ich sie ansonsten nicht nach außen tragen sollte«, gab Iounas Bruder zurück und nickte nachdenklich.

»Das goldene Banner sollte eigentlich auch nicht ... anwesend sein, wenn der Kampf beginnt.«

»Dann kann ich ja froh sein, zur Hälfte Nordmann zu sein«, murrte Thorvid gereizt, während die beiden Ritter am Ufer des Flusses entlangwanderten.

»Ich wollte Eure Fähigkeiten nicht infrage stellen«, entschuldigte sich Halvar mit einem kurzen Lächeln. Tatsächlich war es schlicht nicht Aufgabe der Bewahrer, die Kämpfe zu führen.

»Ihr werdet sehen, sie leben«, murmelte Thorvid vor sich hin und schien sich damit selbst Mut zuzusprechen.

Gerade wollte Halvar antworten, als ein Pferd hinter einem Waldstück hervorkam. Langsam trabte es im Kiesbett dahin und sah die Männer an.

»Ist das …«, fragte Halvar leise und deutete auf das Tier.

»Das ist Tristans Hengst«, bestätigte der Nordmann, woraufhin Halvar nur stumm nickte. »Aber er ist unverletzt. Das heißt, sie sind abgestiegen.«

Oder wurden abgeworfen …

Langsam näherten sich die beiden dem Rappen, um ihn nicht zu verscheuchen.

»Wo kommst du her?«, raunte Halvar eher zu sich selbst, als tatsächlich an das Pferd gewandt.

Als hätte es ihn verstanden, schnaubte das Tier und scharrte mit den Hufen. Wie auf Kommando lief es in die Richtung, aus der es gekommen war, direkt auf eine kleine Felswand zu.

Verwundert sah er hinterher.

»Athans stille Boten …«, stellte Thorvid fest, und auch Halvar erkannte, dass das Wappentier des Lebens sie vermutlich zu der Königin des göttlichen Volkes führen würde.

Kurz vor der Felswand zeigten sich die Überreste eines Kampfes. Mehrere tote Schlangen lagen herum, und dazwischen zwei Körper, die definitiv nicht zu den Ungetümen gehörten. Eine kalte Hand drückte den Magen des Vollstreckers zusammen, als er daran dachte, dass es sich um Iouna und ihre Begleiterin handeln könnte.

Sofort lief er los und eilte zu dem kleinen Schlachtfeld hinüber. Zu seiner Erleichterung erkannte er schnell, dass es sich um Sirenen handelte, die wohl bei dem Kampf ihr Leben gelassen hatten. Er verlangsamte seine Schritte und watete durch das von Blut und Schleim getränkte Kiesbett, während Thorvid stumm zurückblieb und ihn nur zu beobachten schien. Vorsichtig trat Halvar gegen die toten Schlangen, um sicherzugehen, dass sie ihn nicht überraschen würden. Eine der Sirenen konnte er kaum noch als solche erkennen. Ihr Körper war zerschrammt und zerbissen. Nur die grünliche Haut und die Schwimmhäute an den Händen wiesen sie als das aus, was sie war. Mit geschlossenen Augen lehnte sie an einem schleimigen Schlangenkörper und schien erst nach dem Kampf ihren Verletzungen erlegen zu sein.

Die andere Flusswächterin lag zwischen den Kiefern eines enthaupteten Monsters und war offensichtlich von diesem getötet worden. Leblos starrten ihre dunklen Augen in den Himmel.

Langsam wanderte der Hüne an den toten Körpern vorbei und suchte nach einem Hinweis darauf, wo Iouna sein könnte. Neben der Sirene, die nicht zwischen den Fängen einer Schlange geendet hatte, blieb er stehen und sah sich betrübt um.

Es beunruhigte ihn, dass er sie nicht fand. War sie auch ins Wasser gezogen worden? Er wollte es sich nicht einmal vorstellen, aber sein Geist ließ ihm keine andere Wahl. Immer wieder sah er Iouna, die von den Ungetümen in die Tiefe des Meeres gezerrt wurde. Dem einzigen Ort, wo er ihr nicht helfen konnte. Aber warum hatte der Hengst sie hergeführt? War es nur ein grausames Spiel Athans, der ihn für das erneute Versagen, sie zu beschützen, bestrafen wollte? Oder gar nur eine zufällige Bewegung des Pferdes?

Nein. Irgendwo musste es einen Hinweis geben, wo sie war. Sie *musste* in der Nähe sein. Wohlauf.

Plötzlich spürte Halvar etwas an seinem Knöchel und zuckte zurück. Ein schneller Blick enthüllte, dass die Sirene noch am Leben war und nach ihm gegriffen hatte. »Was ...«, meinte er erstaunt und sah den vermeintlichen Leichnam an.

Hinter sich hörte er Thorvid fluchen, der sich offenbar genauso erschrocken hatte.

Da die Flusswächterin sein Fußgelenk nicht losließ und ein leises Keckern äußerte, kniete der Hüne sich zu der schwer verletzten Sirene hinunter. Er erkannte, dass sie vielleicht den Hinweis liefern konnte, den er suchte. »Weißt du, wo sie ist? Deine Königin?«, fragte er vorsichtig und wusste nicht so recht, ob es etwas gab, das er für das arme Wesen tun konnte.

So etwas Ähnliches wie ein Husten war alles, was sie äußerte, bevor sie ihn ansah und den blutverschmierten Mund ein wenig öffnete.

»Geht es ihr gut?«, hakte Halvar weiter nach. Er schrie das sterbende Wesen innerlich an, ihm zu sagen, was er wissen wollte, bemühte sich aber, äußerlich ruhig zu bleiben.

Quälend langsam drehte die Sirene ihren Kopf in Richtung Felswand. War Iouna dort?

»Die Felswand?«, fragte Halvar leise, woraufhin sie leicht nickte und ein leises Klicken von sich gab.

Sofort erhob er sich und wollte dorthin laufen, um Iouna zu finden. Vielleicht konnte sie auch der Flusswächterin helfen und sie vor dem Tod bewahren.

Doch diese wollte ihn nicht gehen lassen, sondern griff mit ihren blutigen Fingern erneut an seinen Stiefel. Wieder schaute Halvar zu ihr und stellte fest, dass sie versuchte, den Dolch aus dem Schaft zu ziehen.

Noch einmal kniete er sich zu der Sirene hinunter und löste sanft die schwachen Finger von der Waffe. Er wusste, dass sie nicht ihn angreifen wollte.

»Sie kann dir helfen«, versuchte er die Flusswächterin zu überzeugen, ihr Leben nicht zu beenden.

Offensichtlich war sie jedoch der Meinung, sie wäre nicht mehr zu retten und streckte erneut die Hand nach dem Dolch aus.

Halvar seufzte und betrachtete die Wunden der Sirene. Es war ein Wunder, dass sie überhaupt noch am Leben war. Aus der Nähe wirkten die Schrammen und Bisswunden viel schlimmer, als sie es aus der Entfernung getan hatten, aber der Hüne erkannte nichts, was Iouna nicht heilen konnte. Allerdings wusste er nicht, wie es im Inneren des Wesens aussah. Oft genug hatte er äußerlich fast unverletzte Männer sterben sehen, und die Sirene schien zu spüren, dass es mit ihr zu Ende ging.

Sie ließ nicht locker, nach dem Dolch zu greifen.

Halvar nahm einen tiefen Atemzug und löste die Waffe dann langsam aus ihrem Schaft. Er sah der Flusswächterin in die dunklen, halb geschlossenen Augen und platzierte den Dolch über ihrem Herzen, ohne ihre Haut mit dem Metall zu berühren.

Leicht nickte die Sirene und klickte leise, während sie sanft ihre Hand auf Halvars legte.

»Danke«, flüsterte dieser, da ihm bewusst war, dass sie genau wie ihre Schwester zwischen den Kiefern des Schlangenschädels ihr Leben für das der Prinzessin gegeben hatte.

Wiederholt nickte sie kurz, bevor Halvar die Klinge in das schwach schlagende Herz trieb.

Ein kurzes Keuchen war alles, was die Wächterin von sich gab, ehe der geschundene Körper erschlaffte.

Sorgsam verstaute der Vollstrecker die Waffe wieder und richtete sich auf.

»Wer weiß, ob Iouna sie überhaupt hätte heilen können«, stellte Thorvid leise infrage, der sich unbemerkt genähert hatte. »Dieses Wesen ist immerhin kein Mensch ... nicht mehr.«

»Nicht mehr?«, erkundigte sich Halvar und wandte sich zum Paladin um.

»Alles zu seiner Zeit«, meinte der Nordmann und sah die Felswand hoch, wo sie Iouna vermuteten.

Halvar folgte seinem Blick, dann lief er mit dem Bewahrer zusammen auf das Ziel zu.

»Bitte, lass sie da oben sein …«, nuschelte Thorvid vor sich hin, was Halvar in Gedanken wiederholte.

An der felsigen Klippe angekommen, sahen die Männer sich um. Ein gutes Stück führte das Hindernis in beide Richtungen fort; es sollte mit Sicherheit ausreichen, die Schlangen vom oberen Ende fernzuhalten.

»Vermutlich haben die Sirenen ihren Rückzug gesichert«, merkte Thorvid an. »Die Schlangen sind hier nicht hochgekommen.«

»Genau wie ich«, antwortete Halvar und wurde sich einmal mehr bewusst, wie sehr seine Verletzung am Arm ihn behinderte. Ohne diese, und wenn er sein Hakenseil noch gehabt hätte, wäre es ein Leichtes gewesen, die Wand zu erklimmen. Aber das Seil war bei Heinrich geblieben. Daher entschied er sich, schlicht nach ihr zu rufen. »Juna?«, schrie er in die Nacht hinaus und hoffte, sie würde ihn hören. Mehrmals wiederholte er ihren Namen, bevor sich endlich etwas tat. Leises Rascheln und Knirschen von Kies war zu vernehmen, und kurz darauf schob sich ein Kopf über den Rand der Klippe. Das dunkle Haar setzte sich deutlich vom inzwischen sternenklaren Himmel ab.

»Juna!«, stellte der Hüne erleichtert fest. »Alles in Ordnung?«

»Ja«, meinte sie ebenfalls hörbar glücklich, »und bei euch? Sind sie weg?«

»Ja«, bestätigte Halvar und seine weiteren Worte wurden von Thorvid unterbunden.

»Ist Keira bei dir? Und Hallet?«, wollte er von seiner Schwester wissen.

Halvar musste lächeln, bemerkte er doch die ehrliche Sorge in der Stimme des Paladins. Eine Sorge, die er selbst nur zu gut kannte.

Iouna bestätigte die Fragen ihres Bruders und stellte sogleich klar, dass es beiden gut ging.

Langsam spürte Halvar die Erschöpfung, die nun ihren Tribut forderte, nachdem er wusste, dass sie wohlauf waren. Aber noch war die Zeit nicht gekommen, ihr nachzugeben. Schnell wurde klar, dass die Frauen mit dem Säugling nicht denselben Weg wieder herunterkommen konnten, den sie auf der Flucht nach oben geklettert waren. Zu gefährlich war das Klettern in der Dunkelheit mit dem kleinen Knaben, der sich noch immer erstaunlich ruhig verhielt. Vielleicht war es besser so. Mit einem schreienden Kind war es unmöglich, sich zu verstecken.

Schließlich einigten sich die Ritter und ihre Damen darauf, in Richtung des Lagers zu gehen. Iouna und Keira oben auf der kleinen Klippe und die beiden Ordensbrüder am Fuß derselben. Am Ende der Formation wollten sie sich treffen.

Eilig fanden sich alle dort ein, und Halvar konnte endlich Iouna in die Arme schließen. Wortlos stand er da, drückte Iouna an sich, die ihren Kopf an seine Brust gelegt hatte. Ihr Kleid war dreckig und zerrissen. Offenbar hatte sie es gekürzt, um ein Tragetuch für Hallet zu basteln.

Dieser lag sicher in den Armen seiner neuen Mutter, die ebenso von dem Mann empfangen wurde, der sie beide liebte.

Weitaus weniger ruhig, als Halvar und Iouna einander begrüßt hatten, fielen sich die heimlich Liebenden um den Hals, bemüht, Hallet dabei nicht zu erdrücken.

»Dein Arm ...«, sprach Iouna Halvars offensichtliche Verletzung an.

Die Bisswunde zog sich über Ober- und Unterarm hin, und sein Blut befleckte das schmutzige Weiß ihres Kleides noch mehr.

»Ist noch dran«, nuschelte er in ihre Haare, nachdem er ihr einen Kuss auf den Haaransatz gedrückt hatte. Iouna sagte kein Wort, aber er spürte, wie ihre heilende Energie durch seinen Körper strömte. Sein Arm fühlte sich warm an. Ein vertrautes Kribbeln verriet, dass sich die Wunden schlossen. Bald darauf erinnerten nur noch Narben und das verschmierte Blut an den Biss der Schlange.

»Danke …«, flüsterte der Geheilte.

»Verbluten lassen kann ich dich trotzdem nicht«, stellte Iouna klar und schaute zu ihm auf. »Was ist mit den anderen?«

»Deine Brüder sind bis auf ein paar Kratzer gesund, genau wie Neele. Kassandra ist schwerer verletzt …«, zählte Halvar auf und schob die traurige Nachricht so weit auf, wie er konnte.

»Und Gaelle ist tot, nicht wahr?«, erkundigte sich Iouna mit Gewissheit in der Stimme.

Ein betretenes Nicken des Hünen folgte. »Sie ist nicht wieder aufgetaucht«, verkündete er leise.

Auch die Prinzessin nickte und atmete dann einmal tief durch. »I… In Ordnung, dann sollten wir uns um die kümmern, für die wir noch etwas tun können«, schlug sie vor.

Halvar spürte, wie sie sich bemühte, ruhig und sachlich zu bleiben. Genau so, wie eine Königin in einer solchen Situation zu handeln hatte. Sie hatte ihre Aufgabe als Mutter eines Volkes offenbar angenommen und versuchte, sich dementsprechend zu verhalten. Wortlos stimmte er ihr zu und ließ sie los, bevor er sie sanft küsste.

Sie erwiderte die Geste, und Halvar bemerkte ihre Erleichterung, ihn wiederzusehen. Nachdem die beiden voneinander abgelassen hatten, warf er einen kurzen Blick zu Thorvid, der noch immer die weinende Keira eng an sich drückte, und ließ dann eine kleine Flamme in seiner Hand aufflackern.

Beruhigt, dass er das Feuer noch kontrollieren konnte, ließ er sie wieder vergehen. Weiterhin zehrte seine Erschöpfung an ihm, sodass er es nicht weiter ausreizen wollte, auch wenn Iouna gefunden und in Sicherheit war.

Sie erkundigte sich, warum er dies tat und ob alles in Ordnung sei, woraufhin er ihr mit knappen Worten erklärte, was im Wald vorgefallen war.

»Ich kann auch nicht unbegrenzt heilen …«, meinte sie lächelnd. »Selbst wir haben Grenzen.«

»Grenzen, ja. Aber es wäre schön gewesen, *vorher* davon zu wissen«, antwortete Halvar nachdenklich.

»Hältst du dich etwa für unbesiegbar?«, hakte Iouna amüsiert nach, woraufhin er leise lachte.

»Nein, das nicht«, widersprach er. »Aber ich kenne mich nicht mit Magie aus, und es ist ungünstig, inmitten eines Kampfes festzustellen, dass man sich damit auch schwächt.«

Einen Moment überlegte Iouna, bevor sie weitersprach. »Aber du hast jemanden bei dir, der viel darüber gelesen hat.«

Titus!

Halvar erkannte, dass sein Knappe vermutlich die beste Möglichkeit darstellte, etwas über die Magie zu erfahren, die ihm innewohnte. Er hatte mehr Zeit in seiner Kammer im Turm der Burg Schwarzbruchs verbracht als irgendwo sonst.

Lothar hatte seinen Hofmagier gezwungen, alles über Magie zu lernen, was nur möglich war. Allerdings wusste niemand, was er sich davon erhofft hatte.

»Ich werde Titus fragen, was er darüber weiß, sobald er sich … erholt hat«, meinte Halvar, woraufhin Iouna lächelnd zu ihm aufsah.

»Vielleicht ist es kein Zufall, dass er bei uns ist …«, vermutete sie.

So langsam fiel es ihm schwer, an Zufälle zu glauben. Zu oft hatten sich scheinbar günstige Umstände als Plan der Götter erwiesen. Daher stimmte er Iouna zu. »Gut möglich. Ich weiß nicht, ob ich hier stehen würde, wenn er nicht gewesen wäre.«

Noch einmal drückte er sie an sich und warf einen Blick zum heimlichen Liebespaar hinüber. Auch Thorvid hatte Keira losgelassen, und beide waren bereit, ins Lager zurückzukehren.

***

Iouna bedauerte, dass Thorvid und Keira im Lager wieder so tun mussten, als seien sie lediglich Bekannte. Ihrem Bruder war anzumerken, dass er seine Gefühle für die Zofe und das Kind am liebsten herausschreien wollte, aber das hätte die junge Frau nur in Schwierigkeiten gebracht.

Es gab ohnehin anderes zu tun, als an die Liebe zu denken oder um sie zu trauern.

Erst jetzt eröffnete sich Iouna das ganze Ausmaß des Angriffs. Sie hätte am liebsten die Verletzten einfach geheilt, aber sie wusste ja, dass das nicht ging, ohne ihr Geheimnis preiszugeben.

Yoricks Wunden hielten sich in Grenzen, und Iouna war der Meinung, dass ihm ein paar Narben mehr nichts ausmachen würden. Immerhin konnte er sich so mit neuen Geschichten rühmen. Als Yorick seine Schwester sah, war er schlichtweg erleichtert, dass sie noch lebte. Nach seiner Wundversorgung war es seine Aufgabe gewesen, die Toten zu bergen und sich um die Verletzten zu kümmern, wobei er gehofft hatte, Iouna nicht darunter zu finden. Bei Kassandra sah es schon anders aus, denn die Prinzessin war sich nicht sicher, inwieweit sie den Arm auf herkömmliche Weise wiederherstellen konnte. Zusammen mit ein paar Männern ließ sie die Frau in ihr Zelt bringen, wo Iouna versuchen wollte, was ihr möglich war.

Etwas wehmütig wandte sie sich deswegen Halvar zu, der sich ebenfalls umsah, wo er helfen konnte.

»Ich werde nach Kassandra sehen«, merkte Iouna an und wartete die Reaktion Halvars ab.

Er nickte ihr zu und meinte, er wollte sich um Titus kümmern.

Die Prinzessin begab sich in ihre Unterkunft, wo zwei Krieger Kassandra auf ihr Bett gelegt hatten.

Iouna konnte froh sein, dass ihr Zelt nach dem Angriff überhaupt noch stand; zum Glück würden aber selbst jene, die es nicht taten, schnell wieder errichtet sein. Tristan brachte bereits Ordnung ins Chaos. Er koordinierte die Männer, die alles wieder aufbauen sollten, und teilte Wachen zum Schutz des Lagers ein. Noch konnte niemand sicher sein, dass die Gefahr vorüber war.

Iouna betrachtete indessen den Arm, den die Dirne fest an sich presste, um jedwede Bewegung zu vermeiden. Sie erkannte umgehend, dass der Oberarm gebrochen war. Bei der Flucht war Kassandra gestürzt, und andere waren über sie gefallen. Deshalb war es nicht verwunderlich, dass die Frau überall Wunden und Prellungen aufwies. Bei näherer Betrachtung stellte Iouna fest, dass eine Schiene wohl nicht ausreichen würde, um ihr Leid zu lindern. Es handelte sich nicht wie bei Lothar um einen vermeintlich glatten Bruch des Knochens, vielmehr machte es den Anschein, als hätte es den Oberarm zertrümmert. Es erschien ihr wenig wahrscheinlich, dass Kassandra den Arm jemals wieder vollständig benutzen konnte, deshalb rang sie sich dazu durch, einen anderen Weg zu gehen.

Iouna war sich nicht sicher, ob sie das Richtige tat, und schickte zunächst alle anderen aus dem Zelt. Die Männer, die beim Tragen geholfen hatten, aber auch Keira, die ihr zusammen mit Hallet gefolgt war. Erst als sich Iouna sicher war, dass niemand sie belauschen oder beobachten würde, wandte sie sich wieder Kassandra zu, die sichtlich mit ihren Schmerzen kämpfte.

Schweiß hatte sich auf der Stirn der Dirne gesammelt; sie zitterte heftig, und ihr Gesicht wirkte fast grau.

»Was ich nun tue, muss unter uns bleiben. Du darfst das niemandem verraten«, flüsterte Iouna und setzte sich links von Kassandra auf die Bettkante.

Diese schaute sie verwirrt an, während Iouna irgendwo ein Einverständnis in ihrem Blick suchte.

Die Verletzte nickte verunsichert und biss die Zähne zusammen.

Iouna legte schließlich ihre Hände vorsichtig auf den Arm und atmete tief durch. Sichtbar drehte sich dieser wieder in die richtige Stellung, was Kassandra vor Schmerz aufschreien ließ, aber mit all ihrer Kraft versuchte die Dirne, ihre Laute zu unterdrücken, bevor sie verwundert an ihrem Körper hinuntersah.

»Besser?«, verlangte Iouna lächelnd zu wissen, und Kassandra wurde erneut blass.

»Wie habt Ihr ...?«, stammelte die Frau verwirrt und bewegte ungläubig ihren zuvor gebrochenen Arm.

»Halvar ist nicht der Einzige, der mit Magie gesegnet wurde«, erklärte Iouna leise. »Allerdings ist unsere Macht begrenzt; deshalb ist es besser, wenn nicht allzu viele davon wissen. Besonders nicht von *meiner* Art Magie.«

Leicht benommen, nickte Kassandra und betrachtete erneut ihren Arm.

»Und wie soll ich das erklären?«, fragte Kassandra, und Iouna wusste, was sie meinte.

Eben noch schwer verletzt, erfreute sich die brünette Frau plötzlich bester Gesundheit. Nach kurzem Überlegen beschloss Iouna, dass sie den Arm trotzdem verbinden und in eine Schlinge legen sollten, was sie auch umgehend taten. Kassandra sollte sich für eine Nacht in das Zelt von Keira zurückziehen und ein paar Tage so tun, als sei sie tatsächlich verletzt und geschwächt, sodass niemand etwas ahnen würde. Wenn dennoch jemand Fragen stellte, was passiert sei, sollte sie sagen, dass ihr Arm lediglich aus dem Gelenk gesprungen, aber nicht gebrochen sei. Im Trubel des Kampfes hatte das bestimmt keiner so genau mitbekommen.

Nachdem die beiden Frauen alles besprochen hatten, geleitete Iouna Kassandra in das andere Zelt. Zum Schein tat die Dirne so, als würde sie jede Bewegung schmerzen, und die Prinzessin musste sich ein Lächeln verkneifen. An schauspielerischem Talent schien es der Dirne nicht zu mangeln. Iouna war einigermaßen beruhigt und ließ sie bei Keira, bevor sie sich auf die Suche nach dem Rest machte.

Während sie das Lager nach Halvar durchforstete, versuchte sie, sich eine geeignete Begründung einfallen zu lassen, warum sie Kassandra auf magische Weise geholfen hatte. Immerhin war sich Iouna sicher, dass ihre Handlung nur einen strafenden Blick zur Folge haben würde. Kaum hatte sie sich eine dürftige Erklärung zurechtgelegt, hörte sie laute Stimmen vom Ufer des Flusses her. Neben Yorick und Thorvid schien auch Halvar dort zu sein, weshalb sie sich zum Hügel begab, den sie bei der Flucht mühselig hinaufgestiegen war. Vorsichtig, beinahe lautlos näherte sich Iouna dem Rand und schaute hinunter, wo die Herren umringt von Fackeln standen und hitzig diskutierten. Von der Finsternis verborgen, konnte sie sich einigermaßen sicher sein, dass die Männer sie nicht umgehend sahen, wenn diese sie überhaupt wahrnahmen.

»Nilir?«, fragte Halvar bei Tristan nach.

Iouna kannte den Namen aus dem Buch, das sie von ihrem ältesten Bruder bekommen hatte, konnte sich aber zunächst keinen Reim daraus machen, warum sie über die einstige Priesterin sprachen.

Sichtlich erschöpft, rieb sich der Thronerbe über seine Nasenwurzel und nickte. »Es war eine Zeit, in der die Menschen den Göttern noch näher standen. Nilir entschied sich, einen anderen Weg zu gehen, da Norna ihr Schicksal anscheinend ignorierte. Sie wandte sich an die Schatten und wurde erhört«, erklärte Tristan leise, sodass Iouna sich konzentrieren musste, jedes Wort zu verstehen.

»Und heute ist sie ...?«, verlangte Halvar weiter zu wissen.

»Das weiß keiner so genau, aber anscheinend ist sie so gefährlich, dass Athan es vorzog, die Leibgarde von Soley ewig an ihren Schwur zu binden. Die Flusswächter sind nicht bloße Fabelwesen, die es einfach gibt wie Oger oder Alben. Sie waren einst Frauen, die geschworen hatten, die Königin zu beschützen. Selbst nach dem Tod Soleys entließ Athan sie nicht aus ihrem Schwur, sondern ließ sie die Zeiten überdauern und die Flüsse und Meere bewachen«, fuhr Thorvid anstelle seines Bruders fort.

Das war also das, was sie gesehen hatte. Die Flusswächter in ihrer einstigen Gestalt. Es war keine Einbildung gewesen, sondern ein Blick hinter die Magie des Gottes, dessen Blut in ihren Adern floss.

Nickend nahm Halvar die Worte des Paladins hin und schien wieder nachzudenken. »Vielleicht gibt es jemanden, der es weiß«, schlug Halvar vor, und Iouna konzentrierte sich wieder auf das Gespräch der Männer.

Erstaunt betrachteten ihre Brüder den Isvintari und warteten darauf, dass er weitersprach.

»Nicht weit von hier befindet sich der Tempel der Erkenntnis. Bevor ... Ich habe dort zu Xhar gesprochen und mit ... Toten«, gestand Halvar stockend. Es schien, als ob er ein paar zeitliche Details lieber auslassen wollte.

»Seid Ihr sicher, dass Ihr Euch dort nicht bloß den Schädel angehauen habt?«, verlangte Tristan skeptisch zu wissen, und Iouna konnte ihrem Bruder wegen seiner abfälligen Worte nicht böse sein. Welcher Mensch hätte schon an so etwas geglaubt, wenn er noch nie die Götter zu Gesicht bekommen hatte?

Um seine Worte zu untermauern, ließ Halvar eine kleine Flamme in seiner Hand erscheinen, die alle daran erinnerte, wie präsent die Mächte der Götter waren.

»Ja«, antwortete Halvar schließlich, und selbst Tristan schien sich diesem Argument geschlagen zu geben.

»Was haben wir zu verlieren, wenn wir hingehen? Die nächsten Tage kommen wir hier nicht weg«, wandte nun Yorick ein und zuckte mit den Schultern. »Erst wenn alle Toten bestattet und die neuen Verletzten versorgt worden sind.«

»Vielleicht erlaubt es Xhar, mit Soley zu reden – oder mit Hakon«, fügte Halvar hinzu und betrachtete jeden der Männer genau.

»Na gut«, gab Tristan leise nach und schnaubte genervt, da er kaum eine andere Wahl besaß, »aber lasst uns erst hier alles erledigen, dann suchen wir den Tempel auf.«

Schließlich stimmten alle dem Vorhaben zu, und Iouna zog sich eilig wieder zurück, bevor man sie noch erwischte. Nicht, dass sie diesem Gespräch nicht zuhören durfte, aber selbst Thorvid empfand es manchmal als sicherer, so zu tun, als wüsste er nicht alles. Außerdem wünschte sie sich insgeheim, dass man sie unwissend gelassen hätte, denn nun hatte es zur Folge, dass sie unmittelbar mit dem Angriff in Verbindung stand. Sie allein. Einem Angriff, der andere das Leben gekostet hatte – darunter auch Gaelle.

Die Prinzessin wusste, dass Könige und Anführer immer im Fokus von Angriffen standen, aber wie sie damit zurechtkamen, das war etwas anderes. Iouna wollte nicht, dass andere in Gefahr gerieten, nur weil sie war, wer sie war. Aber wahrscheinlich war das unvermeidbar.

Was sorgte dafür, dass andere Männer und Frauen gerne ihre Leben für eine andere Person gaben? Ihr Glauben an jene? Was konnte ein König besser als seine Wache?

Iouna war sich unsicher, ob ein von der Geburt aus weitergegebenes Recht der einzige Unterschied zwischen einem

Herrscher und einer anderen Person sein sollte. Bei ihr lag es daran, dass sie die einzige Erbin zu sein schien, die Athan zur Königin machen konnte. Dass ihr Blut demnach tatsächlich entscheidend war. Dennoch war sie nicht so blauäugig, zu glauben, dass andere Menschen nicht genauso gut herrschen könnten – wenn nicht sogar besser.

Tristan war der geborene Anführer, aber er trug die Last, dass er sich die Verluste nicht anmerken lassen durfte. Musste sie auch so werden?

Musste sie mit aller Macht das beschützen, was es zu beschützen galt? Ein Land? Ein Volk? Ihr Blut?

Vor ihrem Zelt blieb sie stehen und schaute in den Himmel.

Der Mond vollendete allmählich die Bahn, die er seit ihrem Ableben begonnen hatte, was bedeutete, dass ihr Schutz alsbald etwas anderes beinhalten würde – wenn die Götter es so wollten.

Lächelnd, aber immer noch verunsichert, schloss sie ihre Augen. Sie wusste, dass ihr Weg damit nicht leichter werden würde, aber auch der Halvars würde sich verändern.

Obwohl so gewollt, wusste Iouna um die Aufgabe an ihrer Seite, die ihn betraf. In keinem Moment zweifelte sie an seinem Können oder würde seine Entscheidungen infrage stellen, aber ungefährlicher würde es nicht werden. Es taten sich zunehmend mächtigere Hindernisse auf, was immer mehr Blutvergießen bedeuten würde. Ihre Gegner wurden stärker, und sie mussten es auch werden.

Nach einiger Zeit kehrte Halvar zurück zu ihrem Zelt und ließ keinen Moment verstreichen, um ihr von der Unterhaltung mit ihren Brüdern zu erzählen. Iouna spielte die Überraschte, nahm das Vorhaben hin und fügte hinzu, dass sie gern mitgehen würde, wenn sie den Tempel aufsuchen wollten. Diesmal hatte sie keinen Grund, es nicht zu tun, denn diesmal war sie selbst betroffen. Abgesehen davon, war sie neugierig, ob Xhar es ihnen tatsächlich gestatten würde, eine Unterhaltung mit den Toten zu führen.

Doch bis dahin sollte noch etwas Zeit vergehen.

Yorick teilte lautstark die Wachen ein. Er forderte von allen Disziplin und kein Gejammer, so wie er sich auch nicht erlaubte, wegen seiner Verletzungen eine Pause einzulegen.

Tristan zog sich in sein Zelt zurück und verdaute vermutlich erst einmal, dass er einem Vorschlag des Isvintari nachgeben musste.

Was Thorvid tun würde, lag für Iouna auf der Hand, aber sie schwieg darüber.

Eine unheimliche Ruhe breitete sich aus, die Iouna dazu anhielt, Halvar zu fragen, was er nun vorhatte.

Anscheinend wenig Interesse daran, an der Seite von Nordmännern die Nacht zu verbringen, küsste er Iouna als Zeichen dafür, dass er nun bei ihr bleiben würde, was sie erleichtert hinnahm und erwiderte.

Am nächsten Morgen war fast alles wieder wie zuvor – abgesehen von den qualmenden Haufen auf der anderen Seite des Flusses, wo die Nordmänner die getöteten Schlangen beseitigten. Die wenigen Toten hatten sie respektvoller aufgebahrt und bereits in der Nacht verbrannt.

Die schwüle Hitze ließ die Körper schneller verwesen, und der Gestank wäre unerträglich geworden, hätten sie länger damit gewartet. Es war für niemanden angenehm, aber für endlose Gebete und Abschiede blieb keine Zeit. Die Priesterin, die Halvar anscheinend noch von der Feier kannte, sprach nur wenige Worte und hielt sich dabei ein mit Duftöl getränktes Tuch vor ihr Gesicht.

Iouna versuchte, ihren Respekt dadurch zum Ausdruck zu bringen, dass sie beim Entzünden der Leichen kein solches Tuch trug. Gefühlt schon viel zu oft hatte sie den Geruch des Todes in der Nase gehabt, aber daran gewöhnen konnte man sich wahrscheinlich nicht – nur lernen, es zu ertragen.

Es dauerte nicht lange, da hatten auch Lothar und sein Gefolge die Nordmänner eingeholt. Der Herzog gab vor, als bedaure er den Verlust der Leute zutiefst. Die Schilderung der riesigen Schlangen tat er zunächst als sarkastischen Scherz ab, musste jedoch rasch akzeptieren, dass es der volle Ernst der Anwesenden war. Spätestens als einige Nordmänner mit weiteren Kadavern an dem Herzog vorbeiliefen, verschluckte sich Lothar an seinem unsicheren Lachen. Bei den Fragen nach dem Wie und Warum das möglich war, schwiegen die Nordmänner – und auch Halvar.

Das Letzte, was sie tun wollten, war dem Herzog in die Hände zu spielen, wenn herauskam, dass sie mit so etwas wie einem Fluch zu kämpfen hatten. Das hätte die Waage der Wahl trotz Lothars Verzicht noch einmal zum Kippen bringen können – und das wollte niemand.

Johannes erklärte sich hingegen bereit, sich die Verletzten anzusehen, was Tristan dankend annahm. Der Herzog von Falkenberg tat natürlich so, als sei es sein Einfall gewesen, die Dienste seines Haus- und Hofarztes zur Verfügung zu stellen, was Iouna damit beantwortete, dass sie lieber Abstand zu den hohen Herren hielt.

Lothar schmeichelte sich so sehr bei Tristan ein, dass es ihr Übelkeit verursachte; deshalb folgte sie Halvar zu Titus. Er wollte den jungen Magier zur Magie befragen, und es konnte nicht schaden, wenn sie das mitbekam.

»Magie?«, hakte Titus grinsend nach, und es war ihm anzusehen, wie sehr ihm die Rolle als Lehrmeister behagte, während er versuchte, sein Zelt wieder aufzurichten. »Von wem außer von Euch soll sie denn lehren?«

Die Gegenfrage kam so selbstverständlich über die Lippen des Knappen, dass Iouna sich beinahe dumm vorkam, weil sie nicht selbst darauf gekommen war.

»Von mir?«, versicherte sich Halvar noch einmal, und Titus nickte.

»Sie mag ja in Eurem Fall ein Geschenk der Götter sein, aber von irgendetwas muss die Magie leben. Man kann nicht zaubern, ohne dass es einen Ursprung hat. Sie zehrt immer vom Magier selbst. In meinem Fall sind die Tricks wohl kaum ausreichend, mich umzubringen, aber schwindelig wird mir schon, wenn ich es übertreibe.«

Halvar verstand, worauf Titus hinauswollte.

»Hat Xhar nicht irgendetwas zu Euren Kräften gesagt?«, fragte der junge Mann weiter. Verzweifelt versuchte er, das teilweise gebrochene Holzgerüst des Zeltes zu reparieren.

Halvar erbarmte sich schlussendlich, Titus etwas unter die Arme zu greifen, und hielt die Holzstangen fest, bis dieser sie mit einigen Nägeln wieder verbunden hatte.

»Nur, dass das Feuer mir gehorcht«, fuhr Halvar fort, und Iouna dachte kurz nach.

»Aber hat er dich nicht auch gewarnt?«, schaltete sie sich in die Unterhaltung ein und schaute Halvar fragend an.

»Mein Wille muss ungebrochen bleiben. Mehr sagte er nicht«, erwiderte er, und Iouna nickte.

»Dann sollten wir Xhar vielleicht auch danach fragen, aber ich denke, es verhält sich bei dir ähnlich wie bei mir«, meinte sie. »Ich kann auch nicht unaufhaltsam … meine Magie anwenden.«

»Du gefährdest dich dabei aber noch mehr als ich mich«, erwiderte Halvar besorgt. Iouna lächelte, während sie ihren Kopf leicht zur Seite neigte.

»Ich denke nicht, dass es viel ungefährlicher ist, wenn jemand sich immer vor eine Person stellt, um sie zu beschützen.«

»Vielleicht nicht«, antwortete Halvar leicht amüsiert, »aber dich kann ich ja nicht alleine lassen.«

Die Prinzessin erkannte, dass sich hinter den saloppen Worten auch ein ernster Unterton verbarg. In diesem Moment bemerkte sie zudem, dass sie froh sein konnten, darüber Scherze machen zu können.

»Wenn das hier zum Ehestreit wird«, mischte sich Titus heiter ein, »dann lasst mir zumindest etwas Vorsprung.«

Lächelnd gab Halvar zu, dass es keinen Grund für einen Streit gab, was Iouna nickend bestätigte.

»Und selbst wenn«, holte Iouna weiter aus und grinste dabei spitzbübisch, »endet er an einem Ort, an den du nicht gelangst, werter Titus.«

Halvar schloss sich ihrem Lächeln an, während der Knappe kurz sein Werk begutachtete und etwas abwesend nickte.

»Ich bin mir sicher«, setzte Titus an und schien fertig mit den Reparaturarbeiten zu sein, »dass der Knappe natürlich *nicht* zu den Dingen eingeladen ist, die irgendwie amüsant sein könnten.«

Iouna lachte laut auf, da sie mit so einer ähnlichen Antwort bereits gerechnet hatte.

»Manche Dinge schaffe ich ohne Knappen, Titus«, entgegnete der Ritter auf den Kommentar seines Gehilfen und spannte mit ihm zusammen die lederne Plane über das geflickte Gerüst.

»Mein ja nur ...«, nuschelte der Magier und betrachtete dann seine wieder hergerichtete Schlafstätte. »Hausen Ritter eigentlich immer in so einer Unterkunft?«

»Kommt darauf an, wo sie sich befinden. In den Diensten eines Herrn haben sie für gewöhnlich ein Zimmer«, erklärte Halvar, was bei Titus einen wenig begeisterten Gesichtsausdruck auslöste.

»Das siehst du doch an deinem Herrn«, erwiderte Iouna amüsiert. »Sir Halvar Dahl hat sein Zimmer bei mir.«

Ein tonloses Lachen machte deutlich, dass Titus diese Vorstellung überhaupt nicht gefiel. Etwas wehmütig stellte er klar, dass er genau das auch schon zuvor gehabt hatte. Ein Zimmer für sich, wo er den Launen seines Herrn ausgesetzt gewesen war.

»Allein bei der Vorstellung, erneut einem ungebildeten Nichtsnutz dienen zu müssen, stellen sich mir die Nackenhaare auf.«

»Ich bin nicht Lothar. Und selbst Pagen haben im Orden mehr Entscheidungsfreiheit, als du hattest«, erklärte der Ritter seinem Knappen sachlich, ohne die Stimme zu erheben.

Eine ganze Weile hörte Iouna den beiden Männern zu, die sich über die Unterschiede unterhielten, ein Ritter oder Sklave zu sein. Es machte deutlich, dass selbst die Knappen keine Leibeigenen waren; immerhin lag es an ihnen, den Fortbestand des Ordens zu sichern. Nur wenn sie bestmöglich ausgebildet waren, konnten sie Ritter werden und ebenfalls wieder junge Männer ausbilden. Es lag also nicht im Interesse der Ritter, ihre Zöglinge zu quälen, sondern sie bestmöglich vorzubereiten. Im Gegenzug beantwortete Titus alle Fragen, die sie ihm über sein Leben auf der Falkenburg stellten.

Halvar fragte den jungen Mann, ob all das Lesen auch Erkenntnisse anstatt nur Langeweile gebracht hätte, was der Magier bejahte. So gab es Zauber, die ein jeder Magiebegabte anwenden konnte, unabhängig davon, welche Art Talent er besaß. Feuerzauber, die über Entfernungen hinweg in der Lage waren, Gegenstände zu entzünden, wenn jemand sie mit passenden Zeichen und Schriften versah. Nützliche kleine Tricks, deren Beherrschung Titus niemals vor Lothar eingeräumt hatte. Diesen einen Zauber demonstrierte er auch.

Er ließ Halvar einen Gegenstand mit einem kleinen Zettel festhalten und Iouna das Gegenstück dazu entzünden, woraufhin das in Flammen aufging, was der Hüne in Händen hielt. Dabei musste er ihr schwören, dass nicht er es entzündet hatte. Iouna wusste, wie es mit der Wahrheit bei Halvar bestellt war, und sie glaubte ihm natürlich, als er versicherte, nichts gemacht zu haben.

Umgedreht erschien der Versuch Titus allerdings zu gefährlich. Der junge Mann wollte nicht, dass die Prinzessin sich verbrannte und der Ritter ihn deshalb im Fluss ertränken würde.

Iouna verkniff sich dazu jedweden Kommentar, da sie wusste, dass Halvar trotz seiner mangelnden Schwimmkenntnisse den jungen Mann unter Wasser halten konnte.

Ansonsten hielten sich die Gespräche und das Gelächter an diesem Tag in Grenzen, da alle der Toten gedachten. Auch gab es diesmal kein Fest zu feiern, da niemand die mysteriösen Schlangen und den Kampf gegen sie als glorreiche Schlacht ansehen konnte. Vielmehr schürte es bei vielen die Angst, was noch alles in der Finsternis lauern würde. So auch bei Iouna, die sich Antworten von den Göttern erhoffte.

Kapitel X: Schatten der Vergangenheit

Am nächsten Morgen machte sich ein kleiner Trupp auf, den Tempel der Erkenntnis zu besuchen. Halvar saß auf dem Pferd, das Tristan ihm zur Verfügung gestellt hatte.

Der braune Hengst stammte, genau wie das schwarze Tier des Prinzen, aus Delyveih. Als Kreahner bezeichneten sie diese Rasse, benannt nach Kreah, der alten Hauptstadt der Nordleute und der Heimat von Soley. Im Gegensatz zu der Königin und ihrem Regierungssitz hatten die Pferde die Zeit überdauert.

Wie zuvor saß Iouna zwischen den Armen des Ritters und lehnte sich an seinen Oberkörper. Das Paar ritt voran und wies Tristan und Thorvid den Weg zum Tempel. Nur widerwillig hatte der Kronprinz seinem ausgerufenen Feind den Vortritt überlassen, aber da Halvar wusste, wo sich ihr Ziel befand, war dies die sinnvollste Lösung. Stumm folgten die Prinzen Halvar, der die Anwesenheit seiner Ehefrau genoss und nachdenklich auf den Weg vor sich starrte.

»Warum so ein ernstes Gesicht?«, fragte Iouna leise und sah zu ihm auf.

»Ich weiß nicht, was uns im Tempel erwartet«, gab Halvar zu. »Das letzte Mal, als ich dort war …« Er unterbrach sich und schluckte die Erinnerungen an ihren Tod hinunter.

»Diesmal bin ich bei dir«, meinte sie und strich sanft über seine Hand, »und nicht allein mit einem Herzog.«

Der Hüne quittierte ihre Aussage mit einem unsicheren Lächeln. Immerhin reiste noch ein Herzog mit ihnen, dem er nicht über den Weg traute, aber Lothar hatte zum Glück beschlossen, im Lager zu bleiben und die Dienste einer erstaunlich schnell genesenen Dirne in Anspruch zu nehmen. Halvar war sich sicher, dass Iouna bei Kassandras Heilung nachgeholfen hatte, wusste aber nicht so recht, ob er sie darauf ansprechen sollte. »Ja«, stimmte er ihr deshalb zu und verwarf den Gedanken. »Gerade den Schlangen entronnen.«

Wieder erinnerte er sich an Gaelle, die von den Untieren in die Tiefe gezogen worden war. Der Weg war für seine Gedanken nicht weit hin zu einem ähnlichen Ende für Iouna. Mit einem Kopfschütteln verdrängte er die düsteren Bilder und machte sich klar, dass sie bei ihm und in Sicherheit war.

»Wir beide sind ihnen entronnen«, stellte sie richtig und lehnte sich wieder an ihn.

Halvar warf einen Blick auf seinen Arm, den Iouna geheilt hatte. Nur die Narben zeugten noch von der Begegnung mit dem Kiefer der Schlange, aber das war ihm egal. Er konnte seinen Arm ohne Einschränkungen benutzen, und das war alles, was zählte, zumal er wusste, dass sie sich nicht an seinen Narben störte.

»Und ich glaube nicht, dass die Gefahren weniger werden, wenn Kreaturen wie Nilir nach mir suchen«, ergänzte sie dann.

»Egal, wer dich sucht ... ich habe dich zuerst gefunden«, raunte er und legte einen Arm um sie, woraufhin sie leise lachte.

»*Eigentlich* habe ich dich zuerst gefunden«, erwiderte sie und überlegte kurz. »Nur wusste ich nicht, dass ich nach dir gesucht habe.«

»Ich glaube, der Angriff des Bären war weniger zufällig, als wir dachten«, stellte er in den Raum und lachte ebenfalls leise.

Ein Grinsen machte sich auf dem Gesicht der Prinzessin breit, bevor sie ihren Kopf wieder senkte und nach unten blickte. »Vermutlich, ja …«, murmelte sie nachdenklich.

Einen Moment blieb es still, bevor Halvar ihr von dem schwarzen Rauch erzählte, der aus dem Bären gefahren war, als er diesen getötet hatte. »Ich glaube, Xhar hat etwas … nachgeholfen«, teilte er ihr seine Erkenntnis mit.

Iouna nickte, schien aber mit den Gedanken woanders zu sein, weshalb er sich erkundigte, ob alles in Ordnung war.

»Manchmal muss ich bei all ihrer Hilfe daran denken, wie es geworden wäre, wenn sie es nicht getan hätten«, gab Iouna zu und blickte ziellos in den Wald.

»Das wissen wir nicht«, antwortete Halvar und schwieg kurz, ehe er fortfuhr. »Vielleicht wollten sie nur … sichergehen.«

»Wenn Xhar nachgeholfen hat, dann hätte er dich beinahe umgebracht. Ich zweifle nicht an ihnen, aber … Sie wollten sichergehen. Sichergehen bei was? Dass wir genug Zeit haben, uns kennenzulernen, anstatt einander zu hassen?«

»Vielleicht«, entgegnete Halvar. »Ich weiß nicht. Aber was immer sie sich dabei gedacht haben – es hat funktioniert.«

»Vielleicht sogar …«, fing sie an, brach jedoch ab und begann erneut. »Ich denke, sie handeln in bester Absicht, aber sie könnten etwas mehr Auskünfte erteilen.«

»Ja«, stimmte der Hüne zu. »Ich weiß nicht, ob sie nicht dürfen oder nicht wollen.«

Nun lachte Iouna und mutmaßte, dass es eine Mischung aus beidem sein könnte.

»Die Götter verraten wohl nicht jedem alles«, schätzte Halvar. Auch wenn diese Tatsache ein wenig störend war, er konnte sie nachvollziehen. Immerhin verriet er seiner Gattin auch nicht alles, und er konnte sich nur ausmalen, welches Wissen die Götter mit sich trugen.

»Allerdings erwähnte Xhar etwas: Athan will, dass ich seine Erblinie fortsetze, aber zu dir haben sie dahingehend nichts gesagt«, stellte Iouna amüsiert fest. »Also gibt es zwei Möglichkeiten: Entweder ist ihnen egal, wer der Vater meiner Kinder ist – was ich aber nicht glaube ...«

»Oder?«

»Oder es ist ihnen nicht egal, sondern unangenehm, dies von einem Mann zu fordern.«

»Verlegene Götter?«, hinterfragte Halvar diese Aussage mit einem Schmunzeln.

»Von einer Frau verlangt jeder, die Kinder desjenigen auszutragen, den sie ihr auftischen«, sprach Iouna mit einem Grinsen im Gesicht. »Aber ich habe noch nie gehört, dass jemand zu einem Mann gesagt hat, er solle sich zu der Frau betten, die gerade da ist. Und dann auch noch von Göttern ...«

»Vermutlich, weil man das den meisten Männern nicht sagen muss«, überlegte Halvar laut.

»Ist das so?«, hakte sie mit einem frechen Unterton nach und sah wieder zu ihm auf.

»Frag deinen Bruder«, war alles, was er darauf antwortete, und beide mussten lachen.

Der Weg zum Tempel war nicht allzu weit, sodass sie kurz darauf die heilige Stätte der drei Götter erreichten. Halvar hielt sein Reittier nahe der Statuen an, die den Eingang markierten, und stieg aus dem Sattel.

Die beiden Prinzen Delyveihs taten es ihm gleich, während er Iouna um die Hüften fasste und vom Pferd hob, wie er es auf dem Weg nach Schwarzbruch bereits getan hatte. Erneut ließ er sie sanft an seinem Oberkörper hinuntergleiten und drückte sie an sich.

Iouna hielt sich an seinen Schultern fest und brachte ihre Lippen nahe an sein Ohr.

»Wahrscheinlich ist es bereits ohne Belang, was die Götter wollten oder nicht«, flüsterte sie und drückte ihm einen kleinen Kuss auf die Wange.

Er brauchte einen Augenblick, um zu verstehen, was sie ihm sagen wollte. Dann sah er sie gleichermaßen überrascht und glücklich an. Vorsichtig stellte er Iouna vor sich auf den Boden und strich mit den Fingern leicht über ihren Bauch.

»Aber noch ist nichts sicher, daher ...«, meinte sie und sah zu ihm auf, woraufhin er sie lächelnd an sich drückte.

Allein die Hoffnung, wieder eine Familie zu gründen, war mehr, als er je erwartet hatte. Er freute sich darauf, auch wenn es zu diesem Zeitpunkt noch nicht so weit sein sollte. Kurz drängte sich ihm die Frage auf, was eine Schwangerschaft darüber hinaus bedeuten würde. Was hätte ihre Familie dazu zu sagen? Ihr Vater? Rasch verwarf er die Gedanken und ließ Iouna wieder los.

Sie schenkte ihm ein zaghaftes Lächeln, bevor sie sich zu den Statuen wandte, die bereits von ihren Brüdern untersucht wurden.

Tristan stand vor der Statue Athans und betrachtete das Wasser, das von den Händen des Gottes in die Schale darunter tropfte. »Und jetzt?«, fragte der Thronerbe unwirsch.

Wortlos ging Halvar an ihm vorbei und näherte sich dem Abbild Xhars. Er versuchte, die Erinnerungen, die dieser Ort mit sich brachte, zu ignorieren, wie die Tatsache, dass er Iouna alleingelassen hatte. Ihre Schreie, die durch den Wald gehallt waren, während ihr Verlobter sie ermordete. Das Gefühl der Leere, das in jener Nacht erneut Besitz von ihm ergriffen hatte. Mit einem tiefen Atemzug trat der Hüne vor die Statue seines Gottes und betrachtete die blutroten Flammen, die in der Schale brannten. Wie schon bei seinem ersten Besuch hob er die linke Hand, um sein Blut an dem Dolch zu opfern, hielt aber inmitten der Bewegung inne und sah seinen Arm an.

Wo einst Narben seine Haut geziert hatten, tat es nun die Tätowierung des Ordens, die ihn als Ritter auszeichnete. Die Narben waren verschwunden, er war wieder ein anerkanntes Mitglied des Ordens. Es gab keinen Grund mehr, die Insignien zu zerstören, deshalb hob er rasch den rechten Arm und führte diesen an die Klinge. Mit einer kurzen Bewegung ritzte er seine Haut und ließ ein paar Tropfen seines Blutes in die Feuerschale fallen, die zischend verdampften. Leise murmelte Halvar das Gebet an Xhar, bevor er sich wieder zu seinen Gefährten herumdrehte und darauf wartete, dass sich der Gang ins Innere des Tempels öffnete.

Tristan sah den Hünen an, als hätte dieser ihn beleidigt, während Thorvid und Iouna keine Reaktion zeigten.

Halvar hatte seiner Prinzessin erzählt, wie er Zugang zum Tempel erlangt hatte, und der Paladin wusste bestimmt aus den Reihen des Ordens, wie die schwarzen Ritter ihrem Gott huldigten. Daher war es nicht verwunderlich, dass keiner der beiden überrascht war.

Gerade als der Älteste ansetzte, etwas zu sagen, erzitterte der Boden unter ihnen, und der Eingang in den Tempel öffnete sich. Erstaunt betrachteten die Nordleute das Loch, das sich aufgetan hatte, während Halvar stumm Iouna an der Hand nahm und die Treppe in das Heiligtum hinabführte.

Die ersten Schritte in die Finsternis taten sie im Schein der rasch schwächer werdenden Sonne, bis Halvar eine kleine Flamme aufflackern ließ, welche die Stufen in ein dunkelrotes Licht tauchte.

»Seid vorsichtig«, forderte Tristan, der zusammen mit seinem Bruder den beiden folgte.

Bald waren sie unten angekommen und durchquerten den schmalen Gang, den weder Halvar noch der Kronprinz Delyveihs aufrecht durchschreiten konnten. Als sie in der runden Halle mit dem Altar und den vier Säulen ankamen, sahen die drei Geschwister sich um.

»Ich weiß, warum selten jemand herkommt«, raunte Thorvid, und das Gewölbe warf selbst seine leisen Worte zurück.

»Du magst wohl die Dunkelheit immer noch nicht«, stellte Tristan seinen Bruder mit einem spöttischen Grinsen infrage.

Einzig ein Murren kam von dem Bewahrer zurück, bevor Halvar seine kleine Lichtquelle erlöschen ließ.

Deutlich spürte er, wie Iouna näher an ihn heranrückte und seine Hand etwas fester drückte. Es war nicht seine Absicht, ihr Unbehagen zu bereiten, aber er vermutete, dass die Schwärze nötig war. Bei seinem letzten Besuch hatten die Säulen erst zu leuchten begonnen, nachdem die Fackel erloschen war.

»Großartig ... einfach großartig«, brummte Thorvid, woraufhin Tristan leise lachte.

Geschwisterliebe ...

»Augen zu«, flüsterte Halvar Iouna zu, da er nicht wollte, dass sie von dem grellen Licht geblendet wurde, das die Säulen aussenden würden.

»Warum?«, fragte sie amüsiert, »gibt es eine Überraschung?«

»So in der Art«, antwortete er, drückte ihre Hand und schloss selbst die Lider.

Kurz darauf stöhnten die beiden Prinzen laut auf, nachdem die Helligkeit schlagartig den Raum erobert hatte. Fluchend hielten sie sich die Hände vor das Gesicht, und Tristan verlangte zu erfahren, warum Halvar sie nicht gewarnt hatte.

»Habe ich«, meinte er und grinste, wohl wissend, dass der Thronerbe seinen Gesichtsausdruck nicht sehen konnte. »Nicht meine Schuld, wenn ihr nicht zuhört.«

Iouna hingegen hatte zugehört und ihre Augen geschlossen gehalten.

Der Hüne nutzte den unbeobachteten Moment, um ihr einen flüchtigen Kuss auf die Lippen zu drücken, und ließ sie dann los. Noch während die Nordmänner sich an das Licht gewöhnten, ging Halvar zum Altar und nahm vorsichtig seinen Anhänger ab. Einen Moment hielt er das Stück Holz vor sein Gesicht und ließ das Haar der Prinzessin, das die Kette bildete, durch die Finger gleiten. Begleitet von einem Lächeln legte er das Schmuckstück auf den steinernen Tisch, woraufhin sich das Leuchten der Säulen rot verfärbte. Wieder öffnete sich die mit einer Fliege verzierte Tür und gab den Weg in Xhars inneres Heiligtum frei. Zufrieden nahm er sein Amulett an sich, hängte es sich um den Hals und wartete, bis sich Iounas Brüder an das Licht gewöhnt hatten.

»Falls ihr Athan etwas zu sagen habt …«, merkte er an und deutete auf die Tür links vom Altar.

»Deswegen sind wir nicht hier«, wies Tristan ihn zurecht. »Weiter jetzt!«

Halvar ging wieder mit Iouna an der Hand voraus und durchschritt die Tür.

Seine Ehefrau folgte ihm und war bemüht, sich ihre Unruhe nicht anmerken zu lassen, was ihr jedoch nicht gänzlich gelang.

Kaum hatten alle Anwesenden die Tür passiert, schloss sie sich wieder und sperrte das tiefrote Licht des Vorraumes aus.

Wie vor wenigen Wochen auch, stand Halvar in der unwirklichen Finsternis des Tempels. »Passt auf, wo ihr hintretet«, warnte er seine Begleiter und wartete darauf, dass die Fackeln den Raum erhellten.

»Die Götter machen es einem nicht leicht, zu ihnen zu gelangen«, beschwerte sich Tristan.

»Das ist auch ein Tempel und kein Gasthaus«, wies Thorvid seinen Bruder zurecht, was diesem nur ein wütendes Schnauben und dem Ehepaar ein leises Lachen entlockte.

Als hätte Xhar auf diesen Moment gewartet, flammten die Fackeln auf, die an den sechs mächtigen Säulen befestigt waren, auf denen das Gewölbe ruhte.

Wie Halvar bei seinem ersten Besuch standen die beiden Nordmänner an der Kante des Abgrunds und blickten hinunter.

»Jetzt wäre die Gelegenheit, dich loszuwerden«, meinte Tristan an Thorvid gewandt und es war nicht sofort klar, ob er einen Scherz machte.

»Damit ich all unsere Geheimnisse mit in den Abgrund nehme?«, antwortete Thorvid und lachte kurz auf.

Halvar wusste nicht, was der Paladin meinte, doch er kannte die kleinen Heimlichkeiten, die Geschwister oft unter sich hatten.

Iouna verstand die Aussage wohl auch nicht, wollte aber nicht unwissend bleiben und fragte, welche verborgenen Geheimnisse die beiden teilten.

Vielsagende Blicke wurden ausgetauscht, doch kein Wort kam über die Lippen der Nordmänner. Halvar wandte sich daraufhin wieder dem eigentlichen Ziel der Reise zu – der riesigen Statue des Totengottes am anderen Ende des Raumes.

»Und nun?«, verlangte Tristan zu erfahren.

»Nun hoffen wir, dass wir erhört werden«, antwortete Halvar und machte sich auf den Weg zum Abbild Xhars.

Allerdings schien Iouna nicht warten zu wollen, bis der Hüne das Kohlebecken erreicht hatte. »Wir haben keine Zeit, lange Rätsel zu lösen«, stellte sie klar, auch wenn Halvar nicht wusste, welches Rätsel sie meinte. »Während wir hier stehen, lauert irgendwo eine uralte Kreatur!« Noch bevor er dazu kam, nachzufragen, senkte sie den Kopf und bat Xhar schlicht, sich zu zeigen.

Halvar war sich nicht sicher, ob der Totengott sie erhören würde, ohne das Blutopfer am Kohlebecken zu vollziehen. Aber einen Versuch war es immerhin wert. Vermutlich war es nicht wirklich nötig, den Tempel zu betreten, um mit ihm zu reden. Halvar erachtete es jedoch als einen Akt des Respekts, den Gott zu Hause aufzusuchen.

Nichts geschah. Nur die letzten Reste eines Echos erreichten sie, während das Licht der Fackeln kurz flackerte. War dies eine Absage?

»Ich kann mir nicht vorstellen, dass Xhar sich dazu herablässt, mit uns zu reden«, mutmaßte Tristan. »Immerhin ist er nicht unser ...« Er verstummte, als die Fackeln plötzlich erloschen.

Noch bevor Halvar sein Feuer entzünden konnte, um wieder etwas Licht in die heiligen Hallen zu zaubern, ertönte die Stimme des Totengottes in der Dunkelheit. »Täusche dich nicht, Prinz«, meinte Xhar ruhig, und ein eisiger Luftzug fegte über die vierköpfige Gruppe hinweg, ehe sich das Feuer im Kohlebecken vor der Statue entzündete.

Aus dem Augenwinkel erkannte Halvar, wie sich alle zu der Lichtquelle wandten, aber außer den Schatten, die über das steinerne Abbild tanzten, war nichts zu sehen.

»Ich mag nicht euer Stammvater sein ...«, meinte der Totengott und stand plötzlich neben Halvar auf dem schmalen Steg. » ... Aber ich bin immer noch sein Bruder.« Selbst in seiner menschlichen Form überragte er Halvar um einen Kopf.

Nach einem kurzen Moment des Schreckens, in dem die beiden Prinzen den Herrn der Fliegen nur anstarrten, räusperte sich Tristan. »Die Götter haben sich Jahrhunderte nicht mehr gezeigt ...«, rechtfertigte er sich.

»Das hatte einen guten Grund, Prinz!«, wies Xhar ihn zurecht. »Einen, den du nicht zu hinterfragen hast!« Er wandte sich an Halvar. »Nun denn, Halvar. Wie ich sehe, hast du deine *Familie* mitgebracht«, sagte er, ehe er seine dunkelroten Augen auf Iouna richtete. »Willkommen, Königin.«

Sie lächelte verlegen und knickste vor ihm.

Thorvid fixierte den Gott noch immer. Ausnahmsweise schien er einmal sprachlos zu sein, während Tristan etwas Unverständliches vor sich hin murmelte, was ihm einen düsteren Blick von Xhar einbrachte.

Der Hüne verkniff sich ein Grinsen. Was genau Tristan gesagt hatte, wusste er nicht, aber offensichtlich war dem Prinzen nicht bewusst, dass er seine Gedanken vor den Göttern nicht verbergen konnte.

»Was führt euch hierher?«, fragte Xhar, als ob er es nicht bereits wusste.

»Wir suchen Antworten«, erwiderte Halvar. »Von ...«

»Ich weiß«, unterbrach ihn der Herr der Verdammnis und sah den Hünen eindringlich an. »Ihr wollt mit deinem Ahnen reden.«

Überrascht von dieser Aussage, hob Halvar die Brauen, während sich im Tempel einen Moment lang Stille ausbreitete.

»Ahnen?«, hinterfragte Tristan die Aussage Xhars.

»Soll das heißen, Hakon ist ...«, begann Iouna ihren Satz, sprach ihn aber nicht zu Ende.

Der Totengott hingegen nickte daraufhin und deutete auf Halvar. »Halvar ist der letzte Nachfahre von Hakon. Der Letzte, der das Blut in sich trägt, das einst das Volk meines Bruders zerstört hat.«

Verwirrt blinzelte Halvar, während er den Blick zu seiner Ehefrau wandern ließ, die ebenso überrascht auf ihren Gesprächspartner starrte.

»Eben der geborene Verräter!«, murrte Tristan, und der Isvintari spürte seinen Blick auf sich ruhen.

»Verräter werden nicht geboren«, wies Xhar ihn energisch zurecht. »Sie ergeben sich aus Neid, Missgunst ... und Hass.«

Bei den letzten Worten sah er Halvar erneut eindringlich an. Sofort kam ihm der Schatten wieder in den Sinn, der ihn in Lothars Kerker besucht hatte. Der Hass, der sein brennendes Herz nicht in seiner Brust trug, sondern eingesperrt in einem Käfig.

»Dann ist es tatsächlich nie ein Zufall gewesen, dass Halvar und ich uns begegnen sollten?«, wollte Iouna wissen und schaute etwas skeptisch.

»Nein, ist es nicht. Es war bestimmt, dass eure Wege sich kreuzen. Nur auf welche Weise … das stand offen.«

»Und was ist das Ziel, wenn alles vorherbestimmt war?«, war Iounas nächste Frage, woraufhin Xhar einen Moment schwieg.

»Ihr müsst meinen Bruder retten«, verkündete er knapp, was alle Anwesenden in Staunen versetzte.

»Athan muss gerettet werden?«, hakte Tristan ungläubig nach, während Thorvid nur weiterhin stumm beobachtete.

»Nicht nur ihr Sterblichen könnt der Dunkelheit verfallen«, bestätigte Xhar die Vermutung. »Wir erfuhren jene zuerst, dann erst die Menschen.«

Sofort erinnerte sich Halvar an die schwarzen Adern, welche die Hände des Gottes überzogen hatten, als er ihm bei der Mühle begegnet war. Bereits damals hatte er sich gefragt, was das zu bedeuten hatte. Nun wusste er es.

»Seine Hände …«, flüsterte er, was Xhar wieder ein Nicken abgewann.

»Ja«, meinte der Gott. »Er ist krank. Genau wie unsere Brüder und Schwestern einst krank gewesen sind.« Selbst im Zwielicht des Tempels war die Sorge in seinem Gesicht deutlich zu sehen.

»Die Schatten?«, fragte Iouna vorsichtig.

»Die Schatten waren einst wie wir«, erklärte Xhar. »Mächtige Wesen, die diese Welt mit uns gemeinsam geformt haben. Zu einer Zeit, als noch viele andere Wesen diese Erde dominierten, bevor es die Menschen taten. Doch irgendwann begannen sie, krank zu werden. Manche vor Sorge um ihre Schöpfung. Andere vor Eifersucht. Mein Bruder … vor Kummer über seine verlorene Familie.«

Ein vielsagender Blick traf Halvar, der den Schmerz Athans nachvollziehen konnte. Oft genug hatte er verloren, was er liebte, und er verstand nur allzu gut, was dieser fühlen musste.

»Sie alle wandelten sich nach und nach ins Gegenteil von dem, was sie einst waren«, fuhr Xhar fort. »Vatu und Rana etwa waren einst die Schöpfer der Liebe und der Natur. Die ›Tauben‹, das erste Liebespaar dieser Welt. Die Liebe und Treue schwand jedoch mit der Zeit, da sich Rana zunehmend den Menschen zuwandte. Vatu wurde dadurch zum Hass, riss sich sein gebrochenes Herz heraus, sperrte es weg und verachtet seither die Liebe. Rana, seine Geliebte, wurde zur Wollust – zum reinen Verlangen, ohne jede Zuneigung.«

Vatu hatte Halvar also besucht. Der ehemalige Gott war weit davon entfernt, irgendeine Art von Liebe zu verkörpern, und Halvar wollte nicht wissen, was aus dem Gott des Lebens oder des Todes werden würde, sollten sie das gleiche Schicksal erleiden.

»Soll das heißen, Halvar und meine Schwester werden von ehemaligen Göttern bedroht?«, erkundigte sich Thorvid, der mit einem Mal aus seiner Starre erwacht war.

»Nicht nur die beiden«, korrigierte Xhar. »Jedes Wesen auf dieser Welt. Iouna und Halvar sind nur die zwei Menschen, die ihnen im Moment am gefährlichsten erscheinen. Sie sind diejenigen unter euch, welche die Gefallenen besiegen könnten.« Wieder kehrte einen Moment Ruhe ein. Alle schienen zu überlegen, was das zu bedeuten hatte. »Du bist Athans Nachfahrin«, erklärte Xhar an Iouna gewandt. »Sein Blut fließt in deinen Adern. Sie können dich nicht beeinflussen, genauso wenig wie uns oder wir sie.«

Halvar war bewusst, dass dieser Schutz sich zusätzlich auf Personen in Iounas Nähe ausweitete. Allerdings fragte er sich, wie weit ihre Präsenz die Schatten vertreiben konnte. Würde sein unheimlicher Besucher aus dem Kerker ihm auch in ihrer Anwesenheit erscheinen? Hatte Vatu sich nicht gezeigt, weil er es nicht konnte oder weil er es nicht wollte, solange die junge Prinzessin bei Halvar war?

Die Träume konnte Iouna verhindern, aber war ein persönliches Gespräch mit dem gefallenen Gott der Liebe möglich?

»Und was genau wollen sie?«, warf Tristan ein. »Warum jagen sie den Isvintari so vehement?«

Mit zusammengebissenen Zähnen erinnerte sich der besagte Isvintari daran, was Vatu gesagt hatte. Der Schatten hatte seinen Leib gefordert; warum, wusste er nicht, aber er nahm an, dass es einen guten Grund dafür gab. »Sie wollen mich«, erklärte Halvar deshalb. »Sie wollen meinen Körper.«

Nur fragende Gesichter blickten ihn an, ehe Thorvid nachhakte, was Halvar meinte.

»Er hat recht«, bestätigte Xhar Halvars Worte. »Der Segen meines Bruders hat ihn gerettet und zu dem gemacht, was er nun ist. Es erlaubt ihm, meine Kräfte, aber gleichermaßen auch die Essenz der Schatten zu tragen, ohne dem Verfall ausgesetzt zu sein, den ein normaler Mensch erfahren würde.«

»Und wozu das Ganze?«, wollte Tristan wissen, der immer noch misstrauisch zwischen dem Gott und seinem Auserwählten hin und her sah.

Diese Frage stellte sich Halvar auch schon seit Längerem; er hoffte, dass er nun eine Antwort erhalten würde.

»Die Gefallenen können nicht frei auf der Welt wandeln, wie sie es als Götter konnten«, tat der Herr der Fliegen ihm den Gefallen. »Sie können sich den Menschen in Träumen zeigen oder sie Stimmen hören lassen.«

Wie gebannt starrte Halvar den Gott an. Er kannte diese Heimsuchung, diese Albträume, und wusste, wovon Xhar sprach.

»Jedoch können sie den Leib eines Menschen kontrollieren, wenn der Wille desjenigen bricht – oder wenn er freiwillig aufgibt«, fuhr der Totengott fort und offenbarte damit den Grund für seine ständige Ermahnung an Halvar, seinen Willen aufrechtzuerhalten. Er erklärte weiter, dass das Fleisch und Blut normaler Menschen nicht gemacht war, Magie oder einen Schatten zu beherbergen, weshalb er schnell krank wurde und zerfiel; immerhin musste die Magie von etwas zehren.

»Können die Gefallenen auch einen Menschen ... segnen?«, wollte Thorvid wissen, woraufhin Xhar nickte, aber nichts weiter dazu sagte.

»Und wie rettet man einen Gott?«, kehrte Iouna wieder zum eigentlichen Thema zurück.

Ein kleines Lächeln huschte über das vom schwachen Licht des Kohlebeckens erhellte Gesicht Xhars. »Du bist auf einem guten Weg, meinen Bruder zu retten«, meinte er und musterte die junge Frau. »Es ist einfacher, Athan zu retten, als es das bei unseren Geschwistern war. Wir wissen, was ihn plagt.«

Der Verlust seiner Familie ...

»Ich soll da weitermachen, wo die letzte Königin aufgehört hat, nicht wahr?«, vermutete die Prinzessin. »Aber nicht nur ich, Hakon ebenso, nur nicht mehr als er selbst, sondern in Form von Halvar.«

Dieser brauchte einen Moment, um Iounas Aussage zu verstehen. Offenbar war der Plan der Götter tatsächlich, dass sich die Geschichte wiederholte – zumindest bis zu einem bestimmten Punkt.

Xhar hingegen verstand sofort und nickte erneut. »Als Kreah unterging, die Heimat, die Athan für seine Frau und Kinder geschaffen hatte, ging auch er unter. Ihr werdet das verlorene Volk wie den Phönix aus der Asche der Vergangenheit auferstehen lassen und *unser* Blut erlösen.«

Der Phönix ...

Sofort erinnerte sich der Hüne an den Traum, den Norna ihm nach Iounas Tod gezeigt hatte. Der junge Mann darin hatte sich selbst Phönix genannt, bevor Halvar erwacht war. Zeigte die Schicksalsgöttin ihm damit eine mögliche Zukunft? Etwa die gemeinsamen Kinder von ihm und der Prinzessin? War der Phönix der Sohn, der das Volk Athans wiederauferstehen lassen sollte?

»Wie ich sagte«, meinte Iouna zu ihrem Gatten und grinste, »sie haben dir nichts gesagt.«

Halvar brummte nur leise und nahm es hin.

»Ihr wisst vorerst alles, was ihr wissen müsst«, erklärte Xhar. »Den Rest erfahrt ihr beizeiten.«

Halvar nickte und bestätigte damit die Worte seines Gottes. Er wusste, dass die Herren der Welt nicht mehr erzählten, als sie beabsichtigten; es hatte keinen Zweck, weiter nachzufragen.

Tristan hingegen sah das anders. »Noch wissen wir gar nichts«, warf er Xhar mit einem gereizten Unterton vor, woraufhin Halvar sich fragte, ob der Prinz sich bewusst war, mit wem er sprach. »Hier sterben Menschen, und ich wüsste gerne, warum. Aber nicht nur ich, immerhin war es die Idee des Isvintari, hierherzukommen.«

Wie immer spie er den Namen von Halvars Heimat aus, als wäre es eine Beleidigung. Vermutlich war es das für ihn, und wenn er ehrlich war, konnte Halvar ihm nicht wirklich böse sein. Nicht einmal er selbst hatte viel Gutes über das Land des ewigen Eises zu berichten.

»*Du* weißt nichts, Tristan NíGwydion«, antwortete Xhar bestimmt. »Aber das musst du auch nicht. Deine Schwester und Halvar wissen vorerst genug, um ihre Aufgabe zu erfüllen.«

Anschließend wandte sich Xhar an den Vollstrecker und verkündete, dass der Weg in den Tempel die richtige Entscheidung gewesen war.

»Und wenn mein Vater, meine Brüder und ich keine Lust darauf haben, die Geschichte zu wiederholen?«, wollte Tristan mit ruhiger Stimme wissen.

Kurz eroberte eine unheilvolle Stille den Raum, bevor Xhars Augen aufglühten und der Gott sich Tristan zuwendete. »Die Entscheidung, meinen Bruder und mit ihm das Leben selbst zu verdammen, liegt nicht in eurer Hand«, stellte er in einem Tonfall klar, der keinerlei Zweifel daran ließ, welcher der beiden Gesprächspartner die Oberhand hatte.

»Ich sage es ungern, aber mein Bruder hat recht«, warf Thorvid leise ein und dachte einen Augenblick nach, bevor er weitersprach. »Dass wir unserem Gott helfen und dienen wollen, steht außer Frage, aber wo waren Athan und Xhar, als man Soley zum Tode verdammt hatte? Wo waren sie, als unser Volk zerbrach? Als ich Dinge tat, die kein fünfzehn Jahre alter Jüngling tun sollte?«

Halvars Blick wanderte rasch zwischen allen Anwesenden hin und her. Iouna musterte ihren Bruder, während Tristan mit starrer Miene nach vorn sah.

Xhar hingegen schien mit dem Tonfall, den der Paladin ihm entgegenbrachte, weit mehr einverstanden als mit jenem des Kronprinzen. »Wir können nicht direkt in diese Welt eingreifen ...«, gestand er nach einem Moment der Stille. »Menschen töten oder Tode verhindern. Auch wir sind gebunden an das Schicksal, das den Verlauf der Dinge bestimmt, an die Dinge, die geschehen werden. So wie eure Begegnung. Wir können nur ... die Richtung lenken, in die sich alles entwickelt. Wir handeln durch die Menschen, die wir erwählt haben.«

Durch Iouna und mich.

»Das heißt, ich darf meinem Vater erzählen, es ist göttlicher Wille, dass der Isvintari unsere Schwester ehelicht?«, beschwerte sich Tristan. Ihm war deutlich anzumerken, dass er nicht davon begeistert war, diese Entscheidung so hinnehmen zu müssen.

»Du kannst deinem Vater erzählen, was du willst«, entgegnete Xhar emotionslos. »Es wird nichts an den Gefühlen der beiden ändern. Und wenn du der Feldherr bist, der du vorgibst zu sein ... dann weißt du, dass es klüger ist, Halvar auf deiner Seite zu haben. Übertreibe dein Spiel nicht, Tristan NíGwydion.«

Scheinbar hatte Tristan eingesehen, dass eine Diskussion mit dem Gott keine Früchte tragen würde. »Wir werden sehen ...«, war alles, was er noch vor sich hinmurmelte.

»Und Hakon?«, wechselte Iouna rasch das Thema. »Ist er ... da?«

Xhar jedoch ließ sich Zeit; anscheinend wollte er Tristan noch eine Antwort zukommen lassen. »Ich verstehe dein Misstrauen, Tristan«, erklärte er. »Aber gerade du solltest den Wert der Liebe in einer Ehe kennen. Und wie ich sagte: Verräter werden nicht geboren, und Verrat wird nicht vererbt.«

Musternd betrachtete der Totengott die beiden Nordmänner vor sich. »Immerhin ... seid *ihr* auch treu«, ergänzte er dann.

Halvar wusste nicht, was sein Herr damit sagen wollte, aber er hatte keine Zeit, darüber nachzudenken, da Xhar sich an Iouna gewandt hatte, ohne eine Reaktion des Prinzen abzuwarten.

»Hakon kann nicht zu euch«, verkündete er. »Sein Besuch bei Halvar war bereits mehr als vorgesehen.«

»Sein ... Besuch?«, hinterfragte Halvar diese Worte. War der Fremde, der ihn in der Zelle besucht hatte, Hakon gewesen? Wenn er darüber nachdachte, ergab es Sinn. Auch die Worte, die der Fremde an ihn gerichtet hatte, könnten von Hakon stammen, seinem Vorfahren.

Iouna wusste von seinem Besucher, da er ihr davon erzählt hatte. Die Stunden auf dem Boot hatten sich gut dafür geeignet. Seine Ehefrau hatte ihm im Gegenzug von dem Buch berichtet, das Tristan ihr gegeben hatte.

»Ihr lasst die Toten willkürlich zu uns sprechen ...«, begann Iouna, wurde aber von Xhar unterbrochen.

»Nicht willkürlich«, korrigierte der Gott. »Aber dein Ehemann konnte Hakons Rat gebrauchen. Es war keine leichtfertige Entscheidung, eine Seele aus der Verdammnis zu befreien, damit sie mit einem Sterblichen reden kann.«

Einen Moment schwieg Iouna und nickte nur, bevor sie ihren Satz zu Ende brachte. »... Ist es dann nicht auch uns einmal gestattet, sie aufzusuchen?«

Xhar schüttelte den von langem Haar geschmückten Kopf. »Nein, ist es nicht«, wies er ihren Vorschlag zurück und deutete auf die junge Frau und ihre Brüder. »Eure Seelen können die Schattenwelt nicht betreten.«

»Dann lasst ihn noch einmal mit uns sprechen«, bat Iouna den Herrn der Fliegen. »Nur für einen Moment.«

Erneut schüttelte Xhar den Kopf. »Wie ich sagte: Sein Besuch bei Halvar war mehr, als ihm in der Verdammnis zustand.«

Rasch warf Halvar einen Blick zu Tristan, dem anzusehen war, dass er Hakons Verweilen in der finsteren Nachwelt für gut befand. Aber der Prinz hielt sich zurück, sodass Xhar fortfahren konnte.

Er musterte Iouna einen Moment, die ihn beinahe enttäuscht ansah, und wandte sich dann an Halvar. »Aber du kannst zu ihm.«

»In die Schattenwelt?«, hakte der Hüne erstaunt nach. »Ich dachte, unsere Seelen ...«

»*Ihre* Seelen«, wiederholte Xhar und zeigte auf die Adeligen. Anschließend bedeutete er Halvar, ihm zu folgen, und ging auf die große Statue und das Kohlebecken zu.

Verwirrt sah Halvar zu Iouna hinüber, die genauso überrascht schien.

Iouna und ihre Brüder bewegten sich nicht. Offenbar hatten sie Xhars Aufforderung als allein an ihn gerichtet verstanden. Er folgte seinem Gott zu dem Kohlebecken, das die einzige Lichtquelle im Raum darstellte.

Xhar blieb davor stehen und verschränkte die Hände auf dem Rücken. Stumm blickte er in das Feuer, das in der Schale vor der Statue brannte, während Halvar sich neben ihn stellte und es ihm gleichtat.

»Die Zeit ist gekommen«, verkündete Xhar leise. »Du hast bewiesen, dass du Seelenspalters Macht würdig bist.«

Mit einem zufriedenen Lächeln nahm Halvar das Lob hin und wartete ab, was Xhar noch zu sagen hatte.

Dieser schwieg jedoch, hielt die Hand über das Kohlebecken und ballte sie zur Faust, woraufhin eine Stichflamme darin aufging. Nachdem sich das Feuer wieder zurückgezogen hatte, schwebte die Waffe aufrecht stehend über der Glut. Langsam drehte sie sich, und das Feuer um die runenverzierte Klinge pulsierte wie ein Herzschlag. Die vier Zeichen, die dort eingraviert waren, »Feuer«, »Feind«, »Seele« und »Verdammnis«, leuchteten im selben dunklen Rot wie die Flammen der Schattenwelt; dagegen waren die schwarze Klinge und der ebenso düstere Schaft in der Tempelhalle kaum zu sehen.

»Du hast bewiesen, dass du das Leben ehrst«, erklärte Xhar dann weiter. »Du warst bereit, dein eigenes Leben in Gefahr zu bringen, um eine Schlacht zu verhindern.«

»Aber es ist nicht gelungen.«

»Das ist nicht von Belang«, führte der Gott weiter aus. »Dass Hannibal sich nicht an die Abmachung gehalten hat, ändert nichts an deiner Einstellung.«

Stumm nickte der Hüne und musterte die Waffe vor sich. Er konnte die Macht spüren, die von ihr ausging. Ihm war, als würde jeder seiner Herzschlage von einem Pulsieren der Flammen begleitet werden. Als wäre er mit Xhars Waffe verbunden.

Vielleicht bin ich es ja bereits.

»Das bist du«, bestätigte Xhar die Gedanken seines Auserwählten. Es war ein seltsames Gefühl, wenn die Götter auf unausgesprochene Worte antworteten. »Und jetzt nimm dir, was dir zusteht!«

Schon einmal hatte Xhar diese Worte an Halvar gerichtet. Damals hatte er die Macht über die Flammen erhalten und nun … Er konnte sich nicht ausmalen, welche Kräfte die Klinge besitzen würde. Vorsichtig streckte er seine Hand nach ihr aus.

Diesmal erloschen das Feuer und das Leuchten der Runen nicht. Fest schloss er seine Finger um den Schaft des Spontons; kaum war das geschehen, schossen schwarze Tentakel daraus hervor und schlangen sich um seine Hand. Sie hielten ihn fest und verhinderten, dass er den Arm zurückziehen konnte, während sie sich ihren Weg bahnten: über den Arm hinauf bis zu seiner Schulter, von dort weiter bis zu Hals, Brust und Rücken. Immer fester wurde der Griff, den sie auf den Arm des Hünen ausübten, bis sie schließlich innehielten.

Neugierig, was geschehen würde, betrachtete Halvar die Tentakel und nahm den leichten Schmerz ohne Murren hin, den sie mit sich brachten. Kein Laut war während der endlos scheinenden Stille von den drei Adligen hinter ihm zu hören.

Der Hüne ahnte, dass das noch nicht alles gewesen sein konnte. Plötzlich entzündeten sich die schwarzen Greifarme im blutroten Feuer der Verdammnis. Brennender Schmerz breitete sich überall dort aus, wo sie sich festgesetzt hatten. Je länger es dauerte, desto stärker wurde die Pein, die Halvar jedoch ebenso stoisch hinnahm. Nur ein leises Stöhnen entlockten ihm die Flammen, die ihm doch eigentlich nichts anhaben sollten.

Es ist Xhars Feuer …

Immer heftiger wurde der Schmerz auf seiner Haut, bis er den Hünen schließlich in die Knie zwang. Jedoch weigerte er sich standhaft, den Seelenspalter loszulassen, um die Schmerzen zu lindern.

Er wollte diese Waffe! Er wollte sie, um Iouna zu beschützen. Es gab nichts, was ihn davon abhalten konnte, nicht einmal die Qualen, die er in diesem Moment ertragen musste. Mit zusammengebissenen Zähnen kniete er vor der Klinge und senkte den Kopf, um einen Schrei zu unterdrücken; plötzlich erlosch das Feuer ebenso rasch, wie es aufgeflammt war. Mit ihm verschwand der Schmerz, und Halvar fiel nach hinten um. Er brauchte einen Moment, um seine Überraschung zu überwinden und um zu verstehen, was geschehen war. Wie durch eine dicke Mauer hörte er Iouna gedämpft seinen Namen rufen. Nur sein eigener angestrengter Atem war klar und deutlich zu vernehmen.

Die Waffe war verschwunden, die Tentakel waren zu einer dunklen Ascheschicht verbrannt, die seine rechte Hand und alle Bereiche schwarz färbte, an denen sie sich befunden hatten.

Das Hemd, das Halvar getragen hatte, war an diesen Stellen verbrannt und hing in Fetzen von seinem Körper.

Er versuchte, den Dreck von seiner Haut zu kratzen, aber es gelang ihm nicht. Skeptisch betrachtete er die dunklen Bereiche genauer und stellte fest, dass es keine Asche war. Seine Haut selbst war schwarz wie der Seelenspalter. Kurz darauf erkannte er auch die Runen, die in die verfärbte Haut eingebrannt waren. Kaum hatte er sie bemerkt, begannen sie zu leuchten wie die Glut in Xhars Kohlebecken. Blutrot glimmten sie, durchzogen von einem tiefen Schwarz. Wabernd lief das Glühen durch die Runen, die sich über den gesamten Bereich zogen, der zuvor von den Tentakeln überragt worden war. Die gleichen Zeichen, die auch die Klinge der Waffe zierten, schmückten die Haut des Hünen. Sein Handrücken zeigte jedoch noch immer das Zeichen seiner Verbindung zu Iouna, allerdings hatte es sich den anderen Runen angepasst.

»Was ...«, begann Halvar zu sprechen, musste jedoch husten und brach ab. Der Schleier, der sich um ihn gelegt hatte, lichtete sich; erneut hörte er Iouna seinen Namen rufen und spürte ihre Hand auf seiner Schulter. »Alles in Ordnung«, beruhigte er sie und erhob sich wieder vom Boden.

Wortlos starrte sie ihn an und ließ ihren Blick über ihn wandern. Sie nahm seine Hand in die ihre und fuhr mit den Fingern die Runen nach.

»Wirklich!«, bestätigte er seine Aussage noch einmal und schenkte ihr ein Lächeln.

Zufrieden erwiderte sie es und sah dann Xhar an. »Was sind das für Muster?«, wollte sie wissen, ohne die Hand des Hünen loszulassen.

Der Gott lächelte kurz und verschränkte die Arme vor der Brust. »Das Mal der Schatten«, erklärte er und sah dann Halvar an. »Du bist der erste Sterbliche, der es trägt.«

»Und ... was bewirkt es?«, hakte Halvar nach. Er wollte nicht undankbar erscheinen, aber er musste wissen, welche Kräfte er trug.

»Es erlaubt dir, meine Waffe nach deinem Willen zu beschwören und zu führen«, meinte Xhar und musterte Halvar.

Seine Waffe?

Seelenspalter war *Xhars* Waffe? Er schluckte. Offenbar erlaubte der Gott ihm, ein göttliches Artefakt zu tragen. Er spürte die Blicke aller auf sich ruhen, die sichtlich erwarteten, dass er seine neue Klinge zeigte. Sorgsam musterte er seine schwarze Haut, worauf die roten Runen glühten. Er stellte sich vor, den Sponton in Händen zu halten, und allein der Gedanke daran genügte. Von seinen Fingern aus erwuchsen Schatten und Feuer und erschufen in nur wenigen Augenblicken den Schaft der Waffe sowie die Klinge selbst.

Halvar fühlte die Anwesenheit seines neuen Werkzeugs, spürte das Gewicht und das Metall. Als wäre die Waffe ein Teil seines Körpers, folgte der Sponton seinen Bewegungen.

»Die Klinge schneidet nicht nur durch Fleisch«, verkündete Xhar. »Jede Seele, die ihr Ende durch sie findet, wird gerichtet. Gutes wird von Bösem getrennt. Diese Waffe ist es, welche die Verdammnis über die Sünder bringt. Sie ist das ewige Verlies, und du wirst sie von nun an mit dir tragen und deine Magie von den Seelen der Sünder statt von dir zehren lassen. Du wirst mein Stellvertreter in der Welt der Sterblichen sein, und keine Lüge wird dir entgehen.«

Wortlos musterte Halvar den Seelenspalter in seiner Hand. Er versuchte, die Macht zu verstehen, die er besaß. Sie war ein Gefängnis. *Er* war ein Gefängnis.

Ein düsteres Grinsen eroberte sein Gesicht, als er verstand, dass er nie wieder ohne Waffe einem Feind gegenüberstehen würde. Nie wieder würde er hilflos mit ansehen müssen, wie ein geliebter Mensch vor seinen Augen ermordet wurde. Mit einem Nicken ließ er sein Geschenk verschwinden, spürte aber die Präsenz des Artefakts weiterhin.

»Die Schattenwelt steht dir ab jetzt offen«, verkündete Xhar.

Fragend sah Halvar den Gott an und hob die rechte Braue. »Ich verstehe nicht, Herr«, gab er zu.

Xhar lächelte kurz, bevor die Welt um Halvar herum sich plötzlich veränderte. Als wäre die Zeit eingefroren, erstarrte Iouna neben ihm, genau wie ihre Brüder einige Schritte entfernt. Kein Laut drang an sein Ohr. Schwarzer Nebel schien von den Körpern der drei Adeligen auszugehen, als bestünden sie aus Asche, die im Wind verstreut wird. Ihre Herzen leuchteten in einem hellen Rot in der Brust wie Kerzen hinter Papier.

»Was …?«, fragte Halvar und sah Xhar an, der wieder seine wahre schattenhafte Gestalt angenommen hatte. Auch sein brennendes Herz leuchtete in seiner Brust, pulsierte leicht und war nicht so starr wie das der anderen.

»In dieser Welt vergeht die Zeit sehr langsam«, erläuterte der Totengott, woraufhin Halvar feststellte, dass keiner der drei wirklich stillstand. Sie bewegten sich, taten dies aber in einer Geschwindigkeit, dass man es kaum bemerkte.

»Du kannst die Schatten für kurze Zeit betreten, dich hier bewegen und sie wieder verlassen. In der Welt, die du kennst, vergehen nur Augenblicke.«

Erstaunt nickte Halvar und malte sich die Möglichkeiten aus, die diese Kräfte mit sich brachten. In einem Wimpernschlag konnte er die Distanz zu seinen Feinden überwinden, sie überraschen und ihre Schwächen nutzen.

Das macht es einfacher.

Plötzlich leuchtete Iounas Herz für einen Moment heller. Die ihrer Brüder folgten kurz darauf.

»In dieser Welt ist ein schlagendes Herz wie ein Leuchtfeuer«, erklärte Xhar.

Lächelnd beobachtete Halvar das in regelmäßigen Abständen wiederkehrende Schauspiel. Es war beruhigend zu sehen, wie Iounas Herz seine Arbeit verrichtete. Doch ein Blick auf ihren Bauch ließ Enttäuschung in ihm aufkeimen. Kein kleines Licht war dort zu sehen, das auf den ersehnten Nachwuchs hindeutete. Kein Leuchten, das die Familie ankündigte, von der Iouna genau wie er träumte. Hatte sie die Anzeichen falsch gedeutet?

»Das Leben beginnt mit dem ersten Herzschlag und endet mit dem letzten«, meinte Xhar sanft.

Die Worte schienen zu bestätigen, was der Hüne vermutete, woraufhin er betrübt auf den Boden blickte.

»Aber es braucht eine Hülle, welche die Seele bewohnen kann. Ansonsten kann sie davonfliegen wie ein scheuer Vogel«, fuhr der Totengott fort.

Halvar hob seinen Kopf wieder und sah seinen Herrn an. »Ihr meint ...«, fing er an, verstummte aber, als Xhar seine Hand hob.

»Ich *meine*, dass du Geduld haben solltest!«, forderte der Gott und wechselte dann das Thema. »Komm jetzt, Hakon ... wartet.«

Noch bevor Halvar etwas darauf antworten konnte, drehte Xhar die erhobene Hand. Mit der kleinen Geste ließ er den

Wind stärker werden, der den schwarzen Rauch von den Körpern der Adeligen vertrieb, woraufhin Xhar, Iouna und ihre Brüder beinahe davon geweht wurden und verblassten.

Einen Augenblick später fand sich Halvar in einer endlosen Ebene wieder. Nur harter grauer Fels erstreckte sich bis an den Horizont, der Wind wehte scharf und schnitt regelrecht in sein Fleisch.

Wo bin ich?

»In der Verdammnis«, beantwortete Xhar erneut die ungestellte Frage. »Hier wirst du deine Antworten finden.«

Verwirrt blickte Halvar in die fortwährende Düsternis des dunklen Gesteins. Wo sollten hier Antworten sein? Der Schrei einer Frau ließ ihn herumfahren, wo die Tristesse der ewigen Leere sich zu einem seltsamen Bild wandelte.

Eine riesige Waage Xhars stand dort für alle sichtbar. Deutlich zur Seite des Feuers gekippt, schien sie der armen Seele, zu der sie gehörte, ihre schlechten Taten vorzuhalten. Am Fuß der Waage stand Hakon, der Mann, der Halvar im Kerker Falkenbergs besucht hatte. Wieder trug er die Rüstung, in der er sich dort gezeigt hatte, und genau wie damals hatte er keinen Helm auf. Dieser lag neben ihm auf dem Boden.

Mit wütendem Blick fixierte der ewige Verräter die junge Frau, die er im Arm hielt.

Erst auf den zweiten Blick war der Dolch zu erkennen, den er in die Brust der Schwarzhaarigen gerammt hatte, die ihn fassungslos anstarrte. Langsam färbte sich der weiße Stoff ihres Kleides rot, als Hakons Blick sich plötzlich wandelte. Die Härte und der Zorn verschwanden und wichen Entsetzen und Trauer. »*Nein ... Soley!*«, wimmerte er in Vint, der Sprache der gemeinsamen Heimat der beiden Hünen.

Halvar wurde klar, dass er Zeuge des Mordes an der Königin des alten Volkes auf dem Schlachtfeld geworden war.

Jedoch wirkte der Mörder eher, als hätte er ein Unglück beobachtet, und nicht, als hätte er die Tat selbst vollbracht.

Und doch war es so. Noch immer umfasste er den Griff der Waffe in ihrer Brust, während sie langsam zusammensackte.

Wortlos stand Halvar in der Ferne und beobachtete den Tod der Herrscherin, der jenem Iounas erschreckend ähnelte.

Keinen Ton brachte die Sterbende mehr hervor, als sie in den Armen ihres Geliebten – des Mannes, der sie ermordet hatte – ihre letzten Atemzüge tat.

»*Nein, ich wollte das nicht …*«, schrie Hakon und drückte den leblosen Leib an sich. »*Ich wollte das nicht!*«

Betreten senkte Halvar den Blick. Er wusste, wie es war, eine geliebte Person in seinen Armen sterben zu sehen. Viermal hatte er dies bereits erleben müssen und mehr als nur ein Familienmitglied auf diese Weise verloren.

Einen Augenblick saß Hakon reglos auf dem kalten Boden, und nur sein leises Schluchzen war zu hören. Sein Verhalten passte nicht zu dem, was er getan hatte. Er war voller Trauer und Verzweiflung, die anfängliche Wut war vollkommen verschwunden.

Halvar hatte erwartet, seinen Vorfahren für die Tat zu verachten, ihn vielleicht sogar zu hassen. Doch als er ihn sah, spürte er nichts weiter als Mitleid. Mitleid und Furcht. Noch einmal durfte er Iouna nicht verlieren.

Doch plötzlich erschienen zwei weitere schemenhafte Gestalten. Gesichtslose Frauen, verschwommen im Nebel der Erinnerung in Xhars düsterer Welt, und bewaffnet mit Schwert und Schild. Die in Nebel zerfließenden Hände der Kriegerinnen ergriffen Hakon an den Armen und zerrten ihn von Soley weg.

»*Nein!*«, brüllte der Krieger und versuchte, sich loszureißen. »*Lasst mich zu ihr!*«

Die verzerrten Frauen flüsterten unverständliche Worte, die ebenso verschwommen waren wie ihr Abbild.

Hakon schien sie zu verstehen. Fluchend wand er sich aus ihrem Griff und kroch wieder auf die tote Königin zu.

Erneut packten die schattenhaften Frauen den Mörder ihrer Herrscherin, und eine von ihnen schlug den Knauf ihrer Waffe gegen den Kopf des Isvintari.

Kurz fragte sich Halvar, warum dieser den Helm nicht trug, während er gebannt das Schauspiel der Vergangenheit verfolgte. Er wusste, dass er nicht eingreifen konnte. Was er sah, war vor über siebenhundert Wintern geschehen und würde sich auch nicht rückgängig machen lassen.

Die Schattengestalten zogen unterdessen den benommenen Hakon endgültig von Soley weg. Noch immer versuchte der Krieger, sich zu wehren, aber weitere Schläge seiner einstigen Verbündeten ließen seinen Widerstand schnell schwinden. Gebrochen und besiegt, folgte der Hüne den deutlich kleineren Frauen, bis diese sich unvermittelt in Xhars schwarzen Rauch auflösten. Halvars Vorfahr sank schreiend in sich zusammen, und noch bevor er sich in Richtung seiner Geliebten aufmachen konnte, verschwand auch ihr Körper. Einen Moment saß Hakon einfach nur da und vergrub sein Gesicht in den Händen, ehe er sich wieder erhob.

Halvar machte einen Schritt auf ihn zu. Vielleicht konnte er ihn ansprechen, ihn fragen, warum er die Klinge in Soleys Herz getrieben hatte, obwohl er sie doch offenbar liebte.

Jedoch schien sein Ahn ihn nicht zu bemerken. Schwer atmend, ging Hakon zu der Stelle, wo die Königin zusammengebrochen war, und hob den Dolch auf, der noch immer dort lag. Missmutig steckte er ihn wieder in seinen Gürtel. Anschließend ergriff er den Helm und setzte ihn auf. Es war ein beeindruckendes Stück, das das Gesicht des Trägers komplett verdeckte. Von der gleichen Farbe wie der Rest der Rüstung, vollendete der Kopfschutz den Plattenpanzer. Hakon wirkte beinahe wie ein Ritter des schwarzen Banners, auch wenn der Orden zu seiner Zeit noch gar nicht existiert hatte.

Halvar fragte sich, was das Ganze sollte. Warum hob der Verdammte seine Ausrüstung wieder auf, als wäre nichts gewesen? Umgehend bekam er seine Antwort.

Soley formte sich erneut aus dem Nebel und stand erleichtert lächelnd in etwas Abstand vor ihrem Mörder.

Hakon nahm den Helm ab und schien wieder glücklich zu sein. Es wurde gesagt, dass sich der Verrat an der Königin nach einer Schlacht zugetragen hatte, und die Art und Weise, wie die beiden sich bewegten, aber auch ihre Mimik bestätigten dies. Hakon hielt das Rüstungsteil unter dem Arm, während Soley auf ihn zukam, sich neben ihn stellte und seine freie Hand ergriff. Leise unterhielten sich die beiden über etwas Unsichtbares in der Ferne. Mit dem Rücken zu Halvar standen sie in der Leere der Schattenwelt. Beobachteten sie das Schlachtfeld, auf dem sie bis eben gekämpft hatten?

Wieder fiel Halvar der lange Zopf auf, der Hakon bis zur Mitte des Rückens reichte und nur aus dem leicht ergrauten Deckhaar bestand. Der Vollstrecker verstand nicht, was gesprochen wurde, da die Worte nicht den Weg zu seinen Ohren fanden.

Plötzlich versteifte sich Hakon und spannte seine Muskeln an. Er warf mit einem Schrei den Kopf in den Nacken, beugte sich dann vornüber und ließ den Helm fallen. Sein rechtes Bein gab nach, wodurch er auf dem Knie landete und sich mit den Armen abstützte.

Besorgt wandte Soley sich ihm zu und legte die Hand auf seine Schulter, woraufhin sich ihr Geliebter ruckartig erhob, den linken Arm auf ihre Schulter legte und sie zu sich zog.

Das Zucken der Königin und ihr spitzer Schrei verrieten, dass Hakon erneut seinen Dolch in ihre Brust gestoßen hatte. Wie zuvor wiederholte sich das Geschehen.

Hakon trauerte um die junge Frau, bis die Kriegerinnen erschienen und ihn mit sich zogen, nur um all das kurz darauf von Neuem zu beginnen.

Immer und immer wieder wurde Halvar Zeuge der Schandtat seines Ahns. Immer und immer wieder musste Hakon seine Geliebte ermorden. Immer und immer wieder fragte sich der Vollstrecker, warum sein Urvater tat, was er tat.

Die Waage im Hintergrund gab einen Anhaltspunkt. Erlebte Hakon jedes Mal jenen Moment von vorne, der ihn in die Verdammnis geschickt hatte? Waren das die endlosen Qualen, die hier versprochen wurden?

Nach einer Weile überwand er sich und ging auf den verzweifelt schreienden Mann zu. Er wartete ab, bis Hakon sich aufmachte, den Dolch aufzuheben, und sprach ihn dann an.

Hakon reagierte nicht. Noch einmal spielte sich die traurige Szene vor Halvars Augen ab, ehe er erneut versuchte, die Aufmerksamkeit seines Ahnen auf sich zu ziehen. Wieder wartete er ab, bis der gleichgroße Mann sich in Richtung des Dolches wandte, und legte dann seine Hand auf dessen Schulter.

Hakon zögerte kurz, reagierte aber weder auf die Berührung, noch auf das wiederholte Ansprechen. Wie in Trance bewegte er sich weiter auf die am Boden liegende Klinge zu.

Mit zwei schnellen Schritten kam Halvar ihm zuvor und ergriff die Waffe. Erst nachdem er sie vom felsigen Grund entfernt hatte, blinzelte Hakon mehrmals und sah ihn überrascht an. *»H... Halvar?«*, stammelte der Verdammte und schien nicht so recht zu verstehen, was gerade geschah. *»Was ...?«*

»Xhar schickt mich«, erklärte der Vollstrecker ebenfalls in Vint. *»Ich habe Fragen.«*

Verunsichert blickte Hakon zu der Stelle, wo zuvor stets Soley erschienen war. Diesmal jedoch blieb sie fern. Offenbar gönnte Xhar Hakon eine Pause seiner ewigen Qual, weshalb dieser sich wieder an Halvar wandte. *»Ja, aber wie kannst du ...«*, begann er, unterbrach sich aber, als er den geschwärzten und runenverzierten Arm seines Nachfahren bemerkte. Ein kleines Lächeln huschte über das von Trauer und Wut gezeichnete Gesicht. *»Das Mal«*, flüsterte er und sah Halvar wieder in die Augen.

Dieser nickte zustimmend und erklärte, dass Xhar es ihm erlaubt habe, die Schattenwelt zu betreten.

Noch immer schien Hakon durch die unerwartete Unterbrechung seiner Strafe verunsichert. *»Was ... kann ich für dich tun?«*, fragte er zögerlich.

»Warum hast du mir bei deinem Besuch nicht gesagt, wer du bist?«, wollte Halvar wissen.

Leise lachte Hakon. *»Es blieb keine Zeit für unwichtige Details«*, erklärte er.

Unwichtige Details?

Halvar konnte sich nicht vorstellen, dass die Tatsache, dass der Mörder von Soley sein Vorfahr war, keine Relevanz besaß; trotzdem nickte er nur, um ihn nicht zu unterbrechen.

»Wichtig war nur, dass du verstehst, dass dein Wille ungebrochen bleiben muss«, fuhr Hakon fort.

»Warum?«, stellte Halvar die Frage, die ihm schon lange auf den Lippen brannte. Oft genug hatte man ihm dies gesagt, jedoch nie, weshalb. Er konnte sich nicht vorstellen, dass es nur an der Kontrolle des Feuers lag. Es musste noch einen anderen Grund geben.

»Weil es sonst genauso enden wird«, antwortete sein Vorfahr und deutete auf den Dolch in der Hand des Vollstreckers.

»Ich werde sie nicht töten!«, zischte Halvar; er war es langsam leid, dass ihm dies jeder unterstellen wollte.

»Du nicht, nein«, entgegnete Hakon traurig.

Verständnislos blickte Halvar ihn an, woraufhin der Verdammte weitersprach.

»Es gibt genügend andere, die dein Weib töten werden, sobald sie eine Möglichkeit sehen«, führte er weiter aus.

Schon wollte sich Halvar an der Bezeichnung »Weib« für Iouna stören, aber da in der Stimme seines Vorfahren keinerlei Abfälligkeit zu erkennen war, ließ er es bleiben. Stattdessen musterte er Hakon. *»Du bist hier, weil du es selbst getan hast«*, stellte Halvar seine Vermutung in den leeren Raum, was aber nur ein beinahe verzweifelt klingendes Lachen von Hakon erntete.

»Nein, ich bin wegen der Dinge hier, die ich vorher getan habe. Wegen der Dinge, die ich für den König von Isvinter tat.«

»Aber warum …«, wunderte sich Halvar und hob die Hand, die den Dolch hielt.

»Dies ist ein Ort ewiger Qualen«, erklärte der Verdammte. *»Es sind nicht die Verbrechen, die einem vorgehalten werden, sondern die schlimmsten Erinnerungen. Jene Momente, die einem das Herz brechen und einen zerstört zurücklassen.«*

Kurz überlegte Halvar. Es ergab Sinn, den rastlosen Seelen das vorzuhalten, was sie belastete. Nicht jeder bereute seine Taten, manche erfreuten sich sogar daran, weshalb es für sie keine Strafe war, sie immer wieder zu durchleben. Belustigt dachte er daran, dass Heinrich nicht in den Genuss kam, die Morde an seinen Ehefrauen sehen zu dürfen. Viel wahrscheinlicher war es, dass er für alle Zeit seinen Tod erneut sterben würde. Trotz der Genugtuung, die dieser Gedanke mit sich brachte, drängte sich doch eine Frage auf. Hakon *hatte* Soley offensichtlich getötet, sonst würde er diesen Augenblick nicht immer vor sich sehen. Aber es belastete ihn, und seine Reaktion darauf passte nicht zu der Tat. Zögerlich erkundigte sich Halvar, was es damit auf sich hatte.

»Ich hätte ihr nie etwas getan …«, murmelte Hakon. *»Es war nicht mein Wille, dass dies geschieht.«*

Sein Wille …?

»Und dennoch ist es geschehen«, fuhr Hakon fort. *»Weil mein Wille zu schwach war.«*

Beinahe fanatisch starrte er Halvar an und packte seine Schultern. *»Die Schatten, Halvar!«*, meinte er eindringlich.

»Die Schatten waren es! ›Sie‹ haben meinen Körper in jenem Moment kontrolliert, der ein ganzes Volk gestürzt hat. Sie waren es, die den Dolch geführt haben, nicht ich! Ich war nur zu schwach, es zu verhindern!«

Sofort drängten sich Erinnerungen in Halvars Geist. Erinnerungen an den Traum, der ihn nach Iounas Bestattung heimgesucht hatte. Der Traum, der ihm gezeigt hatte, wie er sich der jungen Frau aufzwang. Norna hatte ihn vor den Bildern bewahrt und ihm stattdessen schönere einer möglichen Zukunft gezeigt, aber er erinnerte sich genau an das Gefühl der Machtlosigkeit, als sein Körper sich weigerte, seinen Befehlen zu gehorchen.

»Wie in deinem Traum!«, bestätigte Hakon nickend, als könnte er die Gedanken seines Nachfahren lesen. *»Jedoch gibt es kein Erwachen. Kein Feststellen, dass es nicht real war!«*

Kurz legte sich der Mantel des Schweigens über die beiden Männer, während Halvar überlegte, woher Hakon davon wissen konnte. Hatte Xhar ihn unterrichtet, sodass er wusste, was sein Nachfahre erlebt hatte und er die Warnung aussprechen konnte? Über siebenhundert Jahre trennten sie voneinander, und doch erkannte Halvar die Ähnlichkeit zu seinem Ahn.

»Es wird dich ein Leben lang verfolgen«, versprach Hakon. *»Bis zu dem Augenblick, an dem Xhar dich zu sich holt. Und nicht einmal der Tod bringt Erlösung.«*

Betrübt sah Halvar auf den Boden. Ein einziger Moment der Schwäche war es gewesen, der eine Liebe und mit ihr ein Volk ausgelöscht hatte. Ein einziger Moment der Schwäche, der verhindert hatte, dass Hakon seine früheren Taten wiedergutmachen konnte, und der ihn auf ewig dazu verdammte, seine Geliebte zu ermorden. Ein Einziger!

Inzwischen verstand Halvar, warum sein Wille so wichtig war. Es war nicht das Feuer, das er kontrollieren sollte. Das war nur ein angenehmer Nebeneffekt, den die starke Willenskraft mit sich brachte. Vielmehr musste er den Schatten widerstehen, wie bereits im Kerker von Falkenberg.

Halvar biss die Zähne zusammen. Um nichts in der Welt würde er zulassen, dass die düsteren Wesen seiner Liebe etwas antaten. Eher würde er sterben.

»Das tut mir leid ...«, murrte Halvar und fragte nach dem Grund, weshalb die Schatten so vorgingen.

»Das Volk von Kreah war eine Schöpfung Athans, ihres Bruders ... Sie wussten, dass der Verlust ihn irgendwann in die Finsternis treiben würde. Jedoch konnten sie Soley und ihre Vorfahren nicht beeinflussen, genau wie sie dein Weib heute nicht beeinflussen können.«

»Also brauchten sie ... Hilfe?«

Nickend bestätigte Hakon die Vermutung und atmete einmal tief durch. *»Sie fanden sie auch. Bei den engsten Vertrauten der Königin. Bei Gwydion, ihrem Bruder, und Nilir, der Priesterin Nornas.«*

Gwydion?

Konnte es ein Zufall sein, dass Iounas Familie den Namen des wahren Verräters trug? Vermutlich nicht.

»Getrieben von Eifersucht gaben sie sich den Schatten hin und führten uns alle ins Verderben«, erklärte der Verstorbene weiter.

»Eifersucht?«

»Sie beide wollten etwas, das sie nicht haben konnten. Gwydion empfand ... mehr als nur brüderliche Liebe für Soley, was sie selbstverständlich nicht erwiderte. Ihr Herz gehörte mir – und meines ihr.«

Halvar schluckte. Er dachte daran, wie eindringlich Tristan versucht hatte, Iouna und ihn zu trennen. Zwar konnte er sich nicht vorstellen, dass der älteste Bruder Iouna auf die falsche Weise liebte, aber die Parallelen waren nicht von der Hand zu weisen.

»Und Nilir?«, hakte er nach.

»Sie hat sich zusammen mit Soley um meine Verletzungen gekümmert. Jedoch schenkte ich mein Herz der Königin. Nilir … hat das nicht verkraftet. Sie hat sich von der Klippe in die Fluten gestürzt. Offenbar aber nicht, um sich umzubringen.«

Verwirrt blinzelte Halvar sein Gegenüber an. Welchen anderen Grund gäbe es, sich von einer Klippe zu werfen?

»Sie hat sich den Schatten hingegeben«, fuhr Hakon fort. *»Der Sturz hat diese Tat besiegelt. Seit jenem Tag suchen sie und ihre Schlangendiener die Gewässer dieser Welt heim. Darauf wartend, dass sich Athans Erbe wieder erhebt.«*

Die Prinzen hatten etwas Ähnliches erzählt. Die verschwundenen Mädchen im ganzen Land schrieben die Nordmänner Nilirs Fluch zu. Bisher hatte Halvar dies immer nur für einen Aberglauben gehalten, aber die Ereignisse der letzten Wochen – nicht zuletzt der Angriff der Schlangen – ließen ihn glauben, was Hakon erzählte. *»Was will Nilir von den Frauen?«*, war die nächste Frage, die Halvar stellte.

»Das weiß nur sie selbst«, murrte Hakon und zuckte die breiten Schultern. *»Vielleicht ist es Neid, weil sie keiner anderen Frau das Leben oder die Liebe gönnt, die ihr verwehrt blieben. Vielleicht verfolgt sie aber auch einen größeren Plan.«*

Halvar ließ die Worte seines Vorfahren eine Weile wirken. Er wusste nicht, warum Nilir diesen Weg gewählt hatte. Warum hatte sie sich den Schatten hingegeben? Welche Versprechungen hatten sie ihr gemacht? Und wie verzweifelt musste sie gewesen sein, dass sie darauf eingegangen war?

Halvar fragte sich, wie er auf ein solches Angebot reagiert hätte, als seine Familie vor seinen Augen verblutet oder als Iouna in seinen Armen gestorben war. Die Momente seiner größten Schwäche. Warum hatten die Gefallenen sie nicht ausgenutzt? Warum hatten sie gewartet, bis er allein im Kerker von Schwarzbruchs saß, um ihm zu offenbaren, wozu sie fähig waren? Leise fragte er Hakon, ob er eine Antwort darauf hatte.

»Ich weiß es nicht«, erwiderte er trocken und musterte seinen Nachkommen. *»Vielleicht haben die Götter dich beschützt, oder es war zu früh. Deine Familie starb, lange bevor du dein jetziges Weib kanntest.«*

Nickend nahm Halvar die magere Erklärung hin. *»Können wir sie stoppen? Nilir?«*

»Vielleicht. Erst einmal müsst ihr sie finden, aber ich denke nicht, dass dies ein Problem wird.«

Halvar zog eine Augenbraue nach oben und blickte Hakon verständnislos an.

»Sie wird euch finden«, ergänzte Hakon dann. *»Dein Weib ist die lebende Erinnerung an alles, was Nilir hasst. Die Schlangen haben euch bereits einmal angegriffen oder nicht? Was hält sie auf, es ein zweites Mal zu versuchen?«*

Noch ehe Halvar darauf eingehen konnte, erschien die brennende Gestalt Xhars neben den beiden Männern. Funken und Rauch erfüllten die Luft, als der Herr der Fliegen sich materialisierte.

»Es ist Zeit«, verkündete er mit düsterer Stimme, woraufhin Hakon sichtlich geknickt den Kopf senkte.

Eine wenig verwunderliche Reaktion, musste er doch in die endlose Wiederholung seiner Tat zurückkehren. *»Der Dolch, Halvar …«*, flüsterte er und deutete auf die geschwungene Klinge, die Halvar noch immer in Händen hielt. Der golden verzierte Griff des Mordwerkzeugs zeugte von der edlen Herkunft ebenso wie der rote Edelstein, der darin eingelassen war. Die Fassung des Juwels zeigte eine stilisierte Fliege, die ihre Flügel darum gelegt hatte.

Halvar erkannte die Ähnlichkeit des Siegels zu seinem eigenen. Offenbar hatte er mehr von Hakon geerbt, als auf den ersten Blick ersichtlich war.

Zögerlich reichte Halvar seinem Vorfahren dessen Eigentum.

Jedoch ergriff Hakon entgegen der Erwartung nicht die Waffe, sondern Halvars Unterarm. *»Du musst richten, was* *ich zerstört habe, Sohn!«*, zischte er energisch und starrte Halvar in die Augen. *»Du musst erfolgreich sein, wo ich versagt habe! Widersetze dich ihnen! Lass sie nicht in deinen Geist! Dein Wille muss ungebrochen bleiben!«*

Erst nachdem Halvar genickt hatte, lockerte Hakon den Griff, lächelte kurz und nahm dann den Dolch an sich. *»Beschütze sie!«*, waren die letzten Worte, die Halvar noch von seinem Vorfahren vernahm, ehe er sich im starken Wind in schwarzen Rauch verflüchtigte. Im nächsten Augenblick fand sich Halvar wieder im Tempel vor.

Etwas konfus sah er sich um, aber von Xhar war nichts mehr zu sehen. Nur die Stimme des Gottes drang noch in seinen Geist. *»Fürchte nicht die Finsternis«*, raunte dieser. *»Akzeptiere sie und sei, was in ihr auf deine Feinde lauert. Angst ist eine Waffe, Halvar. Nutze sie zu deinem Vorteil.«*

»Das werde ich, Herr«, antwortete Halvar, woraufhin Iouna und ihre Brüder ihn verwirrt anschauten. Im schummrigen Licht waren sie kaum zu erkennen.

»Ist alles in Ordnung?«, wollte die Prinzessin wiederholt wissen und deutete an, dass Halvar einen Moment verschwunden war.

Er nickte nur kurz lächelnd, dann wurde er auch schon von Tristan gefragt, was geschehen war.

Mit einer Kopfbewegung deutete Halvar zum Ausgang. Nachdem Xhar nicht mehr zu sehen war, gab es keinen Grund, hier weiter zu verweilen. »Gehen wir, ich erzähle es unterwegs«, versprach er und musterte die Runen auf seinem Arm. Ohne eine Antwort abzuwarten, machte er sich auf den Weg.

Während sie zum Lager zurückritten, unterrichtete er seine Begleiter von seinen neuen Kräften und der Begegnung mit seinem Vorfahren.

»Also war es nicht wirklich Hakon, der Soley einst getötet hat?«, versicherte sich Thorvid, was Halvar bestätigte.

Tristan hingegen war erstaunlich schweigsam und hielt seinen Blick starr nach vorn gerichtet. Er schien nachdenklich; seine arbeitende Kiefermuskulatur verriet, dass er die Zähne aufeinanderbiss.

»Dann ist er auf unserer Seite kein Verräter«, merkte Iouna an. »Es muss schrecklich sein, in Büchern als Monster und Verräter zu gelten, wenn man keine Wahl oder Chance besaß, seine Tat abzuwenden.«

»Das ist es«, gab Halvar ihr recht. Der leere Blick seines Ahnen war ein deutlicher Hinweis darauf gewesen, wie es ihm ergangen war. Auch er hatte in seinem Traum kurz die Hilflosigkeit erlebt, die Hakon während der Tat durchgestanden haben musste. Er war froh, dass es nur ein Traum gewesen war und sich kurz darauf alles zum Guten gewandt hatte – vorerst zumindest. Iouna war am Leben, hatte das Bett freiwillig mit ihm geteilt und schien zu Großem berufen zu sein.

Und trägt vielleicht unser Kind …

Dieser Gedanke zauberte ein Lächeln auf sein Gesicht, während die kleine Gruppe wieder am Lager der Nordmänner ankam.

***

Obwohl sie sich der Gefahr bewusst war, zog es Iouna nach den letzten Ereignissen vor, ein wenig spazieren zu gehen. Sie musste nachdenken und den Kopf frei bekommen; das ging nicht im Lager, wo sie sich ständig beobachtet fühlte.

Xhar hatte einiges erzählt und durchschimmern lassen; darüber musste sie sich erst klar werden.

Athan war krank und sollte bald von der Dunkelheit verzehrt werden. Ein Gott, der seinen Kummer nicht alleine überwinden konnte, sondern die Hilfe seiner Familie benötigte. Als Urvater ihrer Blutlinie verhielt es sich anscheinend so, dass Athan eng mit deren Leben verflochten war. Mit den Menschen und mit dem Land, in dem sie einst gelebt hatten. Vermutlich hatten die gefallenen Götter geglaubt, dass es einen Keil zwischen die Zwillinge treiben würde, wenn Xhars Anhänger Athans Kinder niederstreckten. Aber dem war nicht so. Xhar wollte seinem Bruder helfen, ebenso wie Norna, ihre Schwester.

Wie gerne hätte sie ihren Gott gefragt, wie es ihm ging. Sie wäre ihm gern gegenübergetreten, um ihm zu versichern, dass sie alles für seine Heilung tun würde, aber sie konnte verstehen, dass er sich ihnen nicht allzu oft zeigte. Männer waren stolz und wollten nicht, dass man sie als schwach erlebte – vor allem nicht in Anwesenheit von Frauen.

Selbst Halvar, der Iouna als Einziger bei ihrem Spaziergang am Ufer begleitete, war so. Selten gab er offen zu, wirklich müde oder erschöpft zu sein. Lieber sagte er gar nichts und hüllte sich über seinen Zustand in Schweigen.

Mit einem Lächeln nahm sie die Erkenntnis hin, dass Mann und Frau wahrscheinlich so erschaffen worden waren. Die einen, die durch ihre Statur und Kraft viel ertragen, und die anderen, die wegen ihrem Gemüt viel erdulden konnten.

Selbst Iouna merkte, dass sie zunehmend ruhiger wurde, sich weniger ungeduldig gab und lernte, dass nicht alles an einem Tag erledigt werden konnte. Manchmal brauchten Dinge ihre Zeit. Immerhin erschienen ihr im Nachhinein die sieben Jahre in vollkommener Abgeschiedenheit wie ein Wimpernschlag, auch wenn sie wusste, dass sie sich damals wie eine Ewigkeit angefühlt hatten. Die langen Winter, in denen kaum jemand Hilfe benötigt und sie sehr oft nicht genug zu essen hatte. Erst in den vergangenen Tagen und Wochen war ihr bewusst geworden, dass sie nie unbeobachtet geblieben war. Die Götter hatten sie verfolgt und behütet, sodass sie nie gezwungen gewesen war, Wege einzuschlagen, von denen es kein Zurück mehr gegeben hätte. Somit fanden sich immer ein leer stehendes Haus, ein dankbarer verirrter Reisender oder eine freundliche Bauersfamilie, die sich ihrer annahmen. Zuerst war sie fast ein wenig enttäuscht darüber, dass sie all die Jahre doch nicht alleine gemeistert hatte, aber über die Hilfe der Götter durfte sich niemand beschweren, denn andere genossen diesen besonderen Schutz nicht. Deshalb bedankte sie sich in aller Stille bei ihnen. Es wäre undankbar und kindisch gewesen, sich im Nachhinein darüber aufzuregen.

Halvar dagegen war nicht so viel Glück vergönnt gewesen. Er musste an anderen Dingen wachsen. Am Leid und an der Trauer, die sein Leben beherrscht hatten.

Wenn sie die Methoden der Götter überdachte, schienen sie bei ihrem Ritter zu glauben, dass nur derjenige die Finsternis bekämpfen konnte, der sie selbst gesehen und mit ihr gelebt hatte. Wenn sie Halvar in die Augen sah, erkannte sie neben all der Güte und Liebe, die er ihr zukommen ließ, noch etwas anderes. Eben das, was die Götter dazu gebracht hatte, ihn nach langer Zeit auszuwählen. Es war die Finsternis! Die Dunkelheit, die selbst in einem hell erleuchteten Raum eine Ecke des Zimmers ausfüllen konnte. Halvar versuchte, diese Seite vor ihr zu verbergen, dabei fürchtete sie diese an ihm nicht, sondern bewunderte, dass er imstande war, abzuwägen, wann er ihr freien Lauf ließ.

Halvar war ganz anders als die Ritter, die in ihren Büchern beschrieben waren. Diese waren durch und durch guter Gesinnung und versuchten, Streitigkeiten beizulegen, Frieden zu stiften, aber Halvar ... Der Vollstrecker ging Streit nicht aus dem Weg, und er redete auch nicht viel, um den Frieden zu bewahren. Er kämpfte anscheinend lieber, wenn es sein musste. In dem Krieg, der ihnen augenscheinlich bevorstand, war kein Platz für die edelsten der Edlen, sondern es musste Feuer mit Feuer bekämpft werden.

Und nun, da sie vermutlich das Kind des Vollstreckers unter ihrem Herzen trug, würde er sicherlich nicht barmherziger oder nachlässiger werden.

Kurz schaute sie ihn vage lächelnd von der Seite an, während sie barfüßig durch das Gras schritt.

»Was ist?«, forderte Halvar zu wissen, als er ihren Blick bemerkt hatte, und erwiderte ihr Lächeln.

Iouna blieb stehen und wandte sich ihm zu. »Wenn dir eine weise Wahrsagerin all dies vor ein paar Wochen vorausgesagt hätte ... Was hättest du ihr geantwortet?«

Halvar lachte und dachte über ihre Frage nach. »Vermutlich hätte ich sie für eine wahnsinnige alte Frau gehalten.«

Seine Antwort entlockte auch Iouna ein kurzes Lachen, aber sie quittierte sie schlussendlich mit einem Schulterzucken. »Es ist sicherlich nicht leicht zu wissen, von wem du abstammst«, mutmaßte sie und setzte ihren Spaziergang fort.

»Es ist ... seltsam, zu wissen, dass mein Vorfahre derjenige war, der dein Volk beinahe ausgelöscht hat. Auch wenn er es nicht von sich aus getan hat.«

»Ich weiß nicht, was schlimmer ist«, antwortete Iouna und blieb nach wenigen Schritten noch einmal stehen. »Wäre er es selbst gewesen, der Soley getötet hat, dann wäre es vielleicht aus seiner Überzeugung heraus geschehen. Er hätte für sich selbst vielleicht einen Grund gehabt, dies zu tun, aber so ... Hakon tat etwas, was er nicht wollte, und als es passiert war, entließ man ihn aus der Kontrolle, damit er es sehen konnte.«

»Es war zwar nicht diese Tat, die ihm die Verdammnis brachte, aber es ist dieser Moment, den er in alle Ewigkeit durchleben muss«, erwiderte Halvar leise, und sie nickte.

»Das lässt einen darüber nachdenken, wo wir enden werden, wenn wir sterben.« Schmunzelnd überdachte Iouna ihre Worte noch einmal. »Ich zum zweiten Mal.«

Brummend stimmte Halvar ihr zu. »Ich hoffe, das hat noch Zeit.«

Dem konnte Iouna nur beipflichten und schaute sich etwas um. Umgeben von Bäumen und hohem Gras war das

Treiben im Lager nicht mehr zu hören. Nur der Gesang der Vögel und das Plätschern des Wassers sorgten dafür, dass es nicht totenstill am Fluss war. Aber das Leben um sie herum verriet, dass ihnen hier keine unmittelbare Gefahr drohte, zumindest nicht, was Nilirs Helfer anging. Momentan waren alle wachsamer als zuvor.

»Du musst aufpassen, dass du nicht alsbald für die Götter entbehrlich wirst«, gab Iouna amüsiert zu bedenken und wandte sich ihm wieder zu.

»Wenn ich entbehrlich werde, habe ich versagt«, antwortete Halvar darauf ernst und schaute sie an. »Dann habe ich dich nicht beschützt und ... dann stört es mich auch nicht mehr, entbehrlich zu sein.«

Iouna sah betreten zu Boden. So hatte sie ihre Äußerung nicht gemeint, und Halvar sollte sie auch nicht so auffassen. »Ich meinte eigentlich im Bezug darauf, dass Athan seine Blutlinie gesichert wissen will.«

»Ach so ...«, lenkte Halvar lächelnd ein. »Ein Vater hat mehr Aufgaben als nur ... die Zeugung.«

Erleichtert nahm Iouna seine Worte hin und trat näher an ihn heran. »Das stimmt wohl«, fuhr sie fort. »Ich eigne mich wohl kaum, einem Sohn beizubringen, wie man ein Schwert führt oder einen Schild hält. Ebenso kann ich keinen Mann lehren, ein Mann zu sein.«

Halvars Hand glitt über Iounas Wange und streichelte sie sanft, während sie ihm unverwandt in die Augen sah. »Athan wird sich etwas dabei gedacht haben, dass es zwei braucht, um Leben zu erschaffen«, meinte er leise, was Iouna innehalten ließ.

Sie war sich ebenfalls sicher, dass sich die Götter beim Erschaffen der Welt etwas gedacht hatten. Jedoch überkamen sie bei dem Gedanken an die Gefallenen düstere Vorahnungen. »Aber wenn die Schatten uns schon fürchten, was ist dann mit unserem Kind?«, fragte sie laut, anstatt ihre Gedanken für sich zu behalten. »Es ist ein Kind zwischen zwei

Gesegneten. Was, wenn unser Kind ähnliche Kräfte besitzt wie wir und damit den Dämonen ebenfalls im Weg steht?«

»Ich werde euch beschützen«, beruhigte sie Halvar und küsste kurzerhand ihre Stirn. »Ganz gleich, ob vor Menschen oder gefallenen Göttern.«

Daran hatte sie keinen Zweifel.

Xhars Äußerungen waren wie immer sehr vage gewesen. Iouna wusste noch nicht mit aller Sicherheit, ob sie ein Kind in sich trug, aber vieles deutete darauf hin. Halvar hatte von Norna gewisse Hinweise auf sein zukünftiges Leben erhalten, jedoch waren selbst diese nicht ausreichend gewesen, um herauszufinden, welchem Geschlecht das Ungeborene angehörte. Immerhin war Halvar der dunkelhaarige junge Mann zuletzt erschienen, der sich nur »Der Phönix« genannt hatte. Und dieser hatte beteuert, dass sie ohne ihn die Schatten nicht besiegen konnten.

Mit all dem Wissen, das sie beide besaßen, blieb trotzdem vieles noch ungewiss. Ein Säugling war wohl kaum imstande, gegen gefallene Götter zu bestehen, was sie Halvar auch besorgt mitteilte.

»Ich weiß ... Aber vielleicht gibt es auch in der Hinsicht mehr, als wir wissen«, entgegnete er beschwichtigend, und Iouna atmete tief durch.

Es war mehr als unbefriedigend, nicht alles zu wissen, und es war nicht leicht, die Brocken, die ihnen hingeworfen wurden, richtig zu deuten.

Um sich selbst etwas von der ungewissen Zukunft abzulenken, wechselte Iouna schließlich das Thema. »Wir entstammen zwei unterschiedlichen Völkern«, gab sie zu bedenken. »Welchem von beiden folgen wir, wenn es um unsere Kinder geht?«

»Muss man sich denn entscheiden?«, wollte er wissen, und Iouna lachte.

»Kommt darauf an, wie es die Isvintari mit ihren Frauen halten, die ihre Kinder gebären.«

»Das kommt darauf an, welche *Art* Frau es ist«, erwiderte Halvar, und die Prinzessin setzte sich amüsiert in das weiche Gras, während sie seinen Worten lauschte.

»Bei einer Nebenfrau interessiert es die Männer meist nicht sonderlich, da das Kind ja von jedem sein könnte. Bei der Hauptfrau jedoch feiern sie.«

»Sie feiern?«, hakte Iouna nach und sah skeptisch zu ihm auf. »Bevor sicher ist, dass beide leben?«

Der Isvintari setzte sich neben sie und nickte. »Die Feier ist auch eine Art Ritual, das die Gesundheit sicherstellen soll. Die Götter werden dazu eingeladen, und für jeden wird ein Kelch bereitgestellt.«

Iouna dachte nach. Dieser Brauch erschien ihr nicht unsinnig, dennoch warf er Fragen auf. »Und wenn es nicht gutgeht? Was ist dann?«

»Dann wird das meist so hingenommen. Die Feier wird dann zu einem Totengedenken ...«

Überrascht sah sie Halvar an. »Zumindest muss man nicht zweimal Gäste einladen«, antwortete sie nüchtern und schaute über den Fluss hinweg. An seinen Ufern hatte Halvar ein falsches Bild von den Bräuchen Athans gewonnen, aber sie war sich sicher, dass niemand ihr Kind dem Wasser übergeben würde, sollte ihr etwas geschehen.

»In meiner Heimat bleibt nicht lange Zeit, einem Toten nachzuweinen. Manche Winter fordern mehr Leben als ein Krieg«, erwiderte Halvar lachend, dabei erschien die Vorstellung alles andere als amüsant. Aber ja, Iouna verstand, was er damit meinte.

»Wenn es die Zeit erlaubt, werde ich dir nicht verbieten, zu feiern«, wandte sie ein; sie wollte nicht, dass die Traditionen seines Landes unbeachtet blieben – oder gar ignoriert wurden.

»Ich habe nicht gefeiert«, wandte Halvar betroffen ein, und Iouna sah ihn daraufhin fragend an. »Ich war zu nervös, um zu feiern. Also bin ich vor der Tür auf und ab gelaufen.«

»Und danach?«, bohrte sie weiter.

»Habe ich nach meiner Familie gesehen, bevor ich feiern konnte.«

Der Deckmantel der Trauer legte sich über die kleine Geschichte, wie Halvar die Geburt seiner Tochter erlebt hatte. Wie so oft konnte Iouna sich vorstellen, dass das nicht einfach zu schildern war, denn dies lag alles weit zurück und hatte ein weniger glückliches Ende genommen. Seine Vergangenheit war wie eine Wunde, die bei jedem Gedanken oder bei jedem Wort darüber erneut aufriss; sie würde es nie gänzlich schaffen, sie zu heilen. Iouna konnte lediglich die Schmerzen lindern, das wusste sie. »Nach der Geburt unseres Kindes darfst du auch feiern, aber eins verlange ich im Voraus ...«, erwiderte sie daher gespielt ernst. »Wehe, du kennst danach noch die Namen der Anwesenden, dann werde ich wütend.«

Halvar schien erst ihre Worte sortieren zu müssen, ehe er verstand, dass sie ihn zum Feiern zwang. »In Ordnung«, antwortete er, und sie nahm das als Versprechen entgegen.

Kurz darauf fragte er, welche Rituale die yveihische Bevölkerung besaß. Iouna lächelte und schüttelte dann ihren Kopf. »Das solltest du Tristan fragen. Ich glaube, er erklärt es dir gern. Die Geburt seines ersten Sohnes, die ich noch miterleben durfte, hat einen bleibenden Eindruck hinterlassen.«

Der weiterhin verwirrte Blick Halvars brachte sie erneut zum Lachen.

»Inwiefern?«, hakte er nach und die Erinnerung an diesen verschneiten Tag trieb der Prinzessin beinahe die Tränen des Lachens in die Augen. Sie räusperte sich und versuchte verzweifelt, einen ernsteren Ton anzuschlagen. »Wie Athan sagt, sind zwei nötig, um Leben zu zeugen, was wir aus Delyveih damit ehren, dass ein Kind auch gemeinsam empfangen wird. Der Vater wohnt der Geburt bei und darf das Zimmer so gut wie nie verlassen. Die Geburt meines Neffen zog sich über einen ganzen Tag hin, und ich kann nicht sagen, wer am Ende erschöpfter ausgesehen hat. Bei Tristan kam noch hinzu, dass er kreidebleich war. Weißer noch als der Schnee vor unseren Fenstern, und er schwor sich, dass er das nicht noch mal erleben wollte.«

»Und wie viele Kinder hat er?«

»Drei!«, antwortete Iouna, und wieder keimte ihr Lachen auf.

»Er hat es ja ganz gut überstanden«, meinte Halvar und lachte ebenfalls.

Das Bild, das Tristan von sich derzeit erschuf, war völlig anders als das, was Iouna von ihm in Erinnerung hatte. Er war der Thronerbe, das war ihr bewusst, aber früher war es ihm schwerer gefallen, den stolzen Anführer zu mimen. Nach all den Jahren schien er die Härte zu besitzen, die er früher immer verkörpern wollte. Aber zu welchem Preis? Barmherzigkeit und Güte gegen Respekt und Ehre?

»Wenn ein Mann nicht bei der Geburt seines Kindes anwesend ist«, fuhr Iouna daher erklärend fort, »gibt er unmissverständlich zu verstehen, dass er nicht glaubt, dass das Kind seines ist. Dass er eben auch nicht Teil der Zeugung war.«

»Dann werde ich wohl *im* Zimmer auf und ab laufen.«

Iouna nickte und erzählte Halvar, dass Thorvid eines der Kinder war, bei dessen Geburt ihr Vater nicht anwesend sein konnte, da vom Beginn bis zum Ende nur wenige Augenblicke verstrichen. Raik hatte es nicht geschafft, so schnell von einer feierlichen Jagd zurückzukehren, weshalb er im Nachhinein beteuern musste, der Vater zu sein.

»Also ist es möglich, das Kind noch zu akzeptieren?«, wollte Halvar beunruhigt wissen, denn schließlich konnte immer etwas passieren, was ein Beisein verhinderte; das wusste selbst die Prinzessin, und so bestätigte sie seine Frage.

»Ja, indem der Vater dem Kind seinen Namen gibt. Die Väter geben dem Kind immer den Namen, aber wenn der Fall der Fälle eintritt, dass die Geburt zu schnell vonstattengeht, dann dient dies dem nachträglichen Anerkennen. Bei den Adligen wird jedoch viel geredet, weshalb mein Vater noch einmal öffentlich verkünden ließ, dass Thorvid sein Sohn ist, und kennt man beide, ist die Ähnlichkeit nicht zu … überhören. Jedoch liegt selbst heute immer noch eine gewisse Skepsis über der Abstammung meines Bruders, und hin und wieder hört man dieses Gerücht noch rumoren. Sein Verschwinden hat sicherlich nicht dazu beigetragen, dass es endgültig verstummt ist.«

Die Antwort schien beruhigend, auch wenn Halvar das mit Thorvid bedauerte. »Und … wenn der Vater nicht mehr lebt?«, wandte Halvar noch einmal ein, worauf Iouna tief durchatmete.

»Dann ist das Kind wertlos, und ähnlich wie in Isvinter besitzt es keinen Nachnamen. Die Mütter können ihren Kindern Rufnamen geben, die sie verwenden, um nicht ›Junge‹ oder ›Mädchen‹ rufen zu müssen. Dies geschieht ebenfalls, wenn sich kein Vater zum Kind bekennt – verheiratet oder unverheiratet spielt dabei keine Rolle. Das Volk weiß ja, dass es immer zwei braucht und eine Frau nicht einfach so ein Kind empfängt. Fehlt ein Teil, sind die Kinder nicht vollständig und werden deshalb ›Halbe‹ genannt. Sie sind weder erbberechtigt, selbst wenn der Vater bekannt ist, noch wird ein Mord an ihnen bestraft. Sie existieren für den Rest der Welt nicht. Ändern lässt sich das nur, wenn die Mutter heiratet und der Ehemann das Kind als seines annimmt, das heißt, ihm seinen Namen überträgt, auch wenn es gar nicht das eigene Kind ist.«

Halvar wollte danach wissen, ob ein Mann sich nicht bereits vor der Geburt zu einem Kind bekennen konnte, aber das verneinte Iouna. Der Isvintari erklärte seinen Einwand damit, dass ein Vater in Isvinter ein Schriftstück aufsetzen konnte für den Fall, dass ihm in der Zeit der Schwangerschaft etwas passieren sollte. Der Prinzessin sagte ein derartiges Vorgehen jedoch nichts. Solch ein Dokument könnte jeder fälschen, und es wäre schwer nachzuweisen, dass es wirklich vom besagten toten Vater stammte. Außerdem musste man beachten, dass nicht jeder Mann oder jede Frau im Volk schreiben konnte. Ganz Mittland hatte diese Handhabe bereits von den Nordleuten übernommen, nicht zuletzt, um sich so vor der Versorgung einiger Bastarde drücken zu können. Iouna erzählte Halvar, es sei damals mehrfach dazu gekommen, dass Frauen behauptet hatten, von ihrem Bruder Yorick ein Kind zu erwarten, aber da der Nordmann kein Interesse an einem idyllischen Familienleben besaß, erkannte er die Kinder nicht an. Er konnte ja auch nicht mit Sicherheit sagen, dass es seine sind, wenn die Frauen ebenso wenig Treue geübt hatten wie der Prinz selbst. Iouna bedauerte den Zustand, dass keine Frau der Welt das Herz ihres Bruders erweichen konnte und er einfach von einem Bett ins nächste wechselte. Warum er so war, das wusste sie nicht, aber sie glaubte nicht, dass jemand so geboren wurde – vor allem nicht in ihrem Volk, wo man solch ein Verhalten nicht offen zugab.

»Es gibt immer Außenseiter«, äußerte Halvar seine Meinung dazu, aber der Prinzessin entlockte diese Antwort nur ein Seufzen. Früher, als sie noch jünger gewesen war, lautete Yoricks Ausrede stets, dass sich Iouna glücklich schätzen sollte, dass er unverheiratet bleiben würde, denn so gehörte sein Herz allein ihr. Allerdings sah sie es nun anders, denn in ihren Ohren klang dies wie die Worte, die er vermutlich des Öfteren schon anderen Frauen zugeflüstert hatte, damit sie sich ihm schneller hingaben. Er war ein Mann, der dem Spaß mit Frauen frönte, aber nicht bereit war, die Konsequenzen zu tragen.

In Isvinter war dies ein alltägliches Verhalten, weshalb sie Halvar gestand, dass er die angenehmere Art Außenseiter darstellte ... Aber nun musste sie abwägen. Wenn sie selbst Mutter war, welche Werte wollte sie ihrem eigenen Sohn oder ihren Söhnen vermitteln? Dass es in Ordnung war, sich Frauen wie Schweine zu halten? Ebenso den Töchtern. Sollten sie es erdulden, reine Winkelfrauen zu werden, sogar als Prinzessinnen? Zum ersten Mal konnte sie die Bedenken ihrer eigenen Mutter nachvollziehen, dass man sich zwar genügsam geben, aber nicht unter Wert verkaufen sollte.

»Mach dir nicht so viele Sorgen«, meinte Halvar und nahm beruhigend ihre Hand, nachdem sie mit ihren Schilderungen fertig war.

»Das ist leicht gesagt«, gestand Iouna und versuchte, sich weiterhin in Geduld zu üben.

Eine ganze Weile saßen sie da und sprachen darüber, was sein könnte und sein würde. So lange, bis die Sonne schon tief am Himmel stand und Halvar es für klüger hielt, zum Lager zurückzukehren.

Der Rückweg zog sich hin. Iouna konnte sich gar nicht daran erinnern, so weit gelaufen zu sein. Kurz vor dem Lager hielt sie jedoch noch einmal an. Ein paar Schritte entfernt waren bereits die ersten Zelte zu sehen, und damit auch wieder einige Nordleute.

»Es schadet allerdings nicht«, setzte Iouna an und betrachtete Halvar etwas genauer, »wenn du dir einen Namen für dein Kind überlegst.«

»Das habe ich schon«, entgegnete er ihr, und überrascht sah Iouna ihn an. Andere Väter brauchten dafür oftmals Tage oder Wochen, wenn nicht Monde, aber Halvar schien sich seiner Sache recht sicher zu sein.

»Ivar«, antwortete er mit einer gewissen Bestimmtheit in seiner Stimme, und sie wusste umgehend, woher sie diesen Namen kannte. Es war der Name des Mannes, der Halvar aus seiner Gefangenschaft befreit und dabei sein Leben gelassen hatte.

Daher stimmte sie seiner Wahl zu, konnte sich aber ein spitzbübisches Grinsen nicht verkneifen. Als Halvar fragte, warum sie ihn so herausfordernd ansah, lachte sie zuerst und legte dann seine Hand auf ihren Bauch.

»Hat dir Xhar auch die Kraft verliehen, zu wissen, was dein Kind wird? Prinz oder Prinzessin? Denn Ivar ist wohl kaum für ein Mädchen geeignet.«

»Nein, nicht direkt«, gab Halvar daraufhin lächelnd zu.

»Aber du hoffst auf einen Jungen?«

»Ein wenig«, antwortete er ehrlich, und das konnte sie ihm wohl kaum übel nehmen. Welcher Mann sehnte sich nicht nach einem Sohn, den er formen und zu seinem Erben machen konnte? Selbst Iouna musste zugeben, dass Halvar einen Sohn zu schenken ein erstrebenswerter Gedanke war, auch wenn sie wusste, dass ihr Erbe nie ein Mann antreten sollte. Trotzdem konnte es nicht schaden, wenn das älteste Kind ein Junge würde. Ebenso wie sie würden ihre Töchter dann einen starken Bruder an ihrer Seite haben. Nichts, was es zu bedauern gab. Ohnehin könnte ein Kind von ihr und dem Isvintari ein Zeugnis dafür sein, dass Frieden zwischen den beiden Völkern möglich war. Es begrub die Vergangenheit und ließ etwas Neues entstehen. Während zuvor immer nur die vielen Gefallenen des Krieges im Vordergrund gestanden hatten, entstand nun neues Leben.

Iouna teilte Halvar mit, dass sie hoffte, ihm diesen Wunsch erfüllen zu können, aber herausfinden würden sie es erst im nächsten Frühling.

Doch bevor sie sich wieder der Zeltstadt zuwenden konnten, unterbrach eine Stimme die Zweisamkeit der Liebenden.

Lothar verließ sichtlich zufrieden ein allzu bekanntes Zelt, als sich ihre Blicke trafen. Musternd sah er die beiden an.

»Einen angenehmen Abend, wünsche ich«, rief ihnen der Herzog betont freundlich zu, was Halvar nur ein missmutiges Brummen entlockte.

Nur zögerlich nahm der Hüne seine Hand vom Bauch der Prinzessin, wodurch Iouna das Anspannen jeder Faser seines Körpers spüren konnte. »Wir können ihm nicht verbieten, Kassandra zu besuchen«, versuchte Iouna, Halvar zu beruhigen.

Noch einmal gab der Hüne nur ein Raunen von sich und sah dem Herzog nach, der in bester Laune wieder zu seinem Gefolge zurückzukehren schien.

In der Tat war ein Besuch bei einer Dirne nichts, was jemand einem unverheirateten Mann untersagen konnte, aber dass Lothar damit wiederholt einen Grund besaß, in das Lager der Nordmänner zu kommen, stieß Iouna sichtlich auf. Andererseits konnte sie aber auch Kassandra nicht verbieten, einem Herzog ihre Dienste anzubieten, da sie schließlich von dem Wenigen, was ihr die Herren gaben, überleben musste.

Die Prinzessin kannte die Schattenseiten eines jeden Landes, wobei diese kennenzulernen wie ein Schlag in ihr Gesicht gewesen war. Bis zu ihrem fünfzehnten Lebensjahr war sie hinter sicheren Mauern großgezogen worden, die den Blick auf das einfache Volk abgeschirmt hatten. Nach ihrer Flucht lernte sie jedoch schnell die andere Seite kennen.

Zuerst war Iouna von den vielen Frauen auf dem Marktplatz verwirrt gewesen, die alle die gleichen farbigen Bänder trugen. Sie glaubte zu diesem Zeitpunkt noch, dass es sich dabei wohl um so etwas wie eine Weihefeier gehandelt hatte, wobei die Frauen bis auf ein paar wenige zu alt dafür gewesen waren. Ihr zweiter Gedanke war, dass sie einer Art Brautschau angehörten. Erst nachdem die Frauen gezielt Männer angesprochen hatten und mit ihrer Weiblichkeit nicht geizten, war Iouna klar geworden, dass es sich bei ihnen um Dirnen handelte. Hin und wieder unterhielt sie sich auch mit einer der Frauen, wenn es um Ereignisse in den

Herzogtümern ging, denn selten war jemand besser informiert als diese Frauen.

Ihr Los war kein einfaches, aber nicht alle handelten aus Zwang oder aus der Not heraus. Einige schienen die Arbeit sogar zu mögen und die oftmals damit verbundenen Geschenke der Freier gerne entgegenzunehmen. Manche Dirnen genossen solch ein hohes Ansehen, dass sie zu Mätressen aufstiegen und ein fast sorgenloses Dasein fristen konnten. Aber dies war nur in anderen Herzogtümern möglich, nicht bei den Nordleuten, die außereheliche Affären bestraften.

Das Leben in einem Frauenhaus unterschied sich zudem kaum vom Leben unter den Reichen und Adligen. Als Tochter eines Herzogs wurde man auf die Rolle einer zukünftigen Herzogin vorbereitet, so wie es Iounas Mutter war. In den Bordellen war es oft ähnlich, dass die Tochter, wenn die Mutter bereits eine Dirne war, nach ihrer Weihe zur Frau dem gleichen Beruf nachging. Dort wurden die Jungfrauen sogar zu sehr hohen Preisen versteigert, was die Prinzessin auch im übertragenen Sinne kannte. Die Söhne hatten meist mehr Glück und kamen bei Handwerkern unter oder schlossen sich der Armee an – nicht selten wurden sie von den Rittern aufgenommen.

Doch bei all den Gedanken an die unterschiedlichen Verhältnisse keimte in Iouna eine Idee auf. »Was wäre, wenn ich Kassandra in den Stand einer Zofe erheben lasse?«, murmelte sie plötzlich leise und schaute zu Halvar auf.

»Das wäre ein angenehmeres Leben, auch wenn sie nicht unzufrieden wirkt«, antwortete er, und Iouna nickte.

Dadurch, dass Keira mit Hallet beschäftigt war und Gaelle nicht mehr lebte, hatte Tristan sicherlich nichts dagegen, eine andere Frau an die Seite seiner Schwester zu stellen. Natürlich wäre Neele ebenso infrage gekommen, aber sie hatte den Angriff der Schlangen noch nicht wirklich verkraftet und weinte viel. Ihr Verlobter hatte alle Mühe damit, die junge Frau zu beruhigen, und Iouna war froh, dass auch dieser den Kampf weitestgehend unbeschadet überstanden hatte.

Iouna nahm sich vor, mit ihrem Bruder zu reden und Kassandra das unverbindliche Angebot zu unterbreiten. Als Zofe würde sie für ihre Arbeit entlohnt werden und wäre nicht mehr gezwungen, der Tätigkeit einer Dirne nachzugehen. Es hatte somit für beide Frauen einen Vorteil. Für die Prinzessin jenen, dass es keinen Grund mehr für Lothars ständig wiederkehrende Besuche gab.

***

Nach wenigen Tagen hatte die Reisegruppe die Grenze Delyveihs hinter sich gelassen. Im Norden Mittlands war es deutlich kühler als im Süden, das Ende des Sommers kündigte sich an. Der Wind wurde rauer, was nicht zuletzt am Meer lag, dessen Ufer immer näher rückte. Dichter Nebel waberte morgens über das Wasser und wechselte sich mit kleinen Regenschauern ab.

Auch wenn Halvar das Feuer der Verdammnis in sich trug, war die Hitze der letzten Wochen nichts für ihn gewesen. Er war in der Kälte geboren worden und würde sich in seinem Leben wohl nicht mehr an ein warmes Klima gewöhnen. Das allein war ein Grund, warum er sich auf die Ankunft in der neuen Hauptstadt des nun bald vereinten Reiches freute. Zudem war er nicht erpicht darauf, länger auf einem schwankenden Boot zu leben als unbedingt nötig. Andererseits kam der Moment der Wahrheit ebenso näher wie die Tore Yveihs. Was würde Raik dazu sagen, dass seine Tochter einen Isvintari geehelicht hatte? Noch dazu ohne seine Einwilligung? Obwohl es schwer vorzustellen war, dass der künftige König sich dem Willen der Götter widersetzte, war es dennoch möglich. Zwar trug Halvar die schwarzen Insignien des Todes auf der Haut und beherrschte Xhars Gaben problemlos, und doch ... Er mochte ein Krieger sein, der vom Leben gesegnet und vom Tod gezeichnet worden war, aber die bevorstehende Unterhaltung mit Raik machte ihn nervöser als jede Schlacht.

Nachdenklich starrte der Hüne auf das Wasser hinaus. Die Sonne verschwand bereits hinter dem Horizont. Für die kommende Nacht hatten die Boote wieder am Ufer angelegt, und die Zeltstadt war rasch errichtet worden. Das Tagwerk war vollbracht.

Noch immer gab es nichts, was die Hoffnung trübte, dass Iouna ein Kind in sich tragen könnte. Jede Nacht blickte sie in den Himmel und schien den Mond zu mustern, jede Nacht wuchs die Gewissheit einer kleinen Familie ein wenig. An diesem Abend hatte sich die Prinzessin bereits früh in ihr Zelt zurückgezogen. Sie ermüdete schneller, was ebenfalls als gutes Zeichen gedeutet werden konnte. Besonders bei Iouna, die doch sonst durch ihr Blut vor jeder Krankheit gefeit war.

Halvar hatte die Zeit genutzt, um sein eigenes Training und das von Titus fortzuführen. Nach der Begegnung mit den Schlangen Nilirs nahm der Magier die Übungen weitaus ernster und bemühte sich eifrig, den Anweisungen Folge zu leisten.

Nun war auch Titus erschöpft in seinem Zelt verschwunden, und Halvar stand allein auf dem freien Feld neben ihrem Nachtlager. Was würde die nahe Zukunft bringen? Was kam nach dem Gespräch mit Iounas Vater? Was immer es war, er war sich sicher, dass einige Kämpfe vor ihm lagen.

Langsam löste er sich aus seiner Starre und betrachtete die roten Runen auf seiner dunklen Haut. Lächelnd stellte er fest, dass der Name, den man ihm während seiner Zeit als Kopfgeldjäger gegeben hatte, wieder passte.

Der Gezeichnete.

Doch diesmal war es ein Gott gewesen, der ihm die Schriftzeichen eingebrannt hatte, und kein Sterblicher, der den Ritter als Sündenbock benutzte. Diese Runen waren ein

Symbol der Macht, die ihm nun innewohnte, und kein Zeichen des Verrats.

Er spürte das Gewicht seiner neuen Waffe in der Hand, als der Seelenspalter erschien. Die Klinge selbst war etwa so lang wie Halvars Unterarm und so scharf, wie man es sich nur wünschen konnte. Fest umgriff er den Schaft, der alleine so hoch war wie der Vollstrecker. Zusammen mit der runenverzierten Klinge überragte das göttliche Artefakt selbst ihn.

Rasch führte Halvar ein paar Hiebe in die Luft aus. Zischend glitt der schwarze Stahl hindurch und deutete die zerstörerische Kraft der Waffe an.

Er hatte festgestellt, dass das Feuer Xhars auch an der Spitze des Spontons brannte, wenn es entzündet wurde. Aber als Nächstes interessierte ihn der Weg durch die Schatten, den der Gott ihm gezeigt hatte. Bereits einige Male hatte er es erprobt, jedoch hatte er nur kurze Strecken zurückgelegt und nicht versucht, es in Kampfbewegungen einzubinden.

Er hob ein armlanges Stück Holz auf und schleuderte es über die Wiese. Bevor es auf dem Boden aufschlug, schloss Halvar die Augen und stellte sich seinen Übergang in die Schattenwelt vor. Das Rauschen des Flusses verstummte, nur das pfeifende Geräusch des dunklen Windes blieb, das er bereits bei seinen vorherigen Ausflügen ins Reich der Toten vernommen hatte. Eilig näherte er sich dem Ast, der stark verlangsamt in der Luft zu hängen schien, und versuchte, ihn zu fassen. Widerstandslos glitten seine Finger durch das Holz, genau wie er es erwartet hatte. Er befand sich nicht mehr in der Welt der materiellen Dinge, also konnte er sie auch nicht berühren. Der schwarze Rauch, den der scharfe Wind von den Enden des Astes wegtrieb, zeigte deutlich, in welcher Welt sich Halvar befand. Kurz überlegte er und machte dann einen Schritt zurück. Er beobachtete sein Ziel, wie es sich allmählich dem Boden näherte.

Er holte aus und führte probeweise einen Schlag aus, der das Holz zwar traf, aber wirkungslos durchdrang. Nicht einmal der Seelenspalter war in der Lage, die Grenze zwischen den Welten zu überwinden. Wiederholt zog er den Sponton zurück und brachte ihn in Angriffsposition. Ein weiterer Hieb folgte, aber diesmal versetzte er sich in die Welt der Lebenden, bevor die Klinge ihr Ziel fand. Krachend traf sie auf den morschen Ast, der in zahlreiche Splitter zerplatzte. Zufrieden lachte Halvar auf und verbarg seine Waffe wieder.

»Ich hoffe, Ihr habt nicht vor, diese Kräfte gegen uns einzusetzen«, wünschte sich Thorvid, der sich unbemerkt genähert hatte.

»Habe ich nicht«, antwortete Halvar und wandte sich zu ihm um. »Und ich hoffe, dass ich es auch nicht muss.«

Mit festem Blick fixierte er den Prinzen, der mit schnellen Schritten näher kam. Auch wenn es nicht sein Plan war, seine Kräfte gegen Delyveih oder Iounas Familie zu richten, würde er es tun, sollte Iouna in Gefahr geraten. So wie sich Hakons Geschichte wiederholte, so konnte es auch jene von Gwydion oder Nilir tun, und Halvar wollte auf diesen Fall vorbereitet sein.

»Wer weiß«, meinte Thorvid und zuckte mit den Schultern. »Zumindest könnt Ihr damit jedweder Bitte etwas Nachdruck verleihen.«

»Ich habe nicht vor, Euren Vater unter Druck zu setzen oder zu bedrohen, falls Ihr das meint«, warf Halvar ein. Er wollte den Vater seiner Ehefrau auf seiner Seite wissen. Ein Verbündeter war immer besser als ein Feind, und in diesem Fall schien es keinen Mittelweg zu geben.

»Er wird vielmehr beeindruckt sein«, versprach Thorvid und winkte ab. »Er hegt Interesse an allem, was magisch ist.«

Einen Augenblick musterte Halvar sein Gegenüber. Noch immer hatte er sich nicht daran gewöhnt, nun als Magier gesehen zu werden. Obwohl seine Kräfte die der meisten Zauberkundigen in Mittland weit überstiegen, sah er sich selbst immer noch als Krieger, als Vollstrecker und Todesritter. Dennoch war es nachvollziehbar, dass andere ihn nach dem beurteilten, was sie sahen. Ein Mann, der Flammen aus dem Nichts erzeugen konnte und durch die Schattenwelt wanderte, wurde unweigerlich als Magier und Hexer gesehen. »Und wie äußert sich dieses Interesse?«, wollte Halvar wissen.

»Faszination«, war die einfache Antwort, woraufhin Halvar verwundert die Augenbraue hochzog und Thorvid weiterhin ansah.

»Und das heißt?«

»Wenn Ihr es geschickt anstellt, wird er Euch auf seiner Seite haben wollen«, erklärte der Bewahrer und kratzte sich am unrasierten Kinn.

»Habt Ihr einen Vorschlag?«, erkundigte sich Halvar. Wenn es ein Mittel gab, das Raik von ihm überzeugen konnte, wollte er es nutzen.

»Nutzt jede Gelegenheit, Eure Kräfte zu gebrauchen«, riet ihm Thorvid daraufhin. »Zeigt ihm, dass Ihr auserwählt seid, dann wird er Euch meine Schwester nicht verweigern.«

Mit einem dankbaren Nicken nahm Halvar den Hinweis entgegen und erkundigte sich dann, was Thorvid zu im führte. Er konnte sich nicht vorstellen, dass es reine Neugierde auf das Training war.

»Wir haben noch einiges zu besprechen, bevor wir in Delyveih eintreffen«, verkündete der Nordmann und machte ein paar Schritte auf das Ufer des Flusses zu. Mit auf dem Rücken verschränkten Händen blieb er stehen und blickte auf das Wasser hinaus.

Halvar folgte dem Paladin und stellte sich neben ihn. »Zum Beispiel?«, hakte er nach.

»Die Familie Eurer Auserwählten …«, begann Thorvid, ohne ihn anzusehen.

Halvar richtete seinen Blick ebenso auf die kleinen Wellen, die sich im Fluss kräuselten. Der leichte Wind ließ das Abbild des Mondes auf der Wasseroberfläche verschwimmen und die Blätter rascheln.

»Haben wir das nicht gerade?«, hinterfragte Halvar die Worte Thorvids.

»Insbesondere auch mich ...«, wurde Iounas Bruder genauer und fuhr kurz darauf fort, als Halvar ihn in erwartungsvollem Schweigen ansah. »Über Dinge, die ich getan habe und von denen meine Schwester nichts weiß oder wissen soll. Meinen Weg säumen unzählige Leichen. Aber ich habe das Gefühl, dass sie nötig waren, damit Ihr nun mit ihr hier sein könnt.«

»Das klingt nicht, als wäre es nur ein ... *falscher* Kopfgeldjäger gewesen«, stellte Halvar fest, der einem solchen den Dolch in den Hals gerammt hatte.

»Nein, dieser war vertretbar«, bestätigte Thorvid und erzählte noch einmal von dem Schiff, das Iouna einst nach Isvinter hätte bringen sollen. Bereits in der ersten Nacht, die Halvar mit Iouna im selben Raum verbracht hatte, war das Gespräch irgendwie darauf gekommen. Darauf, dass sie Viktors Frau hätte werden sollen. »Als die Abreise des Schiffs für den nächsten Morgen festgelegt worden war, schreckte ich mitten in der Nacht hoch, weil ein Adler sich in mein Zimmer verirrt hatte«, fuhr der Prinz von Delyveih fort. »Er stieß die noch brennende Kerze um, die meinen Schreibtisch in Brand setzte.«

»Ein Adler?«, hinterfragte Halvar die Aussage mit hochgezogener Augenbraue, woraufhin Thorvid leise lachte.

»Das dachte ich auch. Ich sah es als schicksalhaftes Zeichen und fragte mich, was Norna damit zu sagen versuchte.«

Gespannt lauschte Halvar den Erläuterungen. Er fragte sich, ob das Tier wirklich Norna oder einer ihrer Boten gewesen war. Zu ihm hatte sie ebenfalls verkleidet gesprochen, jedoch nie in Form eines Tieres. Doch auch Iouna schien wie ihr Bruder wiederholt Adler gesehen zu haben, die ihnen zu Hilfe geeilt waren.

»Es dauerte eine ganze Weile, bis ich das Feuer überhaupt gelöscht hatte. Und bei einem etwas mit Rauch verhangenen Blick aus dem Fenster konnte ich das Schiff sehen.«

Eine leise Ahnung, was geschehen sein könnte, beschlich Halvar. Inzwischen waren auch die letzten Sonnenstrahlen hinter den Bergen im Westen verschwunden, und das Land hüllte sich in düstere Finsternis. Der Schein einiger Lagerfeuer im Nachtquartier der Nordleute flackerte bis zu den beiden Rittern herüber und tauchte sie in ein unheimliches Licht. »Das Schiff, das diese Nacht nicht überstand«, stellte Halvar fest, und das folgende Nicken Thorvids bestärkte ihn in seiner Vermutung. »Es wurde von Flammen verzehrt – wie Euer Schreibtisch.« Halvar nahm an, dass Thorvid eine Art Inspiration in seinem brennenden Arbeitsplatz gefunden und beschlossen hatte, die Reise seiner Schwester zu verhindern.

»Siebzehn Männer starben in dem Feuer ... für nichts. Und etliche sind verletzt worden«, flüsterte der Bewahrer in die Nacht, was Halvars Annahme endgültig bestätigte. »Ihr könnt Euch vorstellen, wie begeistert König Harald davon war, dass der Besuch nicht allzu schnell stattfinden konnte. Er konnte sein Versprechen an das Volk, günstiger an Gemüse und Kräuter zu kommen, nicht einhalten, und das zwang ihn dazu, den Krieg zu führen, den er geplant hatte.«

Halvar biss die Zähne zusammen, während er den Worten des Bewahrers lauschte. Wie immer, wenn er darüber nachdachte, waren seine Gedanken zwiegespalten. Der Krieg gegen Solheim, das einzige direkte Nachbarland im Süden Isvinters, hatte ihm einen Teil seiner Familie genommen. Dennoch hatte er den Kämpfen indirekt viel zu verdanken, da er durch sie in den Stand eines Ritters erhoben worden war.

»Ich wollte nicht dabei zusehen, wie meine Schwester als Ware verpackt nach Isvinter verschifft wird«, erklärte Thorvid seine Tat weiter, obwohl sie niemand hinterfragt hatte. »Es hätte womöglich den Krieg nur hinausgezögert, nicht verhindert. Sie sollte ihr Leben und ihre Freiheit nicht für etwas hergeben, was gar nicht in ihrer Macht lag.«

»Fünf Jahre ...«, murmelte Halvar, woraufhin der Nordmann ihn nur fragend ansah.

»Fünf Jahre später hat Haralds Sohn Viktor den Thron von seinem Vater ... geerbt«, erläuterte der Hüne. »Ich bezweifle, dass er das Friedensabkommen eingehalten hätte.« Er kannte Viktor. Er kannte den Mann, der seinen eigenen Vater hatte ermorden lassen, nur um ein paar Jahre früher an die Macht zu kommen. Niemals hätte der jetzige Herrscher des Nordens sich von einem solchen Vertrag davon abhalten lassen, sich zu nehmen, was er wollte.

»Ich kann mir vorstellen, dass Ihr eine besondere Beziehung zu König Viktor pflegt«, gab Thorvid zu, was Halvar brummend bestätigte.

»Er hat den Mord an seinem Vater und meiner Familie befohlen. Er war es, der mich als Verräter auserkoren hat, weil ich Khyla nicht teilen wollte.«

»Ja ...«, entgegnete der Prinz seufzend und richtete seinen Blick wieder auf das dunkle Wasser. »Der isvintarische Sinn für die Ehe ist nichts für liebende Ehemänner. Hättet Ihr nachgegeben, hätte man Euch als Verräter töten lassen und Eure Frau nur verschont, wenn sie sich bereit erklärt hätte, Viktor als Nebenfrau zu dienen. Was er mit Eurer Tochter angestellt hätte, lassen wir lieber unausgesprochen.«

Wortlos nahm Halvar die Anspielung hin und atmete tief durch. »Dieser Mann tut alles, was nötig ist, um zu bekommen, was er will«, stellte er klar. »Und er hat die richtigen ... Ritter um sich, die ihm helfen.«

Nun war es am Paladin, zu nicken. Ein leises Lachen war von ihm zu vernehmen, bevor er darauf antwortete. »Der

Orden ist jedoch nicht dumm, Sir Halvar«, führte er weiter aus. »Bis heute konnte Viktor noch kein Geständnis vorweisen, das bestätigt, dass Ihr seinen Vater getötet habt. Wir haben nur die Aussage eines bestimmten Ritters, dessen Glaubwürdigkeit mehr als angezweifelt wird, wenn man bedenkt, dass der König ihm Ländereien und Frauen zukommen ließ. Eine überaus stattliche Bezahlung für eine Leibwache.«

»Amund av Krag«, knurrte der Vollstrecker den Namen eben jener Königswache.

Der Name war Thorvid offenbar bekannt, denn er nickte bestätigend. »Man müsste ihn irgendwie zur Wahrheit bewegen …«, meinte er nachdenklich.

Sofort schossen Halvar die Worte Xhars wieder ins Gedächtnis. *»Du wirst mein Stellvertreter in der Welt der Sterblichen sein, und keine Lüge wird dir entgehen«,* hatte der Gott gesagt.

Halvar hatte angenommen, dass es nur eine Redewendung war, aber was, wenn nicht? Schon öfter hatte er das Gefühl gehabt, zu wissen, ob er seinem Gegenüber vertrauen konnte oder nicht. Auch jetzt, während er mit Thorvid sprach, wusste er, dass der Prinz die Wahrheit sagte. Warum, vermochte er nicht zu sagen, aber er spürte es. Vielleicht konnte er diese Gabe nutzen, um Amund zu einem Geständnis zu bewegen.

»Der Orden sieht es nicht gerne, wenn man Ritter ohne einen guten Grund hinrichtet«, beantwortete Thorvid die Frage nach dem *warum*, die sich offenbar im Gesicht von Halvar abzeichnete. »Vor allem nicht jene, die zuvor einen überaus guten Ruf besaßen. Immerhin sollt Ihr einen König umgebracht haben. Dabei ging es nicht um einen besoffenen Bauern, der seine Frau oder sein Vieh verprügelt hat.«

»Amund hat Harald ermordet«, klärte Halvar die Geschehnisse auf. »Genau wie meine Familie.«

»Das glaube ich Euch«, meinte Thorvid ruhig und sah ihn an. Die grünen Augen des Paladins wirkten mittlerweile müde, dennoch musterten sie Halvar gründlich. Und wieder konnte der Hüne fühlen, dass der Prinz aufrichtig war.

»Es hat die Ritter einiges an Ansehen gekostet, was Viktor Euch angelastet hat«, führte Thorvid aus. »Kein reicher Herzog oder gar König bezahlt den Orden für seine Männer, wenn sie nachweislich ihre Geldgeber töten.«

»Er wird für das bezahlen, was er getan hat«, zischte Halvar und starrte dann weiter auf die sanften Wellen, die sich an der dunklen Wasseroberfläche kräuselten.

»Ihr wollt Rache nehmen?«, erkundigte sich der Paladin. »Jetzt noch?«

Langsam, aber bestimmt wandte Halvar sich seinem Schwager zu und fixierte dessen Augen. »Nicht dafür, dass er mich oder den Orden verraten hat«, erklärte er mit unterdrückter Wut in der Stimme. »Nicht dafür, dass er mir Zeichen der Schande ins Gesicht gebrannt hat oder mich an den Folgen verrotten lassen wollte. Aber dieser Mann hat mir alles genommen, was ich hatte. Meine Frau und meine Tochter sind in meinen Armen verblutet, und ich konnte nichts dagegen tun!«

Obwohl der Tod der beiden mehr als fünf Jahre zurücklag, brach seine Stimme immer noch beim Gedanken an die leblosen Körper. Erst wenn der Körper ihres Mörders ebenso tot vor ihm lag, würde Halvar endgültig damit abschließen können. Gerade der Tod von Lillian, deren Leben noch nicht einmal richtig begonnen hatte, ließ ihn nicht los.

»Glaubt mir, das verstehe ich«, gestand Thorvid und sah ihn sichtlich betroffen an, »und Ihr sollt Eure Rache haben. Der Orden ist erpicht darauf, zu erfahren, was in Isvinter wirklich geschehen ist, aber bevor Ihr erneut jemanden ausweidet, sollten wir dafür sorgen, dass Euer Name wiederhergestellt wird. Und dann ... wird Viktor fallen – und mit ihm alle, die ihren Vorteil aus seiner Herrschaft gezogen haben. Wir holen uns unser Land zurück; unsere Heimat!«

Stumm nickte Halvar. Er würde warten, bis der richtige Zeitpunkt gekommen war. Keine Sekunde zweifelte der Hüne daran, dass Thorvid auch ihn in einem brennenden Schiff ins Reich der Schatten schicken würde, wenn er unüberlegt handeln und somit Iouna in Gefahr bringen sollte. Aber so sehr er Amund für den Mord an Khyla und Lillian verachtete, genauso sehr wollte er nicht, dass Iouna in Bedrängnis geriet. Die beiden waren Halvars Vergangenheit und untrennbar damit verbunden, was Iouna zum Glück akzeptierte. Sie jedoch war die Gegenwart und die Zukunft des Isvintari. Sie war sein Licht in der Dunkelheit.

Nach einigen Augenblicken der Stille sprach Thorvid seine Gedanken aus. »Wenn man über die Vergangenheit nachdenkt oder sie so vor Augen geführt bekommt wie im Tempel, fragt man sich manchmal, was unsere Erben in der Zukunft über uns denken werden.«

»Das kommt vermutlich darauf an, wer ihnen die Geschichten erzählt«, mutmaßte Halvar und lachte kurz.

»Gwydion war unser erster König«, erläuterte Thorvid die Legende von Soleys verräterischem Bruder. »Ein Mann, dem man nachsagte, dass er die zerrissene Kultur in Delyveih wieder geeint hätte. Eben der Mann, der den Ehebruch als eines der höchsten Vergehen festlegte, damit sich nicht aus Versehen verwandtes Blut vermischt. Nun ist es mir peinlich, von diesem Mann abzustammen.«

Verständnisvoll seufzte Halvar. »Die Geschichte wird von den Siegern geschrieben ... und die Verlierer werden zu Verrätern, ganz gleich, wie es wirklich war«, brummte er reumütig. Er hatte dies am eigenen Leib erfahren.

Leises Lachen war von Thorvid zu hören, der sich nachdenklich am Kopf kratzte. »Ich denke, wenn jemand meine Geschichte erzählen würde, käme ich ähnlich schlecht weg wie Gwydion«, gab er zu bedenken. »Ihr könnt Euch sicher vorstellen, welches Bild sich aufzwang, wenn eine junge Frau und kurz darauf ein junger Mann verschwinden.«

Wieder nickte Halvar zustimmend. Die Vermutung, dass Thorvid – wie einst sein Vorfahr – mehr als nur brüderliche Gefühle für seine Schwester hegen könnte, lag auf der Hand. Jedoch konnte Halvar spüren, dass dem nicht so war. Die Taten des Bewahrers dienten einzig und allein dazu, Iouna zu beschützen, und nicht, sie für sich selbst zu gewinnen. »Manchmal reicht es, wenn die richtige Person das richtige Bild von einem hat«, versuchte Halvar, ihn zu beruhigen.

Mit einem unsicheren Lächeln pflichtete Thorvid ihm bei, ehe sich wieder der Mantel des Schweigens über die beiden Ritter legte.

»Was habt Ihr jetzt vor? Mit Eurer ... Zofe?«, fragte Halvar, um dem Prinzen klarzumachen, dass er nicht daran glaubte, er würde Gwydion nacheifern.

Thorvid lachte verlegen und schien die richtigen Worte zu suchen.

»Glaubt Ihr, Euer Vater hätte etwas gegen diese Verbindung?«, hakte Halvar nach. Es war nicht selten, dass eine Ehe zwischen Adel und dem niederen Volk verachtet oder gänzlich untersagt wurde – zumindest wenn es darum ging, eine Familie zu gründen.

»Nein«, widersprach Thorvid und gluckste amüsiert. »In erster Linie, weil ich nicht mehr seinem Regiment angehöre und ...«

»Und?«, versuchte Halvar die Worte aus seinem Schwager herauszubekommen.

»Mein Vater wird mittlerweile Kenntnis darüber haben, dass ich das Schiff in Brand gesetzt habe ... Er spielt oft darauf an. Nachdem mein Vater mir dann noch Heinrich als Ehemann meiner Schwester aufgetischt hatte, über den ich mich offen beschwert hatte, wird er froh sein, dass ich eine Frau heirate, die *nicht* meine Schwester ist.«

Grinsend nickte Halvar. Vielleicht gelang es Thorvid, die Gerüchte zu seinem Vorteil einzusetzen. »*Werdet* Ihr sie denn heiraten?«, erkundigte er sich weiter.

»Wenn man mich lässt. Ich hoffe, der Ehemann, der sie an meinen Bruder übergab, ist einsichtig.«

»Ich frage mich, warum er die Ehe nicht gelöst hat.«

Erneut schien Thorvid einen Augenblick zu überlegen. »Weil ihm auf diese Weise gehört, was sie verdient«, meinte er dann. »Als Ehefrau ist sie sein Gegenstand; alles, was sie verdient, verwaltet er. Als Amme stehen ihr Unterkunft und Verpflegung zu. Er kassiert den Sold und ist sie gleichzeitig los.«

Halvar schnaubte abfällig, schwieg aber.

»Tristan hat sie deswegen als Zofe weiter angestellt«, fuhr der Prinz fort. »Somit gilt für Keira das Gleiche wie als Amme. Anders müsste sie schauen, wie sie ohne Obdach zurechtkommt.«

Stumm nahm Halvar zur Kenntnis, was ihm offenbart wurde. Auch wenn Tristan ihn allein wegen seiner Herkunft und der Vergangenheit ihrer beiden Völker verachtete, musste er anerkennen, dass der Kronprinz sich um seine Untergebenen kümmerte.

»Tristan hat ein Herz«, meinte Thorvid, als wüsste er, was Halvar dachte. »Ihr dürft nicht denken, dass es meinen Brüdern gleichgültig war, was mit Iouna passiert ist. Das stimmt nicht. Sie versuchten auf ihrem Weg, damit zurechtzukommen und etwas zu tun. Tristan hat alles getan, um sie wiederzufinden, Yorick ist wochenlang durch die Einöde gewandert und hat sie gesucht. Die anderen bezahlten Kopfgeldjäger wie Euch, um sie zu finden. *Ich* habe Iounas Spuren verwischt, sie unauffindbar gemacht und damit gegen meine Brüder gearbeitet.« Der Prinz wirkte, als würde er sich an eine lustige Begebenheit in seiner Vergangenheit erinnern, und schmunzelte amüsiert.

»Gut, dass das nun nicht mehr nötig ist«, entgegnete Halvar leise.

»Ihr seid so oft an ihr vorbeigelaufen, dass es mich nun schmerzt, Euch nicht mehr Aufmerksamkeit entgegengebracht zu haben«, gab Thorvid mit einem schiefen Grinsen zu.

»Bin ich?«, hinterfragte der Hüne die Worte mit hochgezogener Augenbraue. Er wusste, dass er ihr kurz nach seiner Ankunft in Delyveih begegnet war, als sie ihm sein Geld und den Kompass gestohlen hatte. Ein kleines Lächeln huschte über sein Gesicht, als er daran dachte. Im Nachhinein war er beinahe froh, dass sie sein Silber genommen hatte. Vielleicht hatte es ihr weitergeholfen und sie vor kalten Nächten bewahrt.

Ein belustigtes Schnauben war vom Paladin zu hören. »Menschen sind Tieren nicht unähnlich«, philosophierte er. »Haben sich einmal ihre Wege gekreuzt, verfolgen sie oftmals einen ähnlichen Pfad. Sei es dorthin, wo es im Winter wärmer ist und mehr zu essen gibt, oder dorthin, wo es im Sommer erträglich ist. Oder wie glaubt Ihr, habe ich Euch entdeckt?«

»Verstehe«, antwortete Halvar und grinste.

»Aber anscheinend war es nicht an der Zeit, dass Ihr sie ... seht.«

»Oh, ich habe sie einmal gesehen, als sie mich kurz nach meiner Ankunft hier bestohlen hat«, erzählte der Hüne und musste lachen, was Thorvid sofort erwiderte und den Kopf schüttelte.

»Ja, das hat sie mir erzählt. Und trotz Eurer Beobachtungsgabe schweifte Euer Blick stets über sie hinweg. Entweder hattet Ihr Frauen allgemein aus Eurem Blickfeld verbannt, oder es war reiner Zufall.«

»Mein Gesicht war nicht direkt förderlich, was den Umgang mit Frauen anging«, gab Halvar zu. »Auch wenn nur die wenigsten die Bedeutung der Zeichen wirklich kannten.«

»Für meine Zwecke war Euer Gesicht sehr wohl förderlich, und ich kannte die Bedeutung«, erklärte der Prinz. »Eure Male waren einer der Gründe, warum ich vermutete, dass Ihr Sir Halvar Dahl seid. Das und Euer Benehmen am Hof von Falkenberg. Es gibt nur wenige Männer, die getan hätten, was Ihr getan habt, ohne Rücksicht auf das eigene Leben, das Euch Lothar jederzeit hätte nehmen können. Ihr habt in den Räumlichkeiten meiner Schwester genächtigt, und doch ist sie unversehrt geblieben. Ihr habt ganz offensichtlich gegen Euren eigentlichen Auftrag gehandelt.«

Beinahe beschämt dachte Halvar an den Moment zurück, da er versucht hatte, das Schlafzimmer der Prinzessin zu betreten. Auch wenn er damals bereits nicht mehr wirklich davon überzeugt gewesen war, seinen Auftrag auszuführen, war er sich nicht sicher, was geschehen wäre, wenn die verschlossene Tür ihn nicht aufgehalten hätte. Vielleicht hätte er sie entführt und alles zerstört, was gewachsen war. »Ich hatte nicht mehr vor, ihn zu erfüllen«, meinte er dennoch, da er bereits in jenem Moment insgeheim gehofft hatte, das Schloss wäre verriegelt.

»Warum?«, wollte Thorvid mit einem sehr herausfordernden Grinsen wissen. »Von Mann zu Mann ... Was hat Euer Herz erwärmt?«

Einen Moment dachte der Hüne an die Zeit im Schloss zurück. Sie schien so lange her, obwohl es nur ein paar Wochen waren. Zögerlich erzählte er seinem Schwager von diesen Tagen und hob dabei besonders den Moment hervor, in dem Iouna mit den Kindern im Schlamm gespielt hatte. Jenen Moment, in dem sie ihm gezeigt hatte, dass sie seinem entstellten Äußeren keine Beachtung schenkte.

Thorvid lauschte seinen Worten, wobei sein Grinsen immer breiter wurde.

»Was ist?«, wollte Halvar wissen.

»Nichts«, behauptete der Prinz, ohne seine Mimik zu verändern.

»Aber?«

»Ihr seid ein besserer Ritter als ich«, meinte der Paladin mit einem sarkastischen Ton und wandte sich vom Fluss ab. Er wirkte, als wollte er aufbrechen.

»Wie kommt Ihr darauf?«, hakte Halvar verwirrt nach.

»Nicht wichtig«, wimmelte Thorvid ihn ab. »Ich will Euch nicht weiter von Eurem Training abhalten.« Mit einer kurzen Verbeugung machte er klar, dass das Gespräch für ihn beendet war.

Halvar erwiderte die Geste und akzeptierte das Schweigen des Nordmannes. Immerhin wollte er selbst auch nicht immer alles erzählen.

»Wenn Ihr Informationen zu Viktor braucht ... lasst es mich wissen«, rief er dem Paladin noch hinterher, während dieser sich dem Lager näherte.

Thorvid versprach, dies zu tun, und war kurz darauf in der Nacht verschwunden.

Einsam stand Halvar am Ufer und dachte über das Kommende nach. Es sollte nicht mehr lange dauern, bis sie Yveih erreichten. Gespannt, wie das Aufeinandertreffen mit Iounas Vater verlaufen würde, atmete er einmal tief durch und machte sich dann auf den Weg, ihr im Bett Gesellschaft zu leisten.

Langsam schlenderte er durch die kühle Nacht auf das Zelt zu, in dem sie schlief. Seine Gedanken sprangen wild von König Raik zu König Viktor und zurück. Besorgt, aber gleichsam gespannt, was aus seinem einstigen König werden würde. Er hoffte, dass der Herrscher von Isvinter und seine ehrlose Leibwache bald vor Xhar treten würden. Sicherlich hielt die Waage kein gutes Ende für die beiden bereit. Ganz bestimmt würden sie für den Rest ihrer Tage in den Flammen der Verdammnis verrotten.

Ein düsteres Grinsen machte sich auf dem Gesicht des Todesritters breit, als er über das Feuer seines Herrn nachdachte und ihm eines erneut klar wurde.

Ich bin das Feuer!